KB231816

한국어문학
여성주제어 사전 2

몸

한국어문학
여성주제어 사전 2

몸

김미현 최재남 최형용 곽승미 김경숙 박나리 양현진
유정선 이은정 임정연 전진아 정선희 조경하 조남민

보고사

‖ 서문 ‖

최초이자 최대인 한국어문학
여성주제어 연구의 보고(寶庫)

세상의 절반은 여성이지만, 그 절반의 세상에서 여성은 전체이기도 하다. 남성도 마찬가지이다. 세상의 역사는 이 절반과 전체의 교집합과 차집합이 만들어 내는 합집합의 심화와 확대로 구성된다. 가장 비슷하면서도 가장 다르기에 가장 이중적인 대화를 여성과 남성이 나눌 수밖에 없는 이유도 여기에 있다. 그리고 그 목소리에 귀 기울일 수밖에 없는 것이 바로 문학의 소명일 것이다. 소명은 거부할 수 없는 자들의 몫이다. 그래서 맹목적이기도 하고 편파적이기도 하다. 위험하지만 생산적인 여성의 목소리를 담는 것이 '절반의 실패'가 아닌 '절반의 성공'으로 자리매김 될 수 있는 것 또한 이런 문학적 소명 때문이다.

여기에 선보이는 『한국어문학 여성주제어 사전』 다섯 권은 한국 문학 현장에서 여성의 삶을 농축한 주제어들을 발굴해 그들의 삶을 재구한 방대한 기록이자 실체이다. 고전과 현대의 시간을 아울러 여성의 시대정신을 투사한 문학 언어를 어학과 접속시키고 문화 체계 안에 배치하고자 한 유례없는 시도이기 때문이다. 그래서 이 책은 여성의 정신사이자 문학 주제론으로 분류되어도 좋고 언어문화학적 글쓰기를 실천한 사례로 인용되어도 좋을 것이다. 그만큼 연구의 부피가 커서 여러 영역과 닿아 있기 때문이고, 시간의 질량과 밀도가 그 부피를 능가할 만큼 높은 작업이기 때문이기도 하다.

그러면 다시, 이 책은 왜 기획되었으며, 이 책에서 무엇을, 어떻게 읽어야 할까.

하나, 『한국어문학 여성주제어 사전』은 '여성'을 읽을 수 있는 책이다.

한국어문학 텍스트를 '여성' 중심으로 읽는다는 것은 새삼스러운 일이 아니다. 포스트모던의 지평에서 근대성 극복의 방편으로 '여성적인 것'에 대한 관심이 대두된 이래 어문학 연구 영역에서는 이미 다양한 방식으로 '여성'을 읽어 왔기 때문이다. 남성과 여성의 경계를 가변적으로 보는 최근 젠더 연구 경향에 비추어 보더라도 이런 식의 접근방식은 순진하기 이를 데 없어 보인다. 바야흐로 성차를 앞세우는 페미니즘의 시각이 더 이상 문학적 정의(正義)로 인정받을 수 없는 시대를 살고 있는 것이다.

그러나 이 모든 전방위적인 견제에도 불구하고 이 책의 시각과 태도는 여전히 '여성적'인 것에 기초해 있다. 기획 단계부터 여성 연구자들의 경험과 지식, 감수성으로 여성의 텍스트를 읽어보자는 순정한 의지가 이 연구를 견인해 왔기 때문이다. 여성을 표현하고 여성적 의미를 객관화하는 일의 난점은 이러한 작업의 수단이 되는 학문 형식이 여전히 그리고 아직도 '여성적'이지 않다는 데 있다. 어학이든 문학이든 모든 학문 체계는 '남성 중심적'이며, 이 안에서 '여성적'인 것을 표현하고자 하는 시도는 운명적으로 내용과 형식이 충돌하는 모순에 처하게 된다. 그래서 여성은 자신의 이야기를 생래적 기질과 동떨어진 해석에 기대어 전할 수밖에 없었던 것이다. G. 짐멜의 말을 빌리자면 '여성적'인 존재는 항상 자신을 '이방인'으로 경험할 수밖에 없기 때문이다.

하지만 바로 그 이방인의 경험이야말로 여성들의 집단적 감정 구조(structure of feeling)를 형성시키는 핵심이다. 감정 구조는 그 안에 녹아있는 사회적인 경험들에서 비롯되며 그 경험은 다시 집단 문화와 시대감각을 형성시킨다. 문학 속 여성들이나 그 여성을 표현하고자 했던 또 다른 여성들, 그리고 그 이야기를 읽는 우리의 감각은 모두 유사한 문화적 경험에 연루되어 있다. 그녀들이 여성이기에 겪어야 했던 잠재적 불평등과 내면적 균열은 여전히 지금 우리의 문제이며 이것은 동일한 감정 구조를 발생시킨다. 그런 의미에서 그녀들은 우리와 명시적인 경험을 공유하지는 않았지만 공동의 운명을 꾸려가는 심층적 공동체, 즉 타자 공동체를 형성하고 있는 셈이다. 어떤 지적 세례를 받았든, 어떤 문화 경험과 문학 훈련을 해왔든 간에 우리가 체화한 감각의 동일성, 이것이 바로 동어반복을 무릅쓰고 이 연구를 기획할 수 있었던 윤리적 근거이며 미학적 자원이다.

둘, 『한국어문학 여성주제어 사전』은 '주제어'를 통해 여성을 읽을 수 있는 책이다.

‘주제어’를 중심으로 여성을 읽는다는 것은 여성의 감정이 어떤 식으로든 구조화되고 응축되어 언어에 반영되어 있다는 관점에 기반을 둔다. 여기서 여성 주제어는 여성의 감정 구조와 관련한 모티프, 소재, 이미지, 상징을 함축하는 개념이라 할 수 있다. 그래서 주제어는 때론 구체적인 모티프로, 때론 추상적인 이념 혹은 상징으로 모습을 드러낸다.

그런데 모든 여성주제어들은 여성들에게 유사한 감정 구조를 야기한 배경으로 ‘가부장제’를 지목하고 있다. 가부장 제도와 의식이야말로 여성 문제를 파생시킨 진원지로, 한 시대 여성의 삶에 깊은 외상을 남기고 뒤이은 시대의 지층을 관통하면서 여성의 삶에 광범위하게 영향을 미치기 때문이다. 그러므로 여성주제어는 가부장 의식에 맞서 인정투쟁을 벌이며 고단하게 살아온 여성들이 보여주는 삶의 세목 그 자체라고도 할 수 있다. 여성주제어는 그 자체로 여성의 인식과 감정을 구성하는 정신적 질료이면서 여성의 삶을 증언해줄 자료인 셈이다. 이 책의 여성주제어들은 이러한 여성의 역사를 압축적으로 개관하고 효과적으로 요약해 준다.

다만 문학이 불변의 실체가 아니듯 주제어의 의미 역시 당대의 사회 역사적 조건이나 독자의 심리에 의존해 다채롭게 변한다. 때문에 주제어 연구의 관건은 변화의 지류를 찾아내 그 흐름이 어떻게 순환, 반복, 지속, 굴절의 양상을 보여주는지 간파하는 데에 있다. 이렇게 해서 여성주제어는 각 시기 여성에 대한 지식담론 해부와 문화적 성찰, 그리고 문학 분석을 가능하게 하는 매우 타당하고도 유용한 장치로 기능할 수 있는 것이다.

셋, 『한국어문학 여성주제어 사전』은 ‘사전’ 형식으로 여성주제어를 읽을 수 있는 책이다.

여성주제어를 총괄하고 주제어를 읽는 방법을 체계적으로 안내해 준다는 점에서 이 책은 ‘사전’의 성격을 지닌다. 사전으로서 이 책은 선별된 주제어를 모아 일정한 순서대로 배치하고 어원, 의미, 용법 등을 상술하고자 했다. 그리고 어학과 고전 및 현대문학의 용례를 광범위하게 수집해 국어학, 고전문학, 현대문학 세 영역의 자료를 효율적으로 확인할 수 있게 했다. 한국어문학에서 여성과 관련된 거의 모든 것의 역사와 의미, 개념과 상징을 한자리에서 대비할 수 있는 최초의 한국어문학 사전 형식이라고 할 수 있다.

그러나 이 책은 사전이기에 다음과 같은 점을 좀 더 세심하게 고려했다.

우선 전문성과 보편성을 동시에 추구했다. 문학의 언어는 심미화된 언어이기에 이를 해독하기 위해서는 관습, 기교, 장르적 특성에 대한 이론적 지식과 더불어 훈련된 감수성과 인식력이 필요하다. 그래서 어학, 고전문학, 현대문학의 전문 연구자들이 각자의 학문적 배경에서 축적된 젠더 지식과 감각을 동원해 공정하게 기록하고자 했다. 그러나 동시에 문학의 언어는 현실적인 언어이기에 이를 해명하기 위해서는 한국 여성의 보편적 삶에 대한 공감과 시대감각이 필요하다. 그래서 각 연구자는 '집단으로서의 개인'이 지녀야 할 시각을 견지하면서 객관성과 형평성을 유지하도록 노력했다.

또한 실용성과 편의성을 염두에 두었다. 개념을 확정하기보다 예문과 용례를 다양하게 수록해 학술 활동에서의 실효성을 도모하고자 했다는 뜻이다. 문학 연구의 본령은 원칙을 제시하는 데 있지 않고 질문을 생성함으로써 다양한 해석의 가능성을 열어주는 데 있다고 믿기 때문이다. 이 책에 수록된 주제어들은 앞으로 한국 여성어문학 연구의 코퍼스(corpus)로 자리매김함으로써, 일차적인 자료로서의 가치뿐만 아니라 이차적인 해석의 기준이 되는 '상징적 사건'으로서의 의의를 지니게 될 것이다.

『한국어문학 여성주제어 사전』은 범주별로 다음과 같은 구성과 체제를 갖추고 있다.

먼저 이 책의 거시구조를 이루는 다섯 개의 표제는 모든 주제어들의 상위 범주에 해당한다. 〈제1권: 인간 관계〉는 인간관계로 규정되는 여성의 정체성을, 〈제2권: 몸〉은 정신과 육체의 주체로서 여성 존재를, 〈제3권: 제도와 이데올로기〉는 이념과 제도의 산물로서 여성의 위상을, 〈제4권: 공간과 사물〉은 여성 공간의 젠더적 성격을, 〈제5권: 자연〉은 여성의 심리적 상관물로서 자연을 다룬다.

다음으로 다섯 개의 표제에 해당하는 주제어들이 하위 범주를 구성한다. 주제어는 여성들의 일상, 체험, 정서, 인식 등을 형상화하는 어휘들을 유형별로 분류해 상위 개념으로 통합해가는 추상화 과정을 거쳐 선별되었다. 즉 여성주제어들은 연역적인 방법이 아니라 텍스트에 대한 공시적, 통시적 접근을 통해 공통분모를 추출해가는 귀납적 방법으로 선정된 것이다.

　마지막으로 주제어는 다시 몇 개의 소제목들로 구성된다. 주제어가 하나의 텍스트라 하면 하부텍스트(subtext)를 구성한 셈인데, 이는 잠재된 텍스트들이 중첩되어 또 다른 의미를 파생시키는 문학 텍스트의 특징을 그대로 재현한다는 의미가 있다. 따라서 소제목들을 따라 읽다보면 주제어의 의미가 변화하는 양상을 일목요연하게 파악할 수 있을 뿐 아니라 의미가 스스로 분열하고 충돌하는 흔적 또한 감지할 수 있을 것이다.

　앞선 연구 성과들과 비교해 특히 강조하고 싶은 이 책의 특징이 있다면 다음 세 가지일 것이다.

　첫째, 주류 문학 연구가 누락시켰거나 배제해 왔던 주제어를 추가하고 이에 대해 재독을 시도했다는 점이다. 이것은 남성적 시각에서 만들어진 여성 표상을 해체하고 재구축하는 일과 밀접한 관련이 있다.

　예를 들면, 〈몸〉 편에서 '얼굴'과 '머리카락'은 여성의 아름다움을 표상하는 대표적인 신체 부위임에도 불구하고 이들이 독립적인 테마로 주목받은 경우는 드물었다. 있다 하더라도 젠더 차이를 고려하지 않은 관습적 해석이거나, 대상화된 여성 이미지에 대한 비판적 관점에서였다. 이 책은 얼굴과 머리카락을 별도의 주제어로 내세워 여성 스스로가 이들에 대한 문화적 관습 혹은 문학적 은유에 어떻게 반응하는지 세심하게 읽어내고자 했다. 무엇보다 고전문학과 현대문학 텍스트의 풍성한 사례들은 상대적으로 여성들이 얼굴과 헤어스타일의 변화를 통해 자신의 실존 상황을 고백하는 경우가 많다는 상식을 문학적 사실로 증명해 주었다. 나아가 이것이 타인의 내면 변화를 감지하는 데 익숙한 여성적 감수성의 정체를 해명하는 단서가 될 수 있다는 가능성 하나를 추가할 수 있었다. 뿐만 아니라 자기 몸의 자율권을 행사하는 여성들의 능동적 행보를 따라가다 보면, 얼굴과 머리카락이 여성미를 가름하는 절대불변의 표식이 아니라 얼마든지 변형 가능한 수단이 되고 있는 장면을 목격하게 된다. 여성들은 사회적 시선을 역이용하는 페르소나를 계발하는 데 능숙할 뿐 아니라(정이현 「순수」), 더 이상 '페이스 오프(face off)'에 대한 욕망을 감추지도 않는다(정수현 『페이스 쇼퍼』). 머리카락을 '격정적으로' '넌출대는 춤'(이경림 『머리카락 이야기』) 혹은 '선물'로 받은 '날카로운 털'(성미정 「불멸의 털2」)로 긍정하는 여성들에게 여성의 아름다움은 불온한 관능의 상징이 아니라 여성 고유의 역동적인 힘이자 무기일 뿐이다. 이처럼 여성과 관련되는 주제 영역을 확장하고 주제어의 세부 목록을 덧붙임으로써 자기 몸의 이력을 주체적으로 읽고 써 온 여성들의 이야기를 좀 더 밀도 있게 풀어나갈 수 있으리라 생각한다.

둘째, 여성주제어에 대한 어학과 문학의 통합적 연구를 시도했다는 점이다. 결국 주제어란 어휘의 사전적 의미와 확장된 의미의 총화라 할 수 있을 텐데, 이를 통해 어학과 문학은 상호 교섭하고 문학 전통은 굴절과 변이를 노출하게 된다.

가령 〈공간과 사물〉 편에 속해있는 주제어 '부엌'의 경우를 보자. '브섭', '브섭', '브석'이라는 형태의 어원을 거슬러 살펴보면 부엌은 본래 '불(火)'과 관련해 신성함의 의미가 부각된 공간이었다는 사실을 알게 된다. 그러므로 부엌이 '밥 짓고 음식 만드는' 여성의 노동과 희생을 대표하는 공간으로 젠더화한 배경에는 필연적으로 사회 공동체의 합의 과정이 개입했다고 추정해 볼 수 있다. 또한 1960년대 이후 서양식 스위트 홈을 표상하던 유행어 '주방'의 흔적을 좇다 보면 주방이 이미 17세기 문헌자료에 등장하고 있다는 사실을 발견하게 된다. 그러니 주방은 신조어가 아니라 부엌이 상징하는 전근대적 이미지를 상쇄하고 이국적이고 세련된 주거 스타일을 강조하기 위해 호출된 '키친'의 차용어라 할 수 있다. 이는 고전·현대문학에서 부엌과 주방이 가족애를 상징하는 성스럽고 이타적인 공간으로 형상화되고 있는 사실과 무관하지 않다. 이렇듯 어학과 문학의 협력은 공간이 성별 경계를 강화하고 권력을 영토화하는 알레고리로 작용하는 한국어문학의 역사와 현재를 비판적으로 성찰하는 데 힘을 실어준다.

셋째, 고전문학과 현대문학의 연계를 통해 지속성과 변화를 통시적으로 파악하고자 했다는 점이다. 이렇게 각 시대의 젠더 구조가 생산되고 유통되는 경위를 훑어가다 보면 특정 주제어에 대한 관습적 정의가 산출되는 방식에 반론을 제기할 수 있게 된다.

〈인간 관계〉 편에서 '딸'과 '아내'라는 주제어를 예로 들어보자. 두 주제어는 고대와 현대를 발전적으로 인식하고 각 시대 여성의 위상을 선험적으로 규정해 버리는 태도가 얼마나 위험할 수 있는지를 보여주는 사례이다. 아내나 딸을 지칭하는 다양한 어휘들은 그들이 집 안에서 부차적이고 잉여적인 존재라는 통념을 뒷받침한다. 그러나 실제로 고전문학 속에서 딸과 아내는 이 같은 통념에 반하는 모습을 하고 있다. 고전소설『소현성록』과 고전시가「팔부답가」에서는 딸이 가권(家權)을 물려받을 정도의 높은 위상과 스스로 귀한 존재라는 자존감을 지니고 있었음을 볼 수 있다. 또한 김삼의당의 한시「與夫子書」나 고전소설『박씨전』, 이사호의 시가「부여교훈가」에 등장하는 당당한 아내들의 모습에서는 남편과 동등한 지위의 동반자이자 멘토로서 집 안의 한 축을 담당한다는 자부심을 읽을 수 있다. 이로써 현대 문학에서 익숙하게 재현되어 온 딸과 아내의 모습이 사실은 근대 초기 보수적 여성 교육과 통념에 속박된 결과임을 다시 한 번 확인할 수 있다. 이렇게 고전문학의 지원을 받으며 현대문학은 여성이 강요된 정체성과 자의식의 욕망 사이에서 고투하는 모습을 의미 있게 주목하고, 나아가 자기 서사를 회복해가는 과정을 폭넓고도 새롭게 조망할 수 있게 된다.

『한국어문학 여성주제어 사전』총 5권은 '여성의, 여성에 의한, 여성을 위한' 이야기를 발굴하고 증언한 총체적 기록이다. 물론 아무리 순도 높은 해석을 지향한다 한들 대문자 여성의 이야기가 소문자 여성들의 그것을 빠짐없이 대변하거나 여성들 내부의 차이와 충돌을 온전히 설명할 수는 없을 것이다. 그러나 적어도 성실히 읽고 성실히 목격하고 성실히 전달할 수는 있다는 믿음으로 연구를 진행했다. 이 연구를 통해 여성을 둘러싼 통념은 언제나 풍문으로 얼룩져 있으며 그렇기에 언제든 다시 의문을 제기할 수 있어야 한다는 진실을 재확인할 수 있었다. 어쩌면 이것이 연구팀의 가장 큰 수확일 수 있다. 이 책을 읽는 동안 독자들 역시 낯익은 장면들을 만날 수도, 거북한 진실들과 마주칠 수도 있을 것이다. 그러나 이를 통해 이론이 상식을 비판하고 경험이 상식을 배반한다는 사실에 공감하게 될 것이다. 이 같은 사실은 배타적으로 연구해왔던 주제들을 교차시켜 새로운 주제를 발굴하고자 하는 한국어문학 전공자들에게도 참조점이 될 수 있을 것이다.
이 책은 통독해도 좋고 필요에 따라 각 권의 특정항목을 골라 읽어도 무방하다. 한 주제어에서 다른 주제어로, 텍스트에서 텍스트로, 텍스트 내부에서 외부의 컨텍스트로 자유롭게 넘나들면서 읽어도 좋겠다. 전통적 지식 규범이 교란되고 통합 지식을 창출하는 일에 시선이 모아지고 있는 이때, 이 책이 사유와 사유, 사유와 현실 사이에 해석학적 순환이 이루어지도록 하는 데 기여할 수 있기를 기대한다.

　이 책은 많은 사람들의 손길을 거쳤다. 5년여 동안 이어진 연구에 참여하면서 해석과 토론으로 하나의 연구공동체를 이뤘던 저자들의 경험은 그 자체로 문학적 드라마였다. 그리고 그런 저자들의 작업을 그림자처럼 수행하며 도와준 강수진, 권정혜, 김소륜, 김아영, 김옥천, 김현진, 김혜림, 박경현, 박구비, 박진아, 성세정, 손달임, 신지혜, 신혜수, 오윤경, 우현주, 이금진, 이한민, 이혜원, 이효린, 장보영, 정수희, 최지혜, 최희은, 한은주, 허윤 등 연구보조원들에게 다시 한번 감사의 말을 전한다. 기초연구지원사업으로 선정된 이래 지원을 아끼지 않은 한국연구재단과, 이화여대 국어국문학전공 및 국어문화원의 배려와 관심에도 힘입은 바 크다. 무엇보다 이 책의 모든 지면에 기꺼이 이름을 빌려준 무명, 유명의 여성 작가들에게, 그리고 이 책의 질료와 형상이 되어준 그들의 삶에 경의를 표한다.

2013년 5월에
저자 일동

차례

9 배설

10 병

일러두기

1. 모든 분야의 작품은 여성이 창작한 여성문학 작품으로 한정한다.
   단, 고전소설의 경우 작가 미상의 작품이 많으므로 모든 작품을 대상으로 했으며, 고전시가의 경우 시집살이 민요, 규방가사, 기녀시조를 중심 자료로 삼았다. 현대문학은 1920년대 이후 2012년까지 발표된 작품을 대상으로 한다.

2. 작품 인용은 부분 인용을 원칙으로 하고 전문(全文) 인용일 경우만 따로 밝힌다. 예문 인용 시 짧은 생략은 '중략'으로, 긴 생략은 '//'로 표기한다.

3. 예문 표기 원칙은 각 분야별로 다음과 같다.
   • 국어학 분야에서 인용한 예문은 해당 문헌의 표기 방식을 그대로 따랐다.
   • 고전소설은 한글 고어인 경우 원문을, 한자인 경우에는 원문과 번역문을 같이 제시했다.
   • 한문학은 원문과 번역문을 함께 제시하되, 다른 장르와의 통일성을 고려해 작가 이름은 한글로 표기했다.
   • 현대문학은 고어의 경우 원전의 의미를 살리되, 뜻이 잘 전달되도록 하기 위해 현대어 표기로 바꾼 부분이 있다.

4. 예문 뒤에 명기된 숫자는 작품 발표 연도이며, 본문 괄호 안의 작품 제시 순서와 예문의 배열 순서는 이 순서를 따르되 각 분야의 세부 원칙은 다음과 같다.
   • 국어학은 시대별로 여러 가지 표기가 공존하는 경우 표기 형태가 같은 용례를 함께 제시하는 것을 우선시했다.
   • 고전소설의 작품 창작 시기는 학계의 추정을 고려해 대략적으로 밝혀 썼다.
   • 고전시가 규방 가사 중 화전가 계열 작품들은 동일한 제목의 작품들이 다수이므로 작가명과 창작 추정연대를 부기하고 일련번호를 매겨서 구분했다.

• 현대소설은 단·장편 공히 발표 연도를 기준으로 하되, 연재물의 경우 처음 발표를 시작한 연도를 표기했다. 발표 연도가 확인되지 않는 경우, 단행본 수록 연도로 대신했다. 본문 괄호 안의 작품 제시 순서는 예문의 순서를 따르되, 같은 작가의 작품은 연달아 제시했다.

• 현대시의 연도 표기는 시집 및 게재집 수록 연도를 기준으로 하였으며, 예문은 내용 전달의 효율성을 고려해 진술 순서대로 배열했다.

5. 색인에 수록한 작품 출전은 발표 게재지가 아닌 수록 작품집명과 작품집 출간 연도를 기준으로 했다.

6. 국어학 분야에서 참고한 사전, 저서, 논문 및 기타 자료는 참고문헌에 제시했다.

1
자궁

‘자궁(子宮)’은 여성의 생식기관으로서 태아를 분만할 때까지 수정란을 보호하고 키우는 장소이다. ‘자궁’이라는 용어는 우리나라에 근대적인 의미의 서양의학이 유입된 19세기 후반에 일본의 번역의학서를 통해 본격적으로 등장하여 20세기 초부터 여성잡지류 문헌에서 여성의 건강, 임신, 출산, 태교, 양육, 위생, 성 등의 주제와 관련하여 자주 등장하게 된다.

전통 사회에서 임신과 출산은 인위적으로 통제되던 영역은 아니었다. 그러나 근대 의학의 발달로 신체와 신체의 기능을 가시적으로 인식할 수 있었을 뿐만 아니라 임신과 출산에 대한 보다 직접적이고 효과적인 통제가 가능하게 되었다.

문학에서의 자궁은 생명을 잉태하는 공간으로 모성의 근거인 동시에 인간 존재의 기원으로 인식되어 왔다. 고전시가에서는 자궁을 통한 생명의 탄생을 여성 자신이 누려야 할 삶의 즐거움으로 노래하였고, 여성 존재의 고유성과 존엄성을 생명의 잉태에서 찾았다. 현대소설에서는 부조리한 현실에 처한 이들이 현실의 질서 밖으로 탈주해 생명의 근원인 자궁을 향해 회귀하고자 하고, 현대시 또한 ‘양수’라는 생명수 가득한 탄생의 바다로 자궁을 노래한다.

그러나 자궁의 무한한 생명력을 예찬하고 긍정하면서 신비화하는 시각은 여성 존재를 도구화하고 여성의 몸을 관리와 통제의 대상으로 삼는 가부장 이데올로기를 노정하고 있다. 고전소설에는 태몽과 출산에 대한 삽화가 비교적 자주 등장하는 데 비해 여성이 오롯이 감내해야 하는 열 달의 임신기간에 대한 관심이 드러나지 않으며, 고전문학 전반을 통해 여성의 임신과 출산에 대한 통제의 기제였던 태교의 중요성이 강조되고 있다.

이처럼 생명력과 모성에 대한 찬미는 자궁을 가지고 있는 여성의 몸을 수단화한다. 그러므로 생산하지 못하는 자궁의 이미지인 불임, 사산, 유산 등은 결핍의 기호로 여겨지며 특히 여성시에서는 이를 통해 세계의 황폐함과 시대의 불길함을 고발하고 있다.

이 가운데 현대소설은 임신과 출산의 도구적인 기능에서 나아가 여성 자신의 정체성을 깨닫게 하는 실존적 육체로서의 자궁을 제시함으로써 모성이라는 제도의 감옥에서 벗어나 자기 정체성을 모색할 수 있는 가능성을 보여준다. 현대시 또한 도구적인 생산성과 타자적 이데올로기를 벗어나서 발칙하고 건강한 자궁으로서 ‘신-자궁’의 이미지를 구축하고 있다.

　　조선시대의 언해류 의학서와 근대계몽기의 번역의학서 및 여성 잡지 등의 문헌에서 여성과 관련한 어휘 부류, 특히 임신·출산 관련어 및 자궁 관련 신체어가 발견된다. 유교적 가부장제 사회인 조선시대로부터 격변하던 근대계몽기를 거치면서 여성은 자신의 몸과 여성성을 자각하게 되었고, 그러한 인식이 과정이 당시의 언어 자료를 통해 드러난다.

　　새로운 생명을 잉태(孕胎), 임신(姙娠)하고, 출산(出産)하는 과정은 과거로부터 현재까지 존재하는 현상으로 언어와 불가분의 관계를 맺으며 다양한 어휘를 파생시켰다. 현대 국어에서 '임신(姙娠)'은 일반적으로 '임신하다, 임신되다' 등으로 표현되며, 흔히 '아이를 가졌다'라고 표현되는 상태를 의미하지만, 사전적으로는 난자와 정자가 결합된 수정의 순간에서부터 태내발달과정을 거쳐 출산되기 전까지의 시기를 의미한다. 이와 유사한 의미의 한자어 성태(成胎), 유신(有身), 잉신(孕娠), 잉중(孕中), 잉태(孕胎), 태잉(胎孕), 포태(胞胎), 회임(懷姙), 회잉(懷孕), 회태(懷胎) 등이 예로부터 쓰였다.

잉태(孕胎)　　　　　허준이 조선 선조 41년인 1608년에 왕명을 받아 세종 16년에 편찬한 『태산집요록(胎産集要錄)』 2권을 저본으로 다시 고쳐 엮은 것이 『언해태산집요(諺解胎産集要)』인데 이 책은 아이를 낳는 태산(胎産)과 관련한 증세, 병, 그리고 처방과 치료 방법 등을 갈래별로 엮은 의서이다. 이 책에는 '임신'의 옛말로 '잉태'가 등장하며, 한자어 '孕胎'를 '잉틴'로 표기하기도 하고 '조식 빈다'로 해제한 어형으로 표기하기도 한다.

　　　　醫學入門曰孕胎一月精血凝如一露珠謂之胚
　　　　의흑입문의 골오디 조식 빈 혼 둘애 졍혈이 얼의여 혼 이슬 미주니 フ트니 닐온
　　　　비오 (『언해태산집요』(1608))
　　　　脉經曰婦人有孕
　　　　믹경의 골오디 겨집이 잉틴ᄒ엿거든 (『언해태산집요』(1608))

또한, '孕'은 당시에 그 자체로 '아이를 배다'라는 의미였음을 다음의 예문으로 알 수 있다. '즈식 빈 겨집'도 '孕婦'를 해제한 것임을 곳곳에서 발견할 수 있다.

> 藥盡經止交合必孕
> 약 다 먹고 월경 긋거든 흔디 자면 일뎡 잉틱ᄒᄂ니라 (『언해태산집요』(1608))
> 朱彦脩曰孕婦不肯舒伸行動
> 쥬언쉬 글오디 즈식 빈 겨집이 몸을 펴 돈니기를 즐겨 아니코 (『언해태산집요』
> (1608))

또한, '孕胎' 혹은 '孕'에 대해 다음과 같이 해제하고 있음을 볼 수 있다.

> 孕胎
> 아기 빈 증휘라 (『언해태산집요』(1608))
> 過此期則不受孕矣
> 이 빼 곳 디나면 틱긔 되디 몯ᄒᄂ니라 (『언해태산집요』(1608))

'잉태(孕胎)'를 '아기를 밴 증거이다'라고 해제하고 있으며, '불수잉(不受孕)'은 '태기를 받지 못한다'고 풀이하고 있는데 이것은 '孕胎' 혹은 '孕'이 '胎氣', 즉 '아이를 가진 징후, 기미'를 의미하고 있음을 알 수 있다. 또한, '不成胎'(『언해태산집요』(1608))를 '틱긔 몯 되ᄂ니라'라고 하였는데, 이는 문맥상 '태기가 이루어지지 않는다' 등으로 해석된다. 또한, '不調如此則必不成孕'(『언해태산집요』(1608))에 대해 '고ᄅ디 아닌ᄂ니 이러면 반ᄃ시 틱긔 되디 몯ᄒᄂ니'라고 하여 '不成孕'을 '틱긔 되디 몯ᄒ다', 즉 '태기가 서지 않는다'고 해제하고 있는데 이로써 '孕'과 '胎'를 동의어로 사용하고 있음을 알 수 있다. 그리고 현대에서 '胎'는 '태아(胎兒)'로 쓰일 때 갓난아이를 의미하지만 당시 '胎'는 그 자체로 '태아'로 해제한 것을 알 수 있다. 그렇게 되면 '成胎'는 '아이를 배다, 아이를 품다' 등으로 해석할 수 있다.

한편, '잉태'는 현대국어에서 '임신하다'라는 사전적 의미를 갖지만, 아래의 예에서 보이듯이 '잉태'가 '임신'의 의미로 사용될 때 '생명을 잉태하다' 등과 같이 특정 표현과 함께 관용적으로 쓰인다. 또한 '잉태하다'가 '임신하다'의 의미로 쓰일 경우 구어체가 아닌 문어체적으로 사용되거나 '임신'보다 경건하고 신성한 의미가 더해진다. 예를 들어 '성모 마리아의 처녀 잉태'와 같은 경우 '성모 마리아의 처녀 임신'보다 전자의 표현이 자연스럽게 생각된다.

> 이때 이미 여자에겐 새 생명이 잉태되고 있었다. (이청준 『당신들의 천국』(1976))
> 아내는 정월에 아이를 잉태하여 가을에 낳았다. (문순태 『타오르는 강』(1981))

또한, '민족적 비극의 잉태'나 '그리움의 잉태'와 같이 '잉태'가 '어떤 사실이나 현상이 내부에서 생겨 자라남'이라는 의미로 확장되어 쓰일 경우 비유적 표현에서 두루 사용되며, 순수한 의미의 '아이를 배는 일'이라는 행위는 '임신'이라는 어휘가 담당하고 있음을 알 수 있다.

> 숲의 눈석이는 봄을 잉태하는 자연의 현상이다.
> 땅은 무겁게 계절을 잉태했다. (천세봉 『축원』(1980))
> 전쟁의 시작은 비극을 잉태하고 있었다.
> 가장 큰 영웅심을 잉태한 사람이 가장 권력을 좋아한다. (이희승 『먹추의 말참견』(1975))
> 그와 융합만 하는 게 아니라 그 합일 속에서 자기의 욕망을 잉태해서 분만하려는 태도 (이어령 『축소지향의 일본인』(2003))

(아이를) 배다

'임신하다'의 순수 우리말 표현으로 '아이를 배다'라는 표현이 있는데 현재 '임신하다', 혹은 '아이를 갖다'의 속된 표현으로 쓰인다. '아이를 배다'는 '수태(受胎)하다'라는 말과 더불어 사람과 동물이 새끼를 갖는 것에 두루 쓰이는 표현이다. '아기를 배다(孕)'에서 '배'는 '服'의 뜻을 지닌 명사에서 기원한 것으로 보기도 하는데 그렇게 되면 '배다'는 명사에서 파생한 어형이 된다. '배다'는 이미 15세기부터 '비다' 등으로 나타나며 널리 사용되었다.

『언해태산집요』의 해제 제목인 『ᄌᆞ식 ᄇᆡ여 난ᄂᆞᆫ 종요 뫼혼 방문』에서 보이듯이 'ᄇᆡ다, 자식 ᄇᆡ다'는 '孕胎'와 더불어 가장 많이 등장하는 어휘이며, 'ᄇᆡ다'와 '잉태ᄒᆞ다'는 동의어로 사용되고 있다.

> 醫學入門曰孕胎　　의혹입문의 ᄀᆞᆯ오ᄃᆡ ᄌᆞ식 ᄇᆡᆫ (『언해태산집요』(1608))

다만, '배다'는 사람이 아닌 동물에까지 두루 쓰이며 '임신' 혹은 '잉태'보다 그 쓰임의 영역이 넓어졌고, 그 때문인지 현재 '아이를 배다(애배다)'는 일상적으로 '임신하다'류의 어휘보다 격이 떨어지는 듯한 어감을 준다. 그러나 '배다'라는 단어는 15세기 문헌에서 '子息 비여실'(『내훈(內訓)』3(1475)), 그리고 16세기 문헌에서 '그 文王을 비샤'(『소학언해(小學諺解)』4(1586)) 등과 같이 '비다'의 주체가 왕비이거나 적어도 나보다 윗사람이며, 주체존대선어말어미 '-시-'와 결합되어 있음을 볼 때 '비다'가 높임의 대상에 대하여 사용되던 표현임을 짐작케 한다. 또한, 20세기 초 문헌에서도 '자식 배엿실'(『녀사수지(女士須知)』1(1907)) 등으로 나타나는데 근대 후기까지도 '잉태하다'나 '애를 갖다' 등과 비교하여 낮춤말로 사용되지는 않았고, 20세기 초를 지나면서 어휘의 의미 하락이 일어난 것으로 보인다.

胎生은 비야 날씨오. (『석보상절(釋譜詳節)』19(1447))

이럴시 子息 비여실 제 반두기 感홀 바룰 조심홀디니 (『내훈(內訓)』3(1475))

太任의 性이 단정ㅎ며 전일ㅎ며 정셩되며 장엄ㅎ샤 오직 어딘 德을 行ㅎ더시니 밋 그 文王을 비샤 눈에 사오나온 빗츨 보디 아니ㅎ시며 (『소학언해(小學諺解)』4(1586))

즈식 기르기 ᄀ장 어렵더라 그리 어이 어려오니 비아 열 돌이오 졋 머겨 三年이오 (『박통사언해(朴通事諺解)』上(1677))

媳婦ㅣ 이셔 닐곱 돌 胎를 비야시니 이룰 나흐면 一定이 好漢이리라. (『오륜전비언해(五倫全備諺解)』6(1721))

일일은 흔 녹의 장뷔 현몽ㅎ여 비샤 왈 닉 약식이 군의 되은을 밧앗시미 닉 ㅎ늘긔 쳥흔 닐이 잇노라. (『태상감응편도설언해(太上感應篇圖說諺解)』1(1852))

자식 배엿실 졔 잘 쎄 기우리지 아니ㅎ며 안기를 가이 아니ㅎ며 (『녀사수지(女士須知)』1(1907))

20세기 초 '남의 사내하고 애밸 짓을 해 놓고'(이광수『흙』) 등과 같은 표현이 발견되는 것으로 보아 이 시기에 이미 의미 하락이 일어난 것으로 추정된다. '배다'는 15세기부터 18세기까지 한결같이 '비다'로 나타나며, 19, 20세기 '비다, 배다'로 혼기되다가 '배다'로 정착한다. 19세기 이후의 '비다'는 '비다〉배다'의 과정을 거쳐 현대에 이른 단어로, 18세기 중엽 어두음절의 'ㆍ〉ㅏ'의 변화에 따라 이중모음이었던 'ㆎ'가 'ㅐ'로 바뀌고, 그 후 'ㅐ'가 현재와 같이 단순모음으로 바뀐 것이다.

> 여보, 남편 있는 이가 한달 동안을 못 참아서 남의 사내하고 애밸 짓을 해 놓고는
> 누구더라 애기를 아니 배게 해 달라오. (이광수 『흙』(1933))
> 아이를 배다, 새끼를 배다. (『표준국어대사전』)

현대국어에서 '임신하다'가 주로 사람이 아이를 갖는 경우에 쓰인다면, 고유어 '배다'는 상술한 바와 같이 "배 속에 아이나 새끼를 가지다"라는 의미에서 더 확대되어 동물의 수태(受胎)뿐만 아니라, "식물의 줄기 속에 이삭이 생기거나 이삭을 가지다"라거나 "어류나 파충류의 배 속에 알이 들거나 알을 가지다" 등의 의미로 널리 확장되어 쓰인다. 그러므로 현대국어에서는 '임신하다', 혹은 '아이를 갖다'가 '아이를 배다'라는 표현보다 선호되며, '아이를 배다'는 격이 낮은 좀 저속한 표현으로 여기게 되었다.

> 배지 아니한 아이를 낳으라 한다.
> 새끼를 뱄다.
> 벼 포기에 이삭이 벌써 배었다.
> 이맘때면 벼 포기가 이삭을 밴다
> 잡은 고기에 알이 배어 있었다.
> 지금은 명태가 알을 배는 시기이다. (『표준국어대사전』)

출산 관련어

임신 기간 중 태반을 통해 태아의 조직과 모체의 조직이 복합적으로 접촉된다. 그러므로 태아와 모체는 임신 기간 중 가장 밀착된 관계를 형성한다. 임신은 수정란이 자궁에 착상하여 발육한 뒤 출산의 과정으로 이어진다. 출산은 임신을 전제로 한 개념이라고 할 수 있으며, 임신은 출산이라는 과정의 시작과 더불어 끝이 난다. 출산의 서술어로 '낳다'라는 어휘는 일찍이 나타났으며 일반적으로 사용되었다. 그러므로 한자어 '産'의 해제로 '낳다'가 대응하고 있으며, '히산ᄒ다' 등으로 표기한 것도 발견된다.

> 十産候
> 열 가지 히산ᄒᄂ 증휘라 (『언해태산집요』(1608))

痛不甚非正産之候

심히 알프디 아니면 바ᄅ 나홀 ᄢᅢ 아니오 (『언해태산집요』(1608))

  '낳다'는 현대국어에서 사전적으로 "배 속의 아이, 새끼, 알을 몸 밖으로 내놓다, 어떤 결과를 이루거나 가져오다, 어떤 환경이나 상황의 영향으로 어떤 인물이 나타나도록 한다. 즉, 배출하다" 등과 같이 정의된다. 그리고 '낳다'는 삼 껍질, 솜, 털 따위로 실을 만드는 일과 실로 피륙을 짜는 일을 의미하기도 한다. 예전에는 실로 피륙을 짜서 그것으로 옷을 만들어 입었기 때문에 옷을 만들기 위해서는 우선 '실'이 필요했다. 실은 삼 껍질이나, 솜, 털 따위로 만들었는데, 이 실로 '베, 무명, 비단' 등과 같은 피륙을 만들었다. 그러므로 삼 껍질, 솜, 털 따위로 실을 만드는 일과 더불어 실로 피륙을 짜는 일을 '낳다'라고 하였다. "명주실을 낳다"의 '낳다'는 전자의 의미로, "안동포를 낳다"의 '낳다'는 후자의 의미로 쓰인 것이다.

  '아이를 낳다'의 '낳다'는 현재 사전적으로 '실이나 천을 낳다'와 동음이의어로 처리되어 독립된 표제어로 등재되어 있으나, 어원적으로 '나(出)-+ᄒ(爲)-'가 결합되어 '어떤 결과를 이루거나 가져오다'라는 의미에서 파생된 것으로 추측하기도 한다. 이렇게 다른 표제어로 등록된 '낳다'의 의미는 근대문헌에서도 나타난다.

  굴근 삼으로 나흔 뵈예 져기 ᄀᆞᄂᆞᆫ 이어나 (『가례언해(家禮諺解)』 6(1632))

  현재 '출산(出産)'은 모체의 자궁에서 일정기간 발육된 태아가 진통과 복압의 만출력으로 체외로 나오는 현상으로 일반적으로 '아이를 낳는 일'을 의미하며, '해산(解産)' 혹은 '분만(分娩)' 등의 의미로 쓰이기도 한다. 간혹 '생산(生産)' 등의 어휘로 대체할 수도 있다고 사전적으로 정의되어 있으나 현대국어에서 거의 쓰이지 않는다. '출산하다'는 고유어로 '아이를 낳다'와 거의 의미상 동일하며, '분만하다'의 경우는 '정상 분만, 자연 분만, 분만 과정, 분만 예정일'과 같이 아이를 낳는 의학적 행위에 초점이 있는 것으로 보인다. 구어체에서 "아이 낳으셨어요?, 아이 출산하셨어요?" 등은 자연스러우나 "아이 분만하셨어요?"는 특별한 맥락에서 사용되며 의학적 의미를 전제한다.

태(胎)에 대한 인식

『증수무원록언해(增修無冤錄諺解)』는 살인 사건과 관련된 옥사에서 시시비비를 명백히 밝히기 위한 목적으로 간행된 검시 지침서로 내용상 법의학 전문 서적이다. 간행 취지로 볼 때 시신을 검시하는 방법인 검시법에 대해 자세히 나와 있으며, 이후 검시법의 전통이 어떻게 현대에 이르렀는지 잘 알려줄 뿐만 아니라 순수한 의학 연구의 자료로서도 매우 의의가 있는 문헌이다. 『증수무원록언해』는 1792년(정조 16)에 간행되었다고 알려져 있었으나 1796년(정조 20)의 『일성록(日省錄)』 기사의 기록으로 미루어보아 이때 간행되었다고 본다.

이 책의 조례(條例) '태상사(胎傷死)' 부분에서 다음과 같은 언급이 보인다. 여기서 '태잉'은 '잉태'와 동일하게 사용된 것인데 '아이를 밴 일'을 의미하는 명사로 볼 수 있다. 이것은 '태(胎)'가 뱃속의 '태아'를 의미하는 말로 사용되었기 때문이며, '태잉'은 우리말 어순을 따라 표기한 것으로 보인다.

> 婦부人인이 胎틱孕잉이 분명티 못ᄒ고 …… 만일 胎틱孕잉이 이시면 (『증수무원록언해』 2(1796))

그런데 아래의 예 '태상사(胎傷死)'는 '태가 상하여 죽은 것이다'라고 의역되는 부분인데 '胎'는 여기서 '아이'를 의미하는 것으로 볼 수 없다. 그것은 이 글이 들어가 있는 문맥에 '잉태함이 분명치 않은 채 죽은 여자가 있거든……'이라고 하는 서두로 보아 아이를 밴 여성에게 독약을 사용해 태아를 포함한 태반을 의미하는 '태(胎)'를 떨어뜨려 죽인 일에 대해 논하고 있기 때문이다. 여기서는 신체 부분으로서 '태'를 의미한다.

> 胎傷死
> 胎틱 傷샹ᄒ야 죽은 거시라 (『증수무원록언해』 2(1796))

또한, '포태'라 함은 현대어로는 '임신'을 의미하기도 하고 '태내의 아이를 싸는 얇은 막'인 태막(胎膜)을 의미하기도 한다. 그러나 아래의 예의 '포태'는 그

'사람의 모습이 이루어져 있거나 혹 이루어지지 않았음을 정하여……'라는 문장
이 뒤따름을 볼 때 해부학적으로 '태아를 싸고 있는 부분'을 의미한다기보다는
'태내의 아이의 전반적인 형상'을 의미하는 것으로 짐작된다. '胎子'는 '모체 안
의 아이'를 의미한다.

> 小쇼兒ᅀ의 胞포胎틱를 驗험홈애 (『증수무원록언해』 2(1796))
> 胎틱子ᄌ 디운 者쟈를 (『증수무원록언해』 2(1796))

다만, 태(胎)는 태아가 되기 이전의 증후를 의미하는 '태기(胎氣)'를 의미하기
도 한다.

> 醫學入門曰男子精冷婦人血衰皆不成胎
> 의흑입문의 굴오디 스나히 졍긔 추니과 겨집 혈긔 쇠ᄒ니ᄂ 다 틱긔 몯 되ᄂ니라
> (『언해태산집요』(1608))
> 安胎飮治胎不安
> 안틱음은 틱긔 블안ᄒ니를 고티ᄂ니 (『언해태산집요』(1608))
> 芎朮湯乃安胎之聖藥也胎動急則一日三服
> 금튤탕은 틱긔 편안케 ᄒᄂ 셩약이니 틱긔 동킈 급거든 ᄒᄅ 세 번 먹고 (『언해태
> 산집요』(1608))

이처럼 당시 의학 서적에 등장하는 태(胎)와 관련한 어휘들을 살펴볼 때 '태'
는 '아이를 밴 기미, 증후'인 '태기(胎氣)'를 비롯하여 모체 안에 있는 아이를 의
미하는 '태아(胎兒)', 그리고 '태아'를 직간접적으로 보호하는 '태막(胎膜)'과 '태
반(胎盤)' 등을 포함하는 부분들을 의미한 것으로 보인다. 이것은 당시 아직 해
부학적 지식이 충분하지는 않았지만 인지적으로 인식 가능한 부분에 대해서 설
명하고 지칭하고자 하였음을 알 수 있다.

빗복 줄(臍帶), 안새(胞衣, 胞中), 딘물(胞漿)에 대한 인식 상술한 부분 외에도 가시적으로 확인 가능한
부분에 대해 여러 고유어 지칭어가 만들어졌음
을 알 수 있다. 한자어 '제대(臍帶)'에 대해 '빗복 줄(배꼽줄), 빗복 줄기(배꼽 줄
기), 틧줄(탯줄)' 등으로 표기한 흔적이 보인다. 지금은 한자어와 고유어의 결합
인 '탯줄'과 한자어 '제대'가 함께 쓰이고 있으나, '탯줄'이 일반적으로 사용되는

어휘임에 반하여, '제대'는 주로 의학 분야에서 '제대혈(臍帶血)', '제대동맥(臍帶動脈)' 등과 같이 사용되고 있다.

礙産謂兒轉之時臍帶攀掛兒肩不能脫故雖露頂而不得出
애산은 닐온 아기 돌 제 빗복 주레 아긔 얼게 걸여 벗디 몯 ㅎ모로 비록 뎡바기
내와다도 나디 몯 ㅎㄴ니 (『언해태산집요』(1608))
以小物緊繫臍帶垂重然後切斷
죠고만 거슬 얼거 빗복 줄기예 구디 미여 드리온 후에 긋고 (『언해태산집요』
(1608))
亦有臍帶之類 ㅣ니라 (『증수무원록언해』 2(1796))
또흔 臍졔帶딕(빗줄이라)의 類류ㅣ 잇ㄴ니라 (『증수무원록언해』 2(1796))

'안쌔'는 여성이 아이를 출산한 후 모체에 남은 부분을 지칭하는 것임을 알수 있다. 아래의 문장을 의역하면 '부인대전에 이르기를 포의가 나오지 않고 오래되면 나쁜 피가 포중에 흘러들어가 포(胞)를 창규하게 하여' 등이 된다. 이 부분은 '하포의(下胞衣)', 즉 '포의'를 나오게 하는 법에 대한 것으로 '胞衣'란 출산 후 산모의 몸에 남은 태반(胎盤)과 태아를 싸고 있는 막(膜)을 포함한 부분을 의미하는 것으로 볼 수 있다. '포중(胞中)'의 '포(胞)'는 배(腹)를 의미하기도 하는데 '포중'은 뱃속, 즉 '자궁'을 의미하는 것으로 추측할 수 있다. 따라서 출산한 뒤 배출되어야 할 태반 및 부속물(胞衣)이 나오지 않으면 포중, 즉 자궁에 흘러들어가 배(胞)를 붓게 하고 부딪치게 한다고 한 것이다.

下胞衣
안쌔 나게 ㅎㄴ 법이라 (『언해태산집요』(1608))
婦人大全曰胞衣不下稍久則惡血流入胞中故胞脹衝
부인대젼의 글오ᄃᆡ 포의 몯 나 잢간 오라면 모딘 피 안쌔예 흘러 드루모로 픠
턍긔ㅎ야 (『언해태산집요』(1608))
胞포衣의 희디 만일 들이 足쪽디 못흔 者쟈ᄂᆞ (『증수무원록언해』 2(1796))

허준이 이후에 지은 『동의보감(東醫寶鑑)』(1613) 탕액편(湯液編)에도 이에 대한 언급이 있다.

婦人胞衣 ᄌᆞ식 나흔 안쌔 (『동의보감』 탕액편 1(1613))

또한, 다음 문장은 '포(胞)'가 터지면서 나오는 '딘물', 즉 양수(羊水)가 나온다고 하고 있다.

夫胞漿者胞內養兒之水也胞旣折破
머리와 딘믈은 안쌔 안해 아기 치던 믈이니 픠 뻐디여든 (『언해태산집요』(1608))

이것은 당시 출산할 때 아이와 함께 나오는 양수, 태아막, 태반 등은 가시적으로 볼 수 있었기 때문에 그에 대해 구체적으로 지칭하고 설명하고 있음을 알 수 있다. 반면, 눈에 보이지는 않으나 어머니의 배 안으로부터 밖으로 나오는 길에 대해서는 설명은 하고 있으나 구체적인 명명은 보이지 않고, '산도(産道)'에 해당하는 '子路'를 '아긔 길ㅎ'이라고 하였다.

婦人大全曰水血多下子路乾澁此時
부인대젼의 ᄀᆞᆯ오디 믈과 피 만히 나 아긔 길히 ᄆᆞᄅᆞ면 이제 (『언해태산집요』(1608))

자궁에 대한 인식

'자궁(子宮)'은 여성의 생식기관으로서 말 그대로 태아가 분만될 때까지 수정란을 보호하고 키우는 장소이다. 임신 기간 중 태아는 모체의 자궁에서 발육되는데, 그리하여 자궁을 일상적으로 '아기집, 새끼집'이라고도 하고, '아이가 들어있는 집'이라는 뜻의 한자어인 '자호(子壺), 포궁(胞宮)' 등으로 부르기도 한다. '子宮'이라고 하는 용어는 근대 계몽기에 간행된 번역서 『해부학(解剖學) 券一』에 등장한다. 이처럼 우리나라에 근대적인 의미의 서양의학이 유입된 것은 19세기 후반에 일본의 번역의학서를 통해서이다.

한국에서 서양의학이 시술된 것은 1884년 미국인 선교의사 알렌(Horace N. Allen)에 의한 것으로, 그는 1885년에 제중원을 설립하고 1986년에 서울에 의학교를 연 뒤 영어, 산술, 물리, 화학, 해부학 등을 가르쳤다. 그 후 알렌의 후임으로 부임한 에비슨(Oliver R. Avison)은 의학교육을 실시하면서 서양의학서를 한국어로 번역할 필요성을 느껴 당시 그의 조수인 김필순과 더불어 영국인 그

레이가 저술한 해부학 책의 번역을 시도했으나 불에 타 버리게 되었다.

다시 번역을 시작했을 때는 일본 책을 번역하기로 결정하였고, 따라서 1906 년 개화기 당시 한국에서 간행된 『해부학(解剖學)』 권1은 1887년 일본에서 간행된 이마다 쓰카네(今田束)의 『실용해부학(實用解剖學)』을 저본으로 한 번역서였다. 그렇기 때문에 의학 용어가 일부 고유어로 번역되기도 하였으나 대부분은 『실용해부학』의 그것을 그대로 차용하였다. 이처럼 20세기 초까지 한국에는 서양 의학에 대한 지식이 보급되지 않아 중국이나 일본에서 번역된 의학용어를 참고할 수밖에 없었는데, 그 과정에서 일본어계 차용어가 대거 유입되었다. 따라서 『실용해부학』의 의학용어는 『해부학(解剖學)』 권1에 그대로 차용된 것이 많았고, 그 어휘 중 현대에도 그대로 이어져 내려오는 것이 많은데 '子宮'도 이에 해당된다.

일본에서도 『실용해부학』(1887) 이전 시기에 '子宮'이라는 용어가 등장함을 발견할 수 있다. 근대 의학용어가 정립된 것은 서양 해부학서의 번역본인 『해체신서(解體新書)』(1774)가 나오면서부터인데 이것을 개역한 『중정해체신서(重訂解體新書)』(1798)에 의학용어 '子宮'이 등장한다. 이러한 의학용어의 어원 및 출전은 중국에서 만들어진 서양 의학용어로부터 기원한 것으로 서양 의학 용어의 중국어로의 수용이 일본의 의학용어 성립에 영향을 준 것으로 볼 수 있다. 1692 년 간행된 『의학원시(醫學原始)』에 '子宮'이라는 용어가 처음 등장하였다는 사실로 미루어 볼 때 중국에서 만들어진 서양 의학용어 일부가 일본의 의학용어에 수용되었고, 이것이 다시 한국에 유입되어 차용되었다고 추정한다.

그러나 특이하게도 그 이전에 '子宮'이라는 용어가 조선 중기 문헌에 나타나고 있어 주목을 끈다. 허준이 조선 선조 41년인 1608년에 편찬한 『언해태산집요』는 산부인과에 속한 의서인데, 그 이전의 산서(産書)들이 한문으로 되어 있어 보기에 어려웠으므로 선조 때 허준이 다른 중국 의서와 함께 우리말로 언해하여 편찬한 것이다. 이 책의 첫머리와 책 중간에 『의학입문(醫學入門)』, 『맥경(脉經)』, 『고금의감(古今醫鑑)』, 『득효방(得效方)』, 『부인대전(婦人大全)』, 『이간방(易簡方)』, 『만병회춘(萬病回春)』, 『의학정전(醫學正傳)』 등의 중국 의서와 '왕호고(王好古)'의 이론을 여러 번 인용하고 있음을 알 수 있다. 이러한 사실들로 미루어 볼 때 『언해태산집요』(1608)에 등장하는 의학 용어는 중국 의학 서적의 그것을 그대로 가져왔을 가능성이 크다.

특히, 조선시대는 시체의 해부나 훼손이 금기시되던 시대였으므로 자궁이라는 기관에 대한 지식과 개념이 뚜렷하지 않았다고 짐작된다. 태(胎)에 대해서도 '아기, 아기를 배다, 태기, 신체 일부' 등으로 다의적으로 사용하고 있으며, 아이가 태어났을 때 보이는 태아막이나 태반, 양수 등에 대해 '안째, 딘물' 등으로 지칭하고 있으나, 모체의 몸속에 태아가 존재하는 방식에 대해서 '복듕(腹中)', 혹은 '포(胞)' 등으로 얘기하고 있을 뿐 몸속 기관에 대한 해부학적 인식은 없었던 것으로 보인다.

> 一方子死腹中或半出不下或着脊不出母氣欲絶
> 흔 방문의 즈식이 복듕에셔 주거 반만 걸여 나디 아니며 혹 등의 브터 아니나 엄이 긔절코져 ㅎ거든 (『언해태산집요』(1608))
> 惡血流入胞中故胞脹衝
> 모딘 피 안쌔예 흘러 드루모로 픠 탕긔ㅎ야 (『언해태산집요』(1608))

그럼에도 불구하고 『언해태산집요』에는 '子宮'에 대한 언급이 다음과 같이 나타나는데 전 책을 통하여 한 번 나타난다.

> 婦人月經方絶金水纔生此時子宮正開
> 부인의 경휘 그치고 금쉬 ㅈ 날 제 이 째예 즈궁이 졍히 여러시니 (『언해태산집요』(1608))

이에 대한 해석은 '부인이 월경이 끝나고 금수(金水)가 막 나올 때 자궁이 바르게 열리니' 등과 같이 될 수 있다. '자궁'에 대한 언급이 이것 외에는 발견이 되지 않아 정확히는 알 수 없지만, 이 문장 뒤에 '자궁이 바르게 열려 남자의 정(精)을 받아 태(胎)가 이루어진다'고 나오는 것으로 미루어볼 때 지금의 자궁(신체 내부 기관)의 의미라기보다는 어휘 그대로의 의미, '子宮-자식(태아)이 머무는 집(공간)'으로 사용된 것이 아닌가 생각된다. 그 이유는 이것을 제외하고는 이후의 중세 시기의 문헌에서 '자궁'이라는 말이 나타나지 않으며, 대신 임신과 관련하여 태아가 있는 공간을 '틴즁(胎中), 복즁(腹中)' 등으로 표현하고 있기 때문이다. 자궁이라고 하는 어휘는 전술한 바와 같이 서양의학이 중국에 영향을 미쳤고, 『언해태산집요』가 중국의서를 참고하는 과정에서 유입되었을 것으로 추정된다.

그러다가 근대 시기인 19세기 말엽에 이르러 일본으로부터 의학 용어가 유입되기 시작하였고, 20세기 초엽에 이르러 '자궁'이라는 어휘가 일반화되었으며 여성 잡지와 의학 잡지 등을 통해 자주 등장하게 되었다.

신체에 대한 자각과 여성 의식의 성장　　개화기에 의학용어로 유입된 자궁은 20세기 초부터 『자선부인회잡지』, 『가뎡잡지』, 『신여성(新女性)』, 『장한(長恨)』, 『현대부인(現代婦人)』, 『여성(女性)』 등과 같은 여성잡지류 문헌에서 여성의 건강, 임신, 출산, 태교, 양육, 위생, 성 등의 주제와 관련하여 자주 등장하게 된다.

이러흔일은 자궁에 피가모히고 자궁이 잇든곳을 써나며 틱가 요란케되야 (「잉틱호부인의조섭흐는법」, 『자선부인회잡지』 제1호(1908))

아히어머니도 유익흐니 음식을 잘먹으며 자궁을오무라지게흐며 이슬을 속히 거두어 (「어린아히기르는 법」, 『자선부인회잡지』 제1호(1908))

쏘는 자궁출혈(子宮出血)대신에 코, 위, 장, 페에서 주기적(週期的)으로 출혈 되는수도 (「여자의 건강과 월경(女子의健康과月經)」, 『장한(長恨)』 제2호(1927))

月經異常, 熱發, 帶下等 徵候를이르켜서 喇叭管炎, 卵巢炎, 子宮周圍炎, 骨腹膜炎 모든症狀을 (「결혼과 위생(結婚과衛生)」, 『현대부인(現代婦人)』 창간호(1928))

자궁으로 말삼하면 그 구조중 자궁내막이라 하는 엷은 막이 잇서서 (「성의 신비(性의神秘)」, 『신여성(新女性)』 제7권 9호(1933))

젖꼭지와그주의가암갈색이되며 젖이커지고 자궁이커지며 이가아푸며 억개가 뼈근하고 (「초임부의 주의(初姙婦의主意)」, 『여성』 제1권 4호(1936))

자궁은 불두덩위로만 처지게 되며 싸라서 오른편으로 기우러지게 됩니다. (「임부독본(姙婦讀本):포태와 모체의 변화」, 『신여성』 제6권 5호(1932))

해산이라는 것은 태아와 그에 부속물로 탯줄 모래 주머니 등이 자연한 힘으로 자궁에서 나와서 (중략) 娩出力이라는 것은 아기와 부속물을 子宮으로부터 내여보내는 힘이며 (중략) 陣痛이라는 것은 자궁근육긔 수축임으로 다소 압흠이 잇으나 이 압흔 것은 사람마다 다릅니다. 진통이 잇는 째에 배에 손을 대이면 子宮이 차차 짠짠하야 돌과 가티 되며 조곰 잇다가 다시 푸러지게 됩니다. (「임부독본:아기 가나오는절차」, 『신여성』 제6권 10호(1932))

이처럼 '자궁(子宮)'을 포함한 '난소(卵巢), 자궁염막, 호르몬' 등과 같은 의학 용어가 서양과학, 의학의 도입으로 인해 일반화되었고, 임신과 출산에 대해 과학적 이해가 가능하게 되었다. 또한, 그때까지 불임, 태아의 성별 등 여성의 탓으로 여겨지던 문제들이 과학적 근거에 의해 해명되었다. 당시 과학적 사실의 보급은 사람들로 하여금 합리적 사고를 가능하게 하였고, 임신과 출산에 있어서 여성의 문제로만 치부되어 부당하게 처우되었던 측면이 개선되기 시작하였다. 또한, 여성의 월경, 질병, 위생, 성생활과 관련한 많은 지식과 정보가 제공됨에 따라 여성의 건강에 대한 관심과 주의가 요구되었다.

> 사람의 남녀의 구별이 정충에 의해서 이러난다는 것을 알 수 있겠다. 남자를 못 났는다고 어머니를 책함은 당치않은 일이겠다. (「성생리학(性生理學)」, 『여성』 제1권 6호(1936))

> 다달이 차저 오는 월경이라는 현상은 어떠한 원인으로 인해서 이러나느냐? 월경은 우리 인류와 엇던 종류의 고등한 원숭이에게만 있는 것이요 다른 동물에는 이러한 현상은 없다. 월경이 란소관게가 있으리라는 것은 옛날부터 상상되여 왔다. 두 개의 란소를 떼여버리거나 X광선을 쏘여 그 기능을 없새면 월경이 오지 안는다. 이 관게는 최근 홀몬학의 진보에 따라 점점 명백해졌다. 란소의 홀몬작용에 의하야 자궁염막에 변이를 일으키고 충혈이오고 분비작용이 나타나 마츰내 출혈하게 되며 월경이라는 현상이 나타나게 된다. (「性生理學(2)」, 『여성』 제1권 7호 (1936))

이처럼 근대 의학의 발달로 인해 신체와 신체의 기능을 가시적으로 인식할 수 있었을 뿐만 아니라 지배되고 통제될 수 있는 대상으로 여기게 되었다. 근대에 이르러 과거와 마찬가지로 여성에게 가장 힘든 고통은 여전히 임신과 출산이었지만, 의학의 발달로 출산에 대한 보다 직접적이고 효과적인 통제가 가능하게 되었다. 그것은 역으로 의과학은 여성을 통제하는 또 다른 수단이 될 수 있었고, 그 이후 정부 주도의 출산정책이 전 국가 단위로 전개되기도 했다.

20세기 초기에 적극적으로 수입된 과학은 여성의 굴레였던 아들 출산, 불임 등에 대한 책임으로부터 여성을 일부 자유롭게 했고, 여성 스스로 임신과 출산의 고통을 당연한 것이 아닌 것으로 인식하게끔 하였지만 사회는 여전히 여성을 자식을 낳을 수 있는 존재임을, 그리고 자식을 낳은 뒤에는 어머니로서 가져야 할 모성을 여전히 강조하였고 여성들은 그것이 미덕이자 기쁨임을 당위적으로 받아들였다.

> 나는 어린아이를 낳았다. 그리하야 어머니가 된 것이다. 그렇게 몹시 앓으든 것도 어데로 가버리고 '고초가 달렸구나'라는 어머니 말슴에 좋고 부끄럽고 (중략) 생각하면 괴로웠든 것도 겨우 세 시간이다 (중략) 내가 직접 어린 것을 길너 보니 정말 어머니 되는 괴로움을 진정으로 알 수가 있다. 나는 왜 하필 女子로 태여났는지 (중략) 그러나 날이 갈사록 무럭무럭 자라는 귀여운 아이 (중략) 정말 내 아들이란 이렇게도 사랑스럽고 귀한 것인가 함을 어머니되여서 비로소 알었다. 이것이 모성애란 것인지. (「女子는 神의 懲罰을 받었든가-첫아기낳고깨다른일」 『여성』 제1권 2(1936))

자궁의 상징성

자궁이라는 신체기관에 대한 구체적 인식과 명칭은 개화기 이후에 가능했지만, 예로부터 분만 시 태아가 지나가는 '산도(産道, birth canal)' 속에 태아가 있는 공간에 대한 인식은 있었던 것으로 보인다. 그러므로 '굴, 동굴, 터널' 등은 생명의 모태인 여성 자궁의 상징물이 되어 왔다. 고구려 때 '국동대혈(國東大穴)'에 대해 '삼국지 위지동이전'에 다음과 같은 기록이 있다.

> 以十月祭天大會 名曰東盟 其國東有大穴 號隧穴 亦以十月迎祭之 (『삼국지 위지 동이전(三國志 魏志 東夷傳)』(3세기경))

이것은 "10월이면 하늘에 제사를 지내기 위해 크게 모이는데 이를 '동맹'이라고 불렀다. 그 나라의 동쪽에는 큰 굴이 있었는데 '수혈'이라고 불렀으며, 또한 시월이 되면 그곳에 제를 올렸다" 등으로 해석된다. 당시 '동굴'을 성스러운 곳으로 설정하고 지모신(地母神), 농경신(農耕神)이었던 유화(柳花)를 모셨는데 당시 동굴을 생명이 잉태되는 곳, 더 나아가 여성의 자궁에 대한 상징으로 해석하기도 한다. 이러한 상징성의 연원은 지금까지 이어져 자궁은 여성을 상징하기도 하고 동시에 새로운 생명이 잉태되고 탄생하는 신비함을 가진 존재로 비유되기도 한다.

바다, 새로운 해를 잉태하고 있는 우주의 위대한 자궁인 바다를 보기 위해서였
다. 우주가 새로 깨어나는 신생의 아침에 그 바다 (중략) (이승우 「사람들은 자기
집에 무엇이 있는지도 모른다」(2001))
　　우주를 낳은 자궁의 가장 확실한 가시적인 모습은 바닷물이다. (한승원 「자궁의
권력」, 『서울신문』(2006))

현대 문학은 어머니의 자궁에 있을 때 웅크리고 자는 태아를 회상하고 이를
직접 표현하기도 한다. 태아는 모체의 양수로 채워진 자궁 속에서 따뜻하게 보
호되기 때문에 자궁은 가장 안전하고 아늑한 곳, 새로운 것을 창조하는 공간으
로 비유된다. 자궁은 때로는 태아가 갇혀있던 폐쇄공간을 상징하며 문학작품
속 주인공은 자궁으로 비유되는 공간 속에서 갇힘을 통한 해방감을, 고립을 통
한 안정 등을 취하게 된다. 이처럼 자궁으로 비유되는 역설적 공간들은 어둠,
폐쇄, 은둔, 고립 등의 부정적 이미지를 갖기도 하고, 주인공에게 있어서는 세
상에서 가장 안락하고 편안한 공간이 되기도 한다.

1.3. 생산의 대지, 육체의 기원

자궁에 관한 가장 오래된 문학적 은유는 자궁이 생산의 대지 및 육체의 기원
이라는 것이다. 자궁은 생명의 잉태와 성장은 물론, 모성의 근거인 동시에 인간
존재의 근거이다. 태초의 힘과 생명의 근원을 상징하는 배꼽, 그리고 탄생의
바다이자 순환하는 생명수인 양수를 품은 자궁은 육체의 기원이라는 보편적인
이미지를 부여받아왔다.
　　자궁을 생명과 생산의 공간으로 인식하는 문학작품은 모성성을 여성의 긍정
적인 자질로 받아들이게 된다. 그러나 자궁이 지닌 생명력을 예찬하고 모성성
을 신비화하는 시각은 여성의 몸을 생산적인 도구로 바라보거나 모성을 숭배하
는 남성중심적 인식을 반영하는 것이기도 하다.
　　규방가사에서 생명을 잉태하고 출산하는 여성의 몸은 귀중하다. 생명을 탄

생시키는 것은 몸의 고통을 수반하는 과정을 거치는 만큼 의미 있는 일이다. 생명 중에서도 최상의 존재인 천자와 왕후도 여성의 몸을 통해서 탄생한다는 점을 언급함으로써 여성의 몸이 귀중함을 일깨운다. 이와 같이 생명의 근원이 되는 여성 고유의 '몸'은 여성 존재에 대한 자긍심의 근거이다.(「송회가」, 권종태 씨 부인 「화전가라 3」) 이러한 몸에 대한 의미 부여는 여성 자신들이 삶 속에서 누려야 할 즐거움이나 기쁨이 당연한 것임을 말하기 위한 전제로 놓여 있기도 하다.(권종태 씨 부인 「화전가라 3」) 이때 여성의 몸은 수단으로서의 의미보다 여성 존재의 고유성을 뜻하면서 여성을 고귀한 존재로 격상시키는 원천이 된다.

현대소설에서 여성의 자궁은 생명의 근원을 향한 인간의 회귀 욕망과 결부되어 있다. 즉 현대소설의 많은 인물들은 고독, 공포, 분리불안, 퇴행욕망에 시달리고 있으며, 이들은 모두 현실의 질서 밖으로 탈주해 어머니의 자궁으로 회귀하고자 하는 염원을 드러낸다. 소설에서 모성적 낙원이라는 자궁 이미지는 다양한 형태로 변주되고 재현된다. 그 가운데에서도 인물의 제의적 행위를 통해 자궁 공간이 상징적으로 형상화되는 경우가 많다. 이때 여성의 자궁은 몸 안에 타자를 담아 고통을 초월하고 존재를 회복시키는 신성한 제의 공간이 되고, 양수는 생명수라는 원형 상징을 획득한다. 이때 자궁의 의미는 삶과 죽음이 동일하게 시작된 태초의 공간이자 삶과 죽음이 교차하는 우주적인 공간으로 확대되어 간다. (오정희 「번제(燔祭)」, 「관계」, 「옛우물」, 양귀자 「덩굴풀」, 공선옥 「아무도 모르는 가을」, 천운영 「내가 데려다줄게」, 고은규 『트렁커』, 최진영 『당신 옆을 스쳐간 그 소녀의 이름은』)

그러나 한편으로 신성한 모체의 상징으로 자궁의 의미가 고정됨에 따라 자궁은 임신과 출산의 임무를 담당하는 모체의 일부일 때 가장 '자궁다운 자궁'으로 인정받을 수 있었다. '자궁가족(uterine family)' 모티프에서 볼 수 있듯 자궁은 강한 여성이 지닌 힘과 생명력의 원천을 상징해왔다. 소설에서 여성인물의 임신과 출산이 희망적 미래를 낙관하는 서사적 장치로 즐겨 사용되었던 근거도 여기에 있다. 생명의 탄생과 양육에 관여할 때 여성의 자궁은 생명을 담는 '용기(容器)'이면서 '세상을 받는 그릇'으로 긍정되고, 나아가 다른 존재와 소통하는 여성만의 내밀한 통로로 의미부여 된다. (장덕조 「자장가」, 백신애 「식곤」)

그러나 자궁이 죽음을 잉태하고 분만하는 경우 자궁은 불구, 불모의 기괴한 이미지로 묘사된다. 숭고한 어머니의 이미지를 깨뜨리는 원초적 모성의 형상을 보여줌으로써 강요된 희생에 저항하는 여성적 욕망의 이면을 드러내는 것이다. 이때 사산과 파멸의 자궁은 현실의 곤궁함과 비극성을 드러내는 증거로 활용되기도 한다. (강경애 「지하촌」, 「소금」, 백신애 「적빈」, 「호도」)

이에 비해 현대시에서 자궁의 건강한 생명력을 뚜렷하게 드러내는 상징은 '양수'이다. 양수는 생명체를 품은 자궁을 보호하는 생명수다. 양수는 여성성을 상징하는 물의 원형적 의미와 상통하는데, 피나 땀이나 눈물과 달리 여성만이 지니고 있는 생명 가득한 '젖물'이라는 점에서 생산의 대지와 공존하는 탄생의 바다라고 할 수 있다. 양수의 물살을 가르며 자라나는 건강한 아이들을 잉태하고 길러낼 수 있는 환희의 생산적인 공간으로서 자궁은 육체의 기원이다.

따라서 여성을 자연과 동일하게 이해하는 에코페미니즘의 시선이 가장 활발하게 움직이는 곳은 생산의 대지인 자궁 및 탄생의 바다인 양수이다. 여성의 가장 건강한 몸, 즉 남성적 시선이나 지배적 이데올로기에 순응하거나 억압되지 않는 여성의 몸은 생명력 가득한 양수가 출렁이는 자궁으로 표현된다. 스스로 퍼올리는 물, 마르지 않는 물, 그리고 여성들 사이사이를 흐르는 물을 품고 있는 양수는 자궁을 찬송하는 노래의 주제가 된다. (김혜순 「月出」, 「환한 걸레」)

하지만 이 자궁은 생산의 대지이자 죽음의 무덤이라는 대립적인 의미 또한 갖고 있다. 자궁은 삶과 죽음이 동일하게 시작된 곳으로서 '탄생이 땀 흘리는' 태초의 공간이면서 동시에 '죽음의 잔해가 탄피처럼 널려있는' 곳으로서, 모성을 넘어서 탄생과 소멸, 생과 사가 만나고 무한 반복되는 우주적인 공간으로 확대된다. (최승자 「여성에 관하여」, 문정희 「치마」)

헛부고도 가소롭다 여ᄌ일신 원수로다 너의말이 그럴진대 그도역시 당년ᄒ다
셰상물경 싱각잔코 녀ᄌ한탄 그리마라 부녀몸이 업고보면 남ᄌ인들 무엇ᄒ리 앗
기ᄒ던 내의말이 헛기림이 아니로대

—「송회가」(미상)

이로움에 우리몸도 가는세월 헛날이면 녹빈홍안 고은얼굴 백슈은을 어이하리
오늘놀음 이좌석에 여자몸이 상쾌하다 만승천자 왕후몸도 여자몸에 탄생하고 겹
빈객 봉제사을 여자손을 공개하니 여기모인 선여들아 우리몸 안중한가

—권종태 씨 부인, 「화전가라 3」(미상)

기운이 진하여 아이를 속히 낳지 못하고 끙끙하는 벙어리를 앞에 놓고 늙은이의

가슴은 어리둥절하였다. 우선 조금 남아있는 장으로 솥에 찬물 한 바가지를 붓고 물을 끓여 벙어리에게 두어 숟갈 먹였더니,

"아버버-"

하는 고함소리와 함께 새빨간 고기 덩어리가 방바닥에 떨어지며

"으아-"

하고 힘있는 첫소리를 쳤다. (중략) 늙은이는 잠시 가만히 앉아 예순 셋에 처음으로 보는 손자라 그런지 그의 가슴은 감격에 꽉차 가지고 웬일인지 눈물이 줄줄 흘러내렸다.

─백신애 「적빈」(1934)

영애를 낳아 놓고 그 다음날로 보리마당질 하던, 그 지긋지긋하던 때가 떠오른다. 하늘이 노랗고, 펑펑 돌고, 보리 이삭이 작았다 커 보이고, 도리깨를 들 때, 내릴 때, 아래서는 무엇이 뭉클뭉클 나오다가 나중엔 무엇이 묵직하게 매어달리는 듯해서 좀 만져 보려했으나, 사이도 없고 또 남들이 볼까 꺼리어 그냥 참고 있다가 소변보면서 보니 허벅다리엔 피가 흥건했고 또 주먹 같은 살덩이가 축 늘어져 있었다. 겁이 더럭 났지만 누구보고 물어보기도 부끄럽고 해서 그냥 내버려 두었더니, 그 살덩이가 오늘까지 늘어져서 들어갈 줄 모르고 또 무슨 물을 줄줄 흘리고 있다.

─강경애 「지하촌」(1936)

그날밤 사내는 정체모를 환약을 사가지고 들어와 자기 눈앞에서 먹기를 재촉하였으나

"무슨 수작이야" 하는 듯이 인화는 들은 척도 하지 않았다.

"이목구비도 바루 생기지 않았을 걸가지구 뭘 그래"

사내는 질깃질깃 하게 작구 대여들었으나

"사람새끼 아니라 짐승 새끼라두 좋아, 내 배속에 있는 물건에게 사랑이 있는 것두 당연하지"

그 벌써 미약한 태동(胎動)을 느끼고 있든 인화는 이렇게 말하면서도 "이 남자에게 내 기분이 알 리가 있나" 하였다.

─장덕조 「자장가」(1936)

그리고 내 앞에는 가직하게 어릴 적의 바다, 모래톱에 밀리는, 은빛 수천 수만의 비늘을 번쩍이는 뒤채는 거대한 한 마리의 뱀이 있어 나는 헤엄치고자 버둥거렸다. 그것은 어머니에게로 돌아가고자 하는 내 나름의 노력이었다. 어머니와 관련된 최초의 기억은 익사의 공포에서 비롯됐다. 유년 시절 어머니와 갔던 바다에서

물에 빠졌을 때 나는 물 속에서 허우적거리며 이젠 다시 어머니에게로 갈 수 없다
는, 그녀의 자궁에서 떨어져 나온 이래 가장 확실히 분리되었음을 막연한 느낌으
로 자각하여 얼마나 외로웠던가. (중략) 어머니가 손에 십자가를 쥐고 타계했을
때 오히려 어느 때보다도 나는 그녀와 굳게 결합되어 있었다. (중략) 어머니와
나 사이에 개재하여 번득이던 물결을 한걸음에 뛰어넘어 단지 한 개의 알로 환원되
어 그녀의 자궁에 부착된 듯 편안한 느낌 속에서 나는 다시는 떠나지 말자 떠나지
말자 다짐하고 있었다.

—오정희 「번제(燔祭)」(1971)

　　그리고 그네의 흐릿하게 빛나는 손톱을 세워 사내의 붉은 목덜미에 깊이깊이
박지. 사내의 살 깊은 목덜미에 은빛 비늘이 파도처럼 번득이고 사내는 이제 움직
이지 않지. 그러나 그네는 사내의 어두운 곳에 아직 살아 꿈틀거리는 신비한 힘을
자궁 속에 깊이 빨아들이지.
　　나는 그네의 납빛 이마와 따스하고 부드러운 허벅지를 생각하지. 난 그네에게
아이를 낳게 할 수도 있지. 그러한 내 능력을 의심해본 적은 한 번도 없어.

—오정희 「관계」(1973)

　　서른 해 전 오늘, 그녀가 태어났다는 사실을 확인해 봤을 뿐이었다. 삼십 년만큼
만 뒤로 가면 솜털이 부숭부숭한 태아가 엉덩이를 두들겨맞고 첫울음을 터뜨리는
것을 볼 수도 있으리라. 그녀는 잔뜩 몸을 오그렸다. 돌아가고 싶다. 어머니의
자궁 속으로 돌아갈 수도 있을 것이다. 그녀는 더욱더 등을 굽히고 할 수 있는
한 힘껏 자신의 몸을 좁혔다.
　　돌아갈 수만 있다면. 마룻바닥에 찰싹 달라붙어, 몸을 한껏 오그리면서 그녀는
한 마리 벌레처럼 바둥거렸다.

—양귀자 「덩굴풀」(1985)

　　…… 가만있으면 정말로 가슴이 터져버릴 것 같아서 인자는 공처럼 몸을 동그랗
게 말았다. 자궁처럼 동그랗게. 인자가 몸을 마는 순간 목이 쉬도록 자지러지게
울던 아기가 울음을 뚝 그쳤다. 아기를 안고 동그랗게 몸을 말면 인자 몸 전체가
자궁처럼 되어서 아기는 다시 태어나기 전의 모습으로 돌아갈 수 있어서, 그게
편안해서 그랬는지도 몰랐다. 그리고 무엇보다 몸을 말면 요괴처럼 악착같이 달라
붙은 '내가'라든가, '나 때문에'라는 고약한 속삭임들이 사라졌다. 인자 몸이 작아
지고 작아지면 요괴들에게도 인자 몸이 보이지 않게 되는지도 몰랐다.

—공선옥 「아무도 모르는 가을」(2007)

늪은 제 속으로 걸어들어온 사내를 부드럽게 감싸안았다. 늪은 아기에게 젖을 물리듯 사내의 벌린 입속으로 버드나무 잔가지와 물달팽이 껍데기와 생이가래와 자라풀을 집어넣었다. 사내가 있던 자리를 연두빛 융단이 차지하더니 곧이어 짙은 안개가 그 위를 덮었다. 사내는 흔적도 없이 사라졌다. 늪은 다시 침묵에 잠겼다. 침묵은 영원히 지속될 것 같았다. //

늪은 안개를 피워올린다는 것. 늪 가장자리에서 허물을 벗는 어린 물뱀들과 쇠물닭이 분주하게 돌아다니고 개구리 알이며 물잠자리 알이 부화하고 썩어간다는 것. 때론 왝왝왝 왜가리 울음소리가 늪의 침묵을 깬다는 것. 그것이 진실이다. 그리하여 진실을 구하고자 하는 자들은 늪으로 갈 일이다. 거기 늪의 짙은 안개 속에서 깊은 잠에 들어갈 일이다. 두툼한 낙엽 융단이 추위를 막아주는 그 따뜻한 늪이 데려다줄 것이다. 안개를 피워 올려. 그곳으로.

—천운영 「내가 데려다줄게」(2007)

암흑 속에서
너무 무섭고 외로워
톡톡. 세상을 두드리면
울던 엄마가 웃었다. 그 느낌 하나만 믿고
바깥으로 나왔다.

천년의 세월 중 내가 들었던 가장 달콤한 말은,
사랑하는 우리 아가.
내가 보았던 가장 아름다운 것은,
엄마의 자그맣고 부지런한 심장.
가장 황홀했던 건,
아빠가 엄마 안에 들어와 우리 셋이 완전한 하나가 되던 느낌.
그 안에서 짐작했던 최고의 행복은,
당신이 나를 안고
내 눈을 보며
내 이름을 불러주는 그 순간.

—최진영 『당신 옆을 스쳐간 그 소녀의 이름은』(2010)

여자의 몸이 활처럼 휘고
뜨겁게 젖은 뿌우연 살덩어리가
여자의 숲 아래로 고개를 내밀었다

파도의 검푸른 옷자락이 여자를 덮어주었다

여자는 지금 마악 낳은 아기를 배 위로 끌어올렸다
땀 젖은 저고리를 열고 물컹한 달을
넣은 다음 고름을 묶고 젖을 물렸다
기슭 아래 밤의 나무들이 그제야
푸르르 참았던 한숨을 내쉬었다

—김혜순 「月出」(1997)

물동이 인 여자들의 가랑이 아래 눕고 싶다
저 아래 우물에서 동이 가득 물을 이고
언덕을 오르는 여자들의 가랑이 아래 눕고 싶다

땅속에서 싱싱한 영양을 퍼올려
굵은 가지들 작은 줄기들 속으로 젖물을 퍼붓는
여자들 가득 품고 서 있는 저 나무
아래 누워 그 여자들 가랑이 만지고 싶다
짓이겨진 초록 비린내 후욱 풍긴다

—김혜순 「환한 걸레」(1997)

여자들은 저마다의 몸속에 하나씩의 무덤을 갖고 있다.
죽음과 탄생이 땀 흘리는 곳,
어디론지 떠나기 위하여 모든 인간들이 몸부림치는
영원히 눈먼 항구,
알타미라 동굴처럼 거대한 사원의 폐허처럼
굳어진 죽은 바다처럼 여자들은 누워 있다.
새들의 고향은 거기.
모래바람 부는 여자들의 내부엔
새들이 최초의 알을 까고 나온 탄생의 껍질과
죽음의 잔해가 탄피처럼 가득 쌓여 있다.
모든 것들이 태어나고 또 죽기 위해선
그 폐허의 사원과 굳어진 죽은 바다를 거쳐야만 한다.

—최승자 「여성에 관하여」(1984)

벌써 남자들은 그곳에
심상치 않은 것이 있음을 안다.
치마 속에 확실히 무언가 있기는 있다.

가만 두면 사라지는 달을 감추고
뜨겁게 불어오는 회오리 같은 것
대리석 두 기둥으로 받쳐 든 신전에
어쩌면 신이 살고 있을지도 모른다.

여자들이 감춘 바다가 있을지도 모른다.
참혹하게 아름다운 갯벌이 있고
꿈꾸는 조개들이 살고 있는 바다
한번 들어가면 영원히 죽는
허무한 동굴?

―문정희 「치마」(2004)

1.4. 관리되는 자궁, 여성억압의 약사(略史)

　예로부터 여성들에게는 태교(胎敎)의 중요성이 강조되었다. 태교는 잉부(孕婦)가 언행을 삼가서 태아에게 좋은 감화를 주는 일이라 하였다. 태교는 임신한 여성을 중심으로 두 가지 측면에서 접근되었다. 하나는 가계전승을 위한 자식을 생산한다는 점에서 아내로서의 입장이고, 다른 하나는 주체와 대상이 어머니와 아이와 가르침이라는 점에서 어머니로서의 입장이었다. 전통적 태교론은 뱃속 아이에게 하는 교육의 의미지만 실은 아기를 가진 어머니에 대한 교육을 의미하는 것이었다. 이에 태교는 여성이 아기를 잉태한 순간부터 출산하기 직전까지를 의미했다. 임신한 여성들은 환경과는 무관하게 자신의 정서를 스스로 통제할 만한 수양을 갖추어야한다고 했다. 태아에 대한 책임이 전적으로 어머니에게 귀결되었던 것이다. 이에 아기가 성인이 되었을 때 지은 선악이나 성공과 실패, 혹은 아이가 소인(小人)이 되느냐 군자(君子)가 되느냐는 모두 어머니의 책임이 되는 것이었다. (안동 장씨 「行實記」)

　그런데 18세기 후반에서 19세기 초에 이르면 태교의 의미가 확대된다. 태아가 생기기 전 곧 임신 전의 환경부터 임신이 되는 과정까지도 태교에 포함시켰다. 여기에는 부부의 건강관리도 포함되며 아버지의 역할이 강조되었다. 태는 성품의 근본이 되는 것이어서 태가 이루어지기 전에 올바로 가르쳐야지 이미 한번 형태가 이루어진 뒤 가르치는 것은 소용이 없기 때문이라는 것이다. 이에 태아를 만드는 아버지의 역할이 중요하고 그 다음에야 임부의 10개월 역할이 중요하다. 그런데 그 10개월도 임부에게만 맡겨서는 안 된다고 했다. 태교에서 무엇보다도 임부의 의지가 중요하지만 더불어 온 집안이 노력해야 한다. 임부가 성내고 두려워하고 근심하고 놀라는 것은 상당 부분 외부 환경에 의한 것이니, 주위의 문제가 임부에게 영향을 미치고 이것이 바로 아이를 병들게 하기 때문이다. 임부에 대한 주변의 책임을 거론한 것이다. 곧, 임신의 의미가 '대 잇기'에서 '아이 낳기'로 변화하며, 태교의 대상을 임부에서 태아로 이동시켰고, 태교가 여성의 책임일 뿐만 아니라 주변 사람들의 책임이기도 하다고 한 것이다. 이는 임부는 보호받을 존재로서 중요하다고 한 것이다. 여성의 몸을 인식한 태교라 할 수 있다. (이사주당 『태교신기(胎敎新記)』)

　인간의 몸에 대한 해부학적 지식이 충분하지 않았던 고전의 시대에 있어 몸 그 자체에서 더 나아가 세분화된 몸이며, 더구나 여성에게만 존재하는 '자궁'이라는 기관에 대한 직접적인 언급을 찾아보기는 힘들다. '자궁'이라는 어휘 자체가 근대 이후에나 쓰였다는 점을 감안하더라도 '배[服]'나 '태(胎)'와 같이 '자궁'을 대체할 수 있는 다른 어휘도 찾아보기 쉽지 않다.

　자궁의 기능이라고 할 수 있는 임신과 출산에 대한 서사화는 대개 가정소설이나 가문의 일을 주제로 하는 국문 장편소설 등에서 주로 이루어진다. 그런데 이 또한 부부나 가문 차원의 문제로서 다루어질 뿐 여성 개인의 일로 바라보는 시선은 존재하지 않는다. 그러므로 고전소설에서 여성의 임신은 입덧이나 부풀어 오른 배로 표징되지 않으며, 잉태는 대개 '홀연'히 이루어지고 세월이 흘러 '달이 차매' 임부가 '일개 여아'나 '남아'를 문득 낳는다. 드물게 임신으로 인해 임부가 수척해지거나 병증이 있는 것처럼 묘사되기도 하지만 대부분 임부 자신도 임신 사실을 잘 모른 채 몇 달을 보내거나 알더라도 인성을 갖춘 선한 여주인공이라면 가벼이 입을 놀리지 않기 때문에 주변 사람들은 대개 출산에 임박

해서나 출산한 뒤에 임신 사실을 알게 된다. 그야말로 '홀연 잉태하여 문득 해만'하는 것이다. (「소현성록」, 「명주보월빙」, 「조씨삼대록」)

임신과 출산은 자궁을 가진 여성만이 수행할 수 있는 일이기 때문에 '자궁'은 곧 '여성'을 상징한다. 즉 임신과 출산은 여성 고유의 역할이자 여타 사회활동이 원천적으로 차단된 시대에 여성이 중요하게 수행한 사회적 역할이라고 할 수 있다. 물론 임신과 출산이 여성 고유의 역할이지만 여성 혼자서 수행할 수 있는 일도 아니었다는 점에서 임신과 출산을 부부나 가문의 문제로 접근하는 시각이 일면 정당해 보이기도 한다. 그러나 태몽과 출산이 비교적 자주 서사화되는 것에 비해 태몽과 출산 사이의 열 달의 임신 기간은 '달이 차매'로 형상화되고 마는 서사적 무관심은 임신과 출산이라는 제반 과정에서 여성의 자궁이 오롯이 감내해야 하는 과정에 대한 무관심이며 이는 여성성을 은폐해 온 사회, 문화적 실상이 반영된 것이다.

고전소설에서는 열 달의 임신 기간 동안 임부가 행하는 태교에 대해 구체적으로 서술되는 경우는 드물다. 다만 나쁜 음식을 먹지 않고 나쁜 색을 보지 않으며 바르지 않은 곳에 앉지 않는다는 「소학」 차원의 묘사가 상투적으로 이루어질 뿐이다. 그러나 18세기 이후 형성된 것으로 보이는 국문 장편소설들에는 잘못된 자식을 꾸짖는 장면에서 종종 태교가 중요하게 언급되곤 한다. 태교는 자식의 인성을 결정짓는 중요한 요소로서 부모의 의무로 여겨지는데 이때 모성적 자질뿐만 아니라 부성적 자질 또한 문제 삼는 모습에서 임부 주변의 책임을 거론하는 이사주당의 태교론과 맥을 같이 한다고 볼 수 있다.

그러나 태교에 대해 남편이나 임부 주변의 책임을 의식하는 언술보다는 임신 기간 동안 임부가 행해야 할 의무로 의식하는 언술이 보다 많으며 대부분의 선한 여주인공은 후자의 의식을 내면화하고 있다. 태교가 여성만의 의무가 아니었음에도 불구하고 자식의 인성이 잘못 형성되었을 경우 그 원인을 생후 훈육에서 찾기보다 먼저 태교의 잘잘못에서 찾는 것은 일견 문제의 원인을 근원에 소급하여 찾으려는 논리적 태도로 보이지만 결국은 태내 환경의 호불호를 여성의 책임으로 전가하려는 의식의 일단을 교묘히 숨기고 있는 것이다.

이처럼 임신기간 중의 여성의 몸 자체에 대한 관심은 보이지 않으면서 태어난 아이의 인성의 문제를 태교와 관련시켜 판단하는 데에는 임부를 보호받을 존재로서 중요하게 여기기보다는 여성의 몸을 생산의 도구로 보았던 인식이 자리하고 있다. 또 임신기간과 관련하여 태교 이외의 다른 관심을 보이지 않는 태도는 태어나지 않은 아이 즉 유산이나 사산에 대한 의미부여를 불가능하게 하고 유산이나 사산은 실패한 임신으로서 불임과 동일하게 취급될 뿐이었다.

조선시대에 아이를 임신하여 태교에 힘쓰는 것은 여성이 지녀야 할 부덕 중 하나였다. 임신 중 언행을 단정히 하는 것은 교훈을 읊은 계녀가 가사 작품들에서 주요한 덕목으로 언급된다. 태교는 훌륭한 자식을 낳기 위한 것으로, 어머니의 몸이 근신함으로써 용모가 단정하고 재질이 명민한 아이를 출산할 수 있다는 믿음에 연원한다. 특히 태교에 힘쓴 모범적 여성으로 주나라 문왕의 어머니 태임씨(太任氏)가 언급된다. (「현부인가라」, 「행실교훈기라」) 태임씨의 모범적 태교는 당대에 보편적인 사회 규범으로 작동하면서 양반가 여성의 몸을 규율한다. 사대부가 여성들이 임신 중 근신해야 하는 덕목들은 일상생활에서 접하는 세목들인 언행, 음식, 빛깔, 소리 등에 관한 금기의 내용들로 구성된다. (「규문전회록」, 「창회가」) 이와 같이 여성의 몸에 부과된 금기의 세목들은 출산의 목적을 위해 여성의 몸을 수단화한 징표들이다.

현대문학에서 자궁의 무한한 생명력을 예찬하고 긍정하면서 신비화하는 시각은 여성의 입장을 대변하고 있다고 할 수 없다. 그것은 여성의 몸을 생산적 도구로 바라보거나 모성을 숭배하는 관습적 사고에서 비롯된다고 볼 수 있다. 자궁의 기능을 '생산'에 한정하는 접근은 여성의 본성에 대한 전통적인 편견과 억압의 근거로 작용해왔다. 자궁이 생산의 도구가 되지 않을 때에는 '달갑지 않은 주머니'라고 인식해 왔듯 자궁을 둘러싼 시각과 편견은 여성을 억압해온 역사를 가장 잘 압축해서 보여준다. 남성 중심의 가부장 이데올로기는 생식의 기능을 배제한 자궁에 대해 성 에너지가 가득한 젠더공간이자 불온한 욕망이 잉태되는 죄의 온상으로 간주하여 이를 관리함으로써 여성 고유의 섹슈얼리티를 통제하려는 욕망을 드러낸다.

여성소설은 여성의 자궁이 여성의 삶을 억압하고 구속하는 기제로 작용하고 있다는 점에 주목한다. 남아선호 사회에서 여아를 출산한 산모, 원치 않는 임신에 고통스러워하거나 유산과 불임으로 인해 열등감과 죄책감에 시달리는 여성, 그리고 결혼 제도 밖에서 임신을 한 미혼모나 기혼녀들 모두 이에 해당한다. 임신과 출산을 통해 자신의 가치를 고통스럽게 증명해야 하는 당위 앞에서 이들은 자신의 자궁에 대해서 어떠한 권리를 주장할 수 없다. 특히 '메마른 무덤',

'석질(石質)의 자궁'과 같이 불임여성에게 부과되는 마이너스 표상은 여성 신체의 불구성뿐만 아니라 생산력을 상실한 무용한 존재로서 여성 존재의 불구성을 환기시킨다. 뿐만 아니라 병든 자궁이나 적출된 자궁 역시 여성의 병력과 전과를 드러내는 증거로 간주될 뿐이다. (한말숙 「어떤 죽음」, 권지예 「꿈꾸는 마리오네트」, 강영숙 「봄밤」, 서하진 「꿈」, 은희경 「아내의 상자」)

이때 이들의 자궁은 가부장 질서에 위배되는 부적합한 공간일 뿐이며, 따라서 그것은 낙태와 사산, 인공 수정 등이 강제로 자행되는 현장이 된다. 이런 가운데 여성은 자궁이 그저 남성 지배 질서를 유지하기 위해 관리되고 통제되는 '차가운 인큐베이터'에 불과하다는 인식에 도달한다. 현대소설은 이렇게 여성의 몸이 공적 영역에서 통제되고 관리되는 상황을 재현함으로써 자궁에 압축되어 있는 여성 억압의 역사를 읽어내고 이를 비판적으로 성찰한다. 그리고 이를 통해 우리 사회에 내재된 가부장 이데올로기의 야만성을 폭로하고자 했다. (최정희 「정적기」, 박완서 「꿈꾸는 인큐베이터」, 강영숙 「그린란드」, 정미경 「바람결에」, 이청해 「엄마의 무릎」, 김이설 「환상통」)

현대시에서 '자궁'은 주로 '무덤' '항아리' '달' '아궁이' '바다' 등 상징적인 시어를 통해 표현되어 왔는데 '자궁'이라는 시어가 시에 직접 등장하면서부터 자궁에 내재된 억압의 약사를 본격적으로 드러내게 된다. 자궁을 '채워져야 할 비어 있는 곳'이라고 인식하는 것에 대해 회의하기 시작했다고 할 수 있다. (신현림 「에미왕릉」, 김종미 「생일선물」, 박연준 「나의 탄생」, 윤예영 「자궁의/에 대한 꿈」)

그러나 다른 한편에서 현대소설은 자궁의 위기를 극복해가는 여성들의 모습을 제시함으로써 여성이 모성이라는 환상 혹은 제도의 감옥에서 벗어나 자기 정체성을 모색할 수 있는 가능성을 제시하고 있다. 현대시에서도 비로소 자궁은 여성 자신의 지각된 몸으로 인식되기 시작한다. 자궁의 신성함과 아름다움을 강조해온 담론이 실은 모성을 찬송하려는 의도이며 남성중심적 시각에서 타자화된 것이었음을 적나라하게 드러내며 더 이상 이를 은폐하지 않는다. 이제 자궁은 아이를 잉태하고 길러내는 공간, 임신과 출산의 도구적인 기능을 갖는 공간의 의미를 지니는 것에서 더 나아가 여성 자신의 정체성을 깨닫게 하는 실존적 육체로 등장한다. 그리고 이렇게 자궁을 도구나 기능이 아닌 여성의 주체적인 육체로 인식하기 시작하면서 자궁에 대한 시는 새로 써지기 시작한다. 그리고 양수는 몸을 넘쳐흐르는 격류처럼 여성의 소용돌이치는 욕망을 상징하며,

임신은 타자적인 몸이 아니라 자발적으로 '다함 없는 사랑'을 내놓은 '둥두렷한 것 하나'를 내놓으려는 적극적 자유의지를 실현하는 장이 된다. (김형경 「세상의 둥근 지붕」, 김인숙 「거울에 관한 이야기」, 차현숙 「나비, 봄을 만나다」, 김승희 「우리가 자궁 안에 두고 온 것들」, 박서원 「생리불순」, 이진명 「깊은 냇가에서」)

아기를 가졌을 때는 열녀전의 가르침을 생각하여 비록 과일 종류라도 모양과 색깔이 온전하고 바르지 않은 것은 입에 대지 않았다. 같은 마을에 나이 드신 부인의 생일 잔치가 열렸을 때 친척의 남녀가 모두 모여 기생들의 노래 마당을 벌였다. 처용의 귀신 얼굴을 하고 차례로 놀이를 벌였다. 부인은 그 때 마침 임신 중이어서 곧바로 머리를 숙이고 눈을 감고 하루 종일 눈을 들지 않았다. 경당 선생께서 듣고 는 감탄하면서 말하기를, "너는 가히 배운 바를 저버리지 않았다 할 만하다."고 하셨다.

及當有娠 念列女傳之戒 雖果蔬之屬 形色不完正者 皆不接口 同里有壽母之 宴 族姓姻戚內外咸集 妓樂俱張 處容鬼面 交戲於前 夫人適有娠 卽低頭收視 竟日不擧目 敬堂先生聞而歎息曰 汝可謂不負所學矣.
—안동장씨 「생전의 일을 기록함 行實記」(17세기)

아버지의 나으심, 어머니의 기르심, 스승의 가르치심이 모두 한가지이다. 의술을 잘하는 자는 아직 병들지 아니함을 다스리고, 가르치기 잘하는 자는 태어나기 전에 가르친다. 그러므로 스승의 십 년 가르침이 어머니가 잉태하여 열 달 기름만 같지 못하고 어머님의 열 달 가르침이 아버지가 하루 낳는 것만 같지 못하니라. (중략) 태를 기르는 어미는 자기 스스로만 할 뿐만이 아니라 온 집안사람이 항상 거동을 조심하여야 할 것이니 감히 분한 일을 듣게 해서는 안 되나니 성낼까 두려워함이요, 감히 흉한 일을 들려줄 수 없나니 두려워할까 걱정해서이며, 감히 난처한 일을 들려주지 못하나니, 그로써 근심할까 두려워함이요, 감히 급한 일을 들려주지 않나니 그 놀랠까 걱정해서이다. 성내면 그 태아로 하여금 피가 병들게 하고 두려워하면 자식으로 하여금 정신이 병들게 하고 근심하면 자식으로 하여금 기가 병들게 하고 놀래면 자식으로 하여금 지랄병이 들게 하나라.

父生之 母育之 師敎之 一也 善醫者 治於未病 善敎者 敎於未生 故 師敎十年 未若母十月之育 母十月育 未若父一日之生 (중략) 養胎者 非性自身而已也 一 家之人 恒洞洞焉 不敢以忿事聞 恐其怒也 不敢以凶事聞 恐其懼也 不敢以急事 聞 恐其驚也 怒令子病血 懼令子病神 憂令子病癲癎
—이사주당 『태교신기(胎敎新記)』(18세기 후반~19세기 초반)

쳐시 팔디 독즈로 일신이 경〃 고 부뷔 서릭 의디 여 나히 거의 삼십이로딕 흔낫 골육이 업스니 듀야 슬허 거늘 양부인이 쏘흔 넘녀 야 이에 대장군 셕슈신의 쳡녀 셕파와 냥인의 녀아 니시를 어더 두 미희로써 댱부를 권 니 쳐시 슈양티 아니코 다 통이 딕 즈못 엄슉흔디라 이녜 쏘흔 조심 야 샹공과 부인 셤기믈 노쥬간굿티 더라 수삼 년이 디나딕 두 미인의 잉틱 돈연 니 쳐시 탄왈 이는 다 내 팔지로다 더라 일 년 후 부인이 홀연 잉틱 니 쳐시 대희 고 냥 미인이 쏘흔 깃거 싱남 믈 축원 더니 블힝 야 농장 믈 엇지 못 고 흔낫 녀 를 싱 니 쳐시 비록 악연 나 쳐음로 유치를 두니 스랑 미 남 의 지나더라 부인이 다시 회틱 니 쳐시 그 님산 기를 당 야 분향 야 축텬 고 아들을 브라더니 문득 일개 녀 를 나흔지라

—「소현성록」(17세기)

부인이 츄칠월 긔망을 딕 여 노염이 지심 고 태부인의 보치믈 닙어 일신이 한가 믈 엇디 못 다가 초일은 신긔 블안 믈 인 여 위시 브르나 드러가디 못 고 희월누의 고요히 누워 심시 창황 니 (중략) 밤을 당 여 명월은 만방의 붉앗고 만리구젹 니 오직 녀 의 머리를 쓰다듬아 야텬을 우러러 비회를 금치 못 다가 샤창을 의지 여 조 더니 홀연 샹셰 부인의 손을 잡고 위로 왈 텬명을 능히 버셔나디 못 여 싱이 슈샥 젼의 셰상을 브리고 혼빅이 옥쳥궁 부귀를 누리나 즈당의 불회 비경 고 쳐즈의 디통을 싱각 미 참연 믈 니긔디 못 느니 부인은 관억 여 스스로 보젼 쇼셔 부인이 실셩오읍 니 샹셰 말녀 왈 유명이 길히 다르고 즉금 님산 여시니 대귀흘 남즈를 어더 망극흔 심스를 위로 라 부인이 늣기다가 닉쳐 소릭 니 시녀 씨오미 발셔 계셩이 악악 여 시비를 고 니 심시 황홀 며 복통이 급 니 시비 밧비 구파를 쳥 여 구호 며 태우긔 알외여 약을 년쇽 니 날이 장츳 붉아 홍일이 동녕의 오르고져 미 부인이 옥굿튼 쌍남을 나 니

—「명주보월빙」(19세기)

이쩍 니부인이 잉틱 삼 삭이라 통셰 가장 중 니 유모와 빵난이 근심 더니 샹셰 쇼추환으로 쵹을 들니고 드러오미 니시 경동 여 니블을 밀치고 긔동코져 는지라 샹셰 흔연이 팔흘 드러 머무릭고 각가이 안져 바라보니 구슬 굿튼 쌈이 흐릭고 약흔 긔질이 쳔촉 니 츄파 빵셩은 더옥 나죽 고 팔즈 아미는 아리싸온 거동과 졀셰흔 풍광이 싀로이 긔특 니 원쉬 경녀 왈 싱이 (중략) 즈원 츌스 여 명일 발힝 더니 싱각 밧 부인의 증셰 위둥 시니 실로 비샹토다 아지못게라 무슴 병이며 일시지닉의 이리 중 뇨 대스를 지류키 어려워 스졍을 일울 쩍 아니라 나오믈 보지 못 고 쩌느게 되니 마음이 어즈럽도다 니시 안식을 졍히 고 샤례

왈 쟝뷔 스군 보국ᄒᆞᄆᆡ 집을 도라보지 아니ᄒᆞ거늘 삼군 쟝졸을 거ᄂᆞ리고 원융이
되여 엇지 아녀ᄌᆞ를 권념ᄒᆞ여 마음을 허트리리오 첩의 병은 일시 질양이라 고당의
안와ᄒᆞ여 구고 혜퇵과 슉미의 홍은이 일신의 져ᄌᆞ니 만무일녜라 (중략) 옥셩이
금반의 진쥬를 구울니ᄂᆞᆫ 듯 빅태쳔광이 촉하의 바이니 실즁이 찬란ᄒᆞ지라 원쉬
희긔 뉴동ᄒᆞ여 격졀탄샹 왈 부인은 규즁 군지라 내 비록 용우ᄒᆞ나 부인의 어질믈
내 져바리지 아니리니 나의 길은 념녀 말고 몸을 보즁ᄒᆞ여 부모의 념녀를 ᄭᅵ치지
말나 니시 거슈 칭샤ᄒᆞ고 강질ᄒᆞ랴 실셥ᄒᆞᄆᆡ 만혼지라 원쉬 옥비를 잡아 믹을
볼시 분명ᄒᆞᆫ 태믹이오 좌믹은 셩ᄒᆞ고 양믹은 동ᄒᆞ여 분명ᄒᆞᆫ 남태라 잉부의 쳑감은
예ᄉᆞ즁이라 부모의 농손 근심과 ᄌᆞ가의 졀박히 기다리던 일이 유신ᄒᆞ니 큰 경시라
미우의 희긔 가득ᄒᆞ여 만안 츈풍의 쥬슌호치 찬연ᄒᆞ여 손을 잡고 여산약ᄒᆡ지졍으
로 니ᄅᆞ딕 싱을 긔이지 말나 부인의 질환이 ᄒᆞᆫ갓 풍샹이 아니라 태샹의 실셥ᄒᆞᆫ
증이라 싱의 알미 헛되지 아니니 부인은 긔이지 말나 니시 슈괴 참안의 긔이미
업ᄉᆞ니 원쉬 대쇼 왈 부인은 날과 지심 부부여늘 무어시 붓그러워 이러틋 쾌ᄒᆞᆫ
말이 업ᄂᆞ뇨 맛당이 올ᄒᆞᆫ 대로 닐너 만리의 가ᄂᆞᆫ 마음을 플게 ᄒᆞ라 니시 옥안이
취홍ᄒᆞ여 나족이 대왈 부ᄌᆞ의 알미 분명ᄒᆞ실진대 무ᄅᆞᆺ실 빅 아니라 쳡이 우연ᄒᆞᆫ
질양이니 엇지 분명치 아닌 일노 구외의 ᄂᆡ여 허탄ᄒᆞᆷ믈 취ᄒᆞ리잇가

—「조씨삼대록」(18세기)

문왕 모친 틱ᄉᆞ임은 임신은 즁여로셔 왕괴틱 츌가ᄒᆞᆺ 문왕을 슈틱후로 악한빗
과 한악소릭 귀이눈의 멸니ᄒᆞ고 ᄌᆞ리가 부졍ᄒᆞ며 안ᄶᅵ도 안니ᄒᆞ고 음식니 부졍ᄒᆞ
며 멱ᄶᅵ도 아니ᄒᆞ고 왯텨한딕 안ᄶᅵ도 안이ᄒᆞ고 기울기 안니ᄌᆞ고 악학소릭 안이ᄒᆞ
고 악한마을 아니듯고 십속의 당ᄒᆞ도록 못실일을 안니터니 군왕을 탄식ᄒᆞᄆᆡ 총명
ᄒᆞ고 촉하시ᄉᆞ ᄒᆞᆫ가지을 가라치며 빅가지로 아라시ᄉᆞ 팔주가 시조듸이 틱임으덕
안니오며

—능성 구부인「현부인가라」(20세기 중반)

태왕후비 태님씨는 문왕을 수태하사 올으잔키 ᄭᅡ는자리 안지도 안이하고 기울
기 보인음식 먹지도 안이하고 음성을 안이듯고 사식을 아니보고 십삭을 차연후
에 문왕을 탄생하니 문왕에 착한성덕 모부인 틱교바다 겨록한 명문영황 만세에
빗낫도다

—「행실교훈기라」(미상)

슈틱를 하거든 동졍언행 삼가하소 기울기 눕지말며 승 흔음식 먹지말고 삿특한
빗 보지말며 음난한소리 듯지말며 니브오한 말하지말고 열달을 삼긴후의 자식을

나흐시면 형용이 단정하고 직질이 명민하여 범인과 다러리라
— 「규문전회록」(미상)

싱이육지 흐올젹의 경셩인들 업슬손가 부모님늬 셩식을로 널녀젼 일케한니 틱
중조심 헐후흐랴 좌우를 근신흐야 그아히 나으신니 행동이 다졍흐고 직쥐ㄱ 가교
로다 틱모흐야 가라치이 무어시 미비흐랴 남녀지후 다라도다
— 「창회가」(미상)

나와 어머니의 운명은 누가 이렇게 맨드러 놓았는지 몰나. 여자의 운명이란 태
초부터 이렇게 고달프기만 했을가. — 아니 이 뒤로 몇십만년을 두고도 여자는
늘 이렇게 슬프기만 할건가. 그렇다면 그것은 여자에게 자궁이란 달갑지 않은 주
머니 한 개가 더 달린 까닭이 아닐가. 수없이 만흔 여자의 비극이 자궁으로 해서
생기는 것이라면 그놈의 것을 도려내는 것도 좋으련만 그렇지만, 자궁없는 여자는
더 불행할 것도 같다. '어머니'는 불행하면서도 그 불행한 중에서 선을 알고 진리를
깨달을 수 있으니까, 되려 행복할지 모른다.
— 최정희 「정적기」(1938)

석탄이 있는 곳을 향해서 몸을 납작 땅에 붙였다. 땅은 경사가 져서 기어오르는
데 무척 괴로웠다. 몸이 무겁고 숨이 찼다. 임신 5개월 때문인지도 모른다. (중략)
진작에 수술이라도 했었으면! — 그녀는 언덕을 기어오르며 새삼스레 또 푸념을
해본다. 돈이 없어서 수술을 못했던 것이다.
이렇게 몸을 막 구는데도 떨어지지 않으니, 이번도 속절없이 낳아야 하나부다.
죽일 수도 없고 — 나오자마자 죽어 버렸으면 — 제발 저절로 떨어져라. 떨어져라.
— 한말숙 「어떤 죽음」(1957)

그러면서 의사는 아랫배를 약냄새 나는 솜으로 이리저리 문질렀다. (중략) 의사
의 찬 손이 뱃속의 작은 덩어리를 자꾸 한쪽으로 몰아붙이려 하고, 작은 덩어리는
필사적으로 저항하고 있다는 게 선연하게 느껴졌다. 정신을 가다듬어 그쪽으로만
신경을 집중하고 있는데 느닷없이 따끔한 통증이 왔다. 날카로운 비명을 지르며
벌떡 일어나려는 나를 시어머니와 시누이가 황황히 양쪽에서 찍어눌렀다. 못 참
을 만큼 아파서가 아니라 뱃속의 것이 생명의 위협을 받고 있다는 위기의식 때문
이었다. //
요다음 임신에 지장이 없겠느냐고 시어머니가 의사한테 묻는 소리가 들렸다.
내 귀에는 그 소리가 고장난 음반에서 나오는 소리처럼 일그러진 채 마냥 반복해서
들렸다. 태아는 소파수술로 제거하기에 적당한 날짜가 지나 좀 어려운 수술이었다

는 걸 나중에 알게 됐다. 그래서 그렇게 다음 임신을 걱정했구나. 나는 하염없는
마음으로 내가 인큐베이터에 지나지 않았다는 걸 수락했다.

—박완서 「꿈꾸는 인큐베이터」(1993)

다시 어머니를 만난다면, 만약에 그런 일이 생긴다면 승주는 어머니께 하고 싶
은 말이 있다. 인류의 기억을 더 멀리까지 거슬러 오르면 다른 어머니도 있었다는
것을. 어머니가 반드시 사랑과 희생의 대명사만은 아니었다는 것을.

다시 어머니를 만난다면 승주는 말하고 싶다. 어머니가 느끼는 죄의식에는 바로
그런 배경이 있었다는 것을. 모성이란 인류가 공모하여 만들어낸 환상이라는 것
을, 모든 환상은 쉽게 손닿을 수 있는 게 아니라는 것을.

—김형경 「세상의 둥근 지붕」(1996)

난 다른 남자의 아이를 자궁에 키우면서도 뻔뻔스럽게 그를 받아들이잖아.

그런데 어느날부턴가 나는 강렬한 질투심에 불타올랐어요. 남편의 상대를 찾아
내고야 말겠다는 오기가 당신의 아이를 가졌을지도 모른다는 두려움에 싸일 때마
다 불길처럼 솟곤 했지요. 생리일이 되어도 멘스는 찾아오지 않고…… 남편이 어
쩌다 집을 비우면 나는 단서들을 찾느라 혈안이 되었더랬지요. (중략) 밤중에 들어
온 남편을 향한 살의를 잠재우기 위해 난 내 팔목에 자해를 했답니다. 뭐 별건
아니에요. 그리곤 그냥 곯아떨어졌는데 내 복수계획은 초반에 박살이 나고 말았답
니다. 왜냐고요? 다음날 아침에 생리가 시작되었거든요. 이상하게도 그러고 나선
해일이 지나간 바다처럼 모든 게 허무해져버렸어요.

—권지예 「꿈꾸는 마리오네트」(1997)

그에게, 유산이 된 나의 아이는 내 태중이라는 정거장을 잠깐 거쳐 천국에서
다시 천국으로 돌아간 아이였다. 내가 남편에게 미안해하기 시작한 것은 어쩌면
그때부터였을 것이다. 유산은 혹시 남편의 기도 때문이 아니었을까. 그는 내 아이
가 태중에 살아 있을 때에도 저렇게 기도하지 않았을까. 저 더러운 자궁으로부터
당신의 천국으로 아이를 데려가달라고… 저, 저 더러운 자궁으로부터 말이다. //
남편에게 미안했지만 나는 다시는 아이를 원치 않았다. 비로소 나는 내가 죽음
의 자궁을 갖고 있다는 것을 알게 되었다. 내 자궁이 기억하는 것도 죽음, 그것뿐이
었다. 또한 영원한 부재… 텅 빔. 이별도, 아픔도, 절망도 아닌 그저 영원한 부재,
혹은 텅 빔 말이다. 세 번째도 유산하게 되었을 때는 오히려 편안한 느낌이었다.
죽음의 씨가 심어진 자궁에 죽음 이외의 것을 기억하는 꽃이 피어날 일은 없을
테니까 말이다.

—김인숙 「거울에 관한 이야기」(1997)

그녀의 자궁 속엔 생명이 다섯 번이나 들어섰다. 네 번은 3개월도 채 못 돼 핏덩이로 흘러 나왔다. 의사는 말한다. 습관성 유산입니다. 다음번에 아기를 가지면 출산 때까지 병원에 입원해 있어야겠습니다. (중략) 남편과 아이를 안은 간호사가 나란히 등을 보이고 산부인과 복도를 걸어 나가는 소리를 멍하니 들으며 아버지가 어릴 때 들려준 옛이야기가, 너무나 오래되어 희미해진 그 이야기가…… 그런 아버지의 염원 때문에 어떤 생명도 그녀의 자궁에서 살아가지 못하는 건가. 어느 책에선가 구원을 받지 못한 영혼들은 죽지도 못하는 고통을 참지 못해 서둘러 지상의 자궁들 속으로 들어간다고 했는데. 자신의 자궁은 죽지도 못하는, 괴로운 그런 영혼들한테조차 아무런 평화도, 따스함도 주지 못하는 그토록 황폐한 곳인가. 아니면 어머니의 자궁 속에 들어앉은 그녀 때문에 죽은 그 여자가 마치 보란 듯이 아이의 생명을 빼앗아가는 걸까.

—차현숙 「나비, 봄을 만나다」(1997)

인공호수에서 물비린내가 퍼져 올라왔다. 몸 전체에 들끓는 열기가 느껴졌다. 나는 오늘 낮 국도 위에서처럼 구역질을 하기 시작했다. 내 몸에서 이물질이 꼬물거리며 집을 짓고 있었다. 나는 허락한 적이 없는데, 나는 무서운데, 누가 내 몸 한가운데다 집을 짓느라 몸을 부비고 있었다. 그를 부르려고 했는데 목소리가 나오지 않았다. 임신이었다.

—강영숙 「봄밤」(2002)

분만실로 들어간 지 겨우 이 분 만에 덜컥 애를 낳았다.
"여대 대학원에 다닌다면서요? 거기는 원생이 몇 명이나 됩니까?"
내 가랑이 사리에 머리를 처박은 채로 나의 찢어진 회음부를 꿰매며 의사가 물었다. 나는 막 애를 하나 얼떨결에 세상에 내놓고는 채 감동에 젖기도 전에 의사의 뜬금없는 질문에 대꾸를 해야 했다.
"한 열 명 정도 돼요."
"그럼 우리 과 레지던트들하고 그쪽 대학원생들하고 미팅 좀 하면 안 될까요?"
"네. 그렇게 하죠."
찢어진 회음부에 꽂혔다 뽑혔다 하는 실과 바늘을 내려다보녀 미팅을 주선하겠다고 약속하고, 질 안쪽까지 최대한 벌어지지 않게 특별히 꼼꼼하게 꿰매 줬다는 의사의 다짐을 받고 나서야 나는 분만실을 빠져나올 수 있었다.

—이청해 「엄마의 무릎」(2004)

"(전략) 결혼 십 년인데, 안 가본 데가 없어요. 용하다는 한의원 찾아다니면서

약도 많이 먹었어요. 내 얼굴이……말이 아니지요?”

　여자의 얼굴은 푸르스름했다. 깡마른 얼굴, 가늘고 긴 목의 여자는 자코메티의 조각을 연상시켰다. (중략) 결혼한 부부의 일곱 쌍 중 한 쌍이 불임이며 불임환자의 5퍼센트는 원인을 알 수 없다……. 처음 도너가 되기로 결심했을 때 의사가 해준 설명들이었다. 세 번 계약하는 동안 나는 불임에 대해, 여성의 몸에 대해 많은 것을 알게 되었다. 원인불명의 경우가 가장 괴롭다고 의사는 말했다. 어떤 여자들은 죄책감과 열등감에 시달리며 드물게는 다른 여자들에 대해, 아이를 쑥쑥 낳는 많은 사람들에 대해 적대의식을 갖기도 한다고 했다.

─ 서하진 「꿈」(2006)

　계속되는 임신과 출산 덕분에 등판은 널찍해 졌지만 그래도 우리는 포기하지 않고 열심히 직장에 다녔다. //

　아직 첫 아이 출산의 기억과 젖몸살의 고통이 채 가시지 않은 상태여서 또다시 짐승이 되는 일은 하고 싶지 않는 게 솔직한 심정이었다. 그러나 싱크대 전사의 말씀, “아들 하나만 낳아라, 내가 키워줄게.” 분명 ‘낳아라’였는데 왜 나한테는 그 말이 ‘낳아줘’로 들렸는지 모르겠지만 결국 문제의 핵심은 아들이었고 그 핵심은 사실 엄마의 평생 콤플렉스였다.

─ 강영숙 「그린란드」(2008)

　우리에겐 동재가 정해주는 스케줄에 따라 체온을 재고 배란을 확인하고 정해진 시간 내에 신선한 정자 샘플을 난자에 부어야 하는, 기계적인 결합만이 남아 있었다. 정자 제공자와 난자 생산자로서 우리는 쾌락보다는 고통을 더 많이 겪어왔다. 남편은 짜증을 내면 그뿐이었지만 난자를 뽑을 때마다 나는 매번 새삼스러운 고통에 시달려야 했다.

　어쩌면 육체적인 고통은 그나마 쉽게 받아들일 수 있는 것이었다. 호르몬 주사를 맞고 채혈을 할 때면 어지럽고 구역질이 났다. 원래 이런가요? 왜요? 피를 뽑을 때마다 어지럽고 구역질이 나요. 간호사가 피가 든 주사기를 잠시 쳐다보더니 고개를 저었다. 아니에요. 상관없는 일이에요. 심리적인 문제 같은데요? 사실은 바늘에 찔릴 때마다 몸이 아니라 영혼의 어느 구성이 아프게 찔리고 침범당하는 것만 같다.

─ 정미경 「바람결에」(2008)

　주먹보다 빨간 살덩이가 덩그러니 용기 안에 담겨 있었다. 손으로 만져보면 금방이라도 펄떡 튀어 올라올 것 같았다. 제거된 자궁이었다. 적출 상황을 간략하게 말해주고 봉합을 하러 다시 들어갔다. 내 눈으로 본 것이 믿어지지 않았다. 저기에서 내가 만들어지고 자랐다니. 그런데 지금은 암세포가 버글댄다니. 나의 자궁도 저렇게 생겼었다는 것 아닌가.

—김이설 「환상통」(2010)

　　몸에 숭숭 뚫린 구멍을, 그 습습한 골짜기를
　　살아서는 빨래감으로도 틀어막아야 했겠지
　　차마 가리지 못한 깊고 슬픈 에미의 골짜기엔
　　뜨거운 달 한덩이씩 맘껏 밀어넣고 통근하는 지에비들

—신현림 「에미왕릉」(1994)

　당신의 자궁에 첫딸을 잉태했을 때처럼 내 발을 신발 속으로 밀어넣으신다 당신의 새 자궁에서 엉덩이부터 쑤욱 빠져 나온 첫딸을 밀어넣으신다 지독한 난산을 밀어넣으신다 무사히 다리가 나오고 어깨가 나오고 그만 턱에서 걸려버린 끔찍한 고통을 밀어넣으신다 산모라도 살려야겠어요 의사의 다급한 목소리를 밀어넣으신다 마지막 죽을힘을 밀어넣으신다 같이 죽었을지도 모를 딸에게 처음 젖을 물릴 때 쏟은 눈물을 밀어넣으신다 쳐다보면 아직도 아랫배가 아픈 딸의 발을 밀어넣으신다
　이제는 자궁이 있는지도 의식 못하시는 어머니가 내 생일이라고 새 자궁을 사오셨다

—김종미 「생일선물」(2006)

　　여자의 쩍 벌어진 가랑이 사이로 핏방울이 맺힌다
　　거품을 만들며 수군대는 핏방울들로 빨간 길이 난다

　　빨간 지붕, 빨간 양수, 빨간 흔들림—
　　엄마, 더러운 엄마, 나를 낳지 마
　　여긴 나의 알이 아니야
　　알을 깨고 발 없는 내가 도망치듯 태어난다

　　꿈처럼 흐느끼던 여자의 가랑이는 어디로 갔을까?

—박연준 「나의 탄생」(2007)

　엄마가 나를 안고 벌판에 섰다. 구름이 낮게 깔린 벌판 끝에서 모래바람이 불어온다 엄마의 머리는 아무렇게나 잘려 있었다 쫓기는 짐승처럼 불안한 눈은 지평선

을 향하고 있다 엄마! 모래성이 허물어지듯 그 몸이 천천히 무너진다 엄마! 입
안에서 모래가 서걱거린다 엄마! 나는 거대한 사구 속으로 침몰하고 침몰하고 침
몰하고

　　눈을 뜬다. 괴괴한 정적. 허공에 흩어지는 모래바람. 층층이 쌓인 어둠. 그 아래
짓눌린

　　한쪽 젖가슴에 매달린 내 아이의 가쁜 숨소리

　　젖이 눈물처럼 뚝뚝 흐르고 있다.
—윤예영 「자궁의/에 대한 꿈」(2008)

　　피의 보자기가 찢어지고
　　물의 보자기가 찢어지고
　　처음 보는 큰 가위가 다가와
　　아름다운 다리 사이 계곡으로 쏟아져 나왔지,
　　어쩔 수 없이, 너무 큰 하늘,
　　어쩔 수 없이, 너무 많은 빛,
　　어쩔 수 없이, 엉덩이에 푸른 반점
—김승희 「우리가 자궁 안에 두고 온 것들」(2006)

　　그래, 내 자궁은 비오길 기다리는 홈통이고
　　침잠하는 내일의 용설란이야. 밀려갔다 밀려오고
　　밀려오는 돛대. 얼었다가도 녹아내리는 고드름이야.
　　아이스크림이 되는 종유석이야. 메마른 숨결 뒤에
　　풀잎을 적시는 미풍이야.
—박서원 「생리불순」(1995)

　　깊은 냇가에서
　　희고 푸른 물 속 손 담가
　　진흙 팔다리를 씻어내렸지요(중략)
　　나도 옆구리에 무슨 둥두렷한 것 하나 내어놓고 싶습니다
　　쟁반이랄지
　　담으면 담을수록 자리 다함없는 저 먼 사랑이랄지
—이진명 「깊은 냇가에서」(1994)

1.5. 불길한 시대의 폐허, 디스토피아의 육체

자궁에 대한 불모와 사산의 상상력은 세계의 황폐함과 시대의 불길함을 고발한다. 여성문학에 등장하는 불능과 기형의 자궁, 교란당하는 자궁은 현대인의 소통불가능성을 은유하는 근대비판의 기호라 할 수 있다. 낙태, 유산, 사산 등은 여성의 몸이 통제되고 관리되는 상황을 통해 가부장제 이데올로기의 야만성을 폭로한다. 병든 자궁으로서의 사산과 불임 모티프는 황폐한 시대와 불모의 세계인식을 드러내는 대표적인 은유가 된다.

현대소설에 나타나는 서로 결합하지 못하는 정자와 난자, 생식이 불가능한 자궁과 오염된 양수, 사산된 폐기물들 같은 이미지들은 욕망의 무한 증식이 낳은 근대의 파국에 대한 종말론적 징후이다. 이들은 사회적 네트워크가 해체되고 개별 주체들이 와해된 미래 사회를 불안하게 예고한다. (이명랑 「미니 초코파이」, 편혜영 「저수지」, 「맨홀」, 김이은 「지진의 시대」)

비정하고 잔혹한 테크노피아 사회를 그리는 디스토피아적 상상력 속에서 자궁은 텅 빈 공간, 황폐한 '놀이터' 혹은 사산의 무덤이 되어간다. 이럴 때 자궁은 근대적 욕망에 의해 사물화, 기계화되는 인간의 신체를 상징한다. 물론 이런 자궁의 형상에는 남성 페니스의 욕망으로 가득한 근대에 대한 여성들의 환멸과 비판이 함축되어 있다. (김현영 「냉장고」, 『러브 차일드』, 윤이형 「마지막 아이들의 도시」)

현대시에서 주목되는 것은 자궁에 대한 비유를 통해 현실과 세계에 대한 인식을 적극적으로 드러낸다는 점이다. 사산의 자궁, 오염된 자궁, 낙태와 불임의 은유는 황폐한 시대와 불모의 현실을 의미하는 가장 적극적이고 능동적인 어법이다. 불임과 사산은 시대에 대한 통증을 육화하는 대표적인 상징으로, 현대문명의 폭력성으로 인해 파괴된 자연과 동위항을 이루는 불임의 자궁, 인간세계가 잉태한 가치와 지표들을 무화시키는 이 현실을 사산의 자궁으로 드러낸다. '오염된 자궁'에서 태어난 미래의 아이들은 병약하고 창백하며 매독과 사생아를 퍼뜨리는 부정적인 존재들이다. 자궁은 '여자의 깊은 몸 구중궁궐'에 내재된 생명의 공간이기에 오염된 바다와 사산의 자궁은 문명과 개발과 폭력의 이름으로 피폐해진 이 세계를 함의한다. (나희덕 「갠지즈 강가에서」, 허수경 「여자아이들은 지나가는 사람에게 집을 묻는다」)

또한, 더럽혀지고 훼손된 자궁 및 사산의 자궁은 우리 시대가 간절하게 잉태했으되 이루지 못하고 놓쳐버린 꿈 혹은 현실과 역사의 폭력에 의해 유산된 열망을 의미한다. 사산된 태아와 쏟아버린 핏덩이를 품었던 자궁은 이 시대를 앓는 통증공간을 상징하는데, 귀하고 진실한 가치와 세계관을 사산해버리는 지금 이곳의 현실을 오염과 사산으로 앓는 자궁으로 표현해 여성 육체를 가장 생생한 역사현장으로 드러내며 이 같은 불길한 시대인식의 악순환은 여성의 사산된 자궁을 넘어, 이 폭력적인 현실을 넘어 병든 세계와 우주적인 어둠으로 확산되는 불가항력적인 절망적 현실을 드러낸다. 분만의 상상력이 지닌 풍요로움과 아름다움과 순리의 대척점에 있는 불임과 사산의 상상력은 여성의 자궁을 통해 폐허화된 세계인식과 불모성을 드러낸다. (김승희 「사산의 시대」, 문정희 「머리 감는 여자」, 최승자 「다시 태어나기 위하여」 「Y를 위하여」)

> "아기라고? 아기? 넌 자궁이 없어."
> "아직 자라지 않은 것뿐이래요."
> "자라지 않았다고? 네 나이가 몇인데 아직도 자라지 않았다는 거야?"
> "곧 자랄 거라고? 뚫린 입이라고 아무 말이고 하면 다 말인 줄 알아?
> 언제 자랄지도 모르는 자궁도 자궁이라고 그걸 믿고 기다리라는 거야?
> 난 우리 집 장손이야. 네가 내 아들을 낳아줄 수 있어? 나는, 이놈 저놈 아무한테나 다리를 쫙쫙 벌리는 년이 아니라 내 자식을 낳아줄 여자가 필요하다구."
> "곧 자란다고 했어요. 의사도 그렇게 말했다니까요." (중략)
> "남들처럼? 남들처럼 생리를 할 거라고? 생리 좋아하네. 너 하는 짓이 하도 이상해서 나도 다 알아봤어. 네가 다닌다는 산부인과 거기 서울 산부인과지? 의사 말로는 네 자궁은 언제 자랄지 아무도 모른다는데? 아니, 네 자궁은 자궁 구실도 못 하는 거라던데? 스물두 살이 넘도록 생리 한 번 안 해본 여자, 여덟아홉 살 계집애 자궁만한 자궁도 자궁이라고 속에 넣고 있는 여자, 그게 바로 너야."
>
> — 이명랑 「미니 초코파이」(1999)

빈은 가랑이를 내려다보며 신음을 내뱉고 있다. 빈은 왜 피를 흘리며 신음하고 있는 거지? 장은 자신과 빈에게로 달려드는 나비 떼를 올려다보며 나비는 또 왜 저리 방향 없이 날고 있는지 궁금해진다. 그렇구나. 프로그램 오류로 망각하는 대신 엉키고 있는 거구나. 장은 어렴풋하게 깨달으면서 빈과 자신, 나비와 흐르는 붉은 피에 번갈아 시선을 준다. 바닥의 흔들림은 점점 심해져 책상과 의자, 컴퓨터와 인쇄용지들이 한꺼번에 흔들리면서 제자리를 잃는다. 일어나야 하는데…. 빨리 병원에 가야 하는데. 빈은 곧 태어날 생명 때문에 고통스러워하고 있다. 나비들이 소리 없이 모든 걸 내려다보고 있다. 나비들은 장의 몸속으로 들어갔다가, 장이 나비가 되었다가 하면서 끊임없이 교란된다.

—김이은 「지진의 시대」(2009)

아아 어느 새벽의 그처럼 그의 노트북을 내 안에 집어넣고 싶다. 지옥불 같은 요망에 너는 휩싸인다. 용암은 이제 분출 직전이다. 스커트를 홀링 걷어서 허리춤에 끼워넣고 너는 천천히 속옷을 벗는다. (중략) 너는 마우스 포인터를 좀더 아래로 좀 더 깊은 곳으로 가져가고 싶다. 아랫배에서부터 점차 하강한 마우스가 허벅지 사이를 기기 시작한다. 심한 가뭄으로 여기저기 갈라지고 골이 파인 길이라서인지 마우스는 매끄럽게 움직이지 못한다.(중략) 너는 아랫입술을 깨물고 마지막 힘을 다해 마우스를 밀어넣는다. 앙 다문 입술 사이에서 붉은 피가 흘러내리는 순간 아랫도리가 시큰하다.

—김현영 「냉장고」(2000)

수색이 완료된 후에 몇 차례 폭우가 더 내렸다. 겨울답지 않게 폭우가 잦았다. 경찰들은 양수기를 철수했다. 저수지에서 발견되는 옷가지는 확인 결과 실종자와는 아무런 상관이 없는, 한낱 쓰레기로 밝혀졌다.
며칠 폭우가 내리는 동안 새로운 실종 사건이 발생했다. 이번에는 칠순을 넘긴 노파였다. 실종자의 흔적은 아무것도 발견되지 않았다. 저수지에는 다시 더러운 물이 가득 들어찼다.

—편혜영 「저수지」(2005)

C는 아기를 낳다가 죽을 것만 같다고 했다. 탯줄이 썩어 아이가 뱃속에서 죽어 있는지 모르겠다고도 했다. 나는 C의 눈과 입이 썩어서 뱃속의 아이에게 전이된 게 아니라, 이미 썩어서 뱃속에 자리를 튼 아이가 C의 몸 곳곳을 썩게 한다고 생각했다. 나는 고통을 호소하는 C의 배를 툭툭 쳤다. 이렇게 배를 쳐대면 아이가 얼른 빠져나올 것 같았다. 그럴 때마다 C는 긴 비명을 질렀다. 비명을 지르면서도 힘들이 우뚝 선 내 주먹을 막지는 않았다. 깊고 고불고불 연결된 맨홀 속으로 C의 비명 소리가 퍼져 나갔다.

—편혜영 「맨홀」(2005)

우리는 피실험자들의 난자와 정자가 더 이상 정상적인 생식 기능을 수행하지 못한다는 사실을 확인했다. 난소와 정소에서는 아무런 문제가 발견되지 않았으나, 그들의 난자와 정자는 자궁 내부에서나(자연 수정), 외부에서나(인공 수정) 서로 결합할 능력을 상실한 것으로 보인다. (중략) 정자는 자궁 내를 헤엄쳐 다녔지만 결코 난자와 결합하려 하지 않았고, 난자 또한 정자를 자신 쪽으로 유도하려 들지 않았다.

—윤이형 「마지막 아이들의 도시」(2007)

우리가 처음 어미의 자궁에 맺혔을 때 자궁은 다만 우리의 궁이었다. 소망, 사랑, 용기, 미래, 태양, 천사, 장군, 공주…… 우리에겐 궁에 사는 동안 불릴 이름도 있었다. 그러나 우리는 우리의 궁 안에서 학살당했다. 자궁이 곧 무덤이었다. 우리를 개별적인 존재로 존재하게 했던 이름만 잃고 우리는 획일적인 존재가 되어 무덤에서 태어났다. 우리는 그냥 우리일 뿐이다. 우리를 탄생시킨 어떤 무덤도 알아보지 못했다. 우리를.

—김현영 『러브 차일드』(2010)

전태일의 꿈.
윤상원의 꿈.
나혜석의 꿈.
(중략)
어쩐지, 나 그날 밤, 그것들을, 꼭, 내가,
사산시켜 버린 것만 같은,

우리 시대의 나쁜 꿈자리로 잉태되어
그래도 우리 복부에 앉아 있던
대학병원 태아보존액 유리병 속에
포르말린 양수 속에 오므리고 앉아 있던
얌전한 태아들처럼. 그래도 우리가 낳아주기를
기다리며, 그 익숙한 태동의 따스함.
발로 걷어차며 움찔움찔 우리의 뱃속에서 놀던. 놀았던.
그 태아들을 핏덩이로 쏟아버리고
물끄러미 그 변기 속을 들여다보던
새벽녘의 부끄러움.

—김승희 「사산의 시대」(1995)

장작값이 모자란 시체는 반쯤 태워져
개들의 차지가 되거나 나무토막에 묶여 떠돌았다
가라앉았다 떠올랐다 하면서 더 깊은 강으로, 자신에게로
흘러들었다 기슭 저편에서 떠오른 해는
자궁속을 붉게 비추어 주었지만
배들은 기슭 저편에 닿지 못하고 되돌아왔다
탯줄과도 같은 지상의 길들 어디선가 끊어지고

양수는 점점 핏빛이 되어갔다 아무도 태어나지 않았다
시체 태우는 연기 자궁 속에 자욱했다
―나희덕 「갠지즈 강가에서」(2009)

그리고 집을 묻는다 지나가는 사람은 술 취한 눈을 들어 여자아이를 바라본다
낡은 들보 같은 여자아이의 젖가슴에 손을 집어넣으며 지나가는 사람은 아이를
안는다

바람이 불고 바람 사이로 먹소금이 일어나 작은 자궁으로 들어가고 먼 훗날
그 자궁에서 늙고 조그마한 아가가 자라난다
―허수경 「여자아이들은 지나가는 사람에게 집을 묻는다」(2001)

검은 하수구를 타고
콘돔과 감별당한 태아들과
들어내버린 자궁들이 떼지어 떠내려 가는
뒤숭숭한 도시
저마다 불길한 무기를 숨기고 흔들리는
이 거대한 노예선을 떠나
가을이 오기 전
뽀뽈라로 갈까
―문정희 「머리 감는 여자」(2001)

어머니의 어두운 뱃속에서 꿈꾸는
먼 나라의 햇빛 투명한 비명
그러나 짓밟기 잘하는 아버지의 두 발이
들어와 내 몸에 말뚝 뿌리로 박히고

나는 감긴 철사줄 같은 잠에서 깨어나려 꿈틀거렸다
아버지의 두 발바닥은 운명처럼 견고했다
나는 내 피의 튀어오르는 용수철로 싸웠다

—최승자 「다시 태어나기 위하여」(1981)

그러나 난 죽으면서 보았어.
나와 내 아이가 이 도시의 시궁창 속으로 시궁창 속으로
세월의 자궁 속으로 한없이 흘러가던 것을.
그 때부터야
나는 이 지상에 한 무덤으로 누워 하늘을 바라고
나의 아이는 하늘을 날아다닌다.
올챙이꼬리 같은 지느러미를 달고.
나쁜 놈, 난 널 죽여 버리고 말 거야
널 내 속에서 다시 낳고야 말 거야

—최승자 「Y를 위하여」(1984)

1.6. 신-자궁, 자궁의 반란

　　부정적 인식과 긍정적 수용의 나선적 순환 및 번복을 거쳐 비로소 자궁은 새로운 역사를 쓰기 시작한다. 자궁을 둘러싼 무비판적인 찬사와 무조건적인 거부를 치러낸 지금, 여성의 자궁은 '신-자궁'으로 거듭나고 있다. 불모의 자궁과 사산의 자궁이 회복되기를 바라는 염원은 여성의 주체적인 거듭나기 혹은 새로운 탄생의 염원과 동일한 궤적을 지닌다.

　　이제 문학은 자궁에게 출산과 모성으로 규정되는 전통적인 성 역할을 교란시키고 '여성성'이라는 관념을 조롱하도록 하는 새로운 임무를 부여한다. 여성들은 자궁의 도구적이고 수동적인 역할을 부정하고 자신을 증명하는 육체의 일부로서 그 의미를 적극적으로 발굴한다. (은희경 『마지막 춤은 나와 함께』, 천운영 「그림자 상자」, 김이설 「엄마들」)

　　현대소설에서 자궁은 임신을 할 수 없는 기괴하고 일그러진 여성 신체를 통

해 생식의 기능을 거부하기도 하고, 파괴와 폭력, 공격성을 갖춘 위험한 여성들을 통해 육식성과 포식성의 욕망을 드러내기도 한다. 강하고 탐욕스러운 이 새로운 여성상은 이른바 '씹어 먹는 자궁(Vagina Dentata)'이라는 자궁의 공격적이고 적극적인 역할을 강조하면서 가부장적 담론이 신성화하는 자궁의 이미지를 새롭게 형상화한 경우이다. (천운영 「숨」, 「행복고물상」)

또한 소설에서 자궁은 단지 객체에 머물기를 거부하고 적극적으로 소통을 시도함으로써 능동적인 주체로 환생하고 있다. 소외되고 방기되었던 자궁은 병들고 시들어가면서 그동안 자신에게 무심했던 몸의 주인에게 말을 건네고, 이를 통해 자신의 존재감을 환기시킨다. 몸의 주인은 이를 계기로 자궁으로 대변되는 삶의 기원에 대해 진지하게 고민할 수 있게 된다. 즉 인간의 기억과 삶이 탄생하고 생장하고 소멸하는 특수한 시공간으로서 자궁의 의미를 되새기게 되는 것이다. (한지수 「배꼽의 기원」)

현대시에서 '신-자궁'은 도구적인 생산성과 타자적 이데올로기를 벗어나서 발칙하고도 건강한 자궁으로 거듭난다. 건강한 자궁은 여성 육체의 자발적이고 주체적인 긍정뿐 아니라 인간의 기억과 삶이 탄생하고 생장하고 소멸하는 시공간의 의미로까지 열린다. 이때 가장 내밀하고 건강하고 당당한 자궁은 기존에 모성과 생명력으로만 충만했던 자궁과는 일견 다른 이른바 확대된 자궁으로서의 '신-자궁'이다.

수동적이었던 자궁은 당돌하고 발칙한 자궁이 되어 스스로 말하기 시작한다. 꽃을 피우는 '구근'으로서의 자궁, '당신' 없이 혼자 아이를 낳을 수 있다는 '단성생식'의 자궁, 무엇이든 감싸안던 둥근 자궁이 아니라 무엇이든 찌를 수 있는 '뾰족한 자궁' 등, 여성에게 주어진 자궁이 아니라 여성 스스로 품고 있는 자궁들이다. (진수미 「바기날 플라워(Vaginal Flower)」, 김정란 「단성생식」, 김민정 「陰毛라는 이름의 陰謀」)

이처럼 새롭게 등장한 자궁은 도구적인 생산성과 타자적 이데올로기를 벗어난 발칙하고도 건강한 자궁으로 거듭난다. 즉 기존의 모성과 생명력으로만 충만했던 자궁과는 다른, 이른바 확대된 자궁이자 '신-자궁'이다. 자궁을 자기 자신의 몸이자 자기 몸의 '구근'으로 인식하는 것이야말로 새로운 권력을 행사하는 자궁의 반란이 시작되었음을 예고한다.

너는 내 몸 안에 있어. 너와 내가 한 몸이란 뜻이지. 너는 그곳에서 둥지의 새가 노란 주둥이를 벌리고 있다가 어미로부터 벌레를 받아먹는 것처럼 조금 전 내가 마신 우유 따위의 음식을 나와 함께 나눠먹으며 자라는 거야. 너는 모든 일을 나를 따라서 하게 돼. 함께 움직이고 함께 느끼고, 그런 일은 아마 없겠지만 만약 내가 죽는다면 너도 함께 죽게 돼. 너는 완전히 내게 속해 있는 거야. 이 세상에 진정으로 누군가를 소유할 수 있는 것은 모태뿐이거든. //

아버지의 몸속이란 곳은 아이를 둘 장소가 없어. 그 장소는 어머니 쪽에 있거든. 단지 그뿐이야. 신이 아버지 아닌 어머니 쪽의 몸에 인큐베이터를 만든 것일 따름이라구. 마치 탁자 위에 두 개의 사탕 중에 하나를 집을 때처럼 그냥 둘 중 하나라는 것이지 특별한 의미는 없어.

—은희경 『마지막 춤은 나와 함께』(1996)

아내는 잠든 것이 아니다. 불을 끄고 옆에 누우면 얼마 안 있어 내복바지를 벗겨 내고 살진 허벅지를 허리를 죄어올 것이다. 그러고는 나를 때릴 때보다 더 신경질 적으로 내 몸을 탐하겠지. 이 근력 좋은 여자를 얼마나 감당할 수 있을까. 벽에 등을 기대고 앉아 눈을 감는다. 아내의 코에서 새어나오는 숨소리가 묵직하다. 숨결의 미세한 변화도 놓쳐서는 안 된다. 시멘트의 냉기가 등을 타고 올라온다. 나는 등을 꼿꼿이 세운 채 귀를 곤두세운다. //

"고물 좀 그만 들여와!"

아내는 울고 있다. 손에 근 철근을 힘없이 떨어뜨리고 바닥에 얼굴을 비벼댄다. 아내의 얼굴이 검은 흙과 눈물로 범벅된다.

"저 기리빠시들, 다리 없는 자전거… 달겨들어… 나는 이렇게 황폐한데, 뭐가 더 빨아먹을 게 있다구… 내 몸에 뿌리내리려구, 더러운 것들을, 도망가고 싶어…."

—천운영 「행복고물상」(2001)

자궁을 벗어나 세상에 나오는 그 순간부터 배꼽은 탯줄을 기억하기 위해 남겨 진 쓸모없는 자국에 불과한 것이다. 탯줄을 꼭 기억해야 할 필요가 있을까? 자궁 안에서야 유일한 영향 공급 줄이었겠지만 지금은 흔적만 남은 힘줄 자국일 뿐이 다. 나는 배꼽을 버리기로 했다. 남자가 가늠만 잘해준다면 배꼽이 있던 자리에 는 기다란 칼자국이 대신 들어설 것이다. 이제 칼이 내 탯줄이다. 남자와 나는 칼을 통해 새롭게 태어날 것이다. 우리는 같은 탯줄을 통해 영양을 공급받게 되 리라. 나는 칼을 통해 새로운 몸을 갖게 될 것이고 남자는 잃어버린 기억을 되찾 게 될 것이다.

—천운영 「그림자 상자」(2004)

자궁의 어원이 매트릭스인데, 어머니라는 뜻이죠. 신의 작은 피조물을 키우는 그릇이고, 그래서 무엇보다 소중한 곳이에요. 여자의 본질은 바로 거기에 있다고, 그렇게 말하는 당신의 목소리에 이상한 적의가 묻어 있었다. 곧이어 당신은, 자신의 여성성을 그런 식으로 학대하는 것은 짐승들에게서도 보기 드물다고, 그럴 바에는 차라리 그 자궁을 남에게 줘버리라고, 네 배꼽을 가만히 들여다보면 다시는 그런 짓을 못하게 될 거라고 똑같은 톤으로 숨도 쉬지 않고 으르렁거렸다. 다음 순간, 여학생이 벌떡 일어나더니 당신을 바라보면서 짧게 말했다. 당신 자궁이나 제대로 간수해, 변태. 그리고 문 닫히는 소리가 들려오고, 뒤이어 당신의 울음소리가 들려왔다.

—한지수 「배꼽의 기원」(2007)

몸이 기억하는 습성이란 때론 무섭도록 지독했지만, 그 기억을 이기는 것 또한 몸의, 자궁의 본능이었다. 입덧은 점점 심해졌다. 게다가 잦은 두통과 엉치등뼈가 아픈 골반통까지 수반되었다. 자궁이 자리를 잡으면서 생기는 자연스러운 증상이란, 나나 여자나 속수무책이었다. 난자와 정자는 내 것이 아니지만 자궁은 온전히 내 것이었다. 그러므로 자궁에 자리 잡아가는 수정란의 존재 흔적은 고스란히 내 몫이어야 했다. //
다시 말해, 수정란은 당신들 것이지만 그걸 키우는 건 내 몸이라는 확인이었다.

—김이설 「엄마들」(2010)

오, 모르게 꽃이었다니
아랫배 깊숙이
구근 한덩이
이렇게 숨겨져 있었구나
하얀 크리넥스
입입으로 피워낸 꽃잎처럼
철따라
점점이 피꽃 게우며, 울컥 불컥
목젖 헹구며, 나
물오른
한줄기 꽃대였다네.

—진수미 「바기날 플라워(Vaginal Flower)」(2005)

아무렴 어때 난 한 생 걸기로 한 거고
그 다음엔 다른 여자들이 올 거야

그때까지 나도 열심히 깃털을 만들 거야
아무리 힘들어도 참고 또 참을 거야

길 끝이 벌써 보이는걸
그곳에 예쁜 사내아이 하나
내가 낳을 착한 아이 하나
당신 없이 내가 낳을 다른 당신
벌써 어른거려 난 그앨 봤어

—김정란 「단성생식」(2000)

머리털 나 처음으로 돈 내고 다리 벌린 날, 소중한 당신산부인과에는 다행히 여의사만 둘이었다 어디 한번 볼까요? 자궁경부암 진단용 초음파 화면 가득 잘 익은 토마토의 속살이 비릿한 붉음으로 클로즈업 되어 있었다 깨끗하네요, 그런데 자궁 모양이 좀 특이해요, 뾰족하다고나 할까 거웃 나 처음으로 내 아기집을 구경한 날, 어쩌다 뾰족한 자궁이 된 나는 콘헤드의 아이 하나 고깔 쓴 제 머리꼭지로 내 배를 콕콕 찌르는 상상만으로도 아 따가워 애라면 애초에 버르장머리를 싹둑 잘라버릴 참이었는데

—김민정 「陰毛라는 이름의 陰謀」(2009)

2
월경

　　월경은 성숙한 여성의 자궁에서 주기적으로 출혈하는 생리 현상으로 여성으로서의 정체성을 나타내는 특징이다. 이는 임신과 관련한 현상이라는 점에서 생산성과 관련된 주술의 대상이 되기도 했지만, 일종의 배설행위로 간주하여 더러운 것으로 여기며 월경 중인 여성을 금기의 대상으로 보기도 하였다.

　　고전문학에서 확인해 볼 수 있는 월경 관련 기록들도 대체로 이러한 의식을 반영하고 있다. 그러나 달거리가 없는 것을 통해 임신을 확인한다거나 개짐 빨래를 더럽게 여기는 것 등 단편적인 언급에 불과하며 주제적 관심의 대상이 된 경우를 찾기는 힘들다. 이는 여성의 월경이 재생산의 원천이라는 긍정적 관념과 피가 가지고 있는 부정적 관념을 동시에 포함하고 있었음에도 불구하고 사회적으로는 금기의 대상으로 여기는 시각이 훨씬 강했음을 시사한다.

　　현대문학 역시 월경이 가지고 있는 이율배반적 속성을 의식하고 있다. 현대소설에서는 초경을 경험하면서 출산의 주체가 되는 동시에 공적 관리와 통제의 대상이 되는 여성의 실존을 직시하고 그러한 삶의 질곡과 한계를 뛰어넘으려는 영적이고 치유적인 힘 또한 동시에 부여하고 있다. 현대시 또한 월경에 대한 이중적 시각을 문제 삼는데, 양수와 유사하게 생산의 상상으로 넘치는 신비한 힘의 메타포로 삼기도 하고 실패한 생산의 징표인 피로 보는 점을 비판하기도 한다.

　　이러한 시각들은 월경의 이중적 속성을 수용하면서도 기존의 부정적 관념이 가지고 있는 성차별적 요소를 교정하고 월경이 가지고 있는 긍정적 힘을 드러내는 방향으로 강화된다. 현대소설은 폐경을 삶의 다른 단계로 진입하는 계기로 해석하며 여성성의 속박으로부터 벗어난 자유와 해방으로 인식한다. 현대시에서는 생리통이나 월경 불순을 여성의 개인적 삶을 넘어서 황폐한 불모의 세계를 인식하는 시대적 통증의 은유로 표현하며 폐경을 생산의 종말이 아닌 완경의 의미로 수용해 즐겁고 건강한 목소리로 강조한다.

월경의 의미
'월경'은 성숙한 여성의 자궁에서 주기적으로 출혈하는 생리 현상을 의미한다. 임신하지 않는 경우 황체(黃體)에서 호르몬 분비가 감소하기 때문에 자궁 속막이 벗겨져서 월경이 시작된다. 보통 12~17세에 시작하여 50세 전후까지 계속되는데 임신 중이나 수유기를 빼놓고는 평균 28일의 간격을 두고 3~7일간 지속된다. 유기체의 기능과 작용의 생명 현상이라는 의미에서 '생리현상'을 줄여 '생리'라고 하기도 하고, 한 달에 한 번씩 앓는 병이라는 의미가 내포된 '달거리'라고도 하며, 영어에서 기원한 '멘스'라고도 한다.

중세와 근대 문헌에서 '생리혈/월경혈'을 의미하는 '월경슈(月經水)'와 현대국어에서 '생리하다'라는 의미의 '월경(月經)ᄒ다'의 쓰임을 확인할 수 있다.

> 월경(月經)하다
> 겨집의 월경ᄒ야실 젯 듕의롤 ᄉ라
> 겨집이 월경 나ᄂ 날브텨
> 왕호괴굴오듸 믈잇 겨집이 두서 들 월경 아니ᄒ야
> 월경 긋거든 흔듸 자면 일뎡 잉틱ᄒᄂ니라 (『언해태산집요(諺解胎産集要)』(1608))

> 월경슈(月經水)
> 월경슈 무든 거슬 ᄉ라 헌 듸 브티라 (『구급간이방(救急簡易方)』(1489))
> 월경슈ᄂ 시병의 열이 만ᄒ여 미친 증을 고티ᄂ니 (『벽온신방(辟瘟新方)』(1653))

월경 관련어
월경의 다른 표현으로 '생리, 달거리' 등이 있으며, 영어에서 유래한 '멘스' 등이 있는데 이에 해당하는 영어 표현으로 'menstruation, menses, period' 등이 있다.

'생리'는 생물체의 생물학적 기능과 작용, 혹은 그 원리를 의미하는 것인데 의학적으로 여성의 월경을 가리키는 생리현상을 줄여 생리라고 한 것이다. 달거리는 월경의 또 다른 말이지만 본래 '한 달에 한 번씩 앓는 전염성 열병'이라고 하는 의미를 갖는다. 어떤 대상을 직접적으로 표현하는 것을 거리낄 때, 혹은 그 자체가 온건치 않은 것이라고 생각할 때 화자는 부드럽거나 무난하게 표현하고자 하는 완곡어법을 사용하는데, 월경을 '달거리'로 표현한 것이 그러한 경우라고 볼 수 있다. 또한, 과거에 월경혈을 가리키는 고유어 '몸엣것'은 월경을 가리키는 완곡한 표현으로 여겨졌다.

성숙기의 정상적인 여성에게 생기는 생리현상인 월경은 '매월 경과할 때마다 일어나는 현상'이라는 뜻인데 이를 '멘스'라고 하기도 한다. 멘스는 영어로 'menses', 그리고 'mensturation' 등에서 기원한 것인데 멘스(menses)의 어원은 역월(曆月)이라는 의미의 'moon'과 'month'의 라틴어 'mensis'에서 유래했다고 한다. 자연 세계와 생명을 연결하려는 시도에서 고대인은 달의 규칙적인 위상 변화와 여성의 월경 주기 사이에 관계가 있다고 생각한 것이다. 이러한 'menses'는 시간이 흐르면서 다산의 상징이 되었다. 또한, 'menstruation'은 달의 주기와 관련이 있으니 그 어원은 라틴어 멘시스(mensis, 달)로부터 나왔을 것임을 추정할 수 있다. 또한, 어떤 일이나 현상이 계속되는 기간, 혹은 동일한 현상이 반복되는 주기를 뜻하는 'period'가 이를 가리킨다.

이처럼 일상 언어생활에서 언중은 음경과 음부, 혹은 그와 관련된 현상을 지칭해야 할 경우 한문식의 표현이나 영어로 대신하고 있다. 성적 표현과 관련해서 점점 사용하지 않아 잊혀져 가는 어휘들이 다수 존재하는데 월경을 '달거리', 월경혈을 '몸' 또는 '몸엣것', 월경대를 '개짐' 또는 '서답', 유륜을 '젖꽃판', 음모를 '거웃'이라고 했던 것 등이 그러하다. 이러한 것들은 현대에서 '달거리'를 제외하고는 그 사용이 거의 잊혀진 것들이다.

이밖에 '월경'과 관련된 용어로 '폐경, 초경, 무월경' 등이 있는데, 12~13세가 되어 여자 아이들은 조금씩 가슴이 솟고 몸의 곡선이 여성스러워지는데 이때 월경을 시작하면 이를 '초경'이라 부른다. 초경을 기준으로 아이에서 여성으로 인생의 전환이 일어나기 때문에 초경은 여성에게 중요한 의미와 상징성을 갖는다. 이때 시작하는 초경부터 폐경에 이르기까지를 '월경기'라고 할 수 있는데 여성은 일생에 걸쳐 이 기간 동안 임신, 출산이 가능하다.

2.2. 월경혈, 피 혹은 배설물

여성의 지위와 월경의 상징성　여성의 월경은 임신과 관련한 현상으로 그 양상은 조금씩 다를지라도 대부분의 성인 여성이 초경에서 폐경에 이르기까지 매달 경험하는 여성 고유의 특징이다. 임신과 출산은 선택적으로 조절할 수 있지만 월경은 자신의 의지와 상관없이 일어나는 생리적 현상으로 생산성의 상징이며 동시에 여성으로서의 정체성을 나타내는 특징이라고도 할 수 있다.

여성 월경의 과정은 달이 차고 기우는 순환성과 닮아 있기에 달은 여성 원리를 상징하였다. 또한, 여성의 월경은 대지의 풍요로움과 다산의 상징이었다. 따라서 고대에 여성은 풍년을 기원하는 제천의식을 주관하는 역할을 담당했고, 그 사회의 존경을 받는 대상이기도 하였다. 원시종교의 신이나 산신, 호국신은 거의 모두 여성이었는데 특히 대지를 풍요롭게 하는 지모신(地母神)은 여성이었다. 신라 박혁거세의 왕비 알영(閼英)은 박혁거세와 더불어 두 신성(神聖)으로 추앙되었는데 그것은 알영이 왕비로서만이 아니라 농상(農桑)을 주관하였기 때문이었다.

이처럼 고대에서는 남녀 간에 비교적 평등한 분업 관계가 형성되었으리라 추측되나 서기 7세기경 청동기 시대가 도래하면서 여성의 지위에 큰 변화가 생겼다. 금속제 도구의 사용이 가능해지면서 농업 생산력이 급격히 증대되고 그와 관련된 일들이 남자의 노동력을 필요로 하게 되면서 씨족사회 내부에서 지위의 분화가 시작되었다.

그러던 것이 가부장적인 농경 사회에 이르러 남성들은 월경혈을 저주나 오염된 것으로 여기기 시작했고, 월경 중인 여성을 사회적 금기의 대상으로 몰아 고립시켰다. 따라서 월경 중인 여성의 행동을 물리적으로 격리하거나 규제하여 모든 면에서 월경 중인 여성이나 월경혈과 접촉하는 것도 금기시하였다. 시간이 지나면서 월경혈은 점점 불결한 것으로 간주되었고, 월경 중인 여성과 접촉하면 특히 남성에게 위험하고 불길한 일이 일어난다고 믿었다. 월경 중인 여성은 남자가 빈번히 다니는 길을 다니지 못하도록 하는 경우도 있었고, 남자들이 주도하는 종교적 의식에도 부정을 탄다는 이유로 참가할 수 없는 경우도 많았다.

　　이러한 경향은 문화인류학적 연구들에서도 다양하게 나타난다. 중국의 전설에 보면 월경을 달거리, 혹은 붉은 누이라고 하였고, 월경 중인 여자는 요리나 가정일, 종교의식도 하지 않고 이마에는 상태를 나타내는 붉은 반점 표시를 했다고 하며, 서구에서는 월경혈이 고기를 상하게 만들기 때문에 월경 중인 여성은 고기를 절이지 못하게 하기도 하고, 포도주나 맥주의 맛과 색깔을 변질시킨다고 하여 그 작업에서 제외시키기도 하였다.

월경혈, 피 혹은 배설물　　금기의 대상 가운데 대표적인 것이 배설물과 배설 기관, 그것으로 이루어지는 행동에 관한 것이다. 똥, 오줌, 침, 가래, 성기, 성행위 등과 함께 여성의 월경혈과 월경 행위가 여기에 포함된다. 월경혈은 질로부터 혈액, 분비물, 자궁벽의 허물어진 조직 등이 배출된 것이다. 따라서 월경혈은 ‘피’일 수도 있고, 떨어져 나간 ‘살점’일 수도 있고, 몸에서 배출된 찌꺼기인 ‘노폐물’일 수도 있다. 그리고 성기에서 나온 ‘배설물’로 간주되기도 한다. 이처럼 월경혈을 무엇으로 여기느냐에 따라 여성의 월경에 대한 사고와 감정, 금기가 달라진다. 인류학적으로 월경혈을 피와 살, 혹은 노폐물로 보는 경우에 월경은 긍정적인 것으로 여겨지지만, 똥오줌과 같은 배설물로 천시하는 경우에는 배설이 갖는 부정성에 의해 월경은 문화적으로 금기시되어 부정적인 것이 된다.

　　월경혈을 ‘피’로 강조하고 인식하는 경우 월경은 생리적인 차원에서 ‘피가 나오는 현상’이며 특히 월경은 새로운 생명의 창조와 연관되어 있기 때문에 월경혈은 ‘성스러운 피’로 인식된다. 반면, 월경혈을 ‘피의 형태를 띤 노폐물’로, 월경을 불필요한 몸속의 ‘노폐물’이 빠져나가는 것으로 이해하는 경우, 월경은 다른 배설물에 대해 느끼듯이 더럽고 지저분하고 냄새나고 부끄러운 것으로 인식되는 경향이 있으며, 따라서 월경 행위를 창피하게 여기고 숨기게 된다. 즉, 월경이라는 행위는 배설과 동일시되며, 따라서 월경혈은 배설물이 되는 것이다.

　　이처럼 월경혈을 배설물로 인식하고 부끄러워하는 것에 가장 큰 원인은 월경혈이 여성의 성기에서 나오기 때문일 것이다. 이것은 배설과 생식이 동일한 장소로부터 이루어진다고 생각하고 그 기능을 구분하지 못한 데에 기인한다. 남성 성기는 배설과 생식 기능이 하나의 기관으로 통합되어 있는 반면, 여성은 배설 기관인 항문, 요도와 생식 기관인 질이 구분되어 있는데도 이것을 이해하지 못하는 데에서 연유한 것이다. 이러한 태도를 암거개념(暗渠槪念; Cloaca concept)이라고 하는데, 이것은 생식 기관과 배설 기관에 대해 알고도 이를 구분하여 인식하려고 하지 않는 사상을 가리킨다. 따라서 월경혈을 배설물로 여긴다거나 성기를 다른 신체 부위와는 달리 부끄럽고 금기시하는 시각은 월경을 긍정적인 것으로 인식하는 데 방해 요소로 작용하였으며, 최근 이에 대한 시각의 변화가 배설 행위로 간주되던 월경에 대한 태도의 변화로 이어지고 있다.

금기시되는 월경　　민간에서 깨끗함과 더러움의 대립은 사람들로 하여금 '더러움'으로 대표되는 오염, 부정적인 것에는 영향을 받지 않고, '깨끗함'을 지키기 위한 행동으로 나타난다. 그리고 사람들은 오염과 더러움, 그리고 부정에서 벗어나기 위한 장치로 금기를 만들어 낸다. 따라서 금기를 넘지 못하도록 동기화시키는 심리적 장치를 마련했고, 우리들이 오관을 통해 직접 불결함을 느낄 수 있는 것들이 금기의 대상이 되었다. 배설물인 똥, 오줌, 침, 가래 그리고 여성의 월경은 불결함을 대표하는 것들이었고, 이 더러운 것들의 배설기관과 그와 관련된 현상이나 행동도 금기의 대상이 되었다. 성행위 및 여성의 생산 행위도 이에 속하는 것으로 보았다.

여성의 생산성을 상징하는 월경이라는 행위는 민간신앙에서는 상반되는 양면성을 갖기도 한다. 별신굿에서 여성의 생산 행위는 금기로 간주되는데 그것은 그 행위가 성행위의 결과이기 이전에 여성, 및 여성성을 부정한 것으로 여겨졌기 때문이다. 실제로 별신굿 현장에서 여성과 죽음은 금기를 상징했기 때문에 별신굿을 앞두고는 초상이나 출산이 있으면 날짜를 따로 잡거나 취소하였다.

이처럼 월경 중인 여성은 사회적, 성적 접촉에서 제외시켰는데 인류학적 연구들에 의하면 모권적 성향이 강한 민족들 사이에서는 초경을 성인 여성이 되었다는 표시로 기념하여 성인식을 행하는 예가 많았던 반면, 남녀의 대립이 분명히 인식되어 거주 공간도 엄밀히 구별되어 있는 사회일수록 월경을 더러운 것, 부정한 것으로 보는 금기에 의해 초경 때나 월경 중인 여성을 격리시키는 풍습이 있었다고 한다.

월경을 둘러싼 부정적 관념은 한국에서도 존재했다. 우리나라에서도 여성의 월경은 불경을 상징해서 속치마 등의 세탁물을 바깥에 말려서는 안 된다는 금기가 있는 지방이 많다고 하며, 월경 중인 여자가 상갓집이나 출산한 집, 굿하는 곳에 가는 것도 금기시되었다. 특히 일과 관련하여 월경 중인 여자가 남자가 사용하는 도구나 일터를 접촉하면 흉년이나 불행한 일이 생긴다고 보았으며, 상가나 아이를 출산한 집, 동제나 굿판에 가는 것도 금기시되었다.

한편, 월경은 생산성과 연결되어 월경혈과 관련한 여러 풍속과 주술적 행위들이 만들어졌다. 가뭄이 심하여 풍농을 기대할 수 없어 기우제를 지내는 경우 월경혈이 묻은 월경대를 막대기에 꿰어 곡식을 까부르는 키로 사용하며 비가 오기를 희구하는 굿이 행해졌다고 한다. 또한, 가뭄이 들면 아녀자들이 월경 속곳을 장대에 매달아 휘두르고 다녔는데 이는 여성이 지닌 생식의 힘을 빌려 가뭄을 벗어나기를 바란 의도에서 행해진 것이다.

현대에 와서도 여성은 자신이 월경 중임을 타인에게, 특히 남성에게 들키는 것은 상식에 벗어나는 일로 생각한다. 월경은 여성들만의 비밀이고, 여성들 사이에서조차 얘기하기를 꺼리는 일이기 때문이다. 대다수 여성들에게 월경 경험은 공공연하게 말할 수 없는 사건이고, 사회적으로도 그것은 개인적인 영역으로 간주되고 있다.

2.3. 몸 안의 수액, 월경하는 육체

여성의 월경은 달의 순환과 깊은 관련이 있다. 달은 외부에 존재하는 세계의 변화뿐만 아니라 여성 내부의 몸의 변화까지 지배하는 원리였다. 달과 여성과의 깊은 관련성은 시간의 흐름에 따라 차고 기울어가는 가변적 속성에서 비롯된다. 따라서 달의 순환은 성숙과 쇠퇴라는 여인의 일생을 은유하게 된다.

현대소설에서 월경은 소녀에서 여인으로 성숙하는 가장 명징한 증거로 이해된다. 소녀의 육체는 월경을 통해 원시적 아름다움을 개화하고 발현함으로써 여성성을 획득하게 된다. 소녀들에게 초경은 비밀스런 세계의 문이 열리는 순간이고, 그런 소녀들의 모습에선 신비스러운 분위기마저 풍긴다. 이들이 기존의 육체를 허물고 몸바꿈을 하는 찰나 여성의 육체는 비밀의 봉인을 풀고 피어난다. (김채원 「애천」, 정미경 「밤이여, 나뉘어라」)

자기 육체의 비밀에 눈뜬 소녀들은 길들여지지 않은 여성 육체의 원시성을 탈환하기 위해 탈주와 월경(越境)의 모험을 감행한다. 자신의 몸 안에 우주의 수액을 담은 여성은 이제 달의 신성한 원리를 따라 삶과 죽음, 생성과 소멸의 끊임없는 과정 속에 참여할 수 있게 된다. 현대소설에서 월경혈의 영적이고 치유적인 힘, 삶의 질곡과 한계를 월경하고자 하는 여성의 모습은 월경의 두 가지 의미를 재현한 사례라 할 수 있다. (천운영 「월경」) 한편 이 과정에 피가 수반된다는 사실은 여성의 삶에 드리운 근원적인 폭력성과 비극성을 환기시킨다. 우주적 생성과 순환의 원리에 의해 소녀의 초조(初潮)는 여성의 출산으로 이어지고 맞물린다. 그리고 여기에는 어머니에게서 딸로 이어지는 여성의 운명과 질곡의 연속성이 암시되어 있다. (오정희 「중국인 거리」, 김인숙 『봉지』)

현대시에서 월경은 여성의 몸 안에서 출렁이는 생명의 수액인 양수와 유사한 의미로 주로 표현된다. 월경은 생명을 잉태하고 생산할 수 있는 우주를 품은 무한한 몸이라는 증거이므로 한 달에 한 번 치르는 제의로 인식하며, 비천한 여성 육체의 증거로 인식하거나 자기 몸을 스스로 제어하거나 통제할 수 없는 열등한 몸으로 이해하지 않는다. 월경은 여성의 몸 안에 흐르는 생명의 수액이며, 생성과 소멸을 거듭하면서도 끊임없이 생산의 상상으로 넘쳐흐르는 신비한 힘이라고 인식한다. (김선우 「물로 빚어진 사람」, 「포구의 방」, 양선희 「월경하는 여자」, 강기원 「달거리가 끝난 봄에는」, 양애경 「여자」)

한편 월경은 착상과 수정을 거치지 못해 흘리는 피이기도 하다. 여성의 몸을 생산할 수 있는 육체로 인식하게 하는 피인 동시에 임신을 하지 않거나 임신하지 못했음을 드러내는 피이기도 하다. 이때 월경은 실패한 생산 혹은 누수된 삶의 징표로서의 혈흔이 되기도 한다. (이명희 「혼자 아이를 갖는 여자」)

그리고 도처에 비밀은 속삭대고 있었다. 형자가 생리를 시작한 것도 그중의 하나였다. 어머니는 집에 온 친척 아주머니에게 우리 형자가 월경을 해요, 라고 자랑스럽게 말했다. 형자는 어머니에게 달려들어 그런 말을 하지 못하게 하려고 애썼다. 그런 말을 하는 어머니나 얼굴을 붉히며 말리는 형자가 모두 징그럽다고 생각되었다. 그렇게 싫은 일이 있다니, 소자는 담벼락에 연필로 ○○의 피, 라고 자기만 알아볼 수 있는 글자를 적으며 돌아다녔다. 문은 도처에 있다가 조금만 눈을 주면 삐이끗 하는 소리를 내며 열렸다. 이 세상에 있는 모든 것이 비밀이었다. 밝은 햇빛 아래 끌어낼수록 비밀은 더욱 깊어지고 있었다.

-김채원 「애천」(1984)

내가 낮잠에서 깨어났을 때 어머니는 지독한 난산이었지만 여덟 번째 아이를 밀어내었다. 어두운 벽장 속에서 나는 이해할 수 없는 절망감과 막막함으로 어머니를 불렀다. 그리고 옷 속에 손을 넣어 거미줄처럼 온몸을 끈끈하게 죄고 있는 후덥덥한 열기를, 그 열기의 정체를 찾아내었다.
초조(初潮)였다.

-오정희 「중국인 거리」(1997)

그는 이미 계획된 일을 치르듯 시린 칼질을 하였다. 남자의 등허리에 푸른 초승달이 수없이 새겨졌다. 그녀의 얼굴과 젖가슴에도 초승달이 뜨고 피가 솟구쳤다. 끝이 보이지 않는 나락으로 떨어지며 그녀의 피가 내 다리 사이로 흘러들어오는 것을 보았다. 그리고 기차가 왔다. 온 땅을 흔들며, 고꾸라진 내 머리를 짓이기며, 문지방을 넘어선 나를 벌주며, 기차가 지나갔다.
녹슨 기억이 가시를 돋우고 달려들고 있다. 생채기 난 몸이 쓰라리다.

-천운영 「월경」(2001)

프린트로 흔히 보아온 〈사춘기〉 앞에 사람들이 여럿 서 있다. 낯선 사람들의 시선 앞에서 파리한 소녀의 눈빛이 불안하게 흔들린다. 발가벗은 소녀는 두 팔을 늘어뜨려 벗은 몸을 가리려 하고 있다. 이미 몸에서 움트는 관능의 기운을 감추기엔 팔이 너무 가늘다. 오므린 두 무릎을 벌리면, 비릿한 첫 생리혈을 흘리며 울음을 터뜨릴 것만 같은 소녀. M이 옆에서 중얼거린다.

-정미경 「밤이여, 나뉘어라」(2005)

장마 뒤에 폭염이 왔고, 연일 소독차가 와서 읍내 거리를 하얗게 물들이고 가는 동안에도, 봉지의 몸에서는 쉼 없이 물이 흘러내렸다. 그것은 어느날 밤, 마침내 피로 쏟아져 내리면서 종적을 감추게 되었다. 남들보다 늦게 시작한 초경이었다. 여전히 초등학교 수재민 대피소에서 잠을 자던 한여름의 일이었다. 봉지는 남들보다 늦게 시작한 초경을 남들보다 많은 혈량으로 시작했다.

-김인숙 『봉지』(2006)

월경 때가 가까워 오면
내 몸에서 바다 냄새가 나네

깊은 우물 속에서 계수나무가 흘러나오고
사랑을 나눈 달팽이 한 쌍이 흘러나오고
재 될 날개 굽이치며 불새가 흘러나오고
내 속에서 흘러나온 것들의 발등엔
늘 조금씩 바다 비린내가 묻어 있네
(중략)

알 것 같네 어머니는 물로 빚어진 사람
가뭄이 심한 해가 오면 흰 무명에 붉은,
월경 자국 선명한 개짐으로 깃발을 만들어
기우제를 올렸다는 옛이야기를 알 것 같네
저의 몸에서 퍼올린 즙으로 비를 만든
어머니의 어머니의 어머니들의 이야기

—김선우 「물로 빚어진 사람」(2003)

생리통의 밤이면
지글지글 방바닥에 살 붙이고 싶더라
침대에서 내려와 가까이 더,
소라 냄새 나는 베개에 코 박고 있노라면

푸른 연어처럼
나는 어린 생것이 되어
무릎 모으고 어깨 곱송그려
앞가슴으론 말랑말랑한 거북알 하나쯤
더 안을 만하게 둥글어져
파도의 젖을 빨다가 내 젖을 물리다가

포구에 떠오르는 해를 보았으면
어제 막 생겨난 흰 엉덩이를 까부르며
물장구를 쳤으면 모래성을 쌓았으면 싶더라

—김선우 「포구의 방」(2000)

여자 몸에는 집이 있다
그 집은 바닥도 벽도 천장도, 경이다.
여자는 월경을 한다.
몸 안의 불경한 것들
경도를 타고 흘려보낸다.
밤낮 없는 나흘 내내
불경불경
변기통으로 빠지는 경(經).
월경하는 여자 몸은 신생(新生)이다.

—양선희 「월경하는 여자」(2001)

여자는 몸으로 아기를
창조한다.
없는 혹은 희박한
가능성 속에서
부드러운 손가락들로 신기한 요리를 만들어 내는
요리사처럼
점액들을 섞고 혹은 낱말들을
탄력 있고 끈기 있게 반죽하여
부풀리고 화덕에 알맞은 열기로
구워낸다.

한 달에 한 번씩
닷새씩이나 피 흘린다
누워서도 흘리고 서서도 흘리고
걷고, 일하고, 말하면서
몸 깊은 상처에서 여자는
아무렇지도 않은 얼굴로 피를 흘려야 한다.

—양애경 「여자」(1997)

머리부터 발끝까지
두근거리는 자궁이 되는 거야
중년의 처녀막
기꺼이 찢어 내고

아지랑이의 젖물
보얗게 채우는 거야
부푼 아기집 속에
내가 들어가
다시 태어나는 거야, 무럭무럭 자라는 거야
비늘로, 날개로, 메아리로, 그림자로, 천둥으로……
─강기원 「달거리가 끝난 봄에는」(2006)

비가 조금씩 내리는데
아파트 주차장에 차를 세우다보니 비린내가 난다.
달거리를 하나 보다.
아이 가질 희망을 품어보지 못한 자궁인데도
비린내가 내 속을 뒤집어 놓는다.
빗방울이 땅의 그림자를 채워가듯이 떨어지는데
나는 확 끼쳐오는 생의 비린내가 느껴진다.
─이명희 「혼자 아이를 갖는 여자」(2004)

2.4. 누수와 악취, 감시받는 몸

여성의 몸은 초경을 경험하면서 출산의 주체가 되는 자격을 부여받음과 동시에 공적으로 관리와 통제를 받게 된다. 특히 피를 동반하는 월경의 생리적인 증상은 부정적인 것으로 인식되었다. 남성들이 흘리는 피는 정화된 카타르시스의 수단으로 신성하게 취급된 반면, 여성들의 생리혈과 출산혈은 더러움과 죽음으로 폄하되었던 것이다.

소녀들은 부모나 선생님으로부터 생리를 더럽고 부끄러운 여성 몸의 흔적으로 학습한다. 생리의 흔적을 지우고 숨겨야 할 불순물로 간주하는 시선에 의해 소녀들은 자신의 몸을 상처로 각인해왔다. 그리하여 그녀들의 기억 속에서 월경은 성숙함의 징표가 아니라 열등함의 증거로 남게 된다. (오정희 「불꽃놀이」, 공선옥 「몸을 위하여」, 「아무도 기다리지 않았다」, 배수아 『일요일 스키야키 식당』, 정이현 「비밀과외」, 김애란 「침이 고인다」)

이렇게 월경하는 자신의 몸이 열등하고 위험한 관리대상으로 분류되는 것을 지켜봐야 했던 여성들에게 그것은 이브의 저주이거나 주홍글씨일 뿐이다. 현대 소설에서 월경이 여성의 비극적 운명과 결부되어 부정적 메타포를 형성하는 것도 이 때문이다.

한 켠에는 여자 아이들 셋이 고개를 떨어뜨리고 서 있었다. 모두 치마 차림인 것으로 보아 체육복을 입고 오지 않아서 벌을 서는 게 분명했다. 계집애들은 줄창 피를 흘려. 사내아이들은 말했다. 체육시간에 불려나가 머리를 쥐어박히면서도 체육복으로 갈아입지 않거나 창백한 얼굴로 빈 교실을 지키는 계집애들은 일단 수상쩍게 보아야 한다고 했다. 그애들은 언제나 어깨를 오그려 가슴을 감싸쥐고 거북스러운 꼴로 뛰었다. 그래서 영조의 눈에는 흔들리는 가슴과 동그란 엉덩이만 이 보였다.
— 오정희 「불꽃놀이」(1986)

난주 나이 열세 살에 첫 멘스를 했다. 빨랐다. 온 손가락이 밑구멍을 틀어막느라고 벌겋게 피범벅이 되었다. 어머니가 우세스럽다고 난주의 헝클어진 머리를 모멸스럽게 쥐어박았다. 부끄러운 것, 그것이 멘스였다. (중략) 젖가슴이 막 부풀기 시작한 난주는 그해 가을, 육학년들이 쌀을 싸들고 여수 오동도로 수학여행 가기 직전 첫 멘스를 하였다.
"지난번 누에고치 판 돈도 있는디, 수학여행을 안가야?"
어머니는 난주에게, 있을 때는 가만있다가 없을 때만 조르는 썩을 년이라고 함부로 욕했다. 다 멘스 때문이었다. 수학여행을 못 간 것도, 어머니한테 욕을 먹은 것도. 난주는 조금이라도 피가 덜 쏟아지도록 가랑이를 있는 힘껏 오므리고 논으로 갔다. (중략) 아닌 게 아니라 얼굴로는 차가운 빗물이 쏟아지고 밑으로는 뜨거운 피가 쏟아져서 난주는 꼭 자신이 빗물과 핏물에 익사할 것만 같았다.

지나간 과거는 다 부끄러운 것이어야만 할 이유라도 있는 것일까? 왜 남자랑 잘못될 때마다 그때가 생각나는지. 첫 멘스의 참담함이라든지, 그곳 텃밭 피마자 아래에서의 유회 같은 것들이.
— 공선옥 「몸을 위하여」(1998)

왜 그날, 그 순간이 그렇게도 치욕스러웠을까. 아무리 엄마라도 그렇게 자식한테 무안을 줄 수는 없는 거라고 두고두고 입술을 깨물어야 했던 그 일이란 바로 아버지 앞에서 엄마가 혈혼도 제대로 지워지지 않은 생리거즈를 흔들어댔던 일이다. 엄마가 그랬다. 멘스가 뭣이 부끄런 일이라고 밖에다 못 널고 다른 빨래 속에다 널었더냐고. 그때 만약 엄마가 한 말을 아버지가 했더라면 그토록이나 무안하진 않았을 것이다. 초경기의 딸을 둔 요즘 아빠들이 하는 것처럼 대놓고 축하는 못해 주더라도 적어도 엄마가 한 그 말, 멘스는 부끄런 것이 아니라는 말 한마디쯤 아버 지가 해줬더라면. 경희는 그것이 못내 아쉬웠던 것이다. 아버지는 불경스럽다는 듯, 무슨 망측한 일이냐는 듯, 생리거즈를 바로 보지 못하고 고개를 외로 돌렸던 것이다. 그날로부터 아버지는 정말로 완전 남이 되었다.

—공선옥 「아무도 기다리지 않았다」(2000)

"알았어. 그러면 말해줄게. 뭐냐면 말이야, 멘스란 네가 잠자고 일어났는데 이불 에 피가 묻어 있는 거야. 그러면 배가 아파."

강시는 자신도 막연하게밖에 알고 있지 못하는 사실을 좀 더 그럴듯하게 설명하 기 위하여 눈썹을 모았다.

"그리고 그 이불을 깨끗하게 빨지 못하면 가정교사가 널 때릴지도 몰라."

"정말?"

말리는 도저히 믿기지 않는 듯이 의심에 가득 차서 물었다.

"당연하지. 넌 아마 믿기 힘들거야. 그리고 가장 중요한 것은 네가 이불을 빨 때 어느 누구도 그것을 봐서는 안 돼. 아마도 넌 다른 사람들이 모두 잠든 한밤중에 일어나 그 일을 해야 할걸. 다른 사람들이 그 피를 보거나 피가 묻은 이불을 보게 되면 넌 부끄러워서 죽어버려야 돼. 더욱더 끔찍한 것은 일단 시작되면 한 달에 한 번씩 그 일을 죽을 때까지 치러야 하는 거야."

"왜 이불에 피가 묻어 있는 거야?

"네 몸에서 피가 나오니까 그렇지."

—배수아 『일요일 스키야키 식당』(2003)

가정 시간은 종종 성교육 시간으로 변했다.

멘스를 시작한 사람, 손 들어봐라.

노처녀 가정 선생님이 안경 너머 날카로운 눈빛을 반짝였지만 너는 손을 들지 않았다. 수업 시간에 굳이 손을 들어봐야 별 이로운 일이 없다는 걸 오래전에 간파 했기 때문이다.

이제 너희는 아이를 가질 수 있는 몸이란다. 알겠니? 언제나 품행을 단정히 해야 한단 말이지. 남자와 단둘이 한 방에 있을 때는 반드시 방문을 조금 열어놔야 한다. 그러지 않으면, 그러지 않으면, 큰, 일이, 벌어질 수도 있단다. 흠흠.

—정이현 「비밀과외」(2004)

그녀는 욕실로 향한다. 그리고 변기 위에 앉아 무심코 팬티를 내려본 뒤 당황한다. 생리다. '예정일이 아닌데.' 그녀는 잠옷 아래로 팬티를 벗은 뒤 바닥에 쪼그려 앉아 물을 받는다. '오늘은 체육 대회가 있는 날인데.' 그녀는 오늘 이어달리기 선수로 뛰어야 한다. 회의 때, 응원이나 하겠다고 발을 뺐지만, 누구든 한 가지 종목에 의무적으로 참가해야 해 어쩔 수 없었다. (중략) 그녀는 고개를 숙인 채 마블링처럼 엷게 번져가는 핏물을 바라본다. 오늘, 학원 가지 말까? 그녀는 고민한다. 그녀가 뭔가 선택하고 있다고 믿을 수 있도록. 그러고는 얼마 지나지 않아 후다닥 찬물에 머리를 감는다. //

그녀는 구석으로 가 옷 갈아입을 준비를 한다. 후배가 원고를 정리하는 모습이 보인다. 그녀의 동공이 크게 벌어진다. 그녀는 자신도 모르게 소리친다. 너, 생리 하니? 후배가 어리둥절한 표정으로 묻는다. 네? 후배의 베이지 반바지 위로 동전 만 한 얼룩이 배어 있다. 그녀는 재빨리 요 위를 살펴본다. 이불 위에도 생리혈이 묻어있다. 그녀가 한 번 더 묻는다. 너, 생리해? 후배가 엉거주춤 자신의 엉덩이를 살펴본다. 그런 뒤 엄청난 누명을 뒤집어쓴 용의자처럼 손사래를 치며 변명한다. 저 예정일 아니예요. 이상하다. 정말 그럴 리가 없는데. 후배는 어쩔 줄 몰라 한다. 그녀가 나무란다. 이런 줄도 모르고 누워 있었어? 후배가 재빨리 이불을 걷으며 말한다. 몰랐어요. 이거, 제가 빨게요. 언니 어서 씻어요.

—김애란 「침이 고인다」(2006)

2.5. 월경통, 시대적 통증의 은유

현대시에서 월경이 모티프로 등장할 때 주목되는 특징은 자궁과 마찬가지로 생리통이나 월경불순 혹은 무월경이 여성의 개인적 삶을 넘어서 황폐한 불모의 세계인식을 의미하는 은유로 등장한다는 점이다. 도시에 포진하고 있는 최루탄과 심한 생리통이 동일한 상황으로 겹쳐지기도 하고, 딸아이의 초경이 어수선한 시대의 비릿한 핏내와 함께 새로운 시대의 서막을 표현하기도 한다. 순조롭지 않은 여성의 생리, 부자연스러운 월경통과 유방통증의 비유는 모두 여성의 몸을 빌려 표현되는 시대적 통증의 은유들이다. (양선희 「노상에서의 휴일」, 허수경 「아버지와 얘기를 나눌 만큼」, 김민정 「잠들어 거울 속에서 눈뜬 검은 나나」)

　(심한 생리통을 참으면서) 상경하신 아버지를 모시고 서울의 봄구경을 나갔다. 덧칠을 새로 끝낸 회색 건물들 사이로 언뜻 언뜻 보이는 꽃빛에 반해 마음을 다 주고 있는데, 아버지가 캑캑 기침을 하신다. 택시 창문을 닫아드려도 줄줄 눈물을 흘리신다. 건네드린 손수건과 물휴지도 무용지물이다. 면역이 생길 만큼 생긴 나는, 아버지 보기가 민망하다. 한참을 망설이고 망설이다 나는, 착용감이 좋아 기분이 상쾌하고 흡수력이 기적적인 생리대 뉴 후리덤을 꺼내서, 아버지 얼굴을 덮어드렸다. 스타일은 좀 구기지만 그래도 이것 덕분에 위기를 넘기겠다고, 아버지는 허허 웃으신다. 쥐구멍에라도 들고픈 시간 곁에 서 있는 신호등은 여전히 붉은색이다.

—양선희 「노상에서의 휴일」(1991)

　　아랫도리에 불덩이가 치밀고 뭔지 모를 통증이
　　머리칼까지 곤두서게 했어.
　　이게 뭐지, 이게.

　　아내는 팥밥을 짓고 광목개짐을 내놓았다.
　　비릿한 핏내를 담은 채
　　막무가내 도리질하던 딸이
　　잠자리에 들 즈음

　　아버지는 보았다
　　처녀좌의 별들이 딸의 머리맡에 내려앉는 것을
　　그것 참

　　시대여 그대는 얼마나 수상하냐
　　딸은 성년이 되었고 그대가 기웃거려 주지 않을 동안
　　계절은 수없이 다녀갔다. 별. 활화산.

—허수경 「아버지와 얘기를 나눌 만큼」(1988)

　월경 직전의 유방통처럼 피와 나만이 알아채는 떨림으로 밤이 몸을 뒤튼다 깨진 틈새로 단백질 찌꺼기 낀 충치와 잇몸을 얼리는 냉동고의 호흡, 때론 엉클어진 실선들, 제 구두점을 다 갉아먹고는 꼬리와 꼬리끼리 접붙이기 시작하고
　말라비틀어진 창자 속에 펌프질하는 입김으로 회전의자처럼 팽글팽글 팽그르르

산란 중인 꽃병은, 터질 듯 한껏 팽창한 곡선을 부풀린다 그 검은 간장독 속을
나는 젓가락으로 푹푹 찔러본다 찐득찐득한 타르가 흘러 내 머리카락에 늘어
붙는다 녹아 고무 타는 냄새……의 사닥다리를 타고 긁어도 파내지지 않는
그림자 하나 파근파근한 나의 거푸집 속으로
건너온다
—김민정 「잠들어 거울 속에서 눈뜬 검은 나나」(2005)

2.6. 폐경, 여성성의 상실 혹은 이브의 해방

　월경을 신성시하면서도 불결하게 인식했던 것은 재생산의 원천이라는 긍정
적 관념과 피에 대한 부정적 관념이 공존했음을 드러낸다. 월경에 내재된 이율
배반적 속성으로 인해 월경하는 여성을 경계했듯 폐경이나 무월경의 여성 역시
생산성을 상실했다는 점에서는 기피 대상이었다. 하지만 여성문학에서 폐경은
이브들의 해방이 시작되는 계기가 되기도 한다.

　폐경이라는 사건을 맞은 여성 인물들은 매우 복합적인 감정과 직면한다. 무
엇보다 여성들에게 폐경이나 무월경은 여성 섹슈얼리티의 상실 및 폐기처분을
의미하는 것으로 여겨졌기 때문이다. (공선옥 「폐경 전야」) 그래서 폐경기에 들어
선 여성의 몸은 기괴하게 묘사되고, 유효기간이 경과해 생식력과 무관해진 월
경은 악취를 풍기며 분비되는 체액으로 간주되기도 한다. (편혜영 「아오이 가든」)

　그러나 여성들은 폐경을 부정적으로 내면화했던 감정의 기원을 성찰하는 과
정에서 삶의 다른 단계로 진입하는 계기를 맞게 되기도 한다. 폐경을 긍정적으
로 수용함으로써 여성들은 평생 자신을 옭죄던 여성성의 속박으로부터 벗어난
자유와 해방감을 느끼게 되는 것이다.

　현대시에서도 폐경은 여성성의 상실 혹은 생산하는 몸으로서의 종말을 의미
한다. 몸에서 빠져나간 수액을 되찾아 월경이 흐르는 새로운 자궁을 품고 싶은
열망으로 드러나기도 하고, 모두 끝난 줄 알았던 생리를 다시 경험하면서 삶에
서 덤으로 얻은 생명의 진액이라 여겨 환희를 느끼기도 한다. (이규리 「갱년기」,
이선영 「초경」, 최영미 「중년의 기쁨」)

그러나 동시에, 폐경으로 인한 생산성의 상실은 남성중심적 인식의 편견이기도 하다. 이 같은 편견들을 넘어설 때 폐경은 패배감이나 무기력으로 기울기보다 오히려 여성의 몸을 새롭게 인식하는 계기가 된다. 폐경의 '폐(閉)'라는 일반적인 인식을 넘어서서 '완경(完經)'이라는 의미로 긍정적인 재확인을 하기도 하고, 여성의 몸이 지닌 번거로운 책무를 마치고 홀가분한 인식으로 새로 발견한 해방구로 양말을 벗어 쓱쓱 닦는 '콧물 같은 코피'의 수다거리가 되기도 한다. 이 같은 발견과 인식들은 여성의 폐경과 갱년기에 대한 일반적인 시선을 전복하는 즐겁고 건강한 목소리로 등장하고 있다. (김선우 「완경」, 김민정 「민정엄마 학이엄마」)

> 내게 그런 위안을 주는 것은 나날이 더 늙어가고 있는 늙은 그녀이다. 그녀의 월경을 참을 수 없는 것도 그 때문이었다. 월경은 죽음의 징후가 아니라 삶에 대한 악취 같은 집착일 거였다.
>
> 그녀가 다시 피를 흘리기 시작한 것은 두 달 전이었다. 그 무렵 그녀의 살갗은 매끈한 빛깔을 완전히 잃고 묘한 녹색을 띠기 시작하더니 급기야 까맣게 되었다. 안면이 팽창하여 툭 튀어나왔고 건조한 배가 불룩해졌으며, 귀는 바짝바짝 마르기 시작했다. 코와 입에서 피를 흘리는 날도 있었다. 안구가 녹아내린 것처럼 꺼지기도 했고, 살갗에 기포가 생겼다가 터지기도 했다. 그러던 어느 날 그녀가 자고 일어난 자리에 군데군데 얼룩이 배어 있었다. 다시 검은색 머리카락이 돋고 얼굴의 검버섯이 붉어지는 기미는 없었다. 그녀는 단지 젊은 누이처럼 소파나 식탁 의자에, 방석에 피를 묻혔다. 그 붉은 피는 아오이 가든 전체를 물들였다.
>
> —편혜영 「아오이 가든」(2005)

> "생리는 어때요?"
> 나는 웬일인지 가슴이 뜨끔했다.
> "괜찮아요."
> "혹시 생리주기가 빨라졌거나 그러진 않습니까?"
> 그러고 보니, 그런 것도 같다. 28일 주기였던 것이 언제부터인가 25일 주기, 지지난달부터는 23일 주기가 되었다.
> "맞는 것 같아요."
> "전체적으로 갱년기 증세인 것 같네요. 체질적으로 빨리 오는 사람은 사십대부터 오기도 하거든요. 약을 지어드릴까요?"
>
> —공선옥 「폐경 전야」(2007)

여자의 몸 속에서
물기가 빠져나간다

여자의 몸에서
빠져나간 물기가
발정난 암코양이 생식기에서
나비야 나비야
실 풀어내듯 격정의 소리
목젖까지 차오른다

유월, 검붉은 담쟁이덩굴 장미꽃 가시에 찔린
나비야 나비야
헌 집 줄게 새 집 다오

—이규리 「갱년기」(2006)

시작인 너도
끝물인 나도
같은 강물타고 넘실거리다
어느듯 잔잔히 멎어 버리는 거야

시작 할 때도 떨리도록 두렵지만
끝날 때도 떨리게 두려운

너의 첫 피
나의 마지막 피
그 짧은 행간에 숨어 있는
기다란 말줄임표

—이선영 「초경」(2009)

화장실을 나오며 나는 웃었다

끝난 줄 알았는데……
그게 다시 시작됐어!

젊어서는 쳐다보기도 역겨웠던

선홍빛 냄새가 향기로워
가까이 코를 갖다댄다

—최영미 「중년의 기쁨」(2009)

방 아랫목에 여자 둘이다
웃는데, 서로의 등짝을 때려가면서다
30분거리 슈퍼에 가 투게더 한 통을 사서는
아이스크림 숟가락 3개 꽂아올 때까지
웃는데, 서로의 허벅다리를 꼬집어가면서다
순간 나 터졌어 하며 일어서는 여자 아래
콧물인 줄 알고 문질렀을 때의 코피 같은 피다
너 아직도 하냐? 징글징글도 하다 야
한 여자가 흰 양말을 벗어 쓱쓱 방바닥을 닦으며
웃는데, 피 묻은 두 짝의 그것을 돌돌 말아가면서다
친구다

—김민정 「민정엄마 학이엄마」(2009)

수련의 하루를 당신의 십년이라고 할까
엄마는 쉰살부터 더는 꽃이 비치지 않았다 했다

피고 지던 팽팽한
적의(赤衣)의 화두마저 걷어버린
당신의 중심에 고인 허공

나는 꽃을 거둔 수련에게 속삭인다
폐경이라니, 엄마,
완경이야, 완경!

—김선우 「완경」(2003)

3
성기

여성의 성기가 추하고 혐오감을 불러일으킨다는 것은 동서양을 막론하고 많은 사람들에 의해 주장되었다. 여성의 성기에 대한 혐오감이 선천적인 것이라고 할 수 없고 어떤 문화에서는 여성의 성기를 특별히 아름다운 것으로 간주하기도 하지만 여성의 성기에 대해 긍정적인 관념을 가지고 있는 문화일지라도 자신의 성기를 보여주는 것은 꺼린다. 이러한 금기와 성기에 대한 혐오감이 강화되면서 여성은 자신의 성기에 대해 수치심을 가지게 되었다. 우리말에서도 여성의 성기는 언급하는 것이 금기시되어 음부, 치부, 국부 등으로 완곡하게 표현되었으며 직접적인 지칭은 비속하게 여겨졌다.

여성의 성기는 본래 자궁과 연결되어 생명의 원천으로 간주되었으나 남성중심적 순결이데올로기 속에서 순결과 동의어로 상상되어 왔다. 여성의 열린 성기는 상실된 순결로 인식되었으며, 질 입구의 얇은 막은 '처녀막'이라고 하며 여성의 순결성을 가늠하는 수단으로 여겨졌다. 고전문학에서도 '앵혈'이라는 관습적 표현으로 나타나고 있는 이 처녀막 신화는 남성의 환상과 여성의 전략이 공모하여 구성된 허구적 관념임에도 불구하고 대표적인 여성 억압적 이데올로기로서 현대까지도 유지되어 왔다.

이에 대해 현대소설은 순결 이데올로기가 여성의 몸을 타자화하는 현실의 부당함을 고발하는 한편 처녀막의 신화가 확대되고 재생산되는 경로를 비판적으로 탐색하여 여성의 성기에 원형적 상상력을 통한 창조적 속성을 부여한다. 현대시 또한 발칙하고 도발적인 언어와 어조를 통해 늘 대상화되어온 여성의 몸과 성기에 대해 거부하고 저항하며 몸에 대한 주체적인 시선을 가지려는 의지를 드러낸다.

현대문학의 이러한 시도는 특히 여성의 성기에 대한 정확한 이해와 성찰을 촉구한다. 금기를 통해 성기 자체에 대한 객관적이고 정당한 지식 자체가 차단되면서 여성 억압적 이데올로기가 강화되고 있음을 간파한 것이다. 현대소설의 인물들은 자신의 성기를 직접 관찰하여 자기 정체성과 개별성을 증명해주는 표지로서 인식하며, 현대시 또한 여성의 성기를 어두운 동굴이나 정복해야 할 타자적 몸의 부분이 아니라 스스로 말을 하는 맞붙은 입술로 비유하거나 생명력과 사랑으로 충만한 탄력 있는 육체의 일부로 이미지화함으로써 여성의 성기를 음지나 음부가 아닌 양지의 몸으로 전복하고 있다.

3.1. 여성의 성기 관련 어휘와 금기

여성의 성기 지칭어 우리말에서 여성의 성기를 지칭하는 표현은 다양하지 않다. 남녀의 바깥 생식 기관, 그 중에서도 주로 여성의 것을 가리키는 단어가 음부(陰部)이다. 이를 전음(前陰)이라고도 한다. 음부(陰部)를 달리 이르는 말로 치부(恥部)가 있다. 이는 남에게 드러내고 싶지 아니한 부끄러운 부분을 의미하는 단어로 여성 성기에 관한 인식이 이 단어를 통해서도 드러난다. 음부(陰部)를 완곡하게 이르는 말로 국부(局部)가 있다. 여성의 성기는 언급하는 자체가 금기시되어 완곡하게 표현하거나 비속하게 이르는 말이 발달하였다. 여성의 성기를 비속하게 이르는 말로 '보지, 씹' 등이 있다.

해부학적으로 여성의 외부 생식기관을 외음부라고 하며 질의 입구에 있는 처녀막은 모양이 다양한 얇은 점막의 주름으로 파열된 후에는 둥글게 위로 올라가 흔적으로만 남게 된다. 질(膣, vagina)은 질 구멍과 자궁목 사이에 있는 여성의 생식 통로인데, 성교 때 음경을 받아들이고 출산 때 아기가 나오는 길이 된다. 질은 상단과 말단이 좁고 바깥쪽 입구가 처녀막이라고 하는 얇은 주름 조직으로 막혀 있다. 처녀막은 해부학적인 기능이 없는 것으로 알려져 있다. 성관계를 가진 후에는 찢긴 처녀막 조각들이 질 입구의 가장자리에 남아 있게 된다. 성교(性交)에 의하여 처녀막이 터지는 것을 '파과(破瓜)'라고 했다.

순결을 중요시하는 사회에서는 처녀막을 처녀성을 판단하는 기준으로 믿어 왔으며, 순결을 상징하는 처녀성의 상징으로 매우 중요하게 여겼다. 순결을 잃은 여성은 다른 남자와 결혼도 할 수 없거니와 결혼식을 치른 후 신부가 처녀가 아니라는 사실이 밝혀지면 신부를 부모에게로 돌려보내는 권한이 신랑에게 주어진 나라도 있었다. 특히 우리나라를 비롯한 동양권에서는 결혼 첫날밤 관계 후 신랑이 자신의 아내가 처녀였는지를 알아보기 위해 혈흔을 조사하는 풍습이 있었다.

처녀막은 영어로 'hymen'인데 그리스 신화 중 혼인의 신인 '히멘'이 이 단어의 어원이다. 국어에서는 조선 시대의 문헌에서 여성의 생식기가 '음문'이라는 표현으로 나타난다.

아기 음문에 다ᄃᆞ로믈 기들워 (『언해태산집요(諺解胎産集要)』(1608))

ᄌᆞ식 나히ᄂᆞᆫ 겨집으로 손애 기름 ᄇᆞᆯ라 음문으로 드러 (『언해태산집요(諺解胎産集要)』(1608))

산후에 음문이 나고 드디 아니ᄒᆞᄂᆞᆫ 증 (『언해태산집요(諺解胎産集要)』(1608))

산후에 음문이 ᄲᅡ디여 나고 드디 아니믄 힘 너무 ᄡᅳᆫ 타시니 (『언해태산집요(諺解胎産集要)』(1608))

계집은 모ᄃᆞᆫ 긔운이 음문으로셔 나ᄂᆞ니 (『벽온신방(辟瘟新方)』(1653))

陰門(ㅅ子) (『역어유해(譯語類解)』上(1690))

과거와 현재의 수많은 사회에서 여자의 성기는 동물에 비유되었다. 독일어에서 음부를 가리키는 단어인 중세 독일어 'Möse'의 어원은 조개이다. 또 고대 덴마크어로 굴을 의미하는 단어는 'kudefish'인데 여기서 'kude'는 '음문'을 의미하는 것이고, 프롤레마이스 왕가 시대에는 공식 창녀들을 '달팽이'라 불렀는데 유곽의 문에도 그 단어가 씌어 있었다. 앙가미나가 족 젊은 남자들은 사랑의 밀회를 가진 후 여자의 음부가리개에 달려 있는 자패(紫貝) 달팽이 위에 새로운 것을 첨가하는 관습이 있었다. 악령으로부터 보호받기 위해 이용했던 로마의 비너스 테라코타 조각들은 때때로 외음부 위치에 자패를 착용했다. 수많은 사회 특히 아프리카에서 여성들은 일상생활을 할 때에도 치마 위나 음부가리개 위 아니면 외음부 바로 위에 자패를 차고 다녔다.

일본 사람들은 예전부터 외음부를 전복과 비교해 왔다. 일본의 여러 지역에서 여성의 성기를 '조개'라 불렀다. 신석기 문화인 조몬의 여자 조각은 외음부 앞에 커다란 자패를 붙이고 있으며, 임산부들은 분만을 하는 동안 '순산 조개'를 손에 쥐고 있는 관습이 있었다. 여성의 성기를 조개에 비유한 것은 조개가 축축하고 끈적거릴 뿐 아니라 건드리면 탁 닫혀서, 무엇보다 일본에서 외음부와 결부되었던 연체동물인 문어처럼 침입해 들어오는 것을 붙잡는다는 점 때문이다.

수치스러운 성기

여성의 성기가 추하고 혐오감을 불러일으킨다는 것은 바이닝, 엘리스, 프로이트, 데버루 등 실제로 많은 남자와 여자들에 의해 주장되었다. 추하고 혐오감을 불러일으키는 외음부는 여러 단계로 거부될 수 있다. 상당수의 여성들은 자신들의 성기가 어디에 있는지 정확히 알지 못했기 때문에 남편에게 성교를 거부하기도 했다. 또, 많은 여성들이 어렸을 때 클리토리스, 음순에 관한 것을 포함하여 외음부에 대한 말은 한 마디도 배우지 못한다. 사실 클리토리스에 대한 일상용어는 전혀 존재하지 않는데 이것은 사람들이 그것을 말하는 것을 기피하기 때문이다. 외음부에 대한 혐오감과 거부감 때문에 극단적인 경우 여성들은 외음부를 수술로 제거하기를 원하기도 한다.

비서구 사회에서도 여성 성기에 대한 혐오감과 거부감을 자주 볼 수 있다. 여러 문화권을 살펴보면 여성들은 자신의 몸과 성기에 대해 거의 모르는 것처럼 보인다. 브라질의 메히나쿠 족은 여자들을 '카나탈라루(거절하는 여자)'라고 부르는데 이것은 많은 여성들이 외음부의 냄새와 모습 때문에 부끄러워 성교를 꺼리기 때문이다. 이 부족에게 여성의 외음부는 매력적인 것으로 간주된다. 그러나 역시 걱정스러운 것이고 어쨌든 불쾌한 것이다. '네 음부 냄새가 난다'는 표현은 많은 아프리카 사회에서 남자가 특정 여자를 겨냥하여 쓰는 가장 나쁘지만 자주 사용되는 욕이다. 모코로 사람들은 성교하는 동안 질이 축축해지는 여성에게 혐오감을 느끼며, 이런 여자를 '마르가'(늪, 습지)라고 부른다.

아름다운 외음부

여자의 성기를 추하거나 혐오스럽게 인식한 의견이 옳은지 검증하였더니 외음부의 클로즈업 사진을 관찰한 남녀는 그것을 아름답다고 느끼지도 않고 추하다고 느끼지도 않았다. 실제로 여성의 성기에 대한 선천적인 거부감이 존재했다면 대부분의 인간 사회에서 외음부가 추하고 거부감 드는 것으로 느껴졌을 것이다. 그러나 그렇지 않다. 미크로네시아 지역 대부분에서 여자의 외음부는 특별히 아름다운 것으로 간주된다. 여자들은 '완전한' 외음부, 명확하게 보이는 클리토리스와 길게 늘여 문신을 새긴 작은 음순이 있는 외음부를 가지기를 원한다. 트루크 섬에서는 남자들이 노출된 음부와 음순의 모습을 보고 즐거워한다. 여자의 성기를 미화한다고 해서 미크로네시아 여자들이 성기에 대한 수치심이 별로 없었다고 할 수는 없다. 정반대로 트루크 섬의 여자 주민들은 그들의 성기 부분을 보지 못하도록 남자들보다 훨씬 더 신경 썼다.

외음부를 유혹적이며 아름다운 것으로 생각하는 것은 다른 지역에서도 발견

된다. 서아프리카 시에라리온의 멘데 족에게 외음부는 추하다고 인식되지 않으
나 이들에게 여자의 성기는 아주 부끄러운 것으로 여겨진다. 남태평양 섬의 망
가이아 족의 남자들은 여자의 성기 부위에 많은 관심을 가지고 있고, 젊은이들
은 유럽 의사들보다 외음부에 대해 더 정확한 지식을 가지고 있다. 또한 여러
가지 다양한 외음부의 모양에 대한 호칭을 가지고 있고 국부를 지칭하는 전문
용어는 서양 의학의 그것보다 더 다양한 것처럼 보인다. 외음부는 고대 동양에
서 눈에 띄게 미화되었는데 그곳에서도 어린 여자아이 때부터 성기에 대한 수
치심을 가르치는 지역이 있다.

여성 성기의 미학은 서유럽 여자들보다 회교도 여자들에게 훨씬 큰 역할을
했고 여성들의 국부 위생도 서유럽보다 훨씬 더 철저했다. 아라비아의 작가들
도 여성의 성기를 묘사하는 다양한 어휘를 가지고 있다. 예를 들면, "틈새(el
fardj):그것의 형태는 우아하다. 그것의 향은 아주 기분 좋다. 외부의 흰색은 진
홍색의 중심을 강조한다. 갈라진 틈(el cheukk) : 마르고 뼈대가 굵은 여자의 외
음부. 아름다운 것(el hacene) : 그것은 희고 둥글며 둥근 지붕과 같이 곡선을 이
룬다. 큰 것(el aride) : 그것은 이마처럼 빛나는 백색을 지니며 형태는 달과 같
다. 긴 것(el meusboul) : 많은 여자에게서 그런 외음부는 얇은 옷 밑으로 또는
몸을 뒤로 젖힐 때 튀어나온다."와 같은 것들이다. 이집트에서는 아름다운 외음
부를 '털 없는 복숭아'라고 불렀다.

그러나 위에 언급된 사회와는 반대로 유럽 사회에서는 외음부가 추하고 혐오
감을 준다는 생각이 지배적이었다. 물론 유럽 사회에서도 어느 시기든 여성의
성기에 대해 에로틱한 시각적 관심을 드러냈던 남자들이 있었다.

가려진 성기 여자들이 자신의 성기를 보여주기를 꺼리는 것
은 적어도 '전통적인' 사회에서는 성적인 수치
심과는 관련이 없으며 다른 이유 때문이라는 반론이 제기되었다. 우셀(Jos van
Ussel)은 비서구 사회 사람들이 성기를 감추는 것은 "마술적인 개념의 영향" 때
문이라고 하였다. "그래서 수치심은 오늘날 서구 문명 밖에서는 '성적 특징'과
는 거의 관계가 없으며 외경심, 경계심, 두려움, 공포와 마법 걸기와 관계가 있
는 개념"이라고 하였다. 실제로 많은 사회의 여성들은 그들의 육체의 구멍을 통

해 정령들이 침투해 들어오지 못하도록 사전 조치를 취한다. 아프리카의 사라 족은 음부가리개로 사용되는 쐐기 모양의 헝겊인 골(gol)로 이 구멍으로 들어가기를 좋아하는 사악한 영인 코이(koi)를 막는다. 아메리카 인디언 유트 족의 여자들은 물에 사는 요정이 그들의 질 안으로 들어올까 봐 강이나 호수에서 목욕하는 것을 관습적으로 피하며, 남아메리카 인디언인 케추아 족은 같은 이유로 성기 앞에 손을 갖다 댄다.

그러나 비서구 사회의 여자들이 성기에 대한 수치심이 없다고 단정 지을 수는 없다. 사라 족은 음부를 매일 여러 번 씻는다. 반년마다 새로운 것으로 바꾸는 나뭇잎으로 만든 쐐기 모양의 헝겊이 음부가리개와는 다른 목적을 가진 것이고, 사악한 영적 존재인 코이(koi)에 대한 두려움은 성적 수치심과는 아무 상관이 없기 때문에 이들이 성적 수치심이 없다고 주장할 수는 없다. 유트 족, 케추아 족과 같이 정령들이 존재하지 않는 대륙의 인디언 여자들도 성기에 대한 수치심이 없다고 할 수는 없다. 음부가리개가 악한 영을 막기 위한 것이라면 왜 이런 옷들이 '말해서는 안 되는 것'이 되는지 설명할 수 없다. 중부 캐롤라인 제도의 이파룩 섬에서는 음부가리개를 의미하는 단어인 발레발(balebal), 시위시프(siwisif)는 터부시되어 남자가 그 단어를 말하면 여자들은 부끄러워한다. 또한 타이 북부에서는 여자 치마가 성기를 가리는 것이기 때문에 남자들은 그에 해당하는 단어를 입에 올리지 않는다. 남태평양 파푸아뉴기니의 밀린베이(Milne Bay) 주에 있는 트로브리안드 군도에서 치부를 가리는 잎인 야비(yavi)는 아주 은밀한 것으로 간주되기 때문에 사람들은 자신의 육체에만 사용했던 소유 대명사의 대명사적 접미사와 결합시켰다. '야비'라는 단어는 무례한 것으로 간주되었으며 아주 친밀한 관계를 가진 사람에게만 사용할 수 있었다. 결국 여자들이 음부가리개를 착용하는 사회에서는 성기에 대한 수치심이 있었음을 인정할 수 있다. 타히티 섬 여자에게도 마찬가지이다. 이 사회에서 엉덩이를 지칭하는 단어, 즉 회음부와 외음부를 포함하는 단어인 'ohure'를 대중의 면전에서 말한다는 것은 아주 충격적인 것으로 여겨진다.

남아메리카의 인디언인 투피 족, 누아루아크 족, 카라이벤 족의 여자들은 소음순과 클리토리스 부위를 보이지 않게 하는 독특한 방법을 발전시켰다. 딱딱한 나무껍질로 만든 삼각형의 작은 조각을 외음부의 밑 부분에 끈으로 묶어 놓은 것인데, 아마존의 지류인 싱구 강에 거주하는 인디언인 아바카이 족은 이것을 꼬리(ulúri)라고 불렀다. 이 '꼬리'는 수치심 때문에 이루어진 것이다. 메히나 쿠 여자들은 꼬리를 착용하지 않고는 대중의 면전에 나타날 수 없었고, 남자는 절대로 꼬리를 만져서는 안 된다. 성적으로 성숙한 여자에게만 꼬리의 착용이 필수적이고 늙은 여자는 질이 닫혔기 때문에 꼬리를 하지 않아도 된다. 꼬리를 통해 숨겨지는 소음순과 클리토리스에 해당되는 메히나쿠 족의 단어는 부정적 인 감정이 담겨 있는 수치스러운 말로서 떨리는 목소리로만 말하거나 욕으로 사용되었다.

육체에 대한 수치심이 없다는 남아프리카의 다른 오지 인디언 여자에게서도 여자들의 성기에 대한 특징적인 수치심이 관찰된다. 실제로 모든 인간 사회에 서 부인들과 어느 정도 나이든 처녀들은 허점을 보일 수 있는 자세나 태도를 취해서는 안 된다고 교육받는다. 거의 모든 사회에서 여자가 바닥에 앉은 남자 가 뻗은 다리를 뛰어넘는 행위는 금지되는데 이런 금지가 성적인 예절과 밀접 하지 않은 경우, 그런 관습을 일반적인 정중함의 규범으로 보거나, 남자들이 여성의 분비물과 월경에 따른 오염을 피하려는 수단으로 보려는 경향이 있다.

나체가 완전히 또는 상당히 만연되어 있는 사회의 여자들도 성기에 대한 강 한 수치심을 갖는 이유는 인간이 보편적으로 가지고 있는 성기에 대한 불쾌감, 특히 여성의 성기를 바라보는 불쾌한 시선에 기인한다. 무엇보다 외음부는 일 반적으로 추하다고 여겨져 왔는데 외음부의 특성으로 일컬어져온 '쭈글쭈글함, 사마귀 모양, 종창 같음, 끈적거림'의 성질은 실제 시각적으로는 전혀 그렇게 보이지 않음에도 소위 문명화된 인간들은 그들의 성기가 추하며 그것을 숨겨야 한다고 생각하게 되었으며 이런 추함에 대한 명확하고 의식적인 지각으로 인해 여성들은 자신들의 성기에 대한 수치심이 생기게 되었다.

3.2. 가시화된 동정(童貞), 앵혈

여성의 성기에 대한 직접적인 언급을 고전문학에서 찾아보기는 쉽지 않다. 〈변강쇠가〉와 같은 극히 일부의 작품에서 남녀의 성행위를 묘사하는 가운데 '옥문관(玉門關)'과 같은 완곡한 표현이 등장하지만 이마저도 호색문학이나 저급한 문학으로 취급되었다. 그러나 여성의 성기와 관련하여 여성의 성적 순결성을 강요했던 '처녀막 신화'와 관련된 것으로 고전소설에서는 '앵혈(鶯血) 화소'를 들 수 있다. 앵혈은 남녀관계를 갖지 않은 여성의 신체에 남아 있는 붉은 점을 뜻한다. 이는 아직까지 실증된 바는 없으나 앵무새의 피를 팔이나 손등에 떨어뜨려 그 피가 떨어지거나 뭉치는 모양을 통해 여성의 순결성을 가늠하는 풍습에서 비롯된 것으로 보인다. 앵혈은 앵점(鶯點), 비점(臂點), 비상홍점(臂上紅點), 주점(朱點), 주표(朱標) 등으로 다양하게 표현되는데, '팔뚝 위의 붉은 점이 선명하다'는 것은 그 사람이 아직 남녀 간의 육체적 교합을 경험하지 못한 상태라는 비가시적 상황을 가시화하는 관습적 표현이다. (「창선감의록」, 「옥루몽」)

그런데 정작 앵혈과 관련된 고전소설의 서사적 맥락들은 여성의 혼전 순결을 문제 삼기보다는 부부금슬의 호불호를 문제 삼는 경우가 대부분이다. 현실에서는 궁녀를 선발할 때 등 어떤 여성의 순결 여부를 가늠하여 순결하지 않은 여성을 배제하거나 징치하기 위한 징표로 이용되었던 것에 비해 고전소설에서는 혼인한 여성의 몸에 앵혈이 남아있는 경우가 문제시되는 것이다. 이는 지켜야 할 순결을 잃어버린 여성은 애초에 서사적 관심의 대상이 되지 못하고 부부관계가 원만하지 못하여 여전히 남아있는 동정만을 문제 삼고 있는 것으로 볼 수 있다. 즉 성적 순결을 지키지 못한 여성의 존재 가치 자체를 인정하지 않거나 순결을 잃은 여성의 실존적 상황은 서사적 관심의 대상이 되지 못하는 의식의 일단을 보여준다. (「명주보월빙」)

어느 날 홍씨가 월화에게 물었다. "내가 윤씨의 안색을 살펴보니 결코 온화한 부인은 아닌 것 같더구나. 네 성품과는 거리가 있어 보이던데 애모하면서 잊지 못해 하는 것은 무엇 때문이야?" 월화는 차마 어미를 속일 수 없어 사실대로 고하고 말았다. 그 어미는 깜짝 놀라 딸을 가까이 부른 뒤 그녀의 팔에 남아 있는 홍점을 바라보면서 감탄했다. "윤랑은 어진 사람이로구나." 이윽고 엄숭도 그 이야기를 듣고 크게 기뻐했다. "그 사람이 의기가 저와 같으니 필시 내 딸을 저버리지는 않을 것이야."
一日 問于月華曰 吾觀尹氏之色 殊似終非雍容婦人 與汝性不相近 何愛慕之不忘也 月華不忍欺其母 以實告之 其母大驚 引其臂紅而見之 歎曰 尹郎仁者也 於是 嵩聞之 大悅曰 其人意氣如此 必不負吾女也
－「창선감의록」(17세기)

강남홍이 대답하였다. "저는 본디 강남 사람으로 성은 사 씨입니다. 제가 태어난 지 겨우 세 해 만에 산동에 도적이 일어나서 난리 중에 부모를 잃고 이리저리 떠돌아다니다가 청루에 팔린 바가 되었으니 이 또한 운명이 기구해서입니다. 성품이 본디 남들과 달라서 범부에게는 몸을 허락하고 싶지 않았으며 청루에 여러해 있으면서 많은 사람들을 겪었으되 지기를 만나기 어려웠습니다. 지금 공자를 뵈니 비록 사람을 보는 안목은 없으나 당세의 일인자임을 알겠습니다. 이 한 몸을 맡겨 천한 이름을 씻고자 합니다." 그리고는 술상을 올려 은근한 정과 따뜻한 말과 웃음이 푸른 물에 떠다니는 원앙이 봄 물결을 장난질하는 듯하고, 단산의 봉황이 벽오동에서 화답해 우는 듯하였다. 바야흐로 비단 이불을 펴고 원앙 베개를 나란히 하여 운우를 꿈꿀 때, 홍랑이 나삼을 벗으니 옥 같은 팔목이 드러나며 한 점 앵혈이 촛불 아래 분명하였으니, 봄바람에 복사꽃이 봄 눈 위를 날아서 떨어지고, 바다 위 붉은 해는 구름사이에서 솟아오르는 듯하였다.

紅對曰 妾本江南人 姓謝氏 妾生纔三歲 山東盜起 失父母於亂中 轉轉漂泊 爲青樓所賣 此亦命途畸薄 性本怪異 不欲許身於凡夫 青樓多年 許多閱人 難逢知己 今見公子 雖無相人之眼 知爲當世一人 欲托一身 伸雪賤名 因進盃盤 慇懃情懷 溫和談笑 如綠水鴛鴦戲弄春波 似丹山鳳凰和鳴碧梧 方舖錦衾 聯鴛鴦枕 而夢雲雨 紅娘脫羅衫 玉腕露出 一點鶯血 分明於燭下 東風桃花飛落春雪 海上紅日聳出雲間

―「옥루몽」(19세기)

혜쥬와 쇼졔 블과 셔녀 거름 동안을 씌여가니 그 말을 다 듯는지라 불안ㅎ미 출하리 귀령을 아님만 곳지 못ㅎ딕 브득이 옥누항의 니르러 조모 슉당과 모친긔 비알ㅎ니 성혼 후 쳐음으로 귀령ㅎ니 그 스이 텬싱특용이 만고무비홈과 봉관화리의 빗나미 일신 위의를 도아시니 ㅎ믈며 년긔 이팔을 당ㅎ미 츄틱향년이 청엽의 소스시며 벽공신월이 두렷고져 ㅎ니 빅틱만광이 찬난ㅎ미 시로이 긔이ㅎ여 오릭 보지 못ㅎ엿던 눈이 황홀케 ㅎ는지라 조부인의 반기고 슬프며 귀듕흔 쯧이 모양치 못ㅎ나 사룸되오미 만시 쳔연흔 고로 오직 손을 잡아 두굿길 쓴이오 태부인 과익와 반기믄 측냥업손 형상을 니르기 어렵고 뉴시 가작ㅎ는 정의를 또 엇지 형상ㅎ리 츄밀이 다만 웃는 입을 쥬리지 못ㅎ여 글오딕 거년 츈의 셩혼ㅎ여 금년 신졍이 되어시니 이졔야 귀령ㅎ미 네 구개 며나리 스졍을 모로미 심치 아니랴 쇼졔 나죽이 말슴을 여러 조모와 모친 존후를 뭇줍고 오릭 결울턴 하졍을 잠간 펴미 태부인이 급급히 쇼져의 팔흘 잡아 홍슈를 거두치고 쥬졈을 상고ㅎ미 임의 혼적이 업는지라 분심이 더ㅎ나 츄밀이 지좌ㅎ므로 스쇠지 못ㅎ고 희희히 쇼왈 금슬이 박지 아니믄 닐노뻐 알디라

―「명주보월빙」(19세기)

　여성의 성기는 본래 모든 종교의식에서 신성과 풍요의 상징으로 등장했다. 비옥한 생산의 대지인 자궁으로 인도하는 여성의 성기 역시 창조적 속성을 부여받아 생명의 원천으로 간주되었던 것이다. 또한 남성중심적 순결이데올로기 속에서 여성의 성기는 순결과 동의어로 상상되어 왔다. 여성의 닫힌 성기는 순수와 순결, 열린 성기는 부정한 몸과 상실로 인식되어, 여성의 몸에 대한 순결과 성에 대한 편견을 가속화해왔다. 여성 성기가 지닌 관능미와 성적 에너지는 남성들에게 공포와 두려움의 대상이 되었으며, 창조적 속성을 잃은 여성의 성기는 온갖 불순물을 토해내는 좁고 어두운 심연으로 원형적인 두려움과 혐오의 대상으로 전락하고 말았다. 여성 성기가 지닌 이 같은 복합적 속성은 문학에서도 그대로 재현되어 왔다.

　현대소설은 처녀성의 신화에서 무엇보다 여성 성기를 둘러싼 남성들의 두려움을 읽어낸다. 성녀와 악녀라는 여성의 이중적 이미지 역시 성기의 훼손 여부와 밀접하게 관련이 있음을 간파한다. 이렇게 현대소설은 결혼 전 성관계로 평생 죄인 취급을 받아야 하는 여성인물들을 통해 순결 이데올로기가 여성의 몸을 타자화하는 현실의 부당함을 고발하는 한편 처녀막의 신화가 확대되고 재생산되는 경로를 비판적으로 탐색해간다. 엄마 세대와 달리 딸들은 학교에서 실시하는 순결서약을 조롱하고, 첫 관계에 대한 남성의 환상에 부응하기 위해 소파수술과 숫처녀 수술을 감행하기도 하며, 자신의 처녀성을 연기하기까지 한다. 이런 상황은 처녀막의 훼손 여부에 집착하고 이를 확인하는 일상적 관습이 얼마나 무의미한 것인가를 반증한다. 처녀막 신화란 남성의 환상과 여성의 전략이 공모하여 구성되는 허구적인 이데올로기라는 사실을 상기시키고 있는 것이다. (박완서 「가는비, 이슬비」 『도시의 흉년』, 공선옥 「79년의 아이」, 정이현 「낭만적 사랑과 사회」, 이혜경 「북촌」)

　나아가 현대소설은 이것이 여성 전체에 대한 억압으로 확대되어 일상적으로 자행되는 충격적인 현실을 그대로 재현하고 있다. 여성 성기를 보존하는 일이 공적인 관리와 통제를 통해 이루어지는 상황에 대한 거부감을 드러내고 미래사회의 비인간화 경향을 경고하고자 한 것이다. (김숨 「질병통제」, 김문숙 「알통공장

공장장」) 이렇게 현대소설은 욕망을 거세당한 여성 성기가 어떻게 순결이데올로기의 도구가 되어 왔는지, 그리고 새로운 과학과 낡은 정조이데올로기가 기묘하게 혼재되어 이를 어떻게 강화시켜왔는지를 간파하고 있다. 현대소설의 원형적 상상력 속에서 여성의 성기는 다시 창조적 속성을 부여받는다.

현대시에서도 여성의 성기에 대한 신화를 벗어나려는 시도와 몸에 대한 주체적인 시선을 가지려는 의지가 드러난다. 여성의 자발적인 욕망에서가 아니라 억압적으로 행해진 성기 훼손과 순결 상실은 단순히 여성의 몸에 대한 폭력을 넘어서 사회가 지향해온 가치를 훼손한 것으로 읽히기도 하지만, 이때조차 순결은 여전히 여성억압적인 가치를 상징한다. 여성의 언어는 닫힌 문으로서의 처녀신화라는 상투적인 비유에 저항하기 위한 움직임을 시작한다. (김명원 「낙화 2」, 강신애 「묶인 다리」)

또한 여성의 열린 성기는 음부(陰部)를 곧 음부(淫婦)로 인식하는 차별적인 상황으로 치부되어 왔다. 자기 자신의 몸에 대해 스스로 자유로울 수 없기 때문에 새것처럼 '팽팽하게 조이는' 아랫도리를 갖기 위해 스스로 폭력적인 상황을 자행하기도 하지만, 발칙하고 도발적인 언어와 어조를 통해 늘 대상화되어온 여성의 몸과 성기에 대해 거부하고 저항한다. 남성과 여성 성기의 전도된 상황, 벌리기를 거부하는 사타구니와 와리바시, 성기가 노출된 부끄럼 속에서도 참을 수 없는 간지럼 등은 여성의 성기에 대한 새로운 성찰을 드러내고 있다. (김지유 「좌욕」, 김언희 「가족극장, 이리 와요 아버지」, 이규리 「와리바시라는 이름」, 문정희 「간지럼」)

나도 정직하게 대답했다.
「좋은 치료를 받고 충분한 몸조리를 해야겠기에요. 숨기느라고 건강을 해쳐봤댔자 결국은 내 손해니까요. 이 다음에 다시 아기도 낳을 수 있어야겠으니까요.」
(중략)
엄마의 얼굴엔 잔물결 같은 미소가 번지고 있어, 내 아픔을 더욱 비참하게 더욱 고독하게 만들었다. 「참는 게야. 곧 나을텐데 그까짓 걸 못 참아. 아마 왜 그렇게 아픈지를 알면 그보다 더한 아픔도 얼씨구 참을걸. 넌 그동안 감쪽같이 숫처녀가 됐단 말이야. 이제야 알아듣겠어? 어때 참을 만하지? 엄마가 다 생각이 있어 선생님하고 미리 짜고 소파수술하고 숫처녀수술하고 같이 했단 말이다. 아주 감쪽같이 잘됐다고 하시더라, 여기 선생님은 그 방면에 아주 도사라거든.」
―박완서 『도시의 흉년』(1975)

　십계명의 마지막 계율은 순결의 흔적을 함께 확인하는 것이다. 그러나 내가 먼저 그를 부를 수는 없다. 나는 가만히 자리에서 일어난다. 움직일 때마다 골반 전체가 뻐근하게 쑤셔온다. 그에게 왠지 미안하다. 그렇지만, 이제 곧 나의 흔적을 확인한다면 틀림없이 그도 기뻐할 것이다. 나는 조심스레 이불을 들친다.
　그런데.
　아무것도 없다! 타월 위에는 한 점의 핏자국도 남아 있지 않다. 아무리 봐도 순백의 시트 위는 깨끗하다. 머릿속이 온통 까매지고 정신이 아뜩해져온다. 어떻게 이런 일이 일어날 수 있단 말인가. 나는 자전거를 타지도 않았고, 심한 운동을 한 적도 없었다.

―정이현 「낭만적 사랑과 사회」(2002)

　리는 원의 입술 한 끝이 말려 올라가는 것을 놓치지 않았다. 금속처럼 차가우면서도 악의가 느껴지는 말투였다. 전에 일하던 산부인과에서 리는 암묵적으로 중절 수술 파트에 소속되어 있었다. 신도시에 자리한 신생병원이었던 그 산부인과에서 비공식적으로 하루에 이십여 건의 중절 수술이 이루어졌다. 리는 어쩌면 생각했던 것보다 질병통제센터가 자신에 대해 훨씬 광범위하고도 세세한 신상정보를 파악하고 있을지도 모른다는 의혹이 들었다. 그녀의 출생과 학력, 사회적 이력은 물론 자유저금과 정기적금 통장의 계좌번호와 통장마다 입금되어 있는 잔액과 주량, 그녀가 선호하는 음식들과 기호식품들, 그리고 겨드랑이에 털이 자라지 않는다는 따위의 신체적 비밀과 발 사이즈와 손톱의 모양과 발가락의 길이와 시력과 머리카락의 굵기 따위…… 심지어는 서른여덟 살이나 먹은 그녀의 처녀막이 손톱만한 상처 하나 없이 온전하다는 사실까지도. 리는 순간 얼굴의 살갗이 확 벗겨지는 듯한 당혹감을 느꼈으나, 이내 평온을 되찾았다. 질병통제센터와 원, 그리고 원이 기꺼이 '우리'라고 지칭하는 무리들이 현미경으로 들여다보듯 자신에 대해 샅샅이 알고 있다고 해도 리는 정말이지 아무렇지도 않았다.

―김숨 「질병통제(疾病統制)」(2003)

　남편은 내가 애를 낳자마자 어디론가 입양시킨 것을 용서할 수 없는 것이 아니라 결혼 전에 애 낳은 일을 용서하지 못했다. 내가 그에게 애를 낳은 적이 있고 그 아이를 입양시킬 수밖에 없었노라는 말을 하지 않은 것이 남편을 속인 것이 되었다. 나는 그가 내 남편이므로, 우리가 서로 사랑하는 사이므로, 우린 사랑하는 가족이므로 다른 사람들은 나를 비난해도 그만은 나를 위로해주기 바랐다. 그러나 그는 내가 그를 만나기 전에 애를 낳은 것과 애 낳은 것을 말하지 않은 것 때문에 괴로워서 못살겠다고 했다. //

"엄마, 오늘 학교에서 뭐 했는지 알아요? 내 참 웃겨서. 순결교육. 심지어, 순결
서약서까지 썼다니까. 근데 지금이 이십일 세기 아냐. 이십일 세기에 이게 무슨
야만이냐구우. 근데 애들이 더 재수 없어. 아주 눈을 착 내리깔고 나는 결혼할
때까지 순결을 지킬 것을 맹세합니다. 국기에 대한 맹세가 그보다 낫겠다."
"순결 잃으면 여자들은 죄인 되니까."
"엄마아!"
아이가 소리를 꽥 지른다.
"뭐? 순결? 정말 웃겨. 그딴 거 땜에 괜한 여자들이 죄인 된다는 거 몰라? 나빠,
진짜. 아, 짱나."

—공선옥 「79년의 아이」(2007)

"처녀요?"
처녀.
① 시집갈 나이는 되었으나 아직 혼인한 적이 없는 여자
② = 숫처녀
③ 일부 이름씨나 뿌리 앞에 쓰이어 그 가리키는 일을 '처음으로 하는 것'의 뜻
④ 일부 이름씨스런 뿌리 앞에 붙어, '사람이 밟거나 손을 대지 아니한 것'의 뜻
　　나는 처녀이기도 했고 아니기도 했을 뿐더러 아주 사소한 의약외품 하나를 구입
하기 위해 내 신상에 관한 지극히 사적인 정보를 순순히 제공해야한 하는 정당한
이유를 알지 못했다. 해서 적절한 대답을 못하고 있는 사이 약사는 마치 변명처럼
말했다. 나로서는 잘 이해되지 않는 소리였다.
"처녀면 작은 걸 주려구."
"큰 걸로 주세요."
양이 많은 둘째 날이었다.

—김문숙 「알통공장 공장장」(2009)

　　처음 여자가 아프다고 했을 때, 그는 놀람을 감추지 못한 채 물었다. "처음이니?"
옷을 벗길 때 여자의 몸에서 긴장이 느껴지지 않아서, 그는 여자가 이런 일에 익숙
하리라고 추측했다. "아니에요. 저 많이 해봤어요. 그런데 아파요." "그래, 아프면
그만두면 되지, 뭐…… " 여자의 몸속으로 들어가고 싶은 안달과, 여자가 아플지도
모른다는 걱정, 그리고 여자가 자기를 거부하기에 몸을 못 여는 거라는 어림짐작.
아쉬움으로 목줄이 타는 듯해 그는 마른침을 삼키며 여자의 몸 위에서 내려왔다.
"난 괜찮은데…… 그냥 해도 되는데…… 다들 그러던데…… " 여자는 그렇게 말했지

만, 그는 여자를 아프게 하고 싶지는 않았다.

―이혜경 「북촌」(2009)

꽃은
떨어지고
꽃 그림자만
가지마다 걸어놓는다

사랑은
떨어지고
그대 그저 바라기만 하였던 비릿한 처녀막만
아직도 아랫도리가 젖어있는 가지마다
걸어 놓는다

―김명원 「낙화 2」(2007)

일 년에 2백만, 하루에 6천 명의 소녀들이
'순결한 몸'으로 시집갈 준비를 하느라 아
직 성기도 되지 않은 여린 살점들이 녹슨
칼끝에 난자당한다.

이 붉은 살점은
치타처럼 나무를 오르고 낙타 젖을 빨던
작은 소녀의 은밀한 고동

이동하는 모래 언덕의 밤을 위하여
스테이크처럼 썰리고
두 다리 사이
피의 지퍼를 채운
사막의 사리 같은 아이의 영혼이
흰 시트 모래 속 선혈로 스민다

―강신애 「묶인 다리」(2009)

이쁜이 수술을 끝내고 돌아온 그녀가
펄펄 끓는 물로 소독을 한다
(중략)

아랫도리가 익어가며 죄어올수록
얼굴의 주름까지 잘라낸 듯 착각도 드는데
몇 모금 깊게 빤 꽁초를 좌변기에 던져 넣으며
좁은 대야에 엉덩이를 들이민다
맹렬한 뜨거움의 첫맛만 참고나면
덧난 사랑마저 소독 돼 새살이 돋을 듯한데
새로운 몸으로 맞이할 첫 사내 곁에
오래도록 머물고 싶은 마음마저 들어
그렇게 속고도 심장의 하초를 벌리려는
마음만은 늘 팽팽하게 조이는
정마저 질기게 탄력이 붙어 탱탱한
그녀가 피맺힌 사타구니를 좌욕 중이다

—김지유 「좌욕」(2010)

　　이리 와요 아버지 내 음부를 하나 나눠드릴게 아니면 하나 만들어드릴까 아버지 정교한 수제품으로 아버지 웃으세요 아버지 아버지의 첫날밤 침대맡에는 일곱 어머니의 내장으로 짠 화환이 붉디 푸르게 걸려 있잖아요 벗으세요 아버지 밀봉된 아버지 쇠가죽처럼 질겨빠진 아버지의 처녀막을 찢어드릴게 손잡이 달린 나의 성기로 아버지 아주 죽여드릴게 몇 번이고 아버지 깊숙이 손잡이까지 깊숙이 아버지 심장이 갈래갈래 터져버리는 황홀경을 아버지 절정을 아버지 비명의 레이스 비명의 프릴 비명의 란제리로 밤 단장한 아버지 처년 척 하는 아버지 그래봤자 아버진 갈보예요 사지를 버르적거리며 경련하는 아버지 좋으세요 아버지 아버지 로부터 아버지를 뿌리째 파내드릴게

—김언희 「가족극장, 이리 와요 아버지」(2000)

와리바시와 사타구니 사이
여자라는 상징이 있다
벌린다는 것, 좋든 싫든 벌려야 하는
그런 구조가 있다
(중략)
간혹 젓가락이 반듯하게 나뉠 않고
삐뚤어지거나 엇나가는 건
젓가락의 저항이다
말 못하는 다리의 저항이

삐끗 다른 길로 들게 했을까
와리바시란 이름 딱지 영 못 떼고
생을 마감하는 불운처럼
사타구니 불안을 영 마감할 수 없는
여자이야기,
참 길고 질긴 이야기

―이규리 「와리바시라는 이름」(2006)

수술 들어가기 전 마지막 준비로
아래 털을 깎이었다
치욕과 공포가 절벽 아래로 사각사각 떨어졌다
깊은 계곡 털 언저리를 면도날이 스쳐갈 때
이 무슨 일인가 가랑비 살랑거리는
이 참을 수 없는 간지럼은
나비가 긴 수염으로 은밀히 씨방 주변을 더듬을 때처럼
히히잉 뱀처럼 꿈틀거린다

―문정희 「간지럼」(2010)

3.4. 몸의 언어, 정체성의 증명

성기는 자신과 타인의 육체의 질감을 느끼게 해주는 살아있는 기관이다. 그럼에도 불구하고 성기에 대한 금기는 여성이 자기 성기에 대한 지식을 갖는 것을 방해해왔다. 현대소설은 성교의 수단으로서의 성기가 아니라 몸의 일부로서 성기에 대한 정확한 이해와 성찰이 전제되어야 함을 역설한다. 그리고 여성 성기를 둘러싼 금기가 어디에서 비롯되었는지를 간파하여 성기에 대한 관습적인 오해와 편견을 넘어 성기에 대한 터부에 도전한다. 여기서 여성인물들은 자기 성기를 관찰한 적이 없었음을 깨닫고 그 모양을 확인하는 적극적 태도를 취한다. 그리고 성기를 자기 정체성과 개별성을 증명해주는 구별되는 표지로 수용한다. (전경린『열정의 습관』, 방현희『달항아리 속 금동물고기』, 윤효「더블베드」『노러브 노섹스』)

　나아가 현대소설은 성기의 교감을 통해 정신과 육체의 이분법이 무화되고 언어마저 화학작용을 통해 육체와 통합되는 듯한 경지에 이르는 모습을 보여준다. 이때 성기는 몸의 모든 세포의 감각을 깨워 피아의 구분 없이 다른 차원으로 이동시키는 통로로 묘사된다. (김이은 「가슴 커지는 여자 이야기」 「어쩔까나」, 이평재 「크로이처 소나타」) 이렇게 해서 성기는 여성이 자기 몸의 감각과 욕망을 되찾는 도구로 긍정되고 있다. 그리고 여성에게 성기를 통한 말과 소통은 일종의 구도(求道)가 된다.

　현대시의 자유롭고 자발적인 시적 발화는 여성의 성기와 몸의 욕망을 드러내는 대표적인 상징으로 시작된다. 여성의 성기를 두 개의 맞붙은 입술에 비유하고 여성 성기 스스로 말을 하게 하는 버자이너 모놀로그처럼, 여성의 몸이 타자적인 육체와 대상으로서의 육체에서 벗어나는 것은 우선 성과 성기에 대한 인식의 전환에서 시작된다. 여성의 성기를 감춰야 할 어두운 동굴이나 정복해야 할 타자적 몸의 부분으로 생각하지 않으며 또한 스스로 자기 몸에 대한 성찰을 긍정적으로 표현한다. 선분홍 꽃잎을 품은 '구근'(진수미 「바기날 플라워(Vaginal Flower)」), 농익은 사랑으로 부풀던 '그곳'(김선우 「내력」), 뇌쇄적이고 탄력 있는 '질'과 '처녀막'(김언희 「못에게」, 「미륵」) 등은 여성의 성기를 음지와 음부(陰部)가 아닌 양지(陽地)의 몸으로 인식하는 전복적인 시선들이다.

　　방만큼이나 커졌고 비누 방울만큼이나 얇아졌고 필라멘트같이 예민해진 질은 수축하려는 욕망을 더 이상 인애하지 못하는 순간에 도달해. 마침내 몸속에서 아아, 견딜 수 없어, 터질 것 같아요…라는 긴박한 비명 소리가 들려와. (중략) 질이 결국 지그재그의 격렬한 수축 운동을 일으키니까. 그 지그재그 속에서 비누 방울은 그처럼 참아왔던 뜨거운 물을 쏟으며 터져버리는 거야. //
　　가현은 화장대 의자에 두 발을 딛고 올라가 음부를 비추고 섰다. 터럭이 덮인 그 부위 역시 늘어진 배의 가죽에 밀려 눈에 띄게 아래로 내려가 있었다. 아래로 처진 피부가 두 다리 사이의 가랑이를 메워서 예전에 사과 반쪽 같은 형태로 앞으로 약간 튀어나왔던 음부의 형태를 무너뜨리고 있었다. 손으로 만져보면 음부를 둘러싼 문턱 같은 뼈가 느껴지지만 함몰되어 가는 존재 저 너머의 일이었다.
　　　　　　　　　　　　　　　　　　　　　　　　　—전경린 『열정의 습관』(2002)

나는 그녀의 다리 사이에서 두 마리 통통한 물고기를 발견했다. 가운데 부분이 약간 벌어진 채 머리와 꼬리를 붙이고 있는, 팔딱거리고 매끈하며 보얀, 찬 물기가 느껴지는 물고기 아랫배 같은 그녀의 속살을 밤이 새도록 보고 싶었다. 뜨거워요, 그녀는 가끔 다리를 털 듯이 흔들었다. 내가 그녀의 다리 사이에 라이터를 들이댔기 때문이다. 라이터는 가스가 다할 때까지 내 뜻을 충분히 이루어주었다. 불꽃이 흔들릴 때마다 물고기는 더욱 꿈틀거렸다. 나는 불빛이 없어지자 비로소 그녀의 두 마리 물고기를 열었다.

—방현희 『달항아리 속 금동물고기』(2002)

그때 재형이 몸을 일으키더니 은수를 눕히고 방심해 있는 그녀의 두 다리를 활짝 벌렸다. 그는 은수의 손에서 라이터를 뺏어 불을 켜고 그녀의 음부에 들이댔다. 은수는 그의 낯선 눈을 보지 않기 위해 한쪽 팔로 눈을 가렸다. 비로소 자신의 음부를 한 번도 들여다본 적이 없다는 것을 깨달았다. 그녀는 당혹스러우면서도 궁금했다. 그는 거기서 내가 모르는 나의 무엇을 발견할까. 나를 어디까지 데려다 줄까. 또 나는 그와 함께 어디까지 갈 수 있을까. 과연 어디서 어디까지가 나일까.

—윤효 「더블베드」(2002)

그때 그녀는 또 깨달았다. 여자들의 음부 모두 다르다는 것을. 성기가 정면으로 돌출된 여자들도 있고, 반은 드러나고 반은 묻힌 여자들도 있고, 감추어지다시피 한 여자들도 있었다. 돌출된 성기는 세로로 세워져 가랑이 사이에 박힌 작은 입술 같다. 머뭇거리는 남자들을 거침없이 비웃을 것만 같다. 반면에 성기가 감추어진 여자들은 나른하고 다소 우울해 보였다. (중략) 그날 밤 친구와 헤어져 돌아온 그녀는 침대 위에 커다란 화장 거울을 놓고 그 앞에 앉았다. 잠옷을 들추고 팬티를 벗은 후 다리를 벌렸다. 결이 가늘고 무성한 음모에 둘러싸인 타원형의 음부가 형광등 불빛 아래 선명하게 드러났다. 연자줏빛 장미 꽃잎 같기도 하고 홍작약의 꽃술 같기도 하고 깨물어 반쯤 잘라낸 혀 같기도 한 음핵이 파들거린다. 그리고 그 밑에 있는, 여자의 새끼손가락 굵기쯤 돼 보이는 동굴의 입구와 뽀얗고 매끈한 회음부. 그녀는 다리를 오므린 후 무릎걸음으로 섰다. 손가락들 음모를 헤쳐봤다. 음부는, 돌출되어 있다. 당돌하게. 그녀는, 첫 번째 타입에 속하는 여자인 것이다.

—윤효 『노러브 노섹스』(2004)

"뭘 느낀다는 게 무서워요. 고통스럽다구요."

어떻게 할까…. 어떻게 하면 P의 몸과 마음에 물기가 돌아 다시 생명을 호흡하게 할 수 있을까. P는 메마르고 오래 묵은 이 집에 스며들어 버린 것처럼 존재감이 거의 느껴지지 않았다. 목소리는 불안하게 흔들렸다. 잠깐 생각에 잠겼던 빈은 곧 자세를 낮춰 시선을 P의 아랫배에 맞췄다. 그러고는 질 입구에 살짝 입을 맞췄다. P의 허리께가 순간 움찔하는 게 느껴졌다. 반응이다. 좋다. 이어 빈은 입술을 약간 벌리고 따뜻한 숨결을 내뿜는다. 숨결이 가 닿은 곳의 털이 하르르, 떨린다. 빈의 촉촉한 입술이 곧 메마른 P의 입구를 두드린다. 부드럽게, 아주 천천히….(중략) 드디어, 활짝 열린다. 그리고 깊은 곳에 잠자고 있던 수원(水原)이 터진 듯, 맑고 달콤한 액체가 흐르기 시작한다. P의 입술이 벌어지고 촉촉한 신음이 터져 나온다. 우연인지, P의 신음과 거의 동시에 집 안의 모든 수도꼭지에서 우르릉, 소리가 나더니 물이 쏟아져 흐르기 시작한다.

—김이은 「가슴 커지는 여자 이야기」(2009)

男子는 세 번째 손가락 끝을 길게 파인 가랑에 자국에 대고 선을 따라 천천히 그어 내렸다. 습기를 머금은 음모와 쾌감을 원하는 클리토리스, 그리고 한껏 물이 오른 채 수줍게 닫혀 있는 분홍빛 음순. 그 모든 것이 뜨겁게 달아올라 男子의 손길을 기다리고 있었다. 男子는 女子의 두 다리를 들어 자신의 양어깨 위로 걸쳐 올랐다. 女子의 분홍빛 음순이 활짝 열리면서 고여있던 액체가 왈칵 흘러나왔다.

—이평재 「크로이처 소나타」(2012)

네 다리가 서로 꼬여 돌아가다가 그만 부금의 우렁찬 두려움이 축축하게 젖은 숲을 지나 깊디깊은 가이의 성문을 활짝 열어젖혔으니. 가이의 옥문 앞에서 드디어 만난 두 사람.

오직 부금에게만 열린 그 문으로 들어가려다 말고… 부금은 또 머뭇했다. 여기서 무를 수 있지 않을까. 아직 안 했고, 아무도 모르지 않는가. 세상의 모든 눈이 양반의 딸을 내자로 삼다니, 가당키나 한 일이던가 말이다. 부금의 양물은 세상의 법도에 가로막혀 쉽사리 옥문을 통과하지 못하고 근처를 맴돌았다. 옥문 근처엔 무엇이 있던가. 잘 떠올려보시라. 부금의 주저와 세상의 금기는 오히려 옥문을 점점 더 부풀게 하고 가이를 하늘로, 하늘로 이끄는 것이었으니 가이는 문을 열지 않고도 이미 천국에 가 닿는 것만 같았다. 일전에 이러한 황홀함을 맛본 적이 있었던가. 가이는 아득해지는 가운데 저도 모르게 부금의 양물을 옥문 안으로 이끌었다. 부금이— 우려와 의지를 버려두고 스스로 제 갈 곳을 찾아 들어간 그것. 천지자연의 이치가 지상의 모든 것을 넘어서는 순간이었다.

—김이은 「어쩔까나」(2012)

거울 놓고
양 다리 활짝 열었다.
선분홍
꽃잎 한 점 보았다.
이럴 수가!
오, 모르게 꽃이었다니
아랫배 깊숙이
구근 한덩이
이렇게 숨겨져 있었구나
하얀 크리넥스
잎잎으로 피워낸 꽃잎처럼
철따라
점점(點點)이 피꽃 게우며, 울컥울컥
목젖 헹구며, 나
물오른
한줄기 꽃대였다네.

—진수미 「바기날 플라워(Vaginal Flower)」(2005)

몸져누운 어머니의 예순여섯 생신날
고향에 가 소변을 받아드리다 보았네
한때 무성한 숲이었을 음부
더운 이슬 고인 밤 풀여치들의
사랑이 농익어 달 부풀던 그곳에
황토먼지 날리는 된비알이 있었네
비탈진 밭에서 젊음을 혹사시킨
산간마을 여인의 성긴 비탈을 닮아간다는,
세간 속설이 내 마음에 천둥 소낙비 뿌려
어머니 몸을 닦아드리다 온통 내가 젖는데
경성드뭇한 산비알
열매가 꽃으로 씨앗으로 흙으로
되돌아가는 소슬한 평화를 보았네
부끄러워 무릎을 끙, 세우는
어머니의 비알밭은 어린 여자아이의

밋밋하고 앳된 잠지를 닮아 있었네
돌아갈 채비를 끝내고 있었네

—김선우 「내력」(2000)

박혀 있는 게
못의 힘인 줄 아니
바보
먹통

못 느끼겠니……?

못의 엉덩이를 두드려가며 깊이
깊이 못과 교접하는
상처의 질

의 탄력?

—김언희 「못에게」(1995)

뇌살적이다. 농염한

천년 묵은
엉덩이

색마

순간순간 찢어지는
시간의
처녀막

—김언희 「미륵」(1995)

4
유방

　'유방'은 포유동물의 가슴 또는 배의 좌우에 쌍을 이루고 있는 젖을 분비하기 위한 기관인데, 관습적으로 풍요와 다산의 상징으로서 생명의 원천이자 성소로 신성시되어 왔다. 여성성과 직결되는 신체의 일부로서 함부로 드러내어 노출하는 것을 꺼린 결과 '유방'이나 '젖'보다는 '가슴'이라는 표현이 더 보편적이고 완곡한 표현이 되었다.

　극히 일부 고전소설에서 남녀 간의 성행위를 묘사하는 가운데 '젖을 쥐다'나 '우윳빛 가슴이 출렁이다[酥胸蕩瀁]'와 같은 표현을 접할 수는 있으나 고전문학 전반에서 여성의 유방을 문제적으로 다루는 작품을 찾기는 힘들다.

　현대문학에서는 '유방에 대해 말하기'를 통해 여성이 자신의 정체성에 대해 어떻게 이해하고 있는가를 가늠할 수 있다. 현대문학에서는 일차적으로 보수적 상징체계 안에서 유방이 화목한 가정과 정숙한 여성을 함축하며 여성의 몸의 일부로서가 아니라 이타적인 어머니의 몸, 모성의 기능으로서만 가시화될 수 있었다.

　그러나 유방의 의미가 모성적 기능으로 환원될 때 여성의 육체는 관리와 통제의 대상이 된다. 소녀들에게 여성의 성징으로서 유방은 자랑스럽기보다 감추고 숨겨야 하는 것이며, 늙고 병든 여성의 유방은 조롱과 배제의 대상으로 전락한다. 여성 작가들은 유방이 오로지 모성의 기능적 도구로 전락함으로써 육체적 고통이 소거되거나 추상화되는 상황을 문제적으로 다루고 여성 신체에 가해지는 억압의 양상을 제시한다. 유방의 모성성과 이타성을 출산과 양육에 한정시키는 시각에서 벗어나 허여와 포용의 도구로 재해석하여 상처받은 남성과 여성 모두를 품고 키우는 원시적 힘의 원천을 복구하여 강력한 여성상을 구현한다.

　더 나아가 여성의 육체를 타자화하는 남성 담론에 맞서, 여성문학은 성적 상상력을 자극하는 섹슈얼리티의 표상으로 유방의 의미를 재발굴함으로써 여성 몸의 주권을 탈환하고자 한다. 이데올로기에서 해방된 유방은 '자발적으로 마녀 되기'를 하는 것이다. 이제 유방은 이타성과 섹슈얼리티의 대상이기를 거부하고 여성 스스로 자기 몸의 이력을 읽는 새로운 역사의 몸이 된다.

유방의 의미

'유방(乳房)'은 포유동물의 가슴 또는 배의 좌우에 쌍을 이루고 있는 젖을 분비하기 위한 기관이인데 이를 가리켜 '젖가슴', 혹은 '젖, 가슴'이라고도 한다. 유방이라는 부위를 가리켜 그것을 가슴 혹은 젖이라고 부르는 이유는 가슴이 목과 배 사이의 몸의 앞부분, 즉 목과 배 사이에서 심장, 폐, 기관지 등이 있는 부분을 가리키기 때문이며, 젖은 아이에게 먹이기 위하여 어머니 몸에서 나오는 흰빛의 영양가가 있는 액체이지만 머리카락을 줄여 머리로 부르는 것과 같이 '젖'은 젖이 나오는 기관인 '젖가슴'을 대체하여 가리키기 때문이다.

'봉긋한 가슴, 가슴을 드러내다, 가슴이 납작하다, 가슴이 풍만하다' 등과 같이 여성의 신체를 표현하고자 할 때 가슴은 일상생활에서 유방 혹은 젖보다는 더 보편성을 획득하고 있는 듯 보인다. 유방 혹은 젖 등이 포함된 어휘는 노골적이고 적나라한 느낌으로 다가오기 때문에 화자들은 목과 배 사이의 신체 부위를 가리키는 가슴이라는 표현으로 대체함으로써 성적(性的) 부위를 간접적으로 언급할 수 있는 우회적인 방법을 찾게 되었다.

또한, 유방 혹은 젖은 낮춤말로 '젖퉁이'라고도 하나, 이는 '젖무덤'과 대체될 수 있다고 하였다. 엄밀하게 말하자면 '젖무덤'은 '유두'를 중심으로 젖꽃판 언저리로 넓게 살이 불룩하게 두드러진 부분을 의미하는데, 이 부분을 젖무덤 혹은 낮춤말로 젖퉁이, 젖통 등으로, 그리고 더 줄여 유방, 젖가슴, 젖 등으로 부르는 것이다.

이것은 그 연원이 중세국어 시기로까지 소급되는데 다음의 중세 문헌에서 나타난 '졎'은 유방을 의미한다.

> 더본 져즐 브스니 그 남기 즉자히 이울어늘(『석보상절(釋譜詳節)』(1446))
> 酥ㅣ 져제셔이ᄂ니 (『능엄경언해(楞嚴經諺解)』(1461))
> 져즐브터 酪나고 (『남명집언해(南明集諺解)』 下(1482))
> 믈 져즐 쓰리며(『동국신속삼강행실도(東國新續三綱行實圖)』 忠(1617))

이것은 현대에까지 그대로 전승되었음을 다음의 『표준국어대사전』에 나타난 예문을 통해 알 수 있다.

젖을 만지다/젖을 빨다/젖이 붓다
영희는 무안한 낯빛으로 어린애를 받아서 서투른 솜씨로 통통 분 젖을 꺼내 물렸다.
일본 부인 잡지에서 조선의 미개한 풍속을 특집으로 다룬 걸 본 적이 있는데 부녀자가 {젖} 내놓는 걸 부끄러워할 줄 모른다는 것도 그중의 하나였다.
—『표준국어대사전』

유방은 '쇠용통'이라고도 하는데 이는 젖무덤, 유방을 이르는 말이다. 그 어원을 정확히 알기는 어렵다. 다만 의미로 그 구조를 유추해보면 {소의}+{용(?)}+{통}으로 분석해볼 수 있는데 '쇠'는 '소의'의 준말로 '쇠고기'처럼 {쇠}의 형태로 {통}이라는 말과 결합된 것으로 볼 수 있다. '젖통, 젖통이'는 '젖무덤'을 낮잡아 이르는 말인데 이 때 등장한 '통'은 '젖'과 결합하여 '젖통'이라는 비속어로 사용되고 있음을 알 수 있다. 따라서 '쇠용통'은 여성의 젖무덤을 '소의 젖'에 비유해서 낮잡아 이르는 말로 추측할 수 있으며 다음 예에서 확인할 수 있다.

연적 같은 쇠용통(유방)에다 손떠귀를 밀어넣으면서 한다는 수작이, "이년 잘 되었다. 사내들 오지랖으로 무작정 기어드는 꼴이 음분을 참다못한 통지기년이 분명하렷다. 나도 옹색이던 터에 오늘 밤 나하고 같이 자자. 내 이래뵈도 만리재 깍정이 굴에서는 힘 좋기로 명색이 비웅이니 색이 밭은 네년 한번 빈대떡으로 못 만들까."

물바가지를 위로 쳐들어 올릴 제 연적 같은 쇠용통이 겨드랑이 아래로 완연하게 드러나고 낭자를 푼 검은 머리채가 어깨를 덮었다. 윤기 나는 머릿결과 물기 먹은 살꽃이 달빛을 되받아 흐드러진 박꽃처럼 눈길에 어지러웠다. 세류 같은 가는 허리는 이불 밑에 들어오면 명주고름처럼 야들야들하게 감겨들 것만 같았다.

세류 같은 허리께로 손이 내려갔고, 매월이도 뒤질세라 사내의 목덜미를 젖무덤 속에 훨씬 안아들었는데, 흐벅진 쇠용통에 얼굴이 묻힌 사내의 숨이 가쁘다.
—김주영 『객주』(1984)

가슴의 함의

사람이나 동물의 흉부를 가리키는 신체어 가슴의 15세기 어형은 '가슴'이었다. 16세기 말 두 번째 음절의 'ᆞ'가 'ㅡ'로 변화한 음운 변화를 반영하듯 16세기에 '가슴'이 나타나기 시작하여 17세기부터는 '가슴'이 널리 쓰였다. 19세기에는 두 번째 음절의 'ᆞ'가 'ㅏ'로 혼용되면서 '가삼'과 현대의 방언에서 나타나는 동화현상의 일종인 'ㅅ' 아래에서 'ㅡ'가 'ㅣ'로 변화한 음운현상에 의하여 '가심'이 나타난다. 이러한 어형들은 '가슴'이라는 표준어형이 그 세력을 확대해 나가던 20세기까지도 공존했다.

15세기 이래로 가슴이 갖는 의미는 현대의 그것과 크게 다르지 않았던 것으로 생각된다. 현대국어에서도 가슴이라고 하면 완곡어법으로 여성의 유방을 의미하며 '젖가슴'이라고 표현하기도 한다. 17세기 문헌에 '妳膀 젓가슴. 胸膛 가슴'(『역어유해(譯語類解)』上(1690)) 등과 같은 어휘가 등장하는 것으로 볼 때 당시에도 이미 여성의 유방을 신체의 일부분을 가리키는 말인 '가슴'이라고 부르기도 하고, 유방의 기능을 강조하여 차별화한 표현인 '젖가슴'이 19세기 문헌에 '젓가슴 乳胸'(『한불자전(韓佛字典)』(1880))으로 나타나고 있음을 알 수 있다.

한편, 가슴은 현대어에서 의미가 추상화되어 '마음'을 뜻하는 경우가 많으며 이것은 아래와 같이 다양한 관용어로 나타난다.

> 가슴(이) 벅차다 / 가슴(이) 뿌듯하다 / 가슴(이) 설레다 / 가슴(이) 아프다 / 가슴에 맺히다 / 가슴에 못을 박다 / 가슴을 불태우다 / 가슴을 앓다 / 가슴을 저미다 / 가슴을 쥐어뜯다 / 가슴을 치다 / 가슴을 태우다 / 가슴이 내려앉다 / 가슴이 덜컹하다 / 가슴이 뜨끔하다 / 가슴이 미어지다 / 가슴이 부풀다 / 가슴이 섬뜩하다 / 가슴이 찔리다 / 가슴이 찢어지다 / 가슴이 타다 / 가슴이 터지다 / 가슴이 후련하다 / 가슴(이) 흐뭇하다 /

이것은 17세기 문헌에 이미 '胸疼 가슴 알프다. 心疼 가슴 알프다'(『역어유해(譯語類解)』上(1690))와 같이 가슴에 물리적 통증이 있는 것과, 마음이 아픈 감정적인 상태를 구별하고 있음을 알 수 있다. 18세기 문헌에서도 '心疼 가슴 알타', '攀胸 가슴거리'(『동문유해(同文類解)』下(1748)) 등으로 나타나며 '가슴'이 '마음'을 의미하고 있음을 알 수 있다. 더군다나 걱정이 되는 일이라는 '가슴거리'라는 합성어도 등장하고 있음을 알 수 있다. 또한, 19세기 문헌에는 '맛츰 가슴알이 잇기로 스스로 먹으려 홈이로라'(『태상감응편언해(太上感應篇諺解)』(1852))와 같이 '가슴알이'가 나타난다. 이것은 사람의 마음이 가슴, 더 정확히 말해 심장에 있다고 여긴 결과 '가슴'이 '마음'을 의미하게 된 것으로 볼 수 있다.

4.2. 유방의 감춤과 드러냄의 의미

유방의 드러냄 유방의 노출과 저고리 길이는 밀접한 관련이 있다. 저고리가 대략 18세기 후반부터 짧아지기 시작하다가 20세기 초반까지 짧은 저고리가 유통되었고 1930년대에 사라지게 되었다고 추측한다. 처음에 짧은 저고리는 기생계급으로부터 시작되어 점차 양반계급과 일반 하층계급 여성에게까지 퍼지게 되었는데 몸을 드러내는 것을 훨씬 더 엄격하게 통제받았던 양반층 여성들은 유방의 노출을 염려해 반드시 가슴에 '허리띠'라는 것을 둘렀다. 이는 시간이 흐르면서 기생들에게도 역으로 전파되어 양반계층과 기생들은 가슴을 드러내는 일이 결코 없었으며, 오히려 속옷의 넓은 원단으로 가슴을 조여 몸의 곡선을 압착함으로써 가능한 한 평평한 몸매를 만들었다고 전해진다. 19세기 후반에서 20세기 초반에 얼굴을 가리지 않은 하층계급의 여자들이 젖가슴까지 드러내놓고 있었다는 역사적 기록은 젖가슴의 노출이 하층계급의 경우 금기시되는 일이 아니었음을 추측케 한다.

근대에 이르러 서양인 혹은 일본인들이 찍은 '유방을 드러낸 여성들'의 사진이 지금까지 남아 전해진다. 이에 대해 조선 여성들이 젖가슴을 드러냈던 이유로 '아들 자랑설'을 제기하였다. 조선 후기 하층계급에서 아들을 낳은 여성들은 그것을 자랑하기 위해 젖가슴을 내놓고 다니던 풍습이 있었다고 주장하고 젖가슴 사진이 공식적인 기록으로 남아 있음을 그 근거로 삼았다. '아들 자랑설'에 대한 공식적 언급은 서구인들로부터 나왔는데 1892년에서 1894년까지 조선에 머무른 프랑스 외교관 프랑뎅은 절구질하는 여인의 가슴 노출 사진을 자신이 쓴 조선 기행록, 『En Coree』에 싣고, 가슴의 노출은 조선 사회에서 아들을 낳은 것에 대한 자랑의 표식이라 설명하였다. 1985년 7월 3일 『조선일보』의 "신미양

요와 개화바람…1세기 전의 내우외환 현장"이라는 기획기사에서는 근대기의 '유방 드러낸 여인'을 소개하면서 "백 년 전의 젊은 부인이 젖가슴을 드러낸 채 장죽을 들고 찍은 모습이 매우 인상적이다."라고 하였고, 고종의 전의(典醫)였던 에비슨 박사의 비망록에는 결혼한 여자가 딸만 낳을 경우 젖가슴을 드러내지 않으나 아들을 낳았을 경우에는 집안에서 사내를 키우는 명예로움으로 젖가슴을 내보이는 지방의 풍속이 있었다고 하였다. 그러나 아들을 낳은 여인만 젖을 노출한 것은 아니었으며, 다만 남아선호사상으로 딸을 낳은 여인은 아이에게 젖먹일 때도 눈치를 보는 시대였기 때문에 젖을 물리던 태도가 달라서일 뿐 젖가슴을 드러내는 것이 아들 자랑은 아니라는 이견도 있다. 가슴 노출을 아들 자랑과 연관 지어 해석하는 것 자체가 여성의 열등한 지위를 함축하고 있다. '젖가슴 사진'에 달린 '조선 여성의 아들 자랑'이라는 설명은 조선의 전근대성을 더욱 강화하며 뿌리 깊은 남아선호사상과 열등한 여성의 지위를 부각시키는 역할을 했다.

'유방의 드러냄'의 의미 변화

근대 이전에도 조선 여성의 짧은 저고리에 대한 논의들은 있어 왔다. 1700년대 '짧은 저고리'가 처음 유행하기 시작할 무렵 조선 남성 지식인들은 짧은 저고리의 '요사스러움'에 대해 수차례 언급하고 있지만, 그 표현을 보면 신체에 대한 금기가 지금과는 조금 달랐음을 짐작할 수 있다. 18세기 조선 후기의 실학자 안정복은 "우리나라 부인들의 의복은 저고리와 치마가 연결이 안 되고, 저고리가 짧아서 허리를 가리지 못한다. 이 의복은 요사스러운 것이니 마땅히 못 입도록 금하여 아주 없애야 한다."라고 말하고 있는데, 이 문장에서는 허리가 드러난다는 사실이 요사스러움의 핵심이 된다. 물론, 과거에 여성의 젖가슴이 성적 의미가 전혀 없었다고는 할 수 없지만, 현재처럼 여성의 젖가슴이나 유두의 노출이 성기의 노출만큼이나 금기시되고 엄격하게 노출이 제한된 것은 아니었다고 추정된다.

그러나 20세기 초에 이르러 조선의 섹슈얼리티 규범은 변화를 겪게 된다. 젖가슴을 성적인 것으로 여기는 근대적 문화 규범의 등장으로 젖가슴 노출 행위는 금기시 되었고, 저고리 길이 변화와 젖가슴에 대한 복식 규범에 변화가 일어났다. 신체에 대한 성적 규범의 성립은 젖가슴보다는 젖가슴을 가리는 허리띠에 초점을 맞춘 채 짧은 저고리를 비판하였다. 시간이 흘러 1930년대에 이르면 기생과 모던걸들에 의해 짧은 저고리의 유행이 다시 일어난다. 1910년의 그것과 다른 양상으로 여인들의 가슴은 다시 노출되기 시작하는데 그것은 패션으로 발견된 최초의 노출이라고 할 수 있다.

> 기생들의 앞머리가 점점 눈썹으로 나려오는고로 미구에 기생들의 눈을 못 보겠고 또한 우산이 죄어져 송이버섯만 해지고 저고리가 짜르고 치마허리가 내려가기만 하니…… 모던-걸의 귀밑머리가 이러케 기러지고 저고리 앞섭과 치마의 아래 위가 점점 조라드러 이러케 아름다운 부분을 내여놓고……
>
> —「애교머리, 나팔바지」, 『조선일보』(1929. 9. 8.)

> 불란서 소위 레뷰-영화(映畵)라는 '몽파리'가 동양에 건너오자 모던-뽀이 모던-껄의 신경을 마비식힌 동시에 미처 뛰게 하엿스며 소위 대중덕이라는 의미에서 그 천박한 영화는 도처에서 갈채를 밧엇다 (중략) 뽀일, 불란사, 은조사, 아사, 당항라 등 거미줄보다도 설핏한 그 사옷사히로 움즉이는 모던-껄들의 몸둥아리니 그들은 긔탄업시 큰길거리를 뻘거버슨 몸으로 질풍 가티 쏘다니는 것이다.
>
> —「몽파리 裸女 - 녀름 풍정 2」, 『조선일보』(1929. 7. 27.)

전통적으로 아이에게 젖을 물리기 위해 드러난 여인의 가슴은 아무런 문제가 없었으나 패션으로의 노출은 문제가 되었다. 프랑스 영화 〈몽 - 파리〉에 현혹되어 유행을 따르기 위해 노출이 하나의 패션으로 등장했을 때 그 음란함과 천박함은 비판을 받았다. 신여성의 노출이 "짧은 목, 일자 어깨, 기다란 허리, 짧고 굽은 다리"를 드러내며 〈몽-파리〉의 늘씬한 서양 미녀들과 비교하여 '불구자에 가까운 체격'으로 비춰진다는 말은 폭력적이다. 서양의 유행을 받아들이고 그것을 절대시하지만 외양에 있어 우리는 그들과 달랐던 것이다.

한편, 신여성의 노출이 아름답지 않다고 비판하는 것만큼이나 그 노출에서 말초적 감각의 자극을 받은 것도 사실이었다. 당시 경성 신여성의 노출이 어느 정도였는지를 판단하기는 어렵지만 공연히 가슴을 노출하는 수준이 아니었음은 분명하다. 그런데도 남성들은 조금씩 짧아지는 저고리, 얇아지는 옷감에 가슴을 노출하고 장딴지를 다 드러낸다며 과도한 비판을 하기에 이른다.

신여성의 노출에 대해 남성뿐 아니라 허영숙과 같은 신여성조차 "여름옷은 아모리 덥드래도 속옷 한가지만은 비최지 않는 감을 택할 필요가 잇슴니다"라고 비판하고 나선다. 단지 신여성의 어조는 남성 필자들에 비해 합리적이고 차분하다는 점만은 눈에 띤다. 허영숙은 일반적인 조선 여성복이 "여름옷에 풀을 너무 세게 입"히는 것을 비판하면서, 신여성들의 의상이 내보이는 미를 "옷이 몸에 착 붙허서 몸이 움직이는 대로 옷이 물결을 쳐야 아름답지 안켓슴닛가"라고 하여 예의, 위생, 미관, 경제라는 네 가지 의복의 목적에 입각해 현재 신여성의 노출 의상이 가진 문제점을 지적하였다.

4.3. 이타적인 몸, 육체의 성소(聖所)

유방은 여성성과 직결되는 상징으로서 역사적으로 여성의 지위를 드러내는 지표가 되어왔다. 따라서 여성문학에서 유방에 대해 어떻게 말하는가는 여성이 자신의 정체성에 대해 어떻게 이해하고 있는가에 대한 증거가 된다. 유방에 관한 가장 관습적인 문화적 기호는 여신의 풍만한 가슴에서 볼 수 있듯 풍요와 다산성의 상징이라는 것이다. 남근 중심의 역사에서 여성의 유방은 생명의 원천이자 성소로 신성시되어 왔다.

현대소설에서 유방의 의미 역시 일차적으로는 이 같은 보수적 상징체계 안에서 형상화된다. 소설에서 유방이 구체적인 형상이 아닌 이미지로 혹은 젖 먹이는 행위로 강조될 수밖에 없었던 것도 이 때문이다. 젖 먹이는 어머니의 가슴은 그 자체로 화목한 가정과 정숙한 여성상을 함축하는 상징이 된다. 오랫동안 소설에서 유방은 여성의 몸의 일부로서가 아니라 이타적인 어머니의 몸, 모성의 기능으로서만 가시화될 수 있었던 것이다. (박화성 「두 승객과 가방」, 임옥인 「이슬과 같이」)

이렇게 이타성으로 규정된 여성의 가슴은 여성의 욕망이 거주하는 공간일 수 없다. 여성의 유방에 부여된 신성한 역할은 오히려 유방을 여성 섹슈얼리티와 무관한 신체 기관으로 만든다. 그리고 이런 인식은 결국 여성에게 엄마로서의 인내와 헌신을 강요하는 억압 상황을 발생시킨다. 이에 여성작가들은 유방이 오로지 모성의 기능적 도구로 전락함으로써 육체적 고통이 소거되거나 추상화되는 상황을 문제적으로 다룸으로써 여성 신체에 가해지는 억압의 양상을 제시하고자 했다. (김재영 「물밑에 숨은 새」, 강영숙 「날마다 축제」) 그리고 유방의 모성성과 이타성을 단지 출산과 양육에 한정시키는 시각에서 벗어나 허여와 포용의 도구로 재해석하는 진보적 의식을 선보인다. 여기서 유방은 상처받은 남성과 여성 모두를 품고 키우는 강력한 여성상을 대변하며, 원시적 힘의 원천으로 복구된다. (공선옥 「우리 생애의 꽃」, 김승희 「호랑이 젖꼭지」, 김숨 「투견」, 「검은 염소 세 마리」, 이명랑 「그림 앞의 장미와 꽃병」)

현대시에서 유방은 젖물을 품은 여성의 몸으로 출산과 육아를 거치며 가장 상징적인 이타적인 몸으로 등장한다. 남성들의 성적인 시선에 의해 대상화된 섹슈얼리티의 기호였던 유방은 출산 후에는 아이를 향한 이타적인 몸으로 순응해간다. (나희덕 「해빙」, 박연준 「흔적」, 신현림 「에미왕릉」) 유방은 남성의 성적 소유물에서 아이에게 젖을 주는 몸으로 옮겨가지만, 병든 몸이 되어서야 비로소 여성에게 돌아오는 가장 비극적인 몸이기도 했던 셈이다. (문정희 「유방」, 문혜진 「젖무덤」)

그러나 여성 스스로 주체적인 몸으로 자신의 유방을 인식하면서 유방은 봉분처럼 달려있던 '두 개의 젖무덤'을 넘어서서 폐허와 '유리 창고' 같은 세계를 끌어안는 따듯하고 부드러운 힘을 품은 가장 아름다운 상징이자 원리가 된다. (김혜순 「어느 별의 지옥」, 진은영 「정육점 여주인」)

> 우편 손에 들린 바스켓이 더 무거워져 가는 듯 걸을 때마다 무릎에 덜컥덜컥 닿았다. 그리고 방금 전에까지 종이가 물고 늘어졌던 젖통이 별달리도 더 덜렁거렸다.
>
> 정채는 왼쪽 손으로 적삼 위에 불룩하게 일어난 두 젖통을 어루만지자 갑자기 콧마루가 시큰해지면서 두 눈이 뜨거워졌다.
>
> —박화성 「두 승객과 가방」(1933)

> 젖이 어떻게 해서 액체를 뿜는 것인지 내 딴엔 알 수 없어 다만 애기를 낳고 키워 본 일 없는 소녀만도 못한 나의 본능에서 턱없이 쓰레기통에 의지하여 애기에게 젖꼭지를 물려주며 막연히 기다리는 것이었다.
>
> 애기는 탐스럽게 빨아들인다. 나는 전에 꿈속에서처럼 내가 어머니가 되어 애기에게 젖을 빨리면 얼마나 즐거울까, 그런 감격을 상상해 본 일이 있다.
>
> '그 상상하던 감각을 나는 자격도 없이 엉겁결에 이렇게 체험하는구나. 누가

오면 어쩌나? 아이, 부끄러워.'

말랑말랑한 입속에서 젖꼭지는 내뿜는 것 없이 애기의 비위만 상해 놓는 것이다. 연방 꼴깍꼴깍 삼키는 소리. 참말 내게서 이 어린 것에게 주는 생명수가 콸콸 쏟아질 수 있다면! 즐거운 관능 속에 나는 여기서도 여자로서의 비애를 느끼는 것이었다. 마치 애기에게 죄나 짓는 것처럼 온몸의 피가 안타까움으로 뜨거워 난다. 간지럽고 유쾌하고.

'여인은 모든 슬픔과 억울함을 어머니가 됨으로써 이기고 견딜 수가 있는 것이구나.'

나는 이 몇 분 동안에 번개같이 이때까지 체험하지 못한 인생의 중요한 부분을 발견하는 것이었다.

―임옥인 「이슬과 같이」(1947)

내 빈약한 젖가슴은 한 여자의 풍만한 젖가슴을 이해했다. 빈약한 젖가슴과 풍만한 젖가슴이 화해했다. 밥을 위해서라도 그녀의 젖가슴은 커야 옳았다. 젖가슴이 큰 여자와 작은 두 여자는 같은 아파트에서 살고 있었다.

―공선옥 「우리 생애의 꽃」(1994)

사천년도 훨씬 더 전에 단군신화 속을 탈출해나간 또 하나의 어머니인 백두산 호랑이를 만나려고 그렇게 서둘러서 온 길이었다. 이글이글한 암호랑이 젖꼭지에 입술을 박고 사천년도 더 넘는 세월 동안 우리가 먹어보지 못한 야성의 모유를 먹어볼 수 있을까 꿈을 꾸었지, 불이 이글이글하고 털이 북실북실한 야성의 젖꼭지에 입술을 박고 불 같은 피를 먹어 불 같은 피를 먹어 어제의 어머니에게서 이유(離乳)하고 이 땅을 더 잘 견디기 위한 뜨거운 힘을 구하려고 하였나? 아사달에 사는 사람들을 결코 체험할 수 없었던 어느 낯선 대륙의 야성의 태양빛의 황금빛 이야기를 그토록 갈구하였나. 나의 메마른 입술에 그 탐스런 젖꼭지를 물고 한번만, 아, 한번만, 울고 싶었나.

―김승희 「호랑이 젖꼭지」(1994)

귀자는 유일하게 내가 엄마라고 부르면서 따라다녔던 여자다. 하루가 다르게 가물가물해지는 의식 속에서도 귀자는 쉽사리 잊혀지지 않는다. 어떻게 잊을 수 있을까. 귀자는 내게 기꺼이 자신의 젖을 물려주었던 것이다. 내 입술에 물려진 귀자의 유두에서는 거짓말처럼 젖이 흘러나왔고, 나는 달지도 쓰지도 않은 비릿한 젖을 입술이 부르트도록 빨아먹다가 잠이 들었다. 내가 잠든 뒤면 귀자는 퉁퉁 부어오른 다른 쪽 젖을 아빠의 입술에 물려주었을 것이다. 아마도 귀자는 그랬을

것이다. 해산을 하자마자 아빠를 따라서 내뺐는지, 옷이 홍건히 젖도록 넘쳐나는
젖을 주체하지 못했으니까.
'내 젖은 참젖이야.'
어린 계집애 같던 귀자의 목소리가 귓가에서 쟁쟁거린다.
―김숨 「투견」(2003)

첫아이를 낳고 그의 아내는 자주 울었다. 뜻밖이었다. 아이는 나무랄 데 없이
귀엽고 사랑스러웠다. 하지만 아이는 자주 경기를 했고, 아내는 생각보다 대범한
성격이 못 되었다. 아내는 자신의 젖꼭지를 물고 떨어지지 않는 아이가 마치 자신
의 발목을 잡고 평생 놓아주지 않을 것만 같다고 했다. 그즈음 아내가 대할 수
있는 성인이란 겨우 남편인 그가 전부였다. 간혹 아내는 사람들로부터 멀리 유배
당한 기분에 휩싸인다고 했다. 그 때문인지 아내는 그에게 자주 전화를 했다.
―김재영 「물밑에 숨은 새」(2003)

아기는 밤에 자주 칭얼거리고 깊은 잠을 자지 못했다. 젖을 빨긴 했지만 배가
차지 않아 칭얼거린다는 걸 나는 몰랐다. 경험으로 알 수 있는 것들이 많다는 건
얼마나 행복한가. 아기가 악착같이 빨고 나면 젖꼭지 끝이 하얗게 부풀어올라 몹
시 아렸다. 나는 맨땅 위에 알몸으로 누워 젖을 드러내놓고 뒹구는 인디언 여자들
처럼 상체를 다 드러내놓고 살았다. 무더위 때문이기도 했지만 상처가 난 젖꼭지
는 바람을 쐬어야만 좋아지는 것 같아서였다. 그럴 때마다 나는 바보처럼 웃어댔
다. 그렇게 웃지 않으면 젖꼭지의 통증을 견딜 수 없었다. //
아기가 잠든 것 같아 집안으로 들어가면 아기는 또 금세 잠이 깼다. 아픈 젖꼭지
를 다시 물려야 할 때, 그럴 때 나는 인내라는 말을 생각했다. 아기가 젖꼭지를
꽉 물면 나도 모르게 순간적으로 아기의 엉덩이를 세차게 때렸다. 그래도 아기는
악착같이 젖을 빨고 젖꼭지는 다시 부풀었다. 그런 순간이면 나는 알맹이가 다
빠지고 껍질만 남은 곤충이 된 기분이었다.
―강영숙 「날마다 축제」(2004)

소년과 소녀는 산으로 올라갔다. 소녀는 머리에 소쿠리를 이고 있었다. 소쿠리
가득 성냥이 들어 있었다. 소년과 소녀는 두려웠다. 소년과 소녀는 한 번도 산속에
든 적이 없었다. 산소에는 무덤들이 널려 있었다. 소년이 버려진 비석에 발이 걸려
넘어졌다. 꼬르르륵꼭 꼬르르륵꼭꼭 새의 울음소리가 들려왔다. 소년과 소녀는
무덤 뒤에 숨었다. 소년은 배가 고팠다. 소녀도 배가 고팠다. 소녀는 소년의 입에
젖을 물려주었다. 소년이 젖을 빨았다. 소녀는 무덤 위에 떨어진 밤을 주워 손톱으

로 까먹었다. 밤나무 가지들 사이로 사당이 보였다.

―김숨 「검은 염소 세 마리」(2005)

　네 젖으로 나를 채워줘. 여자의 젖은 그런 힘을 갖고 있지. 네가 네 젖으로 나를
채워주면 나는 전사가 될 거야. 전사가 되어 날이 시퍼런 도끼로 뿔 달린 짐승들을
때려잡을게. 그것들이 울부짖는 소리로 네 귀를 채워줄게. 들어봐. 그것들이 내
발밑에 엎드려 애원하는 소리를. 네 젖으로 나를 채워줘. 그럼 난 내 도끼로 그것들
의 두개골을 부수고 뿔을 뽑아올게. 그 뿔로 나팔을 만들 거야. 너를 위해 노래할
거야. (중략) 여자는 자신의 유방을 두 손으로 감싸 쥐었다. 미간에 굵은 주름이
깊게 패어 있는 사내가 부르던 노래를 흥얼거렸다. 라라라, 네 젖으로 나를 채워
줘. 미간에 굵은 주름이 깊이 패어 있는 사내의 말처럼 세상을 향해 날을 벼리는
사내를 사랑하는 일은 자신의 젖으로 전사를 키워내는 것에 다름 아니었다. 밤마
다 뿔 달린 짐승들의 뿔에 찔려 피를 흘리며 돌아와 가슴으로 파고드는 사내의
입에 젖을 물리고, 사내의 미간에 새겨진 주름을 혀로 핥아 반듯하게 펴놓으면
사내는 다시 도끼를 들고 뛰어나갔다.

―이명랑 「그림 앞의 장미와 꽃병」(2007)

아기를 낳은 후 젖몸살을 앓았다
40도를 오르내리는 열과
수시로 찾아드는 오한 속에서
밤새 뜨거운 찜질로 젖망울 풀어 주시며
굳었던 내 가슴을 쓸어 주시며
기도하시던 어머니,
(중략)
새벽이 되자 열이 내리고 젖이 풀리면서
나는 이제야 어머니가 된 것이다

―나희덕 「해빙」(1999)

남자의 가슴이 왜 좋은지 알아요?
종이처럼 평평하니까
여자의 가슴이 왜 좋은지 알아?
무덤이 두 개나 있으니까

그날, 엎질러진 밤은 환하게 어두웠다

밤이 환할 수 있다니
내 무덤가에서 밤새 뒤척이던 손가락들은
아침이 되자 무덤 속으로
아예, 아예 들어가버렸다

혼자 목욕을 하는 저녁이 찾아왔을 때
외로운 팔과 다리, 등, 배, 가슴, 흐린 얼굴
도저히 내것이라고 하기 어려운 각각의 개체들이
거울 속에서 서로 어색하게 꿈틀대고 있을 때
하얗고 둥그런 왼쪽 가슴에 난 이빨 자국
보랏빛으로 선명하게 찍힌 당신의 자국

—박연준 「흔적」(2007)

윗옷 모두 벗기운 채
맨살로 차가운 기계를 끌어안는다
찌그러지는 유두 속으로
공포가 독한 에테르 냄새로 파고든다
패잔병처럼 두 팔 들고
맑은 달 속의 흑점을 찾아
유방암 사진을 찍는다
사춘기 때부터 레이스 헝겊 속에
꼭꼭 싸매 놓은 유방
누구에게나 있지만 항상
여자의 것만 문제가 되어
마치 수치스러운 과일이 달린 듯
깊이 숨겨왔던 유방
우리의 어머니가 이를 통해
지혜와 사랑을 입에 넣어주셨듯이
세상의 아이들을 키운 비옥한 대자연의 구릉
다행이 내게도 두 개나 있어 좋았지만
오랜 동안 진정 나의 소유가 아니었다
사랑하는 남자의 것이었고
또 아기의 것이었으니까
하지만 나 지금 윗옷 모두 벗기운 채

맨살로 차가운 기계를 안고 서서
이 유방이 나의 것임을 뼈저리게 느낀다
맑은 달 속의 흑점을 찾아
축 늘어진 슬픈 유방을 촬영하며

─문정희 「유방」(2001)

　밤의 숲에서 새벽길을 더듬어 그가 왔다 엽총을 내려놓고, 가죽잠바 속에서 검고 곰실곰실한 멧돼지 새끼들을 우루루 쏟아놓았다 부드러운 발바닥, 실룩거리는 긴 코를 들이밀며 머루 같은 눈으로 내 품에 달려드는 야생의 돼지떼, 내 헐거운 순면티셔츠를 뜯어먹고 실크브래지어까지 찢은 뒤 뭉클한 눈빛으로 우걱우걱 삼킬 듯 젖을 빨고 또 빨아댔다 나는 침대에 누워 가슴 가득 돼지들을 품고 자장가를 불렀다 돼지들은 쑥쑥 자라 걸을 수조차 없이 살이 쪘고, 나는 죽은 나무처럼 야위어갔다.

─문혜진 「젖무덤」(2004)

무덤은 여기
가슴에 매달린 두 개의 봉분
이 아래 몇 세기 전의 사람들이 아직 묻혀
숨 들이키고 있는 곳 무덤은 여기
바다에 달 뜨고 달 지듯
두 개의 무덤 아래
죽은 자들이 모여 살면서
망망대해를 펼치고 오므리는
달을 건져 올리고 끌어당기는
여자의 깊은 몸 구중궁궐

─김혜순 「어느 별의 지옥」(1988)

오늘 밤에는 들판에 나가야겠다
풀 먹인 하얀 앞치마에 가득히 떨어지는 별을 받으러.
장미 성운에서 온 것들이 쇠 다듬는 데 최고라니까
그녀는 왼쪽 유방의 부드러운 뚜껑을 열고
하얀 재를 한 움큼 쥐어본다

유리창 밖 풍경은 거대한 얼음 창고 안에 갇혀 있다

유방　125

눈보라 속 나무들이 공중에 냉동고기처럼 검게 달려 있고
유리창에 입김을 불어가며 그녀는 바라본다
붉은 눈송이들이 녹아 흐르며
피범벅된 송아지 같은,
제대로 일어서지 못하는 물렁물렁한 세계를.
미리 갈아놓은 칼로 겨울의 탯줄을 끊어야 한다
길고 부드러운 혀로 떨고 있는 어린 것을 핥아주는 일.

─진은영 「정육점 여주인」(2003)

4.4. 거세된 여성성, 수치스런 몸

유방의 의미가 모성적 기능으로 환원될 때 여성의 육체는 관리되고 통제되는 대상이 된다. 그래서 상실되고 훼손된 유방은 곧 여성성의 폐기를 의미하는 것이었다.

여성들은 성장 과정에서 성숙한 젖가슴을 갖게 되면서 자신의 몸에 가부장 사회가 부과한 이데올로기를 기입한다. 소녀들은 자신의 몸의 변화를 이해하고 수용할 틈도 없이 커지는 가슴을 수치스러운 몸의 증거로 학습한다. 그래서 소녀들에게 여성의 성징으로서 유방은 자랑스럽기보다 감추고 숨겨야 하는 것이었다. 이처럼 '브래지어' 아래 감추고 봉인된 유방을 낯선 이물질로 인식하면서 여성들은 가볍게 날 수 없는 '무거운 몸'을 지니게 된다. 여성작가들은 '브래지어'라는 정해진 규격과 원하는 틀에 얽매인 여성 육체의 비극성을 비판적으로 응시한다. (김승희 「또 브래지어, 1994년 7월 9일」, 공선옥 「몸을 위하여」, 전경린 「거울이 거울을 볼 때」, 김연경 「두 횟사」, 정이현 「비밀과외」)

소녀의 가슴이 관리와 통제의 대상이었다면, 늙고 병든 여성의 유방은 조롱과 배제의 대상으로 전락한다. 다 말라 물기가 빠져버린 늙은 여성의 젖가슴이나 생산의 기능을 다하지 못하는 병든 유방은 그저 '비곗덩어리'에 지나지 않는 것으로 묘사된다. 여성 스스로도 병들고 제거된 유방을 자아의 심각한 훼손으로 받아들이고 있다. (박완서 「부끄러움을 가르칩니다」, 전경린 「첫사랑」, 강영숙 「오아시

스」, 김지현「틸」, 함정임「달콤한 눈물」, 편혜영「서쪽 숲」, 김재영「국향」, 공선옥「빗속에서」, 천운영「그녀의 눈물 사용법」)

이처럼 여성인물들은 유방에 대해 이물감을 느끼는 동시에 거세된 유방을 여성성 상실의 지표로 보는 상반된 인식을 보이고 있다. 그렇기 때문에 가슴 성형에 대해서도 여성은 긍정과 부정 사이에서 양면적 태도를 취하고 있다. 즉 가슴 성형은 여성의 몸이 자신의 소유가 아니라 사회적 기준에 비추어 관리되고 변형되는 대상임을 깨닫게 하는 사례인 동시에 여성성을 과시하고 정체성을 회복할 수 있는 계기가 될 수도 있다고 보는 것이다. (백영옥『스타일』, 정수현『페이스 쇼퍼』)

어느 날 어머니가 발작적으로 울음을 터뜨리더니 가슴을 풀어헤치고 맨살을 드러냈다. 희끗희끗 비늘이 돋은 암갈색의 시들시들한 피부가 늑골을 셀 수 있을 만큼, 가슴에 찰싹 달라붙어 있고 어중간히 매달린 검은 젖꼭지가 몇 년 묵은 대추처럼 초라하니 말라비틀어져 있었다. 어머니는 그 가슴을 손톱으로 박박 할퀴며 푸념을 했다. 누웠던 비늘이 일어서며 흰 줄이 가더니 드디어 붉게 핏기가 솟았다. 끔찍한 모습이었다. (중략) 나는 무서워서 온몸이 오그라드는 것 같았다. 아마 그 순간 내 내부의 부끄러움을 타는 여린 감수성은 영영 두터운 딱지를 붙이고 말았을 게다. 제 딸을 양갈보 짓 시키지 못해 눈이 뒤집힌 여자를 어머니로 가진 여자, 그 가슴의 그 징그러운 젖을 빨고 자란 여자가 어떻게 감히 부끄럽다는 사치스러운 감정을 간직할 수 있을 것인가.

—박완서「부끄러움을 가르칩니다」(1974)

아침마다 브래지어를 둘러싼 이런 신경전이 여자는 몹시 피곤하였으나 어머니로서 그녀는 그것을 항상 유의해야 한다고 생각하였다. 무엇일까, 우리는 너무나도 많은 문화의 미신 속에 살고 있어서 내가 생각한다고 생각하는 것이 사실은 내가 생각하는 것이 아닌 경우가 너무나 많이 있다는 것을 그녀는 알고 있었다. 브래지어 엿보기. 왜 나는 딸아이의 브래지어를 감시해야 한다고 생각하는 나를 당연하게 생각하는 것일까? 제도권적 젖가슴 만들기? 그녀는 이제야 푸른 빛으로 바뀐 신호등의 지시에 따라 횡단보도를 건너 우체국과 은행이 있는 거리를 걸으며 생각했다.

—김승희「聖 브래지어, 1994년 7월 9일」(1994)

남학생 한 반, 여학생 한 반, 총 육십 명인 육학년이 여수 오동도로 수학여행을 간다 하였다. 선생은 곱슬머리에 두꺼운 입술이 붉고 엉덩이 부분이 꼭 끼는 바지를 즐겨 입었다. 그가 어깨를 움츠리는 난주를 바로 세웠다.

"이것 봐, 가슴을 똑바로 펴니까 멋있잖아!" 난주는 선생의 붉은 입술이 이제 막 돋아나기 시작한 자신의 젖을 핥는 것만 같아 소름이 끼쳤다. 부끄러운 것, 그것은 이제 막 부풀기 시작한 젖가슴이었다.

—공선옥 「몸을 위하여」(1998)

나는 걸음을 멈추었다. 거울 속의 존재가 정지했다. 거울 속에서 내가 발견한 것은 상의를 들어올리며 뾰족하게 돌출된 젖망울이었다. 나는 그것이 내 것이라는 사실을 믿을 수가 없었다. 나는 내 몸에서 가슴의 존재를 본 적이 없었다. 그러나 내가 오른손을 들어올려 망울이 선 왼쪽 가슴을 막았을 때 거울 속의 존재는 거울 속의 왼손을 들어 오른쪽 가슴을 막았다. 거울 속의 두 눈은 웅덩이에 빠져 죽은 채로 떠오른 아이의 눈빛을 하고 있었다. 그럴 때 비명을 지를 수 있는 사람은 없을 것이다. 공포도 아닌 슬픔도 아닌, 생의 검은 입을 활짝 벌리고 단말마적으로 제 비밀을 드러내는 위악적인 순간에. //

나는 그날 정오를 지나면서 밋밋하던 몸뚱이에 젖가슴이 달린 존재가 되어버린 것이었다. 나로선 젖가슴이 등에 붙건 앞에 붙건 마찬가지로 받아들일 수 없는 비극이었다. 이런 이물질을 달고 어떻게 남은 생애를 살아갈 수 있을 것인가. 삶이 전과 같지 않을 것이었다. 나는 타인들로부터 깊숙이 숨겨야 할 육체를 윗부분에도 가진 것이었다.

—전경린 「거울이 거울을 볼 때」(1998)

울타리도 제대로 없는 양파 농장의 지붕뿐인 창고 앞에서 쉰 살쯤 된 여자가 늘어진 젖가슴을 드러내고 이제 막 치마를 걸쳐 입고 있었다. 남자아이들은 자기 엄마뻘인 여자를 향해 휘파람을 획 불며 주먹 쥔 팔뚝을 내밀었다. 늙은 여자는 젖가슴을 가릴 생각도 하지 않고 놀란 눈으로 아이들을 쳐다보기만 했다. 남자아이들과 낯선 여자애가 깔깔대며 웃었다. 은무는 왜 여자가 한낮에 길가의 창고 앞에서 젖가슴을 드러내고 있는지, 아이들이 어떻게 엄마뻘 되는 여자에게 음란한 손짓을 할 수 있는지 이해할 수 없었다. 은무는 남자아이의 등허리를 잡았던 손을 스르르 놓았다.

—전경린 「첫사랑」(1999)

"왼쪽 유두 위쪽에 뭐가 생겼대. 작년에 검사했을 때만 해도 그냥 멍울이었거든. 자세한 건 며칠 더 있어야 결과가 나와."

“유두? 젖꼭지 말아?”

가까운 거리에 직원들이 일제히 내 쪽으로 시선을 돌렸다. //

큰 새의 날개처럼 생긴 환자복 가슴 한쪽을 열고 엄마의 왼쪽 유방을 보았다. 왼쪽 유두는 없고 수술한 부위가 함몰되어 있었다. 멀쩡한 오른쪽 유두는 짙은 보랏빛이었다. 함몰된 피부 위로 맑은 물이 고이는 느낌이 들었다. 그 맑은 물 위에 보랏빛 패랭이꽃을 올려놓았다. 꽃 크기와 빛깔이 오른쪽 유두 모양과 비슷했다.

—강영숙 「오아시스」(2002)

나는 곁눈질로 여자의 몸을 힐끔거렸다. 찜질방에서 제공하는 흰색 면티에 그녀의 젖꼭지가 비쳤다. 물을 넣어 부풀린 고무풍선 같은 젖가슴에 콩알만 한 유두. 아이를 낳아본 적이 없는 그녀의 유두는 염소똥만큼 작았다. 면티를 팽팽하게 잡아당기는 뱃살과 다리 여기저기에 허옇게 튼살은 끝없이 모래만 보이는 사막처럼 보였다.

—김지현 「털」(2002)

그녀는 애꿎은 금테 안경을 괜히 한번 추켜올리고 나서 또 물었다.

자, 양심적으로 손 들어봐라. 브라자 안 한 사람?

너는 이번에도 손을 들지 않았다. 네가 그것을 입지 않은 이유는 심장이 옥죄어드는 갑갑한 느낌을 견딜 수 없어서였다. 선생님은 다음 시간부터는 꼭 브래지어를 하고 오라는 이상한 숙제를 내주었다. 숙제를 제대로 하지 않았다가는 팔뚝을 아프게 꼬집히곤 했으므로 어쩔 수 없이 너는 그것을 착용하기 시작했다. 그 후로는 이십오 년 동안 줄곧, 말이다.

공부를 열심히 해야만 하는 학생 vs 몸가짐을 조심해야만 하는 어린 여자.

세상에 태어난 이상, 인간이란 끊임없이 무언가를 ‘해야만 하는’ 존재라는 것을 중학교는 너에게 가르쳐주었다.

—정이현 「비밀과외」(2004)

젖가슴을 도려내야 한다는 진단을 받았을 때, 그녀는 통쾌하게 웃었다. 그리고 S에게서 이십 년 만에 편지가 배달되었을 때, 그녀는 또 한 번 통쾌하게 웃었다. 사는 게 참, 지랄 같구나! 수술 부위에서 암이 재발하기 직전이었다. 영양 보충에 지극정성을 쏟아도 모자랄 판에 제대로 먹지도 않고 약을 거르는 것을 보고 R출판사 홍 사장이 한밤중에 들이닥쳐서는 가슴 하나 없는 거 가지고 죽으려느냐고 닦달을 해댔고, 그녀는 태연히 대답했었다. //

남자와 다시 눈이 마주치자 그녀는 자기도 모르게 왼쪽 가슴을 움찔 오므렸다. 수술 후 생긴 버릇이었다. 낯선 장소, 낯선 사람들 앞에 서면 모두가 그녀의 불균형한 가슴을 바라보는 것 같았다. 그녀는 자신도 모르게 그 가슴을 보완하려고 왼쪽 어깨를 어색하게 추켜올리는 버릇이 생겼다. 겉으로 보면 말짱했다. 누구도 왼쪽 가슴에 가짜 심을 박은 것을 알지는 못할 것이었다. 그녀는 한껏 치올라가려는 어깨를 지그시 누르며 양 눈썹 가장자리에 손을 가져다 대었다. 아까부터 그것이 벌에 쏘인 듯 화끈거렸다.

—함정임 「달콤한 눈물」(2004)

사내가 나가자 기다렸다는 듯이 노인이 여자를 불렀다. 노인은 옷을 가슴께까지 걷어 올리고 빳빳하게 누워 있었다. 앙상하게 뼈가 도드라진 마른 가슴에 젖꼭지가 얼룩처럼 시꺼멓다.

여기가 답답하다, 여기가,

노인이 가슴뼈 아랫부분을 가리키며 울듯이 말했다. 여자는 갈비뼈가 등뼈에 붙은 곳을 찾아 손가락 끝으로 천천히 꾹꾹 눌렀다. 속이 비고 물러진 뼈가 만져졌다. 여자의 손이 닿을 때마다 노인이 얕은 신음 소리를 내뱉었다. 그는 자신의 통증이 도시 한복판의 무덤 탓이라고 믿었다.

—편혜영 「서쪽 숲」(2005)

깃이 깊이 파인 셔츠 사이로 땀에 전 어머니의 앞가슴이 불규칙하게 팔딱인다. 한때 오아시스처럼 달고 부드러웠을, 그러나 이제는 거대한 비곗덩어리일 뿐인 가슴에서 눈을 떼고 나는 한숨을 내쉬며 돌아선다. 집 안으로 들어가는 내 등에 대고 어머니는 야비하게 퍼붓는다.

—김재영 「국향」(2005)

그녀의 가슴은 거듭 나를 놀라게 했다. 가슴이 탄력과 아름다운 모양새, 양감, 두 가슴끼리의 황금률에 가까운 비례 같은 것은 시각적인 관찰에서 이미 짐작했고 직접적인 접촉을 통해서 확인한 것이었지만, 삼 년간 지속적으로 그녀의 가슴을 애무하면서 새로운 사실을 알게 되었다. 그녀의 젖가슴은 아무리 빨고 아무리 주물러도 그 형체가 훼손되지 않았으며, 즉 아줌마의 가슴처럼 처지거나 양쪽으로 퍼지지 않았다. 그리고, 무엇보다도 나는 이 점에 놀랐는데, 젖꼭지를 아무리 빨아도 커지질 않았다. 여성의 가슴이 늘어지고 젖꼭지가 불거져나오는 것은, 처녀인데도 젖꼭지가 심각할 정도로 크게 불거져 나온 불행한 경우를 제외하면, 대개의 경우 성경험의 횟수를 말해준다는 속설이 있다. 그런데 이 여자의 젖꼭지는 내가 그토록 열심히 빨아줬는데도, 내 혀의 노력이 무색하게도, 언제나 갓 피어난 처녀 젖꼭지의 형상을 유지하고 있는 것이다. (중략) 나는 그저 화수분이나 다름없는 그녀의 젖꼭지에, 그 젖꼭지를 은밀하게 품고 있는 풍만한 젖가슴에 경의의 시선을 보낼 뿐이었다.

─김연경 「두 횟사」(2005)

　　아내에게는 가슴이 없다. 오년 전에 아내는 한쪽 가슴을 도려냈고 삼년 전에 나머지 한쪽도 절제수술을 받았다. 그나마 암세포가 다른 곳으로 전이되지 않는 것만도 다행이었다. 돌이켜보니 아내가 아직 아프지 않았을 때, 그리하여 아름다운 가슴을 간직하고 있던 시절, 나는 행복했던 것도 같다. 내가 아내의 가슴을 좋아하는 것이 그때 우리 부부의 행복 중 하나였을 수도 있다. 아내의 가슴이 없는 지금, 내가 그전에 아내의 가슴을 좋아했다는 사실이 아내로 하여금 그 끝을 알 수 없는 극심한 고통에 시달리게 한 이유가 될 줄 알았더라면, 나는 아내의 가슴 따위 손끝하나 대지 않았으리라. 가슴 없는 아내가 괴로워하는 모습을 보며 나는 내 발등을 내가 찍고 싶은 심정이었다. 아내는 추궁하듯 내게 따졌다.
　　"당신, 내 가슴 좋아했지?"
　　내가 아내의 가슴을 좋아했을까? 이제 와서 나는 아내의 몸 중 특별히 좋아했던 부위가 어떤 곳이었는지 기억나지 않는다.
　　"좋아했잖아!"
　　아내가 앙칼지게 되물었다.
　　"응, 좋아했지."
　　"근데, 이제 나 가슴 없는데, 어쩔 꺼야, 어쩔꺼냐구!"
　　"없으면 없는 대로……"
　　"거짓말 하지마, 당신 여자 몸 중에 유독 가슴 좋아하잖아, 안 그래?"

─공선옥 「빗속에서」(2006)

　　엄마는 유방을 잘라낸 뒤부터 눈물이 말랐다고 했다. 유방과 눈물이 무슨 관계가 있는지 모르겠지만, 아무튼 엄마는 그렇게 믿고 있다. (중략) 수술을 한 뒤 엄마는 꼿꼿한 유두의 동그란 젖통 한쪽과 터져서 쪼그라든 고무풍선 모양의 젖통 한쪽을 단 불균형한 가슴을 갖게 되었다. 나는 엄마에게 유방절제자를 위한 브래지어를 퇴원선물로 주었다. 몰딩 처리가 된 캡 안에 씰리콘 주머니를 넣을 수 있는 브래지어였다. 그것은 엄마가 균형 잡힌 가슴을 가졌을 당시 젖통의 크기와 모양을 측정해서 특별히 제작한 것이었다. 나는 엄마가 씰리콘 주머니에 익숙해지길 바랐다. 하지만 엄마는 단 한 번도 그걸 착용한 적이 없을뿐더러, 불균형한 가슴을 여지없이 드러내주는 신축성 좋은 소재의 옷들만 입었다.

엄마의 불균형한 가슴은 방패막이었다. 느닷없는 짜증과 변덕에도 이유가 있었고, 온갖 산해진미를 탐하며 며느리를 닦달해도 토를 달지 못하게 만들었다.

―천운영「그녀의 눈물 사용법」(2007)

만약 여자들에게 진짜 혁명이란 게 일어난다면 그건 이 지구상에서 빌어먹을 '다이어트' 따위가 영영 사라져 버리는 일뿐일 거다. 그래서 뚱뚱한 여자들이 득세하거나, 납작한 가슴을 가진 여자들이 활개치고 다니는 시대가 오는 것이다. 그런 세상이 온다면 가슴 큰 여자들은 가슴 작은 여자들을 질투하다 성형외과 의사에게 이렇게 외치겠지.

제발 무식하게 큰 제 C컵을 예쁘고 아담한 A컵으로 바꿔주세요!

―백영옥『스타일』(2008)

4.5. 마녀의 흔적, 해방된 유방

여성이 이데올로기로부터 자유로워지는 것은 늘 '마녀 되기'를 감행하는 일이었다. 유방이 여성의 신성한 임무를 다하지 못하고 여성 육체의 원시적 아름다움과 생기를 발산할 때 이 또한 위험하고 불온한 '마녀'의 표식으로 인식되어 왔다. 남성 담론 속에서 상상된 유방은 여성의 육체를 타자화시켰지만, 여성문학은 성적 상상력을 자극하는 섹슈얼리티의 표상으로 유방의 의미를 재발굴함으로써 여성 몸의 주권을 탈환하고자 한다.

현대소설은 유방 페티시즘을 통해 유방의 섹슈얼리티 기능에 적극적인 의미를 부여한다. 이들 소설에서 여성인물은 교차하는 감각의 저장소이자 감각의 비등점으로서 자기 유방이 지닌 의미와 기능을 새롭게 발견한다. 유방은 단순히 남성에 의해 상상되고 지배되는 욕망의 대상이 아니라 여성이 자기 정체성을 확인하는 장소가 되는 것이다. (김승희「아나바스 스칸덴스」, 윤효『노러브 노섹스」, 김나정「《 》」)

나아가 현대소설은 봉인되어 있는 야생의 이야기들을 풀어내 신비하고 생명력 넘치는 유방의 힘을 형상화한다. 이때 유방은 다른 세상과 통하는 문이기도 하고 원시적 야성을 불러일으키는 힘이기도 하다. 풍만한 육체성을 얻은 유방은 길들여지지 않은 야성의 성적 에너지가 가득한 공간이 된다. 이렇게 남성이 소유할 수 없는 여성의 유방은 열등함과 결핍의 표지가 아니라 긍정적인 몸의 증거이다. 이 같은 긍정적 해석 가운데 유방은 그로테스크한 이미지를 통해 타인의 상처를 보듬는 우월하고 전능한 여성의 표상으로 형상화된다. (천운영 「명랑」, 「세 번째 유방」 「멍게 뒷맛」, 한강 「채식주의자」, 김숨 「409호의 유방」, 김이은 「가슴 커지는 여자 이야기」, 은미희 「통증」)

현대시에서도 기존의 이데올로기에서 해방된 유방은 자발적으로 마녀 되기를 자처하는 것과 다름없다. 유방은 이제 다른 이들에게만 물리는 이타적인 젖이 아니라 자신의 젖꼭지를 찾는 자기 입술의 것이 되고, 흰 두 눈을 가린 안대처럼 생긴 브래지어를 벗고 전쟁과 폭력의 폐허에서 맘껏 검은 눈물을 흘리는 눈동자들의 온전한 몸이 되며, 여성에게 가해진 순교와 배교의 규율을 거부하는 '돔' 같은 유방이 된다. (김승희 「자기 젖꼭지」, 김혜순 「검은 브래지어」, 김언희 「성당」)

그리고 마침내 남성 성기인 '좆'과 여성의 '젖'은 모음 하나만이 다를 뿐인 육체를 상징한다고 선언하기에 이른다. 이제 유방은 이타성과 섹슈얼리티의 대상에서 벗어나 여성 스스로 자기 몸의 이력을 읽는 새로운 역사의 몸이 된다. (김민정 「젖이라는 이름의 좆」)

나는 읽고 있던 편지를 떨어뜨리며, 갑자기 하늘에서부터 떨어져 내려오는 뜨개질 털실 보퉁이를 앞가슴에 받아 안으려는 듯, 두 팔을 뻗어 앞가슴으로 당겼다. 한번도 모유를 생산해보지 못한 나의 메마른 유방에 아프게 젖줄이 당기는 것 같고 건조한 젖줄들이 갈라지며 하얀, 눈부시게 하얀 모유의 액체가 정원에 물을 주는 스프링클러의 물줄기처럼 사방으로 튀어가며 뿜어져나가는 것을 보았다. 미경이…

—김승희 「아나바스 스칸덴스」(1994)

그녀는 자신의 젖꼭지를 살짝 문질렀다. 우유보다 훨씬 맑은 즙이 흘러나왔다. 단 한 방울. 그녀는 젖꼭지를 그의 입술 속으로 밀어 넣었다. 그가 그것을 물었다. 정말 아기가 하듯이. 그가 세차게 빨자 무언가가 충족되는 듯하면서도 시원한 느낌이 들었다. 그것은 성감과는 전혀 상관이 없었다. 그녀는 자신에게 엄청난 일이 일어날 것 같은 예감을 느꼈다. 그것은 첫사랑의 상대와 첫 경험을 나눌 때보다 훨씬 충격적인데도 전혀 두렵지가 않다. 공포가 없다기보다는 공포를 상쇄할 만한 무엇이 있는 것이다. 그녀는 자신의 몸의 기능을 새롭게 발견하는 느낌이었다. 마치 원시 시대의 여자들이 스스로 발견하듯이.

─윤효 『노러브 노섹스』(2004)

"여기 한번 만져봐라. 뭐 혹 같은 게 잡히지 않애?

그녀가 가슴을 매만지며 말한다. 아예 가슴을 죄고 있는 똑딱 단추를 풀어 앞섶을 열어젖힌다. 단추가 풀리면서 주름으로 축 늘어진 가슴패기 아래 젖가슴이 출렁 벌어진다. 처지긴 했지만 그녀의 가슴은 몸에 비해 제법 크고 단단하다. 빈약하고 작았던 젖가슴이 이토록 부풀어 오르기 시작한 것은 할아버지가 죽고 난 이후란다. 오히려 아버지가 젖먹이였을 때는 가슴패기에 딱 붙을 만큼 작은 데다 유두마저 함몰되어 있어 젖도 제대로 못 먹였다고 한다. 할머니는 그때를 떠올리면 옅은 한숨을 내쉬곤 했다. 단단한 젖가슴 위에 자그마하게 자리잡은 분홍빛 유두는 이제 막 젖멍울이 지기 시작한 소녀의 것과 비슷하다. 그녀의 가슴에는 진화와 소멸이 함께 살고 있다.

"아이, 다른 살들은 다 쪼그라드는데, 뭐 한다고 젖퉁이만 이리 커지는가 모르겠다."

그녀가 가슴을 쓸어올리며 말한다. 그녀의 어조에는 부끄러움보다는 어딘지 자랑스러움이 배어 있다. 나는 그녀의 무릎에 얼굴을 대고 누워 가슴을 만진다. 저승도 세월도 침범하지 못하는 그녀의 가슴. 그녀에게서 여린 풀 냄새가 풍기는 것도 같다.

─천운영 「명랑」(2004)

내게 있어 세상과 통하는 유일한 문은 할머니였고, 할머니의 젖꼭지는 그 문을 들어가기 위한 초인종이었어. 할머니의 젖꼭지를 누르면 문이 열리고 수천 개의 세상이 펼쳐졌지. //

세 번째 유방이 중세 시대 마녀짓에 누명을 씌울 근거가 되었다는 것과, 마녀 사냥을 하는 사람들은 숨겨진 젖꼭지를 찾느라 몸 구석구석을 수색했다는 이야기들. 마녀들은 두 개 이상의 젖꼭지가 있어 그걸로 심부름꾼들을 먹여 살렸다고 믿었다는 이야기도 있었어. 네가 세 번째 유방을 좋아했던 것은 먼 옛날 야생의 흔적이어서가 아니라 마녀의 표식이기 때문은 아니었을까?

─천운영 「세 번째 유방」(2004)

내가 믿는 건 내 가슴뿐이야. 난 내 젖가슴이 좋아. 젖가슴으론 아무것도 죽일

수 없으니까. 손도, 발도 이빨과 세치 혀도, 시선마저도 무엇이든 죽이고 해칠 수
있는 무기잖아. 하지만 가슴은 아니야. 이 둥근 가슴이 있는 한 난 괜찮아. 아직
괜찮은 거야. 그런데 왜 자꾸만 가슴이 야위는 거지. 이젠 더 이상 둥글지도 않아.
왜지. 왜 나는 이렇게 말라가는 거지. 무엇을 찌르려고 이렇게 날카로워지는 거지.
―한강 「채식주의자」(2004)

    양은 찜통에서 삶아지고 있는 것이 한 통의 양배추가 아니라 그녀의 잘라낸
왼쪽 유방일 것만 같았다. 뜨겁게 달아오른 양은 찜통 속에서 왼쪽 유방이 젖소의
유방처럼 비대해져 있을 것만 같았다. 사골 국물 같은 젖을 찔끔찔끔 흘리고 있을
것만 같았다. 그녀는, 그녀의 블라우스 단추를 풀어헤치는 심정으로 양은 찜통의
뚜껑을 열었다. "당신이 그랬잖아요." 양배추는 계란탕처럼 물컹해져 있었다. "왼
쪽 유방이 아니라 오른쪽 유방을 잘라낼 거라고요." 그녀는 부엌 벽에 매달아놓은
국자를 움켜쥐었다. 허공에 대고 국자질을 했다. //
    그녀의 자궁 속 담쟁이 잎들이 진녹색에서 진홍빛으로 물들어갔다. 담쟁이 줄기
가 그녀의 등허리와 가슴과 겨드랑이를 휘감고 올라왔다. 왼쪽 유방이 잘려나간
자리 수북이, 잎들을 틔웠다. 잎들은 흡사 파란색 쇠똥구리 부적 같았다. 담쟁이
줄기는 그녀의 팔을 나선형으로 층층층 감으며 타 올랐다. 손가락들을 겹겹이 휘
감고 떡갈나무 식탁으로 뻗어나갔다. 한 순간 그녀의 가랑이가 벌어졌다. 하혈을
하듯, 진홍빛으로 물든 담쟁이 잎들이 울컥울컥 쏟아졌다.
―김숨 「409호의 유방」(2006)

    괄호는 세탁기 속에서 손을 넣어 빨래 더미를 끌어올렸다. 괄호의 윗옷에 어머
니의 브래지어가 감겨 있었다. 괄호는 소매에 엉긴 브래지어를 걷어냈다. 올챙이
눈알같이 불거진 여자의 젖꼭지가 떠올랐다. 꿈속의 일이었다고 치기엔 몸 밑에서
몰랑거리던 살의 감촉이 생생했다. 일을 치르는 내내 여자의 콧구멍은 발씬거렸
다. 괄호는 창밖을 내다보았다. 지금쯤이면 여자는 옷을 추스르고, 지하실에서
빠져나갔을 것이다. 괄호는 팬티바람으로 현관문을 열었다. 차가운 바람이 아랫도
리를 휘감았다. 괄호는 장롱에서 여름 면바지를 꺼내 입고 허둥지둥 마당으로 나
갔다. //
    괄호는 천장에 시선을 주고 담요 밑에 손을 밀어 넣었다. 더듬자 여자의 한쪽
가슴이 잡혔다. 괄호의 손바닥이 천천히 원을 그렸다. 젖꼭지가 단단해졌다. 괄호
는 담요 밑으로 들어갔다. 그는 허우적거리며 여자의 귓불에 대고 뜨거운 입김을
쏟아냈다. 별안간 눈이라도 번쩍 뜰까 겁나, 눈을 꼭 감고는 잽싸게 일을 끝냈다.
―김나정 「《 》」(2009)

유방　135

빈과 P는 마주 누운 채로 서로의 가슴을 어루만지기 시작했다. 빈은 가슴의 통증이 점점 더 심해지고 크기도 좀 커지고 있다는 걸 깨닫는다. 그러니까 빈이 막 서른을 넘긴 무렵이었다. 환자들을 치료하고 나면 통증과 함께 가슴에 딱딱한 멍울이 만져졌다. 사춘기 무렵, 처음으로 가슴에 딱딱한 멍울이 만져졌다. 사춘기 무렵, 처음으로 가슴에 멍울이 단단하게 잡혀 콕콕 쑤시며 아팠던 것과 비슷했다. 반면 몸피는 점점 더 가늘어져갔다. 그러니까 빈의 몸은 기형적으로 변해가고 있는 것이다. 피골이 상접할 듯 말라 가는 몸에 가슴은 용량이 점점 더 커져 지금은 가슴을 지탱하느라 허리와 척추에도 무리가 온다. 그동안 빈이 치료한 환자들이 얼마나 될까? 줄잡아 500명 가까이는 될 듯싶다. 그들의 고통을 보고, 듣고, 그들의 상처를 보듬어 주고, 그들의 마음을 다독여 주는 동안 그 상처와 고통의 흔적들이 멍울 져서 빈에게 켜켜이 쌓여 온 건지도 모를 일이다.

—김이은 「가슴 커지는 여자 이야기」(2009)

그는 그녀의 유방을 풍요와 대지의 상징이라며 그 유방에 대고 경의를 표했다. 그 가슴이 부럽다고 했다. 저도 그런 가슴을 갖고 싶다고 했다. 할 수만 있다면 가슴 달린 여자로 살고 싶다고 했다.

묵직한 통증이 저 아래로부터 차올랐다. 마치 밀물이 밀려들듯 꽉 차오르는 그 포만의 느낌에 그녀는 길게 숨을 내쉬었다. 그는 바다였다. 그 자신이 바다였다. 미끈한 고래, 다리를 잃은 인어, 비늘이 있는 유선형의 작은 고기, 바다는, 바다 속 생물은 바로 그 자신이었다.

—은미희 「통증」(2012)

사람은 무엇으로 사는가?
자기 젖꼭지를 먹으며 산다네

사람은 무엇으로 가는가?
자기 젖꼭지를 찾으러 간다네

자기 젖꼭지
자기 젖꼭지

—김승희 「자기 젖꼭지」(1995)

언젠가 수백 명의 어머니들이 광장에서
아들의 유해를 기다리는 사진을 본 적이 있어요

나는 그때 그 어머니들의 등에 달린
후크를 다 빼드리고 싶었다니까요
가슴에 달린 눈들이 흑흑
울음소리 광장을 메아리 쳤거든요
제발 나를 혼자 두고 가지 마
나는 엄마야
이리이리 헤엄쳐 와 내 바다로 와
안대 속에서 퉁퉁 부은 눈동자들이
감옥의 벽을 쿵쿵 두드리는 소리
안대는 마치 누군가의 두 손처럼 생겼어요
병아리 두 마리를 꽉 틀어진 검은 장갑 낀 손!
그물에 걸린 물고기더러 회개하라는 말 들어보셨나요?
길 잃은 병아리더러 회개하라는 말 들어보셨나요?
내 검은 브래지어 끈이
두 눈이 흘린 눈물줄기처럼
축 늘어져 있네요

—김혜순 「검은 브래지어」(2011)

이토록 둥근
유방의 성당
의 돔
순교와 배교의 열 두
젖꼭지

……다시 한번 못이 되어 박혀줄 수 있겠어요, 나의 수족에?

—김언희 「성당」(1995)

네게 좆이 있다면
내겐 젖이 있다
그러니 과시하지 마라
유치하다면
시작은 다 너로부터 비롯함일지니

어쨌거나 우리 쥐면 한 손이라는 공통점

어쨌거나 우리 빨면 한 입이라는 공통점
어쨌거나 우리 썰면 한 접시라는 공통점

(아, 난 유방암으로 한쪽 가슴을 도려냈다고!
이 지극한 공평, 이 아찔한 안도)

섹스를 나눈 뒤
등을 맞대고 잠든 우리
저마다의 심장을 향해 도넛처럼,
완전 도-우-넛처럼 잔뜩 오그라들 때
거기 침대 위에 큼지막하게 던져진
두 짝의 가슴이,
두 쪽의 불알이,

어머 착해

―김민정 「젖이라는 이름의 좆」(2009)

5
얼굴

‘얼굴’은 본래 ‘형(形), 형태(形態)’라는 일반적인 뜻으로 사용되다가 18세기부터 그 영역이 현대어와 같이 축소되어 ‘안면(顏面)’만을 뜻하게 되었다. 이처럼 얼굴은 육체의 전부가 아닌 일부만을 의미하게 되었지만 정신을 동시에 담고 있는 몸으로서 표정을 통해 내면세계를 표출하므로 문학에서는 인간성을 묘사하는 효과적인 수단으로 삼아왔다. 그리고 그 사람 자체를 의미하게 된 얼굴은 문학에서 타인의 시선에 의해 포착되는 경우와 자신에 의해 응시되는 경우에 따라 다른 의미를 드러낸다.

자신에 의해 응시되는 얼굴은 인물의 실존적 상황을 환기하는 장치로 기능한다. 한문학에서 여성이 자신의 얼굴을 직접 묘사하는 경우는 거의 없지만 거울에 비친 모습을 통해 자신의 감정이나 처한 상황을 표현하는 전통이 있었고, 고전시가에서도 여성 화자들은 얼굴의 모습을 통해 자신이 구가하는 현재의 삶에 대해 토로했다. 이런 문학적 관습은 현대문학에서도 이어지는데 거울, 우물, 유리창 등에 비친 자신의 얼굴은 자기 성찰의 매개가 되며 자신에 대한 이해와 긍정, 거부와 저항이 모두 얼굴을 통해 표현되었다. 그러므로 낯선 얼굴, 조각난 얼굴, 기형의 얼굴, 훼손된 얼굴 등은 상실된 여성의 정체성과 불안한 자아를 표현하였다.

한편 타인의 시선에 의해 포착되는 여성의 얼굴은 이중적인 면을 보여주는데, 특히 고전소설에서 여성주동인물의 아름다운 얼굴은 아름다운 내면이 투영된 것이지만 여성반동인물의 아름다운 얼굴은 음란함으로 인식되는 것을 볼 수 있다. 이는 인격의 삼출태인 얼굴이 화장이나 거짓된 표정으로 꾸미는 것이 가능했기 때문이다. 현대문학에서는 아름다운 여성의 얼굴이 에로티시즘의 기호로 남성들의 소유와 욕망의 대상이 된다. 그로 인해 여성은 얼굴을 꾸미거나 가장함으로써 이데올로기에 순응하거나 타인의 시선을 이용하는 야누스의 연기를 감행한다. 그리고 육체가 자산으로 관리되고 사회적 지위를 표시하는 기호로 인식되는 상황에서 얼굴이 정체성의 기호가 아니라 변형 가능한 마스크로 전락했음을 성형 등 얼굴 바꾸기를 통해 보여주고 있다. 이에 대해서는 남성의 시선으로 자신을 검열하고 획일적인 여성의 이미지를 내면화한다는 비판적인 시각과 적극적인 자기계발의 수단으로써 전략적으로 활용해야 한다는 시각이 공존하고 있다.

‘얼굴’은 눈, 코, 입 등이 있는 머리의 앞쪽 부분을 말하며 한자어로는 안면 (顔面)이다. 현대어 ‘얼굴’이 소급하는 형태는 15세기에 나타나 지금까지 이어지고 있는 ‘얼굴’이다. 17세기부터 나타나기 시작한 ‘얼골’은 그 당시 모음체계가 다시 정립되는 과정에서 제2음절 모음 ‘ㅜ’가 ‘ㅗ’로 바뀐 표기로 보인다. ‘얼굴 상(狀), 얼굴 형(形)’이라는 예에서 알 수 있는 것처럼, ‘얼굴’은 17세기까지는 주로 ‘모습(形)’이나 ‘틀(型)’을 의미했는데, 18세기부터 그 영역이 현대어와 같이 축소되기 시작하였다.

無量 光明으로 一切를 다 비취여 얼굴 뒷는 거시 光明 맛나아 (『석보상절(釋譜詳節)』 23(1447))

波利質多羅樹 아래 겨샤 석 둘를 安居ᄒ더시니 얼굴와 ᄆᆞᅀᆞᆷ과를 거두자바 寂靜호미 安이오 (『월인석보(月印釋譜)』 21(1459))

이 靑雲 서리옛 器具오 지쥐 업고 얼굴 늘구믈 슬노니 (『두시언해(杜詩諺解)』 초간본 16(1481))

ㄴᆺ 안 面 ㄴᆺ 면 形 얼굴 형 容 즛 용 (『훈몽자회(訓蒙字會)』 上(1527))

狀 얼굴 장 型 얼굴 형 模 얼굴 모 (『훈몽자회(訓蒙字會)』 上(1527))

하ᄂᆞᆯ콰 ᄯᅡ콰 사ᄉᆞ예 얼굴와 일홈과 가진 거슨 다 釋迦ㅣ라 (『칠대만법(七大萬法)』 (1569))

曾子ㅣ ᄀᆞᆯᄋᆞ샤ᄃᆡ 몸이란 거슨 父母의 기티신 얼굴이니 (『소학언해(小學諺解)』 2(1586))

남그로뻐 아븨 어믜 얼굴을 사겨 두 무덤 ᄉᆞ이예 두고 (『동국신속삼강행실도(東國新續三綱行實圖)』 孝(1617))

발을 칙드듸디 아니며 ᄃᆞ니맨 반ᄃᆞ시 그 얼골을 端졍히 ᄒᆞ며 (『여훈언해(女訓諺解)』 下(1658))

혈믹이 흐르디 아니 ᄒᆞ야 얼골을 샹ᄒᆞ야 변ᄒᆞᄂᆞ니 (『언해태산집요(諺解胎産集要)』 (1608))

ᄯᅩᆯ이 이셔 쟝ᄎᆞᆺ 십셰라 얼골이 아름다오니 (『종덕신편언해(種德新編諺解)』 上 (1758))

엇지 불평혼 빗치 얼골의 나타나시ᄂ니잇고 (『명의록언해(明義錄諺解)』上(1777))

빅셩의 근심ᄒᄂ 얼굴을 싱각ᄒ야 슬피옵시단 말슴이라 (『경기윤음(京畿綸音)』 (1783))

氣色淡白 얼굴 헤여ㅅ슭ᄒ다 淸減了 얼굴 패ᄒ다 面有嗔色 셩낸 ᄂ곳 (『몽어유해(蒙語類解)』(1790))

만조빅관이 다 그 얼굴의 츰을 밧고져 ᄒ더라 (『태상감응편도설언해(太上感應篇圖說諺解)』2(1852))

形 얼굴 형 (『천자문(千字文)』(1894))

부인이 슉향을 닛지 못 ᄒ심은 져 얼골을 닛지 못 ᄒ심이라 (「슉향젼」(19세기))

조곰 얼골이 불그레한 中에도 微笑를 쎄우며 (나도향「벌을 안거든 우지나 말걸」 (1922))

머릿속에 떠올르기만 해도 가슴이 설레고 얼굴이 화끈화끈 달었다 (심훈『상록수』 (1935))

　의미에 차이는 있으나 '신체(身體), 형체(形體), 형용(形容)'을 뜻하는 조선 초기의 단어는 각각 '몸, 얼굴, 즛'이었다. 그러나 '몸'만 그대로 쓰이고 있을 뿐 현재 '얼굴'은 '顔'으로 '즛(>짓)'은 '행동'으로 각각 의미가 바뀌어 쓰이고 있다. 오늘날 안면을 의미하는 '얼굴'은 본래 '형(形), 형태(形態)'라는 일반적인 뜻으로 사용되었고, '顔, 面'만을 뜻하는 말은 'ᄂ'이었다. 현대에도 사용되는 '낯'은 15세기 문헌에 'ᄂ, ᄂ' 등으로 나온다. 이 중 'ᄂ'이 원형에 가까운 형태이며 '낫'은 음절말의 'ㅊ'이 'ㅅ'으로 중화되어 나타난 표기이다. 17세기 이후의 문헌에 나타나는 '낟'은 음절말에서 'ㅅ'과 'ㄷ'이 중화된 결과 나타난 표기이다. 'ᄂ'은 제1음절의 모음 '·'가 'ㅏ'로 변하여 '낯'이 된다. 이 '낯'이 지금의 '낯'으로 이어진 것이다. '얼굴'과 '낯'은 국어사전의 의미로는 일치한다. 다만 현대국어에서 '낯'과 같은 의미의 단어로 '낯바대기, 낯빼기, 낯짝' 등이 쓰이는데 이들은 '낯'에 대한 비속어라는 특징이 있다.

十一 面은 열ᄒ ᄂ치니 열ᄒ ᄂ칫 觀自在菩薩ㅅ相을 밍ᄀ라 (『석보상절(釋譜詳節)』6(1447))

부텻 나라홀 다 비취유미 거우루에 ᄂ 뵈ᄃ 아니ᄒ면 正覺 일우디 아니ᄒ리이다 (『월인석보(月印釋譜)』8(1459))

쇼옷 할티 아니커든 소곰 므를 ᄂᆞ치 ᄇᆞᄅ면 쇠 곧 할ᄂᆞ니라 (『구급방언해(救急方
諺解)』 上(1466))

冥寞애 곳다온 쎠를 슬허 잡드러 玉 ᄀᆞᆮ흔 ᄂᆞ치 갓가이 두니라 (『두시언해(杜詩諺
解)』 초간본 3(1481))

겨집들히 텽 아래셔 졀호ᄆᆞᆯ 몯고 손으란 들오 ᄂᆞ추란 ᄂᆞ즈기ᄒᆞ야 (『번역소학(飜
譯小學)』 7(1517))

눈은 ᄀᆞ옰 믈근 믈껼 이 ᄀᆞᇀ시며 ᄂᆞ춘 보롬쫄 ᄀᆞᇀ시며 입은 빙바괘 ᄀᆞᇀ시고
(『성관자재구수육자선정언해(聖觀自在求修六字禪定諺解)』(1560))

몬저 ᄒᆞᆫ 사발만 ᄃᆞᆫ믈 가져오라 내 ᄂᆞᆾ 시서지라 (『번역노걸대(飜譯老乞大)』 上
(1517))

겨집이 門의 남애 반ᄃᆞ시 그 ᄂᆞᆾ출 ᄀᆞ리오며 밤이 ᄃᆞ닐 제 춋블로써 ᄒᆞᆯ디니 (『소학
언해(小學諺解)』 2(1588))

죵들히 내 ᄂᆞᆾ 시스며 머리 비수믈 묻ᄂᆞ니 衰暮흔 ᄂᆞ출 거울로 보믈 붓그리노라
(『두시언해(杜詩諺解)』 중간본 1(1632))

시병으로 ᄂᆞ치며 눈이며 온 몸이 다 누로며 (『벽온신방(辟瘟新方)』(1653))

머리과 ᄂᆞ치 몬져 믈이 돌고 ᄉᆞ지 보야호로 붇ᄂᆞ니ᄂᆞᆫ 길ᄒᆞ니라 (『언해두창집요
(諺解痘瘡集要)』 上(1608))

머리 빗디 아니ᄒᆞ며 ᄂᆞᆫ 싣디 아니히여 흰 옷과 소식으로 죵신ᄒᆞ니라 (『동국신속
삼강행실(東國新續三綱行實圖)』 烈(1617))

지아비 죽거ᄂᆞᆯ ᄂᆞᆾ출 빗고 방의 드러 죽음을 젼폐ᄒᆞ고 호곡을 그치디 아니ᄒᆞ니
(『동국신속삼강행실(東國新續三綱行實圖)』 烈(1617))

父母ㅣ 怒ᄒᆞ시미 겨시거든 ᄂᆞᆾ빗츨 和히 ᄒᆞ야 기셜ᄒᆞ야 플며 (『경민편언해(警民編
諺解)』(1658))

나가거든 반ᄃᆞ시 ᄂᆞᆾ출 덥고 엿보거든 반ᄃᆞ시 몸을 굽촐디니라 (『여사서언해(女四
書諺解)』 2(1736))

어ᄃᆡᄅᆞᆯ 알파ᄒᆞ시던고 ᄂᆞᆫ출 보오니 이제라도 얼골이 죠치 아니ᄒᆞ여 (『개수첩해신
어(改修捷解新語)』 3(1748))

우리 님금이 ᄆᆞ음이 너르고 거룩흠으로 ᄂᆞᆾ치 그르다 아니코 드러가니 (『삼역총해
(三譯總解)』 3(1774))

새볘 니러 마리 빗고 ᄂᆞᆾ 싯고 몬져 져기 술 ᄭᆡ는 湯을 먹고 (『노걸대언해(老乞大諺
解)』 중간본 下(1795))

도적과 ᄒᆞᆫ가지로 잔치ᄒᆞ고 즐기니 네 무슴 ᄂᆞᆾ츠로 날을 보ᄂᆞᆫ다 (『오륜행실도(五

倫行實圖)』忠(1797))

눈을 질너 쎠 둥구치며 낫츨 헐어 상히오니 혼신이 후란ᄒ여 필경 죽으니라
(『태상감응편도설언해(太上感應篇圖說諺解)』2(1852))

그 놋치 춤도 밧고 갈대로써 그 머리를 치고 희롱ᄒ야 (『성경직히(聖經直解)』
4(1892))

이 류는 놋희 춤 밧흠과 몸에 살 마즘에 비겨 오히려 심흔지라 (『성경직히(聖經直
解)』6(1892))

쥬의 낫과 옷시 히빗과 눈횜에셔 더 쵸월ᄒ시되 (『성경직히(聖經直解)』3(1892))
面 놋 면 (『천자문(千字文)』(1894))

<h2 style="background:#d9d9d9;text-align:center;">5.2. 아름다운 얼굴, 가리기와 꾸미기</h2>

얼굴은 머리의 앞부분으로 몸의 표면에서 형태의 변화가 가장 많은 부분이다. 표정은 얼굴 각 부위의 단순한 변화가 아니고 정의(情意)의 지속적인 또는 순간적인 변화가 이들 기관을 통하여 밖으로 나타난 것이다. 그것은 표정과 마음 상태의 긴밀한 관계를 말한다. 얼굴을 구성하는 여러 부위는 개인의 마음 상태, 나아가 한 민족의 심성을 반영하고 있다. 특히 얼굴 가운데 눈은 특별한 부분이어서 마음의 상태를 잘 드러낸다. 눈은 보이는 현상만을 인식하지 않고 그 내면의 것까지 느끼는 기관이다. 이처럼 사물을 깊이 있게 분별한다 해서 심안(心眼)이라는 표현을 쓰는데, 우리는 눈을 통하여 그 사람의 됨됨이까지도 알아차릴 수 있다고 생각하는 것이다.

전통적 미인상   고대소설이나 옛 미술작품에는 한국의 전통적 미인상을 묘사한 것이 있어 그 대강을 알게 해준다. 그러나 그것은 사실적인 묘사가 아니고 다분히 관념 속에 형성된 것의 표현이었다. 그런 만큼 미인이란 얼굴의 각 부위가 주는 부분적인 아름다움보다는 내면세계를 포함하여 전체적으로 우러나는 아름다움을 갖추어야 했던 것이

다. 보름달같이 둥글넓적한 아름다운 얼굴이 그러한 것인데, 여기에는 밝고 원숙하고 조화되어 있는 미인상이 강조되어 있다. 미인의 전체 기준이 그렇다 하더라도 미인의 얼굴 각 부위는 또한 일정한 아름다움을 갖추고 전체 얼굴 바탕과 조화를 이루어야 했다. 옛 작품들에 그런 표현이 두루 나타나는데 그것을 종합하면 다음과 같다. 얼굴형은 전체적으로 둥글지만 얼굴 윗부분, 즉 앞머리 부분을 특별히 강조하고 아래턱 부분을 약화시켰는데, 이것은 요컨대 계란형의 얼굴을 말한다. 이러한 얼굴은 한국여성의 유년기 얼굴의 특징이다. 따라서 옛 미인의 얼굴은 어리고 앳된 얼굴로 표현되었고 그것이 기준이었음을 알 수 있다.

이 점은 고전소설에 등장하는 여주인공의 나이에서도 분명하게 드러난다. 「구운몽」의 적경홍은 열 살부터 절묘한 재색이 널리 소문났고, 심청은 열다섯 살 때 얼굴이 나라에서 첫 손에 꼽는 국색이라 하였고, 「윤지경전(尹知敬傳)」의 연화는 나이 열세 살에 용모의 고움이 장강에 비겼으며, 춘향의 나이 또한 열여섯 살에 지나지 않았다. 옛 미인의 얼굴은 10대 중반의 얼굴이 기준이었던 것이다.

옛 미인은 코는 길고 코 너비는 좁고 코허리는 낮은 것이 특징이었다. 또한 살이 통통한 뺨과 작은 입에 쌍꺼풀이 없는 가는 눈을 가졌다. 눈 사이는 먼 것을 아름답게 보았고 눈썹은 흐린 색깔에 반달형을 이상형으로 보았다. 고전 작품 속에는 미인의 귀 너비가 작게 나타난다. 그 전체 인상은 어리고 얌전하면서 정적인 반면 지성미를 풍긴다. 짙푸르고 검고 풍성한 머리채도 여성스러운 요소의 하나이다. 치렁치렁 늘어진 처녀의 머리카락이나 구름같이 둘러 얹은 탐스러운 머리는 여성스러운 아름다움의 상징이었다. 자신의 머리카락만으로는 부피감 있는 머리채를 꾸미기 힘들 경우, 가체(加髢)를 사용하는 것은 일상적인 일이었다. 그러나 영정조 때 양반가 여성들의 가체를 금한 이후 쪽진 머리가 양반 부인의 머리 모양이 되었고 잔털 없이 반듯하게 넓은 이마는 반가 여인이 갖추어야 할 외모로 여겨져 혼인날을 앞둔 처녀는 이마의 잔털을 제거하고 반듯하고 정숙한 모습을 갖추려 하였다.

얼굴 가리기와 얼굴 꾸미기　여성이 다른 사람에게 얼굴을 보이지 않는 풍습은 오래 전부터 유럽, 중국 등에 널리 퍼져 있었다. 조선시대 양반가의 부녀자들도 너울이나 명사, 쓰개치마, 장옷 등의 쓰개를 써서 얼굴을 가리고 다녔다. 얼굴을 드러내고 다니면 기녀로 오인 받을 수 있었고 그로 인해 불이익을 받더라도 보호받지 못했다. 이러한 관습이 더 강조되어 조선 후기에는 신분이 낮은 여성들도 장옷이나 쓰개치마를 비롯한 각종 쓰개를 내외용으로 착용하였다. 그러나 기녀, 의녀들은 전모(氈帽)나 가리마처럼 얼굴이 노출되는 쓰개를 쓸 수 있었으며 의복에 아무런 제한을 받지 않았다.

조선시대 양반들의 여성에 대한 이중적 태도는 여염집 여성과 기녀를 통해 극명하게 나타난다. 여염집 여성들에게는 강한 사회적 규범에 따라 복식의 종류와 재료에 제한이 있었던 반면, 기녀에게는 신분에 상관없이 외모를 꾸미고 여성성을 적극적으로 드러내는 것이 용인되었다. 또한 조선시대 여성들은 맑고 흰 피부를 선호하였으나 분대(粉黛)는 궁녀, 기녀, 의녀 등과 같은 여성들에 국한된 것이었고 여염집 여성들은 평상시에 진한 분 화장을 하면 기녀로 오인 받을 수 있는, 행실이 반듯하지 못한 여성으로 취급받았으나 성적 대상인 기녀에게는 이상적인 미인형을 요구하였다.

5.3. 음란함의 표상

고전소설에서 주동인물의 경우 남녀노소를 불문하고 뛰어난 외양을 갖추고 있는 경우가 대부분이다. 먼 산을 그린 듯한 눈썹, 별 같은 눈동자, 붉은 입술 등으로 묘사되거나, 밝은 달, 탐스러운 모란꽃 등에 비유되곤 하는 주동인물의 아름다운 외양은 내면의 아름다움이 외적으로 표출된 것으로 여겨진다. (「숙영낭자전」, 「심청전」, 「열녀춘향수절가」, 「옥루몽」)

그러나 반동인물이나 보조적 인물의 외적 아름다움은 주동인물과 달리 부정적으로 인식된다. 특히 남성 반동인물의 잘생긴 얼굴이 간특함을 표상하는 데 비해 여성 반동인물의 아름다운 얼굴은 음란함으로 단정된다. 인격이 표출되어 나오는 것으로 볼 수 있는 자태나 거동은 거짓으로 꾸미기 어려운 데 비해 얼굴의 아름다움은 화장이나 표정으로 꾸밈이 가능하기 때문이다. (「창선감의록」, 「운영전」)

선군이 그 말를 드르미 깃브믈 니긔지 못ᄒ여 급히 당상의 올나 좌졍을 ᄒᆞᆫ 후
ᄒᆞᆫ 번 ᄇᆞ라보미 용모는 부상명월이 두려시 벽공의 걸녓는 듯 틱도는 금분모란이
흡연히 조로를 씌엿는 듯 일쌍 아미는 츈산의 빗겻는 듯 냥긔 셩모는 츄와의 잠겻
는 듯 셤셤셰요는 츈풍의 양위 휘두른 듯 쳡쳡 쥬슌은 잉미 단스를 먹음은 듯ᄒ니
쳔고무빵이오 츠셰의 독보홀지라
—「숙영낭자전」(미상)

기인이 눈을 드러 보니 그 ᄋᆞ히 긔상이 비속ᄒ여 냥안은 효셩이 붉ᄋᆞ스며 쌍미는
츈산을 그린 듯ᄒ고 듀슌은 단스를 씩은 듯 놉흔 귀는 일월각을 밧드러스며 엇개는
나는 졔비 갓고 셰요는 깁으로 묵근 듯 빅틱 졀승ᄒ여 일셰의 희한ᄒᆞᆫ 미식이오
복록이 완젼지상이ᄂᆞ 의상이 남누ᄒ여 겨우 슬를 가리오고 긔골이 여위여 헛튼
녹발 스이로 시름ᄒ는 용뫼 쵸쵸ᄒ여 계궁 다람해 광풍을 맛남 갓고 낭낭ᄒᆞᆫ 셩음이
구쇼의셔 어린 봉이 부르지지는 듯ᄒ니 져 궁향의셔 싱장ᄒ여 벽쳐로 분듀ᄒ는
상긔 엇지 이갓튼 졀식 귀인을 보ᄋᆞ스리오
—「심청전」(미상)

춘향이가 그제야 못 이기난 쳬로 계우 이러나 광한루 건너갈 졔 디명젼 디들보의
명믜기 거름으로 양지마당의 씨암닥 거름으로 빅모릐 밧탕 금자릐 거름으로 월틱
화용 고운 틱도 완보로 건네갈ᄉᆡ 흐늘흐늘 월 셔시 토셩십보하던 거름으로 흐늘거
려 건네올 졔 도련임 난간의 절반만 비겨셔셔 완완니 ᄇᆞ릭보니 춘향이가 건네오난
듸 광한루의 갓찬지라 도련임 조와라고 자셔이 살펴보니 요요졍졍하야 월틱화용
이 셰상이 무쌍이라 얼골이 조츌ᄒ니 쳥강의 노난 학이 셜월의 빗침 갓고 단슌호치
반기ᄒ니 별도 갓고 옥도 갓다
—「열녀춘향수절가」(19세기)

숭셰 눈우음 씌여 스양 아니코 부인은 한림의 영풍을 디ᄒᆞ미 탐〃한 졍화와
두굿기믈 마지 아니ᄒᆞ더라 한림이 쇼져 교자를 봉쇄 후 위의를 휘동ᄒᆞ야 양부의
이르니 원외 부뷔 신부현구고지례를 바들ᄉᆡ 윤소졔 머리의 봉농관 쓰고 몸의 원앙
금슈군을 입고 팔빅지례로 뵈오니 졍일한 틱도와 단아한 용지 슴오 명월이 운소의
둥근 듯 일타 부용이 졍슈의 솟는 듯 요조한 긔승으로 다ᄉ의 비범한 품도를 겸ᄒ
엿스니 진짓 규슈의 스표될지라
—「옥루몽(국문본)」(19세기)

마침내 화춘은 심씨에게 고하고 요란하게 조녀를 맞아들였다. 밖에서는 범한이
빈객을 자청하고, 안에서는 심씨가 일을 주장했다. 그런데 그 절차가 예에 어긋나

얼굴 147

들어오는 사람이 정실인지 소실인지조차 구분할 수가 없었다. 조녀가 시어머니를 뵈올 때에는 어리석은 화춘의 상자 속에 들어 있던 금은보화를 모두 탕진하여 진주로 귀고리를 하고 구슬로 머리를 단장했다. 비단옷의 광채와 사향의 향기는 사람들의 시선을 빼앗고 코를 찔렀다. 하지만 그 용모를 볼 것 같으면 간사한 웃음과 교묘한 눈짓으로 탕아를 홀리는 음란한 창녀에 지나지 않았다.

於是 璿告于沈氏 大迎趙女 外則范漢爲之賓 而內則沈氏主張 其禮在正堂小室之間 囫圇無次 而其所現姑也 費盡癡騃花璿之箱中金寶 珠其耳 而玉其頂 綾羅之光 蘭麝之氣 奪人目而射人鼻 然見其容貌 則不過奸笑巧睜 蠱媚蕩子之一淫娼也

―「창선감의록」(17세기)

무녀는 진사의 용모가 탈속한 신선 같아 마음속으로 기뻐하고 있었습니다. 그런데 연일 왕래하면서도 말 한 마디 하지 않자, 속으로 '필히 나이 어린 사람이 부끄럽고 껄끄러워 말을 하지 못하는 것이니, 내가 먼저 유혹하여 밤이 될 때까지 붙들어 두었다가 동침을 요구하리라.'고 생각했습니다. 다음날 무녀는 목욕과 세수를 한 후 화장을 짙게 하고 이러저러한 패물로 화려하게 몸치장을 했습니다. 방에는 꽃을 가득히 수놓은 담요와 구슬 방석을 펼쳐 놓고, 어린 종에게 문밖에 나가서 진사를 기다리게 하였습니다. 진사가 또 와서, 무녀의 얼굴과 꾸밈새가 화려하고 펼쳐 놓은 것들이 아름다운 것을 보고, 마음속으로 이상하게 생각하였습니다.

巫見進士容貌脫俗 中心悅之 而連日往來 不出一言 意謂年少之人 必以羞澀不言 我先以意挑之 挽留繼夜 要以同枕 明日 沐浴梳洗 畵態凝粧 多般盛飾 布滿花氈瑤瓊席 使小婢坐門外候之 進士又至 見其容飾之華 鋪陳之美 中心怪之

―「운영전」(17세기)

5.4. 고고함의 은폐

고전소설의 주동인물은 훌륭한 내면이 투영된 아름다운 외양을 갖추고 있는 경우가 대부분이지만 이례적으로 주동인물임에도 불구하고 추한 외모를 하고 있는 경우가 있다. 이는 대부분 추한 얼굴로 훌륭한 내면과 정신적인 능력을 은폐하고 있는 것이다. 이러한 은폐의 장치는 추한 외모에도 불구하고 그 내면을 알아볼 수 있는 누군가의 지인지감이나 인격의 성숙도를 드러내기 위한 장치로 기능한다. (「명주보월빙」)

한편, 남성 인물의 훌륭한 내면은 추한 외양에 의해 가려지는 법이 없지만 여성 인물의 경우 추한 외모에 의해 내면의 진실이 가려지는 것으로 설정되는 것은 여성이 자신의 능력을 발현하는 데 있어 외모가 장애로 작용하는 것이며 탈각이나 변신을 통해 극복해야 할 시련으로 여겨졌음을 알 수 있다. (「박씨전」)

부인 단시 뇨됴슉녜니 동쥬 이십 년의 일ᄌ 삼녀를 두어시 녀지 다 우히라 댱녀 슈빙과 ᄎ녀 연빙은 쌍티오 년긔 십유삼의 셩힝이 가족ᄒ여 유한뎡졍ᄒᄃ 슈빙은 용뫼 의논홀 비 아니라 신댱이 칠 쳑을 다ᄒ고 거믄 살이 와셕ᄀᆺ고 가월텬졍의 일월각이 셔고 놉흔 코와 거두든 특이오 좌우의 드리운 혹이 귀밋티 잇셔 바로 보기 어려오ᄃ 다만 일쌍 봉안의 영긔 당당ᄒ여 츄츄의 졍긔를 머음엇고 긴 눈셥은 텬창을 썰쳐시 상활ᄒ 격뫼 대댱부의 틀이 이시니 흑시 그 위인을 강인ᄒ나 그 상모를 우민ᄒ더니 금년 츈의 두역을 험이 ᄒ여시니 부뫼 더욱 우민ᄒᄃ ᄎ쇼져 년빙의 텬향이질이 빅티 그려ᄒ여 눈 옴기기 앗가온 트되오 녀힝이 온유뎡뎡ᄒ여 만시 딘션딘미ᄒ니 부뫼 만금의 비기지 못ᄒ나 댱녀의 험쥰한 상모 눈 농부의게 니가홈도 오히려 블가ᄒ니 퇴셔ᄒ눈 쓰지 일시도 한가치 못ᄒ더니 뎡태위 등과 쇼분ᄒ눈 힝뫼 ᄌ긔를 ᄎᄌ보눈 고로 그 위인의 관홍홈과 츌범비상ᄒ믈 흠이ᄒ더니 다시 디경을 지나다 ᄒ니 일즉 반기고 쓰지 이셔 쳥뇌ᄒ엿더니 니르러 녜필한훤의 니공이 쇼왈 챵빅이 이 ᄯᅡ홀 지나며 ᄎᆺ지 아니ᄒ니 박졍ᄒ믈 거의 알녀니와 졀긴한 소회 잇셔 쳥ᄒ엿ᄂ니 군이 능히 우회를 쳥납ᄒ라

—「명주보월빙」(19세기)

상공이 신부를 다리고 길을 쩌나 날이 져믈믹 긱졈의 드러가 실낭 신부를 다리고 한 방의 드러가니 신부 무릅씌를 볏고 안질셰 그 용모를 보니 형용 흉측ᄒ여 보기를 염녜론지라 얼기는 고셕 갓고 불근 즁에 입과 코와 한데 닷고 눈은 달핑이 구멍 갓고 치불거지고 입은 크기가 두 쥬먹을 너허도 오히려 넉넉ᄒ며 이마는 믜독이 이마 갓고 머리털은 쪼르고 심히 부ᄒ니 그 형용이 ᄎ마 보지 못헐네라 상공과 실낭이 한 번 보믹 다시 볼 길 업셔 간담이 쩌러지는 듯ᄒ고 졍신이 업셔 두 눈이 어두온지라 상공이 겨우 졍신을 ᄎ려 다시금 싱각하되 ᄉ람이 이갓치 취비ᄒ니 응당 규즁의셔 늘킬지언졍 남의 집의 츌가치는 아니헐 터이로되 구타여 날을 보고 쳥혼ᄒ여시니 이 사람이 필연 아는 이리 잇슬 터이요 ᄯᅩ한 인물은 일어

흣나 이 쏘한 인싱이라 만일 닉가 박디흐면 더욱 쳔지간 바린 스람이 될 거신니
아무케나 닉가 즁히 흐여야 복이 되리라 (즁략) 계화 보니 츄비흔 박씨 허물을
벗고 옥 갓튼 얼골이며 달 갓튼 틱도 스람을 놀닉며 향긔 방안의 가득흔지라 계화
도로혀 졍신을 진졍흐여 보고 쏘다시 보니 그 아름답고 고은 틱도는 옛날 셔시
향구비라도 밋지 못할너라

―「박씨전」(17세기)

5.5. 자아의 우물 혹은 거울

　얼굴은 육체와 정신을 동시에 담고 있는 몸이다. 얼굴은 신체의 일부이면서
도 관습적으로 정신과 영혼의 영역으로 편입되어 왔다. 얼굴은 인간의 형상에
서 가장 연약한 부분으로 얼굴 표정은 그 사람의 숨김없는 내면을 읽을 수 있는
통로가 되기 때문이다. 얼굴이 사람의 본질을 구성하기도 한다는 사실에 기대
어 문학은 얼굴을 그 사람의 인간성을 묘사하는 가장 효과적인 수단으로 삼아
왔다.

　여성 한시문에서 여성이 자신들의 얼굴을 직접 묘사하거나 언급한 예는 찾아
보기 어렵다. 요즘처럼 세세하게 얼굴의 모습을 묘사하거나 눈, 코, 입의 생김
새가 어떠하다는 세부적 표현을 하지 않았다. 얼굴은 그냥 '얼굴'로서 존재했던
것으로 보인다. 여성들은, 이 '얼굴'이 주로 근심에, 특히 님과 헤어진 근심에
초췌해지고 여위었다고 토로한다. 얼굴은 '안(顔)'이나 '용(容)'으로 표현되기도
하였으나, '거울 속 초췌한 모습[鏡中憔悴]'으로 얼굴이라는 직접적 단어 사용 없
이 비유되기도 하였다. 이제 얼굴은 얼굴일 뿐 아니라, 바로 나 자신이 되는
것이다. 초췌하고 여윈 것은 얼굴이지만 실은 내 몸이 내 맘이 그러한 것이다.
그러니 여성들은 그리움에 '내가 죽겠다, 내 몸이 빼빼 여위었다'는 직설적 표현
을 삼간다. 실은 이것이야말로 하고 싶은 말이었을 것이나 나나 내 몸을 나타내
는 대표인 얼굴만으로도 모든 것을 표현할 수 있었던 것이다. 님의 얼굴이 그립
다는 것도 마찬가지로 님이 그립다는 의미가 되는 것이다. 그러므로 얼굴은 '얼
굴'이라는 의미뿐 아니라 많은 의미와 감정을 내포하게 되었다. (박죽서 「有懷」

　여성의 얼굴은 자아의 현재 모습을 되비쳐 주는 거울이다. 얼굴은 주어진 삶을 온전히 향유할 때 최상의 상태가 된다. 규방가사에서 여성이 자신의 얼굴을 들여다보는 때는 주로 외출을 앞둔 시점이다. 얼굴을 바라보며 곱게 가꾸는 것은 자신을 드러내는 자기표현의 행위이며 자긍심의 원천이 된다. 자족적인 고운 얼굴은 현재의 삶을 구가하는 가운데 주어진다. (「화전가 2」, 「화전가 6」)

　반면에 시집살이 민요와 일부 규방가사 작품에서 현재의 얼굴 모습은 예전의 곱던 모습이 아니라 늙고 거칠며 쇠잔한 모습으로 표현된다. 이는 시집살이의 고달픔에서 온 결과로서 고단한 시집살이의 표징이다. 현재의 거친 얼굴은 혼인 전 얼굴과 대조를 이루는 것으로, 시집살이 속에서 겪어왔던 육체적·정신적 고단함이 각인된 결과이다. (설미댁 「장탄가」, 「강원도 횡성 시집살이 민요」)

　얼굴에 관한 이 같은 문화적 관습은 현대소설에서도 그대로 재현된다. 풍부한 표정을 지닌 여성의 얼굴은 복잡미묘한 내면과 감정이 중층적으로 뒤얽혀 있는 암호와도 같다. 여성의 얼굴은 말할 수 없는 것을 암시하는 기호로서 그 인물의 물질적·정신적 빈곤 혹은 욕망을 드러내며 인물이 처한 실존적 상황을 환기한다. (오정희 「파로호」, 권지예 「고요한 나날」, 배수아 『일요일 스키야키 식당』 「빠리 거리의 점잖은 입맞춤」, 서하진 「알 수 없는 날들」, 한강 『바람이 분다, 가라』)

　얼굴이 타인에게 보내는 개인의 신호 장치라 할 때 낯선 얼굴, 조각난 얼굴, 기형의 얼굴, 그리고 훼손된 얼굴 등은 관계의 어긋남과 익명성의 폭력으로 인해 부서진 정체성을 은유한다고 볼 수 있다. 그래서 얼굴을 가리거나 가면을 쓰는 행위, 얼굴을 훼손하는 행위 등은 자신의 정체성을 잃어버리고 불안한 자아를 가리고자 하는 인물의 방어기제라 할 수 있다. (김애란 「노크하지 않는 집」, 조경란 「국자 이야기」, 김이은 「외계인, 달리다」 「누구냐」 「일리자로프의 기원」, 김숨 『나의 아름다운 죄인들』)

　눈 역시 주체의 자기현존과 시각적 전망을 보장해주는 핵심적인 장소이다. 그러므로 존재의 유일성과 투명성을 확보하지 못하는 불구의 눈, 인공적 눈, 흔들리는 눈 등은 주체와 대상간의 환원 불가능한 분열상황을 암시한다. (윤성희 「레고로 만든 집」, 김숨 「부활」)

　현대시에서도 얼굴은 마음을 가장 직접적으로 드러내는 몸이다. 얼굴은 타인에게 자신을 가장 투명하게 드러내 보이는 유리창이면서도 또한 자신에게는 자기 내면을 깊이 들여다보게 하는 우물이자 거울이다. 얼굴은 표정과 기분과 상황을 모두 담고 있는 육체이지만 공교롭게도 자신의 눈으로 직접 바라볼 수는 없는 아이러니한 몸이다. 따라서 '거울', '우물', '유리창' 등을 통해서야 비로소 자신의 얼굴을 바라볼 수 있는데, 이때 얼굴은 자화상의 변용이자 자기 성찰의 매개가 된다. 자기 자신에 대한 이해와 긍정 혹은 자기 자신에 대한 거부와 저항이 모두 얼굴을 통해 표현된다. (김혜순 「얼굴」, 노혜경 「얼굴」, 이원 「얼굴이 그립다」, 최승자 「얼굴 뒤에」, 김수우 「얼굴」)

얼굴은 자신의 심리를 전달하고 때로는 약점을 노출함으로써 자기 연민과 타자에 대한 이해를 시도하는 기호가 된다. 여성은 자신의 미묘한 심리적 변화를 얼굴 표정으로 말하고 다른 사람의 얼굴에서 동요하는 내면을 예민하게 감지하면서 타자와의 관계를 구축하고 소통하는 윤리적 관계를 형성한다.

찬 이불 뒤척이며 밤새 잠 못 이루니
거울속 야윈 얼굴 가련하구나
어찌 이별하고 이토록 괴로운가
예로부터 인생 백년도 못 사는 것을
轉輾寒衾夜不眠 鏡中憔悴只堪憐 何須相別何須苦 從古人生未百年
　　　　　　　　　　　　　　　－박죽서 「님그리는 생각 有懷」(19세기 전반)

거울 속 야윈 얼굴에 놀라지 마오
마음은 새장 속 솔개 된 듯
가까이 안 오시니 천리나 멀어
지는 해 보기 서러워 사립문 닫았오
莫驚憔悴鏡中顔 心似金籠鎖白鷳 咫尺還如千里遠 愁看落日掩柴關
　　　　　　　　　　　　　－박죽서 「님에게 드림 奉呈」(19세기 전반)

한스럽게 이별한 지 삼년이 지나도록
갖옷 입고 홀로 겨울을 났네
가을바람은 짧은 귀밑머리를 스치고
차디찬 거울엔 야윈 얼굴 비치네
나그네 꿈은 풍진 사이에 있고
이별 근심은 변방에 거듭되네

배회하며 님을 그리워하다가
쏟아지는 한숨으로 방을 가득 채우네
恨別逾三歲 衣裘獨禦冬 秋風吹短髮 寒鏡入衰容
旅夢風塵際 離愁關塞重 徘徊思遠近 流歎滿房櫳

—김임벽당 「이별한 후 드림 別贈」(16세기)

신수좋은 고은얼굴 분세수 정히하고 무문영초 유문갑사 은색숙수 가진치마 생곱사 겹저고리 고향나혜 겹버선에 쌍군박힌 줄별자를 맵시곱게 기워신고 선걸음에 썩나서서 여운간지 명월이요 숙낭자에 체격이여 월서시의 태도로다

—「화전가 2」(1924)

각색화장 성적하고 오던흑발 삣겨나려 건곤배관 이결심에 금봉채 꼬진후에 미화비단 져고리에 춘성에 꽃송이요 초록비단 양나상은 화하에 실엽이라 백양목 고운보선 비단당혜 바처신고 천개압 바라보니 옥빈얼굴 아름답다 청천에 명월이요 아침이슬 부용이요 앗가울사 이팔청춘 산중에서 늘단말가 동지섯달 긴긴밤과 춘월춘화 여름날에 감흥경이 지은가사 한아름 품에안고 화전기구 다차져서 몸종불러 압셔우고 가자가자 어서가자

—「화전가 6」(미상)

아회썩예 곱던얼굴 시가와서 늘거젓늬 다삼츠기 좀쩌먹고 모진양반 쌀늬서 여덜팔즈 너른눈썹 석슴즈로 살이젓늬 얼굴곱던 본인물이 어이하여 이실손고 초당의 혼즈잘적 겟말업시 나갓든가 인나가면 셩을늬고 자고느면 흉을보늬

—설미댁 「장탄가」(미상)

청천하늘에는 잔별두나 많고 요내의 시집살이는 말두나 많구나 고추댕추가 맵다고 해여도 시집살이에 더 매울 수 있느냐 시집 삼년 살고 나니 황매꽃같던 얼굴이 미나리꽃이 피고 삼단같은 요내 머리가 푸대지꼬리가 되었구나 은가락지나 찌던 손이 호미자루가 왠말인가 아리 아리랑 쓰리쓰리랑 날 넘겨만 조세요

—「시집살이 민요」 강원도 횡성군 공근면(미상)

그것은 분명 사람의, 그것도 여자의 얼굴이다. (중략) 단순히 갸름한 흰 돌에 날카로운 돌로 세 개의 구멍을 쪼았을 뿐인데 그것은 어우러져 만드는 표정은 놀랄 만치 깊고 풍부했다. (중략) 혜순으로서는 그 얼굴에 대해 표현할 수 있는

말을 찾아낼 수 없었다. 옛 여인의 얼굴에서 깊은 슬픔, 지극한 그리움과 간절함을 보았다고 한다면 그것은 그렇게 보고자 하는 그녀의 마음일 것이다. // 혜순은 돌을 손바닥 위에 얹고 해독할 수 없는 암호를 바라보듯 그 표정을 읽으려 애썼다. 수만 년의 세월 뒤 흙을 털고 일어난 여인의 눈으로 물이 사라진 호수, 영원한 화두인 양 웅웅대며 떠도는 바람을 보려 애를 썼다.

—오정희 「파로호」(1989)

가만히 굴뚝을 들여다보니, 그 안에서 누군가의 얼굴이 보이는 듯하다. 낮에 보았던 내 얼굴, 복사기에 찍힌 내 얼굴이 굴뚝 속에 있다. 깊이를 헤아릴 수 없을 정도로 검게 찍힌 눈자위가 보인다. 검은 눈자위 사이로 흰 눈동자가 보인다. 흰 눈동자가 나를 노려보고 있다. 꽉 다문 아래턱이 서서히 지워진다. 그리고 코가, 눈이, 귀가 서서히 지워진다. 지워지는 게 아니라, 불타고 있다. 다 탈 때까지 눈동자를 나를 노려보고 있다. 내 얼굴이 지워지자 오빠가 만든 레고 집이 보인다. 그 집이 서서히 무너진다. 2층 방이 무너지고 아래층 창문이 하나 둘씩 떨어진다. 정원에 매달려 있는 그네가 위태롭게 흔들린다. 현관문이 무너지기 전에 나는 굴뚝에서 눈을 거둔다.

—윤성희 「레고로 만든 집」(1999)

아침이면 휠체어를 타고 장애인 화장실에 들어가 용변을 보고 세수를 하고 거울을 보곤 했죠. 그러고는 익숙하지 않은 내 얼굴에 잠시 치를 떨었어요. 사고 당시에 찢어져 응급실에서 급히 꿰맨 왼쪽 뺨의 Z 모양의 깊은 상흔과 살점이 떨어져나간 코끝. 주홍글자 A도 아닌 이 Z는 도대체 무슨 의미가 있는 걸까, 곰곰 생각해보곤 합니다. (중략) 여자 조로(Zorro). 병실의 누군가가 내게 붙여준 별명입니다. 내 얼굴의 Z모양의 흉터를 보고 말이죠.

—권지예 「고요한 나날」(2001)

다섯 명의 여자 중 네 명은 다른 한 명이 화장실에서 나오는 기척이 난 뒤에도 그 여자가 자기 방에 들어가 문 닫는 소리를 낼 때까지 모두 기다린다. 그 소리가 나지 않는 이상 네 명의 여자는 절대 먼저 문을 열지 않는다. 약속이라도 한 듯 다섯 명의 여자는 문 닫는 소리에 따라 움직이며, 가끔 타이밍을 놓쳤을 땐 서로의 얼굴을 보고 이상하리만치 화들짝 놀라 얼른 문을 닫아버린다. 그럴 때 보는 서로의 얼굴이란, 반쪽 혹은 삼분의 일쯤으로 조각난 것이다. // 나는 방문 뒤로 얼른 숨어버리는 그녀들의 반쪽 혹은 삼분의 일의 얼굴을 상상했다. 깊숙이 파묻힌 나머지 한쪽 눈동자가 저 문 안쪽에서 한없이 피부 안으로 함몰되듯 오그라들고 있을지도 몰라. 어쩌면 그녀들, 얼굴 반쪽에 화상이라도 당한 건 아닐까? 네 여자 모두 똑같이 전부 화상당한 반쪽 얼굴을 가지고 다섯 개의 방이 있는 이 집에 살고 있을지 몰라.

―김애란 「노크하지 않는 집」(2003)

튀어나온 광대뼈에 개미떼 같은 기미가 진하게 앉아 있었다. 눈은 요염하게 치켜 올라갔으나 지나치게 가늘고 검은자위가 비정상적으로 작아서 색정적이라기보다는 차라리 음험하게 보였다. 몸매는 아직도 작고 날렵했다. 그러나 화장품을 바르지 않은 목과 턱은 탄력이 하나도 없었고 거무칙칙한 기미가 앉은 눈꼬리는 주름으로 뒤엉켜 있었다.

―배수아 『일요일 스키야키 식당』(2003)

날이 어두워지고 모든 평범한 사람들이 숨을 고르게 쉬며 잠드는 시간에도 내 머릿속에는 날카로운 화살들이 춤을 추며 돌아다녔으며 어찌어찌 잠이 들면 기다렸다는 듯 현란한 화면들이 꿈을 어지럽혔다. 나비들이 파닥이고 크고 검은 새가 긴 날개를 휘두르며 날아다녔다. 꿈속에서 나는 언제나 흰옷을 입고 있었다. 아무도, 내가 아는 어떤 이도 꿈에 나타나지 않았다. 그런 새벽, 잠에서 깨어나 거울을 보면 내 얼굴은 흙빛이었다. 그것은 마치 죽은 자의 얼굴 같았다.

―서하진 「알 수 없는 날들」(2003)

카나코는 오른쪽 눈동자로 두 손가락을 쑥 밀어넣었다. 오른쪽 눈동자를 파냈다. 오른쪽 눈동자는 단지 녹 덩어리에 지나지 않았다. 카나코는 오른쪽 눈동자에 대고 입김을 불었다. 녹가루가 날리며 오른쪽 눈동자가 형체도 없이 사라져버렸다. (중략) 카나코는 자신의 '오른쪽 눈동자'가 박혀 있었던 공간에 노파의 '오른쪽 눈동자'를 쑥 밀어넣었다. 부르르 어깨를 떨며 눈을 감았다. 말라비틀어진 소나무 줄기 그림자가 창을 타넘어왔다. 소나무 줄기 그림자는 카나코의 오른쪽 가슴과 목을 지나 노파의 '오른쪽 눈동자'를 덮고 있는 눈꺼풀을 무겁게 짓눌렀다.
　바늘 같은 잎들을 피웠다. (중략)
　부화되는 알처럼 '오른쪽 눈동자'가 꿈틀거리는 것이 느껴졌다.
　카나코는 자신의 몸이 단지 한 개의 거대한 '오른쪽 눈동자'처럼 여겨졌다.
　카나코의 몸에서 온전하게 살아 있는 것은 오직 오른쪽 눈동자뿐…….

―김숨 「부활」(2004)

집에 도착한 후 그는 문을 걸어 잠그고 거울을 들여다보았다. 오른쪽 눈썹은

왼쪽 눈썹보다 이마 쪽으로 살짝 치켜 올라갔고 귀밑 아래로 내려와 있는 머리카락
과 턱수염 또한 대칭이 아니었다. 이걸 이제야 발견하다니. 그는 놀라움을 감추지
못했다. 그 놀라움은 곧 걷잡을 수 없는 불안감으로 이어졌고 그는 자신이 할 수
있는 일을 하는 수밖에 없었다. 그는 칼로 눈썹과 머리카락과 수염을 모두 밀어버
렸다. 인간을 포함한 많은 척추동물들의 심장과 위는 왼쪽에 간과 맹장은 오른쪽
에 자리 잡고 있다. 그것은 인간의 외모는 균형 잡힌 대칭성을 추구하며 진화해온
반면에 그 내면은 비대칭성을 지향해왔기 때문이다. 그가 끝까지 그 사실을 몰랐
던 걸 다행이라고 말해야 할지 나는 망설여진다. 이윽고 그는 만족한 듯 웃음을
지으며 거울을 들여다보았다. ……그는 웃음을 멈추곤 두 입술을 수평으로 꾹 다
물어버렸다. 대머리가 된 자신의 두상이 좌우 대칭이 아니라는 사실을 발견했던
것이다. 그는 잠시 망설였다. 그러고는 마치 영원히 기억하고 싶은 문장에 힘껏
밑줄을 긋듯이 오른쪽 두상보다 볼록하게 튀어나온 왼쪽 두상에 깊숙이 칼을 찔러
넣었다.

─조경란 「국자 이야기」(2004)

    오랫동안 이마를 찌푸려 생겼을 미간의 주름 세 줄을 깊게 만들며 그는 내 얼굴
을 보았다. 그는 웃지 않았다. 나를 만나는 동안 결코 웃지 않으리라고 다짐하고
온 사람 같았다. 그는 사람들에게 호감을 줄만한 인상의 소유자가 아니었다. 의심
과 심각함, 피로, 초조함, 억제된 슬픔 같은 것들이 역한 담뱃진처럼 얼굴과 몸에
배어 있었다. (중략) 인주는 키가 큰 편이지만 동작이 가벼웠고, 동안의 얼굴은
소년을 연상시켰다. 그래도 시간은 비껴가지 못해서, 삼십대 중반을 넘기면서부터
는 나이가 얼굴에 역력히 드러났다. 다만 그것이 부조화하지 않다는 것이 그녀에
게 신기한 점이었다. 그녀의 얼굴에서 가장 아름다운 부분은 눈이었는데, 그러잖
아도 커다랗던 눈은 나이를 먹을수록 더 크고 서글서글해졌다. 그 눈가에 잔주름
을 깊게 새기며 웃는 인주의 얼굴은 어딘지 상대를 안심시키는 데가 있었다.

─한강 『바람이 분다, 가라』(2007)

    나는 그러한 할아버지의 입에서 '동화'라는 내 이름이 맨 처음 토해졌다는 사실
이 소름 끼치도록 싫기만 했다.
    나는 당장이라도 고개를 돌려 피하고 싶었지만, 할아버지의 얼굴에서 도무지
두 눈을 뗄 수가 없었다. 내가 고개를 돌리려는 순간, 할아버지의 얼굴 위로 아버지
의 얼굴이…… 유부남과 바람이 나 도망을 간 춘자 고모의 얼굴도 떠오르는가
싶더니, 어린 여자아이의 얼굴이 떠올랐다.
    그리고 그것은 그 누구의 얼굴도 아닌, 내 얼굴이었다. (중략) 할아버지의 눈꺼

풀이 번쩍 떠진 것이다. 눈꺼풀 저 아래 눈동자가 흔들리는가 싶더니, 눈꺼풀이
바르르 떨리며 내려와 눈동자를 지우듯 덮었다.

-김숨『나의 아름다운 죄인들』(2009)

저쪽에서부터 누군가 여자 쪽을 향해 뛰어오고 있는 게 보인다. 여자는 가만히
선 채로 그를 바라본다. 차츰 다가오고 있는 그의 얼굴에도 역시 가면이 씌워 있다.
좀 더 가까워지자 그가 쓰고 있는 가면의 모습이 선명하게 드러난다. 가면은 여자
의 얼굴을 하고 있다. 좀 지치고, 두 시간 가까이 뛴 탓에 볼이 붉게 상기되어
있는 얼굴 말이다. 턱엔 작은 흉터도 나 있다. 여자는 가까이 다가온 그의 얼굴에서
가면을 벗겨 내서는 자신이 쓰고 있는 가면을 벗어 던지고 자신의 얼굴 가면을
뒤집어 쓴다.

-김이은 「외계인, 달리다」(2009)

그것은 마오의 방에서 시작되었다. 어슴푸레 형상이 없이 희미한 것들, 빛도
그늘도 아니면서 동시에 그 모두의 사생아인 것들, 검고 어두운 백색이 번쩍이는
순간, 혼돈이 등줄기를 타고 지나가며 빠르게 목소리를 내었다. 절대 이것에 대해
서 아무에게도 말하지 말라. 이 느낌, 이 둔중한 추상의 무감각을. 그러나 말할
수 없는 것에 대해서 말하려는 친숙하고 잘못된 시도들이 모여 하나의 얼굴을
이루니, 혼돈의 몽타주, 사람들은 사진 속에 나타난 그 얼굴이 나라고 했다. //
"이건 당신의 호흡기관의 일부예요." 다음 주에 마오가 보여준 사진에는 커다란
구멍 하나가 단조롭게 입을 쩍 벌리고 있었다. 구멍은 단지 하나이기 때문에 너무
크고 외롭게 보였다. 그리고 파렴치할 정도로 확대된 디테일들. 불쑥 솟아오른
흉측한 돌기와 처참하게 짓무른 불그스름한 살덩어리, 퉁퉁 부어오른 점막과 불결
한 액체가 고인 땀구멍들. 정체 모를 가느다란 어두운 선이 주름진 피부의 도랑
사이를 이리저리 사선으로 흐르고 있었다. 유기체의 흉함에 반듯하게 꽂힌 금속성
화살처럼. 뻔뻔하고 시커먼 살덩이들이 축축하게 과시하는 그것은 '존재의 수치심
없음'에 대한 은유였으므로, 나는 더 이상 사진을 응시하지 못하고 고개를 돌려
외면하고 말았다.

-배수아 「빠리 거리의 점잖은 입맞춤」(2009)

마침내 손가락 하나씩 떨어져나가고
제일 예쁜,
오직 예뻤던
발톱마저 빠져나가고

오, 마침내 마음마저 비었다고
귀밑까지
없는 입을 찢어 얼굴 지워진 여자가 웃는다

―노혜경 「얼굴」(1999)

　당신의 얼굴은 당신 속의 당신이 당신을 팽팽하게 당기고 있는 모습 그대로
굳어져 있습니다 가끔 그 얼굴이 당신 밖의 내 얼굴로 기울어지기도 하고, 당신의
두 눈동자 속에서 나를 내다보는 당신 속의 당신을 내가 느끼기도 하지만 당신
속의 당신이 당신을 당겨 잡은 그 손을 놓은 적은 한번도 없습니다 당신은 여전히
팽팽히 당겨져 있습니다 당신의 얼굴은 그 긴장을 견디느라 이제 주름이 깊습니다

―김혜순 「얼굴」(2004)

　얼굴이 거울을 열고 들어간다 나도 따라 들어가려고 하니 얼굴은 어느새 거울을
잠가버린다 거울로 들어가는 문을 찾는다 거울은 미끄럽고 태연하다 구름무늬가
양각된 타일이 얼굴의 사방에 붙는다 얼굴은 벽의 시간이 된다 나는 이제 막 내
등까지 도착한 오늘의 밤에 기댄다 밤은 나를 뒤적이지 않는다 내가 밤을 버릴
수 없는 것은 내가 공포이기 때문이다 공포는 사랑이며 공포는 껴안을 수밖에
없다는 것을 아는지 거울 속의 얼굴이 나 대신 입을 벌린다 그곳의 밤이 얼굴을
한 줄 한 줄 벗겨낸다 맨살이 새잎 나고 꽃 필 것처럼 깜깜하다 거울로 들어가는
문을 찾지 못해 내게는 오늘의 밤이 계속된다 얼굴이 낯설어진다 내가 거울 밖으로
고개를 다 돌리기도 전에 거울 속의 얼굴이 뒤통수를 보인다 사랑은 공포여서
나는 거울 밖으로 걸어나온다 몇 걸음도 걷지 못하고 나를 두고 거울의 밤 속으로
사라진 얼굴이 벌써 그립다

―이원 「얼굴이 그립다」(2007)

얼굴 뒤에
나는 감춘다.
너의 고통과
너의 고통의 피맺힘에 관한
나의 지식을.

얼굴 뒤에
나는 감춘다.
내 자포자기의

내 패배주의의
그러나 무모한 힘을
그러나 무한한 근원을

─최승자 「얼굴 뒤에」(1989)

싫고 싫던 할머니 틀니 덜걱거리는 소리나 속으로 경멸하던 시인의 술주정도 다 내 안에 집을 지었으니, 얼굴이란 매일 덧칠되고 있는 오래된 벽화임을 깨닫는 지천명,

화장이 잘 묻지 않는다
흘러흘러 끝내 내게 닿고만 섬뜩한 그리움
성실하다

─김수우 「얼굴」(2011)

5.6. 야누스의 두 얼굴

여성의 얼굴은 마리아와 이브, 순수와 관능의 이중적 상상력에 의해 빚어져 왔다. 이상적인 여인의 얼굴에는 초자연적인 우아함과 유혹적인 관능미가 동시에 새겨져 있다. 아름다운 여성의 얼굴은 그 자체로 에로티시즘의 기호로 남성들의 소유와 욕망의 대상이 된다. 남성들은 성스럽고 아름다운 얼굴에 대한 고정된 틀을 부여하고 이를 관음적인 방식으로 향유하고자 했다. 그래서 립스틱, 검은 마스카라, 인공 속눈썹 등 여성의 얼굴을 치장하는 도구들은 종종 치명적인 유혹의 수단으로 등장한다. (김지현 「털」, 이혜경 「멀어지는 집」, 정미경 「시그널 레드」) 화장이나 문신은 남성들에게 이처럼 에로틱한 상상을 불러일으키지만 정작 여성들은 이를 자신의 진짜 얼굴을 감추고 상대방의 시선을 차단하는 베일로 사용하는 경우도 있다. 그래서 과하거나 불균형한 화장은 인물의 신산하고 황폐한 삶의 흔적을 덮는 가면과도 같다. (배수아 『나는 이제 니가 지겨워』, 정이현 「순수」, 한강 「채식주의자」, 함정임 「호퍼의 주유소」, 김재영 「국향」, 정미경 「장밋빛 인생」)

　여성의 얼굴 중에서도 입술은 여성의 성적 매력을 드러낼 때 강조되는 부위이다. 입은 키스와 흡입, 삼킴 등의 신비로운 기능을 하는 구멍이면서 여성의 몸속으로 이어지는 통로 역할을 한다. 그래서 입술은 남성의 시선이 집약되는 살아 있는 생명체로 이해된다. 특히 립스틱을 바른 입술은 맨입술과 달리 이브적인 속성을 대변한다. 그래서 현대소설에서 입술은 여성의 복합적이고 다중적인 특성을 함축하는 젠더공간으로서 감각적이고 관능적으로 묘사되는 경우가 많다. (은희경 「먼지 속의 나비」, 윤효 『노러브 노섹스』, 정미경 「시그널 레드」)

　현대시에 등장하는 얼굴도 야누스의 두 얼굴을 숨기지 않는다. 사회에 적응하기 위해 혹은 지금 결박되어 있는 자신으로부터 벗어나기 위해 위선의 가면을 쓰거나 마리아와 이브라는 야누스의 두 얼굴을 갖고 살아간다. 이 두 개의 얼굴은 사회적인 시선과 가치관을 거역하지 못하는 순응적이고 순결한 마리아의 얼굴과, 자기 자신의 본능적 욕망에 충실하여 본연의 얼굴을 숨기지 못하는 이브의 얼굴이다. 살아가기 위해 어쩔 수 없이 가져야 할 퍼소나이나 또한 자기 자신을 기만하는 얼굴이 되기도 한다. 이 두 얼굴 사이에서 여성화자들은 기존 이데올로기에 대한 순종과 자기 내면의 욕망에 대한 갈망으로 갈등하지만 자신의 얼굴을 갈아 끼우거나 수시로 내려놓거나 벗어놓거나 지워버리는 페이스오프를 시도하면서 자신의 본능과 욕망을 추구한다. 자기 자신의 맨 얼굴을 잘 알면서도 위선과 위악의 가면을 쓰지 않을 수 없는 얼굴의 진실, 따라서 얼굴은 야누스의 연기(演技)가 가능한 몸이 된다. (최승자 「삼십삼 년 동안 두 번째로」, 김행숙 「얼굴의 탄생」, 조말선 「얼굴의 법칙」, 나희덕 「돼지머리들처럼」, 조유리 「페이스오프」, 정한아 「얼굴」)

　그런데도 그녀에게는 사람을 끄는 힘이 있었다. 길에서 스쳐갈 때는 결코 아무 인상도 남기지 못할 특징 없는 얼굴이었지만 일단 그녀에게로 시선을 주고 마주앉아 있어본 사람은 결국 그녀의 매력에 동의할 것이다. 그녀가 말할 때, 볼 때, 웃을 때, 그러니까 육신이란 껍질에 자기라는 혼을 불어넣을 때 살아 있는 그녀의 표정은 이상한 매혹과 갈망을 불러일으켰으며 그만 그녀의 작은 몸에서 튕겨져나오는 힘에 대책 없이 빨려들게 만드는 것이었다. //

　다음 순간 고개를 돌려 천천히 내게로 시선을 돌리는데 그때만은 정말 무슨 말인가를 할 듯이 조금 입을 벌렸었다. 그거마저도 하릴없이 여겨졌던지 이윽고 섬세한 입술선을 유지한 채 그냥 다물어버리고 마는 그녀의 입술은 비너스 석상의 입술처럼 단아하기만 했다.

—은희경 「먼지 속의 나비」(1996)

　그리고 화장이 완벽해야 한다. 완벽한 화장은 표정을 지워주고 개인적인 감정의 그늘을 최대한 없애준다. 그것은 나를 언제나 상냥하고 여성적인 이미지로 완성시켜줄 것이다. (중략) 여자들은 왜 나이가 들면 화장이 진해지는 걸까? 아무래도 피부가 늘어지고 잡티가 생기니 가리는 데 힘이 들 거야. 난 아직 괜찮겠지?' 이건 대학생인 사촌들의 얄미울 정도로 자신만만한 미소. (중략) 바보 같이. 영양크림이 얼마나 비싼데. 그러나 나는 어느새 거울을 열심히 들여다보고 있었다. 세상에! 자세히 들여다보니 정말 주름이 눈에 띄었다.

—배수아 『나는 이제 니가 지겨워』(2001)

　여자의 얼굴 가까이 스탠드를 끌어온다. 얼굴은 그녀의 남편보다 반 뼘쯤 더 크다. 그의 말대로, 그녀는 눈썹을 말끔히 밀고 짙은 감색 눈썹문신을 새겨놓았다. 살집이 두툼한 사각형 얼굴에 갈매기 모양의 눈썹문신은, 커다란 갱지에 실수로 그은 가는 선처럼 보인다. 오래된 식빵에 핀 곰팡이처럼, 얼굴의 잔털은 옅은 회색빛이 돈다. 인중께에 돋아난 털이 제일 짙다. 그녀의 코밑이 유독 검은 이유이다. 골무를 끼지 않은 손가락 끝으로 여자의 얼굴 전체를 덮고 있는 털을 느낀다. 털은 다른 사람들에 비해 굵고 뻣뻣하다. 모공이 넓은 탓으로 그녀의 피부는 거칠다. 얼굴에 성냥을 그으면 금세 불꽃이 일 것 같다.
　"깔끔하게 뽑아줘."
　여자는, 잔털이 모두 뽑힌 매끄러운 얼굴 피부를 상상할 것이다.

—김지현 「털」(2002)

　엄마의 얼굴은 번질거린다. 안쪽에서 바깥쪽으로 스프링을 그리는 엄마의 리드미컬한 손놀림. 속력이 느려진다 싶으면 아니나 다를까, 엄마의 눈은 거울 속의 자신을 바라보고 있다. 거울아, 거울아, 세상에서 누가 제일 예쁘니? 엄마의 눈이 묻는다. 굵게 쌍꺼풀진 눈에 막 속껍질 벗긴 마늘을 떠올리게 하는 코, 도도록한 입술. 지나가던 사람이 한번쯤은 돌아볼 얼굴이다. 그 사이 부엌에선 물이 설설 끓는다. 스팀 타월을 얹었다가 떼어낸 엄마의 얼굴은 성난 것처럼 벌겋게 달아오른다. 그런 엄마를 멀거니 바라보는 아버지의 얼굴에 시푸른 빛이 감돌 때, 아버지의 몸에 깃들인 무엇이 희뜩 스친다.

—이혜경 「멀어지는 집」(2002)

　빗길 고속도로의 과속 운전으로 인한 사고는 지방 뉴스에도 보도되지 않을 만큼

진부한 사인이었다는 얘기지요. 영안실에 찾아온 여고 동창이, 립스틱이 좀 진하지 않으냐고 귀엣말을 하기 전에 나는 불타는 레드, 새빨간 빛깔의 루주를 발랐다는 사실을 까맣게 잊어버리고 있었습니다. 여자 화장실의 더러운 거울 앞에 서서 나는 휴지를 몇 겹 접어, 밑을 닦듯 입가를 쓰윽 문질러 닦았습니다.

─정이현 「순수」(2002)

그의 얼굴이 다가왔다. 그녀는 너무 놀라 눈을 감지도 못했다. 약간 까칠하면서도 촉촉한 그의 입술이 그녀의 입술을 만졌다. 곧 그의 혀가 그녀의 입 속으로 들어왔다. 냄새가 없는 그의 혀는 담백하고 부드러웠다. 그녀는 정신이 아뜩해졌지만 본능적인 방어 감각 때문에 앙다문 이빨들로 그의 혀의 침입을 막았다. 그러나 그의 혀는 그 뜨겁고 단단한 벽을 뚫고 들어와버렸다. 그의 혀가 그녀의 혀를 빨아들였다. 내장은 물론 영혼까지 죄 뽑혀져나가는 듯했다. 잠시 후 다시 빠져나간 그의 혀가 그녀의 입술을 어루만지자 그만 그것은 과일처럼 익어버렸다.

─윤효 『노러브 노섹스』(2004)

"입술이 그게 뭐야. 화장을 안 한 거야?"

나는 구두를 벗었다. 검은 트렌치코트 차림으로 우두망찰 서 있는 아내의 팔을 끌고 안방으로 들어갔다.

"그러고 나설 참이야, 지금?"

나와 아내의 모습이 화장대 거울 속에 비쳤다.

"다시 해, 화장."

아내는 조용히 내 손을 뿌리쳤다. 콤팩트를 열고 퍼프를 얼굴에 두드렸다. 뿌옇게 분이 떠, 그녀의 얼굴은 먼지를 뒤집어 쓴 헝겊인형 같아졌다. 늘 바르던 짙은 산호색 루주를 잿빛 입술에 바르자 아쉬운 대로 아내의 얼굴은 환자 같은 창백함을 벗었다. 나는 안도했다.

─한강 「채식주의자」(2004)

안여사가 그토록 열을 올리는 공작 날개 손톱과 가짜 속눈썹은 애석하게도 그녀의 보배인 시원한 눈을 제대로 보지 못하게 가렸다. 그러나 그것이 아니라면 그녀는 하루에도 예닐곱 차례 유리문을 밀고 들어오는 다채로운 커플들과의 싱숭생숭한 맞대면을 피할 도리가 없었을 것이었다. 가짜 속눈썹과 공작의 손톱이야말로 상대방이 그녀의 얼굴을 제대로 알아볼 수 없게 만들뿐더러, 그녀 역시 상대방의 얼굴을 빤히 바라보지 않도록 차단해주는 베일과 같았다.

─함정임 「호퍼의 주유소」(2004)

콜드크림을 바른 어머니 얼굴은 심하게 번질댔고 손가락은 뺨 위로 수많은 나선형을 그려대고 있었다. 나는 어머니 손가락이 너무나 흰 데 깜짝 놀랐다. 깨끗하게 다듬어진 손톱 끝은 뾰족하면서도 둥글게 깎여 있었다. 상아처럼 흰 어머니의 손톱이 움직일 때마다 형광등 불빛이 반사돼 눈을 뜰 수 없었다. 그래도 나는 엄마아, 하고 어리광이 묻어나는 말과 함께 부스스 일어났다. 어머니는 반가운 기색을 비쳤지만 전처럼 날 껴안거나 볼에 입을 맞추지는 않았다. 콜드크림 때문이었다. // 얼굴은 십 년쯤 더 젊어 보였지만 예전의 자상한 어머니가 아니었다. 언제까지고 굽어 있을 것 같던 등도 눈에 띄게 펴졌다. 혹시 등에 숨었던 나쁜 도깨비가 튀어나와 어머니를 홀린 게 아닐까, 하는 생각을 할 정도였다.

—김재영 「국향」(2005)

메이크업 아티스트를 만난다고 거의 분장 수준으로 그리고 나타난 내 여자와 나란히 앉은 민의 얼굴은 지우개로 슬쩍 문지른 그림처럼 보였다. 속눈썹에만 마스카라를 여러 번 덧칠한 듯 눈만이 검고 생기 있게 보이는 불균형한 강렬함이 독특했다.

—정미경 「장밋빛 인생」(2005)

여자의 화장은 늘 입술에서 끝났다. 신(神)이 얼굴에 내리기라도 한 듯 뚫어지게 거울을 바라보며, 부적을 그릴 때 쓰는 경면주사 빛깔의 립스틱을 꼼꼼하게 칠했다. 마지막으로 아래위 입술을 살짝 맞물었다 놓으면 여자의 얼굴은 손바닥만 한 부적으로 완성되었다. 맞물었던 입술이 더할 나위 없이 붉은 꽃으로 피어나는 그 순간이면 나는 갑자기 오줌이 마려워지곤 했다.

—정미경 「시그널 레드」(2006)

삼십 삼 년 동안 두번째로 나는
나로부터 도망갈 결심을 한다.
우선 머리통을 떼내어
선반 위에 올려 놓는다.
두 팔과 두 발을 벗어
책상 위에 올려 놓고
몸통을 떼내 의자에 앉힌다.
오직 삐걱거리는 무릎만으로 살며시 빠져 나와
필사적으로 달리기 시작한다.
(중략)

그것은……
짓뭉개져 버린 나의 얼굴.

—최승자 「삼십삼 년 동안 두 번째로」(1984)

아침마다 얼굴을 씻는다
얼굴이 벗겨진다
저녁마다 얼굴을 씻는다
얼굴이 벗겨진다
수건이 점점 무거워진다
사람들이 내 얼굴을 하나씩 가진다
내 얼굴을 들고 나를 찾아온다
당신은 당신이 아니군요,
사람들은 들고 온 얼굴을 내동댕이치고
내 얼굴을 벗겨간다
나는 얼굴을 씻는다
얼굴은 벗겨지고 벗겨진다

—조말선 「얼굴의 법칙」(2006)

어둠이 몰려서 온다. 녀석들. 녀석들
검은 비닐봉지 같은 얼굴을 하고 걸어오면서 찢어지는 얼굴을 툭, 하고 떨어지
는 물체. 죽은 건 줄 알았는데
(중략)
툭, 다른 곳에 떨어지는 물체처럼 죽은 건 줄 알았는데.
녀석들 어둠 속에서 얼굴을. 얼굴을. 나라고 부를 수 없을 때까지

—김행숙 「얼굴의 탄생」(2007)

그렇게 탐스럽게 웃지 않았더라면
사람들은 적당히 벌어진 입과 콧구멍 속에
만 원짜리 지폐를 쑤셔 넣지 않았으리라.

하루에도 몇 번씩 진열대 위에 얹혀 있다는 생각,
자, 웃어, 웃어봐, 웃는 척이라도 해봐,
시들어가는 입술을 손가락으로 잡아당긴다.

아-에-이-오-우-
그러나 얼굴을 괄약근처럼 쥐었다 폈다
숨죽여 불러보아도 흘러내린 피가 돌아오지 않는다.

—나희덕 「돼지머리들처럼」(2009)

우리는 다정한 표정에 실패했다
일곱 장의 얼굴, 혹은 아홉 장의 얼굴이
서로를 모방하며 모함하며 모의할 때
한 장의 얼굴은 굴종하고 균열하고
한 장의 얼굴은 장악하고 강요하고
서로의 얼굴이 틀렸다는 것을 알지만

—조유리 「페이스오프」(2011)

일회용이에요 백 개들이 한 세트죠 써보시면 아시겠지만 세척만 잘해주시면 개당일주일도 쓸 수 있어요 아. 그럼요. 촉촉함을 유지해줍니다 미소 사이에 낀 씁쓸한 주름 같은 건 걱정하지 마세요 백퍼센트 환불해드립니다 장담해요 고객님, 착용한 채 주무셔도 됩니다 꿈속에서도 웃으실 수 있어요 (중략) 어때요? 리얼하죠? 오욕칠정이 순식간에 오고 갈 때 어떤 표정을 지어야 할까 고민하지 마세요 여기 7종 세트 모두 사시면 사용법을 속성으로 마스터하실 수 있는 무료 2주 특강 쿠폰을 드립니다 (사사사사사삭) 안 살 거면 꺼지든가

—정한아 「얼굴」(2011)

5.7. 페이스오프와 성형, 복제된 상품

여성에게 얼굴은 아름다움을 향한 욕망이 집약되어 있는 장소이다. 그러나 여성의 얼굴은 더 이상 자신의 유일성을 증명하는 장소가 아니다. 육체가 자산으로 관리되고 우월한 사회적 지위를 표시하는 기호로 인식되는 상황에서 여성에게 얼굴은 오히려 교환 가능한 상품이고 실체 없는 허상일 뿐이다.

현대소설은 여성 외모에 대한 사회의 불문율에 암묵적으로 동의함으로써 아름다움에 대한 강박적인 아름다움에 사로잡힌 여성의 모습을 재현한다. 이들은

자신의 얼굴을 신분상승의 도구로 적극 활용하거나 반대로 외모에 대한 콤플렉스에 시달리고 있다. 이들은 자신의 얼굴을 남자들의 시선으로 자기 검열하고 획일적인 여성의 이미지를 내면화한다. (이선희 「여인 명령」)

이런 맥락에서 '성형'은 아름다움에 대한 자기 검열의 결정체라 할 수 있을 것이다. 현대소설 속 여성인물에게 성형은 결핍을 해소하기 위한 자발적인 결단이기도 하지만 때로는 맹목적으로 혹은 강제적으로 조장되는 것이기도 하다. 여성인물은 성형을 통해 자신의 얼굴이 더 이상 정체성을 대변하는 표지가 아닌 변형 가능한 마스크로 전락했음을 깨닫는다. 그래서 성형 후 여성인물들은 허상의 이미지로 변형된 자신의 낯선 얼굴 앞에서 정체성의 혼란을 겪는다. 이렇게 소설은 성형이 여성 스스로가 하나의 규격과 표준이 되고 소비욕망을 불러일으키는 이미지로 재탄생하는 과정임을 보여준다. (김형경 『피리새는 피리가 없다』, 서하진 「퍼즐」)

반면 성형이 개인의 열등감을 상쇄시키는 수단이자 자기계발을 위한 적극적 의지라고 해석하는 경우도 있다. 이들 소설에서 성형은 단순히 호사스런 미용 효과가 아니라 여성 자신의 능동적인 태도와 자신감을 위해, 그리고 '인생의 확장'을 위해 과학이 여성들에게 선물한 일종의 '무기'로 옹호되고 있다. (한정희 「산수유열매」, 김윤영 「그린 핑거」, 정수현 『페이스 쇼퍼』)

이렇게 현대소설은 욕망의 노예가 되어 획일적인 미의 기준을 내면화하는 세태를 비판적으로 묘사하는 한편 여성이 이 같은 상업자본주의의 희생양인 동시에 수혜자로서 성형을 어떻게 전략적으로 활용해야 하는지를 간파하는 데 이르고 있다.

> 대개 여점원의 첫째 조건은 얼골이 잇스므로 여기 채용된 여점원은 거이다 자기 얼골에 대하여 만흔 자부심과 교만을 가젓다. 그런 까닭에 이 얼골이 미천으로 해서 그들은 이 백화점에 드나드는 가장 호화로운 부인들과 가튼데 시집을 갈 수가 잇는 것이다. //
>
> 영애와 순이도 죄다 그런 부잣집에 시집을 가서 시집간 멧달 후에 이 백화점을 다시 차질 때는 가느다란 금시겟줄을 저고리미테 느리고 갑빗싼 여호목두리 속에서 뽀얀 얼골을 살짝 우서만 보이는 것이다. //
>
> 숙채는 또 유원이의 얼골을 그려본다. 그러할 때면 그는 눈을 가늘게 떠서 최면술 거는 사람처럼 한군데만 보고 있다.

그러나 늘 그 얼골은 똑똑지가 안코 몹시 복까쓰해 논 사진처럼 군데군데가 뚜렷이 보이고 다른 부분은 푹 흐려보이다가 나종엔 아주 범벅처럼 한군데 뭉개지는 것은 무슨 변덕인지 모르겠다.

—이선희 「여인 명령」(1937)

"성형외과라뇨?"

영숙은 그들이 무슨 말을 하는지 이미 알았다. 그래서 반문하는 목소리는 비명을 지르는 것 같았을 것이다. 이건후는 놀라는 영숙이 더 이상하다는 듯한 시선을 보냈다. 완강한 나무둥치 같은 표정이었다.

"그럼, 그 얼굴로 사람들 앞에 서려 했어? 아까 말했잖아. 목소리와 키만 빼고 다 바꿔야 한다고. 의사와 의논해서 눈, 코, 입, 턱 어디든 필요하다고 생각되는 곳은 다 고쳐."//

영숙은 캐비닛 문을 닫으며 손바닥만 한 거울을 들여다보았다. 한동안 저것을 보지 않으리라 다짐했는데도 시선이 거울에 부딪치고 말았다. 거울 속의 다른 사람과 시선이 마주치고 말았다. 아직도 수술자국이 선명한 토끼눈을 하고 목이 깊게 파인 티셔츠를 입은 여자가 있었다. 머리를 틀어 올려 핀을 꽂으며 영숙은 다짐하듯 중얼거렸다. 저 사람이 나야. 이제는 저 사람에게 익숙해져야 해. 그러나 좀 더 시간이 필요할 것이다. 저 얼굴 뿐 아니라 김서정이라는 이름에도.

—김형경 『피리새는 피리가 없다』(1998)

'보톡스 시술'이 막 시작되었을 때 함께 가 보자고 하는 친구들의 권유에는 끄덕도 하지 않았는데, 지금은 왜 이 여자의 손에 자신의 얼굴을 주저 없이 맡겨 버리자고 작정을 한 걸까?' 하고 생각한다. 성형수술을 잘못 받은 늙은이 얼굴처럼 혐오감 일으키는 것이 또 있을까? 그 얼굴이 얼마나 추악해 보이는지 잘 알고 있는 영해로서는 지금 자기가 결행하는 일이 얼마나 파격적인 용기를 낸 결정인지 너무나도 잘 알고 있다. 어쩌면 막내 딸아이의 혼사만 치르지 않았어도 감히 상상도 못했을 행동을 지금 그녀는 하고 있는 것이다.

—한정희 「산수유열매」(2004)

보얀 김실장의 얼굴에 언뜻 보면 드러나지 않는 실금이 무수히 그어져 있다. 김실장은 세 번째 박피를 하는 중이었다.

"이게 어젯밤까지 확 터져야 하는데 제가 5번이랑 7번 크림을 헷갈려가지고요, 순서를 잘못 바르는 바람에 진행이 늦어져가지고요오……"

한 번의 박피 수술을 하는 데는 백오십만 원, 김실장의 한 달 치 급여가 들어간다.

쌍꺼풀 수술, 치아 교정, 다이어트 효소…… 몸을 만들기 위해 김실장은 아낌없이
월급을 소비한다. 어차피 나갈 돈이라는 것을 알고 있으니 말릴 수도 없다. 김실장
에게는 마이너스를 벗어나기 무섭게 잔고를 바닥나게 하는 두 명의 남동생이 있다.

—서하진 「퍼즐」(2005)

　　엄마는 나를 임신했을 때 아프면 약을 지어먹어가면서 계속 일을 나갔다고 한
다. 그래서 내가 언청이로 태어났다고, 가난하고 무식해서 몰랐다고, 엄마는 자책
하곤 했다. 그래도 초등학교 때 엄마는 내 손을 잡아끌고 두 번이나 수술을 받게
했다. (중략) 서울로 돌아오자마자 나는 적금을 깼다. 그리고 곧 병원에 예약을
했다. 양 콧구멍의 크기를 똑같이 맞추면서 오므려주고 휘어진 콧대를 바로세우는
것, 거기에다 인중과 윗입술선을 더 뚜렷이 만드는 수술이 내가 원하는 바였다.
엄마는 일 년도 안 돼 또 얼굴에 칼을 대는 것은 위험하다고 말렸지만 난 하루라도
더 빨리 변하고 싶었다.

—김윤영 「그린 핑거」(2006)

　　"음… 괜찮은 것 같아요. 코 끝에 꼭 진주알이 쏙 박힌 듯한 느낌이네요? 근데
턱은 너무 둥그스름하지 않아요? 살짝만 더 갸름해 보이면 좋겠는데."
　　"그래요? 그럼 조금만 손볼게요."
　　나는 "조금만 참아요"라고 나지막하게 말한 후 그녀의 턱을 힘 있게 만지며 모양을
손봤다. 으윽, 하는 가냘픈 신음 소리와 함께 그녀의 눈가에 눈물이 맺혔고, 그
눈물은 뺨을 타고 재빠르게 흘러내렸다. 눈물이 베드 위로 똑, 하고 떨어지는 순간
그녀가 거울로 자신의 얼굴을 바라보며 흡족하다는 듯 씨익 미소를 지었다. //
　　그런데 타인에게 받는 그런 오해들 때문에 수술을 한 후, 눈이 더 커졌으니 더욱
시야를 넓게, 이마가 넓어졌으니 마음 또한 넓게 가지려 노력하는 경우가 꽤 있거
든요. 저는 이 경우를 능동적인 성형이라고 부르고 싶네요. 마음과 얼굴, 모두를
긍정적인 방향으로 이끄니까요. 반대로 자신의 얼굴과 마음의 조화로움을 찾지
않고 오로지 얼굴만 아름다워지고 싶은 욕망에 갇혀 타인의 시선에 종속된 수동적
인 성형은 결국 중독과 부작용이라는 결과를 낳아요.

—정수현 『페이스 쇼퍼』(2010)

6
머리카락

　　머리카락은 육체의 가장 표면에 위치하는 표피이면서 내면성을 함축하는 양가적 의미를 지닌 몸의 일부다. '머리카락'은 ㅎ곡용어인 '머리'와 '가락'이 합쳐진 단어로 17세기 경 최초로 문헌 자료에 등장한다. 그 이전에는 '머리터럭, 머릿터럭, 머릿터리, 머리터리' 등으로 문헌에 쓰였으며 '두발(頭髮)' 혹은 '발(髮)'을 의미했다.

　　전통적으로 머리카락은 어느 사회에서나 영혼이 거주하는 '머리'와 같은 의미를 지녀 한 개인에게 가장 고귀하고 귀중한 부분을 보호하는 것으로 여겨지며, 생명의 순환 과정으로 간주되어 인간과 자연, 육체와 영혼의 가교로 인식되었다. 또 변하지 않는 모발의 특성은 영원성을 상징하거나 신체의 일부로 여겨져 주술의 대상이 되기도 한다. 머리를 빗는 것과 대지를 경작하는 것은 동일한 욕구에서 출발하는 것으로 인식되어, 머리를 손질하는 것은 아름다움을 위한 것이기도 하지만 미개에서 문명으로 이행되는 상징적인 의미를 갖기도 한다.

　　여러 문화권에서 머리카락은 신성한 힘으로 여겨져 머리카락 자르는 것을 금기시했는데, 삭발의 행위가 자발적으로 이루어질 때에는 겸양과 슬픔 또는 신을 위한 희생의 의미를 갖지만 타의에 의해 강행될 때에는 모욕을 의미했다. 한국의 근대사에서 '단발'은 조상으로부터 물려받은 신체의 일부를 훼손한다는 점에서 신체의 근대화에 대한 논쟁의 대상이 되었으나 남성에 비해 서서히 실현되었던 여성의 단발은 서구 문화에 대한 무분별한 추종이라는 남성중심적 편견의 잣대가 적용되기도 하였다.

　　고전문학에 드러나는 여성의 머리카락은 단정하게 관리되어 정숙함을 드러내는 한편 풍성하게 흐트러진 모양을 통해 관능성을 표출하기도 했다. 또 머리카락이 여성에게 있어서 자신의 정체성을 담보하는 소중한 일부였음에도 불구하고 부덕의 실현이라는 명목 아래 머리카락을 자르는 희생을 강요당하기도 했다. 이는 여성의 몸이 유교 이념에 근거하여 대상화되고 있음을 보여준다.

　　현대문학에 드러나는 여성의 머리카락은 개인적 차원의 의미가 강해지면서 내면과 욕망을 상징하는 대표적 육체가 된다. 머리카락은 섹슈얼리티에 대한 욕망을 드러내는 매개가 되거나 여성의 고유하고 역동적인 힘을 의미한다. 단발(斷髮)과 삭발(削髮)은 여성의 힘에 대한 결박과 통제를 의미하기도 하지만 동시에 여성의 결연한 자기 의지를 드러낸다. 여성은 머리카락을 자르거나 헤어스타일을 바꾸는 행위를 통해 내면의 변화를 가시화하며, 노년의 흑발을 통해 그로테스크하고 불안한 성적 욕망과 불온한 저항을 표현한다.

머리카락은 '머리'에 '가락'이 합쳐져서 만들어진 단어인데 이 '가락'은 '갈래'
나 '가랑이'를 뜻하는 명사 '가룩'에 접미사 '-악'이 결합한 것이다. '머리'와 '가
락'이 결합하여 '머리가락'이 아니라 '머리카락'이 된 것은 선행 명사인 '머리'가
ㅎ을 말음으로 가진 명사 '머리ㅎ'이기 때문이다. 문헌 자료에 머리카락이 최초
로 등장한 시기는 17세기다. 같은 시기의 문헌에 '머리ㅋ락'이 보이는데 이런
두 가지 표기는 'ㆍ'의 변화에 따른 것이다.

> 머리ㅋ락이며 밋버혓던 바 손돕 발돕을 (『가례언해(家禮諺解)』 5(1632))
> 살아실 제 뼈러딘 바 니며 머리ㅋ락이며 (『가례언해(家禮諺解)』 5(1632))
> 털과 머리카락을 모롬매 맛당히 굴휠 거시니 (『마경초집언해(馬經抄集諺解)』 上
> (1682))

머리카락 이전에 '두발(頭髮)' 혹은 '발(髮)'을 의미하는 단어로 문헌에 나타난
것은 '머리터럭, 머리터리, 머릿터럭, 머릿터리, 머리털' 등이었다. 15세기 문헌
에는 '머리터럭, 머릿터럭, 머릿터리, 머리터리' 등이 나오는데 이 가운데 '머릿
터럭, 머릿터리'의 'ㅅ'은 사이시옷이다.

> 훈낱 머릿터러글 모든 하늘히 얻즈뱌 (『월인천강지곡(月印千江之曲)』 上(1447))
> 톱 길며 머리터럭 나며 (『능엄경언해(楞嚴經諺解)』 10(1462))
> 머리터리를 믹자 남진 겨지비 두외요니 (『두시언해(杜詩諺解)』 초간본 8(1481))
> 두서 줄 짓 셴 머릿터리를 어느 브리리오 (『두시언해(杜詩諺解)』 초간본 15(1481))
> 머릿터리 쥐오 아히를 블러 혀 이페 드료니 (『두시언해(杜詩諺解)』 초간본 16
> (1481))
> 뎡바기옛 머리터리:頂心髮 (『구급간이방언해(救急簡易方諺解)』 1(1489))
> 머리터럭 훈 져봄 붇즈룩만 훈닐 (『구급간이방언해(救急簡易方諺解)』 1(1489))

16세기 문헌에 처음 등장하는 '머리털'은 이후 17세기의 문헌에서는 '발(髮)'
의 의미로 가장 많이 출현한다.

머리털 발:髮 (『신증유합(新增類合)』 上(1576))
머리털 거두기를 드리디우게 말며 (『소학언해(小學諺解)』 3(1588))

　17세기 문헌에는 '머리터럭'과 '머리털'이 주로 나타나는데 동일 문헌에도 이 두 가지 단어가 혼용되었다. '머리ㅋ락'이 나타난 『가례언해(家禮諺解)』에는 '머리터락, 머리터럭'도 보이는데 이 중 '머리터락'은 모음조화의 혼란 때문에 나타난 표기이다. 『동국신속삼강행실도(東國新續三綱行實圖)』에는 '머리터럭'과 '머리털'이 모두 등장한다.

샬리 머리터럭을 손ㄱ락의 가마 (『언해태산집요(諺解胎産集要)』(1608))
머리터럭 손 내들흘 갓가이 마티디 말라 (『언해두창집요(諺解痘瘡集要)』 下(1608))
나흔 엄의 머리털 죠곰 버혀 손ㄱ락긔 감고 (『언해태산집요(諺解胎産集要)』(1608))
또 남진늬 머리털과 손톱 발톱블 자리 아래 녀흐라 (『언해태산집요(諺解胎産集要)』(1608))
엄의 뎡바기예 머리털 둘흘 가져다가 (『언해태산집요(諺解胎産集要)』(1608))
절로 뼈러딘 머리털(亂髮) (『동의보감(東醫寶鑑)』 1(1610))
머리터럭글 근처 슈절ㅎ야 (『동국신속삼강행실도(東國新續三綱行實圖)』 烈(1617))
믿 지아비 주그니 김시 머리터럭글 버히고 (『동국신속삼강행실도(東國新續三綱行實圖)』 烈(1617))
일 지아비를 일코 샹해 흰 오슬 닙고 머리터럭을 빋디 아니ㅎ고 (『동국신속삼강행실도(東國新續三綱行實圖)』 烈(1617))
지아비 죽거늘 그 머리터를 버혀 즈란 쪽쪽 즉시 버히고 (『동국신속삼강행실도(東國新續三綱行實圖)』 烈(1617))
일 남진을 일코 머리털을 버히고 익훼ㅎ여 거상을 녜로써 ㅎ더니 (『동국신속삼강행실도(東國新續三綱行實圖)』 烈(1617))
或 손둡을 버히며 머리터락을 갓가 조초 블에 슬며 갓가도 (『가례언해(家禮諺解)』 5(1632))
免ㅎᄂᆞᆫ 者ㅣ 다 응당히 머리터러기 나게 ㅎ더니 (『가례언해(家禮諺解)』 5(1632))
머리터럭을 쌔이면 笞 五十 ㅎ고 (『경민편언해(警民編諺解)』(1658))
머리터럭을 조지고 (『박통사언해(朴通事諺解)』 上(1677))
흔 낫 머리털을 쌔혀 변ㅎ여 개벼록이 되어 (『박통사언해(朴通事諺解)』 下(1677))
우희 사롬의 머리터럭을 쌔 덥펴 (『마경초집언해(馬經抄集諺解)』 下(1682))

전통적으로 머리카락은 어느 사회에서나 한 개인에게 있어 가장 귀중한 부분으로 여겨지는 머리를 보호하는 임무를 부여받았다. 머리는 영혼이 거주하는 가장 고귀한 부분이기 때문이다. 고대 사회에서부터 현대에 이르기까지 머리카락은 생명의 순환 과정 그 자체로 간주된다. 머리카락은 인간과 자연, 육체와 영혼을 연결시켜준다. 고대인들은 머리카락을 매개로 영혼이 물질과 합쳐진다고 생각했다. 그리스 로마 신화에서는 빛과 혼인의 여신 주노가 무지개의 여신 이리스를 보내 디도의 머리카락을 자름으로써 육체와 싸우고 있는 디도를 해방시킨 것에서도 머리카락을 육체와 영혼의 가교로 여겼음이 드러난다.

머리카락과 금기　　많은 문화권에서 사람들은 머리카락을 신성하게 여겼는데 그것은 머리카락이 끊임없이 자라며 그 숫자 또한 많기 때문이다. 고대의 사람들은 권력과 선택의 징표로 풍성한 머리카락을 자르지 않고 자라게 내버려 두었다. 성경의 기록에 따르면 레위 족은 성직자가 머리를 자르는 것을 금지했고, 아리스토텔레스의 기록에 의하면 고대 소아시아의 리키아인들은 머리카락을 잘리느니 정복자들에게 많은 세금을 지불하는 것을 선택했다. 프랑스 메로빙거 왕조의 왕들에게 머리카락은 용기가 축적되어 있는 곳이자 정통성의 표식이었고 머리를 깎이는 것은 왕위를 잃어버리게 된다는 것을 의미했으며, 살리 족의 왕은 부모의 동의 없이 어린아이의 머리를 깎는 자는 벌금으로 다스렸고 그 아이가 여자아이일 경우 벌금은 더욱 무거웠다. 고대 멕시코에서도 머리카락은 신이 거주하는 곳으로 여겼으며, 아즈텍의 성직자들의 머리카락은 다리에 닿을 정도로 길었다. 한편, 고대 사회에서 머리카락을 자르는 행위는 보호정령들을 화해시키고 저주를 피하려는 목적으로 행하는 의식적인 처방이기도 했다. 피지의 부족들은 의식에 신성한 음식과 삭발의식을 함께 거행하였고, 고대 시암에서는 영혼을 붙들어 매기 위한 탑을 세우면서 머리카락을 잘랐다. 뉴질랜드에서는 성인식 때 머리카락을 자르는 임무를 맡은 사람은 그 자신이 터부가 되어 그 사람은 손으로 어떠한 음식물도 만질 수 없었다. 우리나라에는 정월에 '소발'(燒髮)이라는 풍속이 있었다. 남녀가 1년 동안 빗질할 때 빠진 머리카락을 모아 빗 상자 속에 넣었다가 반드시 설날 황혼을 기다려 문밖에서 불태우는데, 이를 통해 나쁜 병을 물리치게 된다고 믿었다. 정월의 첫 뱀날을 '상사일(上巳日)'이라고 하여 이 날에는 남녀 할 것 없이 머리를 빗거나 깎지 않았다. 만일 머리를 빗거나 깎거나 하면 그 해에 뱀이 집 안에 들어와 화를 입게 된다고 전해졌다.

영원함의 상징

모발은 세월이 흘러도 변하지 않는 특성을 지닌다. 변함없는 조직과 색은 모발을 경배의 대상으로 만들었다. 소중하게 보존하는 머리카락은 추억의 물건일 뿐 아니라 감정과 내밀함이 깃든 성스러운 물건이다. 예수의 발을 씻어준 성녀 마리아의 머리카락 일부가 성 도미니크 교파의 수도원에 보관되어 있는데 이 또한 느낄 수 있고 실재하는 현존체로서의 성물(聖物)이자 징표로 인식된다.

초상화가 드물었던 시절, 사람들은 머리카락을 비단종이에 싸서 목걸이 메달, 반지, 브로치에 넣거나 금실을 섞어 팔찌용 실을 짜기도 했다. 이것은 친밀한 선물이자 생생한 징표가 되었다. 또한 미니 초상화의 장식으로 땋은 머리카락을 사용했다. 야카 족은 오랫동안 병마와 시달리다 회복된 환자의 머리를 삭발한 뒤 이 머리카락을 건강을 보증해주리라 믿는 수호정령의 조각상에 묻었고, 콩고에는 고인의 존재가 가족들에게 행운을 가져다주도록 죽은 사람의 손톱과 머리카락을 인간의 모습을 본뜬 '조상(彫像) 안에 넣는 풍습이 있었다.

주술적 힘의 근원

머리카락은 신체의 일부분이기 때문에 잘린 머리카락이 적의를 가진 사람의 수중에 떨어지지 않도록 조심해야 한다고 전해지는데 이는 타인의 머리카락을 소유하게 된 자는 주술적인 힘을 갖게 된다고 믿었기 때문이다. 스키타이 족, 골 족, 게르만 족, 프랑크 족 등에게 행해진 것처럼 죽은 사람의 머리 가죽을 벗기는 것은 가장 나쁜 방법으로 상대방의 지위를 격하시키거나 상대방을 절멸시키기 위한 최후의 대비책이다. 모든 고대 부족들은 잘린 머리카락을 강탈한 마법사들이 힘을 빼앗거나 불임으로 만들 수 있다고 여겼으며 머리카락의 주인 모르게 저주 인형에 그 머리카락을 사용할 수 있다고 믿었다. 중세 말에는 집에서 머리카락과 손톱 부스러기가 발견된 나이 많은 여성들을 마녀로 고발했는데, 이는 마녀들의 힘이 일부분 머리카락 안에 머물러 있다고 믿었기 때문이며 마녀사냥으로 사형하기 직전 이들의 머리카락과 몸의 털을 모두 삭발하기도 했다.

머리를 손질하는 것은 아름다움을 위한 것이기도 하지만 미개에서 문명으로 이행됨을 상징적으로 의미하기도 한다. 중세에는 우울한 사람들과 미친 사람들의 머리를 삭발함으로써 그들이 자신들의 머리를 쥐어뜯는 것을 방지하고자 하였으며 삭발을 통해 육체적 에너지를 줄여 과도한 공격성을 제한하고자 하였다. 머리를 빗는 것과 대지를 경작하는 것은 동일한 욕구에서 출발한다고 보았는데, 야만성에서 벗어나면 풍요로움을 보장하고 사회화된다고 믿었다.

반면 사제의 삭발은 신을 위한 희생을 의미한다. 자발적인 삭발은 정화의식이다. 성서에는 레위 족 사제들이 성직에 들어갈 때 삭발하는 모습이 등장한다. 기독교에서는 겸양과 회개의 의무가 7세기부터 성직자에게 다시 요구되었다. 기독교 성직자의 삭발에는 상징적인 의미가 있는데, 제노아 대주교인 자크 드 보라진(Jacques de Voragine)의 『성인전(La légende dorée)』에 의하면 원의 형태로 삭발하는 것은 시작도 없고 끝도 없다는 것을 의미한다는 것이다. 따라서 성직자는 시작도 없고 끝도 없는 신의 대리인이라는 것을 의미하며 또한 각진 곳이 없는 원의 형태는 성직자가 일체의 이상적인 더러움을 가져서는 안 된다는 것을 의미한다고 한다. 불교의 승려 또한 완전한 삭발을 시행한다. 인도 남부의 신도들은 자신들의 머리카락을 벤카테슈와라 신에게 바치는데, 이렇게 제물을 바침으로써 번성과 병의 치료를 희망했다.

삭발은 겸양과 슬픔을 표현하기도 하며 많은 문화권에서는 장례의 상황을 의미하기도 한다. 고대 그리스에서는 남편이 죽으면 여자는 머리를 짧게 자르고 그 머리카락을 남편 장례식의 장작더미에 던졌다. 또 아킬레스는 머리카락을 자르며 파크로클로스의 죽음을 슬퍼했다. 구약성서에 의하면(예레미야서 제7장 29절) 흐트러진 머리카락은 삭발된 머리카락과 마찬가지로 장례와 비탄을 표현한다. 현대에도 가나에서는 초상이 났을 경우 자신의 머리를 깎는 행위가 망자를 위한 존경 또는 봉헌의 신호로 여겨진다.

　반면 삭발은 모욕을 의미하기도 한다. 고대 로마에서 삭발된 머리는 노예와 패자를 표시하는 예속의 증거였다. 프랑스에서는 간통이 입증된 여인들을 삭발시키고 2년 동안 수도원에 감금하기도 하였다. 남자를 유혹하기 위해 사용했었던 무기인 머리카락으로 모욕을 준 것이다.

여성 단발의 상징성　　신체와 의복에서 진행된 변화 가운데 가장 집중적으로 사회적 논쟁을 야기한 문제는 여성의 단발이다. 남성과 여성의 단발은 전통에 대한 강력한 반발과 도전이라는 공통점이 있다. 그러나 한국 사회에서 신체의 근대화를 주목해 볼 때 남성의 단발이 위로부터 짧은 시기의 일회성 사건을 통해 이루어진 데 비해, 여성의 단발은 아래로부터 여성들 스스로에 의해 비교적 긴 시간을 통해 서서히 실현되어 갔다는 차이점을 갖는다. 또한 당시 여성이 지녔던 주변적인 지위는 남성 신체에 대해 가해졌던 강압적이고 급작스런 방식에 비해 상대적으로 자유로울 수 있었던 점도 있었다.

　사회적 반응에서도 남성과 여성 사이에 차이가 있다. 즉 남성의 단발에 대한 비판이 주로 전통 사회의 입장을 반영하여 취해진 것에 반해 여성의 단발에 대한 비판은 전통뿐만 아니라 근대적 입장에서도 제기되었다. 여성 단발에 대한 사회적 거부는 식민 초기에는 물론 1930년대에 이르기까지 상대적으로 완화되었다고 하더라도 단발에 대한 부정적 인식은 여전히 지속되었다.

　여성의 단발에 대한 이유와 동기는 다양한 각도에서 접근할 수 있다. 이는 남성/여성, 식민 지배자/피지배자, 부르주아/프롤레타리아, 자유주의/사회주의 사이에 나타났던 이해관계와 세계관의 충돌을 반영한다. 여성의 단발 동기를 여성이 지닌 심성에서 비롯된 고유의 허영이나 유행 심리의 모방, 서구 문화에 대한 무분별한 추종에 의한 것으로 보는 남성들의 사고방식은 가장 흔하고 대중적인 시선이었다. 단발을 여성 자신의 성격의 한계로 보거나 교양의 부족에서 야기된 모방 및 과시하려는 심리에서 비롯되었다고 보는 것은 다분히 피상적이고 남성 중심의 편견에 기운 것이었다.

　근대에 대한 열정과 반봉건, 반전통이 지배적인 시대 분위기에서 자유주의

자들은 물론 사회주의 여성들의 "투사적인 용감"에 의해 전통에 대한 반항으로서의 단발풍이 크게 유행하였다. 비록 도시의 신여성이라는 일정 부류에 한정되어 있었다고는 하더라도 근대화의 과정에서 여성의 단발에 대한 주장은 무시할 수 없는 사회적 파장을 불러 일으켰다. 단발에 대한 사회적 거부와 반발, 이와 정반대로 단발을 통해 신체의 근대화를 획득하려는 여성들의 도전 또한 강력하였다. 뿐만 아니라 이러한 노력에 대하여 사회의 일부 특히 지식인층에서도 일정하게 공감하는 분위기가 있었다. 단발에 대한 가장 설득력 있고 객관적으로 보이는 논리로는 시간 절약, 위생, 생활의 편리함, 미관 등의 이유를 들 수 있다. 이러한 이유들의 사상적 근원에는 근대 계몽주의의 능률과 합리성에 대한 신뢰가 있으며 이것은 전통에 대한 비판과 반발의 의미를 내포하고 있다.

단발에 반전통과 근대로의 지향이 뚜렷하게 보인다고 해서 장발이 반드시 전통과 연결되지는 않았다. 1920년대 초에 단발이 처음 유행하던 시기에는 기생이 자신의 정절을 표시하기 위해 단발을 하는 경우가 종종 있었다. 기생들이 단발을 통해 "있을 수 없는 사랑의 굳은 맹세"로 자신의 진심을 알리려고 한 사례들은 단발을 통해 자신의 정절을 표현하면서 전통적 가치에 대해 헌신하려는 것이었다. 이 문제와 관련해 1920년대 중반에 여성 사회주의자들 사이에 나타난 입장의 변화를 주목할 필요가 있다. 여성 사회주의자들은 구여성들이 단발을 한 자신들에 대해 일정한 거리감을 느낀다는 사실을 알아차렸으며 이것이 여성 사회주의자인 자신들이 표방하던 민중과 함께 하는 삶에 대한 장애가 된다고 인식하였다. 이에 따라 이들은 구여성들과의 친근감을 확보하기 위해 전통적인 머리 모양으로 되돌아가는 방식을 택하기도 했다.

여성 사회주의자들의 이러한 입장 변화는 부르주아 여성들과의 논쟁을 낳게 되었는데, 가령 김활란은 단발의 장점으로 위생과 시간 절약, 미관 등을 들면서 단발을 주장하던 사회주의 여성들의 변화를 "단발하던 여자들이 도로 장발을 하는 기괴한 현상"을 야유하고 이들 여성주의자들의 단발 주장이 의식적인 것이 아니라 기분적이었다고 통탄하기도 하였다. 이에 대해 정종명은 자신이 단발을 반대하는 것은 "케케묵은 옛날의 도덕관념이나 습관"이 아니라 "실제로 경험을 해보고 조선의 일반 사정을 생각"한 결정이라는 점을 강조하면서 시간 절약, 위생, 경제상 이익과 같은 단발의 장점에 대해 반박하기도 하였다.

단발을 둘러싼 전통과 근대의 논쟁은 여기에서 종식되었다. 이후 단발은 태평양 전쟁 말기 일제의 의해 서구풍이라는 이유로 금지되기 전까지 전적으로 부르주아 여성의 영역이 되었다. 여성 사회주의자가 단발을 했다 하더라도 이 것은 개인적인 차원의 일이었으며 단발은 더 이상 사회적 쟁점이 아닌 개인적 차원의 일로 인식되었다. 이것은 "단발 이것이 결코 사회적으로 여론을 일으킬 중대한 문제가 아님과 동시에 여성으로서 개개인의 취미와 각오에 의해 단행할 것"이라는 여성 사회주의자들의 바람이 실현된 것을 의미했다.

6.3. 정결한 머리카락, 현숙함의 표징

여성의 머리카락은 정결하고 단정해야 하는 대상이다. 교훈의 내용을 다룬 규방가사에서는 여성이 제사를 비롯한 집안의 대소사를 수행하며 머리카락을 정결히 해야 하는 의무에 대해 설파한다. (「계여가」, 「내척가사」, 「녀자힝신가」, 「경부록」) 여성의 몸과 마찬가지로 단정한 머리는 사회적 예절로서 현숙함의 표징이다. 머리카락은 단정하게 빗고 정돈해야 하는 것이다. 또한 양반가 여성이 하는 규범화된 머리는 그녀들을 유흥가 여성과 변별해주는 계급적 표지이기도 하다. (「계여가」)

> 지사날이 당하거던 립지일이 머리쎗고 정지일리 싀옷입고 직물을 만질적이 불소불노 할지어다 (중략) 남이연차 안니어던 기럼머리 하지마라 기럼머리 하난모양 기싱이 물표인라 양반이 운여되고 기싱물표 쓴을보랴 물머리를 자조쎗고 양치지를 쥐치마라
>
> ─「계여가」(미상)

> 만일지사 들되그든 젼기일이 목욕치셩 이려하니 머리터리 단속하고 장안소지 정키하면
>
> ─「내척가사」(미상)

> 직슈음식 장만할더 머리빗서 목욕ᄒ고 식은의복 가라입고 저저이 조심히라 제슈엄식 맛본다고 쥬젼쥬젼 먹지말고 가지가지 익은음식 구고젼이 드려놋고 시나

다나 간맛추어 원망읍기 조심히라

—「녀자힝신가」(미상)

닭이울면 이러나셔 머리빗고 셰수ᄒ여 구고의계 문안ᄒ되 공순ᄒ여 졀을ᄒ고
양수서지 ᄒ온후의 국소깅을 화ᄆ하여 긔톄안후 뭇ᄌ온후 날노날로 예을지어 풍
우롸도 졔치말고 쎠와쎠로 염을솜아 ᄒ스람도 졔치마소

—「경부록」(미상)

6.4. 머리카락 팔기, 부덕의 표지

여성에게 머리카락이 갖는 의미는 단순하지 않았다. 여성을 표현할 때 머리
모양은 많은 부분을 차지하곤 했다. 여성의 머리카락을 '삼단 같은 머리카락'이
라 했고 검푸른 머리카락은 건강과 아름다움의 상징이었다. 또한 '몸은 부모에
게서 받은 것[身體髮膚受之父母]'이기에 함부로 해서는 아니 되며 늘 소중히 다루
어야 했다. 그럼에도 불구하고 여성들은 자기 스스로 그 몸의 일부인 머리카락
을 잘라버리게끔 내몰렸다.

당시 여성이 자신의 머리카락을 자른 것은 이것을 팔아 양식을 마련하기 위
해서였다. 머리를 자르고 나니 비녀도 필요 없어져 비녀마저 팔아버리고 말았
다. 일견 자발적으로 보이는 이 행동은 실상 전혀 자발적이지 않은 상황 때문이
었다. 그 상황이란 바로 가난인데, 이 상황은 본래 가난했던 시집의 상황과 경
제활동을 하지 않는 남편 때문에 더 깊어졌다. 조선 후기 몰락양반의 길을 걸었
던 이들은 더 이상 내려갈 곳이 없는 시골양반이 되어 모든 기대와 희망을 과거
급제에 걸게 되었다. 형제 가운데 한 명은 농사를 짓고 똑똑한 한 명은 가문의
흥망을 책임졌다. 여성은 자신과 시집의 바람대로 남편이 과거에 매진하도록
독려하고 협박에 가까운 설득까지 하면서 오랜 세월 과거 시험에 매달리게 하
고 자신은 가난과 독수공방을 감내하였다. 이는 여성의 욕망과 의지가 합해진
결과였다. 따라서 가난한 집안과 시부모와 아이들을 책임질 수밖에 없던 여성
들이 머리카락을 잘라서 판 것은 어쩔 수 없는 선택이었다. 남편의 과거급제라

는 기대에 의지해 머리카락을 팔았던 모습은 여성의 마지막 희망이자 사회적
욕망이었으며 이는 아름답고자 하는 여성의 기본적 욕망마저 포기하게 만든 슬
픈 행위이기도 했다. 많은 가난한 여성들이 팔았던 머리카락은 왕족과 고관대
작과 기녀들의 아름다운 가채를 만들 자료가 되었다. 머리카락 팔기는 남성들
이 부덕(婦德)이란 미명으로 미화하기도 하였으나 작품 속에서 이는 여성의 아
름답고자 하는 욕망, 욕망을 누르고 최소한의 식(食)을 얻고자 하는 욕망, 가문
을 일으키고 가난에서 벗어나고자 하는 욕망으로 얽히어 더욱 큰 슬픔을 자아
냈다. (김삼의당 「與夫子書」, 「無題」)

교훈의 내용을 읊은 계녀가 계열 가사에서도 머리카락 팔기는 여성이 갖추어
야 할 부덕의 하나로 예시된다. 몸의 일부인 머리카락은 손님 접대를 위해서
팔기 위한 수단으로 등장한다. 이는 혼인한 여성의 부덕을 보여주는 희생적 행
위의 대표적 사례로 제시된다. (「부여교훈가」, 「행실교훈기라」, 「계녀가」) 이와 같
이 부덕의 표지로 내세워진 머리카락 팔기는 여성의 몸을 유교 이념에 근거하
여 대상화했음을 보여준다.

아름다운 풀은 긴 언덕에 푸르렀고 말 울음소리 쓸쓸하기에 옷을 거꾸로 꿰어
입고 문에 나가 보니 한 소년이 휭하니 지나가고 있었습니다. 곧바로 심부름하는
아이를 시켜 과거 시험장의 소식을 물어 보게 했더니, 당신이 이번 과거에도 또
낙방하신 것을 알게 되었습니다. 당신도 고생이 많았겠지요? 저는 앞으로도 힘껏
도와 드리겠습니다. 작년에는 머리를 잘라서 양식을 마련했고, 올 봄에는 비녀를
팔아서 여비를 마련했습니다. 제 한 몸의 장신구들이 설령 다 없어진다 한들 당신
의 과거 공부에 드는 비용이야 어찌 모자라게 할 수 있겠습니까? 듣자하니 가을이
되면 경시가 있다고 하니 내려오지 못하시겠지요. 마침 소식을 전하는 길이 있어
안부를 물으며 윗옷 한 벌을 보냅니다.
芳草長堤 蕭蕭馬鳴 顚倒裳衣 出門而看 則有一少年 飄然過去. 卽命僮僕 往
問科場消息 知吾君子又落於今榜中也. 君子得無勞乎. 吾將竭力乃已 去年剪髮
以齎糧 今春賣釵以資橐 鄙室一身之具寧盡 而君子觀光之資 烏可乏也. 又聞秋
來有慶試云 君無來也. 適因信便仰叩動止 付上衣一頒也.
　　　　　　　　　－김삼의당 「남편에게 보낸 편지 與夫子書」(1786－1801년 사이)

아침저녁 부엌에 들어가도
맛난 찬거리 모자라니

머리 잘라 팔았음은 손님 위함 아니요
집에 부모님 계셔서라네
朝夕入廚下 廚下乏甘旨 剪髮非爲賓 堂上有父母

—김삼의당 「제목 없이 無題」(1786–19세기 초반)

머리파라 술밧기난 거룩하다 뉘집부녀 쥬인업시 차자와도 그가쟝이 낫츨보아
아ᄒ불러 외당실고 흔연영접 ᄒ야시니 부덕이 현철ᄒ미 천츄인 자즈ᄒ다

—「부여교훈가」(미상)

머리파라 술밧기는 거룩할사 뉘집부녀 주인업시 차자와도 거가쟝을 생각하야
아히불너 외당쓸고 헌언영접 하얏스니 부인듯기 혼철하메 천추에 자자하야 나물
객죽 싸락밥에 치산알들 자랑말게 불상한이 되접하되 부듸슬컷 접대하소 손가는
데 소문나면 늬것주고 인사일네

—「행실교훈기라」(미상)

진나라 도감영이 머리을 깍가늬야 손님을 되접한니 너희도 쏜을바다 음식이
용열하야 손님이 실어ᄒ면 쥬인이 부류ᄒ고 안흉이 나난이라

—「게녀가」(미상)

6.5. 선인(善人)의 수난, 헝클어진 머리

부모로부터 물려받은 신체발부(身體髮膚)를 소중하게 여기는 동양의 효 관념
에 따르면 자신의 몸을 소중하게 여기고 관리하는 것은 이기적인 차원에서 비롯
된 것만은 아니다. 그럼에도 불구하고 자신이 죄인임을 자처하는 경우 고의로
자신의 몸을 관리하지 않는데, 특히 헝클어진 머리카락은 자신의 몸을 온전히
관리할 수 없는 상황을 암시한다. (「유씨삼대록」, 「조씨삼대록」) 이는 비단 여성에
한정된 것은 아니었음에도 불구하고 고전소설에서는 억울한 누명을 쓰고 수난
을 당하는 여성 주인공을 형상화하는 데 헝클어진 머리가 자주 등장한다. (「사씨
남정기」)

믄득 문챵군쥐 옥안의 누흔이 ᄀᆞ득ᄒᆞ고 운빈의 녹발이 어ᄌᆞ러워 무ᄉᆡᆨᄒᆞᆫ 의샹의 쇠잔ᄒᆞᆫ 단장이 비컨ᄃᆡ 지ᄂᆞᆫ ᄭᅩᆺ ᄀᆞᆺ더라 압히 나아가 ᄂᆞ족이 고왈 듯ᄌᆞ오니 븍관의 변이 이셔 구고와 일개 다 안치ᄒᆞᆫ다 ᄒᆞ오니 쇼녜 홀노 믈너 이시미 가치 아니ᄒᆞ온디라 슬하를 하딕ᄒᆞᄋᆞᆸ고 구가의 도라가 죄ᄅᆞᆯ ᄒᆞᆫ가지로 바드믈 원ᄒᆞᄂᆞ이다 좌우의 모든 슉부와 졔형뎨 그 ᄋᆡ원ᄒᆞᆫ 거동을 잔잉ᄒᆞ여 ᄂᆞᆺ빗출 고티고 공이 나아오라 ᄒᆞ여 손을 잡고 눈믈을 흘녀 왈 일이 블힝ᄒᆞ여 이 디경의 니ᄅᆞ나 소랑은 복녹이 ᄀᆞ즌 아희라 ᄆᆞᄎᆞᆷᄂᆡ 호듕의셔 함몰치 아니ᄒᆞ리니 너ᄂᆞᆫ 과도히 념녀 말고 방신을 보듕ᄒᆞ여 구가의 가 셰월을 무ᄉᆞ히 디내여 부뷔 빵으로 날을 뵈라 군쥐 빵뉘 비ᄀᆞᆺ고 경혼이 아득ᄒᆞ나 야〃의 병을 념녀ᄒᆞ여 과도ᄒᆞᆫ 슬프믈 아니코 안셔히 ᄃᆡ왈 일이 ᄎᆞ경의 니ᄅᆞ오미 망극ᄒᆞ오나 오히려 ᄉᆡᆼ각건ᄃᆡ 소군 위인이 ᄉᆞᄉᆡᆼ으로써 요동ᄒᆞ여 듕효의 죄인이 아니 되오리니 왕ᄉᆡ 도라오ᄂᆞᆫ 날 원억ᄒᆞ믈 폭ᄇᆡᆨᄒᆞ오려니와 다만 굴티 아니키로 문회 보젼ᄒᆞᆫ ᄌᆞᆨ 그 몸이 위ᄐᆡᄒᆞ오리니 엇디 쇼녀의 운텬디통이 아니리잇고마ᄂᆞᆫ ᄇᆡᆨᄉᆡ 관수ᄒᆞ니 미리 셔도라 무익ᄒᆞ온디라 이제 구가로 도라가ᄋᆞᆸᄂᆞ니 야〃ᄂᆞᆫ 과려티 마ᄅᆞ샤 귀톄ᄅᆞᆯ 보듕ᄒᆞ시믈 ᄇᆞ라ᄂᆞ이다

—「유씨삼대록」(18세기)

홀연 진궁으로조ᄎᆞ 일개 녀ᄌᆞ 두어 시녀ᄅᆞᆯ 거ᄂᆞ려 두발을 홋트러 ᄂᆞᆺ출 덥고 가바야이 거러와 즁계의 다ᄃᆞ라 ᄭᅮ러 비읍ᄒᆞ여 고왈 블혜 루인이 셩문 덕업을 입ᄉᆞ와 몸이 고당의 안한ᄒᆞᄆᆡ 복이 넘고 분의 과ᄒᆞ여 ᄌᆡ앙이 이러ᄂᆞ고 화난이 샹ᄉᆡᆼᄒᆞ와 더러온 셔ᄉᆡ 군ᄌᆞ의 눈의 현착ᄒᆞ고 간인의 초ᄉᆡ 명ᄇᆡᆨᄒᆞ니 ᄉᆡᆨ쟈로 ᄎᆞᄉᆞᄅᆞᆯ 당ᄒᆞ여도 그 일이 의심이 이시려든 ᄒᆞ믈며 년쇼 과격ᄒᆞ미 이셔 구박ᄒᆞᄃᆡ 나가지 아니ᄒᆞ니 모라내치믄 ᄒᆞᆫ 허믈이어니와 시비 복쳡이 허망ᄒᆞᆫ 젼언을 신청ᄒᆞ오샤 쳡으로 ᄒᆞ여곰 동혀다가 바리므로 살인 즁슈로 다ᄉᆞ리신다 ᄒᆞ오니 여ᄎᆞ 즉 쇼쳡이 지아비ᄅᆞᆯ ᄉᆞ디의 너으미라 죄인 가온ᄃᆡ 만고 강샹의 용납지 못ᄒᆞᆯ 죄인이라 ᄒᆞ믈며 대인의 ᄉᆡᆼ셩지은과 텬디지덕이 초목 곤튱의 밋ᄎᆞ시므로써 텬륜지졍을 도라보시지 아니시고 ᄉᆞᄉᆡᆼ을 념녀치 아니시니 쇼쳡이 망극홈과 황황ᄒᆞ믈 이긔지 못ᄒᆞᄋᆞᆸ고 일만 난쳐홈과 두려오믈 도라보지 못ᄒᆞ와 외당의 하리 가ᄃᆞᆨᄒᆞ믈 피치 못ᄒᆞ고 도쟝의 ᄂᆞᆺ출 드러 존젼의 돌입ᄒᆞ와 엄노ᄅᆞᆯ 간범ᄒᆞ오니 죄 즁ᄒᆞ오미 만ᄉᆞ유경이라 오즉 우러러 바라오믄 대인의 일월지광으로써 쇼쳡의 아ᄃᆞᆨᄒᆞᆫ 흉ᄎᆞᄅᆞᆯ 비최시고 구구ᄒᆞᆫ 경ᄉᆞᄅᆞᆯ 도라보샤 군ᄌᆞ의 위급ᄒᆞ믈 프ᄅᆞ시믈 바라옵ᄂᆞ이다 옥셩이 낭낭ᄒᆞ고 봉음이 화평ᄒᆞ여 일만 어리로온 광ᄎᆡ 쇼월이 ᄎᆡ운의 들며 ᄇᆡᆨ옥이 니토의 뭇쳐시니 시름ᄒᆞᄂᆞᆫ 아미ᄂᆞᆫ 원산의 프ᄅᆞᆫ 비출 씌여 효셩 냥안의 츄쉬 요동ᄒᆞ며 ᄆᆞᆰ은 빗치 좌우의 쏘이ᄂᆞᆫ지라

—「조씨삼대록」(18세기)

두부인이 시녀를 불너 문왈 ᄉ부인이 이졔 어딕 계시뇨 날을 잠감 인도ᄒ라
시비 쳥령ᄒ고 부인의 뫼셔 ᄉ씨 계신 곳에 가니 ᄉ시 녹발을 헛틀고 옥안니 초최
ᄒ야 연연약질이 최복을 니긔지 못ᄒ야 ᄒᄂ지라 부인이 니를 보고 심시 여할여삭
ᄒᄂ지라

—「사씨남정기」(17세기)

6.6. 단장한 머리, 자기표현의 욕망

규방가사에서 머리의 단장은 바쁜 일상에서 놓여난 정신적 여유로움 속에서
이루어진다. 여성은 외출을 앞두고 머리를 댕기와 비녀 등의 다양한 장식물로
예쁘게 치장한다. 이때 색감과 형상의 구체적인 표현을 통해서 머리의 치장을
묘사하며 자족적인 심경을 드러낸다. 이 머리의 단장은 자기표현의 욕망을 충
족시키는 것으로서, 품격을 갖춘 머리는 자부심을 갖게 한다. (「화전가라 2」, 권
종태 씨 부인 「화전가라 3」)

일정한 유형을 이루는 머리는 시대에 따라서는 개인적인 표현의 의미를 넘어
서 '여학생' 등 여성의 사회적 지위를 나타내는 표지가 되고 있다. 이는 머리의
유형이 자족적 자기표현의 의미에서 나아가 사회적 행위로 기능하고 있음을 보
여준다. (「동뉴상봉가」, 「화전가 5」)

감태같이 가문머리 아롱수로 솔솔비껴 비기덩에 수가하여 불근법단 인조댕기
감쪽같이 감아내여 금봉채와 죽절비여 이리저리 꼬자두고 나부잠 꽃화잠은 어식
비식 꼬바낸다 윤이나닉 윤이나닉 서기하닉 서기하닉 우리얼골 서기하닉

—「화전가라 2」(1949)

전후로변 행열지여 삼삼오오 둘식셋씩 홍홍백백 전진할제 김실이실 칠례보소
연연삼삼 고은얼굴 도화분을 성격하고 송화색 속격삼에 분홍색을 밧쳐입고 미장
원에 찌진머리 촉사금물 반만둘너 팔자아미 기린눈섭 초생달이 둘이로다

—권종태 씨 부인 「화전가라 3」(미상)

신학시티 녀학싱은 냥머리 곱기쎗고 밉시잇는 칙보달이 시간마촤 학교가셔 일
어션어 지리슨술 칙릭칙릭 빈온후의 녀즁박스 학스되야 기명발달 하거니와

―「동뉴상봉가」(20세기 전반)

어쩌한 여자들은 고등학교 출신하야 양머리 곽곽구두 보석반지 금시계로 쌕하
는 자동차와 달달하는 전차로서 동서남북 왕래하고 사회상에 출입하여 남여평등
오늘시대 훌륭한 여자로되 슬프다 우리어찌 산간벽지 생존하야 산정지쓸 부엌에
서 방아짓고 물여다가 음식공지 직분이요

―「화전가 5」(미상)

6.7. 섹슈얼리티의 기호

동서양을 막론하고 여성의 머리카락은 아름다움을 상징했다. 길게 늘어뜨린
머리카락은 짧은 머리카락이나 묶은 머리카락에 비해 여성의 고유한 힘을 발산
하는 양태로 여겨졌다. 고전소설에서는 단정하게 쪽진 머리카락보다 '구름'으
로 비유되는 숱 많고 풍성한 머리털이 잠자리에서 막 일어난 듯 흐트러져 있는
것을 교태롭게 표현하기도 한다. 이러한 모습은 대개 남성의 시선을 통해 포착
되고 있어 길게 늘어뜨린 머리카락은 여성의 아름다움 중에서도 관능미를 한껏
발산한다. (「주생전」, 「유씨삼대록」, 「옥루몽」) 또 누런 머리털이 추녀의 형상을
드러내는 것에 비해 검푸른 머리카락은 젊음과 아름다움을 표상하는 기호였다.
(「임씨삼대록」)

현대시에서도 머리카락은 가장 섬세한 몸이자 부드러운 육체성을 가졌다는
점에서 여성 내면의 예민한 욕망을 상징한다. '인어공주'와 '세이렌'과 '라푼젤'
등 다양한 문학작품에서 머리카락이 여성 욕망의 대표적인 기호로 등장해왔던
것처럼, 여성시에서 머리카락은 섹슈얼리티에 대한 욕망을 드러내는 매개가 되
거나 여성의 고유하고 역동적인 힘을 의미한다. 머리카락을 만지거나 머리를
감겨주는 것이 사랑을 표현하는 관습적이고 상징적인 행위이듯 머리카락을 둘
러싼 시적 표현들은 사랑의 몸짓과 여성의 자발적이고 주체적인 욕망을 의미한

다. 이는 때로 섬세한 자신을 보호해줄 '뻣뻣한' 머리카락으로 자라나기도 하고 자유롭고 격정적으로 '넌출넌출' 출렁이는 검은 소리처럼 자라나기도 한다. (김행숙 「머리카락이란 무엇인가」, 「홀림」, 서안나 「연꽃의 바깥을 읽다」, 김혜영 「욕조에서 책 읽는 여자」, 진은영 「라, 라, 라푼젤」, 문정희 「머리 감는 여자」, 성미정 「불멸의 털1」 「불멸의 털2」, 이경림 「머리카락 이야기」)

주생은 몸을 숨긴 채 다가가서 숨을 죽이고 엿보았다. 금빛 병풍과 채색 담요가 황홀하여 눈이 부시었다. 부인은 붉은 비단 적삼을 입고 백옥 방석에 기대어 앉아 있었다. 나이는 50세 정도 되어 보였으나 지긋이 한 쪽 눈을 감고 돌아보는 태도에는 아직 예전의 어여쁜 모습이 남아 있었다. 나이가 14, 5세 정도 되어 보이는 소녀가 부인 옆에 앉아 있었는데, 구름처럼 고운 머릿결에는 푸른빛이 맺혀 있고 아리따운 뺨에는 붉은 빛이 어리어 있었다. 밝은 눈동자로 살짝 흘겨보는 모습은 흐르는 물결에 비친 가을 햇살 같았으며, 어여쁨을 자아내는 아름다운 미소는 봄꽃이 새벽이슬을 머금은 듯했다.

生匿身而往 屛息而窺 金屛彩褥 奪人眼睛 夫人衣紫羅衫 倚白玉案而坐 年近五十 而從容顧眄 綽有餘姸 有少女 年可十四五 坐于夫人之側 雲鬟結綠 翠臉凝紅 明眸斜眄 若流波之映秋日 巧笑生倩 若春花之含曉露

—「주생전」(17세기)

황자사가 난간머리로 자리를 옮기고 자세히 보았더니 두 명의 창두가 한 대의 작은 수레를 몰고서 누정 아래에 이르자 한 미인이 수레 속에서 나왔다. 흐트러진 머리는 요란한 봄 구름과 같고 때 묻은 얼굴은 구름에 가려진 밝은 달과 같았다. 조촐한 태도와 초췌한 기색은 푸른 물에 연꽃이 서리를 띤 것 같고, 미친 바람에 버들 솜이 진흙에 떨어지는 것과 같아서, 탕자의 눈이 어찔하고 마음이 혼미함을 깨닫지 못하였는데, 이는 곧 홍랑이었다.

黃刺史移坐欄頭 而詳視之 兩個蒼頭驅一輛小車至亭下 一個美人自車中出 散髮似擾亂春雲 垢面如掩映明月 淡泊之態 憔悴之色 如綠水芙蓉之帶霜 如狂風柳絮之落泥 不覺蕩子之眼眩心迷 是則紅娘

—「옥루몽」(19세기)

촉나삼과 청나상으로 담장흔 의상이 더욱 소담흐고 운환을 손으로 허트러 어즈러온 녹발이 옥면을 덥허시니 진짓 운간명월이오 슈둥년화라 삼촌 금년을 가빈야이 옴겨 외당의 니룬매 일척 셰외 휘드러 표연이 경홍 궃흐니 부매 흔 번 브라보매

혼빅이 니톄ᄒ야 신싁이 춘 지 굿ᄒ니

—「유씨삼대록」(18세기)

　신뷔 웅장셩식으로 뎡의 드니 신낭이 슌금쇄약을 ᄀ져 봉교상마ᄒ여 본부의
도라오니 쥴쥴이 느러셧든 홍장이 화랍쵹을 밧드러 독좌를 맛ᄎᄆ 동방향실의
ᄌ하상을 난홀ᄉ 신낭이 깃븐 눈을 밧비 들ᄆ 이 믄득 평싱 원ᄒ던 바 ᄌ미운치의
멸셰묘완이 아니라 건댱ᄒ 신댱이 ᄂ흐로됴ᄎ 닉도히 슉셩ᄒ니 십여 셰 쇼이 범으
의 이습십이나 당ᄒ 듯 누른 머리와 거믄 ᄂ치 지분을 칠ᄒ엿시ᄆ 기와의 ᄉ회를
칠ᄒ 듯 썩은 남긔 치식ᄒ 듯ᄒ니 놀납고 씀즉씀즉ᄒ여 풍도옥의 우두ᄂ찰을 맛난
듯 시분지라 싱이 임의 무산과 요지를 보앗거니 이런 츄용누질을 보아시리오 미지
일견의 심혼이 경악ᄒ고 분뇌 춤식ᄒ니 경긔의 화풍이 변ᄒ여 셜풍이 쇼쇼ᄒ니
발연이 광슈를 썰쳐 외당으로 ᄂ가니 등부 유랑시비 다 신낭의 노식을 보고 아니
놀ᄂ리 업더라 이의 단장을 곳치고 녜를 줍으 됸당구고긔 비현ᄒ니 됸당구괴며
졔인이 일시의 쳠망ᄒ니 이 믄득 범범ᄒ 미식도 못되고 아됴 박식이라 검불근
얼골의 얽은 코히 놉고 니ᄆ 닉밀며 머리 누르고 두 쎕의ᄂ 쥬먹을 노혼 듯 톡
불거지고 건슌녹치 흉악ᄒ고 신장이 구 쳑이나 ᄒ고 두 팔은 무릅 으릐 지ᄂ가고
두 눈섭은 우쥴우쥴ᄒ고 챵ᄃ 굿ᄒ니 이 곳 울지경덕이 깅싱홈 곳 아니면 강남도령
이 현형ᄒ미라

—「임씨삼대록」(19세기)

　빨강과 검정 사이에서 너의 머리카락은 매일매일 자랍니다. 눈이 가장 밝은 사
람도 머리카락이 자라는 순간을 본 적이 없습니다. 그리고 눈이 어두운 우리에게
머리카락은 한 달 후에 자라는 것입니다. 머리카락에 대하여…… 너의 눈빛에 대
하여…… 나의 마음에 대하여…… 어느 날 한 달 후에 알게 되는 것들. 나는 그럴
줄 몰랐어. 그렇게 말했습니다. 나는 그럴 줄 알았어. 그렇게 말해도 똑같은 것이
있습니다. (중략) 왜 머리카락은 끝없이 자라는가. 성기를 감추듯이 머리카락을
감춘 여인들이 사랑하고 슬퍼하고 투쟁하는 이야기를 밤새 읽었습니다. 아침이
밝자 소설의 문장처럼 나는 너의 머리카락을 만지고 싶었습니다. 나는 잘 못 읽었
어요. 나는 잘 못 읽었어요. 나는 못 읽었어요. 어쨌든! 나는 읽었어요. 머리의
반쪽은 비밀로 가득 차 있습니다. 왜 머리카락은 시간처럼 시간처럼 끝없이 자라
는가. 왜 머리카락은 정치적인가. 마침내 누가 머리카락을 해석하는가.

—김행숙 「머리카락이란 무엇인가」(2010)

　그녀가 머리를 푸는군요. 뒤통수 중앙에 꼭, 묶여 있던 머리가 와와와 흩어지는
군요. 머리는 머리를 떠날 수 없지만 그 순간은 정말 어디로든 달아날 것 같았어요.
바람과 마구 섞이는 것들, 머리는 머리로부터 자랐지만 머리는 머리가 무슨 생각
을 하는지 알 수 없습니다. 그녀는 언젠가 혼자 거울을 보면서 머리를 잘라낸 적도
있어요. 머리가 무슨 생각을 하겠어요? 쓱, 잘리고…….
—김행숙 「홀림」(2003)

　당신은 나의 왼뺨에서 오른 뺨으로 건너간다 나는 썩을 대로 썩은 진흙 손가락으
로 당신의 빛나는 등을 어루만진다 천 개의 발로도 떠날 수 없는 첫 마음은 뿌리에
깃들어 왜 웅크려 있는지 당신에 대해 질문하면 물결 속에서 아스피린 냄새가
난다 나는 긴 머리카락을 풀어 비탄의 곡조로 흔들리고 흔들릴 것이다 꽃잎을
여는 건 연꽃의 바깥을 캄캄하게 읽는 일
—서안나 「연꽃의 바깥을 읽다」(2010)

　　그녀의 머리카락이
　　야윈 어깨 위로 흘러내리고
　　책장을 넘기는 그녀의 손
　　물갈퀴처럼 숲을 더듬는다

　　욕조에 가득한 비누 거품들
　　미끈거리는 물고기 몸을 감쌌지
　　욕조 바닥 뚜껑을 열었더니
　　낯선 타인처럼 떠나가는 물고기
—김혜영 「욕조에서 책 읽는 여자」(2009)

　그는 도둑고양이와 그림자를 사랑하고 그가 누운 관에서 흰 비둘기가 날아오른
다 나는 드넓은 상추밭을 가꾸고 푸르고 여린 잎들 사이로 불쑥 솟은 거대한 굴뚝에
사네 낡은 성당의 저녁종이 들판에 울려 퍼지고 그의 목소리 가까이 들린다 계단도
없고 문도 없으니 아가씨, 좁은 창문으로 너의 길고 탐스러운 머리 좀 내려 줘
—진은영 「라, 라, 라푼젤」(2008)

　　뽀뽈라로 갈까
　　돌마다 태양의 얼굴을 새겨놓고
　　햇살에도 피가 도는 마야의 여자가 되어

검은 머리 길게 땋아 내리고
생긴 대로 끝없이 아이를 낳아볼까
풍성한 다산의 여자들이
초록의 밀림 속에서 죄 없이 천 년의 대지가 되는
뽀뽈라에 가서
(중략)
오래오래 머리를 감고
젖은 머리 그대로
천 년 푸르른 자연이 될까

—문정희 「머리 감는 여자」(2001)

그녀의 머리카락은 때로 미용사의 눈을 찌르기도 했고 살점에 꽂히기도 했다 (100% 사실이다) 주변에선 그녀의 머리카락에 대해 의견이 분분했다 파마를 해봐라 염색을 해봐라 미용사는 상업적인 이유 때문에 그랬고 주변 사람들은 그녀를 사랑해서 그랬다 그들은 그녀에 대한 사랑이 나름대로 깊었지만 그녀의 머리카락까지는 사랑할 수 없었다 때로 두려워하기까지 했다

—성미정 「불멸의 털1」(2003)

내 머리카락은 내게 어울리지 않는다 소심하고 겁 많은 나에게 이렇게 숱이 많고 강철같은 머리카락을 심어주신 깊은 뜻이 뭔지 몰라 나는 한동안 방황했다 머리카락을 내게 맞추려고 온갖 린스와 헤어 트리트먼트를 사용해 보았지만 시간과 돈의 낭비였다 결국 머리카락에 나를 맞추는 편이 훨씬 경제적이고 쉽다는 결론을 얻었다 이제 나는 머리카락과 어울리기 위해 제법 고집 센 행세를 한다 아마도 내게 이런 머리카락을 심어주신 뜻은 고슴도치나 호저처럼 순한 짐승에게 날카로운 털을 선물한 것과 같은게 아닐까

—성미정 「불멸의 털2」(2003)

한 소녀가 뛰어간다
두 팔을 연신 노 젓듯 저으며 묵 같은 허공을 밀고 간다
뒤에는 머리카락이 아우성처럼 따라간다
무슨 격정적 박자표같이
성난 파도같이
출렁거리는 저 검은 소리

머리카락은 소리다
참고 참아 더는 참을 수 없는 소리들이 삐죽삐죽 밀려나와
넌출대는 춤이다

—이경림 「머리카락 이야기」(2005)

6.8. 삭발, 제압된 마력

여성의 머리카락은 비밀스러운 마력을 지닌 것으로 표현된다. 끊임없이 생장하는 머리카락은 영원성을 지닌 개별적 생명체로 그려지면서 여성의 원초적 생명성과 주술성을 대변한다. (천운영 「바늘」, 「월경」, 김숨 「카페, 천사」) 따라서 자라지 않는 머리카락이나 젊은 나이의 백발은 거세된 여성성을 의미한다. (천운영 「유령의 집」) 삭발은 불가사의한 여성의 몸이 지니는 힘에 대한 결박이며 학대이다. 여성 인물이 가부장에 의해 감금되면서 삭발되는 것은 이러한 맥락이다. 엉키고 뭉친 머리카락 역시 삭발에 상응하는 것으로 여성 인물에게 부가된 가학적이고 참담한 굴레를 상징한다. (오정희 「유년의 뜰」, 김서령 「작은 토끼야 들어와 편히 쉬어라」) 한편 여성 인물의 자발적인 삭발은 사회적 편견과 억압에 맞서는 결연한 의지와 복수의 의미를 지니기도 한다. (정이현 「이십세기 모단걸신 김연실전」, 서하진 「슬픔이 자라면 무엇이 될까」)

현대시에서도 단발(斷髮)은 여성의 결연한 의지와 결단의 표현이며, 삭발(削髮)은 더 강하고 단정적인 자기 제어이거나 자해의 표현이 된다. 여성에게 있어서 '가출'했던 집으로 되돌아가는 일은 오히려 머리 깎고 '출가'하는 일만큼 인내를 필요로 하는 일이 되었고, 아름다운 꽃을 다듬던 전지가위로 자신의 머리카락을 잘라내며 여성들은 삶의 환멸을 견딘다. '대머리'는 머리카락이 머리 밖으로 자라기를 거부하고 머리 안으로만 자라려고 하는 의지라고 상상하면서, 새로운 자신으로 거듭나기 위해 긴 머리를 자르고, 내 눈을 가려 순응을 종용하는 '앞머리'마저 싹둑 자른다. 이 모든 행위는 머리카락을 자름으로써 지금의 삶을 거부하려는 단호한 몸짓들이라고 할 수 있다. 단발과 삭발을 통해 여성들

은 섹슈얼리티의 기호를 스스로 버리고 관습적 습성을 부정하면서 결연한 자기 의지의 삶으로 들어선다. (김언희 「출가」, 이기성 「꽃집 여자」, 성미정 「대머리와의 사랑 2」, 박남희 「머리카락의 자서전」, 이민하 「가위놀이」)

저 문의 안쪽에 정말 머리를 깎이고 벌거벗긴, 귀신처럼 예쁘다는 부네가 있는 걸까.
사람들은 그녀, 부네의 아비, 그 늙고 말없는 외눈박이 목수가 어떻게 단숨에 머리칼을 불밤송이처럼 잘라 댓바람에 골방에 처넣고, 마치 그럴 때를 위해 준비해놓은 듯 쇠불알통 같은 자물쇠를 철거덕 물렸는지에 대해 오랫동안 이야기했다. 또 그녀가 들창을 열고 야반도주를 하려 하자 발가벗기고 들창에 아예 굵은 대못을 쳐버렸다고.

—오정희 「유년의 뜰」(1980)

'머리카락을 넣어두면 바늘이 녹슬지 않아.'
엄마는 침낭을 열어 머리카락을 넣을 때마다 그렇게 말했다. 엄마의 새카맣고 긴 머리카락은 동그랗게 말린 채 침낭 속으로 들어갔다. 때로 뭉텅뭉텅 빠지는 뻣뻣하고 두터운 내 머리카락도 엄마는 정성스럽게 말아 그 안에 넣어주곤 했다. 나는 엄마의 침낭과 바늘쌈을 바지주머니 속에 얼른 집어넣는다. 엄마는 이제 바늘이 필요 없을 것이다. 이 바늘들은 내가 가지고 가 아름다운 문신을 그리는데 쓸 것이다. (중략)
나는 면도칼을 들고 스님의 머리를 깎는 엄마를 상상한다. 무릎을 꿇은 채 한손으로 스님의 어깨를 살짝 누르듯 짚고 한손으로 이발을 하는 엄마. 면도칼 끝에서 스님의 머리카락이 스르르 떨어져내리는 모습은 아주 고즈넉한 풍경으로 그려지고 있다. 그리고 바닥에 떨어진 머리카락을 하나도 빠뜨리지 않고 정성스럽게 모아 침낭에 넣었을 엄마의 섬세한 손도 생생하게 그려진다.

—천운영 「바늘」(2000)

그녀는 일찍부터 머리가 세어서 지금은 완전한 백발을 이루고 있습니다. 흰 머리칼을 딱 목선까지 자르고 가운데 가르마를 타 귀 뒤로 넘겼지요. 그녀가 독한 파마약 냄새를 풍기며 보자기 따위를 머리에 둘러쓰고 있는 모습은 아무도 보지 못했습니다. 귀밑까지 머리 길이를 유지하기 위해 미장원에 다녀오는 것 또한 본 적이 없습니다. 그녀의 머리카락은 미장원 한편에 걸린 조화처럼 조금도 자라지 않는 것 같습니다.

　그렇다고 그녀가 신경증적인 까다로움이 있어 한 가지 머리 모양을 유지하고
있는 것은 아닙니다.
―천운영 「유령의 집」(2000)

　계집의 손가락 끝에서 뻣뻣한 머리카락 몇 올이 떨어진다.
　"내 머리카락 내놔!"
　나는 계집의 손목을 비틀며 낮게 말한다. 계집은 눈을 동그랗게 뜨고 행동을
멈추어버린다.
　"내 머리카락 찾아내란 말야!"
　"무슨 머리카락? 그걸, 그걸 어떻게 찾니? 어디 날아가 버렸겠지!"
　계집이 허둥대기 시작한다. 말도 더듬거리고 낯빛도 금세 발개졌다. 나는 계집
의 긴 머리채를 움켜쥐고 내 앞으로 바싹 잡아당긴다.
　"어쨌든 찾아내. 안 그럼 쫓아낸다."
　입을 씰룩거리며 나를 쏘아보지만 어떻게 해서든 머리카락을 찾아낼 수밖에
없다는 것을 잘 알고 있다.
―천운영 「월경」(2001)

　체경(體鏡) 앞에 서서 연실은 길게 땋은 머리카락, 그 끝에 매달린 자줏빛 댕기
를 획 잡아당겼다. 생후 단 한 번도 손댄 적 없는 삼단 같은 머리채였다. 그녀는
손수 벼린 시퍼런 가위를 집어들고서 그 기다란 머리채를 앞으로 천천히 드리웠
다. 처음 머리칼을 한 줌 쥐어 베어낼 때에는 낮은 한숨 소리조차 들리지 않을
만큼 사위(四圍)가 고즈넉하였으나, 점차로 사뭇 경쾌한 가위질 소리가 K여전
담벼락 너머 저 멀리 시부야 거리에까지 싹둑싹둑 울려 퍼지었다.
―정이현 「이십세기 모단걸―신 김연실전」(2002)

　영채 오빠는 나빴다. 적어도 내가 오기 전에 정희 언니를 깨끗한 침대로 옮겨
누이고 땀과 눈물에 젖은 얼굴을 닦아주고 고통스럽게 벌어진 입을 다물게 해주었
어야 했다. 그런데 언니를 수술대에 버들쩍 매달아놓은 채로, 자신은 핏자박이
된 수술복 그대로 넋 나간 얼굴을 하고 섰다니. 나는 헝클어진 언니의 머리칼을
만져주다가 주저앉았다. 어질증이 일었다. 영채 오빠도 기다렸다는 듯이 철퍽 주
저앉았다. 태원이는 내 손가락 사이에 낀 언니의 땀에 젖은 머리칼을 빼주느라
진땀을 뺐다.
―김서령 「작은 토끼야 들어와 편히 쉬어라」(2005)

"너는 너의 검은 머리칼까지 나에게 주었지……"

카페 주인 여자가 손을 뻗어 여자의 머리칼을 어루만졌다. "그런데 애야, 나는 네게 되돌려 줄 것이 없구나. 나는 네가 준 모든 것을 잃어버렸단다. 내게는 금강석 반지를 끼었던 자국만 손가락에 남아 있구나."

카페 주인 여자는 여자에게 같이 가자는 말을 하지 않았다. 여자는 손을 뻗어 카페 주인여자의 볼을 타고 흐르는 눈물을 훔쳤다. 눈물은 계속해서 흘러내렸다. 여자는 사다리를 타고 천장으로 올라갔다. 천장에 매달려 아래를 물끄러미 내려다보았다. 카페 문이 거칠게 열리고 공장 노동자들이 들어섰다.

―김숨 「카페, 천사」(2005)

3주 간격으로 항암제 투여가 시작되었다. 하루 전 입원, 이틀 투여, 이틀 구토의 나날을 보내고 퇴원하면 희숙의 머리카락은 뭉텅 줄어 있었다. 자고 일어나면 베갯잇에 머리카락이 한 무더기씩 묻어났다. 세 번째 항암제를 투여하고 퇴원하던 날, 희숙은 남편에게 머리카락을 밀어달라고 말했다. 내가? 그는 울 듯한 표정으로 아내를 바라보았다. 미장원에 가기는 좀 그렇잖아. 가위로 자르고 당신 면도기로 밀면 되지 않을까? 희숙은 어깨에 보자기를 쓰고 화장실에 간이 의자를 들여놓고 앉았다. 거울에 비친 얼굴이 아이처럼 작았다. 가위를 든 남편의 손이 떨리는 것을 희숙은 거울을 통해 바라보았다. 사각, 소리가 나고 한 옴큼 머리카락이 잘렸다. 잘린 머리카락 뭉텅이가 부스스 바닥에 떨어졌다. 윤기가 사라진 머리카락은 짐승의 털 같았다. 머리 미니까 당신 귀엽다. 동자승 같은걸. 희숙의 남편이 아이처럼 웃었다. 우리 기념사진 하나 찍을까. 나중에 보면 재미있을 거야. 그치. 카메라가 어디 있지? 장롱을 여는 남편의 뒷모습을 희숙은 물끄러미 바라보았다. 단순하고 정직하고 아이처럼 무구한 사람…… 이제까지 알아온 남편이 조금도 달라지지 않았다는 사실이 희숙은 다행스럽고 쓸쓸했다.

―서하진 「슬픔이 자라면 무엇이 될까」(2008)

가출했던
집으로
출가한다

一住門이란
들어갈 곳도 나갈 곳도 없는 곳에 서 있는
(중략)
빠진 머리카락은

수챗구멍을 못 빠져나가고
아무것도 못 빠져나가게 하고
밥풀찌끼 기름때에 또다시
엉키고 설킨다

—김언희 「출가」(2000)

그의 머리카락이 뇌 속으로 자라고 있다는 걸
사람들은 알지 못한다 그저 그를 보면
대머리라고 낄낄대느라고 바쁠 뿐이다 그는
뇌 속으로 머리카락이 엉켜 폭발 직전인데
빗질조차 할 방법이 없다 어떤 참빗 같은 손이
그의 뇌 속까지 들어올 수 있을까 그는 일단
늙고 노련한 이발사를 찾아간다 늙고 노련한
이발사도 뇌 속까지는 속수무책이다 괜시리
애꿎은 턱수염만 시퍼렇게 밀어버린다
이발소에서 돌아온 밤 그는 머리카락이
가득 찬 뇌를 현실로 받아들이기로 다짐한다

—성미정 「대머리와의 사랑」(1997)

머리카락은 수시로 자서전을 쓴다
바람에 흩날리면서 이리저리 헝클어지면서
자서전을 쓴다 머리를 감을 땐
한 뭉치씩 빠지면서, 가려움을 토해 놓으면서
자서전을 쓴다

내 마음 가까이에 사는 여자는 얼마 전에 긴 머리를 잘랐다
사람들은 산뜻하고 젊어졌다고 말하지만 난 그녀가
자신의 자서전에 변화를 주기 위한 것이라는 걸 안다

—박남희 「머리카락의 자서전」(2009)

거리로 난 창을 조금 열어놓고 가위를 집어 든다.
흰 손가락 지나가는 자리 꽃잎들 지루한 식탁 위로 떨어지고 햇빛,
치렁치렁한 머리카락을 지나 다리 사이에 축 늘어진 그림자를 만든다.
(중략)

머리카락   193

시든 햇빛을 쓰레기통에 쑤셔 박고 거울 앞에 서 있는 그녀,
　　어두운 식탁을 휘장처럼 덮고 있는 머리카락 무쇠가위로 싹둑싹둑 잘라낸다.
　　식어버린 밥을 씹으며 목발을 집고 식탁 위를 걸어가는 여자의 등 뒤에서 나무뻐
꾸기 울음 새어나온다.

—이기성 「꽃집 여자」(2004)

　　모자를 벗다가 핑킹가위로 앞머리를 자릅니다 책을 읽다가도 거울 앞으로 달려
갑니다 두 눈을 할퀴는 앞머리를 자릅니다 잠을 자면서도 꿈을 할퀴는 앞머리를
자릅니다 (중략) 우두커니 양철가위로 앞머리를 자릅니다 꿈꾸는 밤마다 가위에
눌리지 않으려고 불철주야 이마를 가위에 눌리며 싹둑싹둑 거울 없이 거울도 없이
나풀나풀 앞머리 없이 앞머리도 없이

—이민하 「가위놀이」(2008)

6.9. 헤어스타일의 변형, 탈주(脫走)의 체현

　　머리카락은 다른 신체 부위에 비해 쉽게 변화시킬 수 있는 부분이다. 소소한
변화일지라도 헤어스타일의 변화는 여성의 몸에 대한 주체적 인식과 도구화된
감각을 잘 드러낸다. 여성은 자신의 머리카락을 통해 육체적 자율권을 행사하
여 주변 환경을 변화시킬 수 있다는 자신감을 얻는다. (박완서 『살아 있는 날의
시작』, 정이현 「위험한 독신녀」) 미 군정기를 배경으로 하는 양공주 파마나 염색에
는, 불우한 시대의 가난한 여성이 내몰린 퇴폐적 자학이라는 관점과 무기력하
고 비주체적인 상황에서 발휘되는 최소한의 자율권이라는 관점이 갈등적으로
제시된다. (오정희 「유년의 뜰」, 「중국인 거리」) 특히 늙고 쇠한 몸에 얹혀진 불파마
는 그 최소한의 자율권도 불가능함을 역설하면서 여성의 비주체적 현실을 비판
한다. (박완서 「부끄러움을 가르칩니다」)

　　때맞춰 야미 파마장이가 집집마다 찾아다니며 계집애들을 꼬여서, 머리에 고약
한 냄새가 나는 약을 칠하고 돌돌 말아 숯이 든 쇠집게로 집어놓더니 고실고실
볶아났다. 그 시절에 한창 유행하던 불파마였다. 파마하다가 머리통이 군데군데

데는 것쯤은 약과였다. (중략) 타관에서 하나 둘 양색시들까지 모여들기 시작하자 이 동네는 점점 기지촌의 면모를 갖추어갔다. 그러자 불파마로 머리를 볶은 처녀들 사이에 급속도로 화장법이 보급되었다. (중략) 어머니의 신경질은 하루하루 더해갔다. 동생들 대신 나를 심히 들볶았다. 어느 날 느닷없이 파마장이를 데려오더니 나보고도 그 불화로를 뒤집어쓰는 불파마를 하라고 종주먹을 댔다. 그러나 아무리 해도 내 고집을 꺾을 수 없게 되자 어머니는 한바탕 욕지거리를 하더니 홧김에 자기의 트레머리를 뚝 끊어버리더니 불화로를 뒤집어쓰고 머리를 볶았다.

가난과 굶주림으로 가뜩이나 새카맣게 말라비틀어진 얼굴에 고실고실 들고 일어나 새둥우리가 된 머리가 덮치니 그 꼴이 말이 아니었다. 그것만으로도 넉넉히 비참의 극인데, 어머니는 게다가 화장까지 시작했다.

—박완서 「부끄러움을 가르칩니다」(1974)

집으로 돌아온 첫날 그녀는, 들창으로 불룩한 가슴까지 들이밀며 오빠에게 스스럼없이 물었다. 오빠는 목덜미까지 시뻘개졌다.

멋을 부려, 반짝이는 헝겊으로 파마머리를 질끈 묶고 얼굴에 보얗게 분가루를 얹힌 서분이는 열여덟 살이었다.

—오정희 「유년의 뜰」(1980)

깜짝 놀랄 눈요기가 되어 두고두고 화제를 뿌릴 만한 작품구성에 은근히 골몰하던 중 야경 속의 분수가 영감을 준 것처럼 그 여자는 올올이 곤두선 기발한 머리모양을 생각해 냈다. 윤곽이 곱고 콧대가 오만한 여자의 머리를 올올이 곤두세워 끝은 분수처럼 자유로 흩어지게 하리라. 어떻게 곤두세우느냐 하는 실질적인 문제는 나중 생각하기고 하고 우선 그 작품에 이름 먼저 붙였다.

마리 앙트와네트 — 하나쯤 이런 이국적인 이름을 붙이는 것도 나쁘진 않으리라. 분수처럼 허황하고 분수처럼 분방한 머리모양에다 여자의 허구를 가장 높이, 가장 화려하게, 그 극치까지 쌓아올렸던 여인의 이름을 붙여보자. //

그 여자의 투박한 손에 섬세한 감성이 전류처럼 흘렀다. 그러나 확신을 가지고 연필을 잡았을 때와는 달리 그 여자는 점점 의기소침해졌다. 그 여자가 마리 앙트와네트라고 명명한 머리는 그 여자의 이미지 속에서만 여왕의 머리지 스케치북에 옮겨지자마자 괴기한 미친년의 머리로 변했다.

—박완서 『살아 있는 날의 시작』(1979)

품이 헐렁한 청재킷과 청치마, 드라이어로 한껏 세운 뒤 헤어스프레이를 뿌려 닭 벼슬처럼 빳빳하게 고정시킨 앞머리, 발목까지 올라오는 흰색 캔버스천의 농구화까지.

양채린은 우리가 마지막 만났던 1989년의 모습 그대로, 내 앞에 나타났다. //

롤 빗으로 앞머리를 둥글게 말고, 그 위에 헤어드라이어를 가져다 댄다. 뜨거운 열이 이마 위로 쏟아진다. 높이 세워진 머리칼을 손가락으로 살살 빗어 넘기면서 헤어스프레이를 힘껏 뿌린다.

－정이현 「위험한 독신녀」(2004)

6.10. 노년의 흑발, 꿈틀대는 욕망

현대소설에서 노년의 흑발은 그로테스크하고 불안한 성적 상징이다. (공선옥 「몸을 위하여」, 천운영 「숨」) 노년에 움트는 흑발은 제도화된 시선에 맞서는 불온한 욕망이며 억압적 권력에 대항하는 힘이다. 그러나 백발을 흑발로 염색하는 행위는 위장이며 가식이다. (오정희 「별사(別辭)」, 함정임 「곡두」)

현대시에서 백발과 흑발의 변용은 욕망의 이중주를 드러낸다. 인생의 어느 한 시절에 대한 가장 간절한 기억을 소유하려는 욕망은 '붉은 비단주머니'에 머리카락을 모아두거나 누군가의 머리카락을 지니고 있는 행위로 표현된다. 노년의 여성은 자신의 젊은 날을 되찾으려는 욕망을 기억할 때 마치 회춘하듯 흑발을 다시 갖게 되거나, 허연 머리카락 속에서도 '풀잎' 같았던 자신을 잊지 못하며, 검은 머리카락이었던 시절을 간절하게 상상하면서 흑발의 환상에 빠진다. (김수영 「오동나무 장롱 2」, 이영주 「라푼젤」, 최정례 「늙은 여자」, 김언희 「말라죽은 앵두나무 아래 잠자는 저 여자」, 노혜경 「캣츠아이－미장원 처녀」)

정옥은 마당으로 내려서는 어머니를 힐끔 보다가 고개를 돌려 배시시 웃었다. 구름 무늬 분홍빛 원피스와 실로 얼금얼금 엮은 여름 가방으로 한껏 멋을 낸 어머니의 얼굴이 화장기로 화사했던 것이다. //

어머니는 양산을 펴들며 눈살을 찌푸려 해의 방향을 가늠했다. 빈틈없이 염색된 어머니의 머리털은 햇빛에 검푸르게 빛나며 한 올의 흐트러짐도 없이 가발처럼 견고했다.

－오정희 「별사(別辭)」(1981)

상할머니의 풀어헤쳐진 머리가 지난번보다 검다. 영훈이가 더운 김을 내며 속삭인다.

"저 봐, 머리카락이 검어지고 좀 있으면 이도 날 거야."

—공선옥 「몸을 위하여」(1996)

그녀의 몸은 천년을 견뎌낸 미라 같다. 풍성한 육감을 가진 반백의 머리털만이 그녀가 살아 있음을 주장하고 있다.

그녀는 느슨하게 땋아 내린 머리 모양으로 여든을 넘기고 있다. 뒷목에서부터 등뼈를 따라 엉덩이까지 내려온 머릿다발은 늙은 수사자의 푸석한 갈퀴 같기도 하고 소의 휘어진 꼬리털 같기도 하다. 머리카락을 따라 머리통으로 시선을 옮겨 조금만 세심히 들여다보면, 정수리에서부터 새카맣고 윤기 흐르는 머리털이 나오고 있음을 알 수 있다. 늙은 그녀의 머리통에서는 검은 머리카락이 새치처럼 솟구치는 중이다.

좁은 어깨를 가리고 있는 머리털 속에는 도드라진 등뼈가 숨겨져 있다.

—천운영 「숨」(2000)

왜 어머니라 하지 않고 노인이라고 부르냐? 그는 종종 그녀에게 놀리듯 물었고, 그녀는, 내가 태어났을 때 이미 노인이었어요, 라고 진지하게 대답했다. 그녀는 태어났을 때 노인의 나이는 그러나 겨우 삼십 세였다. 결국 그녀가 생모를 다른 어머니들과 구분할 나이가 되었을 즈음, 그러니까 그녀가 열서너살이 되었을 때에도 노인은 그다지 노인이 아니었다. 다만 머리가 백발이었다. 기억력 문제라고 노인은 믿고 있었다. 노인에 관한 한 그녀가 기억하는 가장 오래된 것은 하얀 사기그릇에 시커멓게 염색약을 풀고 장시간 정성껏 염색하는 장면이었다. 언제부터 어머니를 노인이라고 부르기 시작했는지 정확하지는 않아도 염색하는 뒤통수를 대고 한 것은 분명했다. 그것은 어미에 대한 알 수 없는 대결감, 방향감의 표출이었으나, 이제 와서는 반항감보다는 연민이 더 큰 배후막을 치고 있었다.

—함정임 「곡두」(2005)

한때 아기였기 때문에 그녀는 늙었다
한때 종달새였고 풀잎이었기에
그녀는 이가 빠졌다
한때 연애를 하고
배꽃처럼 웃었기 때문에

더듬거리는
늙은 여자가 되었다
(중략)
몇가닥 남은 허연 머리카락은
그래서 잊지 못한다
거기 놓였던 빨강 모자를

─최정례 「늙은 여자」(2001)

싸르룽거리며 바늘이 들어가는 그 바늘쌈 속에는 불가사리 먹지 말라고 할머니가 넣어둔 할머니의 어머니 머리카락이 있다. 반짇고리 옆에는 염주 바구니가 있다. 바닷속에서 몇백 년 동안 자란 나무뿌리를 깎아 만들었다는, 비만 오면 손바닥에 쩍쩍 들러붙는 염주는 할머니의 손때가 묻어 이제 검은빛에 가깝다. 서랍 안에는 입지 않는 공단저고리와 비단치마들이 들어있고, 아랫서랍 맨 안쪽의 붉은 비단주머니에는 할머니가 새벽마다 참빗으로 머리를 빗고 한 올씩 모아둔 머리카락이 들어 있다.

─김수영 「오동나무 장롱 2」(2000)

말라죽은 앵두나무 아래 잠자는 저 여자는 아직도 죽지 않았다 양 한 마리가 무릎을 꿇은 채 여자의 잠속을 절룩절룩 걸어다닌다 도끼에 찍힌 자국들이 헐벗은 사타구니처럼 드러나 있는 앵두나무 저 여자는 언제 죽을까 죽은 앵두나무 아래 죽을 줄 모르는 저 여자 미친 사내가 도끼를 들고 다시 등뒤에 선다 미래의 상처가 여자의 두개골 속에서 시커멓게 벌어진다 앵두나무 죽은 앵두나무 말라죽은 앵두나무 도랑을 가득 채우고 흐르는 것은 검은 머리카락이다

─김언희 「말라죽은 앵두나무 아래 잠자는 저 여자」(2000)

그녀는 거울에 비친 자기 모습을 보지 않는다. 그녀의 거울 속엔 지하실이 있고, 그 지하실 낡은 찬장 속엔 우리가 만들고 잊어버린 수많은 얼굴들이 있다. 아직도 머리카락이 자라나는 그 아름다운 소녀의 얼굴. 복숭아빛 뺨에 어울리는 둥근 타래머리를 하고 싶어요. 공주처럼 머리를 높이높이 올리고 싶어요. 사내아이처럼 앞머리를 자르고 싶어요. 거울 앞의 작은 소원들을 숙이의 거울은 하나도 남김없이 기억해둔다. (중략) 그녀의 손끝 아래서 늙은 여자들의 메두사 같은 머리가 안식을 얻는다. 고생을 모르는 손은 그 뱀들을 만질 수 없다. 오직 그녀만이 뱀들이 노래 부르게 만들 수 있다.

─노혜경 「캣츠아이─미장원 처녀」(2005)

식탁 앞에 앉은 노파는 말없이 울지도 않는 자. 부쩍 눈이 없어지고 말은 흘러간
다. 그것은 단 한 번의 붕괴였어요. 모든 병을 이기고 돌아앉은 얼굴에 자갈이
박힌 때. 잔디기계에서 부동액이 흐를 때. 마지막으로 흘린 핏방울이 짧은 순간
굳어버린다. 이제 이별할 사람이 생겼으면 좋겠네요. 모두가 떠나가지 않고 이
바닥에 누워 있다. 백발이 사라지고 흑발이 자라난다. (중략) 그녀는 말없이 바다로
들어가 고래가 되려는 때. 수챗구멍의 머리카락을 빼내지 않은 날이 없었어요.
단 하루도 구멍을 가로지르는 뼈의 형상을 놓친 적이 없지요. 흑발이 둥글게 둥글
게 뭉친다.

—이영주 「라푼젤」(2010)

7
손과 발

    손과 발은 인간 육체의 가장 말초적인 부분인 동시에 가장 중심적인 부분이다. 육체의 어느 부분보다 많은 기능과 노동을 수행하는 일상적인 몸이면서 동시에 성적인 상징성을 지닌 에로틱한 몸이기도 하다.

    '손'은 의사소통의 도구일 뿐 아니라 보호, 창조, 축복, 약속, 가르침, 소유, 힘, 능력 등의 의미를 지니면서 다양한 관용구를 통해 일상적인 의미로부터 신성한 의미에 이르는 다양한 함의를 지닌다. '발'은 보행과 운동과 활동의 의미를 지니면서 균형, 여행, 자유의지 등을 상징한다. 손과 발은 접촉과 애무를 가능하게 하는 몸으로서 관능성을 드러내기도 하는데, 이 가운데 전족은 여성의 발을 묶어 성적으로 도구화하는 탐미적 폐풍의 예이다.

    특히 손은 교감과 소통을 드러내는 은유로 자주 표현된다. 손을 잡다, 손을 쥐다, 두 손을 맞잡다 등은 공감을 드러내거나 정신적인 연대와 결속을 다짐하는 행위이다. 손은 정서와 마음을 가장 직접적으로 표현할 수 있는 몸인 동시에, 우주와 교감할 수 있는 전지전능한 몸이기도 하다. 특히 여성들끼리 맞잡은 손은 여성들의 지난한 삶을 공유하는 데서 오는 연대의식을 의미한다. 손으로 어루만지거나 쓰다듬는 행위는 우호적이고 긍정적인 소통을 의미하며, 손을 놓치거나 서로의 손을 잘 알지 못하는 것은 불안한 관계를 예고하거나 서로의 존재를 부정하는 뜻이 되기도 한다.

    고전문학에서 여성의 손은 솜씨를 발휘하는 뛰어난 감각과 재능을 의미한다. 음식솜씨, 의복을 짓는 기능적인 일뿐 아니라 그림 그리기나 글씨 쓰기, 바둑 두기 등에서 발휘되는 재능이 손을 통해 표현되며, '섬섬옥수'의 감각성, 경쾌하고 날랜 손놀림, 여성만의 고유한 능력을 발휘하는 자부심 등이 손으로 묘사된다.

    손과 발은 고단한 삶의 증표가 되기도 한다. 희고 부드러운 손은 여성의 거친 삶 속에서 함께 거칠어지면서 가사와 노동의 고단함을 각인한다. 육체와 정신의 고난이 새겨진 굵은 손마디를 찬양하는 것은 여성의 희생적인 삶과 모성을 칭송하는 것과 유사한 발상이다. 신발에 묶인 발과 굽어진 발가락은 여성의 자유로운 욕망과 성장을 가둔 억압의 상태를 의미한다. 여성의 발은 자유와 질주를 생생하게 기억하고 있지만 묶이거나 벗겨지거나 발에 맞지 않는 작은 신발에 갇힌 채 기형적인 발이 되어 여성의 삶을 가둔다.

    손과 발은 관능성을 발현하는 육체이기도 하다. 여성의 옥같이 가늘고 흰 손이나 매끈한 발은 상대방을 유혹하는 에로틱한 육체이며, 특히 손가락 깊숙이 손을 잡는 것은 육체적인 사랑을 욕망하는 행위를 뜻한다. 몸에 고인 언어가 손가락 끝으로 흘러나와 시 쓰기로 이루어지는 감각적인 상상을 관능적으로 묘사하기도 한다.

손과 발은 다양한 의미를 함축하며 성적인 상징으로도 사용되어 왔다. '손'은 무수한 표현을 통해 다양한 종류의 손짓을 보여주면서 제각각 풍부한 다른 의미를 지니고 있다. 손은 의사소통의 도구일 뿐만 아니라 보호, 창조, 축복, 권능, 약속, 강인함, 가르침 등을 나타내기도 하고 손을 '갖다 댐'으로써 몸과 마음을 치유하는 능력을 가진 것으로 간주되기도 한다. 또, 사람을 만나 악수를 하고 손을 잡음으로써 상대방에 대한 지지와 의지, 도움의 손길을 표현하기도 한다. 한편, '발'은 문화인류학적으로 오래전부터 성적인 의미를 나타낸다고 보았다. 발의 노출, 크기, 발목의 모양 등은 성적 상징을 나타내기도 한다. 손과 발, 그리고 그 움직임들은 상징으로 가득하며 여러 문화에서 관련된 어휘와 표현들을 통해 다양한 의미를 드러내고 있다.

손 관련 어휘의 변화 손은 과거로부터 현재에 이르기까지 그 어형이 변하지 않았다.

물 우흿 대버믈 흔 소느로 티시며 싸호는 한쇼를 두 소내 자브시며 (『용비어천가(龍飛御天歌)』(1447))

손ᄋ로 싯ᄅ싫 제 (『월인천강지곡(月印千江之曲)』上(1449))

羅睺羅이 소늘 자바 (『석보상절(釋譜詳節)』(1449))

如來 손ᄋᆯ 내샤 (『월인석보(月印釋譜)』(1459))

이밖에 손 관련어로 아래와 같은 어휘들이 있다.

손ᄀ락(손가락)
어믜 병의 손ᄀ락글 근다 (『동국신속삼강행실도(東國新續三綱行實圖)』孝(1617))

손돕(손톱)
손돕 발돕 버히라 (『가례언해(家禮諺解)』(1632))

손목

손목 완:腕 (『훈몽자회(訓蒙字會)』 上(1527))

손바당, 손ㅅ바당, 손ᄲᅡ당(손바닥)

손바당을 세 번 젼반으로 티ᄂᆞ니라(手心上打三戒方) (『두시언해(杜詩諺解)』 중간본 上(1632))

손바닥 쟝(掌) (『유합(類合)』 上(1664))

손ᄲᅡ당 티다(打手掌) (『역어유해(譯語類解)』 下(1690))

손발

忍辱仙人이실ᄊᆡ 손발ᄋᆞᆯ 바히ᅀᆞᄫᆞ나 (『월인천강지곡(月印千江之曲)』 上(1449))

손발가락

손발가라ᄀᆞᆫ 微細ᄒᆞᆫ (『월인석보(月印釋譜)』(1459))

손발ㅅ금

손발금 손발ㅅ금:手足紋 (『한청문감(漢淸文鑑)』(1779))

손범아귀(손아귀. 범아귀)

손범아귀:手虎口 (『역어유해(譯語類解)』 上(1690))

손벽티다(손뼉치다)

손벽티고 닐오ᄃᆡ (『계축일기(癸丑日記)』(1613))

손ᄆᆞ락, 손가락, 손ᄭᅡ락

어믜 병의 손ᄆᆞ락글 귿다(母病斷指) (『동국신속삼강행실도(東國新續三綱行實圖)』 孝(1617))

손가락 지(指) (『유합(類合)』 上(1664))

손ᄭᅡ라고로 다가(將指頭) (『두시언해(杜詩諺解)』 초간본 上(1481))

손구ᄇᆡ(손목)

환도ᄅᆞᆯ 손구ᄇᆡ에 언ᄭᅩ(閣刀手腕) (『무예도보통지(武藝圖譜通志)』(1790))

손ᄉᆞᆷ, 손ㅅ금(손금)

손ᄉᆞᆷ에 키(手簸箕) (『역어유해(譯語類解)』 上(1690))

손ㅅ금(手紋) (『동문유해(同文類解)』上(1748))

손ㅅ래(손사래)
아모말도 아니코 안자시니 손ㅅ래도 더디며 오락가락ㅎ더라 (『계축일기(癸丑日記)』(1613))

손 관련어의 의미는 현대에 와서 손이라는 어휘에 통합된 양상을 나타낸다. 다음은 손의 현대 국어에서의 사전적 의미이다.

  1. 사람의 팔목에 달린 손가락과 손바닥이 있는 부분
  2. 인체의 좌우의 어깨로부터 나온 부분
  3. 손가락
  4. 손바닥
  5. 덩굴손
  6. 사람의 손과 같이 활약한다는 뜻에서 일할 수 있는 사람 또는 품
  7. 기술
  8. 교제
  9. 수완
  10. 손버릇
  11. 주선. 돌봐 주는 일.
  12. 물건에 대한 아량. 손을 쓰는 품.
  13. 마음씨.
  14. 기회 또는 시기.
  15. 소유나 권력의 범위

  손은 그 기능이 매우 다양하여 인체기관 중 가장 요긴한 부분이다. 이러한 기능상의 다양성과 중요성은 신체어로서의 다의성을 함의하게 하였고 다양한 관용구를 형성하게 하였다. 손과 관련한 관용구는 '소유, 받음, 기능, 힘이나 능력' 등과 관련된 것들이 많은 한편 '손을 대다'는 '성 관계를 갖다'는 의미로서 여기에 손의 의미는 성적인 표현이라고 할 수 있다. 성적인 결합을 '손'이라는 신체어를 사용하여 우회적으로 표현한 것으로 볼 수 있다.
  손의 사전적 정의와 관용구에 보이는 손의 의미는 손이 하는 행위와 관련이 있음을 알 수 있다. 따라서 손과 손의 행위를 나타내는 '손짓', 그리고 이의 동

사형 '손짓하다' 등은 그 의미에서 공통성이 드러난다.

말의 효과를 높이기 위한 몸짓과 손짓 등의 신체 언어를 의미하며, 제스처 언어(gesture language)라고도 하는 몸짓 언어의 일부이다. 상대방에게 자신의 의사감정을 전달할 수단으로 보통은 언어를 사용하지만, 상대가 보여도 공간적으로 목소리가 닿지 않는 경우, 또는 신체적인 장애로 말을 할 수 없는 경우에는 말 대신 얼굴 표정, 손짓, 몸짓을 이용한다. 『표준국어대사전』의 '손짓'과 관련한 정의와 예문은 다음과 같다.

1. 손을 놀려 어떤 사물을 가리키거나 자기의 생각을 남에게 전달하다.
   그들은 다른 배에 있는 동료들에게 도와 달라고 손짓하였다.
   선생님께서 나에게 오라고 손짓하셨다.
2. 말로 하여서는 부족한 감정이나 정황을 손을 놀려 표현하다.

손짓이라고 하는 행위는 말로 충분히 표현하지 못하는 부분에 대해 생각, 감정, 정황 등을 손을 움직여 표현하는 것이라고 할 수 있다. 그렇기 때문에 일찍이 청각적 통로를 통해 의사소통을 할 수 없는 사람들에게는 손짓에 의한 수화가 만들어졌고, 일반인이 사용하는 음성언어에 의한 어휘와 같은 언어 정보를 전달해 준다.

천국에서 뻗어 나오는 손은 대개 '신의 손'을 묘사한 것이다. 신의 왼손은 정의를, 오른손은 자비를 나타낸다. 이는 창조와 보호의 손이지만, 만약 신의 법에 순종하지 않으면 징벌하는 손으로 변한다. '함싸 손(Hamsa hand)'은 손의 상징으로서 함싸 또는 하메시(Hamesh)로 잘 알려져 있는데, 유대인과 무슬림들이 사악한 눈으로부터 자신을 보호하기 위한 부적으로 이용한다. 이집트 창조의 신(Creator gods) 프타의 손과 크눔의 손은 창조력의 상징으로 프타는 하늘과 땅을, 이 그림의 크눔은 사람을 창조했다. 문장학에서 투구나 방패 장식에 나오는 손은 신념, 성실, 정의를 맹세하는 것이며, 오른손 두 개를 합치는 것은 통합과 동맹을 나타낸다.

또한, 쭉 펴진 손은 태양신을 나타내기도 한다. 손 씻기는 결백과 순수를 암시하는데, 이는 빌라도가 예수를 심판하고 나서 무리 앞에서 손을 씻은 행위에서 유래한다. 손을 깨끗이 한다는 것은 청결하고 순수한 영혼을 나타낸다.

묘비 위의 손(Hands on gravestones)은 다양한 의미를 갖는다. 먼저 악수하는 것은 지상과의 이별, 위를 가리키는 손가락은 천상의 희망, 화살을 꽉 붙잡고 있는 것은 필멸, 부서진 사슬 위로 맞잡은 손은 가족의 상실을 뜻한다. 소맷자락에 숨긴 깍지 낀 손(Clasped and hidden hands)은 중국에서 유래했는데, 두 손을 깍지 끼는 것은 종종 긴 소맷자락에 가려져 있지만 결국 존경과 온유함을 나타낸다. 이러면 공격하는 데 손을 사용할 수 없기 때문이다. 손바닥을 모아서 두 손을 올리는 것은 일종의 인사 격식으로서 역시 존중을 상징한다.

발의 의미 사람이나 동물의 다리를 뜻하는 '발'은 15세기 옛 한글 문헌에 '발'의 형태로 처음 나타나는데, 형태 변화 없이 '발'의 형태가 현대국어에까지 내려왔다. 18세기부터 20세기 자료에는 '볼'의 형태가 나타나기도 한다. 이것은 이 시기에 'ㆍ'가 'ㆍ〉ㅏ'의 변화를 겪었기 때문에, 즉 'ㅏ'와 'ㆍ'가 발음이 같았기 때문에 나타나는 과도교정된 표기이다.

> 손 발 펴ᄇ리고 주근 것ᄀ티 그우드러 이셔 (『석보상절(釋譜詳節)』(1447))
> 반 볼 (『한청문감(漢淸文鑑)』(1779))
> 어머니를 부르면셔 볼을 동동 구르다가 난듸 업ᄂ 철환 흔 기가 너머오더니
> (이인직 『혈의 누』(1907))

발은 사람이나 동물의 다리 끝에 달려서 땅을 딛는 부분을 가리키지만 가구 따위의 밑을 받쳐 균형을 잡고 있는, 짧게 도드라진 부분을 뜻하기도 한다. 이것은 발의 의미가 유정물에서 무정물로까지 확대된 것이다.

이처럼 발은 사람의 신체부위 가운데 가장 아랫부분에 위치한 것으로 이와 같이 발이 갖는 운동성과 활동성이라고 하는 특징은 '발 벗고 나서다, 발에 채다' 등과 같은 관용어구를 만들어 내며 '적극적으로 나서다, 여기저기 흔하게 널려 있다' 등의 의미를 갖게 했다. 불교에서는 부처가 남겼다고 주장하는 발자

국을 숭배했는데 발은 균형, 땅, 여행을 상징하며 사람이 다녀간 길을 표시함으로써 자유의지를 상징한다고 보았다.

발의 문화적 함의 여성의 발과 다리는 예전부터 성적인 것을 연상하게 했다. 문화인류학적으로 많은 민족에서 여성 발 크기와 성기를 연결시키기도 하고 다산의 징후로 여기기도 했다. 그렇기 때문에 '작고 예쁜 발'에 대한 선호가 문화에 따라 나타나며 큰 발을 내보이기 싫어하는 풍습이 생겨났고 '발을 크다'고 표현하는 행위는 지양되었다.

이러한 여성의 '작고 예쁜 발'에 대한 관념은 중국에서 '전족(纏足)'이라고 하는 풍습을 만들어냈다. 14, 15세기 중국에서 여성의 발은 중요한 성적 유희물이었고, 발이 작으면 작을수록 좋다고 하는 관념이 생겨났다. 전족이란, 중국의 옛 풍습의 하나로 여자의 엄지발가락 이외의 발가락들을 어릴 때부터 발바닥 방향으로 접어 넣듯 힘껏 묶어 헝겊으로 동여매어 자라지 못하게 한 일이나 그런 발, 혹은 묶은 발을 의미한다. 3~6세에 가로 10cm, 세로 2~2.5m의 헝겊을 발에 동여매고 엄지발가락 이외의 발가락을 발바닥 방향으로 접어넣듯 묶어 조그만 신에 고정시켰는데 발뒤꿈치에서 발끝까지 약 10cm가 이상적이라고 하였다. 전족으로 인해 발은 자라지 못하고 고통도 심하여 바로서지도 못하고 걷기도 어려웠다. 걷는 모습도 발끝으로 서서 걷는 모양이 되고, 자세도 허리 부분이 튀어나와 발걸음이 불안정했다. 이런 기이한 풍습을 미화해 '금련(金蓮)' 혹은 이 '서련(瑞蓮)' 등으로 불렀으나 이것은 규방에서 여성을 완구로 만들어 쾌락을 느끼려고 하는 탐미적 폐풍(弊風)의 예라고 할 수 있다.

7.2. 교감과 소통, 손 맞잡기

손은 가장 전지전능한 육체라고 할 수 있다. 인간의 육체 중에서 손은 가장 직접적이고 구체적으로 마음을 전하고 표현할 수 있는 몸인 동시에, 전 우주와 교감할 수 있는 거대한 몸을 상징하기도 한다. 또한 여성들이 서로 손을 맞잡는 행위는 정서적 교감과 소통을 상징한다. 여성들끼리 맞잡은 손은 여성의 삶을 공유한 데서 오는 연대의식을 의미한다.

고전소설에 등장하는 인물들은 진심을 토로하는 대화를 나눌 때 상대의 손을 잡는 경우가 많다. 형제나 자매 또는 오누이 간이든 부모와 자식 및 친구 간이든, 내외를 해야 하는 남녀 간이 아니라면 손을 맞잡고 이야기를 나누며 자신의 진정을 토로한다. 이 가운데 특히 고난에 처한 여성인물들을 위로하는 장면에서 여성들끼리 마주 잡은 손은 말로 전하지 못하는 진실된 마음을 전달하고 있어 여성들 간의 교감을 두드러지게 드러낸다. (「소현성록」, 「조씨삼대록」) 또 규방가사에는 각기 다른 곳으로 시집을 가서 자주 볼 수 없는 동무들끼리 오랜만에 만나서 맞잡는 손, 일상의 삶 속에 갇혀 있다가 화전놀이를 즐기며 여성들끼리 마주 잡은 손이 등장한다. (「동유리별가」, 김옥희 「소회가」, 이씨 부인 「애향곡」) 이렇듯 손 맞잡기는 여성들 사이의 교감과 소통을 드러내는 행위로서 말로 전하는 마음 이상의 위로나 삶의 활력을 의미한다.

현대소설에서도 악수와 손가락걸기처럼 손을 잡는 행위는 정신적인 연대와 교감 혹은 약속을 가시화한다. (신경숙 「풍금이 있던 자리」, 『어디선가 나를 찾는 전화벨이 울리고』, 한강 『바람이 분다, 가라』) 손이 인간관계의 신뢰와 약속을 의미하는 만큼, 손잡기를 거부하거나 손을 뿌리치는 행위는 상대방의 존재를 부정하는 의미가 되기도 한다. (강경애 「어둠」) 한편 손은 인간 노동을 구현하는 가장 물질적인 부분으로서 육체와 정신의 원형적 화합을 가능케 하는 매개항이다. 그러므로 기억을 재현하는 손의 자연스러움은 원시적이고 본능적인 인류 전반으로 우리를 이끈다. 손이 이처럼 인간 자체를 지칭하는 상징적 의미로 기능한다고 할 때, 손의 도구적 사용을 거부하는 행위는 실존적 항변의 의미를 지닌다. (김형경 「손은 몸으로 돌아가고 싶다」, 김숨 「육(肉)의 시간」)

현대시에서도 손은 가장 말초적이고 섬세한 몸으로, 존재를 진실하게 어루만지고 구체적으로 감각하면서 공감과 소통을 확신하는 매개로 등장한다. 손은 가장 경건하고 숭고한 몸이므로 손으로 어루만지거나 쓸어보는 행위 및 다가오는 손을 맞잡는 행위 등은 정신적인 연대와 교감을 드러내는 몸짓이 된다. 그러므로 손을 놓치거나 서로의 손을 잘 알지 못하는 것은 불안한 관계를 예고하거나 서로의 존재를 부정하는 뜻이 되기도 한다. (정끝별 「물을 뜨는 손」, 나희덕 「손의 마지막 기억」, 천양희 「손」, 신달자 「손」, 고정희 「상한 영혼을 위하여」)

어시의 윤부인이 형부인을 마자 서르 반기며 슬허 그 손을 잡고 쳥누룰 쓰려
왈 그듸의 곳다온 용안과 어딘 덕으로써 익운이 무궁ᄒ야 안즌 방셕이 더울 적이
업ᄉ믈 보건대 ᄆ양 ᄌ녀룰 딕ᄒ야 탄셕ᄒᄆ 거 〃 의 젹덕과 셕부인의 현텰ᄒ미
어이 도로혀 복이 되디 못ᄒ고 슬하의 굿기미 참혹ᄒ고 흔탄ᄒ더니 요ᄉ이ᄂ 운셩
이 그듸로 인ᄒ야 다시 병이 니러나 위퇴홀시 그듸룰 ᄃ려와시니 ᄆ음을 편히
ᄒ고 이에 이시라

—「소현성록」(17세기)

쇼졔 피셕 샤례ᄒ고 몸을 두르혀미 ᄌ연 지극흔 셩효의 신셰룰 싱각ᄒ미 쥬뤼
잠연ᄒ니 양부인이 눈믈을 먹음고 손을 잡고 다시금 살기룰 부탁ᄒ고 쳥뉘 화협의
나리니 졍시 감은각골 사례ᄒ고 교ᄌ룰 대후흔지라 쇼졔 빗업슨 덩의 쥬렴을 업시
ᄒ고 초초흔 힝싀이 반쳡여의 쟝신궁을 효측홀지라

—「조씨삼대록」(18세기)

추풍에 낙엽같이 이곳저곳 혓텨지니 동유야 손을잡아 노치기가 정말실타 앞집
에 형님견심 뒤집에 동생얼골 차홉다 동유들아 이리한번 이별되면 남에개 매인몸
이 출신하기 쉬울손냐

—「동유리별가」(미상)

앙상한 숨속애서 송풍을 마시가며 옥음을 한번토해 명월가를 일창ᄒ니 규중애
뭇친풍유 이만하면 흡족하다 옥수랄 서로잡고 죽송을 힛치면서 일창일화 농담으
로 산머리로 나려올ᅎ 남천을 바라보고 남극성 우러러서 우리쌍친 수성되여 백수
향연 누리시믈 상천긔 앙축하고

—김옥희 「소회가」(1931)

어나봄에 화젼하리 츈삼월 삼진일에 존류산 두견화에 내오거든 화젼하자 섬섬
옥슈 부처잡고 일장정회 풀자하니 어화별서 교자에드니 진퇴가 양난이라 우리할
일 꿈결갓치 내어대로 가잔말고 부모동생 삼사촌을 느린드시 굿게잇고 졔종동유
노든이는 좌우에 버렸난대 칠일은졍 다떨치고 내어대로 가잔말고

—이씨 부인 「애향곡」(미상)

영실이 나는 그대를 떠나서는 한시도 살 수가 없소. 내 손이 가기 전에 그 부드러
운 흰 손이 더러운 환부를 깨끗이 씻어주었고, 그래서만이 내 손은 환부를 꾹집어

알수가 있소. 그 손! 그 이쁜 손은 영원히 내 것이오. //

소리를 냅다 지르고 영실이가 들어주는 기계를 홱 뿌리치고나서 손수 테이블에서 기계를 집어간다. 나가가와는 울상을 하고 영실의 손에서 핀센트를 빼앗다싶이 하여 가지고 그를 밀고 테이블 앞에 다가선다.

영원히 그의 손에서 핀센트를 빼앗는 듯한 이 아픔! 손끝에 짜르르 울리고 가슴에 뜨끔 찔리어 온 전신에 따갑게 퍼지고 있다.

—강경애 「어둠」(1937)

아버지는 그 여자를 정말 사랑했습니다. 아버지는 그 여자가 저녁 설거지를 마치고 들어오면 손크림을 발라주셨지요. 왜 그것만이 유난히 생각나는지 모르겠어요. 저는 아버지의 손과 그 여자의 손이 전혀 스스럼없이 엉키는 것이 꼭 꿈결인 것만 같았어요. 손크림을 통에서 찍어내 그 여자의 손에 골고루 펴 발라주실 때 아버지의 환한 모습을, 그 이후에도 그 이전에도 본 적이 없는 것 같아요. 손. 그래요. 그 시절의 아버지와 그 여자는 손을, 둘이서 있을 땐 늘 손을 잡고 있었던 것도 같습니다.

—신경숙 「풍금이 있던 자리」(1992)

사실, 손은 머리보다 더 많은 것을 기억했다. 막상 윷을 잡으면 그것을 어떻게 모두어 쥐어야 모나 윷이 나오게 되는가를 금방 떠올릴 수 있었다. 팽이채를 쥐면 팽이의 어디를 내리쳐야 그놈이 오래 서 있는지 알 수 있었고, 색종이를 잡으면 그것을 어떻게 접어야 배나 비행기가 되는지 알아냈다. 그건 손의 기억이었다. 형서는 손의 기억을 더 먼 곳까지 떠올리려 애썼다. 맨손으로 곰과 싸우던 조상들의 기억, 맨손으로 불을 만들어내던 인류 처음의 기억, 맨손으로 나무 열매를 따먹던 정글의 기억…… 그것들은 손금과 지문, 손가락을 움직이는 관절들 속에 기억되어 있을 것이다. 형서는 그렇게 믿고 싶었다.

—김형경 「손은 몸으로 돌아가고 싶다」(1995)

나는 여자에게 뜨개질을 가르치기 시작했다. 여자가 무언가 쓸모 있는 것을 만들어낼 수도 있겠다는 생각이 들어서였다. (중략)

"스웨터에 도전을 해도 되겠는걸요."

나는 칭찬을 아끼지 않았다. 여자는 자신이 완성한 목도리를 목에 감고 털실 먼지 속에서 눈꺼풀만 끔벅거렸다.

털실 먼지가 가라앉은 뒤, 여자는 자신의 손가락을 뚝뚝 분질렀다. 나는 그저 망연히 여자의 행동을 지켜볼 수밖에 없었다. 여자의 무참히 부러진 손가락들이 햇빛 속에 분필처럼 날렸다.

—김숨 「육(肉)의 시간」(2007)

　내 어머니의 손을 닮았던 삼촌의 손을 기억한다. 인주의 집에서 처음 삼촌을
만난 날, 저런 손을 가진 남자도 있구나, 생각하며 놀랐다. 먹이 묻은 손. 음식을
만드는 손. 뜻 없이 인주의 머리를 쓰다듬는 손. 살결이 거칠어 보이는 손. 푸릇한
멍들이 손등에 앉은 손. 무언가를 많이 참아본 사람의 손. 불현듯 내 손을 뻗어
크기와 온기를 재보고 싶던 손. //
　그날부터였다고 생각한다. 그 순간 당신이 내 손을 잡았기 때문이라고 생각한다.
당신의 손의 원소가 내 손의 원소와 같다는 것을 간절하게 실감했기 때문이라고.

—한강 『바람이 분다, 가라』(2007)

　나도 모르게 소파에서 상체를 반듯이 세우고 윤미루를 향해 손을 내밀었다. 윤
미루의 검은 눈이 내가 내민 손을 응시했다. 그가 일어서며 윤미루의 손을 슬몃
쥐었다. 윤미루의 쪼글쪼글한 손이 그의 크고 강인한 손에 잡혔다. 그의 손안이
세상에서 가장 알맞은 장소인 듯 윤미루의 화상 입은 손은 그의 손에 쥐여진 채
보이지 않게 되었다.

—신경숙 『어디선가 나를 찾는 전화벨이 울리고』(2010)

이 손바닥에 잠시 모였다
손가락 사이로 빠져나간다
물이 고였던 손바닥이 뜨거워진다

머물렀다
빠져나가는 순간 불붙는 것들의 힘

어떤 간절한 손바닥도
지나고 나면 다 새어 나가는 것이라고
무연히 떨고 있는 물비늘들

두 손 모아 떠본 적 언제였던가

—정끝별 「물을 뜨는 손」(2005)

나는 청포도 몇 알을 손바닥에 올려놓았다
새 한 마리가 내 손에 내려앉는 순간

그 발톱의 감촉에 놀라
움찔, 포도알을 땅 위에 흩어버리고 말았다
(중략)
가장 정직한 고백을 몸에게서 들었다
더운 피가 도는 짐승의 등을
이 손으로 쓰다듬어본 게 얼마나 오래되었는지
이 손으로 대체 무얼 만지고 살아왔는지
손의 마지막 기억을 찾아
나는 사리스카 숲 속을 오래도록 헤매었다
—나희덕 「손의 마지막 기억」(1997)

자기 손으로 자기 몸을 쓸어내리는 것을
자위행위라고 말합니다만
나의 손은 나의 어머니입니다
내 손이 내 몸의 성감대를 찾아가는 것을
내 손이 내 몸의 흐느끼는 곳을 찾아가는 것을
야릇하게 생각하지 마십시오
오늘도 어머니는
이 세상에 가장 큰 사랑으로
이불을 고르게 덮어주시고
세수를 시켜 주시고
밥을 떠먹이십니다
—신달자 「손」(2007)

고통과 설움의 땅 훨훨 지나서
뿌리 깊은 벌판에 서자
두 팔로 막아도 바람은 불 듯
영원한 눈물이란 없느니라
영원한 비탄이란 없느니라
캄캄한 밤이라도 하늘 아래선
마주잡을 손 하나 오고 있거니
—고정희 「상한 영혼을 위하여」(1997)

당신이 있는 그곳의 모퉁이를 여러 번

꺾지 않아도 어느 저녁은
마음이 거기로 가 여러 숨을 쉬고 오기도 한다

누군가의 손을 잘 알지 못하는 안타까움이
길고 아프고 충분해서

흐려지던 눈앞이 다시 맑아진다

—조용미 「당신의 손」(2011)

7.3. 솜씨의 발현, 감각적인 손

여성 한시문에서 '손(手)'이 등장하는 작품을 찾기는 쉽지 않다. 일반적으로
부엌일이나 바느질 등 여성이 영위하는 일상은 손을 통해 이루어지고 있으나
여성의 일상 자체가 문학적으로 형상화되는 일이 드물었을 뿐 아니라 손이라는
육체의 일부를 통해 여성의 삶을 통찰하는 시선도 찾아보기 어렵다. 이는 여성
의 신체를 드러내는 일을 피했던 성리학적 세계관이 작용한 측면도 없지 않다.
옷을 짓는 여성의 손이 등장하는 한시문은 '가위를 잡고 천을 자르며 마름질한
다'고 표현한다. 옷을 짓는 바느질 행위보다는 가위를 잡고 천을 자르는 모습을
주로 형상화했는데, 이는 여성작가가 차가운 가위에 자신의 슬픈 심정을 비유
한 것이거나 가위가 천을 자르듯 자신의 서러운 심정도 잘라버리고 싶은 마음
을 표현한 것이라 볼 수 있다. (허난설헌 「夜夜曲」, 「遊仙詞-29」)

한편, 상층 여성의 생활이 드러나는 국문장편소설에서는 음식과 의복을 다
스리는 일뿐만이 아니라 그림 그리기나 글씨 쓰기, 바둑 두기 등에서 발휘되는
여성의 재능을 손을 통해 표현하는 예를 어렵지 않게 접할 수 있다. (「유씨삼대
록」, 「조씨삼대록」)

고전시가에서 여성들이 화전놀이에 참가하여 음식 솜씨를 발휘하는 손은 감
각적인 손이다. 음식 만들기를 해내는 여성의 손은 옥으로 깎은 듯 고운 손을
뜻하는 '섬섬옥수(纖纖玉手)'라는 표현을 통해 감각의 섬세함을 두드러지게 표상

한다. 음식을 만드는 손놀림은 경쾌하고 날래며 능숙한 움직임이다. (「규방유정가」, 「화전가 6」, 신승덕 「화전가 1」)

이러한 여성의 손은 여성만의 고유한 능력을 발휘하는 손으로서 여성의 자부심을 표징한다. 손을 통해 표현되는 여성의 재능은 섬세하고 감각적이며 종종 남성을 압도할 정도로 뛰어난 것으로 형상화되고 있다.

> 쓰르라미 소리 애절하고 바람 쓸쓸한데
> 연꽃 향기 스러지고 찬 달만 높이 떴네
> 아름다운 여인은 금가위를 손에 잡고
> 긴 밤 등잔불 돋우며 길 떠날 님의 옷 짓네
>
> 물시계 소리 나직하고 등잔불 가물거리는데
> 비단장막 차갑고 가을 밤은 길구나
> 군복 마르고 나니 가위는 냉기 도는데
> 창문 가득히 파초 그림자 바람 따라 흔들리네
> 蟋蟀切切風騷騷 芙蓉香褪氷輪高 佳人手把金錯刀 挑燈永夜縫征袍
> 玉漏微微燈耿耿 羅幃寒逼秋宵永 邊衣裁罷翦刀冷 滿窓風動芭蕉影
> ─ 허난설헌 「밤의 노래 夜夜曲」(16세기 후반)
>
> 복비가 한가로이 붉은 도포 짓는데
> 하얀 손으로 부지런히 가위를 놀리시네
> 미간에 졸린 흔적 있고 꽃그림자 한낮인데
> 옥황상제 영을 내려 푸른 포도를 내리시네
> 宓妃閑製赤霜袍 素手頻回玉翦刀 眉鎖睡痕花影午 紫皇令賜碧葡萄
> ─ 허난설헌 「유선사(遊仙詞) 29」(16세기 후반)

낭옥 쇼아 등이 필연을 밧드러 압히 나아오매 공쥬 좌간의셔 촉나를 펴고 치필을 잡아 슈셕시 일 슈를 지어 구고긔 진헌ㅎ고 다시 지비 왈 한묵을 희롱ㅎ미 여ᄌ의 도리 아니오나 금일 만년슈샹의 강능을 튝ㅎ오매 엇디 ᄒᆞᆫ 잔 술노뻐 아히 쓰즐 다ᄒᆞ리잇고 시고로 미흔 지조로뻐 ᄂᆞ즌 경셩을 만의 ᄒᆞ나흘 표ᄒᆞᄂᆞ이다 승샹부뷔 뎌의 셩덕녜힝은 아란디 오래나 그 지조는 합문 노쇠 처음이라 셤쉬 동ᄒᆞᄂᆞᆫ 가온디 연운이 니러나 얼픗〃〃 ᄇᆞ람 길히 닉퍼디 듯ᄒᆞ니 깁 우희 샹광이 어리고 붓 긋희 오운이 넘노라 먼니셔 보매 명월쥬 십이 줄이 깁 우희 구으ᄂᆞ 듯ᄒᆞ고 그 글신

줄 아디 못홀디라 승상과 부인이 경황ᄒ여 바다보매 셔긔 비이여 두 눈의 졍긔를
아이미 되니 흔갓 손으로 어ᄅ믄뎌 어린 ᄃᆺᄒ기를 오래 ᄒ다가 좌우를 명ᄒ여
벽샹의 놉히 부치고 졔ᄌ와 일문으로 ᄒ여곰 보라ᄒ니 졔인이 일졔히 텸망흔 즉
문톄의 깁흐미 샹고 적 ᄀᆺᄒ여 요슌의 문댱과 츈츄의 필샥ᄒ시믈 겸ᄒ엿고 필획이
죵왕의 무리를 압두ᄒ여 뇽봉이 교회ᄒ니 만고의 비홀 거시 업고 글이 젹고 ᄉ의
근졀ᄒ디 그 뜻을 알기 어렵고 어려온디라
─「유씨삼대록」(18세기)

샤인이 마지 못ᄒ여 판가의 안ᄌ니 쇼시 슈괴ᄒ믈 이긔지 못ᄒ여 ᄒ니 졍비
애련ᄒ여 이의 쇼왈 가부와 잡기ᄒ미 규문의 졍되 아니나 ᄉ실의셔 스스로 챵슈ᄒ
미 아니라 어룬의 명을 승슌ᄒ미니 현부ᄂᆫ 어려워 말고 승부를 결우라 쇼시 마지
못ᄒ여 샹대ᄒ여 구슬 바독을 희롱홀ᄉᆡ 샤인이 츄월 ᄀᆺᄐᆫ 옥안영치 쇼쇼져 염광을
샹대ᄒ며 셔로 니긔려 ᄒ미 블가형언이라 옥슈를 움죽이ᄂᆫ 바의 긔이흔 묘도를
당ᄒ리 업ᄉ니 샤인이 업슈히 너기다가 두 판을 지고 믈너안ᄌ니 일좨 대쇼ᄒ고
─「조씨삼대록」(18세기)

ᄌ약ᄒ신 져의용이 셕샹광치 도요ᄒ니 셔왕모 요지연에 천상션녀 모히신가 단
아ᄒ신 져태도가 여즁군ᄌ 거룩할샤 대승조 진솔회예 일대명현 모이셨다 후직씨
내신쌀을 어셔밧비 찌어셔라 슈인씨 내신불을 어셔밧비 살라셔라 셤셤옥슈 날낸
슈단 썩한시루 얼른찌니 취식지회 아니어든 물풍키를 취할소냐
─「규방유졍가」(1858)

섬섬옥수 뽑아내여 꺽고따고 무친후에 화중에 붉은실은 꽃싸움에 싸려하고 향
기 맑은 꽃입흔 적꾸어 먹어보자
─「화전가 6」(미상)

산중허리 나려서서 섬섬옥수 날랜솜씨 꽃가지를 홀데잡고 봉실봉실 좋은가지
머리에 꺽어꼽고 그다음에 꽃송이는 옥큼옥큼 뚝뚝따서 종다랫기 채운후에 치마
에 담뿍싸고 맑은샘물 차어갈재
─신승덕 「화전가 1」(1948)

여성의 손에는 가사노동의 고단함이 각인되어 있다. 고전작품에 등장하는 여성의 손은 가사노동으로 인해 거칠어지고 추위로 피부가 터지기도 했으며, 남편의 병상을 지키느라 잠도 못 자고 밤낮으로 애쓰다가 결국 다치기도 한다. (「소현성록」) 규방가사와 시집살이 민요에서 여성의 손은 혼인 후 시집살이의 고단함을 드러내는 증표로 나타난다. 거친 손은 혼인 이전의 부드럽고 하얀 손에서 바뀐 손이며, 혹독한 가사노동으로 인해 마음의 상처를 입은 손이다. (「여자자탄가」, 「강원도 인제 시집살이 노래」) 이 손들은 삶의 모습을 반영하는 표징으로 등장하며, 육체의 고통뿐만 아니라 정신적인 고난이 새겨지고 있다.

현대문학에서도 여성의 노동하는 손과 거친 발은 고단한 삶의 증표이다. 여성의 굵은 손마디와 거친 손에 대한 찬양은 모성을 신성시하는 관습적 상징이자 저마다 비슷하게 희생적인 존재로 살아온 여성 삶의 은유이다. (권지예 「꿈꾸는 마리오네트」, 천운영 「당신의 바다」, 「명랑」, 김애란 「칼자국」, 강영숙 『라이팅 클럽』, 유안진 「맨발」, 박영희 「손」) 따라서 불구가 된 손과 발은 고통을 기억하고 유지하는 매개항이고, 자해한 손은 사랑에 대한 절실함과 맹세를 담고 있으면서 동시에 생에 대한 환멸과 고통에 대한 성찰을 의미한다. (함정임 「병신 손가락」, 한강 『바람이 분다, 가라』, 배수아 『붉은 손 클럽』, 신경숙 『리진』)

현대시에서 신발에 꽁꽁 묶인 발과 굽고 거칠어진 발가락은 여성의 자유로운 욕망과 성장을 전족처럼 묶고 가두는 억압을 의미한다. 여성의 발은 자신 안에 내재한 야생성을 여전히 생생하게 기억하고 있지만, 들판을 내달았던 자신의 자유로운 발에 대한 기억을 거세당하고 맨발로 벗겨지거나 발에 맞지 않는 작은 신발에 갇힌 기형적인 발이 되어버린다. (김승희 「엄마의 발」, 강은교 「헤매는 발들을 위한 노래」, 이진명 「손거스러미의 시간」)

> 이러구러 수일이 디난 후 셕시 샹머리의셔 약을 다ᄉ리다가 칼늘히 손이 듕히 샹ᄒ야 피 흘러 자리의 ᄀ득ᄒ니 거두어 ᄡᅡ미고 약질의 알프믈 이긔디 못ᄒ야 면식이 춘 지 ᄀᄐ되 샹셰 좀 드러시므로 소ᄅᆡ를 아니 ᄒ되 온 몸이 떨녀 졍신이 아득ᄒ니 샹신의 업더여 긔운을 딘뎡ᄒ며 ᄎ마 그 피를 보디 못ᄒ야 시녀를 불너

업시고져 ㅎ디 또흔 못ㅎ더니 샹셰 마츰 씨야 두로혀 누어 눈을 드러 보니 셕시 괴식이 창황ㅎ야 손을 품고 업더엿거늘 문왈 부인이 어디를 불평ㅎ야 ㅎ느냐 셕시 디왈 우연이 실슈ㅎ야 손이 샹ㅎ니 ㅈ연 ㅁ음이 편티 아니ㅎ이다 샹셰 ㅂ야흐로 보니 부인의 〃샹의 피 ㄱ득ㅎ엿거늘 경아ㅎ야 이에 그 손을 보매 믄득 안식을 변ㅎ고 닐오디 엇디 이대드룩 듕샹ㅎ엿느뇨 스스로 몸을 니러 깁을 뫼여 약을 섯거 ㅆ미고 심히 불평ㅎ야 ㅎ더라 셕시 옥슈 샹ㅎ므로브터 좌편 폴이 저리고 브어 임의로 ㅆ디 못ㅎ니 샹셰 지삼 침당의 가 편히 쉬라 권ㅎ되 듯디 아니ㅎ더니

—「소현셩록」(17세기)

지골로 싱장ㅎ여 천역을 엇지하랴 삼복지간 더운째이 안늬의 땀이속고 엄동설흔 친운째이 옥수가 다터진다 물결갓흔 새월이라 숨자식이 번게갓다 바람불고 비올째나 눈이오나 달발근디 촉ㅎ의 안즈노니 고향싱각 간절ㅎ다

—「여자자탄가」(미상)

성님 성님 사춘성님 시즙살이 워떻든가 동상 동상 사춘동상 시즙살이 말도 마라 부엌이라고 들어가니 거무줄이 우룽주룽 쌀독이라고 드레다 보니 거무줄이 우룽주룽 밤새두룩 울구 나니 행지초매 열닷죽이 눈물 콧물 다 처졌네 분찔같은 요내 손이 북두깔구리가 다 되었네 삼단같은 요내 머리 부돼지꼬리 다 되었네

—「시집살이 노래」, 강원도 인제(미상)

그러다가 어느 추운 겨울날 업은 나를 등 위로 추키다가 그만 방죽에 빠트린 것이었다. 그때 내 손은 동상에 걸렸고 열 손가락 중 유일하게 손가락 하나가 얼어서 손톱이 빠져버렸다. 나중에 손톱이 나오긴 했지만 영양이 모라쟜던지 간호가 부족했던지 정상적으로 회복되지 않았다. 병신 손톱 때문에 수치심이 무엇인가를 알기 시작했지만 지금까지 나는 병신이 되도록 내버려둔 엄마나 재경 언니도 원망한 적이 없었다. 아니 병신 손톱에 대해 물어볼 엄두도 내지 못했다. 재경 언니는 큰오빠와 나를 포함한 세 동생들을 위해 기꺼이 여학교를 그만두었고 다니던 학교의 급사가 되었다. 내가 대학을 졸업하고 결혼할 때까지 엄마 못지않게 나를 보살펴준 것은 재경언니였다. 이제 칠순을 바라보는 엄마나 사십 줄에 접어든 재경 언니는 어쩌면 그때 화석처럼 굳어져버린 내 병신 손톱을 아예 잊고 있는지도 모른다.

—함정임 「병신 손가락」(1996)

더러운 행주를 쥐고 있는 내 손을 들여다본다. 손목 근처에 초승달 모양의 덴 자국과 고춧가루가 묻어 있다. 곰장어를 뒤집다가 뜨거운 판에 손목을 데곤 한다.

고춧가루가 묻어 있는 이 손에 붉은 펜자국이 지워지지 않던 날이 었었다. 내 손은
활자들 사이를 활보하면서 하루 열 시간씩 교정을 보았다. 집으로 돌아오는 버스
안에서야 내 눈에 생채기 같은 붉은 자국이 보이곤 했다.

─천운영 「당신의 바다」(2000)

    마르고 건조한 황태를 연상시키는 두 발의 티눈 박힌 발바닥과 발뒤꿈치의 굳은
살엔 화가 났다. 작년에 배낭여행을 다녀간 철없는 막내처제의 말 때문이다.
    "형부, 언닌 하루도 쉬지 않고 발바닥이 부르틀 정도로 과외 땜에 바빠요. 그
흔한 차도 없이. 언니 보면 놀랄 거예요. 돈독이 오른 얼굴이라고요."

─권지예 「꿈꾸는 마리오네트」(2002)

    이반. 만나고 싶어요. 당신이 내 소원을 들어준다면 나는 붉은 손 클럽에 가입하
겠습니다. 나는 부자는 결코 아닙니다만 만약 약간의 돈이라면 드릴 수도 있습니
다. 당신의 주술을 사고 싶군요. 한나
    마지막에는 세 가지 다른 방법으로 서명했다. 면도칼로 손가락 끝에 X자를 긋고
거기서 나온 피로 서명한 것이다. 꼭 그래야만 하는 것은 아니었지만 정체를 알
수 없는 주술을 향해 도취될 준비를 해야 하는 것이다. 상처는 생각보다 깊어서
압박 붕대를 감아도 피가 스며나왔다. 흰 이불과 침대 시트에 피가 떨어졌다.

─배수아 『붉은 손 클럽』(2000)

    나는 노인네 발을 쓰다듬다가 내 벗은 발을 보고 말았다. 짧고 뭉툭한 발가락과
갈라질 대로 갈라진 틈으로 때가 깊숙이 앉은 험악한 뒤꿈치. 발가락 사이사이에
는 무좀과 습진으로 발갛게 생채기가 나 있다.

─천운영 「명랑」(2003)

    내게 칼을 들이댔음에도, 그 칼에 자주 다친 건 어머니 자신이었다. 바쁠 때
혼자 허둥대다 벤 것이었다. 한번 벌어진 상처는 좀체 아물지 않았다. 손에 물
마를 날이 없고 양념 대부분을 맨손으로 쥐어 양은솥에 뿌린 탓이었다. 어머니는
요리와 서빙, 계산, 청소, 설거지를 혼자서 다 하고 있었다. 그래도 돈 모이는
게 신이 나 하나도 힘든 줄 몰랐다 했다. 어느 날, 어머니는 국수를 썰다 손가락
세 개를 한꺼번에 베었다. 어머니는 괴로운 얼굴로 지혈을 하며 계속 국수를 썰고
서빙을 했다. 피는 멈추지 않고 흘렀다. 엄지손톱은 이미 떨어져나간 상태였다.
곧 홀에 나간 국수에서 문제가 생겼다. 하얀 플라스틱 그릇 옆면에 피가 묻은 거였다.

─김애란 「칼자국」(2007)

한 발짝을 내디딜 때마다 잘린 손가락들이 튀어다니며 앞을 가로막았다. 손가락 없는 사람이 할 수 있는 일이 무엇일까를 곰곰 생각해보았다. 인간의 육체는 손으로 이루어진 게 아닐까 싶을 정도로 손 없이는 어떤 일도 자유롭게 할 수 없다는 사실만 새삼 깨달았다.

—신경숙 『리진』(2007)

"사람마다 손톱을 보면 그 인생이 다 드러나요. 우린 그걸 볼 줄 알아야 해. 손님의 친구가 되어주어야 한다니까. 그녀의 고통, 그녀의 꿈, 그녀의 사랑, 그녀의 기쁨, 그런 것들을 손을 보고 다 읽어야 한다고." 그 순간 사장의 눈가에도 그렁그렁 눈물이 맺혔다.

—강영숙 『라이팅 클럽』(2010)

무엇을 신었어도
늘 맨발이었다
맨발처럼 민망스럽고
맨발처럼 당당했다

등뼈가 휘어지도록 반백년을 걷고 걸어
닳고 닳은 발바닥은 못과 굳은 티눈
발톱은 잦아지고 발가락들 일그러져
그물 힘줄 앙상한 발등뿐인 내 두 발아

무엇을 신겨봐도
아직도 맨발이다
맨발처럼 시리다 저리다
맨발처럼 쥐가 난다.

—유안진 「맨발」(1998)

얼굴보다 정직하다, 정직한
침묵으로
말한다

세월 굽이굽이 살아낸
아름다움
비명도 없이, 그렇게

죽어간 시간의
비애.
—박영희 「손등」(1995)

엄마의 발은 안쪽으로 안쪽으로
근육이 밀려 꼽추의 혹처럼
문둥이의 콧잔등처럼
밉게 비틀려 뭉그러진 전족의
기형의 발

신발 속에선 다섯 발가락
아니 열 개의 발가락들이
도화선처럼 불꽃을 튕기며
아파아파 울고
부엉부엉 후진국처럼 짓밟히어
평생을 몸살로 시름시름 앓고

엄마의 신발 속엔
우주에서 길을 잃은
하얀 야생별들의 신비한 날개들이
감옥창살처럼 종신수로 갇히어
—김승희 「엄마의 발」(1989)

조금 컸을 때 나는 내 집을 떠났다. 아무것도 나를 씻어 주지 않아서 점점 나는
더러워졌다. 나는 걷는 법을 배웠다. 누가 내 발에 끊임없이 채찍질해서, 나는
달렸다. (중략) 어느날 나는 별을 바라보면서 울기 시작했다. 내 발은 쉴 곳이
없었다. 걷고 걸어도, 뛰고 뛰어도 아침에 지은 집은 황혼이면 무너졌다. 아직
멀었습니까! 나는 외쳤다.
—강은교 「헤매는 발들을 위한 노래」(1978)

결혼해 애 낳고
외출의 염 어렵사리 내 스타킹 끌어올리는데,
그보다 먼저 막 포장 풀어 발가락 넣으려고 스타킹의 입 벌려보는데
종아리에 입혀 보지도 못하고
나가버리는

손과 발 221

올, 오! 올
마치 가시가 기다렸다는 듯이
달려들어
번번이 끊어 망친 내 매미 날개의
올, 오! 올
모를 일, 모를 일
내 손, 처녀 적 내 이손이 틀림없는데
모를 일, 모를 일
(중략)
손끝 가시, 손톱 결을 둥글게 돌며 돋친
손거스러미, 아스라이
무슨 독인가가 밀어내긴 밀어낸
가슬가슬 손거스러미의 시간

—이진명 「손거스러미의 시간」(2008)

7.5. 관능성의 발현

고전시대 여성들의 의복은 육체 대부분을 감싸고 있었으므로 일상적으로 보이는 부분은 얼굴과 머리와 손이었다. 이 가운데 손은 관능적 의미를 지녔다. 여성의 아름다운 손은 섬섬옥수(纖纖玉手)라 하여 가늘고 부드러워 옥같이 곱다는 의미로 찬사를 받아왔다. 또한 손가락을 파[葱]에 비유하여 파의 희고 가느다랗고 여린 이미지를 여성의 손가락에서 연상하였다. 즉 가늘고 부드럽고 희고 여린 손은 여성의 관능성을 상징하면서 남성을 매혹하는 매개물이 되어왔다. 이 매혹적인 손은 악기를 연주하며 요염함을 뽐내거나, 귤이나 연밥을 던져 상대를 유혹하거나, 고된 잠업(蠶業) 속에서도 남성을 유혹하는 흰 손으로 등장했다. (김삼의당 「龍城 古帶方國也 山川形勝 人物華麗 倣中華名勝地 作八勝覽」 중 〈楊州投橘詞〉·「見陌上採桑女吟」)

고전소설에서도 아름다운 여성의 손은 늘 옥과 같이 희고 가느다랗다. 희고 가녀린 손의 이미지는 여성의 섬세한 감각과 날랜 솜씨를 드러낼 때도 있지만 남성의 눈에는 강한 관능성의 의미를 갖게 된다. (「조씨삼대록」) 남녀의 육체적 접촉에 대한 묘사가 매우 제한적인 고전소설의 경우 남성은 마음에 품은 여성의 손을 잡음으로써 그녀의 육체 전체를 소유하는 것으로 표현한다. 원하지 않았는데 남성에게 잡히는 여성의 희고 가녀린 손은 남성의 완력에 저항하지 못하는 여성 육체의 수동성을 여성의 정체성으로 각인한다. (「현몽쌍룡기」, 「조씨삼대록」)

현대문학에서도 손과 발은 관능적인 몸으로 등장한다. 손과 발은 가장 말초적인 육체이자 서로 맞잡거나 닿을 수 있는 접촉의 매개이며, 일시적으로나마 대상을 소유하여 탐할 수 있는 몸의 일부이기 때문이다. (김현영 「팝콘보다 가벼운」, 권지예 「섬」, 「고요한 나날」, 천운영 「명랑」, 함정임 「소금 한 줌」) 희고 매끈한 손과 발은 맘껏 애무할 수 있고 또한 자신의 욕망을 자유롭게 춤출 수 있게 한다는 점에서 관능적인 몸이다. 특히 손가락 깊숙이 손을 꽉 잡거나 깍지를 끼는 것은 몸을 욕망하는 사랑의 행위를 의미하며 손톱은 여성의 가장 날카롭고 성적인 몸을 의미하기도 한다. (최승자 「사랑하는 손」, 노혜경 「분홍신 신고」, 김행숙 「발」, 이문숙 「발을 씻기다」, 김소연 「만족한 얼굴로」, 이원 「사랑 또는 두 발」)

손가락의 감각은 종종 시 쓰기의 욕망을 관능적으로 표현하기도 한다. 몸에 고인 언어는 손가락 끝으로 흘러나와 시가 되는데, 손가락은 무엇을 가리키는 방향성도 갖기 때문에 자기 욕망의 방향을 스스로 지시하면서 몸으로 글쓰기를 실현하는 여성의 언어가 된다. (진은영 「긴 손가락의 詩」, 문정희 「우울한 손」, 김지녀 「아홉개의 손가락으로 쓰는 편지」)

> 양주의 아가씨 나이는 열네 살
> 파처럼 부드러운 손으로 비파를 배웠네
> 비단 소매는 꾀꼬리 날개를 시샘하고
> 구름같은 머리엔 살구꽃 꽂았네
> 저녁 노을에 가냘프게 난간에 기대 섰으니
> 양주 목사 수레를 잠시 멈춰
> 한번 웃음에 귤 던지며 다투어 자랑하네
> 양주 목사 풍류를 좋아해서
> 밤에 성남 아리따운 꽃 핀 집에 묵어 간다네

楊州女兒年十四 纖指如葱學琵琶 羅衫妬鶯翅 雲鬢揷杏花 落日嬌倚欄頭
楊州牧使暫停車 一笑投橘爭相誇 楊州牧使好風流 夜宿城南桃李家
―김삼의당 「용성은 옛 대방국이다. 산천이 아름답고 인물이 화려하
여 중국의 명승지와 방불하다. 8승경을 보고 시를 짓는다 龍城 古帶
方國也 山川形勝 人物華麗 倣中華名勝地 作八勝覽」 중 〈양주의 귤
던져주는 노래 楊州投橘詞〉(18세기 후반~19세기 초반)

성 남쪽 언덕에서 뽕을 따는데
하늘하늘 하얀 손 어른거리네
소년은 놀라 눈 크게 뜨고
넋을 놓고 한참 바라보네
採桑城南陌 纖纖映素手 少年飜驚目 相看住故久
―김삼의당 「밭두둑에서 뽕 따는 여인을 보고 見陌上採桑女吟」
(18세기 후반~19세기 초반)

　명죠의 쇼제 신당을 니를시 싱이 경대 뒤히셔 문득 글을 지어 왈 거울 가온ᄃᆡ
옥년 ᄒᆞᆫ 줄기 비최니 연성의 보븨로다 ᄉᆡ별 일 ᄡᅡᆼ이 영치 나니 슉인의 안광이로다
셩젼 운빙은 샹셔의 긔운을 무드니 봉내산 치운이오 화협 쥬순이 고은 빗츨 ᄯᅴ엿시
니 의심컨대 션원의 화봉이 동황의 훈화를 마셔도다 십지 셤슈는 초옥을 삭엿시니
계슈 그림ᄌᆞ를 조ᄎᆞ 신션의 장쇽ᄒᆞ니 귀경ᄒᆞ리로다 조시 이 말을 드ᄅᆞ매 분ᄒᆞᆷ믈
이긔지 못ᄒᆞ여 문득 거울을 바리고 안정히 니러나 녜복을 가쵹이 ᄒᆞ고 뎡당으로
향ᄒᆞᆯ시 싱이 읇흘 마가 왈 부인이 무ᄉᆞᆷ 년고로 내 말을 듯고 발연 노ᄉᆡᆨᄒᆞ나뇨
내 비록 용녈ᄒᆞ나 부인의 쇼텬이라 ᄒᆞᆯ 거시오 부인이 비록 놉흐나 인광의 안히라
맛ᄎᆞᆷ내 초쥰ᄒᆞᆫ 긔상을 길우고 〃이ᄒᆞᆫ 거조를 ᄒᆞᆯ진ᄃᆡ 내 비록 어린 양싱이나 조히
보기 어려오리라
―「조씨삼대록」(18세기)

　공ᄌᆞ 계챵을 물니치고 당의 나려 화명의 니ᄅᆞ니 그 미이 놀나 당의 ᄂᆞ려 맛거ᄂᆞᆯ
공ᄌᆞ 당샹의 잇던 미ᄋᆞ를 보니 다ᄅᆞᆫ 이 아니라 잉이라 공ᄌᆞ 난간의 올나 잉을
나아오라 ᄒᆞ여 알픠 안티고 옥슈를 잡아 희롱 왈 오늘 ᄂᆡ 너를 이곳의셔 만나니
이ᄂᆞᆫ 텬뎡연분이라 ᄒᆞ고 옥슈를 잇그러 방듕으로 드러가고져 ᄒᆞ거늘 잉이 놀나
손을 믈니티고 슌죵티 아니ᄒᆞ니 공ᄌᆞ 혹쇼 혹노 왈 네 여ᄎᆞ 방ᄌᆞᄒᆞ여 나의 말을
거역ᄒᆞ고 무례ᄒᆞ미 극ᄒᆞ니 이ᄂᆞᆫ 챵녀의 ᄒᆞᆯ 배 아니라 네 죵시 무례ᄒᆞ여 쥬인 공ᄌᆞ
를 만모ᄒᆞ여 나의 ᄯᅳᆺ을 좃디 아니면 당〃이 칼노 머리를 버혀 자최를 업시 ᄒᆞ리라

언필의 칼홀 쌘혀 져히니 공즈의 댱대ᄒ미 나흐로조ᄎ 닉도ᄒ여 언연이 대댱부의
긔샹이오 본디 댱녈ᄒᆫ 위풍은 유하로브터 잇ᄂᆫ디라 심경담낙ᄒ여 쇼ᄅᆡ를 못ᄒ니
공지 깃거 이에 잇그러 친밀ᄒ여 이셩지친을 밋고 유셰 왈 니 비록 댱ᄌᆞ실ᄉᆞ나
너를 속이디 아니ᄒ리니 네 날을 직희고 다ᄅᆫ 호걸을 셤기디 말나 타일 부모긔 알외
고 맛당이 금차지녈의 두리라 우왈 니 너를 싱각ᄒᆞᆫ즉 째를 타 이곳의 니ᄅᆞ리니
네 ᄎᆞ후 완월뎡 못고지의 디령ᄒ라 셜파의 크게 웃고 팔을 니여보니 쥬피 흔젹이
업ᄂᆞᆫ디라

—「현몽쌍룡기」(18세기)

   닌광이 니러나 오슬 입고 나는 ᄃᆞ시 션월뎡의 니ᄅᆞ니 ᄎᆞ시 삼츈 망월이 두렷ᄒ여
쳥공의 쇼ᄉᆞ시니 거믜쥴도 아라볼지라 싱이 션명의 나아가 창틈으로 보니 유모도
발셔 잠을 드럿ᄂᆞᆫ디 제 시비 당 밧긔셔 조름이 몽농ᄒᆞ디 슈병을 두ᄅᆞ고 금당이
나죽ᄒᆞᆫ디 쇼졔 단쟝을 그ᄅᆞ고 홍군단의를 입은 ᄎᆡ ᄯᅩᄒᆞᆫ 잠 드러 버개의 비겨시니
옥안염광이 영농ᄒ여 방안이 낫 ᄀᆞᄐᆞᆫ지라 고은 거동이나 ᄌᆞ시 보려 ᄒᆞ엿더니 이를
디ᄒᆞ니 쌔져리고 마음이 녹ᄂᆞᆫ지라 (중략) 가연이 문을 열고 드러가니 시비 양낭이
잠을 익이 드러거늘 쇼져 앏히 나아가 불고넘치ᄒᆞ고 옥슈를 잡으니 ᄎᆞ시 쇼졔
잠을 드러 사ᄅᆞᆷ이 드러오믈 몰낫다가 손을 잡으ᄅᆡ 업거늘 유뫈가 놀나 씨다ᄅᆞ니
ᄒᆞᆫ 언건ᄒᆞᆫ 풍뉴남지 ᄌᆞ긔 손을 잡고 안잣ᄂᆞᆫ지라 혼빅이 산비ᄒᆞ고 구졍이 표탕ᄒᆞ디
졍렬 싁싁ᄒᆞᆫ 모습이 젼일ᄒᆞ고 엄슉 강개ᄒᆞᆫ 부형여풍이라 경공착급ᄒ여 졸연
이 벽샹의 쟝도를 취ᄒ여 손의 들고 쇼ᄅᆡ 렬렬ᄒ여 왈 남녜 유별ᄒ여 친쳑 동긔도
ᄒᆞᆫ 침셕의 안지 못ᄒ거든 그디ᄂᆞᆫ 하등지인이완디 삼경반야의 규방의 돌입ᄒ여
이런 무힝픠려ᄒᆞᆫ 힝실이 이시리오 내 비록 일개 아녀ᄌᆞ나 ᄒᆞᆫ 목슘은 초개ᄀᆞ치
아나니 쌜니 믈너가지 아닌즉 삼 촌 단검의 명을 긋쳐 누욕을 면ᄒ리라 옥셩이
강개밍렬ᄒᆞ고 언시 녈풍샹셜 갓ᄐᆞ니 양싱이 돈연 공경ᄒᆞ고 더옥 긔이히 너겨 싱각
ᄒᆞ디 범의 ᄌᆞ식이 개되지 아닌ᄂᆞᆫ다 이의 가진 칼흘 앗고 조시를 안아 냥슈를 단단
니 잡고 쇼ᄅᆡ를 나죽이 ᄒᆞ여 왈 쇼싱은 태ᄉᆞ 아들이오 초국공 뎨지라 (중략) 이거시
비례를 모ᄅᆞ지 아니디 슉녀와 평싱을 동락고져 ᄒᆞᄆᆡ 례의를 문희쳐 나아와 쇼회를
고ᄒᆞᄂᆞ니 쇼져ᄂᆞᆫ 놀나지 말고 ᄒᆞᆫ 말슴을 타문의 드러가지 아닐 ᄯᅳᆺ을 니ᄅᆞ시면
쇼싱이 이졔 믈너가 방ᄌᆞ치 아니코 죵시 답지 아니시면 만디의 무식 경박탕지
될지언졍 쇼데의 힘이 쇠ᄒᆞ고 냥슈 샹ᄒᆞᆯ 지경의 니ᄅᆞ나 나가지 아니리이다 쇼졔
분긔 엄이ᄒ여 화협의 눈믈이 구슬 구으ᄃᆞᆺᄒᆞ고 유모를 씨오고져 ᄒᆞ나 양싱이 셤신
을 눌너 운신치 못ᄒ게 ᄒᆞ니 죽도 못ᄒ고 나가도 못ᄒ니 착급황황ᄒ여 죽기를쎠
손을 쌔히려 ᄒᆞ나 구지 잡아시니 옥비 셤쉬 으쳐질 ᄯᆞ름이니 (중략) 쇼졔 시러금
져를 내여보내미 일시 급ᄒᆞᆫ지라 탄왈 쳡의 일싱이 임의 인륜의 셔지 못ᄒ게 되엿ᄂᆞᆫ

지라 오직 죽을 따름이오 오직 죽지 못ㅎ면 심규의 맛츠리니 군이 임의 문미롤
ᄌ랑홀진대 대가고문의 군ᄌ로 ᄉ류지힝을 잇고 명교 죄인 되믈 스스로 씨둣지
못ㅎ시ᄂ냐 싱이 비로쇼 손을 노코 믈너ᄂ며 왈 맛당이 셔로 신믈을 취홀 거시라
ㅎ고 쇼져의 옥환을 위력으로 벗겨 가지고 ᄌ긔 쥐엇던 금션을 쥬고 나오니 쇼졔
겨유 양싱을 보내고 분ㅎ고 붓그러오미 고딕 죽고 시분지라 ㅎ믈며 좌우슈롤 큰
힘이 읽쥐여 힐란ㅎ여 피빗치 되고 피육이 버셔져 보미 ᄎ악ㅎ지라 죵야토록 울고
심신을 졍치 못ㅎ여 명일 칭병ㅎ고 금금의 ᄶ이여 흔 슐 음식을 먹지 아닌ᄂ지라

— 「조씨삼대록」(18세기)

잠깐 삼천포로 빠진 것 같은데, 어쨌든 간에, 가끔 짜증스럽게 하는 점을 빼고
나면 걸은 그런대로 괜찮은 여자이다. 걸은 TV를 봐도, 비디오를 봐도, 음악을
들어도, 잡지책이나 신문을 넘기는 것도, 심지어는 다리를 씻는 것도 다 발가락으
로 한다. 그렇다고 보기 싫은 건 아니다. 물론 좀 게을러 보이는 건 사실이지만
나―아무개를 위해서 일부러 걸이 부지런피우는 모습을 보일 이유가 없지 않은가.
예전만큼 걷지 않는 까닭에 다리 쪽으로 에너지가 남아돈다는데 이해 못할 것도
없는 일이다. 더구나 걸이 발가락으로 하는 애무는 정말 끝내준다. 나―아무개는
걸의 발가락으로 애무를 받다가 그 발에 목이 눌린 채로 콱, 죽어버리고 싶다.

―김현영 「팝콘보다 가벼운」(2000)

그런데 그 말을 하면서 슬슬 몸을 허물어뜨리더니 한쪽 옆으로 뻗어있던 내
맨발을 끌어당겨 엄지발가락을 자신의 입속에 집어넣고 빨기 시작했다. 기겁을
하고 놀란 내가 남편을 쳐다보자 남편이 가만있으라는 손짓을 했다.
"취했어. 그냥 놔둬."
엄지발가락에 느껴지는 기괴한 흡착력으로 온몸에 소름이 돋았다. 그러나 그의
사연이 사연인 만큼 발길질을 할 수도 없고 난감한 표정으로 꾹 참고 있자니 그가
제풀에 곯아떨어져버렸다.
비누로 발을 씻고 나온 내가 남편에게 따졌다.

―권지예 「섬」(2000)

장밋빛 베레모 옆침대에 계시는 당뇨합병증으로 오른쪽 발목을 절단한 칠순
할머니입니다. 안동에서 올라왔다는 살빛이 희고 기골이 장대한 이 할머니는 양반
가의 종갓집 마나님의 풍모를 가졌습니다. 한동안 주무실 때 발이 아프다고 신음
하셨어요. 발은 없는데 말이에요. 그런데 이 할머니의 별명이 뭔지 아세요? '각선
미'랍니다. 아침에 눈을 뜨자마자 붕대를 요리조리 살펴보고는 보호자침대에서

아침잠을 즐기는 며느리를 깨워 붕대를 새로 감게 하는 겁니다. 너무 바짝 맸다, 어째 이리 맵시가 없냐, 끝이 동그스름해야지 너무 뭉툭하지 않냐, 하며 타박을 하십니다. 절구공이처럼 뭉툭하게 잘린 살덩이를 놓고 아침부터 실랑이를 벌이지 요. (중략) 붕대 감은 그 뭉툭한 다리는 마치 거대한 누에 한 마리가 고개를 들어 뽕잎을 따려는 포즈와 닮아 있답니다.

—권지예 「고요한 나날」(2001)

　그녀의 발은 전족(纏足)을 한 것처럼 작고 위태롭다. 14문 버선을 벗기면 아기처 럼 보드랍고 작은 발이 숨겨져 있다. 굳은살 없는 뒤꿈치는 땅 한번 디뎌보지 않은 살처럼 동그랗고 야들야들하다. 흰 버선조차 그녀의 발에 비하면 옥수수 껍질처럼 빳빳하게 느껴진다. 곧고 가지런한 발가락 끝마다 살포시 앉은 발톱 하나하나는 채 여물지 않은 옥수수 작은 알갱이 같다. 그녀가 버선을 벗고 발을 씻을 때면 그녀의 발에서는 달짝지근하면서도 비린 풋내가 풍기는 듯하다. 나는 향긋한 풀냄 새를 맡으며 버선을 벗긴다.

—천운영 「명랑」(2003)

　태가 남긴 메모를 찾아볼 겨를도 없이, 아니 그에게 메모를 남길 생각도 못 한 채 시연은 허둥지둥 옷을 챙겨입고 경태의 방을 빠져나가려고 했다. 발바닥에 소 금 알갱이들이 밟혔다. 시연은 구두를 신으려다 말고 발바닥에 붙은 소금 알갱이 몇 알을 손가락으로 집어올렸다. 지난밤 둘을 걷잡을 수 없이 몰아간 것은 바로 그 작고 찝찔하고 단단하고 흰 알갱이들이었다. 누구랄 것 없이 서로의 입술을 탐하게 된 것도, 누구랄 것 없이 서로의 몸을 열어젖히고 한 덩어리로 엉겨붙게 만든 것도, 그 반짝이는 흰 알갱이들이었다. 그것들은 작은 유리 파편처럼 경태의 방에 널려 있다가 시연의 엄지발가락을 찔렀고, 그녀는 그러잖아도 오금이 저리던 차에, 아니 그렇잖아도 겨드랑이며 가슴팍이며 사타구니께가 간지럽던 차에, 보드 라운 엄지발가락 살 밖으로 비죽이 흘러나온 붉은 피 한 방울을 보자 외마디 비명 을 질렀다. 시연의 비명과 함께 경태가 달려들어 맹렬하게 그녀의 엄지발가락을 빨아댔고, 그때까지 억지로 짓누르고 있던 취기를 못 이기고 그녀의 가슴은 용광 로처럼 들끓었다. 시연은 어제의 엄지발가락을 난처하게 바라보다가 구두를 꿰차 고 경태의 작업실을 나왔다.

—함정임 「소금 한 줌」(2004)

　거기서 알 수 없는 비가 내리지
　내려서 적셔 주는 가여운 안식
　사랑한다고 너의 손을 잡을 때

손과 발　227

열 손가락에 걸리는 존재의 쓸쓸함
거기서 알 수 없는 비가 내리지
내려서 적셔 주는 가여운 평화

—최승자 「사랑하는 손」(1981)

난 왜 발목에 집착할까
그 강을 건너올 때도 강물은 보이지 않고 발목만 보여
(중략)
가뿐히 앞서 가는 내 멋진 발목
결국 우린 헤어지겠지
내 발목과 나는 남남이 되겠지

—노혜경 「분홍신 신고」(1999)

발이 미운 남자들이 있었다. 그러나 전체적으로 아름다운. 나의 무용수들. 나의
자랑

발끝에 에너지를 모으고 있었다. 나는 기도할 때 그들의 힘줄을 떠올린다.

그들은 길다. 쓰러질 때 손은 발에서 가장 멀리 있었다.

—김행숙 「발」(2010)

맨발로
이 길 두어 바퀴 돌다 보면
돌에 닿는 느낌 다 달라요
얼룩무늬 검은 돌은 저 큰 잎새로 드는 해와 잘 놀아서
햇덩이처럼 굴러다녔구요
그래서 불퉁한 땅 다니느라 발에 생긴 주름 꼬옥 잡아주구요
저 동그랗고 흰 돌을 밟다가
흠칠 놀라 그만 덥석 얕은 키 금낭화를 잡고 말았어요
그때 느꼈던 섬뜩하게 찬 기운이 저 금낭으로 들어 불룩하구요

—이문숙 「발을 씻기다」(2005)

만족한 얼굴로 우리 누워 있어요 엎드린 채 베개 밑에 두 손을 넣어 두었죠
나란히 엎드려 이렇게 손을 가두는 것은요 부디 그 누구도 껴안지 말자는 우리만의
지령인 거예요

—김소연 「만족한 얼굴로」(2009)

내 발 속에 당신의 두 발이 감추어져 있다
당신의 발자국은 내 그림자 속에 찍히고 있다
당신의 두 발이 걸을 때면
어김없이 내가 반짝인다 출렁거린다
내 온몸이 쓰라리다

―이원 「사랑 또는 두 발」(2007)

시를 쓰는 건
내 손가락을 쓰는 일이 머리를 쓰는 일보다 중요하기 때문. 내 손가락, 내 몸에서
가장 멀리 뻗어나와 있다.
나무를 봐. 몸통에서 가장 멀리 있는 가지처럼, 나는 건드린다, 고요한 밤의
숨결, 흘러가는 물소리를, 불타는 다른 나무의 뜨거움을.

모두 다른 것을 가리킨다. 방향을 틀어 제 몸에 대는 것은 가지가 아니다. 가장
멀리 있는 가지는 가장 여리다. 잘 부러진다. 가지는 물을 빨아들이지도 못하고
나무를 지탱하지도 않는다. 빗방울 떨어진다. 그래도 나는 쓴다. 내게서 제일 멀리
나와 있다. 손가락 끝에서 시간의 잎들이 피어난다.

―진은영 「긴 손가락의 詩」(2003)

새것으로 다가온 사랑을 번번이 쭈그러뜨린
은박지처럼 차고 날카로운 손을 바라본다
비애의 엽록소들이 마른 가지처럼 뻗쳐 있다
(중략)
사실 나의 손은 좀 미친 건지도 모르겠다
봄을 그렇게 다 날려 보냈다
그 아까운 입맞춤을……

―문정희 「우울한 손」(2010)

이런 밤에는 편지를 쓰네 아홉 개의 손가락으로, 사라진 몸의 어디쯤을 횡단하
고 있을 나의 손가락 하나에게
(중략)
싱싱하게 번지는 물결무의 그 무늬에서 푸르게 몸 흔드는 소리
그 소리를 모아 나는 가늘고 못난 글자 하나를 쓴다

―김지녀 「아홉개의 손가락으로 쓰는 편지」(2010)

8
육체

여성의 육체는 '아름다운 몸, 순종하는 몸, 생산하는 몸'으로 훈육되어 왔다. 언어의 표현에서도 '몸을 아끼라, 몸을 조심하라' 등의 서술어들은 여성의 몸에만 한정된 어법이었다. 여성문학에서 몸은 기존의 이데올로기와 문화는 물론 자기 실존의 위기와 생래적인 욕망을 모두 드러내는 가장 구체적인 지도(地圖)라고 할 수 있다. 특히 육체라는 표현은 몸의 가장 구체적이며 감각적인 현장(現場)을 의미한다.

개화기의 몸 담론에는 서구의 계몽주의와 제국주의의 시선과 전통적인 몸 담론이 혼재되어 있다. 이는 여성의 몸을 규제하면서 '생산하는 몸'이라는 특수성 아래 모성의 몸, 노동하는 몸, 인고하는 몸 등으로 여성의 몸을 억압적으로 재구성했다. 근대에 여성의 아름다운 몸에 대한 강제는 더 공고해졌고 보여지는 몸, 관리되는 몸 등의 남성중심적 이데올로기는 더욱 노골화되었다. 근대 초기 남성들은 자기가 심미안을 가진 근대적인 인간이라는 점을 증명하기 위해 여성에 대한 노골적인 품평을 하기도 했다. '양질의 자녀 생산'을 위해 훈육되어 온 여성의 몸은 근대화가 진행되면서 서구적 미의 근대적 표준을 따르는 또다른 식민지가 되었다.

고전문학에서 여성의 몸은 정숙함을 체현해야 하는 대상이었다. 단정하고 정결한 몸은 정신적인 정숙함을 의미했고, 여성의 몸은 잘 간수하고 단속해야 할 객체였다. 가문의 의사를 중시했던 관습 속에서 혼약의 계약서를 여성의 몸에 글자로 새김으로써 여성 육체를 전유하고 사물화하는 시각을 노출하기도 했다. 여성들은 유교 이념의 강박을 몸으로 실현하면서 그 이념이 저지당하는 실존의 위기에 맞닥뜨렸을 때에는 자신의 몸을 훼손하거나 생명을 끊음으로써 저항했다. 하지만 또한 여성의 육체는 곱고 예쁘게 단장한 몸, 젊음을 향유하는 몸으로 등장해 여성의 몸이 감각적 쾌감을 향유하는 주체로 등장하기도 했다.

현대문학에서 여성의 육체는 탄생과 성장의 궤적, 폭력과 타자성을 모두 새기고 있는 구체적인 증거로 등장한다. 실존의 위기를 겪을 때 여성은 자기 몸을 극단적으로 자해하거나 육체를 해체하는 상상을 통해 새로운 존재로 거듭나길 상상한다. 여성의 몸은 생리와 임신 및 출산의 도구성이 강조되면서 열등한 몸으로 간주되기도 했다. 어머니 대지라는 풍요롭고 성스러운 개념과 상충하는 이 불결하고 비논리적인 모순된 관념 속에서 여성은 타자적인 몸에서 주체적인 몸의 인식에 이르게 되어, 해방된 몸과 자발적인 욕망을 긍정하는 몸으로 인식되기에 이른다. 또한 여성은 생래적인 관능과 주체적 시선을 긍정적으로 체득하면서 신성한 관능을 자연의 생리와 혼연일체 하는 상상을 하게 된다. 여성이 자신의 몸을 더럽고 추하고 기괴한 그로테스크한 몸으로 표현하는 도발성은 여성의 몸을 향해 강요해 온 생산과 풍요, 모성과 자애, 균형과 조화라는 기존의 이데올로기를 전복하면서 여성을 물화하고 타자화해 온 인식에 강력하게 저항하는 방식이자 기존의 시선에 포획되기를 거부하는 반여성적인 몸의 선언이라고 할 수 있다.

동양의 유가적 사유에서 몸은 정신적인 것과 물질적인 것의 통일체로서 이해되었다. 반면 서양의 근대적 사유 체계에서는 데카르트에 기반해 마음과 몸의 이원론이 주류를 이루어 정신과 마음이 본질적 실체로 중시되고 몸은 정신을 담는 그릇으로 간주되었다. 이 이원론적 사고는 기계로서의 몸 관념을 허용하고 중요한 경제적·정치적 문제들의 초점을 몸에 맞춤으로써 몸의 사회가 도래하도록 이끌었다.

아름다운 몸이란 오랫동안 여성들에 관한 것이었다. 마치 여성들만 몸을 가졌다는 듯, 그리고 아름답고 날씬해야 비로소 여성답다는 듯 강요하는 사고방식은 지배적인 사회 체제를 고착하는 기능을 가졌다. 여성은 남성보다 육체적 매력을 중시하도록 배우고 성장했으며 남성과는 다른 식으로 교육받고 사회화되어 왔다. 여성은 일찍부터 '몸을 아끼라'거나 '몸을 조심하라'는 등 자기 몸의 특성에 주의를 기울이도록 배우면서 남성보다 몸을 더 보호받고 억압받으며 성장했다. 또한 여성의 몸은 항상 평가의 대상이었으며 아름다움은 날씬한 육체라는 등식은 오늘날에도 강박적으로 통용되고 있다.

이상적인 여자의 육체는 시대와 문화에 따라 변화한다. 특히 몸매는 다양한 방식으로 문화적 강박관념과 선입견들을 반영하고 있다. 오늘날 여성들은 이를 위해 더 많은 방법을 선택하거나 종용받고 있다. 여성적인 동작, 몸짓, 자세는 긴장과 우아함과 겸손함으로 길들여진 성적 매력을 보이도록 훈육 받고 있으며, 몸매와 화장은 물론 여성의 외적인 것들이 여성의 미적 행위로 당연하게 받아들여지면서 이상적인 여성성을 갖춘 몸으로 구성되고 있다. 그러나 이는 '훈련되고 종속된 몸' 즉, 열등한 지위가 새겨진 여성의 몸을 만들어 내는 것에 지나지 않는다.

이 여성적인 몸을 구성해내는 일반적인 관행들은 인종이나 계급에 한정되지 않는다. 오늘날 여성은 규제를 덜 받고 가정과 가족에 덜 얽매이며 어느 정도 자유를 누리고 있지만, 한편으로는 더욱더 '여성적인 몸'을 갖추도록 훈육 받고 있다. 이 훈육적 권력이 여성의 몸에 개입하는 모습은 거의 완벽한데, 여성은 자신의 몸을 탐구하여 파괴하고 다시 조립하는 권력의 기제 속에 들어가고 있다. 육체는 사회적 통제와 지배적인 이데올로기가 직접 행해지는 장이며, 이 모든 요인과 규율과 기제 속에서 여성 육체는 훈련되고 형성되고 있다.

8.2. 근대와 여성의 몸

개화기의 몸 담론

1910년대는 새로운 여성관이 처음으로 대두되고 근대적인 여성 운동의 시작된 시기이다. 근대화의 기운이 확산됨에 따라 여성관에도 변화가 일어났다. 개화기는 '몸의 발견과 개발'을 추구하던 시대답게 여성들의 몸 역시 몇 가지 항목에서 사회의 관심 대목이 되었다. 하나는 내외의 풍습을 폐지함으로써 여성들의 운동과 교육을 권장한 것이고, 다른 하나는 여성들의 개가를 허용함으로써 여성을 전통적인 열(烈)과 절(節) 의식으로부터 자유롭게 만들어 준 것이다. 그러나 여성들이 외출을 해야 하는 이유는 학교에 다니기 위해서, 건강한 몸이 되어 자녀를 건강하게 낳고 훌륭하게 기르기 위해서였다. 또 개가를 하는 바람직한 이유는 자유로운 연애나 결혼이 목적이 아니라 자녀를 생산하기 위해서였다. 여성이 가진 육체적 성으로서의 최대의 역할은 결국 자녀생산의 문제였다. 여성들이 국민으로서 가지는 지상 최대의 임무는 우등한 자녀인 국민을 양성하는 것이었으며 이 시기에는 개가가 여성 개인이 행복을 추구할 권리일 뿐 아니라 '국민'으로서의 여성이 이행해야 할 의무였다.

개화기의 몸 담론은 서구적 몸 개념에 동원된 사유와 사회 규합을 위한 도덕 담론 등을 통해 전대와 다른 청년, 어머니, 유아의 몸이 만들어지는 과정에 주목한다. 개화기 국가주의는 부국강병이라는 시대적 요구 속에서 몸을 건강한 몸으로서의 청년과 보육하는 몸으로서의 어머니, 미결정된 몸으로서의 아동 등으로 세분하고 국가의 권력이 구현되는 법제와 경찰력은 신체를 통제한다. 개화기의 몸은 통제의 대상으로 국가주의에 귀속될 뿐 아니라 제국주의의 담론 속으로 포섭될 여지를 남긴다.

개화기 몸 담론에는 서구의 계몽주의와 제국주의의 시선이 전제되어 있지만,

전통적인 몸 담론 역시 사라지지 않았다. 규율과 통제의 대상으로 몸을 바라보던 시각은 유교적인 사유 체계에서 자신을 통어하던 전대의 수신(修身) 담론과 결합하면서 더욱 견고한 계몽의 구도 속에 자리 잡기 시작한다. 그 결과 개화기 문학에 나타난 몸은 체제를 내면화하는 집단의 모형이 된다. 그 몸은 체제의 요구에 따라 규격화된 틀일 뿐 개성이 존재하지 않는다. 집단의 모형으로서 몸은 근대 국가주의에 부응하기 위한 신체, 국민을 만드는 데 주력한다. 욕망의 기제로서 여성의 몸은 남성의 몸과 다를 바 없지만, 당대 지배 권력은 여성의 욕망을 용인하지 않기 위해 여성의 몸에 다양한 규제를 가해왔다. 예컨대 여성의 몸은 '욕망하는 몸'이기에 앞서 '생산하는 몸'이라는 특수성을 강조한다. 이것은 양육하는 몸과 어우러져 '모성'으로 규정되기도 하지만, '생산력을 구비한 몸'이라는 점에서 '노동하는 몸', '인고하는 몸'을 재생산해 내는 기제가 된다.

보여지는 몸, 관리되는 몸　　1910년대 이후 도시화가 본격적으로 진행되고 연극, 영화, 신문, 그림, 사진 등을 통한 시각 중심의 문화가 활성화되면서 1920년대에는 내면과 정신보다 외양과 육체에 대한 관심이 증대되었다. 이러한 시각 중심의 문화 기반이 형성, 발달할수록 문화 예술은 점점 보여주기가 중요한 부분을 차지하게 되었다. 이러한 보여주기의 문화는 개인들, 특히 여성들의 몸과 생활에까지 침입해 들어가 자신을 보여주는 것 즉 외양을 드러내는 것에 대한 관심을 증폭시켰다.

또한 1920년대에는 『부인』, 『신여성』, 『부녀지광』, 『부녀세계』, 『여성지우』, 『가정공론』, 『부인공론』 등의 여성을 위한 잡지가 등장했는데, 이들 잡지는 부녀자의 계몽만을 목적으로 하는 것이 아니라 상업적 목적까지 있었기 때문에 여기에 실린 여성용 상품들의 광고와 패션, 유행, 피부 미용법, 화장법, 미의 기준 등 여성들의 소비를 부추기는 기사들이 여성들에게 아름다운 몸 가꾸기를 독려하기 시작했다. 이 시기의 잡지에는 여성들의 패션에 대한 찬반의 논쟁을 나누는 글들도 자주 등장하였는데 대표적인 논쟁이 여성의 '단발(短髮)'이었다. 여기에서는 목숨을 걸고 머리카락을 지키려고 했던 1900년대의 유교적 윤리의식은 찾아볼 수 없다. 단발에 대한 찬반의견은 분분하지만 어떤 경우에도 전통 윤리와 연관시키지 않았다. 반면 여성의 몸 가꾸기에 대한 관심이 급증하는 사회적 풍조에서 이를 우려하고 반대하는 목소리도 컸다. 그런데 이러한 목소리는 사치를 부리는 것은 아름답지 못하다고 비판하면서도 결국엔 아름다운 여성이 좋다는 생각에 의견 일치를 보였다. 즉 과도하게 멋은 부리지 않은 듯해도 열심히 자신의 몸을 관리하고 가꾼 여성들을 선호했다.

1920년대 사회는 아름다움에 대한 무한한 추종과 이러한 욕망을 양산해 내는 상업주의가 확대되어가는 한편, 이러한 풍조를 허영과 사치라며 비난하고 이 소비를 위해 자신의 몸을 남성들의 금력과 권력에 의존하는 것에 대해 비판하는 목소리가 커져 갔다. 이것은 1925~6년경에 『신여성』과 같은 잡지를 중심으로 여성들이 농촌계몽운동이나 프롤레타리아 운동에 동참해야 한다는 의견으로까지 확대되었다. 그러나 여성들이 국가의 독립, 민중의 해방 등의 문제를 고민해야 한다는 시대적 요구 및 의무와는 별개로 자본주의적 소비사회는 팽창해 나갔기 때문에 여성들의 몸 가꾸기를 위한 기사 및 광고는 여전히 공고하게 자리를 잡았다.

신여성에게 나타났던 근대성의 지표 중 하나는 지식, 언어, 의식, 의복, 장신구와 아울러 신체에서의 변화였다. 이것은 전통의 인습과 굴레로부터 해방된 여성의 자유와 자기의식의 표현이었다. 「신여자송(新女子頌)」에서 신여성을 "높이 쳐든 얼굴에 자신 있는 걸음걸이에 붉게 익은 두 뺨에 튼튼하고 근육 굵은 팔뚝"으로 묘사하고 있는 것은 이러한 변화를 반영한 것이었다. 억압과 구속을 상징하던 고무신과 버선 대신에 신식 구두를 신은 발이 근대적 여성 해방을 표상하였다.

대표적인 신여성이었던 나혜석이 "색이 희고 키가 크고 코가 높고 눈이 깊으며, 그 행동은 분명하고 진취성이 많"은 구미 여자를 "딱딱하고 거칠고 몰상식한" 동양인과 대조시킨 것은 구미 여성에 대한 존경을 통해 자신의 지위를 찾고자 하는 동기가 강했다고 하더라도 신체를 통해 나타난 근대·서구에 대한 추종을 보여준다는 점에서 주목할 만하다. 서구적인 것은 그 자체가 새로운 성적 상상력과 욕망을 불러일으키는 대상이 되었다. 대중매체와 서양 영화, 광고의 발전은 전통 사회에서 억압되던 육체에 대한 관심과 욕망을 자극하였을 뿐만 아니라 육체를 보는 기준 자체의 변화를 가져 왔다. 이에 따라 전통적 여성상을 대신하여 "꽃 같은 서양 여배우의 날씬한 몸맵시와 미끈한 다리"가 근대의 표상으로 찬미되고 동경의 대상이 되었다.

여성의 육체를 날씬한 허리와 착 늘어진 어깨로부터 쩍 벌어진 가슴과 늠름한 골격 등으로 평가하는 경향은 1930년대 후반에 나타나고 있는데 이것은 스포츠나 체육에 대한 관심이 증대하던 시대 사조와 무관하지 않다. 남장 여성이 화제로 등장하고 여성의 남장에 대한 의견이 잡지의 지면을 통해서 논의되었던 것도 이 시기이다. 기존의 여성성과는 구분되는 이러한 차별화는 일차적으로 서구 문화의 영향에 기인한 것이지만 여성이 남성과 동등하게 되고자 하는 의식의 반영이라는 내재적 동기도 적지 않게 작용하고 있었던 것으로 짐작된다.

이 시기 남성 유명인사들 사이에서는 여성에 대한 '품평회'가 흔히 행해졌다. 미인이 되는 기준은 사회 속에 암묵적이지만 엄격하게 정형화되어 여성들의 외모를 규제했다. 발언권이 높은 유명인사들까지 앞장서서 그 폭력적인 기준을 재확인하는 것은 여성들에게 엄청난 강박과 억압으로 작용했지만 1920년대 남성 유명인사들은 글, 설문, 좌담회를 통해 이러한 기준들을 노골적이고 당당하게 제시하였다.

이렇게 할 수 있었던 것은 이 시대의 문명과 미의 상관관계를 통해 해명된다. 즉 근대화, 문명화를 추구하던 1920년대에 있어 미인은 현대문명이 요구하는 요건 중 하나였다. 문명화가 되려면 여성들이 아름다워져야 하고 그렇기 때문에 미인의 기준을 제시하는 일도 문명화의 일환으로서 정당성을 획득할 수 있었던 것이다. 그러므로 1920년대에는 이 기준을 명시적으로 제시할 수 있어야 심미안을 가진 세련되고 근대적인 인간이었다. 그들은 미인이 갖춰야 할 요건들을 구체적이고 세부적으로 언급함으로써 스스로가 근대적인 미의 표준을 알고 만들어가는 존재들이 되고자 하였다.

몸이 건강해야 한다는 생각이 개화기의 몸 가꾸기 담론의 핵심이었다면 1920년대의 남성 유명 인사들이 생각하는 몸은 건강보다는 미 쪽에 좀 더 중점을 두고 있었다. 미인의 얼굴에 대한 기준은 동서고금 늘 있어 왔지만 몸매에 대한 생각은 그 자체로 근대적인 것이었다. 조선의 전통적인 의상은 여성들의 몸매를 거의 보여줄 수 없는 구조로 되어 있었고 이에 따라 내밀한 관계의 남녀가 아니고서는 외간 여성의 몸매에 대한 품평과 호오를 피력하는 일 자체가 불가능했기 때문이다. 그런데 근대 이후부터는 여성들이 짧은 치마나 몸의 곡선을 드러내는 옷차림을 하게 되었고 이러한 노출을 통해 남성들은 자신의 아내나 정인이 아닌 여성들의 몸을 보고 그에 대해 얘기할 수 있게 되었다.

몸이 자신만의 것이 아닌 남에게 보여지는 것으로서 중요해졌다는 것은 사회적 상징가치와 경제적 교환가치를 지니게 되었음을 의미한다. 몸의 건강을 위한 '활동'이 필요하다는 생각을 처음 한 것도 근대 들어서의 일이지만 몸의 상품적 가치를 위한 '가꾸기'가 필요하다는 생각을 처음 한 것도 바로 이 시기이다. 아름다운 몸을 위해서는 운동과 학교 교육이 필요했다. 운동이 단지 건강만을 위해서가 아니라 아름다움을 위해서도 필요하다는 생각에 근대적인 몸에 대한 새로운 인식 방법과 자연적인 것이 아닌 조형적인 몸 가꾸기의 연원이 들어 있다.

개화기에 국가적 위기의 타개를 위해 필요했던 양질의 자녀 생산을 위한 여성의 몸은 근대화의 진행과 함께 조금씩 그 성격에 변화를 갖게 되었다. 여성의 몸은 단순히 자녀를 낳고 기르는 데에만 필요한 것이 아니라 하나의 근대적인 미학의 실천 과제로서도 관리가 필요하게 되었던 것이다. 즉 여성의 몸은 미의 근대적 표준을 따름으로써 하나의 예술품으로서, 하나의 근대적인 미학의 실천 과제로서도 관리가 필요하게 되었다.

8.3. 정숙함의 체현

고전문학에서 여성의 몸은 정숙함을 체현해야 하는 대상이었다. 규방가사에서 여성이 몸을 단정히 하고 정결하게 한다는 것은 육체적인 정갈함뿐만 아니라 정신적인 정숙함을 지키는 것을 의미한다. 규방가사에서 몸은 잘 간수하고 단속해야 하는 객체로 표현되고 있으며, 때로는 감정에 따른 움직임을 억압해야 하는 대상이다. (「효부가」, 오천 정씨 부인 「정부인자탄가」, 「공규이별가」)

계몸을 정이ᄒ고 츄ᄒ모양 뵈지마라 말ᄃᆡ답 부ᄃᆡ마라 두번ᄒ고 셰번ᄒ면 즈연 굴러 의승ᄒ다

—「효부가」(미상)

철피이복 곱기지여 몸 간슈도 경이하고 육칠식라 ㅈ라나셔 비단명쥬 침ㅈ질과
마푼무명 물이기를 죠리잇기 가라치며

—오천 정씨 부인 「정부인자탄가」 (미상)

가련타 이내마음 임을구해 오리로다 하물며 이내몸은 일개여자 불출하니 아니
가고 무엇하리 아아서라 그리마라 이내몸이 훼철하면 양가위상 어이할고 더구나
유정동유 웃을까 염여되고 후세상에 나는여자 뽄받을가 염여된다 이리저리 생각
하니 소회나 풀어볼까 대강몇귀 적어보니 오히려 부ㄲ럽다 여자되고 보시거던
웃지랑 부디마소 이것을 보시옵고 나와같은 여자거던 명심하기 잡아주소 세상에
유정키는 부부가 제일이라 아무리 하여봐도 시원하기 못하오니 이일을 어찌할고
갑갑한 이내가슴 이리저리 허사로다

—「공규이별가」 (미상)

8.4. 기억의 공간, 증명으로서의 육체

사람과 관련된 내용을 잊지 않고 남기기 위해 기록하는 방식으로 사람의 몸
에 직접 기록하는 자자(刺字)가 있다. 죄인이나 노비 등 특수한 사회적 신분을
육체에 직접 먹으로 새겨 넣거나 애정의 징표를 서로의 육체에 남기는 예이다.
돌이나 죽간, 비단이나 종이 등에 기록하는 것과 달리 이 방식은 특히 다른 육
체가 아닌 바로 그 육체에 특정한 내용을 직접 기록하는 방식을 선택하고 있다.
고전소설은 부모들이 자식의 혼사를 논하면서 자식의 몸에 직접 그 내용을
기록으로 남기는 경우를 서사화하고 있다. 이는 혼사에 있어 본인의 의사보다
는 가문의 의사가 더 중요했던 당대의 관습을 바탕으로 하여 혼약이 계약의 성
격을 강하게 띠고 있었던 사실을 반영하고 있지만, 혼인의 쌍방 당사자 중에서
도 유독 여성의 몸에만 이런 기록을 남기고 있다는 점에서 다분히 여성의 육체
를 전유하고 사물화하는 시각을 노출한다. (「창란호연록」, 「명주보월빙」)

공이 탄식고 말게 오르다가 홀연 장공ㅈ를 나ㅇ오라 ㅎ여 이르되 정신이 망〃ㅎ

여 한 말을 이질 번 ᄒ도다. 소시 한공 어룬이 격인의 잇셔 부쳐 구몰ᄒ고 한공의
영졍 고″하여 의지ᄒ 곳 업스니 우리 ᄃ인이 측은이 역기ᄉ 그 신쳬를 거두어
후장케 ᄒ시고 한공을 구휼ᄒᄉ 입신셩취ᄒ미 다 우리 덕이라 ᄉ람의 ᄃ졉ᄒ미
시종이 여일ᄒ 거시 군ᄌ의 일이니 이번 환란의 구치 아니믄 졔 문호를 부젼코져
ᄒ여 잠″ᄒ미니 너의들은 유감ᄒ 비요 네 나히 ᄉ 셰의 네 모친 잇슬 ᄶ 한공이
그 ᄯᆯ노 날을 보이고 결혼ᄒᄆᆯ 이르거늘 ᄂᆡ 이르되 아직 두 아히 강보의 잇스니
ᄌᄅᆞᄆᆯ 기ᄃ려 진″의 조혼 의를 믯고ᄌ ᄒ니 한공이 그 ᄯᆯ의 팔의 잉혈노 장가
며나리라 쓰고 너를 ᄉ회라 ᄒ더니 네 모친이 셰상을 바리니 가히 비약지 못ᄒᆯ
일이요 한공이 굿타여 잉혈노 쓰는 다른 연괴 아니라 우리 집의셔 다른 ᄃᆡ 혼인ᄒ
려 ᄒ면 그 ᄯᆯ의 팔을 가져 타문의 못 보ᄂᆡ리니 굿ᄒ여 너를 동상을 졍코져 ᄒ미니
ᄯᅩ한 비약지 못ᄒᆯ 거시요 ᄂᆡ 안총이 업ᄉ나 그 녀아를 보니 미우 현영ᄒ고 위년이
현쳘ᄒ니 부ᄃᆡ 명심ᄒ라

—「창란호연록」(18세기)

　뎡공이 맛당ᄒᄆᆯ 일쿳고 친히 명ᄋ 쇼져를 나오혀 글을 쓰려 ᄒ니 명이 붓그려
상셔의 압히 안ᄌ 팔흘 ᄂᆡ디 아니니 나히 어려 혼ᄉ 뎡ᄒᄂᆞᆫ 일은 아디 못ᄒ나
젼일 보디 못ᄒ던 어룬을 ᄃᆡᄒ여 슈괴ᄒ미라 상셰 ᄉ랑을 니긔지 못ᄒ여 친히
녀ᄋ의 풀흘 ᄲᅡ혀 뎡공의 쓰기를 직쵹ᄒ니 뎡공이 잉혈을 흐억히 직어 열네 ᄌ를
두려시 쓰고 믈너 태우로 ᄒ여금 현ᄋ 쇼져의 풀흘 ᄲᅡ히라 ᄒ니 하공이 하가ᄌ뷔라
ᄲᅵᆷ ᄉ공이 ᄆᆞ음이 각별ᄒ여 셔로 ᄌ녀의 ᄌᄅᆞ기를 기ᄃ릴ᄉᆡ 태위 웃고 샤곤이
지금의 ᄋ들을 두디 못ᄒ시니 결박ᄒ 근심이 업디 못ᄒ더니 샤ᄉᆔ 잉틱 오륙삭이라

—「명주보월빙」(19세기)

8.5. 실존의 위기, 자해

　조선시대의 여성이 기존 질서 속에서 생존하는 방식이란 가부장적 질서에 기
능적으로 속해 있으면서 그것을 유지하는 도구로서의 자기 정체성을 획득하는
것이다. 관습화된 유교 이념의 강박은 개인의 몸을 통해 실현되며, 유교 이념을
내면화한 여성이 그 이념의 실현을 저지당했을 때 실존의 위기에 맞닥뜨렸다.

이때 여성들은 그러한 이념의 대상이 된 자신의 몸을 훼손하거나 생명을 끊음으로써 저항하는 방법을 택할 수밖에 없었다. 주체적 자아의 지향이 전통적 인습과 대립하게 되는 경우 타자화된 자신의 몸을 버림으로써 '자기 몸의 주체되기'를 실현하기도 했다. (「창란호연록」, 「포의교집」)

현대에 와서도 이 상상력은 흡사하게 이어진다. 현대시에서 여성의 육체는 탄생과 성장의 궤적, 폭력과 타자성을 모두 새기고 있는 구체적인 증거로 등장한다. 자신의 정체성을 확신할 수 없고 존재 의미를 찾지 못해 실존의 위기를 겪을 때, 여성은 자기 몸을 극단적으로 자해하거나 육체를 해체하는 상상을 택한다. 이는 변형된 자기애이기도 하고 스스로 가사(假死) 상태에 이르러 통과제의적인 죽음을 통해 새로운 존재로 거듭나려는 상상적 몸짓이기도 하다. 여성시의 화자들은 이런 상상을 통해 기존의 질서에 굴복하지 않는 단호한 의지를 드러낸다. 자신의 육체를 가위로 오리거나 몸통에서 떼어내고, 자기 몸을 뾰족한 것으로 찔러 자해하며, 자신의 몸을 마치 유치장에 유폐하듯 잔뜩 장전하고, 당신을 내 몸에 쑤셔 넣고 스스로 처녀막을 찢는 등 훼손된 몸으로 기존의 질서와 실존의 위기에 적극 저항한다. 이는 육체의 자해와 가사를 통해 기존의 여성 육체를 거부하고 전복하여 새로운 육체로 거듭나려는 시적 상상이며, 기존의 자기 모습을 극단적으로 부정하면서 새로운 자기 긍정에 이르려는 시도이다. (최승자 「삼십삼 년 동안 두 번째로」, 「S를 위하여」, 김승희 「모순의 무릎」, 김언희 「꽃꽂이」, 「늙은 창녀의 노래 1」, 신현림 「bottle woman」, 박서원 「악몽」, 김상미 「그녀와 프로이트 요법」, 문혜진 「요리」)

    소졔 작식 왈 부형이 되여 희롱이럴 ᄒ시ᄂ 거시 엇지 녀ᄌ의 슬의 외간 남ᄌ 셩명을 식여 십여 연을 지닌 후 져 집이 픠망ᄒ믈 인ᄒ여 비약고져 ᄒ시니 소녀는 죽어도 이 팔은 가지고 타문의ᄂ 가지 못ᄒ 거시요 또 야〃 장어〈 죽은 후 한 즌 슐노 구원 망영을 위로치 아니시고 그 ᄌ식을 언어 간의도 측은지심과 구ᄒ실 ᄯᅳ지 업〈니 타일 어닉 낫츠로 딕인이 조부를 지하의 가 뵈오리잇가 소녀 본딕 취가ᄒ기를 원치 아니ᄒ거늘 딕인이 〃런 말숨으로 소녀의 마음을 요란케 ᄒ시니 〈라시미 죽기만 못ᄒ니이다 머리를 두다려 칠보를 다 쓰더 싀여버리고 옥면의 누슈 산〃ᄒ니 공이 ᄯᅡᆯ의 노ᄒᄆᆯ 보고 더옥 어엿비 여겨 손을 잡고 우스며 달닉여 왈 어진 ᄯᅡᆯ은 희리고 용열ᄒ 아비를 족가 말나 (중략) 소졔 쳥파의 분긔 북밧쳐 일장 통곡 왈 부뫼 소여를 만고 강상을 문허 바린 음여를 민들고져 ᄒ시니 이

팔을 가지고 초마 타문의 가리오 초라리 이 팔을 싹고 뒤인의 명되로 히리이다
셜파의 벽상의 걸인 칼을 쌘혀 팔을 싹그려 ㅎ니 공이 놀나 밋쳐 손을 놀이지
못ㅎ고 부운이 소겨로 일분 옥렴지심이 업스되 초경을 당ㅎ여 실식ㅎ여 히음업시
손을 잡고 칼을 아스이 소졔 더욱 노ㅎ여 칼노 부운을 밀치고 불분 시비ㅎ고 팔을
지르니 불근 피를 지여 솟는지라

—「창란호연록」(18세기)

　그 남편이 몹시 화가 나서 마침내 문에다 자물쇠를 단단히 채우고는 양파의
머리채를 움켜쥐고 이리저리 패대기를 치더니 끝내는 배 위에 걸터앉아서 커다란
식칼을 가지고 찔러 죽이려 했지요. 그런데도 양파는 조금도 두려워하지 않고 낮
은 소리로 그 남편에게 말했습죠. '내가 중죄를 범한 것이 한두 번이 아니니 죽어도
무슨 원망이 있겠어요? 단지 그 칼을 나한테 줘서 내가 조용히 자결할 수 있게
해 주세요. 서방님께 아내를 죽인 사람이라는 말은 안 듣게 하고 싶습니다. 힘들게
그리 말고 내가 손수 목숨을 끊게 해 주는 게 좋겠어요.' 이렇게 실랑이를 하고
있을 때 시아버지인 양노인이 자물쇠를 부수고 들어가서 그 아들을 꾸짖고 칼을
빼앗아 땅에 집어 던졌죠. 이때 양파가 천천히 일어나 칼을 들어 목을 찔러 죽으려
했는데 헛손질만 하고 말았습니다. 그리고 다시 찌르려 할 때 양노인이 놀라 칼을
빼앗았답니다. 양파가 또 옆에 있던 작은 칼을 집어들자, 양노인이 또 빼앗았지요.
오후 2시쯤이나 됐을까? 양파가 방안에 아무도 없는 것을 보고는 시렁에 목을
매어 죽으려 하다가 동서인 희의 어미에게 구출되어 희의 어미가 방에서 양파를
지켰습니다. 그날 초저녁에 양파가 밖으로 나가 우물에 몸을 던졌지요. 우물이
깊었지만 다행히도 표주박 두 개가 물에 떠 있어서 몸이 미처 빠지기 전에 여러
사람들에 의해서 구출되었답니다. 헌데 이때는 우물 안 돌에 얼음이 끼어 있던
때라 부딪쳐 온몸에 상처가 많이 났지요. 그날 새벽 또다시 우물에 몸을 던져서
물 긷던 사람들이 온 힘을 다해 구출해 냈더니 코와 입에서 물이 나오고 한참이
지나서야 깨어났어요. 이날 저녁 또 목을 맸으나 시아버지에 의해서 구출되었고
요. 오늘 새벽에 또 목을 매었는데 다른 사람이 구해줘서 살아났어요. 그 뜻을
보니 반드시 죽기로 작정한 것 같았지요.

　其夫大怒 遂健鎖門戶 揪住楊婆之頭髮 顚之沛之 畢竟據于腹上 將廚用大劍
欲刺而殺之 楊婆少不恐怖 低聲謂其夫曰 吾犯重罪 不止一再 死何怨哉 但願以
刀給我 我願從容自決 無使夫壻有殺妻之名也 幸勿施勞 使我自盡 可也 如是之
際 其媤父老楊斷鎖而入 責其子而奪劍擲於地 楊婆緩緩而起 引劍自刎 手游虛
過 再刎之際 老楊驚奪之 楊婆又引在傍小刀 老楊又奪之 其申時量 楊婆瞰房乃

242　몸

無人 暗自經其頸於架下 被同婿喜母之救 自此居房守之 其夕初昏 楊婆出外投
井 井雖深而幸雙瓢浮水 身未及沒 而爲諸人救出 時値氷塞 井石多觸 身多所傷
其曉又投井 汲水諸人 盡力救出 水從鼻口而出 半晷不死 其夕又結項 爲媤父所
救 今曉又結項 亦爲人所救 則其志必死乃已

—「포의교집」(19세기)

삼십삼 년 동안 두 번째로 나는
나로부터 도망갈 결심을 한다
우선 머리통을 떼내어
선반위에 올려놓는다
두 팔과 두 발을 벗어
책상 위에 올려놓고
몸통을 떼내 의자에 앉힌다
오직 삐걱거리는 무릎만으로 살며시 빠져나와
필사적으로 달리기 시작한다

—최승자 「삼십삼 년 동안 두 번째로」(1984)

닫혀진 문 안에서 그들이 나를
씹고 또 씹는 소리가 들린다.
내 몸에서 육즙이 뚝뚝 떨어지고
그들은 멀리에서 입술을 쓱 닦고
남은 내 뼈다귀들을 창 밖 쓰레기통에 내던진다
나는 쓰레기통 속에 고요히 처박혀,
그래도 잠은 아름다와,

—최승자 「S를 위하여」(1984)

난 보란 듯이 외과수술용 톱을 가지고 나와
종이인형의 사지를 가위로 오리듯이
내 무릎을 싹둑싹둑 오려 버린다.
무릎이 없으니, 둥둥, 오오, 나는 불현듯
날 수가 있다.

—김승희 「모순의 무릎」(1995)

침봉에
한번 더 꽂혀볼래?

죽여 다오 죽여 다오 애걸해 볼래?

목구멍에 철사를 박아 더 오오래
못 시들게 해주랴?

—김언희 「꽃꽂이」(1995)

헤벌어진 배때기 속에
마늘 대신 쑥 대신 당신
당신을 집어넣고
통째 우겨넣고
끓는 기름의 고요
속으로 투신하고 싶어
자그르르
튀겨지고 싶어, 쉴새없이
가로젓던 대가릴랑
토막 쳐 버렸어, 이리 와

—김언희 「늙은 창녀의 노래 1」(1995)

나는 내 몸에 꼭 맞는 유치장을 갖고 있다.
붉은 병을
프로이드식으로 남성의 상징이라 하지 마시길
제발 성욕도 잡숩지 마시길
어떻게 내가 여자만인가
당신의 곧고 환한 마음을 들여다보는
등잔이면 안 되는가
이 눈 이 얼굴 이 가슴의 트럼펫
제대로 되먹은 인간이고 싶은 고뇌를 불고 있다
수 세대에 걸쳐 이브와 아담의 칼을 쓰고 있다
인간은 인간이란 기호는
엽총에 장전된 총탄,

당신이 건드리기만 하면 순간에 날아가 버린다

—신현림 「bottle woman」(1994)

암매장 소리. 잠속으로 삽이 파고들었어 창틀이 뼈다귀로 변하고 잠옷이 찢겨져 나가고 내 유방에 원반칼이 제트기처럼 스쳐갔어 검붉은 선혈 찢어진 잠옷을 밟고 방을 나왔어 같은 방이었어 전화선이 발목을 휘감고 하나, 둘, 셋, 하나, 둘, 셋, 각기 다른 허스키의 목소리들이 계속 같은 방으로 유인했어 너무나 추워왔어 섬 광, 주먹만한 우박이 마구 나를 내리치고 검은 손의 그림자가 내 어깨를 밀어제꼈 어 드디어 방을 벗어났지 거긴 거대한 정육점 창고였어 거꾸로 매달린 채 얼어붙은 인육들 12개의 문이 갑자기 나타났어 쇠를 뚫는 전기 드라이버가 내 왼쪽 눈을 후벼팠어

—박서원 「악몽」(1995)

의사는 프로이트에 의한, 프로이트를 위한
처방책을
그녀의 자궁 깊이
들이부었다

날마다 그녀는 성욕에 시달리고
햇빛 속을 달리는
자전거 바퀴살만 보아도
온몸에
화상을 입었다

어느 날
그녀는 진찰실 문을 밀고 들어가
삼시간에
의사를 덮쳐버렸다

정말 예민한
프로이트 요법이었다

—김상미 「그녀와 프로이트 요법」(1993)

네가 부르면 달려가서 도마 위에 눕는 나는 생체요리, 그는 나의 요리사 내 눈물

에 레몬가루를 뿌려 샤벳을 만드는가 하면 달달 볶다가 내 뛰는 심장을 바짝 태우
기도 하고, 팔팔 끓여 국물을 우려내는가 하면 한동안 독에 처박아 놓고는 묵은
김치처럼 꼼짝 말고 있으란다 그래? 그래 주지 나는 독안에 웅크리고 앉아 네
마음의 경로를 좇아본다 (중략) 너의 요리는 늘 재미나다 내 몸에 한켜씩 회를
떠 조악한 장식을 곁들인 생체요리, 너는 오랜 칼질을 마치고 일어나 걸어 보라
한다 얼마나 지겨웠던지 나는 겨우 뼈를 맞추고 도마에 누워 칼질하는 횟수를
세다가 잠들었는지 몰라

—문혜진 「요리」(2004)

8.6. 신성한 관능, 싱그러운 비린내

여성의 몸은 생리와 임신 및 출산의 도구성이 강조되면서 신성한 찬송과 배
리되어 열등한 몸으로 간주되기도 했다. 어머니 대지라는 풍요롭고 성스러운
개념과 상충하는 이 불결하고 비논리적인 여성 육체의 이미지는 여성으로 하여
금 자신의 몸을 혼란과 모순의 시선으로 응시하게 했다. 그러나 타자적인 몸으
로부터 주체적인 몸의 인식에 이르는 역사를 거치는 동안 여성의 육체는 지배
받는 몸에서 해방된 몸에 이르게 되고 자발적인 욕망의 긍정에 이르게 된다.
이에 여성문학은 새로운 눈으로 자기 몸에 대한 해석을 시도하면서 육체와의
불화에서 벗어나고 있다.

규방가사에서 여성이 자신의 몸을 의식하는 순간은 역설적으로 님이 부재할
때이다. 자신의 몸은 젊고 곱지만 이를 보아주고 즐길 님이 부재할 때, 여성들
은 몸으로 인한 결핍감을 느낀다. 몸은 곱고 예쁘게 단장하기 위해 존재하며
젊음을 향유하는 주체로서의 의미를 지니고 있어, 대상화되기보다는 주체로 서
있다. 이때의 몸은 감각적인 태도와 용모를 체현하고 있으며, 감각적 쾌감을
향수하는 주체로 존재한다. (「춘규탄별곡」, 「이별가」, 「망부가」)

현대소설에서 여성의 몸이 성스럽다거나 혹은 쉽게 더럽혀진다는 식의 곡해
된 시각은 특히 성폭행으로 인한 학대와 처벌의 상황 속에서 극명하게 표현되
어 왔다. 성폭행 자체보다 오히려 그 사건을 해석하고 단죄하는 아버지의 학대

속에서 상처 입고 좌절하는 여성 인물은 자신의 몸이 결코 단일하지 않으며 뱀처럼 탈피할 수 있는 변화와 영원의 물질임을 깨닫는다. 그런데 이러한 인식은 주로 자연에 의탁해 발현되곤 한다. 여성의 몸에 대한 긍정, 주체적 욕망의 확인은 자연과의 동일시 속에서 펼쳐진다. 여성 인물은 자연의 외기에 온몸을 맡기거나, 꽃과 나무의 모습을 퍼포먼스하면서 몸을 긍정하고 상처를 치유한다. (신경숙 「배드민턴 치는 여자」, 공선옥 「몸을 위하여」, 한강 「내 여자의 열매」, 「나무 불꽃」, 전경린『풀밭 위의 식사』) 자연이 내뿜는 생래적 욕망과 천연의 모습은 사회적 질서와 규격 속에 갇혀 있는 몸의 욕망을 풀어내게 하고, 이것은 동성애로 발현되기도 한다. 불온한 시대 혹은 불우한 가족사에 갇혀 자신의 몸을 망각한 채 모든 욕망을 억제하고 살아야 했던, 혹은 그런 욕망이 있다는 것조차 깨닫지 못했던 여성 인물은 싱그러운 딸기나 파릇한 미나리에 의탁해 자연스럽고 아름다운 여성의 육체를 발견한다. (신경숙 「배드민턴 치는 여자」, 「딸기밭」)

현대시에서도 여성의 육체는 이타적인 몸으로 순응하지 않고 '마녀'적 본능을 받아들이며 자신의 목소리를 회복하는 시도를 본격화한다. 여성의 생래적인 관능과 주체적 시선을 긍정적으로 체득하면서 마음과 몸을 잇는 구체적인 욕망을 인정한다. 여성들은 자신의 몸을 자기 소유이자 실존의 대상으로 인식하면서 스스로 감각하고 체감하는 성적 욕망과 관능성을 자유롭게 드러낸다. 잠재된 몸의 욕망을 일깨우고 '오르가즘'이라는 육체의 표현을 '오, 가슴'이라는 마음의 언어로 바꾸어 표현할 수 있는 감각을 얻게 되면서 여성의 신성한 관능은 자연의 생리와 혼연일체가 된다. (김선우 「아욱국」, 「민둥산」)

또한 여성의 몸에 흐르는 '야성의 핏줄'을 흔쾌히 여기며, 서로의 모든 것을 환히 비추는 몸과 새하얀 맨몸의 싱그러운 비린내를 찬송한다. 또한 '배꼽'이라는 어머니의 몸과 우주의 문을 통해 '아름다운 소행성'에 이른 것을 기억하며, 암묵적으로 금기시되었던 여성의 자위 혹은 자락(自樂)으로 열락의 경지에 이르는 자유로움을 자발적인 욕망으로 드러내기에 이른다. 생래적인 욕망과 관능을 금기하거나 억압하지 않으면서 여성의 몸은 주체적이고 창조적인 몸으로 거듭나게 된다. (문정희 「몸이 큰 여자」, 박라연 「생밤 까주는 사람」, 박서영 「배꼽의 위치」, 김민정 「그녀의 동물은 질겨」, 김선우 「얼레지」)

　　쳥츈으로 말을 ᄒ면 남ᄌ여ᄌ 다를손야 더고나 여ᄌ몸언 월틱화용 고운틱도

꽃홧즛가 방불ᄒ니 청츈 더욱 앗갑도다 무정셰월 소소밧비 쳥츈 어이 올릴손야
(중략) 그이우졔 엇든동유 나의오연 젹건마는 풍편에 드러보니 혼셔의양 쉬왓닺지
굿부도다 이흔몸언 어이그리 무졍ᄒ고 남의연광 나도먹고 남의쳬모 나도알며 남
의얼골 나도잇고 남의일도 알건마난 셰상낙을 젼혀몰라 규즁독쳐 무삼일고

—「츈규탄별곡」(미상)

　곱고 고운 이 내 몸이 뇌을되해 단장하리 나의 간장 썩은 줄은 혼저라도 짐작커
든 어서바비 돌아오소 백년기약 다시 매자 유자유손 하옵시면 그안이 조흘손가
유수같은 인생간에 횟포같이 조혼 세월 무정하게 보내오이 위인신사 하옵거든
어서 밥비 노라오소 세상천지 만물 중에 대강 구경 하옵시고 부부상봉 어서하야
백년기약 다시 매자 만담슬하 하옵기를 하시인들 이저오며 오매불망 어이 하리

—「이별가」(미상)

　그곳에 파란 미나리들의 허리가 반쯤 물에 잠겨 있었다. 삼월이거나 사월이거나
오월, 포근한 햇살이 또 거기에 있었다. 여자 아이 둘은 파란 미나리지를 바라보며
뭘 하고 있었을까? 도대체 뭘 하고 있었길래 옷을 벗기 시작했을까? (중략) 일어나
앉지 않았더라면 나는 그애의 어리고 부드러운 몸을 보지 못했을 것이다. 그앤
그대로 엎드린 채로 팔을 뻗어 자신의 발을 동그랗게 끌어당겨 복사뼈를 매만졌는
데, 나는 끌어당기는 대로 타원형으로 구부러지는 그애의 몸이 신기해서 내 아픈
곳을 만지다 말고 그앨 바라봤다. //
　포클레인 아가리 속엔 지하에서 떠낸 흙이 반쯤 차 있다. 그녀는 후욱, 숨을
몰아쉬며 그 흙 속에 두 발을 꼬옥 묻는다. 뭔가 안심이 된다는 표정이다. 자꾸만
흙을 퍼올려 자신의 무릎을 묻고 허벅지를 묻고 엉덩이를 묻던 그녀는 무슨 생각이
났는지 호오, 웃기까지 한다.

—신경숙 「배드민턴 치는 여자」(1993)

　남자의 차가 떠난다. 난주는 다리를 양껏 벌린다. 비와 바람과 산비둘기 울음소
리가 그녀의 자궁 속으로 스며든다. 그 여자, 난주의 벗은 몸이 어둠 속에서 밝게
빛난다.

—공선옥 「몸을 위하여」(1998)

　처녀는 손목의 힘을 풀고 유를 끌어안는다. 그 통에 유의 바구니에 소복소복
담겨져 있던 붉은 딸기들이 발에 쏟아지며 으깨어진다. 유의 에이라인 스커트에
딸기의 붉은 물이 스친다. 처녀는 아직 고스란히 바구니에 담겨져 있는, 자신이
딴 딸기를 한줌 집어 유의 깨끗한 치마 위에 놓고 이겨버린다. 유는 저항하지 않고

치마에 번지는 붉은 물을 물끄러미 보고 있다. 유의 살빛은 투명하다. 발육은 조화롭
다. 비틀리지 않았다. 억압받지 않는다. 처녀는 유의 밝은 귓불에 혀를 갖다 댄다.
유의 흰 목덜미에 처녀의 손자국이 빨긋하다. 처녀는 유의 목에 나 있는 자신의
손자국을 따라 유를 애무한다. 유의 천진함, 처녀가 유의 약간 벌어진 입 속에
혀를 밀어넣을 때까지도 유는 저항하지 않는다. 나직하다. 평화롭다. 적의가 없다.
─신경숙 「딸기밭」(1999)

그녀는 덩굴처럼 알몸으로 얽혀 있던 두 사람의 모습을 떠올린다. 그것은 분명히
충격적인 영상이었지만, 이상하게도 시간이 흐를수록 성적인 것으로 기억되지 않았
다. 꽃과 잎사귀, 푸른 줄기들로 뒤덮인 그들의 몸은 마치 더 이상 사람이 아닌
듯 낯설었다. 그들의 몸짓은 흡사 사람에서 벗어나오려는 몸부림처럼 보였다.
─한강 「나무 불꽃」(2005)

뱀이 허물을 벗듯, 생의 바깥으로 나가 외기에 나를 내맡길게요. 한 겹 한 겹
남김없이 탈피할게요. 놀라지 말아요. 당신들은 양복을 입고 넥타이를 맨 그대로
하던 이야기를 계속하세요. 평소에 그대로, 태연하게 생의 안쪽에 앉아 있어요.
그대로…… 자 이제, 나를 보세요. 풀밭의 외기에 맨몸을 맡기고 당신을 똑바로
쳐다보는 나를요. 아무것도 피하지 않는 평온한 내 눈을 보세요.
─전경린 『풀밭 위의 식사』(2010)

아욱을 치대어 빨다가 문득 내가 묻는다
몸속에 이토록 챙챙한 거품의 씨앗을 가진
시푸른 아욱의 육즙 때문에

─엄마, 오르가슴 느껴본 적 있어?
─오, 가슴이 뭐냐?
아욱을 빨다가 내 가슴이 활짝 벌어진다
언제부터 아욱을 씨 뿌려 길러 먹기 시작했는지 알 수 없지만
─으응, 그거! 그, 오, 가슴!
자글자글한 늙은 여자 아욱꽃빛 스민 연분홍으로 웃으시고
─김선우 「아욱국」(2007)

육탈한 혼처럼 천지사방 나부껴오는 바람속에
오래도록 알몸의 유목을 꿈꾸던 빗장뼈가 열렸다
환해진 젖꽃판 위로 구름족의 아이들 몇이 내려와

육체 249

어리고 착한 입술을 내밀었고
인적 드문 초겨울 마른 억새밭
한기 속에 아랫도리마저 벗어던진 채
구름족의 아이들을 양팔로 안고
억새밭 공중정원을 걸었다 몇번의 생이
무심히 바람을 몰고 지나갔고 가벼워라 마른 억새꽃
반짝이는 살비늘이 첫눈처럼 몸속으로 떨어졌다
바람의 혀가 아찔한 허리 아래로 지나
깊은 계곡을 핥으며 억새풀 홀씨를 물어 올린다 몸속에서
바람과 관계할 수 있다니!

—김선우 「민둥산」(2003)

저 넓은 보리밭을 갈아엎어
해마다 튼튼한 보리를 기르고
산돼지 같은 남자와 씨름하듯 사랑을 하여
알토란 아이를 낳아 젖을 물리는
탐스런 여자의 허리 속에 살아 있는 불
저울과 줄자의 눈금이 잴 수 있을까
참기름 비벼 맘껏 입 벌려 상추쌈 먹는
야성의 핏줄 선명한
뱃가죽 속의 고향 노래를
젖가슴에 뽀얗게 솟아나는 젖샘을
어느 눈금으로 잴 수 있을까

—문정희 「몸이 큰 여자」(2001)

이 사람아
산 채로 껍질을 벗겨내고
속살을 한번 더 벗겨내고
그리고 새하얀 알몸으로 자네에게 가네
이 사람아
세상이 나를 제아무리 깊게 벗겨놓아도
결코 쪽밤은 아니라네
그곳에서 돌아온 나는
깜깜 어둠 속에서도 알밤인 나는

자네 입술에서 다시 한번
밤꽃 시절에 흐르던 눈물이 될 것이네
—박라연 「생밤 까주는 사람」(1993)

당신의 몸은 배꼽으로부터 전송된 문장으로 완성되었다
움푹 들어간 문장, 불룩 솟은 문장들이 몸의 문법을 거쳐
아름다운 소행성에 도착했다
당신은 문장의 비밀을 읽기 위해
가끔 거울 앞에 선다
알몸으로 서서 당신 몸의 풍경이 바뀌는 것을
혼자 몰래 들여다보곤 한다

절벽이 무덤처럼 봉긋해졌을 때
수술자국 가득한 젖이 왜 그렇게 찌릿찌릿해지는지
어긋난 문장들이 왜 가동되려고 하는지
—박서영 「배꼽의 위치」(2010)

여자에게 고민이란 바로 이런 것
왜 나의 不感은 感이 되지 않는 걸까
이렇게 쉽게 펑, 젖으면서도 말이지
왜 나의 感은 不感이 되지 못하는 걸까
이렇게 체중계가 휘청, 하는 데도 말이지

엄마가 도끼로 책상 서랍을 찍을 때
그 아래 그저 졸고만 있던 여자가 있었다
서랍에서 끄집어낸 검은 봉지가 찢어발겨졌고
피에 젖은 채 돌돌 말린 수십 개의 생리대마다
아름답다, 빨간 리본이 묶여 있었다
—김민정 「그녀의 동물은 질겨」(2009)

옛 애인이 한밤 전화를 걸어왔습니다
자위를 해본 적 있느냐
나는 가끔 한다고 그랬습니다
누구를 생각하며 하느냐

아무도 생각하지 않는다 그랬습니다
벌 나비를 생각해야만 꽃이 봉오리를 열겠니
되물었지만, 그는 이해하지 못했습니다
(중략)
바람이 꽃대를 흔드는 줄 아니?
대궁 속의 격정이 바람을 만들어
봐, 두 다리가 풀잎처럼 눕잖니
쓰러뜨려 눕힐 상대 없이도
얼레지는 얼레지
참숯처럼 뜨거워집니다

—김선우 「얼레지」(2000)

8.7. 그로테스크한 몸

추하고 기괴한 몸, 순응하지 않는 공격적인 몸, 신비하지 않은 고깃덩어리 같은 몸 등, 여성의 몸은 타자화되기를 거부하면서 그로테스크한 몸이 되기를 자처한다. 이처럼 더럽고 추하고 기괴한 여성의 몸은 생산과 풍요, 모성과 자애, 균형과 조화 등으로 인식되던 기존의 여성적 몸에 대한 전복적 시각을 드러낸다.

여성 육체는 남성을 유혹하는 이브적인 속성과 성스럽고 순수한 마리아적인 속성 속에 갇혀 있다. 그래서 성스럽던 아름다움이 걷히는 순간 구역질나는 고깃덩이로 전락한다. 성적인 매혹의 이면에는 남성을 유혹하고 나서 파멸시키는 사이렌의 악마성이 내재한다. 이처럼 이분법적으로 재단된 여성의 몸을 비판하기 위해 현대소설은 일탈적인 성을 추구하는 여성 인물을 제시하거나, 일반적인 여성의 몸을 벗어난 중성적이고 복합적인 육체를 묘사한다. (한말숙 「별빛 속의 계절」, 이평재 「마녀물고기」, 전경린 『열정의 습관』) 부풀어오른 머리와 굽은 등, 성장을 멈춘 육체, 늙거나 부패하지 않는 몸, 누구의 것인지도 알 수 없는 파편화된 육체, 과도하게 마르거나 살찐 몸, 동물적 공격성과 식물적 연약성을 동시에 지니는 기괴한 몸의 이미지, 추하고 공포스러운 처녀귀신 등도 여성의 몸에 대한 기존의 시각을 뒤집고 있다. (천운영「숨」,「등뼈」,「유령의 집」,「월경」,「행복고물상」,「포옹」,「명랑」, 편혜영「시체들」, 김숨「육(肉)의 시간」)

이러한 그로테스크한 환상성은 한마디로 정의할 수 없는, 비어있는 모호성의 공간으로 여성의 몸을 제시함으로써 기존 질서를 균열시킨다. 이것은 사실적인 서사 구조가 여성의 몸을 비판적으로 담론화하는 방식보다 더 근원적이고 복합적이다. 여성의 몸에 대한 다양한 시각이 환상적 상상의 구도에서 더 자유롭고 냉혹하게 제시된다. 확일적인 미의 기준에 편승하고 젊음의 권력을 유지하고자 성형하는 여성의 몸 역시 훼손되고 변형된, 그로테스크한 부조화의 측면이다.

이러한 불구성이 때로 예지력과 통찰력을 내포하는 이유는 그 불구적 양상이 비현실적인 가치관을 이해하고 경험할 수 있는 통로가 되기 때문이다. 꼽추의 굽은 등에는 날개가 들어 있고, 절룩거리는 다리는 느린 속도로 세상을 바라볼 수 있는 특별한 시각을 제공하며, 실명은 수동적으로 망막에 새겨지는 것이 아니라 봐야 하는 것, 보고 싶은 것을 그려볼 수 있는 힘이 된다. (권지예「상자 속의 푸른 칼」, 전경린『열정의 습관』, 김숨「카페, 천사」,「느림에 대하여」,「부활」)

현대시에서 그로테스크한 몸의 양상은 여성이 자신의 몸을 자해하거나 해체하는 상상으로 전개된다. 이는 여성의 몸이 본연의 욕망과는 달리 물화된 존재로 왜곡되어 인식되고 타자화되어 왔던 것에 대한 강력한 저항이라 할 수 있다. 이는 탄생 시점부터 존재의 신성함을 거부하면서 '천 년 전에 죽은 시체'로 명명하고 '아무것도' 아니라고 선언하는 몸에서 시작한다. 이 그로테스크한 상상은 삶에 대한 공허에서 오는 폭식증으로 지나치게 비대해져 인간이 지녀야 할 격을 잃고 고깃덩어리처럼 전시된 몸, 당신을 보기 위해 당신 너머를 바라보는 비정상적으로 길어진 가느다란 목, 자아의 존재감을 무화시켜온 모성의 '배꼽'을 비틀어버리는 비정상적인 육체성으로 전시된다. 또한 어떤 위협과 폭력 속에서도 천진한 명랑함을 가장해 혀를 쭉쭉 길게 뽑아 이어 '폴짝 폴짝' 넘는 몸, 끔찍한 소리를 내며 '쩝쩝거리는' 식육 모티브를 드러내는 몸, 정육점의 갈고리에 걸린 고깃덩어리처럼 육체의 신성함을 잃고 물화된 몸 등으로 이어진다. 현대시의 이 그로테스크한 몸들 역시 여성 육체에 대해 집요하게 요구해 온 아름다움과 부드러움과 균형 등을 전복하면서 이제껏 정형화되어 온 여성 육체이기를 부정하고 사회적인 시선에 포획되기를 거부하는 반자연적이며 반여성적인 몸의 선언이라고 할 수 있다. (최승자 「일찍이 나는」, 김승희 「뚱뚱한 모나리자」, 김행숙 「목의 위치」, 이민하 「배꼽―관계에 대한 고집」, 김민정 「나는야 폴짝」, 김혜순 「무작위(無作爲)」, 이원 「아파트에서 2」)

    그는 이영희를 미워했었다. 그녀가 걸을 때마다 수선스레 흔들리는 허리통에서부터 흡사히 쇠고깃간에 걸린 고기덩이 같은 엉덩이가 흐느적거리는 것이, 질색이었다. 한때는 멋진 걸음걸이라고 무척 신기하게 여긴 적이 없는 것은 아니지만. 그보다도 말할 때마다, 생각을 품은 듯이 꿈적이는 젖은 듯한 커다란 눈을 아름답게 여긴 일도 있기는 있다. 그러나 경자의 머리채를 휘어잡고 난리를 핀 후로는 영식은 도무지 그 눈이 구정물에 젖은 유리알같이만 보였고, 더구나 뒤흔드는 엉덩이를 보면 구역이 나올 것 같았다.

―한말숙 「별빛 속의 계절」(1965)

    혜자는 자신에게 있어 행복의 원천인 남편을 놓치지 않으려고 더욱 조바심을 쳤다. 눈 밑에 생기기 시작하는 주름과 흐트러지는 턱선이 신경 쓰여 주름살 수술과 쌍꺼풀 수술을 했다. 한번 몸에 손을 대니 자신의 몸의 불완전함이 더욱 드러나 안달이 났다. 아이를 낳은 배의 지방도 절제를 하고 늘어지기 시작하는 유방도 다시 당겨올렸다. (중략) 누가 봐도 고등학생과 중학생 남매를 둔 아줌마로 보아주지 않았다.

―권지예 「상자 속의 푸른 칼」(1997)

    어머니는 당신의 나이 스무 살이던 해에 노란 택시에 치였다. 그때부터 어머니는 빠른 것을 두려워했다. 어머니는 다른 어머니들과는 달리 오빠와 내가 초등학교 시절 운동회 달리기 경주에서 1등 하길 바라지 않았다. 발이 빠르던 오빠가 초등학교 일학년 때 반 대표로 나가 1등을 했을 때에도 어머니는 오빠에게 '난 빠른 게 싫다.'는 한마디만을 조심스럽게 내뱉었을 뿐이다. (중략) 어머니의 행동에는 항상 낯설음과 그 낯설음에서 비롯되는 조심성이 따라다녔다.

―김숨 「느림에 대하여」(1997)

    좁은 어깨를 가리고 있는 머리털 속에는 도드라진 등뼈가 숨겨져 있다. 단단하고 둥긋한 등뼈의 외양은 네 발을 땅에 짚고 사냥하는 육식동물의 그것과 닮았다. 몸의 가장 위쪽에 등뼈를 두고 급격한 각도로 떨어지는 날렵한 몸체. 공기저항에 구애받지 않고 초식동물을 향해 돌진할 수 있는 몸이 그녀에게는 필요한지도 모른다.

―천운영 「숨」(2000)

　여자는 긴 머리채를 흘리고 팔을 길게 뻗은 모습으로 구석으로 기어갔다. 여자가 방바닥에 꼼짝도 않고 누웠을 때 남자는 처음으로 여자의 벌거벗은 육체를 세심히 훑어보았다. 목선에서부터 등을 따라 둥그렇게 솟은 엉덩이까지. 물처럼 흘러내린 머리와 톡 튀어나온 뼈들. 그리고 재빠르게 도망가는 엉덩이의 곡선. 그때 여자의 몸 중앙을 가로지르던 등뼈의 명쾌한 자국을 남자는 선명히 기억하고 있다.
　붉어진 뼈를 가진 신체는 비애감마저 느끼게 한다. 비극적인 육체. 육체의 중심에 우뚝 선 등뼈. 그 마디마디가 처참히 드러난 여윈 등.
　그때 왜 여자의 등을 쓰다듬어주지 못했을까.

―천운영 「등뼈」(2000)

　그녀는 일찍부터 머리가 세어서 지금은 완전한 백발을 이루고 있습니다. 흰 머리칼을 딱 목선까지 자르고 가운뎃가르마를 타 귀 뒤로 넘겼지요. 그녀가 독한 파마약 냄새를 풍기며 보자기 따위를 머리에 둘러쓰고 있는 모습은 아무도 보지 못했습니다. 귀밑까지 머리 길이를 유지하기 위해 미장원에 다녀오는 것 또한 본 적이 없습니다. 그녀의 머리카락은 미장원 한편에 걸린 조화처럼 조금도 자라지 않는 것 같습니다. //
　처녀는 붉은 혓바닥을 길게 늘어뜨리기 시작합니다. 속엣말을 읊조리듯 나지막이 흘러내리는 혓바닥이 어깨에까지 닿습니다. 파리를 잡아먹기 위해 날름거리는 파충류의 붉은 혓바닥처럼 역겹게 느껴지기도 합니다. 그렇다고 혓바닥을 잡아당기지는 마십시오. 처녀는 다만 당신에게 억울한 사연을 전하고 싶을 뿐이니까요.

―천운영 「유령의 집」(2000)

　은행나무가 잘려나가면서 몸의 생장점 또한 사라졌는지 내 몸은 작정이라도 한 듯 자라기를 멈추었다. 젖가슴은 열세 살 몽우리로 남아 있고 키도 150센티미터가 안 된다. 열두 살에 시작한 생리도 이젠 하지 않게 되었다. 무슨 신경인가가 끊어지고 호르몬 작용에 이상이 생겼기 때문이라고 한다. 내 몸에서 자라는 것은 머리통뿐이다. 이 순간에도 쑥쑥 크는 소리가 들리는 듯하다. 커다란 머리통은 곱추의 등허리처럼 부담스럽고 거치적거리기만 한다. 계단을 내려가거나 갑자기 일어설 때면 균형을 잃고 넘어지기 일쑤다.

―천운영 「월경」(2001)

육체　255

두툼하게 살이 오른 눈두덩이 밥상보다 먼저 눈에 띈다. 아내의 눈꺼풀은 점점 더 밑으로 처지고 있다. 눈꺼풀과 함께 심하게 늘어진 목과 볼따구니는 칠면조의 쭈글쭈글한 살갗을 닮았다. 그 늘어진 살이 보여주는 서글픔은 아내의 둥실한 몸 전체를 압도해서 두 돈짜리 순금반지를 끼고 있는 굵은 손마디마저 슬프게 만든다. 넓고 뭉툭한 코와 그를 도드라지게 하는 편편한 얼굴, 고춧가루가 묻은 발랑 까뒤집힌 입술. 서글퍼지다가도 한없이 추접스러워지는 아내의 몰골을 보고 나는 고개를 돌려버린다.

—천운영 「행복고물상」(2001)

그는 윤기 흐르는 내 머리카락을 한올 한올 쓰다듬곤 한다. 나는 그를 위해 나날이 예뻐질 것이다. 몸을 돌리다가 둥그렇게 솟은 어깨와 등의 굴곡을 보고 만다. 등을 잠시 잊고 있었다.

내 등은 수수께끼다. 사막의 비밀을 간직한 낙타의 등. 등 안에 우는 사막의 바람. 나는 갑자기 끝이 보이지 않는 사막 한가운데 내동댕이쳐진다. 가혹한 모랫바람이 불어닥치고 꼬리를 치켜든 전갈과 바싹 말라죽은 곤충들이 날아다니며 얼굴을 후려치는 사막 그 중심에. //

가녀리게 흔들리는 어깨와는 상관없이 그녀의 등은 침착하고 강인해 보였다. 굽은 뼈와 살 속에는 차마 내뱉어서는 안되거나 표현될 수 없는 비밀과 전설이 숨어 있는 듯했다. 그녀의 등에 머리를 기대자 나는 한없이 편안해졌다.

—천운영 「포옹」(2001)

눈을 떴을 때, 가슴을 드러낸 평범한 여자가 공포에 질린 눈으로 그녀를 보고 있었다. 오른쪽이 약간 더 아래로 처진 유방. 35퍼센트 정도의 젊음이 빠져나간 허전한 유방이었다. 가현은 옆으로 비추어 보았다. 검사장처럼 객관적인 눈으로.

두 아이를 수유한 젖꼭지는 생각보다 더 크고 검었다. 가현은 일어섰다. 그리고 배를 비추어 보았다. 등의 피부보다 조금 늘어진 배쪽의 살이 굵은 털실의 오라기들을 펴놓은 것처럼 갈래갈래 튼 채 아래로 늘어져 있었다. 갑자기 자신을 둘러싼 피부라는 것이 몹시 낯설었다. 몸에 큰 다른 존재의 뻣뻣한 가죽처럼 자신과 피부 사이의 틈이 느껴졌다.

—전경린 「열정의 습관」(2002)

나는 노인네 발을 쓰다듬다가 내 벗은 발을 보고 말았다. 짧고 뭉툭한 발가락과 갈라질 대로 갈라진 틈으로 때가 깊숙이 앉은 험악한 뒤꿈치. 발가락 사이사이에는 무좀과 습진으로 발갛게 생채기가 나 있다. //

나는 고개도 안 돌리고 불퉁거린다. 엄마가 신발을 꿰어 신고 내 앞으로 다가온다. 엄마에게서는 누린내가 난다. 비에 젖은 개털 냄새, 찬 바람에 노출된 가죽점퍼 냄새. 엄마에게서 풍기는 냄새는 여자의 냄새가 아니다. 엄마의 목소리가 굵어지면서, 수염이라도 난 것처럼 코밑이 검어지면서 풍기기 시작한 그 냄새는, 사내들의 콧바람에서 묻어나오는 역겨운 냄새와 닮아 있다. 늙어가는 여자들에게서는 왜 남자 냄새가 나는 걸까.

—천운영 「명랑」(2003)

그녀의 머리는 두 번에 걸친 뇌수술의 부작용으로 인해 기형적으로 부풀어 있었다. 손가락으로 누르면 움푹 꺼져들어갈 것만 같았다.

—김숨 「카페, 천사」(2004)

카나코는 자신의 '오른쪽 눈동자'가 박혀 있었던 공간에 노파의 '오른쪽 눈동자'를 쑥 밀어넣었다. 부르르 어깨를 떨며 눈을 감았다. 말라비틀어진 소나무 줄기 그림자가 창을 타넘어왔다. 소나무 줄기 그림자는 카나코의 오른쪽 가슴과 목을 지나 노파의 '오른쪽 눈동자'를 덮고 있는 눈꺼풀을 무겁게 짓눌렀다.

바늘 같은 잎들을 피웠다. (중략) 부화되는 알처럼 '오른쪽 눈동자'가 꿈틀거리는 것이 느껴졌다.

카나코는 자신의 몸이 단지 한 개의 거대한 '오른쪽 눈동자'처럼 여겨졌다. 카나코의 몸에서 온전하게 살아 있는 것은 오직 오른쪽 눈동자뿐⋯⋯.

—김숨 「부활」(2004)

팔목은 지난번에 본 오른쪽 다리와 마찬가지로 퍼렇게 죽은 채 물에 퉁퉁 불어 있었다. 일부가 떨어져 나간 살갗이 종잇장처럼 너덜거렸다. 손가락 끝은 다 뜯겨 있었다. 혈관은 전선 끝을 잘라낸 것처럼 수십 개 조각으로 벌어져 있었다. 그것은 살진 구더기를 골라내고 낚싯밥을 말던, 비늘을 벗겨내고 내장을 끄집어내어 다듬고 소금을 쳐서 생선을 굽던 아내의 손일지로 모른다. 컴퓨터 키보드를 일 분에 육백 타 칠 수 있는 타자수의 손이거나 바이올린 협주곡을 연주하던 음악가의 손일 수도 있었다. (중략) 그는 이번에도 아내인지 아닌지 잘 모르겠다고 대답했다.

—편혜영 「시체들」(2005)

남편이 집을 나가던 날, 그들도 이 집을 떠났다. 그들은 여자의 가랑이에서 풍기는 정액의 냄새를 맡았고, 그 냄새를 맡는 순간 가차 없이 이 집을 떠나버렸다.

그들은, 지난 30년 동안 종교처럼 매달려왔던 여자의 육체에 털끝만치의 미련도
남아 있지 않은 것 같았다.
　　그리고 여자는 지금도 소파에 죽은 듯이 누워 있다.
　　남편의 불온한 욕망에도 불구하고, 여자의 육체는 어느 한 곳도 부패되지 않았다.
　　진실로, 어느 한 곳도.

—김숨 「육(肉)의 시간」(2007)

일찍이 나는 아무 것도 아니었다
마른 빵에 핀 곰팡이
벽에다 누고 또 눈 지린 오줌 자국
아직도 구더기에 뒤덮인 천년전에 죽은 시체

아무 부모도 나를 키워 주지 않았다
쥐구멍에서 잠들고 벼룩의 간을 내밀고
아무 데서나 하염없이 죽어 가면서
일찍이 나는 아무것도 아니었다

—최승자 「일찍이 나는」(1981)

어마어마한 살덩어리
막을 수 없는 증식의 반죽덩어리
물속에서 퉁퉁 불은 듯한
부풀어오른 얼굴에 손가락을 넣어봐
밀가루의 무저갱으로 아득히 빨려들어가는 손가락
야식증후군일 거야
몽유의 발걸음은 냉장고 속으로 출렁출렁 빨려들어가고
해적선, 밤의 약탈로 메워지는 입,
통닭 한 마리를 밤에 혼자 다 먹었다니까
먹은 기억은 못하지만, 아침에 쟁반에 수북한 닭뼈들,
그것과 출렁거리는 뱃살만이 유일한 증거,
낮이면 하얀 실크에 십자수를 놓는 얌전한 수예가인지도 몰라
한밤중엔 머리를 풀고 먹을 것을 찾아다니는 폭식증의 여자
미소, 어두운 심해의 우울증에서 뻗어나오는 방만한 미소,
무시무시한 살덩어리가 움직이는 출렁거리는 비만의 미소,

—김승희 「뚱뚱한 모나리자」(2006)

기이하지 않습니까. 머리의 위치 또한.

　목을 구부려 인사를 합니다. 목을 한껏 젖혀서 밤하늘을 올려다보았습니다. 당
신에게 인사를 한 후 곧장 밤하늘이나 천장을 향했다면, 그것은 목의 한 가지 동선
을 보여줄 뿐, 그리고 또 한 번 내 마음이 내 마음을 구슬려 목의 자취를 뒤쫓았다
는 뜻입니다. 부끄러워서 황급히 옷을 입듯이.

―김행숙 「목의 위치」(2010)

그 여자의 체액을 빨아먹는 아이
그 여자의 미소를 찢어먹는 아이
그 여자의 뼈를 발라먹는 아이
그 여자의 눈을 사탕 막대기에 꽂는 아이
그 여자의 뇌를 불에 지르는 아이
불지르며 불지르며 무럭무럭 크는 아이
여자의 배꼽에 호스를 끼우는 아이
여자 몸에서 하나씩 플러그를 뽑는 아이
아이의 배꼽에서 여자가 주름투성이 손을 내민다
여자의 배꼽에서 아이가 털복숭이 앞발을 내민다

―이민하 「배꼽―관계에 대한 고집」(2005)

그러나 오늘 아침
누구신가 내 코에
자동 오프너를 걸고
소란스레
내 뚜껑을 여는 소리
껍질을 찬찬히 벗기는 소리
부드러운 내 뼈가 무너지는 소리
환청처럼 쩝쩝거리는 소리

―김혜순 「무작위(無作爲)」(1990)

사람들이 층층의 정육점에서 뛰쳐나온다
갈고리가 몸의 여기저기에 박힌 채였다
몸의 지퍼를 올리지도 못한 채였다
그림자가 몸을 만들기도 전에

육체　259

몸의 사방에 불빛이 대못처럼 박힌다
뛰어가는 그들의 몸 속에서
쇠붙이끼리 부딪치는 소리가 난다
쇠붙이끼리 절그럭 붙는 소리가 난다

—이원 「아파트에서 2」(2007)

스물두 살 먹은 내가 두 번째 애 떼러 간 동생 대신 산부인과에서 다리 벌리다 말고 폴짝 줄 넘고 있었는데 스물네 살 먹은 내가 나를 걷어찬 애인과 그 애인의 애인과 셋이서 나란히 엘리베이터 타 오르다 말고 폴짝 줄 넘고 있었는데 스물여덟 살 먹은 나 혼자 폴짝 넘고 있었는데 줄 돌리는 사람 없이 저 혼자 잘도 도는 줄이 돌고 돌수록 썰면 썰수록 풍성해지는 양배추처럼 도마 위로 넘쳐나는 쭈글쭈글한 내 그림자들이 겹겹이 엉킨 발로 폴 짝 폴 짝 줄 넘어가며 입 속의 혀 쭉쭉 뽑아 길고 더 길게 줄을 잇대나간다

—김민정 「나는야 폴짝」(2005)

9 배설

　‘배설’은 인간의 육체에서 분비되는 눈물, 오줌, 구토, 똥 등 몸의 찌꺼기를 몸 밖으로 내보내는 일을 의미한다. 이 구체적인 배설물들은 여성의 경우 추상적이고 관념적인 심리와 정서를 드러내는 매개물이 되는데, 내면의 슬픔이나 고독뿐 아니라 역겨움, 생리적인 저항, 억압된 것들의 귀환, 도발적이고 발칙한 고백 등을 표현하는 적극적인 몸의 일부분으로 드러난다.

　어학적으로는 ‘싸다, 누다, 흘리다’ 등의 서술어에 따라 그 대상이 ‘똥, 오줌, 눈물, 침, 땀’ 등으로 구별된다. 그 가운데 ‘누다’에 비해 ‘싸다’는 비속어로 전승되고 있다. ‘눈물’은 생리적 현상보다는 외부적 자극이나 감정의 변화로 인해 더 많이 배설되는 것으로 인식되고 있으며 가장 많은 관용적 표현과 연결되어 있다. ‘오줌’은 고전문학에서 주로 비범함을 함축한 상징으로 등장해 왔으며, ‘똥’은 희화화된 표현이나 상서로운 의미로 수용되어 왔다.

　‘눈물’은 여성문학에서 고통을 표현하거나 정화하려는 의지에서 흘리는 배설물로 주로 등장해왔다. 고전문학에서 눈물은 자기 신세를 한탄하거나 능력을 알아주지 않는 세상을 향해 흘리는 눈물이자 사랑하는 사람들과 헤어지면서 고통과 외로움 속에 흘리는 눈물로 묘사된다. 현대문학에서도 고통을 표현하는 눈물이 자주 등장하지만 이는 좀 더 적극적인 의지를 지닌 눈물로 표현된다. 물이 지닌 정화와 세정의 상징성을 그대로 지니고 있으며 고통과 번민을 씻어내 새로운 존재로 거듭나게 하는 정신적이며 의지적인 배설물이다. 여성적 나약함과 순응적 태도에서 흘리는 눈물이 아니라, 구체적인 진실과 정신적인 각성을 동반하는 강력한 생명과 의지의 물이며 타인의 감정과 아픔에 연루되게 하는 능력을 지닌 눈물이다.

　‘오줌’은 주로 현대문학에 등장한다. 자기 몸에서 흘러나오는 낯선 액체를 응시하면서 자신의 비밀과 수치, 죄와 더러움, 슬픔과 고독을 마주하기도 하고, 주저앉아 오줌을 누어야 하는 여성의 생리적인 상황을 통해 여성 삶에 내재한 생래적인 비극의 몸짓을 이해하기도 한다. 여성문학에서 오줌은 더 흥미롭고 생산적인 의미로 대지와 하나 되어 흐르는 생명적 합일의 물, 여성과 자연을 잇는 몸의 수액으로 적극 등장하기도 한다.

　‘구토’라는 비정상적 배설은 세속적이고 역겨운 현실에 대한 결벽증적인 육체의 반응으로 부당한 현실과 암담한 미래에 대한 저항의 몸짓을 드러낸다. ‘똥’은 적극적인 카니발리즘의 의미로 등장한다. 여성문학에서 똥은 남성중심의 가치체계를 조롱하면서 현실의 진지함을 전복하고 일상적 가치를 뒤집으며 기존의 가치를 희화화한다. 이는 일상적 삶을 난장으로 만들어 비천하고 더럽고 버려진 것들의 의미를 도발적으로 회복시키려는 여성문학의 도전적인 은유가 된다.

배설

'배설(排洩)'은 안에서 밖으로 새어나가게 한다는 뜻이다. 안에서 밖으로 내보낸다는 의미에서 '배출'(排齣)과 유사하지만, 배설은 동물에 한정하여 음식의 영양을 섭취하고 그 찌꺼기를 몸 밖으로 내보내는 일을 의미한다는 점에서 변별된다.

> 음식물 섭취도 중요하지만 배설도 그 못지않게 중요하다.
> 몸에 쌓였던 노폐물이 배설되다.
> 대소변이 잘 배설되니 병이 빨리 낫겠다.
> 몸 밖으로 배설된 분뇨는 다시 자연의 순환 원리에 따라 분해된다.
>
> 쓰레기 종량제가 실시되자 쓰레기의 배출이 크게 줄었다.
> 오염 물질을 대기 중으로 배출하는 업체는 의무적으로 공해방지시설을 갖춰야 한다.
> 엄청난 양의 공장 폐수가 정화되지 않고 강으로 배출되고 있다.

상술한 예에서도 보이듯이 배설은 동물체의 '노폐물, 대소변, 분뇨' 등을 밖으로 내보내는 행위를 의미하는 반면, 배출은 '동물체의 배설물'뿐만 아니라 '쓰레기, 폐수, 가스, 공해 배출 업소' 등과 같이 오염 물질을 안에서 밖으로 내보내는 행위를 의미한다. 또한, 배설이나 배출 행위 모두 의도에 의해 이루어지기 때문에 배설은 사람이 스스로의 의지에 의해 몸 안에서 밖으로 무언가를 내보내는 행위를 은유적으로 표현할 경우에도 확대되어 사용된다.

> 김 씨는 울적한 기분을 배설하려는 듯 담배 연기를 길게 내뿜었다.
> 보복의 기회가 왔기 때문이 아니라 두려움과 분노를 배설할 계기가 주어졌기 때문이었다. 돌려줄 수 있으리라는 느낌이 든다는 것을. 하도 거세어서, 그 충동은 배설의 욕구 같았다.
>
> —『표준국어대사전』

우리의 몸 안에서 밖으로 나가게 하는 행위인 배설에 해당하는 서술어로는 '싸다, 누다, 흘리다' 등이 있다. '싸다'와 '누다'는 그 서술의 대상이 '똥, 오줌'이고, '흘리다'는 '눈물, 침, 땀' 등이 된다. 따라서 현대국어에서 '누다'와 '싸다'는 그 의미 영역이 겹치는데, '누다'는 본래의 의미를 갖고 전승된 반면 '싸다'는 비속어가 되었다. 역사적으로 '싸다'는 '누다'에 비하여 먼저 출현한 것으로 추측되는데 15세기 문헌에서 '쏘다'의 형태가 활발히 등장하는 반면, '누다'는 『석보상절(釋譜詳節)』(1447) 등에 드물게 나타나다가 후대로 오면서 빈번하게 나타나고 있다.

지금과 같은 된소리 표기의 예 '쓰-'는 17세기에 'ㅅ계 자음군, ㅂ계 자음군, ㅴ계 자음군' 등의 구별이 없어지면서 어두 자음군의 변화가 일어나 19세기 문헌에 처음으로 등장한다. 또한, 18세기에는 어두 위치에서 '·〉ㅏ'의 변화에 의해 어간 모음의 변화가 일어남으로써 '쏘-〉싸-[泄]'의 변화가 일어나 오늘날의 '싸-'가 완성된 것으로 보인다.

18세기까지 문헌에서는 '쏘-'만 나타나는 양상을 보여 주다가 19세기 문헌을 중심으로 '쏘-〉싸-'로 표기하는 변화 과정이 나타나는데 근대국어의 한 특징인 표기 양상의 혼란이 보인다. 윗사람에 대해서 '대쇼변을 다 쏘신다'(『병자일기(丙子日記)』(1636)』), '대변을 쏘시니'(『명주보월빙(明紬寶月聘)』 20(19세기)), '도련님도 똥을 쓰고'(『남원고사(南原古詞)』 5(19세기)) 등으로 나타나는 것으로 보아 19세기 무렵 '싸다'는 현재와 같은 비속어는 아니었던 것으로 추정된다.

> 대쇼변을 쏘거든 믈 죵 흔 되를 믈 서마래 글혀 (『구급간이방(救急簡易方)』(1489))
> 닷덧골딕이 병이 듕ᄒᆞ여 대쇼변을 다 쏘신다 드르니 글언 근심이 업다 (『병자일기(丙子日記)』(1636)』)
> 오좀 쏘기 똥 쏘기 (『한청문감(漢淸文鑑)』(1779))
> 불시에 나오는 똥을 참지 못하야 똥을 싸니 구린내 진동하는지라 (『임화정연(林花鄭延)』(18세기경))
> 대변을 쌀 듯하매 잠결에 나가다가 누에 쩌러져 상하엿노라 (『임화정연(林花鄭延)』(18세기경))
> 입나븨을 놀릭게 탁탁 건데인 후에 오좀을 싸거든 (『잠상집요(潛像輯要)』(1886))
> 오좀 뉘기 부셔진니 거문고요 씩지나니 북장고라 본관이 똥을 싸고 (『춘향전(春香傳)』 下(19세기경))

쥬찬을 과히 ᄌ신 고로 만좌 듕 대변을 ᄇᆞ시니 (『명주보월빙(明紬寶月聘)』(19세
기경))

녀산 부ᄉ 오좀 ᄡᅡ고 문 드러온다 바람 다ᄃᆞ라 (『남원고사(南原古詞)』(19세기경))

도련님도 ᄯᅩᆼ을 ᄊᆞ고 소인ᄂᆡ도 ᄯᅩᆼ을 ᄇᆞ고 왼 집안이 ᄯᅩᆼ빗치라 (『남원고사(南原古
詞)』(19세기경))

쳥보에 기ᄯᅩᆼ을 쌋다ᄂᆞᆫ 말과 갓치 그 녀ᄌ가 음란ᄒᆞᆫ 힝실이 ᄒᆞᆫ두 번 아니라 (『설중
매』(1908))

뒤간에 드러가면 누가 오좀이나 ᄯᅩᆼ을 ᄡᅡ지 안ᄂᆞᆫ 쟈ㅣ 어ᄃᆡ 잇스리오 (『요지경』
(1911))

잡가를 쳥ᄒᆞ면 엇덧코 쟈리에 ᄯᅩᆼ을 ᄊᆞ면 관계가 잇나 (『모란병』(1911))

반면, '누다'의 경우 'ᄇᆞ다'와는 달리 15세기 이후의 문헌에서 드물게 보이다
가 근대국어에 들어오면서 그 쓰임이 활발하며 어형의 변화가 없다.

그 머리를 漆ᄒᆞ야 ᄡᅥ 오좀 누ᄂᆞᆫ 그르슬 밍그랏더니 (『소학언해(小學諺解)』4(1586))

牛放尿 쇼 오좀 누다 (『역어유해(譯語類解) 下(1690))

져 우산은 길의 단닐 제 오좀 ᄯᅩᆼ을 누려 ᄒᆞ면 반ᄃᆞ시 베푸러 몸을 가리워 (『태상
감응편언해(太上感應篇諺解)』(1852))

일변으로 실어내여 보리밧희 오줌 누고 세젼보다 힘을 쓰고 (『약산동ᄃᆡ』(19세기))

9.2. 배설물의 문화적 의미

눈물   '눈물'은 15세기에 '눖믈, 눐믈, 눗믈, 눈믈' 등
의 형태로 처음 문헌에 나타나는데, 이것은 '눈
(眼)'과 '믈(水)'이 통합되어 형성된 합성어이다. '눈믈'은 17세기에 일어난 '므〉무'
의 변화를 겪어 '눈물'이 되어 현대어까지 이어지고 있다. 눈물은 15세기부터
'배설'의 의미와 관련된 서술어 '흘리다'와 함께 나타난다.

그 쁴 大衆 中에 그지 업슨 人天龍鬼神이 이 말 듣즙고 눉믈 흘리며 (『석보상절
(釋譜詳節)』(1447))

눉믈로 ㄱ른미 드외야 흐르게 ㅎ니라 (『석보상절(釋譜詳節)』(1447))

須菩提ㅣ 이 經 니르샤믈 듣즙고 뜨들 기피 아라 눉믈 흘려 (『금강경언해(金剛經
諺解)』(1575))

눈물은 생리적 현상에 의해서도 배설되지만 외부적 자극이나 감정의 변화로
인해 더 많은 눈물이 나오기 때문에 눈물의 배설과 관련한 많은 관용 표현이
있어 왔다. 다음의 표현들은 외적인 의미와 더불어 함축된 의미가 있는 것들이다.

눈물(을) 머금다
눈물(을) 짜다
눈물이 앞서다
눈물이 앞을 가리다
눈물(이) 없다
눈물이 헤프다 .
눈물은 내려가고 숟가락[밥술]은 올라간다
눈물이 골짝 난다

땀　　　　　　　'땀'(汁)은 더울 때 혹은 두려울 때 생리 작용으
로 피부에서 나오는 액체이다. '땀'의 고형(古
形)은 '뚬'인데 15세기에 '뚬 나디 아니커든 다리 우리예 블 다마 두 녁 녀블 쬐야
덥게 ㅎ면'(『구급간이방(救急簡易方)』上(1466)) 등으로 나타난 것이 19세기까지 계
속 사용되었다. 19세기에 이르러 '몸에 땀이 나 피방올 ㄹ흐야'(『성경직해(聖經直
解)』4(1892)) 등과 같이 'ㅺ'을 'ㄸ'으로 표기하고 'ㆍ'가 'ㅏ'로 변화함으로써 현
대국어에서 '땀'으로의 어형 변화가 있었다. 땀은 노력이나 수고를 뜻하는 추상
적 의미로 전이되어 '땀 흘리다' 등의 관용적 표현으로 쓰이기도 하고, '땀을 빼
다'는 운동이나 목욕탕에서 땀을 내는 행위 및 '고생을 하다'는 의미를 표현하기
도 한다. 이 단어는 다른 어기와 결합하여 합성어를 만들기도 한다. '진땀, 식은
땀' 등 땀의 성격에 따라 그것을 구별하는 어휘들이 발달해 있다. 따라서 '땀
빠지다'는 진땀이 나거나, 진땀이 나도록 애를 쓰는 경우에 쓰는 관용구가 되었

다. 땀이 다의(多義)로 그 의미를 확장한 것은 20세기 이후 소설 등 문학작품에서 비유적 용법으로 많이 사용되었기 때문으로 추측된다.

침　　　　　'침'은 15세기에 '눉믈와 춤과브터'(『능엄경언해(楞嚴經諺解)』5(1461)) 등과 같이 '춤'의 형태로 처음 문헌상에 나타나며 18세기에 '춤'에서 '침'으로의 변화가 일어났다. '침'의 배출에 대한 행위는 비유적으로 다양한 함의를 갖는다. 침은 입안에서 음식물을 씹을 때 사용되는 생리적인 것이지만, 한편으로는 동물들이 공격이나 방어의 수단으로 쓰는 도구이기도 한다. 따라서 감정표현이나 강한 욕구를 표현하고자 할 때 '침'을 포함한 관용구가 사용된다. 예를 들면, '침을 뱉다'는 아주 치사스럽게 생각하거나 더럽게 여기어 돌아보지도 아니하고 멸시하는 태도를 은유적으로 표현하는 것인데 남을 경멸하고 저주할 때 사용한다. 또한, 음식 따위를 몹시 먹고 싶어 하거나 자기 소유로 하고자 몹시 탐내는 것을 '침을 흘리다'라고 하는데, 특히 남자가 여자를 보고 탐내는 마음을 먹은 상태를 표현한다. '침 삼키다'도 '침을 흘리다'와 유사하게 어떤 음식을 먹고 싶어 하여 침이 입에 고여 더 이상 머금고 있을 수 없게 된 상태를 의미하는 한편 어떤 대상이나 사람을 욕심내는 마음을 비유하는 표현으로도 사용된다.

오줌　　　　'오줌'은 15세기에 '오좀, 오줌'으로, 16세기에 '오좀, 오굼'으로, 17세기에 '오좀'으로, 18세기에 '오줌, 오좀'으로, 19세기에 '오줌, 오좀, 오줌'으로, 20세기에 '오줌, 오좀'으로 쓰이다가 '오줌'으로 정착한다. '오줌'의 가장 이른 시기 형태는 '오좀'이다. '오조미 드외오'(『능엄경언해(楞嚴經諺解)』(1461))와 '시혹 地獄이 이쇼딘 그지업슨 똥 오조미며 시혹 地獄이 이쇼딘(『월인석보(月印釋譜)』(1459))' 등에 '오좀'이 보인다. 중세국어와 근대국어에서는 '져근 믈, 져근 쇼마, 소변(小便)' 등이 오줌을 의미하는 말로 쓰였다. 다만, '오좀'은 짐승의 경우에도 쓰였지만, '져근 믈'이나 '소변(小便)'은 사람의 경우에만 쓰였다. 이러한 '오좀'은 앞 음절의 모음이 '오, 아, ᄋ'일 때에 뒤 음절의 '오'를 '우'로 변동시키는 규칙에 의해 '오줌'으로 변화하여, 현대어로 정착한다.

쇠 오조믈 날마다 두번 딕고 브름 업슨 싸해 이시라 (『구급방(救急方)』 下(1466))

쫑오줌내 나는 싸해 조티 몯흔 거시 흘러 넘쎄거든 (『법화경언해(法華經諺解)』 2(1463))

그 머리를 漆흐야 뻐 오좀 누는 그르슬 밍그랏더니 (『소학언해(小學諺解)』 4 (1586))

時節 가는 들 모르며 오줌 쫑곳 업스면 새즉흔 머검직흔 거시 (『칠대만법(七大萬法)』(1569))

牛放尿 쇼 오좀 누다 (『역어유해(譯語類解)』 下(1690))

그지업쓴 쫑 오조미며 혹 디옥이 이시되 질니를 늘니며 (『지장보살본원경(地裝菩薩本願經)』 中(1752))

담 안으로 오줌을 드러 보내며 대소 왈 (『양산백전(梁山柏傳)』(19세기))

녑히 흔 겨집이 오줌을 누고 디나가거늘 보니 오줌이 뫼흘 쑤러 (『산성일기』(19세기))

져 우산은 길의 단닐 졔 오즘 쫑을 누려 흐면 반드시 베푸러 몸을 가리워 (『태상감응편언해(太上感應篇諺解)』(1852))

구렁이는 장독대 우에 오줌을 버리면 그것처럼 질색이 없다 (김유정 『따라지』(1937))

그리고 오줌은 맨드는지 여태들 안들어온다 (김유정 『총각과 맹꽁이』(1933))

오줌은 문학작품에서 비범함을 상징하는 은유가 되어왔다. 신화에서는 오줌의 꿈을 통해 천하를 지배할 영웅의 탄생을 예고했다. 예를 들면, 김유신의 누이 보희(寶姬)가 서악(西岳)에 올라가 오줌으로 경성을 가득 채우는 꿈을 꾸었는데 동생 문희가 그 꿈을 산 뒤 김춘추와 인연을 맺어 왕비가 된 후 여섯 아들을 낳게 되었다고 전해진다.

역사 기록에서도 오줌은 더러운 배설물이 아니라 꺾이지 않는 투지나 불굴을 시험하는 대상으로 등장하거나 약(藥)으로도 사용되는 것으로 나타난다. 작품 속에서 "노라치 일찍 나가 놀다가 뫼 옆에 한 계집이 오줌을 누고 나가거늘 보니, 오줌이 뫼를 뚫어 깊이 말채가 들어가니, 노라치 괴이히 여겨 그 계집을 데려다가 아들을 낳으니, 이른바 홍타시라"(『산성일기』)라고 하듯 민간에서도 여인의 오줌발 소리가 요란해 아내와 며느리로 삼았다는 이야기도 전한다. 오줌은 남녀 모두에게 행위의 비범함을 함축한 상징으로 자주 등장했다.

똥

‘똥’은 15세기 문헌에 ‘쏭’으로 나오지만 어원은 알 수 없다. 15세기의 ‘쏭’은 16세기의 ‘쏭’을 거쳐 18세기에 ‘똥’으로 나오지만 19세기와 20세기 초까지 ‘쏭’으로 표기되기도 한다. 15세기에 ‘쏭’과 같은 의미를 지니는 단어로 고유어 ‘큰물’과 한자어 ‘대변(大便)’이 있다. ‘큰물’의 ‘물’은 본래 ‘대소변(大小便)’을 아울러 총칭하는 순수한 우리말이다. ‘물’은 ‘오좀’과 대응되어 ‘대변(大便)’이라는 의미로도 쓰였으나 ‘물’은 일찍이 사라져 지금은 ‘마렵다’나 전라 방언 ‘소매통(오줌통)’ 등에 흔적을 남기고 있다. ‘물’이 대소변을 아우르는 총칭적 단어이므로 ‘큰물’은 ‘대변(大便)’의 의미를 갖는다. ‘큰물’이 포함하는 ‘물’이 소실됨에 따라 같은 의미를 지니던 ‘쏭, 대변’과의 유의 경쟁에서 불리하게 되어 일찍 사라진 것으로 보인다. ‘대변(大便)’이라는 한자어는 한자 뜻 그대로 “크게 편한 것”이라는 뜻이다. 이는 배설의 시원함이 반영된 단어인데, 이렇게 우회적인 표현이 쓰이게 된 것은 ‘큰물’이 주는 불결한 느낌을 조금이나마 덜기 위한 때문으로 추정된다. 15세기에 존재한 ‘쏭, 큰물, 대변(大便)’은 그 지시적 의미는 같지만 의미 적용 범위에서는 차이가 있었던 듯하다. ‘쏭’은 사람이나 동물에 모두 적용된 반면, ‘큰물’이나 ‘대변(大便)’은 사람에게만 적용되고 있다.

糞尿ᄂᆞᆫ 쏭오조미라 (『월인석보(月印釋譜)』(1459))

환 딩ᄀᆞ라 설흔 환곰 더운 차애 머거 추미 대변으로 나게 ᄒᆞ면 ᄀᆞ장 됴ᄒᆞ니라 (『구급간이방(救急簡易方)』(1489))

므리 큰물 져근물 보ᄂᆞᆫ 듸로 조차 나게 ᄒᆞ라 (『구급간이방(救急簡易方)』(1489))

아비 쏭을 즈ᄎᆞ겨늘 黔婁ㅣ 믄득 가져다가 맛보니 마시 둘오 믠믯ᄒᆞᆯᄉᆡ (『번역소학(飜譯小學)』(1517))

네 ᄒᆡ 되도록 그치디 아니ᄒᆞ야 대변을 맛보아 됴쿠즈믈 알고져 ᄒᆞ더라 (『동국신속삼강행실도(東國新續三綱行實圖)』孝(1581))

大便 큰물 屎 큰물 小便 져근물 (『역어유해(譯語類解)』上(1690))

바블 잘 먹고 대변이 실ᄒᆞ니ᄂᆞᆫ 슌ᄒᆞ고 밥 몯 먹고 대변 즈츼ᄂᆞ니ᄂᆞᆫ 역ᄒᆞ니라 (『언해두창집요(諺解痘瘡集要)』上(1608))

ᄯᅩ 대변 처 ᄇᆞ리기과 싀굼을 처 더러온 내를 내디 말라 (『두창경험방(痘瘡經驗方)』(1711))

東司ᄂᆞᆫ 이 쏭 누는 곳이니 (『오륜전비언해(五倫全備諺解)』(1721))

으희 빈 계집 빈 ᄎᆞ기 우물 밋틔 쏭 누기 요려 논의 물 터놋키 (『흥부젼』(19세기경))

똥 糞 똥거름 糞壅 똥 누다 放糞 出菜 똥 싸다 泄糞 똥항아리 糞缸 (『국한회어(國漢會語)』(1895))

대변 大便 (『한불자전』(1880))

물방울이 썰어지기도 전에 흥덩이는 지렁이 똥처럼 말라 버린다. (나도향『여이발사(女理髮師)』(1923))

그와 동시에 푸드득 하고 퍼대기 속으로 똥을 깔겼다. (김유정『떡』(1935))

9.3. 진심의 표백, 눈물

여성들은 혼인 후 시집살이의 어려움, 친정 부모에 대한 그리움, 남편과의 이별로 인한 고통으로 인해 눈물을 흘린다. (「이별가」, 「여자소회가라」, 성산 이씨 부인 「한녀자유행원부모형제붕우」) 남몰래 눈물을 흘리고, 남이 보지 못하게 눈물 자국을 지운다. 어머니나 부인으로서 눈물을 보이는 것은 자기절제에서 벗어난 것이자 부덕에 어긋나는 일이므로, 다른 사람에게 걱정을 끼치지 않기 위해 타인이 보지 않게 숨어서 눈물을 흘리는 것이다. (권영자 「사향곡」, 「녀자힝신가」) 이때 여성이 눈물을 흘리는 것은 남에게 쉽게 보일 수 없는 진심의 표백이다. 여성들의 눈물은 감정을 표출하기 힘든 상황에서 저절로 진솔한 감정이 분출된 것으로서, 눈물을 흘리는 순간은 억제된 감정을 풀어놓으며 자기 자신에게 충실한 시간이 된다.

애달도다 이팔청춘 생이별이 무삼일고 남모르기 눈물이요 잠들기전 한숨이라
원수로다 원수로다 단오일이 원수로다 년년단오 도라오면 남생각이 절노나네 일
년가절 허다한데 가절마다 눈물이요 (중략) 기룩기룩 우난소레 실푸기도 실푸도다
소리업시 눈물씻고 한숨시고 일어나서 문을열고 하난말이 울고가는 기룩기야 무
삼소래 수다워서 푸른하늘 반공중에 그리설피 울고가노

―「이별가」(미상)

져어마를 바려두고 살듸갓치 도라설제 진주갓튼 두눈물이 화군을 다젹신다 미
몰한 동싱형지 동미쩌지 쌀아와셔 쥬렴열고 하난마리 잘가라 비별하고 신니이

어른눈물 동천이 비갓흐니 의탁이 업기로셔 져두지 셜어하늬

―「여자소회가라」(미상)

안젼이 더려닷쳐 일봉서간 올이거날 얼스반겨 바다들고 여취여광 새겨본이 허
리난이 눈물이요 나오나니 우슘이라 추파양안 졈졈누수 글즈글즈 숨막힌다 거룩
할사 우리부모 나의스졍 아시던가 거의함도 거의하고 즈의함도 자의하다

―성산 이씨 부인 「한녀자유행원부모형제붕우」(미상)

츄우오동 낙엽시의 풍우셩이 비감일라 미거한 이몸인들 스친지회 업슬손가 황
혼낙일 져문날이 구비구비 눈물이요 야월숨경 깁흔밤이 경경불미 붓친싱각 우슈
사려 조부모님 횡여심여 더도울가 것트로는 모르는치 쎼긋마다 원한일라

―권영자 「사향곡」(20세기 전반)

천연흔 시모겨서 문밧게 탐문흐고 저가 늬집 드려온후 몹시한일 업근마은 무엇
이 스럼인고 괴심키 마음먹고 현여이 안저구나 눈물흔적 업시흐고 시모젼이 드려
간니 뭇는말도 듸답업고 기싁이 불안한니 너죄로 너가짓고 잠시실수 흐엿든니
부모마음 상게흐늬 졉빈겍이 어렵그든 서답쌜늬 쉬울손야

―「녀자힝신가」(미상)

9.4. 고통의 분출, 정화와 의지의 눈물

여성 한시문에서 눈물은 읍(泣: 소리 내지 않고 눈물 흘리며 울다), 누(淚: 울다.
눈물 흘리며 울다), 누흔(淚痕: 눈물 흔적), 누적(淚滴: 눈물방울. 눈물이 적시다), 누
행(淚行: 눈물이 흐르다), 점(沾: 젖다. 적시다) 등으로 표현된다. 소리 내지 않고
조용히 눈물을 흘리거나, 눈물을 흘려 뺨이나 옷섶이나 소매에 눈물 자국이 남
아 있다고 묘사된다. 이는 슬픔을 겉으로 드러내기보다는 속으로 삼키는 표현
이며 소리 내어 크게 울거나 눈물을 흘린다는 표현은 찾아보기 어렵다. 여성은
고통과 외로움 그리고 망자(亡者)에 대한 슬픔 등으로 눈물을 흘린다. 낮은 신분
이거나 기녀인 경우에는 신세를 한탄하면서 자신을 얽어매고 자신의 능력을 알

배설 271

아주지 않는 세상 때문에 눈물을 흘린다. (이매창 「自恨薄命」) 또한 사랑하는 님이나 가족과 이별하거나 그들과 오래 떨어져 그리워할 때(이옥봉 「別恨」), 딸이나 아들, 남편, 부모 등 사랑하는 가족이나 친구의 상(喪)을 당했을 때 눈물을 흘리며 운다(김운초 「哭淵泉老爺」). 이러한 여성의 눈물은 심적 고통을 표현한 것일 뿐 이를 통해 고통이 완화되거나 위안이 되지는 않는다.

현대문학에 등장하는 눈물은 물이 가진 정화와 세정의 상징적 의미를 가지고 있는 배설이자, 고통과 번민을 씻어내고 새로운 존재로 거듭나게 하는 정신적이며 생산적인 배설이다. 자신의 몸 안에서 길어올린 눈물로 자기 스스로를 정죄하는 구원하고 신비한 물이기도 하다. 눈물은 여성의 전유물로 인식되어 감상적이고 수동적으로 흘리는 것으로 이해되어 왔으나 최근 여성시에서는 의지적이며 적극적인 눈물로 등장한다. 몸과 마음이 제어하지 못하는 수동적인 배설물이기를 넘어서 눈물 자체가 적극적인 의미와 의지를 갖는 한편 정신적 해방과 정서의 순화를 의미한다.

현대소설에서는 무기력하고 건조한 일상, 실존과는 거리가 먼 가식적 삶의 양상이 눈물을 흘리지 못하는 여성의 모습으로 형상화된다. (배수아 『붉은 손 클럽』, 천운영 「그녀의 눈물 사용법」, 김숨 「유리눈물을 흘리는 소녀」) 눈물에 무능력하던 인물이 마침내 눈물을 흘리는 순간, 외면해온 삶의 구체적 진실과 만나고 구원받게 된다. 민주화운동을 하다 숨진 아들의 부재를 극복할 수 없어서 아들의 행위를 미화함으로써 의연함을 유지해오던 한 어머니가 자신의 감정에 솔직해지면서 눈물을 쏟을 때 비로소 제대로 아들을 추모하고 그 죽음을 극복하게 된다. 이 때 눈물은 여성적 나약함이나 굴욕, 삶에 대한 순응적 태도가 아니라 구체적 진실, 실감나는 현실을 담보로 한 순수한 정화의 양상이 된다. 특히 "밑이 뜨거운 만큼 눈물도 뜨겁게 쏟아"지듯, 눈물은 다른 종류의 배설과 함께 일어날 때 더욱 육체적이고 물질적인 경험으로 표현된다. (김서령 「바람아 너는 알고 있나」, 천운영 「그녀의 눈물 사용법」, 김애란 「침이 고인다」, 박완서 「나의 가장 나종 지니인 것」, 공선옥 「몸을 위하여」) 눈물은 정서적 해방과 더불어 정신적 각성을 동반하기도 한다. 무덤덤한 일상에 매몰되어 있던 여성 인물이 비겁하고 나약한 자신의 참담한 본질을 대면하면서, 그리고 타인의 감정과 아픔에 공감하면서 눈물을 흘릴 때 이 눈물은 삶의 가치와 방향이 새롭게 정립되는 의지적 행동이 된다. (김서령 「바람아 너는 알고 있나」, 김애란 「너의 여름은 어떠니」)

　현대시에서 눈물은 강력한 생명과 의지의 물로 등장한다. 눈물 한 방울을 마치 현미경으로 들여다보듯 눈물의 표면장력이 갖는 힘을 극대화하여 그리움과 긴장으로 범람할 듯 팽팽한 '대양(大洋)'으로 표현하며, 밤새 흘린 아이의 눈물은 성장의 뼈가 되어 새로운 돌을 자라게 하고 피리를 불게 하는 신생의 힘이 된다. 이때 눈물은 배설을 넘어서 내 안을 비워 내장을 쏟을 만큼 격렬하게 흘러넘치는 격랑이 되고, '석탄의 절망'을 아는 '다이아몬드'의 힘을 가진 단단한 아름다움이 되며, 마치 입술이나 분문처럼 눈물 역시 화자 스스로의 의지로 조절하면서 길어올릴 수 내 육체의 일부로 표현된다. (김승희 「눈물의 노래」, 김혜순 「눈물 한 방울」, 김소연 「눈물이라는 뼈」, 이선영 「눈물아」, 김이듬 「나의 아름답고 순결한 분문」)

세상은 낚시 좋아하나 나는 거문고 연주하니
오늘에야 바야흐로 세상살이 어려움 알게 되었네
화씨가 발 세 번 잘리듯 아직 때를 못만나
옥돌을 안고서 형산에서 흐느끼네
擧世好竿我操瑟　此日方知行路難　刖足三嚬猶未遇　還將璞玉泣荊山
　　　　　　　　　—이매창 「기구한 운명을 탄식함 自恨薄命」(16세기 후반~17세기 초반)

님 떠난 내일 밤이야 짧고 짧아도
오늘밤은 길고 길기를 바랬는데
닭 우는 소리에 날 밝아오니
두 뺨에 천 줄기 눈물 흐르네
明宵雖短短　今夜願長長　鷄聲聽欲曉　雙瞼淚千行
　　　　　　　　　　　　　　—이옥봉 「이별의 아픔 別恨」(16세기 후반)

풍류와 기개는 산수의 주인이고
경술과 문장은 재상의 재목이었네
십오 년을 모시다 오늘 눈물 흘리니
높고 넓은 덕 한번 끊어지니 뉘 다시 마름질하리
風流氣槪湖山主　經術文章宰相材　十五年來今日淚　峨洋一斷復誰裁
　　　　　　—김운초 「연천 어른이 돌아가심을 통곡함 哭淵泉老爺」(1845)

　저는 드디어 울음이 복받치는 대로 저를 내맡겼죠. 제가 그렇게 많은 눈물을 참고 있었을 줄은 저도 미처 몰랐어요. 대성통곡, 방성대곡보다 더 큰 울음이었으니까요. 제 막혔던 울음이 터지자 그까짓 은하계쯤 거부락지처럼 떠내려가더라구요. (중략) 전 그 울음을 통해 기를 쓰고 꾸민 자신으로부터 비로소 놓여난 것 같은 해방감을 느꼈어요. 그러고 나서 요 며칠 동안은 울고 싶을 때 우는 낙으로 살고 있죠.

—박완서 「나의 가장 나종 지니인 것」(1993)

다 멘스 때문이었다. 수학여행을 못 간 것도, 엄마한테 욕을 먹은 것도. 난주는 조금이라도 피가 덜 쏟아지도록 가랑이를 있는 힘껏 오므리고 논으로 갔다. 논으로 건너가기 전, 움푹한 냇가에서 아랫도리를 씻어냈다. 일본놈들 훈도시같은 밑을 가린 뻣뻣한 광목 기저귀가 선뜩선뜩했다. 날씨는 서글펐다. 해가 희끄무레하고 비가 올 것 같았다. 베어낸 나락을 뒤집을 것이 아니라 아예 거둬들여야만 할 것 같았다. 논바닥에 깔린 나락을 뒤집으려고 허리를 숙이고 힘을 쓸 때마다 피는 뭉클뭉클 나왔다. 밑이 뜨거운 만큼 눈물도 뜨겁게 쏟아지기 시작했다. 엉엉 울면서 볏단을 뒤집었다. 어머니가 미친년 비설거지하냐고 벽력같이 호통치는 소리가 들려왔다. 피가 가랑이를 타고 흘러내리는 기미가 느껴졌다. 난주는 눈물을 흩뿌리며 '나락 뒤집기'를 중단하고 '나락 묶기'를 시작하였다.

—공선옥 「몸을 위하여」(1996)

크고 작은 그의 혈관들이 소리 내어 흐르기 시작했다. 맑은 수액 같은 빗물이 수없는 실핏줄들을 타고 일제히 차올라왔다. 빗물은 그의 허기진 내장을 적시고, 단단히 굳은 근육들을 적시고, 움푹 팬 눈두덩과 뺨을, 떨고 있는 입술을 적셨다. 그는 눈을 감았다. 델 것 같은 눈물이 굴러떨어졌다. 입술과 턱을 적신 그 눈물은 억센 힘줄이 드러난 목줄기를 타고 내려가 러닝셔츠로 번졌다. 바로 그 순간으로 인하여 그의 삶이 바뀌었으나, 그는 아직까지 그 변화를 실감하지 못한 채 무수한 그림자들의 춤추는 곡선 가운데 우뚝 서 있었다.

—한강 「어느날 그는」(1998)

왜 너는 (여자인데도 불구하고) 눈물을 한 방울도 흘리지 않지? 왜 너는 그렇게 건조해서 일 년의 반을 정전기에 시달리지?

—배수아 『붉은 손 클럽』(2000)

사람들은 소녀가 흘리는 유리눈물에 마법적인 힘이 있다고 생각한다. 유리눈물을 가루로 빻아서 상처에 바르면 상처가 씻은 듯이 낫는다고 믿는다. 그 소문이 사막 너머의 마을에까지 퍼지고, 소녀가 흘리는 유리눈물은 비싼 값에 팔린다.

(중략) 소녀가 유리눈물을 흘리게 된 뒤로 소녀의 아버지는 사막에 나가지 않는다. 살갗을 태워버릴 듯한 더위와 뜨거운 모래바람을 견디지 않아도 된다. (중략) 아랍의 소녀처럼 유리눈물을 흘릴 수 있다면…… //

몸 속의 수분이 다 증발되어 마른 나뭇잎처럼 부서져버린다고 해도, 사막의 한가운데 쓸쓸히 앉아 유리눈물을 흘리고 싶다.

—김숨 「유리눈물을 흘리는 소녀」(2005)

택시를 잡아타자 울음이 터지듯 다리를 타고 핏물이 흐르기 시작했다. 아무런 생각도 하지 않으려고 나는 애를 썼다. 본 사람은 아무도 없었다. 장은 깨어나지 못할 것이다. 핏덩이가 아래로 울컥울컥 토해지면서 속옷이 묵직해졌다. 가버리라는 말, 나를 내쫓던 그의 손짓을 똑똑히 목격한 일 따위야 나 혼자 잊어버리면 되는 것이었다.

나는 가로수가 정갈하게 심어진 인도에 오랫동안 쭈그리고 앉아 있었다. 아무도 모를 밤이었다. 행주를 짤 때처럼 눈물이 흘렀으니 내 얼굴도 아마 행주처럼 구겨졌을 것이다. 그만 일어나려고 할 참에는 다리가 저려와 한참을 그렇게 더 앉아 있었다. 새벽길을 걷는 사람들이 나를 흘깃거리며 드물게 지나쳤다 해도 결국 나를 증언해주지는 못할 것이었다.

—김서령 「바람아 너는 알고 있나」(2006)

엄마는 도서관 휴게실에 저를 앉혀둔 뒤 잠깐만 앉아 있으라고 했어요. 책 좀 빌려 오겠다면서요. 그런 뒤 제 손에 껌 한 통을 쥐여줬어요. 심심하면 이거 씹으면서 놀고 있으라고. 그녀가 고개를 끄덕였다. 엄마가 열람실로 들어가자마자 껌하나를 꺼내 씹었어요. 입속 가득 그윽한 침이 고여 자꾸 입맛을 다셨던 기억이나요. 저는 의자 위에 앉아 사람들을 구경하며 놀았어요. (중략) 엄마는 오지 않았어요. (중략) 설탕 파우더가 입혀진 껌을 둥글게 말아 입속에 털어 넣었어요. 엄마는 없었어요. 가슴이 아팠지만 목 놓아 울 수 없었어요. 만일 제가 도서관에서 운다면 그건 아마 세상에서 제일 큰 울음이 될 테니까요. (중략) 그날 이후로 사라진 엄마를 생각하거나, 깊이 사랑했던 사람들과 헤어져야 했을 때는 말이에요. 껌 반쪽을 강요당한 그녀가 힘없이 대꾸했다. 응. 떠나고, 떠나가며 가슴이 뻐근하게 메였던, 참혹한 시간들을 떠올려볼 때면 말이에요. 응. 후배가 한없이 투명한 표정으로 말했다.

"지금도 입에 침이 고여요."

—김애란 「침이 고인다」(2006)

나는 여자에게 내 속에 살았던 소년 얘기를 해주었다. 눈물을 흘리지 않는 여자
들의 이야기도 해주었다. 그리고 그애가 남기고 간 양말 한짝을 선물로 주었다.
내 위에 누운 여자가 나를 바라보며 눈물을 흘렸다. 여자의 눈물이 내 눈꺼풀을
적셨다. 눈꼬리로 떨어진 눈물이 내 것인지 여자의 것인지 분간이 되지 않았다.
여자의 눈가에 혀끝을 갖다댔다. 눈물은 짜고 시고 달았다. 나는 아직도 눈물이
나올 때면 오줌을 싼다. 오줌을 싸면서 나는 자그마한 고추를 내놓고 오줌을 싸는
일곱 살 소년을 생각한다. 내 안에 여전히 살고 있는 울지 않는 소년.

—천운영 「그녀의 눈물 사용법」(2007)

가만 보니 팔뚝 안쪽에 멍이 들어 있었다. 아마 아까 나를 붙든 선배가 남긴
자국인 듯했다. 팔뚝 위로 선배 손의 완력과 축축한 여운이 느껴졌다. 환한 봄날
한가운데에 어두운 옷을 입고 서 있던 내게 '이 여자의 생활이 보여 좋아.'라고
말하던 선배의 아름다운 옆얼굴도…… 그러자 고향의 병만이가 떠올랐다. 살면서
내가 가장 세게 잡은 누군가의 팔뚝이…… 갑자기 목울대로 확 뜨거운 것이 올라왔
다. 사막에서 만난 폭우처럼 난데없는 감정이었다. 곧이어 내가 살아 있어, 혹은
사는 동안, 누군가가 많이 아팠을 거라는 생각이 들었다. 나도 모르는 곳에서,
내가 아는, 혹은 모르는 누군가가 나 때문에 많이 아팠을 거라는 느낌이. 그렇게
쉬운 생각을 그동안 왜 한 번도 하지 못한 건지 당혹스러웠다. 별안간 뺨 위로
주르륵 눈물이 흘러내렸다.

—김애란 「너의 여름은 어떠니」(2009)

살림살이와 음식 냄새와 세월과 타인들…… 누경은 자신의 사랑이 그런 모습으
로 변장해서 삶과 속살거리기를 바랐다.
아무런 슬픔도 없는데, 감긴 눈 속에 차가운 눈물이 고이더니 넘치듯 흘러내렸
다. 긴 꿈에서 깨어나 이곳을 실감하는 존재가 흘리는 현존의 눈물이었다.

—전경린 『풀밭 위의 식사』(2010)

그때 나는 너의 눈물을 기억해 낸 거야.
다이아몬드 두 방울이
석탄덩어리를 꽉 잡고
떨어뜨리지 않으려고
그렁그렁 눈가에 매달려 있던
눈물 두 방울.
눈물은 꿈을 닮는다는데
네 눈물은 탄광 속에 이글거리는 생명의 불꽃

다이아몬드 날개를 가진 것 같다.

ㅡ김승희 「눈물의 노래」(1995)

그가 핀셋으로 눈물 한 방울을 집어올린다. 내 방이 들려 올라간다. 물론 내 얼굴도 들려 올라간다. 가만히 무릎을 세우고 앉아 있으면 귓구멍 속으로 물이 한참 흘러들던 방을 그가 양손으로 들고 있는 것 같은 착각이 든다. (중략) 눈물 한 방울 속 가득 들어찬, 몸속에서 올라온 플랑크톤들도 들킨다. 그가 잠수부처럼 눈물 한 방울 속을 헤집는다. 마개가 빠진 것처럼 머릿속에서 소용돌이가 일어난다. 한밤중 일어나 앉아 내가 불러낸 그가 나를 마구 휘젓는다. 물로 지은 방이 드디어 참지 못하고 터진다. 눈물 한 방울 얼굴을 타고 내려가 번진다. 내 어깨를 흔드는 파도가 이 어둔 방을 거진 다 갉아먹는다. 저 멀리 먼동이 터오는 창밖에 점처럼 작은 사람이 개를 끌고 지나간다.

ㅡ김혜순 「눈물 한 방울」(1997)

바람을 간호하던 암늑대의 긴 혓바닥이 나뭇가지처럼 딱딱해질 때, 비로소 아이는 늑대의 섭생을 이해하는 한그루 어른이 되는 거래. 그때 바람은 떠났던 숲으로 돌아가지 못해 더 큰 목소리로 운대. 눈물이 사라진 어른들을 믿을 자신이 없어, 아이도 모로 누워 남몰래 운대, 밤새 흘러내린 눈물로 마당이 파이기 시작하면, 바람은 사라지고, 새로운 돌부리들이 죽순처럼 쑥쑥 마당을 뚫고 올라온대. 누군가는 그 돌을 주워 피리를 불고 누군가는 그 돌이 부르는 노래를 듣는대.

ㅡ김소연 「눈물이라는 뼈」(2009)

눈물아,
제발 멈추지 말아라
흘러라
계속
흘러라
끝까지 가보게
내장이 다 쏟아져나올 때까지
빈 껍질처럼 오그라들 때까지

ㅡ이선영 「눈물아」(1999)

나는 눈물을 조절하고
내 몸에서 얼마든지 눈물을 길어 올리고 뽑아낼 수 있다

나는 내 입술의 괄약근을 조절한다
쭉 오므렸다 벌어지는 입술은 도톰하고 달디 단 말들을 지어낸다
　　　　　　　　　　　　　　　−김이듬 「나의 아름답고 순결한 분문」(2009)

9.5. 오줌, 대지를 적시는 물

　오줌은 현대문학에 와서 비로소 의미 있는 배설로 등장하게 된다. 현대소설에서 오줌은 눈물보다 물질적이며 비밀스러운 배설이다. 여성이 오줌을 찬찬히 응시할 수 있는 순간은 이례적이다. 여성은 자기 몸의 일부가 낯선 액체로 배출되는 것을 응시하면서 자신 안에 있던 비밀과 수치, 죄와 더러움, 슬픔과 고독을 마주한다. (천운영 「그녀의 눈물 사용법」, 은희경 「다른 모든 눈송이와 아주 비슷하게 생긴 단 하나의 눈송이」)

　현대시에서 대개 오줌은 양가적인 의미를 갖는다. 하나는 앉아서 오줌을 누어야 하는 생리적인 양상을 여성 삶에 내재한 생래적인 비극의 몸짓으로 이해한 것이다. 서서 누는 남성들에게 오줌이 영역을 표시하는 권력의 배설물이거나 힘을 상징하는 것이라면, 앉아서 누는 여성들에게 오줌은 굴종과 순응의 태도를 상징해왔다. (이선영 「네가 그 위에 앉아 있을 때」, 이규리 「서서 오줌 누고 싶다」, 김종미 「매화꽃 나무 아래 매화꽃」, 박서원 「요강」)

　반면 현대시에서 오줌은 대지와 하나 되어 흐르는 생명적 합일의 물, 여성과 자연을 잇는 우주적인 물로 등장한다. 여성의 몸에서 흘러나오는 오줌을 대지의 여성성과 합일하는 몸의 수액이자 여성과 자연이 연대하는 상징적인 수액으로 인식한다. 서서 누는 남성의 오줌은 수직적인 물이자 폭력적인 물이지만, 앉아서 누는 여성의 오줌은 오히려 수평적인 물이 되어 대지를 적시며 번져나가는 물이 된다. '사랑하다'는 고백으로 '오줌을 싸버리'는 도발적이고 생리적인 본능을 표현하여 남성의 오줌에 저항하는 여성 몸의 언어를 시도하기도 한다. (문정희 「물 만드는 여자」, 김선우 「오동나무의 웃음소리」, 김민정 「시,시,비,비」)

엉덩이를 까고 오줌을 쏟아낼 때면 내 몸이 점점 더 단단해지고 있음을 느꼈다.
물기가 빠지면서 단단히 굳는 진흙처럼 씨멘트처럼. 나는 오줌을 싸면서 더 단단
하고 건조해지고 딱딱해지길 바랐다. 그래서 어떤 물기에도 풀어지지 않고 질퍽거
리지 않고 무너지지 않기를 바랐다.

눈물은 감정의 늪이다. 유약한 인간들만이 제가 만든 늪에 빠져 허우적거리는
법이다. 눈물은 굴복의 다른 이름이다. 아픔과 고통에 대한, 조롱과 비난에 대한,
슬픔과 고독에 대한 굴복의 징표다. 나는 눈물 대신 오줌을 싼다. 울고 싶을 때
오줌을 싸다가 문득문득 돌출된 성기를 가지고 태어났으면 좋았을 거라는 생각이
들 때도 있다. 나는 몸을 탓하는 대신 다른 방도를 찾기로 했다. 침을 뱉거나 땀을
흘리는 것으로도 몸의 물기는 배출될 테니까.

—천운영 「그녀의 눈물 사용법」(2007)

오층까지 올라간 뒤 안나는 마침내 옷을 내리고 앉아버렸다. 뜨거운 오줌이 찐
득한 검은 액체처럼 천천히 발밑에 고이기 시작했다. 사방은 캄캄했고 너무나도
조용했다. 골목 안 여관의 네온 불빛만이 점멸하며 안나 발밑의 검은 웅덩이를
비췄다 숨겼다 할 뿐이었다. 안나는 일어났고 층계 손잡이에 매달리다시피 하면서
천천히 계단을 걸어 내려왔다. 지금 이 시각 세상의 모든 문은 닫혀 있으며 자신을
기다리는 사람은 아무도 없었다. 아직도 눈이 오고 있을까, 다음 순간 갑자기 안나
는 소스라치게 놀라 뛰기 시작했다. 번들거리는 검은 물줄기가 계단을 적시며 스
멀스멀 안나를 따라 내려오고 있었다. 세실리아 언니가 몰래 낳아서 버리고 도망
쳤다던 태아가 모습을 갖고 있다면 그런 모습일 것 같았다. 비밀과 더러움, 죄와
수치와 선택되지 못한 존재의 완결된 고독을 담고 그것은 안나를 뒤따라 계단을
흘러오는 중이었다.

—은희경 「다른 모든 눈송이와 아주 비슷하게 생긴 단 하나의 눈송이」(2009)

딸아이가 변기 위에 앉아 있을 때
변기 위에 맨살을 드러낸 채 등을 구부리고 앉아 있을 때
바지가 무릎께 걸려 있는 짧은 두 다리가
아직 바닥에도 닿지 못하고 대롱거리고 있을 때
잠자다가 눈도 못 뜬 채 속옷 바람으로 어정어정 걸어나와
고개를 수그리고 변기 위에 억지로 들려 있을 때

내가 너에게 한 짓이 무엇이냐

한평생 거기에서 놓여날 길 없는
변기 위에 너를 잡아앉힌 것?
—이선영「네가 그 위에 앉아 있을 때」(2003)

여섯 살 때 남자 친구 소꿉놀이 하다가
쭈르르 달려가 함석판 위로
기세 좋게 갈기던 오줌발에서
예쁜 타악기 소리가 났다

그 소리가 좋아, 그 소릴 내고 싶어
그 아이 것 빤히 들여다보며 흉내냈지만
어떤 방법, 어떤 자세로도 불가능했던 나의
서서 오줌 누기는
목내의를 다섯 번 적신 뒤, 축축하고
허망하게 끝났다
—이규리「서서 오줌 누고 싶다」(2006)

매화꽃나무 아래
여인 하나가 쪼그리고 앉아 오줌을 눈다
매화꽃나무 밑둥치에 뽀얀 매화꽃 피었다
아찔한 매화꽃향기를 질펀하게 덮어가는.
뜨겁고 습한 향기
중년이다
(중략)
끌끌끌 몇 번이나 혀를 차듯 매화나무 밑둥치를 치는
초승달 엉덩이가 부풀어 오른다
매화꽃 살 냄새를 풍기던 그 얼굴은 가물거리지만 아무렴
두 손 털어버린 중년은 다시 시작하는 청춘이라고
여인하나가 탱글탱글한 엉덩이를 걷어 올린다
—김종미「매화꽃 나무 아래 매화꽃」(2008)

요강 속에 키위같은 작은 달과
어린 눈동자같은 태양이 뜨는 걸
보았는가

나는 보았다
꽃다발을 안고 왕자와 신음하며 하늘을 나는
인어를
불뿜는 용마가 불을 끄고 날개를 버리는 것을
오줌을 찌꺼기라고 더러워들 하지만
오줌은 우리의 모든 과오를 카오스, 경건한 태초의 신전으로
데리고 간다
7살과 34살 지금까지 찌꺼기인 나에게
하루종일 오줌 누다 땅거미 맞는 나에게
오줌은 고통의 불꽃놀이, 꿈

—박서원 「요강」(1995)

딸아, 아무 데나 서서 오줌을 누지 말아라
푸른 나무 아래 앉아서 가만가만 누어라
아름다운 네 몸 속의 강물이 따스한 리듬을 타고
흙 속에 스미는 소리에 귀 기울여 보아라
그 소리에 세상의 풀들이 무성이 자라고
네가 대지의 어머니가 되어가는 소리를
때때로 편견처럼 완강한 바위에다
오줌을 갈겨 주고 싶을 때도 있겠지만
그럴 때일수록
제의를 치르듯 조용히 치마를 걷어올리고
보름달 탐스러운 네 하초를 대지에다 살짝 대어라
그리고는 쉬이 쉬이 네 몸 속의 강물이
따스한 리듬을 타고 흙 속에 스밀 때
비로소 너와 대지가 한 몸이 되는 소리를 들어보아라

—문정희 「물을 만드는 여자」(2004)

그러고 보니 딸애들은 누구 오줌발이 더 힘이 좋은지, 더 넓게, 더 따뜻하게 번지는지 그런 놀이는 왜 못하고 자라는지 몰라, 궁금해하며 여자들 깔깔거리는 사이

문 밖까지 땅 끝까지 강물소리 자분자분 번져가고 푸른 잎새 축축 휘늘어지도록 열매 주렁주렁 매단 오동나무가 흐뭇하게 딸들을 굽어보시는 것이었다

—김선우 「오동나무의 웃음소리」(2003)

사랑해라고 고백하기에 그 자리에서 오줌을 싸버렸다 이보다 더 화끈한 대답이
또 어디 있을까 너무좋아 뒤로 자빠지라는 얘기였는데 그는 나 보기가 역겨워
가신다면서 그 흔한 줄행랑에 바쁘셨다 내 탓이냐 네 탓이냐 서로 손가락질하는
기쁨이었다지만 우리 사랑에 시비를 가릴 수 없는 건 결국 시 때문이다 줘도 못
먹는 건 그러니까 내 잘못이 아니란 말이다
—김민정 「시,시,비,비」(2009)

9.6. 구토, 게워낸 진실

현대소설에서 구토라는 비정상적 배설은 세속적이고 역겨운 현실에 대한 결
벽증적인 육체의 반응이다. 부당한 현실과 암담한 미래에 대한 감각은 구토로
나타난다. (오정희 「유년의 뜰」, 신경숙 「마당에 관한 짧은 얘기」, 한강 『바람이 분다,
가라』, 서하진 「아빠의 사생활」) 세상과 타인 및 자신을 향한 올바른 비판과 발언
이 억압될 때, 토사물은 마치 참을 수 없는 발화처럼 튕겨져 뿜어지고, 아무렇
지도 않은 주변은 구토하는 주인공과 대비되면서 주인공이 느끼는 현실적 역겨
움을 강화한다. (편혜영 「소풍」, 이평재 「아가위나무의 우울」)

나는 이러한 광경을 보며 주머니 속의 케이크를 꺼내 베어물었다. 그것을 다
먹고 났을 때 갑자기 욕지기가 치밀었다. 참을 수가 없었다. 나는 꾸역꾸역 토해냈
다. 단 케이크가 한없이 한없이 목을 타고 넘어왔다. 까닭 모를 서러움으로 눈물이
자꾸자꾸 흘러내렸다.
—오정희 「유년의 뜰」(1980)

너는 편하게 토할 자격이 없어. 나는 더 세게 입을 다물었다. 꾸역꾸역 목을
거슬러 올라오는 토사물을 꿀꺽 삼켰다. 속은 점점 더 거북해지고 입안에서 역한
냄새가 풍겨나오기 시작했다. 제 생의 정면을 늘 피하기만 하는 자들이 내뿜는
더러운 냄새. 입을 꽉 다물수록 토사물도 꾸역꾸역 내부를 밀고 기어나왔다.
—신경숙 「마당에 관한 짧은 얘기」(1996)

나는 그때, 내가 치즈케이크를 보기만 해도 구역질을 느끼는 이유가 무엇일까, 하는 생각에 빠져 있다가 젖가슴이 유난히 큰 빨강머리 여자가 냉장고 문을 열고 서서 주황색의 걸쭉한 연어 샐러드를 퍼먹고 있는 것을 본 순간, 진짜 구토를 했다. 그러나 웬일인지 사람들은 아무도 나를 개의치 않았다. 단지 내 맞은편에 앉아 있던 신지가 빈 맥주병들 사이로 잠시 나를 바라봤을 뿐이었다. 내가 입가를 손등으로 쓱 문지른 뒤, 휴지를 뭉쳐들고 테이블 위에 있는 누런 오물을 비닐봉지 속으로 쓸어넣는 것을 보면서도 한 여자는 포크에 묻은 치즈케이크를 핥았고, 빨강머리 여자는 순식간에 샐러드를 다 해치우고 또다른 먹을 것을 찾아 냉장고 아래칸을 뒤지고 있었다.

—이평재 「아가위나무의 우울」(2001)

　남자가 늘 자신의 말을 무시했다는 데 생각이 미쳤다. 갑자기 참을 수 없이 화가 솟구쳤다. 욕을 퍼부으려던 것과 달리 실제로 튀어나온 것은 토사물이었다. 남자가 허겁지겁 마트에서 가져온 봉지를 내밀었다. 여자는 참지 못하고 속엣것을 마저 게웠다. 봉지에는 여자가 차 안에서 허겁지겁 닥치는 대로 먹어치운 음식물이 채 소화되지 않은 모양으로 뒤섞였다. (중략) 여자는 봉지를 열어 자신이 소화하지 못한 음식물을 샅샅이 살펴보고 싶은 걸 꾹 참았다. //
　여자는 남자를 위로하는 어떤 말도 하고 싶지 않아서 입을 다물었다. 입을 열었다가는 또 속엣것을 게워내게 될지도 몰랐다.

—편혜영 「소풍」(2006)

　민서 머리가 희끗희끗해질 때까지 지켜보다가, 느릿느릿, 게으르게 죽을 거야. 사고 같은 걸로 겨를 없이 죽는 건 싫어. 단 한 번의 마지막 호흡이라는 걸 또렷하게 느끼면서, 최선을 다해 그걸 뱉어내면서…… 끝까지, 침착하게 죽을 거야.
　변기 뚜껑을 올린 뒤 나는 허리를 수그리고 토한다. 간밤에 먹은 모든 것을 게워낸다. 맑은 물로 입을 헹구고 얼굴을 씻는다. 의자에 걸어뒀던 외투를 바닥으로 끌어내린다. 벌레처럼 그 위로 기어가 눕는다. 눈을 감는다. 모든 사물이 천천히 회전하기 시작한다.

—한강 『바람이 분다, 가라』(2007)

　침사추이 산책로를 따라 걸어야 했던 오후 내내, 내가 찾은 건 화장실이었다. 나는 두리번거리며 화장실을 찾고 헉헉거리며 달려가 속의 것을 게워냈다. 예쁜 상점들, 즐비한 물건들, 알락달락한 풍선을 건네주는 상인들, 어느 것도 내 속을 달래주지 못했다. 너 이러다 병나겠다. 호텔로 돌아가자, 미나가 말했지만 나는 고개를 저었다. 왕가위 영화 속 장면처럼 일렁이는 눈앞의 정경들, 그 속에서 영화 속 오래된 연인처럼 걷는 아빠와 미상녀를 나는 여전히 따라갔다.

─서하진 「아빠의 사생활」(2008)

9.7. 똥, 일상의 카니발리즘

　현대시에서 똥은 정직한 몸의 배설이며 자연스러운 몸의 언어로 표현된다. 똥은 우리 몸의 모든 회로를 거친 육체의 일부이지만, 몸 밖으로 배설되는 순간 일종의 죽음을 겪는 무용한 것이기도 하다. 똥은 우리 몸의 생육을 모두 드러내 보이는 결과물이므로 똥을 눈다는 것은 우리 몸이 살아있는 생명체라는 것을 보여주는 직접적인 증거가 되어 자연과 생명을 뜻하는 에코페미니즘의 의미로 확대되기도 한다. (정끝별 「바로 몸」, 김선우 「너의 똥이 내 물고기다」, 「양변기 위에서」)

　또한 현대시에서 똥은 적극적인 카니발리즘의 매개물로 등장한다. 똥은 남성중심의 가치체계를 조롱하면서 현실의 진지함을 전복하고 일상적 가치를 뒤집어 신성한 가치를 희화화한다. 즉 기존의 가치체계에 충실한 일상적 삶을 난장으로 만들어버림으로써 비천하고 더러운 버려진 것들의 의미를 도발적으로 회복하려는 도전적인 은유가 된다. (김언희 「왜, 모조리」, 「봄은 똥밭이네」, 김민정 「별의별」)

　　똥을 누며
　　이건 어제 점심에 먹은 비빔밥
　　이건 어제 저녁에 먹은 된장찌개
　　오줌을 눌 때마다
　　이건 새벽 갈증에 마신 생수 한 컵
　　이건 아침에 마신 커피 한 잔

　　늘 손익분기점 제로를 유지하려

개진하는 몸
반성하는 몸

—정끝별 「바로 몸」(2008)

　어릴 적 어머니 따라 파밭에 갔다가 모락모락 똥 한무더기 밭둑에 누곤 하였는데
어머니 부드러운 애기호박잎으로 밑끔을 닦아주곤 하셨는데 똥무더기 옆에 엉겅
퀴꽃 곱다랗게 흔들릴 때면 나는 좀 부끄러웠을라나 따끈하고 몰랑한 그것 한나절
햇살 아래 시남히 식어갈 때쯤 어머니 머릿수건에서도 노릿노릿한 냄새가 풍겼을
라나 야아——

—김선우 「양변기 위에서」(2000)

알몸의 아가를 바라보다가
알몸의 내가 빙긋 웃는 것도
아가의 똥 때문,
젖빛 고운 생밤 한알 찰진 살내음 속에서
동그랗게 몸을 말고 똥 누는 밤벌레들
날랜 물고기 몇 마리 지느러미 파닥거리는
생밤 한알 공들여 맛나게 먹는다

귀하게 똥을 잡순 후에 내가 낳을 물고기!
더운 살 속으로 헤엄쳐 온다

—김선우 「너의 똥이 내 물고기다」(2003)

　낭독회에서 독자 한분이 물어오셨다 첫시집부터 줄곧 똥오줌 얘기가 많단다
듣고보니 정말 그렇다 에코페미니즘 철학 때문이겠죠 하시길래, 오 그렇죠 철학!
고개 끄덕이려는데 (중략) 아, 그렇군요 철학으로부터 똥이 온 게 아니라 똥으로부
터 철학이 왔다고 하는 쪽이…… 아 네에……

—김선우 「나의 철학」(2012)

장바구니를 들고 오늘은 또 무엇을
똥으로 만들어줄까
미나리 상추 쑥갓
바지락 피조개
펄펄 뛰는 저 도다리란 놈을 똥으로

배설　285

만들어 버려……?
항문을 쩝쩝 다시며 지나가는
과일전 좌판 위에
황도 백도 천도 복숭들
등천하는 저 향기를 구린내로
저 신선한 과육들을
똥으로 만들어 버리는 무서운
분뇨의 회로

—김언희 「왜, 모조리」(1995)

옛사랑이 나를
먹어 치우고
뿌지직뿌지직
누어놓은 똥

늙은 애인은
제 똥에 취해
이 벽 저 벽
똥칠갑을 하네

—김언희 「봄은 똥밭이네」(2000)

오줌이 마려워 절로 눈을 뜨는 아침입니다 어제 나는 똥을 참았습니다 나를 미워하는 그녀가 나를 사랑하는 그이처럼 문틈 너머 엿보고 있었기 때문입니다 가벼운 노크가 두어 번 반복될 적마다 그녀의 향수가 두어 번 코를 쳤습니다 냄새를 들키면 평생을 져야 합니다 작별의 키스 직전 it's time, 이도 실은 이를 닦기 위해서였다나요 똥을 밀어 올리고 오줌을 끌어내리는 수축과 팽창의 피스톤 놀이 속에 별의 안부는 바야흐로 산란기였습니다

—김민정 「별의별」(2009)

10 병

　　문학에서 질병은 중요한 문학적 담론으로 등장해왔다. 다양한 질병들은 사회적 역사적 성격을 지닌 '은유로서의 질병'이다. 기존에 남성적 시선이 주체였던 작품들은 여성의 히스테리를 여성의 주관적이고 사적인 감정의 표출로 묘사했으며 남성의 신경증을 예술 창작 동기나 사회적 차원의 고민 등으로 표현하는 편견을 드러냈다. 이에 여성문학은 질병 모티프를 여성이 몸으로 표현하는 저항의 은유로 사용하고 있다. 여성이 앓는 병을 통해 여성을 지배하는 규범을 적나라하게 고발하고 여성의 몸에 새겨진 당대의 전형적인 성 이데올로기를 폭로한다. 여성문학에 대표적으로 등장하는 여성의 질병은 화병, 상사병, 우울증, 자궁암, 유방암, 광기, 치매, 거식증인데, 특히 화병은 1996년 미국정신과학회에서 문화결함증후군으로 분류되어 한국여성들에게 흔히 나타나는 정신질환으로 공인되었다. 여성의 질병들은 개인의 병을 넘어 사회의 문제점을 의미하고 있으며 여성문학은 병의 묘사를 통해 사회인식과 여성의식의 간극을 날카롭게 묘파하고 있다.

　　고전문학에서 여성이 앓는 병은 마음의 고통과 근심을 체현한 예이다. 부모형제와의 이별, 시집살이의 고통, 임의 부재, 삶에 대한 울화 등 심리적 고통을 인내하는 여성의 삶은 화병이나 우울증, 까닭모를 병 등으로 표출된다. 상사병은 육체적 사랑과 정신적 교감을 확인한 후 기약 없이 떠난 남성 뒤에 남겨진 여성이 경험하는 심각한 심리적 좌절을 표현한다.

　　현대문학에서 병은 사회에 저항하는 여성들의 강력한 메타포이다. 광기(狂氣)는 사회적 규범과 강요된 정체성에 의해 분열된 여성의 본래적 욕망이 드러내는 분노와 절망이자 폭력적인 세계에 대항하는 자발적인 질병이다. '미친년'들이 쏟아내는 독백과 넋두리, 수다와 욕설의 발화는 남성중심의 이성적이고 규범적인 세계를 교란하는 틈새의 언어 전략이며 억압된 진실과 역사의 편린을 가시화하는 유효한 방식이다. 광기에 내재된 여성의 욕망은 늘 오독되지만 이는 여성의 억눌린 자아가 회귀하는 가장 극적인 순간이라고 할 수 있다. 어머니의 질병으로 주로 등장하는 치매는 강인하고 자애로운 모성의 현현체를 일그러뜨리면서 여성의 삶이 비주체적으로 소모되어 온 것을 고발한다. 생리통, 자궁과 유방의 질병, 요실금, 폭식증과 거식증의 질병들은 폭력적이고 억압적인 세계에 항거하는 여성 육체의 은유이며 여성의 몸을 생산과 성적 대상으로 인식해온 것에 저항하는 언어들이다. 여성들은 스스로 생식이 불가능한 병리적 상태를 자처하면서 가부장제의 재생산 양식을 조롱하기도 하고 극단적인 거식을 통해 약육강식의 세계 존립 방식 자체를 거부하는 반(反)폭력의 몸짓을 드러내기도 한다. 여성문학에서 질병을 적극적으로 발화하는 것은 여성의 몸에 새겨진 도구성과 관음성과 생식성을 거부하면서 여성 자신의 몸에 대해 주체적인 인식을 획득해가는 노정이라고 할 수 있다.

10.1. 은유로서의 질병과 여성의 병

질병의 은유

서구 의학이 시작된 그리스에서는 신체의 조화를 지칭하는 주요 은유를 예술에서 도출하였다. 사회를 신체의 일종으로 묘사하는 방식은 정치 조직을 묘사하는 데 쓰이던 지배적 은유였다. 신체를 둘러싼 은유적 사고의 역사는 이런 사고가 보편적으로 설득력 있게 쓰여 왔다는 사실을 보여준다. 결핵이나 암을 은유적으로 사용하는 방식들은 서로 중첩되기도 한다. 『옥스퍼드 영어사전』에는 폐결핵의 동의어로 '소모(consumption)'라는 단어가 쓰였다. 암 역시 "천천히 몰래 잠식하고, 좀 먹으며, 부패시키거나 소모시키는 모든 것"이다. 훨씬 오래 전에도 암은 종양, 부어오른 혹, 돌기 등으로 정의되었는데, 그리스의 의사 갈레누스에 따르면 암이라는 병명은 종양으로 부풀어 오른 혈관의 외형이 마치 게의 다리 모양과 닮았다는 점에 착안한 것이다. 암을 뜻하는 그리스어 '카르키노스(karkinos)'나 라틴어 '칸세르(cancer)'는 모두 게를 뜻한다. '결핵'이라는 단어 역시 무시무시하게 부어 오른 돌기, 돌출물 또는 종양을 뜻한다. 세포 병리학이 출현하기 이전까지 결핵은 유형학적으로 암이었고 두 질병 모두 육체가 소모되는 과정으로 묘사됐다.

의학적 지식의 진보로 이 두 질병을 지칭하던 주요 은유들이 정확하게 구분됐으며 대부분의 경우 서로 대조적인 형태를 띠었다. 결핵은 하나의 기관, 즉 폐의 질병으로 알려진 반면에 암은 어느 한 기관에서 그 모습을 드러낸 다음 몸 전체로 확산되는 질병으로 알려져 있다. 결핵은 마치 마법처럼 다행증(병적인 행복감에 젖는 증세), 식욕 증진, 강렬한 성적 욕망을 불러일으킨다고 여겨졌던 반면, 암은 정력을 감퇴시키고, 먹는 행위를 고통으로 만들며 욕망을 없애버린다고 여겨졌다. 사람들은 결핵에 걸리면 정욕이 넘쳐 나고 이성을 유혹하는 비범한 재능을 얻게 된다고 상상했다. 반면에 암에 걸리면 성욕을 완전히 잃어버린다고 여겼다. 결핵은 몸을 붕괴시키고 발열을 일으키지만 액체의 질병이며 신선한 공기가 필요한 질병이다. 반면에 암은 신체 조직을 딱딱하게 변화시키는 등 몸을 변질시킨다. 결핵이나 암이나 그 진행 과정에서 사람을 수척하게 만들기는 마찬가지였지만 결핵의 경우 환자는 소모되고 완전히 불타 없어지는 것이었다. 암의 경우 환자는 신체의 기능을 쇠퇴시키고 저해하면서 자가 증식하는 외부 세포의 침입을 받는 것이어서 암환자는 오그라들거나 움츠러든다. 한편 결핵은 시간의 질병으로 삶이 빠른 속도로 진행되도록 만들며 삶을 돋보이게 만드는 것으로 여겨져 영어나 프랑스어로 소모는 '질주'를 의미하기도 한다. 반면에 암은 질주한다기보다는 단계적으로 느리게 진행되며 궁극적으로 '종말'을 뜻한다. 따라서 초기에 암은 '게으름'과 '태만'의 은유로도 사용되기도 했다. 형이상학적으로 볼 때 암은 시간의 질병이라기보다는 공간의 질병이자 병리학이다. 주로 쓰이는 암의 은유는 지형학적이며 암으로 죽지 않기 위해서는 신체의 일부를 절단하거나 절개한다는 끔찍한 결론을 내릴 수밖에 없다.

여성의 몸과 병 문학 연구에서 질병은 단순히 소재의 차원이 아니라 하나의 의미 있는 문학적 담론으로 여겨져 왔다. 즉, 고민, 우울, 피로, 신경쇠약, 신경과민, 질병 등은 사회적, 역사적 성격을 가진 하나의 은유로서의 질병이라는 것이다. 그러나 여성 인물의 경우 이런 해석은 찾아볼 수 없으며 은유로서의 질병이라는 맥락에 식민지 조선의 지식인 남성이 재현되고 있음을 알 수 있다. 통상적으로 1930년대의 모더니즘적인 작가군의 작품에서 폐결핵이나 성병 등의 질병이 치밀하고 깊은 의미망을 형성하고 있음은 널리 알려진 사실이다. 1930년대라는 특정한 시기의 소설에 등장하는 여성의 육체는 의미심장하다. 같은 신경증도 남성과 여성에 따라 신경과민과 히스테리로 분리된다. 이때 여성의 히스테리는 일종의 짜증, 결핍, 질투, 고부간의 갈등과 같은 주관적이고 사적인 감정의 표출이다. 이에 비해 남성의 신경증은 예술 창작 동기이기도 하고 사회적이고 역사적인 차원의 고민의 은유로 등장한다. 이들 신경증을 바라보는 시선의 주체는 남성이었기에 여성의 병을 개인적인 신경증으로 치부해왔던 것이다.

여성문학에 지속적으로 나타나는 여성의 병이라는 모티프에서 병은 몸으로 보여주는 저항의 표시이다. 무의식적이고 불완전하고 파괴적인 저항인 것이다. 가령 거식증 환자의 시선에서 바라본다면 자신이 앓는 병은 의도하지 않아도 온몸으로 문화적 이상을 폭로하고 비판하고 있다. 여성의 질병에는 여성성을 지배하는 규범이 적나라하게 드러난다. 히스테리, 광장공포증, 거식증과 같은 병 역시 정치적 의미를 지니고 여성들에게서 주로 나타난다. 이 질병들은 당대의 전형적인 성 이데올로기를 여성의 몸에 새긴 자취인 것이다.

화병, 마음의 병 심리적 장애에 관한 연구에 따르면 여성은 우울증, 공포증, 불안장애가 많다. 이에 반해 남성은 알콜 중독이나 마약 중독, 반사회적 행동 및 자살이 많다. 특히 우울증의 경우 문화와 관계없이 여성이 남성에 비해 2배 가까이 발병한다고 알려져 있다. 수동적이며 의존적이고 타인과의 관계를 중요하게 여기도록 억압받아온 여성의 기질과 심리적 장애 증상들이 관련되어 있다. 여성들의 신체적 증상은 심리적 불편감이나 불만족을 현실과 직면하여 해결하고자 하는 대신 이를 스스로 부인하고 억압하려는 데에서 야기되기도 한다.

사회적인 측면에서는 남녀 간 힘의 차이와 불평등이 여성의 심리적 장애의 원인이 된다. 이것은 열등한 지위를 경험한 여성이 전통 규범과 현실 사이에서 겪는 갈등과 회의 및 좌절, 불안, 우울, 자신감의 상실 등과 같은 정서적인 문제에서 야기된다. 여성들의 병리적 증상은 사회화의 결과이다. 예를 들어 우울증의 증상인 무기력, 낮은 에너지 수준, 동기의 저하 등은 문제적인 증상임에도 불구하고 크게 문제되지 않은 채 사회적으로 가볍게 수용되는 경향이 있다.

여성이 겪는 결혼생활 및 주부의 역할은 가족 갈등에 더 많이 직면하게 되고 우울증, 화병 등의 원인이 된다. 기혼여성들의 우울증은 이들의 역할이나 대인관계와 밀접히 연관되어 있다. 여성들은 대인관계 갈등을 다루지 못하거나 의사소통의 어려움을 겪을 때 우울하게 된다. 화병은 1996년 미국정신과학회에서 문화결합증후군으로 분류한 후 특히 한국 여성들에게 흔히 나타나는 정신질환으로 분류되어 개념이 형성되었다. 화병이란 여러 인간관계에서 눌린 정서를 표출하지 못하고 가슴에 응어리져 답답증이 생긴 것을 말하며, 주로 가부장적 가정에서 여성들이 시부모나 남편과의 갈등에서 화가 나는 것을 표현하지 못하고 그 감정 및 정서를 억눌러 나타나는 질병이다.

화병은 우리 사회와 문화의 문제점을 한 개인의 병으로 치부해 온 시각과 밀접한 관련이 있다. 화병의 주요한 요인 중 하나는 기존의 고부 관계에서 빚어지는 갈등에서 비롯된다. 전통적 가족제도에서 고부는 거의 주종에 가까운 지배·복종관계로서 구조적으로 대립적인 관계였다. 여성은 결혼과 함께 남성가족의 일원으로 편입되어 가족의 권력 위계 서열에서 가장 낮은 위치에 처하게 된다. 하지만 아들을 통해 권력과 권위를 얻으면서 시어머니가 되는데, 이런 구조에서 어머니에게 아들은 생존의 기반이며 애정의 상대가 되어왔기에 며느리는 대립적인 관계로 등장하지 않을 수 없었던 것이다. 따라서 며느리에 대한 시어머니의 일방적 억압은 여성에 대한 남성의 억압을 의미한다. 시어머니는 가부장권을 수호하는 대변인으로서 며느리와 대치하고 있기 때문이다. 고부갈등 구조는 남성에 의한 여성 억압을 은폐하는 기능을 하는 한편 여성 간의 대립관계를 불가피하게 하여 여성의 연대의식을 구조적으로 차단해 왔다.

성병, 방종이라는 낙인

1920~30년대 우리나라에서 성병은 '문명병, 화류병, 유전병'으로 불렸다. 성병을 화류병이라 부른 것은 조선시대 때부터인데, 성병을 화류병이라고 지칭하는 것은 이 질병에 감염된 모든 사람들을 화류계 이미지 속에 가두어 화류계와 무관한 감염자도 성적 방종의 이미지로 불명예와 수치심을 갖게 하는 효과를 지녔다. 화류병이란 용어는 당시 사람들이 성병을 단순한 질병이 아닌 풍기(風氣)와 결합된 문제로 인식했음을 의미하며 남성에 의해 이 병을 떠안게 된 여성들을 죽음으로 내모는 기능을 했다.

성병 담론에서 여성에게 특히 정신적인 부담감을 안겨준 부분은 유전성이라는 대목이다. 임산부가 성병 감염자이면 출산과정에서 유아에게 성병이 감염될 수도 있는데 이 점이 유전성으로 와전되어 성병은 곧 유전병이라는 인식으로 확산되었다. 성병의 확산을 막자는 담론에는 귀엽고 건강한 아기를 동반한 가정부인의 얼굴이 삽화로 등장해 모름지기 여성들은 성병의 전염성이 자손에까지 미치니 남성의 화류계 출입을 막고 성병 예방에 힘쓰라는 메시지를 시각적으로도 전한다. 남성의 유곽 출입이 사회적으로 크게 지탄받지 않고 피임법에 대한 홍보가 전혀 이루어지지 않던 시대에 이처럼 이루어진 성병 담론은 여성에게 사회와 국가의 안위를 떠넘기는 논리로 작동했다. 화류병이라는 용어가 여성 감염자에게 불결함과 수치심을 배가한다면 유전성 논의는 모성론과 맞물려 감염 여성에게 천형의 이미지를 덧씌웠다.

더욱이 성병 담론은 식민자로서 일본 대 피식민자로서 조선여성이라는 지배 (가해)−피지배(피해) 구도만으로 설명되지 않는 다양한 층위의 문제들을 포함한다. 여성에게 몹쓸 병을 안긴 가부장제적 의식 속에서 남성들은 유전성을 운운하여 여성을 죽음으로 내몰았고 서구적 근대 의술은 비싼 약값을 물려 가정 경제를 파탄으로 내몰았다. 성병의 피해는 가정부인뿐 아니라 기생을 포함한 조선의 기층 여성 모두에게 해당했다. 조선의 기생들은 '전차금제'에 의해 팔려와 매음을 하게 되었는데 조선인 창기는 성병에 걸려도 일본인 창기보다 치료에 소극적이었다. 산과 의사의 대다수가 일본인이어서 유교적 문화 속에 살아온 조선 여성에게 치료 자체가 큰 부담이었던 것이다. 이 당시 여성들은 서로 다른 방식으로 성병이라는 재앙 앞에 속수무책으로 방치되었다. 여성들은 가부장적이고 제국주의적인 시선에 의해 불결과 전근대, 격리와 죄인의 이미지 속에 함께 묶여 끊임없는 계몽과 통제, 관리의 대상으로 타자화되어 왔다.

유방의 병, 여성성의 상실

여성의 몸에 과도한 성적 의미를 부여하는 가부장적 문화는 여성의 건강을 위협하는 환경이 될 수 있다. 가부장제 사회에서 여성의 몸은 언제나 여성의 사회적 정체성에 대한 상징적 기술, 즉 여성다움을 각인하고 가시화하는 영역이었고 여성성을 규정하고 통제하는 담론의 중심이었다. 특히 유방은 여성성의 상징으로서 희생적으로 타인을 보살피고 양육하는 어머니로서의 이미지를 강조하거나 남성의 성적 대상으로서의 여성 이미지를 대표하는 몸 부위로 존재해 왔다. 유방이 갖는 상징적 의미는 시대마다 다르게 변화해 왔는데, 고대 조각상의 여성의 유방이 다산을 의미했다면 아기 예수에게 젖을 물리는 성모 마리아의 유방은 모성을 상징한다. 또 조선시대 후기 사진에 등장하는 유방 노출은 당시에 유방이 어머니 역할을 수행하기 위한 수단이었지 성적 과시물이 아니었기 때문에 가능했다.

그러나 오늘날 유방은 모성적 의미보다는 성적 의미를 더 많이 강조하고 있다. 가령 유방 수술을 하려는 여성들의 욕구는 모성 역할을 수행하기 위해서라기보다 자신의 성적 매력을 강화하기 위한 것이다. 유방 절제가 악성 종양을 제거하기 위한 수술 중에서도 특히 여성의 정신적 충격이 큰 수술로 간주되는 것은 이러한 여성의 성적 맥락과 무관하지 않다. 유방 상실에 대한 두려움은 여성성의 상실로 인한 성적 매력과 가치의 하락에 대한 것이며, 성적 자아에 대한 불안이 죽음보다 더 큰 걱정거리로 등장하기도 한다. 유방을 여성적 매력의 상징으로 과도하게 부각시키는 대중매체와 몸 관리 산업들이 기승을 부리는 오늘날의 상황이 유방암을 더 고통스러운 질병으로 인식하게 만든다. 질병을 지각하고 경험하는 방식은 우리의 몸이 존재하는 사회문화적 맥락의 영향을 받고 또 우리가 몸과 관계 맺는 방식은 시대마다 변화하기 때문이다. 선정적인 대중매체가 다루는 유방의 이미지는 매우 과장되어 있어서 유방을 잃은 암 환자들에게 상대적 박탈감을 더 크게 느끼게 하거나 타인의 시선에 대해 두려움과 불안을 갖게 한다. 여성의 육체에 대한 성적 매력을 강조하고 이상화하는 몸 이미지가 난무하는 사회에서 여성들은 상실감과 위기감에 놓이게 되는 것이다.

10.2. 근심과 고통의 표출

여성은 마음의 병과 더불어 육체적인 질병을 앓는다. 병약하여 병들기도 하고 마음의 병이 몸의 병으로 전이하기도 한다. 여성의 마음에 파고든 병의 원인은 신분과 가난 그리고 외로움이었다. 병에 걸린 여성들은 오랜 기간 병석에 있게 되므로 일상적 삶을 영위하기도 힘들게 되고 홀로 고독하게 지내게 되거나 심지어 목숨을 잃는 경우도 생긴다. 병에 걸려 홀로 있는 여성들은 자신의 삶을 돌아보게 된다. 인생에서 무엇을 했는가, 무엇이 가치 있었는가 하는 점이 그녀들의 주된 의문이다. 이들은 여공(女工)을 힘쓰고 시문에 힘썼다는 자기 위안과 긍지를 보이기도 한다. 또는 사람의 본분을 지키며 살았지만 끝내는 외로움과 굶주림과 추위가 삶의 큰 근심으로 다가왔음을 토로하기도 한다. (박죽서 「病後」, 이매창 「病中愁思」)

여성의 삶 속에서 병은 마음의 고통과 근심이 체현된 예이다. 부모형제와의 이별, 시집살이의 고통, 임의 부재 등 심리적 고통을 인내하는 삶은 몸의 병이라는 외적 형태로 표출된다. 규방가사에서는 시집살이 속에서 임 또는 부모 동기에 대한 그리움과 염려, 울화로 인해 병이 들었다고 토로한다. (「붕우사모가」) 자신의 몸, 그리고 딸자식을 가진 어머니의 몸에 든 병에 대해 언급하며, 육체적 고통보다는 병이 든 이유로 내면의 훼손, 마음의 고통에 대해 이야기하고 있다. 이를 통해 여성의 병이 출가외인처럼 여성에게 주어진 억압적 규범들을 이행하며 겪는 내면적 고통의 결과임을 말하고 있다. (「슈심탄」, 「심중소회」, 장씨 부인 「기천가」)

> 앓고 나니 살구꽃 시절 이미 지나
> 마음은 흔들흔들 매이지 않은 배와 같네
> 일 없으니 다만 초목과 같을 뿐
> 그윽하게 살지만 신선을 배우려는 것 아니네
> 상자 속 시들 누구와 화답하리
> 거울 속 파리한 모습 스스로 불쌍하구나
> 스물 세 해 동안 무엇을 했는가
> 반은 바느질, 반은 시 짓기로 보냈네
> 病餘已度杏花天　心似搖搖不繫船　無事只應同草木　幽居不是學神仙
> 篋中短句誰相和　鏡裏癯容却自憐　二十三年何所業　半消針線半詩篇
> —박죽서 「앓고 나서 病後」(1842)

> 병들어 빈방에서 본분 지키며
> 주림과 추위 속에서 40년 되었네
> 인생을 얼마나 사는가
> 근심으로 울지 않은 날이 없네
> 空閨養拙病餘身　長任飢寒四十春　借問人生能幾許　胸懷無日不沾巾
> —이매창 「앓는 중에 수심 겨워 病中愁思」(1603?)

> 형의지체 안녕하고 남북상거 운소간이 나의일신 평안하니 이련힝복 또잇난고
> 한번보고 다시보니 못잇쳐 원슈되고 못보와 병이된다 천슈만한 가득하야 화기황
> 양 져쇠꼬리 막보지생 우지마라 적격한 공방안이 우름이 슈심기워 못ㅈ겟다 시회
> 갱소 하올젹이 오호양지 우리양인 다시한번 만나보시 영영작별 되난말영 말영상
> 별 싱각하니 오동츄야 삼경하에 우슌풍 구진바이 셔른정회 엇지하리
> —「붕우사모가」(미상)

중병악질 몸의실어 고향의 침익하니 인간만ᄉ 부운이라 불쳘ᄒ규야 위급ᄒ니 효
자현부 천정귀효 오날까지 부지ᄒ나 골슈의 밋친근원 은금칠삭 되엿스니 천의안
약 유익ᄒ나 기거운동 극난ᄒ니 쥬ᄉ의탁 싱각히도 신병득죄 무어신고 (중략) 부
모고혈 두낫외손 십연양육 길너내여 오장의 쳘못걸고 잔쌔가 농진할듯 다만한낫
남은거슨 학교십학 쳘니겟고 안면도 니젓구나 만사안염 헛부도다 쳔의가 감동ᄒ
여 일신의 악한독질 조금만 가감쥬어 삼ᄉ가 분슌집의 한두번 다시도라 ᄉ난ᄌ미
보게되면 사부의 여한이라 종신고절 속졀업다 쟝쥬단야 잠못일워 울기화심 진졍
못해 불긴다셜 모화내니 타인기소 면할손가 딕강ᄒ여 굿치노라

―「슈심탄」(미상)

ᄌ품ᄒ신 어무님은 이십쳥년 장부오나 강보유아 다름업시 옷깃슬 곳쳐쥬며 부
딕부딕 조심ᄒ여 어서슈이 단여오라 몃번이나 당부할직 어무니넌 염여마소 무사
단여 오리라고 웃슴으로 ᄒ신말슴 어무님 져가슴이 지금은 병근되소

―「심중소회」(미상)

화조월석 좋은경도 경개인줄 몰랐으며 춘기추뢰 사시졀을 근심으로 날보내고
만경명월 조용할 때 어마안면 그리워라 남대하면 환담회소 태연하나 일편에 매친
눈물 심장은 골병이라 굽이굽이 생각이요 촉처에 한일ᄂ라

―장씨 부인 「기천가」(20세기 전반)

10.3. 상사병, 사랑의 상실

상사병은 님과의 이별에서 비롯된다. 사랑하는 사람이 멀리 떠난 후 그를 그
리워하며 마음에 병이 든 것이다. 특히 이는 사대부 가문 여성보다는 기녀들이
나 기녀 출신들에게서 많이 드러난다. 님과 헤어져 있는 시간도 매우 길고 그
님과 다시 만나리라는 희망도 거의 없다. 육체적 사랑 혹은 정신적 교감을 통해
사랑하는 사이가 되었지만 남성은 기약 없이 떠나고 여성은 남겨져 심각한 심
리적 좌절을 경험한다. 상사병은 상대를 그리는 마음이 병이 되어 심리적·정
서적 차원에서 발생한 것이나, 결국에는 육체에도 영향을 미쳐 심각한 병으로

까지 확장된다. 치료 방법은 오직 님과의 결연뿐이지만 남겨진 여성에게는 아무런 방법도 없다. 그저 집 안에서 방 안에서 눈물을 흘리며 고통에 좌절하고 심지어 죽음에 이르기도 한다. (이매창 「病中 二首」, 이옥봉 「閨情」, 박죽서 「寄모」, 「이생규장전」, 「주생전」)

　이는 현대시에서도 일부 드러난다. 상사병은 육체의 병이라기보다 마음의 병이므로 주로 불가능한 사랑을 꿈꾸거나 사랑을 상실했을 때 생겨나며 사랑의 낭만성과 환상을 불러일으키는 은유로 표현된다. 치명적으로 앓는 상사병은 사랑을 향한 여성의 수동적인 자세와 소극적인 행동을 표현하기도 하지만 동시에 지독한 사랑을 갈망하는 의지를 드러내기도 한다. (김남조 「사랑」 「상사(相思)」)

봄 탓으로 병에 걸린 것이 아니라
오로지 님 그리워 생겼네
티끌 덮인 세상엔 괴로움 많지만
외로운 학이라 돌아가지 못하네

어쩌다 그릇되이 헛소문에 올라
뭇사람들 입방아에 오르내리네
부질없이 시름과 한 지니고
병이 되어 사립문 닫아 걸었네
不是傷春病　只因憶玉郎　塵寰多苦累　孤鶴未歸情
誤被浮虛說　還爲衆口喧　空將愁與恨　抱病掩柴門
　　　　　　－이매창 「병을 앓으며 두 수 病中 二首」(16세기 후반~17세기 초반)

평생 이별의 한으로 몸에 병 들었으니
술로도 못 달래고 약으로도 못 고치네
이불 속에서 얼음 물 같은 눈물 흘려
밤낮으로 길이 흐르지만 사람들은 모르리
平生離恨成身病　酒不能療藥不治　衾裏泣如氷下水　日夜長流人不知
　　　　　　　　　－이옥봉 「여인의 마음 閨情」(16세기 후반)

거울 속 병든 모습 누가 가련해하리
의약으로도 못고치고 놀랍지도 않아라

다음엔 그대가 나로 태어나게 하여
이 밤 그리는 정 알게 했으면
鏡裏誰憐病已成　不須醫藥不須驚　他生若使君爲我　應識相思此夜情
―박죽서 「님에게 드림 寄呈」(19세기 전반)

최랑은 매일 밤 화원에서 이생을 기다렸으나 몇 달이 지나도 그는 오지 않았다. 최랑은 그가 혹시 병이라도 났나 하여 향아를 시켜 이생의 이웃에 가서 몰래 수소문하게 했다. 이생의 이웃 사람이 말하였다. "이생은 부친에게 죄를 얻어 영남에 간 지 몇 달이 되었소." 최랑은 그 말을 전해 듣고 병들어 몸 저 눕게 되었다. 끙끙 앓고 일어나지 못하며 물 한 모금도 입에 대지 않았다. 말도 제대로 못하고 피부도 초췌해졌다. 그 부모가 이상하게 여겨 증상을 물어봐도 훌쩍거릴 뿐 아무 말도 하지 않았다. 부모는 최랑의 상자를 뒤져 이생과 주고받던 시를 발견하고는 무릎을 치며 놀랐다. "하마터면 우리 딸을 죽일 뻔 했구나!"
女每夕於花園待之　數月不還　女意其得病　命香兒密問於李生之隣　隣人曰　李郎得罪於家君　去嶺南已數月矣　女聞之　臥疾在床　輾轉不起　水漿不入於口　言語支離　肌膚憔悴　父母怪之　問其病狀　喑喑不言　搜其箱篋　得李生前日唱和詩　擊節驚訝曰　幾乎失我女子矣
―「이생규장전」(15세기)

주생은 어쩔 수 없이 다른 핑계를 대고 다시 배도의 집으로 돌아갔다. 배도는 주생과 선화의 관계를 알게 된 뒤부터는 다시는 주생을 선랑이라고 부르지 않았는데, 이는 마음속으로 불만이 있었기 때문이었다. 주생은 오로지 선화만을 생각하느라고 날로 야위고 수척해 갔으며, 20여 일 동안이나 병을 핑계 대고 자리에서 일어나지 않았다. 그런데 얼마 뒤 뜻하지 않게 국영이 병이 들어 죽었다는 소식을 듣고, 주생은 제물을 갖추고 가서 국영의 널 앞에서 제사를 올렸다. 선화 또한 주생 때문에 병이 들어 움직일 때마다 다른 사람의 도움을 받아야만 했는데, 갑자기 주생이 왔다는 말을 듣고 억지로 자리에서 일어나 소복단장을 하고 홀로 주렴 안에 서 있었다. (중략) 몇 개월이 지난 뒤 배도마저 병이 들어 자리에서 일어나지 못했다. 배도는 죽어가면서 주생의 무릎을 베고 눈물을 머금은 채 말했다.
生不得已托以他故　復歸桃家　桃自覺仙花之事　不復稱周生爲仙郎者　心不平也　生篤念仙花　日成憔瘦　托疾不起者再旬　俄而國英病死　生具祭物　往奠于柩前　仙花亦因生致病　起居須人　忽聞生至　力疾强起　淡粧素服　獨立於簾內 (중략) 數月後　俳桃得疾不起　將死　枕生膝含淚而言
―「주생전」(17세기)

오랜 잊히움 같은 병이었습니다
저녁갈매기 바닷물에 휘어 적신 날개처럼
피로한 날들이 비늘처럼 돋아나도
북녘 창가에 내 알지 못할 이름의
아픔이던 것을

하루 아침 하늘 떠받고 날아가는 한 쌍의
떼기러기를 보았을 때
어쩌면 그렇게도 한없는 눈물 흐르고
화살을 맞은 듯
갑자기 나의 병 이름이 그 무엇인가를
알 수가 있었습니다

—김남조 「사랑」(1953)

성한 날 병든 날에
꿈에도 생시에도
영혼의 철사줄 윙윙 울리는
그대생각,
천번만번 이상하여라
다른 이는 모르는
이 메아리
사시사철
내 한평생
골수에 전해오는
그대 음성,
언젠가 물어보리
죽기전에 단 한 번 물어보리
그대 혹시 나와 같았는지

—김남조 「상사(相思)」(1983)

10.4. 광기(狂氣), 자의식의 해방

여성의 광기는 사회적 규범과 강요된 정체성에 의해 분열된 여성이 자기 본래의 모습과 욕망을 찾기 위한 한 방편이며 여성의 분노와 절망을 드러내는 상징적인 방식이다. 가부장제 사회의 규범과 잣대에 의해 본능과 욕망을 억압당해온 여성 내면의 '미친년' 혹은 광기는 폭력적인 세계에 대항하는 여성의 전략이자 자발적인 질병이라고 할 수 있다.

현대소설에서 여성 인물은 성적 욕망을 억압하는 결혼 제도의 고통 속에서 광인(狂人)이 된다. 또는 여성을 옭매는 규범과 시선으로부터 벗어나 "하고 싶은 말과 가슴에 서린 분풀이를 실컷" 할 수 있도록 오히려 미친 여자가 되기를 소망한다. (김말봉 「시집사리」 「망명녀」, 장덕조 「간야월(間夜月)」) 체제 순응적으로 사회에 편입되어야 하는 여성의 상황과 그로 인한 광기의 증후는 현대사회에서도 여전하다. 이때 미친 여자가 쏟아내는 독백과 넋두리, 수다와 욕설 등으로 이루어진 무질서한 발화 양상은 남성중심의 이성적이고 규범적인 세계를 교란하는 틈새의 언어 전략이다. 즉 미친 자의 감성적이고 독백적인 언술 구조는 타자화되었던 인물이 주체로 부활하는 여성적 서사의 특징이자 강점이다. (정이현 「위험한 독신녀」, 김재영 「국향」, 백신애 「광인수기」, 최윤 「저기 소리없이 한 점 꽃잎이 지고」)

나아가 여성의 광기라는 코드는 소외된 여성의 삶뿐만 아니라 억압되었던 진실과 역사의 편린을 가시화하는 유효한 방식이다. 식민치하, 근대화, 6·25, 산업화, 민주화항쟁 등의 격동기 속에서 고통과 슬픔의 이야기를 내면에 간직한 채 생을 지속할 수밖에 없었던 여성들은 광기 속에서 자신의 이야기를 펼친다. 1910~1940년대의 여성 작가들은 독립운동의 좌절과 사랑의 실패라는 불가항력적인 상황에 처한 여성 인물들의 좌절 양상을 광기로 표출한다. (강경애 「어둠」) 가부장제 사회와 식민지 현실이라는 이중의 억압 구조에서 타자화되는 여성의 삶이 정신병자가 된 구여성의 관점에서 발화되는가 하면, 논리적 접근이 불가능한 6·25와 군사독재의 광기어린 역사가 광녀의 시선으로 포착된다. (백신애 「광인수기」, 박완서 「엄마의 말뚝 2」) 항쟁의 시대로 기억이 고착된 채 수신자가 부재하는 편지를 쓰는가 하면, 살아남은 미친 소녀가 죽은 엄마에게 오빠의 죽음을 알리러 가는 이중의 불가능한 소통 구조를 취하기도 하고, 한국 근대화의 굴곡진 역사가 시대를 앞선 한 여인의 좌절과 광기로 재조명되기도 한다. (홍희담 「그대에게 보내는 편지」, 최윤 「저기 소리없이 한 점 꽃잎이 지고」, 신경숙 『리진』)

현대시에서 '미친' 여자들의 발화는 여성의 억압된 욕망을 표출하면서 비일상적이고 비논리적인 대화를 구성한다. 여성들은 현실의 법칙과 규범을 따를 수 없을 때 일상적 삶의 끈을 놓아버리고 내면화된 광기를 드러내지만, 여성의 병과 그에 내재된 욕망을 전혀 해독해내지 못하는 일반적인 기준에 의해 병은 늘 오독되고 여성의 욕망은 끝내 소통되지 못한다. 그녀들은 '피투성이 근육'의 심장과 온갖 '썩는 괴로움'으로 발병한 광기로써 존재의 위기를 드러내며, 자신에게 가해지는 사회적인 제약과 가부장의 억압적 덕목들을 극복하기 위해 '노래'와 '화냥질'과 '독한 술'과 '햇빛'의 광기를 통해 자가 치유하면서 자의식의 해방에 이른다. (고정희 「오매, 미친년 오네―프라하의 봄·8」, 김승희 「심장딴곳증」, 최승자 「심장론」, 이경림 「한국여자」)

따라서 광기는 여성의 본능적이고 순수한 욕망을 스스로 용인하는 심리와 모습을 적극 드러내는 은유로 일종의 병이라기보다 억눌렀던 자아가 회귀하는 가장 극적인 순간이라고 해석할 수 있다. 자기 안의 '날 것'을 해방시키려는 병, 내 몸 안의 터질 듯한 광기의 물풍선을 터뜨리려는 욕망, 폭발할 순간만 남긴 심장을 열어두려는 의지 등, 여성의 광기는 심화와 질병을 치유하는 일종의 위장된 병으로 이해할 수 있다. (황인숙 「열이 활활 나는 삶의 손바닥으로」, 김혜순 「시체는 슬픔 때문에 썩는다」, 「病」, 「SPACE OPERA」)

　　그 후로 밤중이면 그 집에서 처량한 울음소리가 났다. 울음소리가 마치 은방울을 울리는 것같이 맑고 구슬펐다. 낮이면 잠근 문을 두드리며
　　「어머니 어머니 나 문 좀 열어 주세요! 이 문을 열어 주세요!」
　　하는 목소리가 애를 끊는 소리였다. 또 밤마다 우는 울음 속에는 반드시 넋두리가 섞여 있었다. 그것은
　　「이 문을 열어주세요! 어서어서 이 문을 열어주세요! 세상에 나가서 나와 같이 미친 사람들을 만나보랍니다. 세상의 남자들은 다 나를 사랑한대요? 다 나를 귀애준대요…… 아이구 원통해죽겠네―」 하고 호곡한다.

―김말봉 「시집사리」(1925)

나눈 귓전에 "산호주가 미쳤구나."하는 친구의 목소리를 들었습니다. 나는 그순간 말할 수 없는 쾌감을 느꼈습니다. 과연 나는 미치고 말았으면 하는 생각을 하루에도 몇십 번이나 하였는지요. 스스로 내 목숨을 잘라버릴 용기가 없는 나는 차라리 내 감정과 관계없는 생활을 하고 싶었습니다. 미쳐 가지고 모든 고통을 잊었으면, 또 미쳐가지고 하고 싶은 말과 가슴에 서린 분풀이를 실컷하고 말았으면 하는 공상에 몇 번이나 취하였던지요. 나는 오늘 그러한 내 욕망을 이루는구나 하는 생각이 몹시도 나를 유쾌하게 만들었습니다.

-김말봉 「망명녀」(1932)

"어머니! 저놈이 사람을 죽여!"

영실이는 눈을 뒤집고 나는 듯이 의사에게로 달려드니, 의사는 얼결에 주춤 물러서다가 발길로 탁 차버렸다. 영실이는 시멘트 바닥에 자빠졌으나 단숨에 일어나 달려든다. 입술과 코가 터져 온 얼굴이 피투성이가 되어버렸다.

"이놈 이놈-오빠를 죽여. 아구 오빠 오빠 호호호 저놈."

간담이 서늘하게 부르짖는다. 방안은 그제서야 영실이가 미친 것을 알았다.

-강경애 「어둠」(1937)

산발한 머리, 늘어진 치마, 이 방에서 저 협실로 저 협실에서 다시 댓돌로 그리고는 마당으로 몸부림을 치고 굴러 내리며 피투성이가 되어 통곡을 한다면, 이마음의 무거움과 외로움은 뱀이 껍질을 벗듯이 깨끗하게 벗겨질게다.

-장덕조 「간야월(間夜月)」(1938)

아이 아이고 무서워라! 하느님이 제 욕한다고 벼락을 내리칠라. 히히히 벼락이라니, 나는 암만 해도 마음속으로는 당신을 그리 믿게 여기지는 않는다오. 용서하시소.

아니다, 네 이 놈 하느님아. 에이 빌어먹을 개새끼 같은 하느님아! 네가 분명 하느님이라면 왜 그 악하고 악한 도둑놈의 연놈을 그대로 둔단 말인고. 당장에 벼락 천둥을 내려 연놈을 한꺼번에 박살내어 버릴 일이지-. 아니올시다. 아이 무서워, 거짓말이올시다. 그 연놈에서 죄가 있을리 있나요. 다 내 팔자지요.

하하하! 웃기는구나.

우수워 죽겠네.

-백신애 「광인수기」(1938)

나는 벽까지 떠다밀린 채 와들와들 떨면서 점점 심해가는 어머니의 광란을 지켜볼 수밖에 없었다. 어머니의 몸에서 수술한 다리만 빼고는 온몸이 노한 파도처럼 출렁였다. 그래서 더욱 그 다리는 어머니의 몸이 아닌 이물질처럼 괴기스러워 보였다. 어머니의 그 다리와 아들과의 동일시가 나한테까지 옮아붙은 것처럼 나는 그 다리가 무서웠다.

—박완서 「엄마의 말뚝 2」(1981)

손가락에 힘이 없으니 꼬집어 지지도 않고…… 정말 잠이 들면 안 되는데…… 오빠를 찾아야 돼. 오빠 무덤이라도 찾아야 돼. 오빠가 얼마나 놀랄까. 엄마 소식을 물으면…… 뭐라고 대답해야 될까. 나 혼자만 살아서 먼 길을 왔다고 오빠가 돌아누워버리면 어떡하지. 죽은 사람도 화를 낼 수 있는 걸까. 얼굴을 찡그리고 입을 벌리고 먼 길을 온 나한테 화를 낼 수 있는 걸까. 오빠는 무덤 속에서 얼마나 숨통이 막힐까. 아 목이 말라. 자면 안 돼. 길을 잃어버려서는 안 돼. 오빠는 지금쯤 자고 있겠지. 지금은 밤이니까. //

우리가 한 번도 직접 본 적이 없는 그녀의 미소가 우리 주변에 떠돌고 있었고, 머리에 시든 꽃을 꽂고 꽃자주색 치마를 팔랑거리면서 오빠의 있지 않은 무덤 앞에 가볍게 내려앉는 한 소녀의 영상이 아주 잠시 우리의 뇌리에 스쳤다.

—최윤 「저기 소리없이 한 점 꽃잎이 지고」(1988)

"방금 뭐라고 했어? 우리가 몇 살이라고?"
"스물다섯 살."
뭐가 잘못되었느냐는 시선으로 그녀가 나를 바라보았다. 티 하나 없이 무구한 눈망울이었다.
"그럼 올해가, 올해가 몇 년도야?"
"천구백구십일 년이잖아."

—정이현 「위험한 독신녀」(2004)

언니의 기억력은 때로 놀라울 정도로 정교했다. 하지만 우리 가족의 과거란 게 대부분 가난과 굴욕을 동반한 것들이어서 식구들은 점차 언니가 찾아낸 옛이야기 듣기를 꺼려했다. 식구들의 그런 눈치를 아는지 모르는지 언니는 집요하리만치 기억 되찾는 일에 몰두했다.

기어코 언니의 기억력이 물의를 일으킨 건 돌아온 지 한 달쯤 된 날이었다. 점심을 먹고 나서 거실 소파에 누워 잠깐 졸던 언니가 갑자기 다급하게 나를 불렀다. 방에서 책을 보다가 깜짝 놀라 달려갔더니 언니는 다짜고짜 선례 좀 말리라고 했다. 갑자기 웬 선례냐고 묻자 언니는 첼로 소리를 들어보라며 첼로 켜다 어머니한테 들키면 선례가 또 혼날 거라고 걱정을 했다. (중략) 손님 앞에서 웬 소란이냐,

병 303

하면서 눈을 부릅뜨고 아랫입술을 악무는 어머니를 보자 언니는 갑자기 엉뚱한 변명을 늘어놨다. "제발 때리지 마세요. 저건 식모애가 켜는 게 아니고…… 정희…… 그래요, 정희 친구가 켜는 거에요." 어머니 얼굴은 순식간에 사색이 되었다.

―김재영 「국향」(2004)

신발을 다 신기고 리진 옆에 등을 기대고 나란히 섰으나 리진은 콜랭이 옆에 있는 줄을 모르는 듯했다. 자신이 어디에 있는 줄도 모르는 듯했다. 앵발리드 광장에 잠시 서 있던 리진이 외방전교회 뜰에서부터 슬며시 팔을 드는가 했더니 곧 춤에 깊이 빠져들었다. 광장의 나무와 새와 바람에 날리는 쓰레기들과 함께 춤추는 리진을 지켜보던 콜랭의 마음에 불현듯 두려움이 일었다. 사랑한다 여겼던 여인이 전혀 모르는 사람처럼 느껴졌다.

―신경숙 『리진』(2007)

오매, 미친년 오네
넋나간 오월 미친년 오네
쓸쓸한 쓸쓸한 미친년 오네
산발한 미친년 오네
젖가슴 도려낸 미친년 오네
눈물 핏물 뒤집어쓴 미친년 오네
옷고름 뜯겨진 미친년
사방에서 돌맞은 미친년
돌맞아 팔다리 까진 미친년
쓸개 콩팥 빼놓은 미친년 오네
오오 오월 미친년 오네
히, 히, 하느님께 삿대질하며
하늘의 동맥에다 칼을 꽂는 미친년
내일을 믿지 않는 미친년 오네
까맣게 새까맣게 잊혀진 미친년

―고정희 「오매, 미친년 오네―프라하의 봄·8」(1986)

인어가 물 밖으로 나와 걸어가는 것처럼
우리가 땅 위를 걸어갈 때
물 밖으로 나와 방울방울 피를 뿌리며 걸어가는 모든 해저의 것들에 대해
안에 있지 못하고 밖으로 쫓겨나올 수밖에 없었던

기막히게 아픈 심장 같은 것에 대하여
나는 노래하고 싶다
심장은 결국 하트 모양이 아니었고
차라리 피투성이 근육덩어리였다
어딘지 정육의 냄새가 풍겼다,
터널처럼 내 육체는 그만 아픈 심장을 견디다 못해 방출하였고
밖으로 쫓겨난 심장은
이제 비밀한 단 한사람조차 숨겨줄 수 없게 되었을 때
구태여 물 밖으로 나와 걸어가는 인어라든가
샤갈의 그림 밖으로 끌려나와 바위에 머리를 박고
여지없이 중력에 추락하는 푸른 신부라든가
머리끝부터 발끝까지 척추를 뚫고 지나간 쇠파이프를 지닌
프리다 칼로의 철철 흘러내리는 피의 성찬식이라든가
그런 어처구니없이 아름다운 것들에 대하여
—김승희 「심장딴곳증」(2006)

—심장이 안 좋군요
—? 신장이 나쁘단 소린 많이 들었지만 심장이 안 좋단 애긴 처음인걸요.
—높은 곳에 걸어 올라가본 적 있어요? 숨차지 않았어요?
—글쎄요. 낮은 곳만 기어다녀서.
—가슴이 뻑적지근할 때 없어요?
—맞아요. 가슴 동굴에 안개가 꽉 찰 때가 많아요. 온갖 썩는 괴로움으로부터
발생하는 스모그 현상인가요?
—스모그 현상? 글쎄 지금은 그 정도지만, 이대로 방치해두면 큰일이 생길 수도
있어요. 이를테면 어떤 순간에 느닷없이 엄청난 벼락이 내리치거나 화산이 폭발하
는 것 같은.
—최승자 「심장론」(1999)

불안증을 치료받으러 신경정신과에 갔다
전문의 의학박사 [**]라는 이름을 두 마리의
용이 감싸고 있는 의사가 내게 물었다
　　시부모와 불화합니까
　　남편과 갈등이 있습니까
　　아이들이 속을 썩입니까

　　　아니오
　　　아니오 아니오
　의사는 고개를 갸우뚱하며
　　　대개의 한국 여성들은 이 세 가지 중 하나
　　　에 문제가 있습니다 잘 생각해 보시면 그
　　　중의 하나가 발견될 것입니다
　그러나
　아무리 생각해도 아니었다

　오늘 나는 화냥질이 하고 싶었다
　오늘 나는 독한 술을 마시고 싶었다
　오늘 나는 옷을 활짝 벗어 던지고 햇볕 쨍한
　거리를 어슬렁거리고 싶었다

―이경림 「한국여자」(1992)

　아, 날것이여.
　날것, 날것, 날것들이여.
　나를 두들겨, 깨뜨려,
　내 안의 날것을, 아직 그런 것이 있다면.
　깨워다오.
　이 허위인 삶을
　쪼고, 쪼고, 물어뜯어다오.

―황인숙 「열이 활활 나는 삶의 손바닥으로」(1998)

　터질 듯한 물풍선을
　머리 위에 올려놓고
　두 손으로 꼭지를 틀어쥔 채
　비 오는 거리를 걸어가는 것
　속옷은 다 젖고
　속살이 지천으로 다 아픈데
　두 눈을 껌뻑거리며
　필사적으로 부푸는
　물풍선을 틀어쥐는 것
　(중략)

넘치면 썩기 때문?

―김혜순 「시체는 슬픔 때문에 썩는다」(1990)

그대가 답장을 보내왔다
아니다 그대는 답장을 보내지 않았는데
나는 답장을 읽는다
病은 답장이다

(그대가 이 몸 속에 떨어져 한 번 더
살겠다고,
마지막으로 한 번 더 살아보겠다고
뜨거운 실핏줄 줄기를 확,
뻗치는구나 견딘다는 게 病드는 거구나)

내 피부에 이끼가 돋는가 보다
가려움증이 또 도진다
내 사지에서 줄기가 뻗치는지
스멀스멀한다
온몸 위로 뜨거운 개미들이
쏘다닌다

―김혜순 「病」(2000)

누군가 내 몸속에서 갈비뼈 행성 궤도를 돌고 있는지, 아프지 않은 곳이 없었다. 이제 아프단 말 지겨워 식구들이 말했다. 누군가 내 몸 속에서 지구처럼, 너무 커서 아무도 들을 수 없는 비명을 지르며 타는 태양을 돌고 있었다. 치명적인 바이러스가 온몸을 은하수처럼 감싼 걸까? 전신이 얼음통 속의 생선처럼 푸들거렸다. 진단 기사가 초음파 촬영기를 몸 속에 들이대자 내장들이 다시 한 번 푸르르 떨었다. 검사는 처음 받아요? 옆으로 돌아누우세요 세번 구르세요 기사는 소리쳤다. 속에서 밖으로 터질 긴 비명을 숨기고, 자물쇠를 채운 냉동고처럼 입 다문 행성들이 보였다.

―김혜순 「SPACE OPERA」(2000)

　현대소설에서 치매는 특히 어머니의 질병으로 등장한다. 기억을 상실하면서 스스로를 잃어가는 이 질병은 강인하고 자애롭던 어머니의 모습을 일그러뜨리면서 그가 추구해왔던 모든 가치와 일생을 단번에 추락시킨다. 어린 아이로 퇴행한 모습에서 이전의 위엄과 모성은 찾을 수 없으며, 황폐해진 그의 모습은 그의 삶이 얼마나 비주체적으로 소모되어 왔는가를 깨닫게 한다. (신경숙『엄마를 부탁해』) 어머니의 퇴행은 잠재해 왔던 가족의 불화와 가족이라는 울타리의 허구성을 들추어 가족 안에서 '어머니'로만 살아왔던 여성의 삶을 고발한다. 그러므로 치매에 걸려 완전히 다른 사람으로 다른 곳에서 살아가는 어머니의 모습은 오히려 평화로워 보이기까지 한다. (이혜경『길 위의 집』, 박완서「환각의 나비」) 엄마의 치매는 특히 딸의 고통과 연계되어 여성 전체의 삶을 종합하고 연대하는 여성적 고통으로 극화된다. 어머니는 오히려 치매에 걸린 상태에서 누구도 알지 못하는 딸의 수고와 노력, 슬픔과 갈등을 감지한다. (김인숙「거울에 관한 이야기」, 서하진「착한 가족」)

　　와그르르 깨진 유리창이 보이고, 뚝뚝 피 흘리는 팔뚝이 보이고, 푸릇푸릇 멍든 얼굴이, 기억이, 갈가리 금간 유리창 너머에서 조각난다.
　　그게 효기던가, 윤기던가. 가만, 걔들이 무슨 일이지? 걔들이, 어서 걔들한테 가봐야 할 텐데.
　　윤 씨는 허둥거린다. 허둥거리다, 높이가 어긋난 보도블록을 밟고 길바닥에 쓰러진다.
　　　　　　　　　　　　　　　　　　　　　　　　－이혜경『길 위의 집』(1995)

　　어머니에게는 이미 아들이냐 딸이냐는 그닥 중요하지 않았다. 여기도 아닌 저기도 아닌 데가 과천이었다. 어머니는 겉으로는 지능이 퇴화하는 것처럼 보였지만 발달하고 있는지도 몰랐다. 치사하게 아들네서 딸네로, 딸네서 아들네로 보따리처럼 옮겨다니느니 여기도 아닌 저기도 아닌 과천이란 완충지대를 만들어놓고 거기 보내달라고 보채고 있으니 말이다. //
　　헉 하고 숨을 들이쉬면서 천개사 포교원이라는 간판과 함께 빨랫줄에서 나부끼는 어머니의 스웨터를 보았다. 영주는 멎을 것 같은 숨을 헐떡이며 그 집 앞으로

빨려들어갔다. 마루 천장의 연등과 금빛 부처가 그 집이 절이라는 걸 나타내고
있었다. 그밖엔 시골의 살림집과 다를 바가 없었다. 부처님 앞, 연등 아래 널찍한
마루에서 회색 승복을 입은 두 여자가 도란도란 도란거리면서 더덕 껍질을 벗기고
있었다. 더할 나위 없이 화해로운 분위기가 아지랑이처럼 두 여인의 둘레에서 피
어오르고 있었다.

—박완서 「환각의 나비」(1995)

　어머니의 목소리는 밝다. 방금 전의 일 같은 건 까맣게 모른다는 듯, 시침을
뚝 뗀 목소리. 당신 등 뒤에서 몰래 냉장고 문이 닫히는 소리를 들을 때, 혹은
퀴퀴한 냄새에 장롱 속을 들여다보니 과일 몇 쪽이 난데없이 그 안에서 썩어 문드
러지고 있는 것을 발견하게 되었을 때, 어머니는 늘 시침을 뚝 떼고 밝게 소리치신
다. 차암, 별일이다, 라고. 그러나 당신을 위해서가 아니라 당신을 바라보고 있는
자식들을 위해서였다. 어머니는 당신 자신이 두려우신 만큼이나 당신 자식들의
실망과 공포가 두려우신 거였다.
　그러나 지금 어머니의 밝은 목소리에는 또 다른 의미가 담겨 있었다. 내가 모르
는 체하면서도 어머니의 습관적인 기억 감퇴에 대해 모든 것을 알고 있는 것처럼
어머니 역시도, 당신의 하나뿐인 딸이 속수무책으로 무언가를 잃어 가고 있다는
것을 알고 계신 거였다.

—김인숙 「거울에 관한 이야기」(1997)

　한 여자. 태어난 기쁨도 어린 시절도 소녀시절도 꿈도 잊은 채 초경이 시작되기
도 전에 결혼을 해 다섯 아이를 낳고 그 자식들이 성장하는 동안 점점 사라진
여인. 자식을 위해서는 그 무엇에 놀라지도 흔들리지도 않은 여인. 일생이 희생으
로 점철되다 실종당한 여인.

—신경숙 『엄마를 부탁해』(2007)

　"왜요? 안 드실래요?"
　치, 그새 맘이 변했어요, 투정하듯 중얼거리며 내려놓는 여자의 팔을 어머니가
잡았다. 어머니는 천천히 여자의 팔을 구부려 숟가락을 여자의 입 쪽으로 향하게
했다. 그러고는 손짓을 하는 거였다. 어여, 너 먹어라, 배고프지, 어여 먹어라,
많이 먹어라…… 어머니의 입가가 씰룩이고 불분명한 단어들이 새어나왔다.
　어머니를 보며, 어머니에게서 눈을 떼지 않은 채 여자는 천천히 식은 죽을 먹기
시작했다.

—서하진 「착한 가족」(2008)

　여성의 고유한 질병은 물론 폭식과 거식 등은 모두 폭력적이고 억압적인 세계를 향한 여성 육체의 항거라고 할 수 있다. 생리통, 자궁과 유방의 질병들, 폭식증과 거식증은 여성의 몸을 생식과 성적 대상으로 도구화하는 기존의 인식에 저항하는 은유적 질병이다.

　마른 몸을 선호하는 시대적 미의식에 집착한 거식증은, 기존 담론 체제와 규율문화에 대한 순응이라는 부정적 의미를 지니는 한편, 여성이 자신의 몸을 통제하고 조절할 수 있는 권력을 지니고 특별한 의지력과 자제력을 소유한다는 긍정적 저항의 의미를 갖는다. (정이현 「신식 키친」, 「트렁크」) 극단적으로 마른 여성의 몸은 여성의 육체적 특징을 상실한 중성적 몸을 드러내고 나아가 임신과 출산이 불가능한 병리적 상태를 가져옴으로써 가부장제의 재생산 양식을 조롱한다. 현대소설은 이 같은 저항과 거부의 상징으로 거식증을 선호하는데, 극단적인 거식은 약육강식의 세계 존립 방식 자체를 거부하는 반(反)폭력의 몸짓이기도 하다. (오수연『부엌』, 한강 「채식주의자」, 「나무 불꽃」)

　현대시에서도 병든 여성들의 말은 병에 내재된 욕망을 해독해내지 못하는 가부장적 기준들에 의해 늘 오독된다. 여성의 병은 병리학적인 문제라기보다 병을 앓는 여성의 내면과 이를 둘러싼 사회적 환경의 불화를 의미하기 때문이다. 여성시에 드러나는 특화된 질병들은 여성의 육체가 어떻게 인식되고 실현되어 왔는지 보여주는 징표가 되므로, 생리통, 병든 자궁, 유방암, 불임 등에 관한 표현은 여성의 고통을 육화하는 언어이자 폭력의 종언을 지향하는 언어가 된다. (박서원 「생리불순」, 강기원 「방 한 칸」, 문정희 「혹」, 이규리 「덮어쓰기 할까요?」, 이영주 「내 몸을 빌려줄게」)

　한편 여성은 자신이 앓는 병을 통해 욕망을 표현하는 것만으로도 치유되기도 한다. 병에 대한 적극적인 발화는 기존에 여성의 몸을 도구적인 대상으로 인식하던 입장에서 벗어나 여성 자신의 몸에 대한 주체적인 인식에 이르는 계기가 된다. 여성들은 여성들끼리 공유하는 몸의 질병들을 통해 자기 자신에 대한 새삼스러운 자각과 새로운 여성적 연대의식에 이르기도 한다. (김선우 「요실금」, 윤진화 「母女의 저녁식사」)

먹지 않고 살 수는 없을까. 먹기 위해서는 음식을 만들어야 하고 요리사가 아니라도 부엌에서 인생이 간다. 새와 짐승들은 요리를 하지 않고도 잘 산다. 풀이나 날고기를 씹어 삼키고 싶지야 않지만 그래서 평생 부엌에서 콩나물을 다듬고 생선 내장을 훑어내야 한다니, 별로 나은 선택도 아니다. 인간이 된 게 최선은 아니다. 인간은 특별한 동물이기 때문에 요리를 먹어야 한다면 먹는 일이나 사는 일, 둘 중의 하나는 잘못되었다. //

살기 위해 그는 남을 미워하지 않기로 했다. 남을 미워하지 않으려면 되도록 남들과 접촉을 줄여야 했다. 그는 존재함으로써 차지하는 시간과 공간 속의 자신의 부피를 가급적 압축해서, 상처를 주고 받을 확률을 줄였다. 호흡을 멈추듯 세상과의 교류를 중단했다. 꼭 필요하지 않은 물건은 사지 않고 소유하지도 않으며, 목숨을 유지할 만큼만 먹었다. 상처를 받지 않으려면 남에게 상처를 주지도 말아야 했다.

—오수연 『부엌』(2001)

쟁반을 들고 이층 계단을 오른다. 화장실 옆 구석에 자리를 잡는다. 햄버거를 싸고 있는 코팅 포장지 위로 따뜻한 기운이 전해진다. 그녀는 햄버거를 한입 베어 문다. 손에 묻은 튀김 기름까지 쪽쪽 빨아먹고 난 다음에야 한쪽 의자에 놓여 있는 쇼핑백이 눈에 들어온다. 초콜릿 색 플라스틱 통을 꺼내 뚜껑을 돌려본다. 코코아 가루 같은 밤색 분말이 가득 들어 있다. 초콜릿 색깔 가루를 한 숟가락 떠서 삼분의 일쯤 남은 콜라 컵에 넣고 빨대로 젓는다. 아무리 휘저어도 밤색 입자들이 뭉근히 가라앉지 않고 콜라 위로 둥둥 뜬다. 조심스레 한 모금 마셔본다. 들큼하면서 뒷맛이 비릿하다. 다른 어떤 음식도 먹지 않고 웅녀처럼 견딘다. 그녀는 숨을 멈추고 초콜릿 맛 콜라를 벌컥벌컥 들이켠다. 금세 토기(吐氣)가 온다. 버거킹 여자 화장실의 양변기 안에 얼굴을 박고 그녀는 속엣것을 말끔히 게워낸다.

—정이현 「신식 키친」(2002)

브랜든이 계산을 하는 동안 그녀는 화장실로 가 방금 먹은 음식을 모두 토했다. 십오 년째 웨이스트 사이즈 26을 유지한다는 건 보기보다 성가시고 어려운 일이었다.

—정이현 「트렁크」(2003)

이해할 수 없겠지. 예전부터 난, 누군가가 도마에 칼질을 하는 걸 보면 무서웠어. 그게 언니라 해도, 아니 엄마라 해도. 왠지는 설명 못해. 그냥 못 견디게 싫은 느낌이라고밖엔. 그래서 오히려 그 사람한테 다정하게 굴곤 했지. 그렇다고 어제

꿈에 죽거나 죽인 사람이 엄마나 언니였다는 건 아니야. 다만 그 비슷한 느낌.
오싹하고, 더럽고, 끔찍하고 잔인한 느낌만이 남아 있어. 내 손으로 사람을 죽인
느낌. 아니면 누군가 나를 살해한 느낌. 겪어보지 않았다면 결코 느끼지 못할……
단호하고, 환멸스러운, 덜 식은 피처럼 미지근한. //
　처형이 달려들어 장인의 허리를 안았으나, 아내의 입이 벌어진 순간 장인은 탕
수육을 쑤셔넣었다. 처남이 그 서슬에 팔의 힘을 빼자, 으르릉거리며 아내가 탕수
육을 뱉어냈다. 짐승 같은 비명이 그녀의 입에서 터졌다.

—한강 「채식주의자」(2004)

나는 이제 동물이 아니야 언니.
중대한 비밀을 털어놓는 듯, 아무도 없는 병실을 살피며 영혜는 말했다.
밥 같은 거 안 먹어도 돼. 살 수 있어. 햇빛만 있으면.

—한강 「나무 불꽃」(2005)

달력 앞에서 날짜를 센다
「당신은 임신할 수 없어」
물론 그럴는지도 몰라. 난 허약하고
장기간 약물복용까지 했으니까
불모지임에 틀림없을 거야. 그런데
난 아이를 원하고
여자이고 싶거든.
언제부턴가 어긋나버린 생애처럼
응고되어 버린 생리.
그래, 난 인정해. 그러나 인간은 늘 갱신하게
마련이고 나는 지금 새로운 비상을 위해서
잠시 쉬는 말, 지구가 생성되기 전의 카오스
같은 상태라고 할까
그래, 내 자궁은 비 오길 기다리는 홈통이고
침잠하는 내일의 용설란이야. 밀려갔다 밀려오고
밀려오는 돛대. 얼었다가도 녹아내리는 고드름이야.

—박서원 「생리불순」(1995)

헌 가구를 들어내듯
가볍게 들어내었다

그녀의 배꼽을 통해
마술처럼 사라졌다
(놀라운 의술의 발달)

오래전
그녀가 누웠다 빠져나온 방
그를 품어 사람 꼴로 내보낸 방
죽은 아이들이 때때로 찾아와
옹알이하던 방
언젠가 그녀가
다시 들어가 누울 방
달마다 따뜻한 피로 씻어 내던
방 한 칸
이 가뭇없이 사라졌다

—강기원 「방 한 칸」(2006)

일찍이 오줌을 지리는 병을 얻은 엄마는
네 번째 나를 낳았을 때 또 여자아이라서
쏟아진 양수와 핏덩이 흥건한 이부자리를 걷어
내처 개울로 빨래 가셨다고 합니다

음력 정월
요실금을 앓는 여자의 아랫도리처럼
얼음 사이로 소리 죽여 흘렀을 개울물,
결빙의 기억이 저를 다 가두지 못하도록
개울의 뿌리 아득한 곳으로부터
뜨거운 수액을 조금씩 흘려온 것인지도 모릅니다

—김선우 「요실금」(2003)

자궁 혹 떼어낸 게 엊그제인데
이번엔 유방을 째자고 한다.
누구는 이 나이 되면 힘도 권위도 생긴다는데
내겐 웬 혹만 생기는 것일까
혹시 젊은 날 옆집 소년에게

병 313

몰래 품은 연정이 자라 혹이 된 것일까
가끔 아내 있는 남자를 훔쳐봤던 일
남편의 등뒤에서 숨죽여 칼을 갈며 울었던 일
집만 나서면 어김없이
머리칼 바람에 풀어 헤쳤던 일
그것들이 위험한 혹으로 자란 것일까
하지만 떼어내야 할 것이 혹뿐이라면
나는 얼마나 가벼운가

—문정희 「혹」(2001)

생리 전날,
누가 불러도 대답하기 싫어
먹기도 싫어
종일 나무 밑동에 대못 박는 소리

통증에 옥말려 있을 때 그 전화가 왔다
반짝, 몸이 지워지면서
생리통을 덮어쓰기 하였다

—이규리 「덮어쓰기 할까요?」(2010)

담장에 박힌 종양들,
여자가 담장 위에 걸터앉아 넝쿨을 솎아 벤다. 잘 벼려진 가윗날이 잎사귀를
똑똑, 끊어낸다. 적막한 허공에 흩어지는 흰 머리칼. 바닥에 푸른 종양들이 떨
어진다.

그녀의 가랑이가 줄줄이 뽑아올린 담쟁이넝쿨, 문 닫힌 골목 사이사이 꿈결인
듯 기어올랐지 밤이면 그녀가 뱉어낸 달빛을 먹고 잠든 담장의 몸 속으로 파고들었
지 배를 대고 쓰윽 기어다녔지 지나간 자리마다 파편처럼 초승달이 새겨져 있었지
아무도 깨어나지 않는 어지러운 골목, 문을 열고 내 몸을 찔러넣었지 네 몸을 휘감
고서 조여보았지

—이영주 「내 몸을 빌려줄게」(2005)

저기 먼 곳에서는,
젖가슴 하나 달린 여자들이

안장도 없는 말을 타고
드넓은 대지를 흔들며 산다던데…… 히잉! 어머니
주홍빛 하늘이 몰려와 대지를 덮으면
동그랗게 몸을 웅크린 여자들이
말갈기 같은 머리카락을 휘날리며
우리 식탁을 향해 자신의 말들을 찾아
고단한 하루치 태양을 쉬게 하고 달려와요
……히잉! 어머니
당신이 좋아하는 딸기 아이스크림이 녹을 때처럼
하늘이 물들어갈 때, 그녀들이 달려와요
가슴 하나를 도려낸 그녀들이, 자꾸만 자꾸만
초대받은 손님처럼 달려와요
어머니, 유방암에 걸린
아마존의 여왕, 히폴리테여
듣고 계신가요?

—윤진화 「母女의 저녁식사」(2005)

어학 참고문헌

〈사전〉

국립국어원 편, 『표준국어대사전』, 두산동아, 1999.

권오경·서은아, 『인터넷 통신어휘 사전』, 동인, 2002.

김광해 편, 『유의어·반의어 사전』, 한샘, 1987.

김민수·최호철·김무림, 『우리말 어원사전』, 태학사, 1997.

김병제, 『방언사전』, 한국문화사, 1995.

남광우, 『고어사전』, 교학사, 1997.

남영신, 『우리말 분류사전』, 한강문화사, 1989.

동아출판사편집부 편, 『동아국어대사전』, 동아출판사, 1981.

문화관광부·국립국어원 공편, 『21세기 세종계획 최종 성과물(CD)』, 문화관광부·국립국어원,
    2007.

민중서각 편, 『(최신)국어대사전』, 1991.

박영준, 최경봉 편, 『관용어사전』, 태학사, 1996.

박용수, 『우리말 갈래사전』, 한길사, 1989.

박재연, 『고어사전』, 이회문화사, 2001.

방종현, 『고어재료사전(전집)』, 동성사, 1946.

______, 『고어재료사전(후집)』, 동성사, 1947.

사회과학원 언어학연구소, 『조선문화어사전』, 사회과학출판부, 1973.

서정범, 『국어어원사전』, 보고사, 2000.

신기철·신용철 편, 『새우리말 큰사전』, 삼성출판사, 1975.

안옥규, 『어원사전』, 한국문화사, 1996.

양주동, 『(현대)국어대사전』, 범중당, 1980.

______, 『(정통)국어대사전』, 학력개발사, 1990.

연세대학교 언어정보개발연구원 편, 『연세한국어사전』, 두산동아, 1998.

우리말 편찬회 편, 『국어대사전』, 대한서적, 1990.

운평연구소 편, 『금성판 국어대사전』, 금성출판사, 1991.

유창돈, 『이조어사전』, 연세대출판부, 1964.

이기갑 외, 『전남방언사전』, 태학사, 1997.

이상규, 『경북방언사전』, 태학사, 2000.

이희승, 『국어대사전』, 민중서림, 1975

조영언, 『한국어 어원사전』, 다솜출판사, 2004.

주갑동, 『전라도 방언사전』, 신아출판사, 2005.

최학근, 『증보 한국방언사전』, 명문당, 1990.

한국문화상징사전편찬위원회, 『한국문화상징사전』, 동아출판사, 1994.

한국민족문화대백과사전 편찬부·한국정신문화연구원, 『한국민족문화대백과사전』 1~28권, 한국정신문화연구원, 1991.

한국사전편찬회 편, 『국어대사전』, 삼성문화사, 1991.

한국정신문화연구원 편, 『17세기 국어사전』, 태학사, 1995.

한글학회, 『우리말 큰사전』, 어문각, 1992.

한진건, 『한조동물명칭사전』, 료녕인민출판사, 1982.

〈저서 및 논문〉

강신항, 「근대화 이후의 외래어 유입 양상」, 『현대국어 어휘사용의 양상』, 태학사, 1991.

고석주·정진경, 「외모와 억압」, 『한국여성학』 8, 한국여성학회, 1992.

고은광순, 「처녀 몸속의 '얇은 근육막'을 애도함」, 『인물과 사상』 10, 인물과 사상사, 1999.

고홍홍, 『중국의 전족이야기』, 신아사, 2002.

곽재용, 「유해류 계통의 분류어휘집에 나타난 신체어(2)」, 『한민족어문학』 24, 한민족어문학회, 1993.

______, 「유해류 계통의 분류어휘집에 나타난 신체어(4)」, 『어문학』 55, 한국어문학회, 1994.

______, 「유해류 역학서의 '신체'부 어휘 연구」, 『한글』 228, 한글학회, 1995.

______, 「중세국어의 신체어」, 『경남어문논집』 4, 경남대 국어국문학과, 1991.

______, 「유해류 역학서의 '신체'부 어휘연구」, 경남대학교 박사학위논문, 1994.

국선희, 「여성·모성·건강: 페미니즘과 사회구성주의의 만남」, 『사회과학연구』 30, 전북대학교 사회과학연구소, 2006.

권주희, 「끝이 아닌 시작 −완경 내 안의 나를 만나다」, 『함께 가는 여성』 182, 한국여성민우회, 2007.

김경일, 「1920~1930년대 신여성의 신체와 근대성」, 『정신문화연구』 24권 제3호, 한국정신문화연구원, 2001.

김경호, 「일본어에서 차용된 의학 용어에 관한 조사 연구」, 『일본어문학』 33, 일본어문학회, 2007.

김문창, 「〈손〉의 어휘체계에 대하여」, 『국어교육』 29, 한국국어교육연구회, 1976.

김미영, 「일제하 《조선일보》의 성병관련 담론 연구」, 『정신문화연구』 29권 제2호, 한국정신문화연구원, 2006.

______, 「한·일 여성 민속의 비교연구 −여성의 생식력을 중심으로−」, 『비교민속학』 24, 비교민속학회, 2003.

김민영, 『우리말 신체어의 의미 확장을 통한 어휘 지도 방안 연구』, 전북대학교 석사학위논문, 2006.

김세서리아, 「양명학의 몸 이해 방식과 새로운 유교적 여성관 모색」, 『한국여성철학』 2, 한국여성철학회, 2002.

김순자, 『신체어의 명칭 전이와 의미 변동에 관한 연구』, 한양대학교 석사학위논문, 1996.

김영옥, 「70년대 근대화의 전개와 여성의 몸」, 『여성학논집』 18, 이화여자대학교 한국여성연구소, 2001.

김용숙, 『한국여속사』, 민음사, 1989.

김윤성, 「조선후기 천주교 여성들의 금욕적 실천: 음식 절제와 성적 절제를 중심으로」, 이화여대 한국여성연구원, 2007.

김은실, 『여성의 몸, 몸의 문화정치학』, 또 하나의 문화, 2001.

김은주, 『신체어 '손'과 '발'의 어휘 연구』, 경남대학교 석사학위논문, 2001.

김정선, 「나홀로 열받는 분노증후군 -화병은 몸과 마음 모두 다스려야」, 『과학동아』 251, 동아사이언스, 2006.

김주현, 「외모꾸미기와 정체성 정치학」, 『철학과 현실』 60, 철학과 현실사, 2004.

______, 「여성의 몸과 외모 꾸미기 -금욕주의와 나르시시즘을 넘어서」, 『미학』 47, 한국미학회, 2006.

김지영, 「조선후기 왕실의 출산문화에 관한 몇 가지 실마리들」, 『장서각』 23, 한국학중앙연구원, 2010.

김한경·박수진·정찬섭, 「아름다운 얼굴의 감성적 특징」, 『감성과학』, 한국감성과학회, 2004.

김해연, 「한국어 코퍼스에 나타난 '얼굴/낯'의 담화인지적 분석」, 『담화·인지언어학회 학술대회 발표논문집』, 2008.

김혜원, 『여성건강의 통합적 관점』, 집문당, 2010.

김황시연, 「완경을 향한 여자들의 행복한 일상, 월경」, 『월간말』 10월호, 월간말주식회사, 2000.

나익주, 「한국어에서의 성욕의 은유적 개념화」, 『담화와 인지』 10권 1호, 담화와인지학회, 2003.

남기탁, 「훈몽자회 '신체'부 자훈 연구」, 중앙대학교 박사학위논문, 1988.

남후남, 「패션디자인에 나타난 가슴 노출의 의미 연구」, 『복식문화연구』 13권 2호, 복식문화학회, 2005.

노 령, 『중국여성: 전족 한 쌍에 눈물 두 동이』, 시그마북스, 2008.

노지은, 「월경 경험과 문화적 금기에 관한 연구」, 이화여자대학교 석사학위논문, 1995.

대한의사협회 편저, 『필수의학용어집』, 대한 의학학술지 편집인 협의회, 2005.

마성식, 「신체어 '손', '발'의 의미 전이에 관한 연구」, 『한글』 232, 한글학회, 1996.

문상미, 「자궁절제술 여성의 수술 전후 성만족, 부부친밀도 및 배우자 지지의 변화」, 전남대학교 석사학위논문, 2002.

미디어 엠, 『생명의 근원지 자궁으로 알아보는 여자 이야기』, 미디어 엠, 1999.

박 경, 「여성정신건강과 여성주의 치료의 방향」, 『한국여성학』 19권 3호, 한국여성학회, 2003.

박경현, 「국어 신체어의 은유적 확장」, 『명지어문학』 15, 명지대학교 국어국문학과, 1983.

박민여·차은진, 「전족의 상징적 의미」, 『한국의류학회지』 25권 8호, 한국의류학회, 2001.

박세영, 「현대 국어 신체어의 의미 연구사」, 『국제어문』 30, 국제어문학회, 2004.

박숙자, 「1920년대 여성의 육체에 대한 남성의 시선과 환상」, 『한국근대문학연구』 5권 1호,
    한국근대문학회, 2004.

박인성, 「청대 전족 비판논고」, 『중국학논총』 12권 1호, 한국중국문화학회, 2001.

박찬식, 『유해류 역학서 연구 1』, 역락, 2008.

박형무·안명옥·최훈·허민, 「폐경의 처치에 대한 한국 갱년기 여성들의 태도에 대한 고찰」,
    『대한폐경학회지』 10권 2호, 대한폐경학회, 2004.

박형우·박준형, 「한국에서 최초로 발간된 해부학 교과서와 편찬 배경」, 『대한해부학회지』
    39권 6호, 대한해부학회, 2006.

배도용, 「우리말 신체어의 의미 확장 연구」, 부산대 박사학위논문, 2001.

_____, 「우리말 '손'의 의미 확장 연구」, 『한글』 258, 한글학회, 2002.

_____, 「우리말 신체어 '가슴'의 의미 확장과 개념망」, 『우리말연구』 12, 우리말학회, 2002.

_____, 「우리말 신체어 '발'의 의미 확장 연구」, 『어문학』 78, 한국어문학회, 2002.

_____, 『우리말 의미 확장 연구』, 한국문화사, 2002.

_____, 「우리말 "얼굴"의 의미 확장과 개념망」, 『현대문법연구』 31, 현대문법학회, 2003.

변선영, 「자궁절제술을 받은 여성의 성역할 정체감과 우울」, 계명대학교 석사학위논문, 2003.

서정범, 『우리말의 뿌리』, 유씨엘아이엔씨, 2005.

서정애·이경아, 「여성의 폐경 경험에 대한 여성주의 인지심리학적 일고찰」, 『한국심리학회지
    여성』 7권 1호, 한국심리학회, 2002.

서홍관·김창엽, 「의학용어의 변화 −조선의보와 대한의학협회지에 나타난 질병명을 중심으
    로」, 『의사학』 2권 1호, 대한의사학회, 1993.

성미혜, 「자궁절제술을 받은 여성의 상실경험」, 경희대학교 박사학위논문, 1996.

_____, 「자궁절제 여성의 부담감에 관한 연구」, 『여성건강간호학회지』 3권 2호, 여성건강간
    호학회, 1997.

소황옥, 「중국 전족의 미학적 연구」, 『한복문화』 9권 1호, 한복문화학회, 2006.

송영빈, 「의학 전문용어의 한일 비교」, 『일어일문학연구』 50, 한국일어문학회, 2004.

_____, 「한일 의학용어의 변화」, 『일본연구』 40, 한국외국어대학교 일본연구소, 2009.

_____, 「한일 의학용어의 어휘적 특성」, 『일본어문학』 31, 일본어문학회, 2005.

송철의 외, 『역주 증수무원록언해』, 서울대학교출판문화원, 1999.

송철의, 『한국 근대초기의 어휘』, 서울대학교출판부, 2008.

심광현, 「가을, 육체, 무엇이 문제인가」, 『문화과학』, 문화과학사, 1993.

안석영, 「몽파리 裸女−녀름 풍정 2」, 『조선일보』, 1929.

애브라함 스톤·한나 스톤, 『性과 結婚讀本』, 承鼎均 譯, 大文社, 1957.

양태식, 「손을 둘러싼 어휘소 무리의 의미 구조」, 『새국어교육』 37, 한국국어교육학회, 1983.

연구공간 수유+너머 근대매체연구팀, 『(매체로 본 근대 여성 풍속사) 신여성』, 한겨레신문사, 2005.

우경민, 「조선후기 여성 신체관과 기녀복식의 표현미」, 성균관대학교 석사학위논문, 2010.

우형식, 「신체어의 의미론」, 『연세어문학』 21, 연세대학교 국어국문학과, 1988.

유선영, 「육체의 근대화: 할리우드 모더니티의 각인」, 『문화과학』 24, 문화과학, 2001.

윤태일, 「여성의 날씬한 몸에 관한 미디어 담론 분석」, 『한국언론학보』 48권 4호, 한국언론학회, 2004.

이경숙, 「노동의 매개로서의 육체: 사회주의 페미니즘의 육체관」, 『현상과 인식』 82, 한국인문사회과학원, 2000.

이경자, 「신체어 〈손〉의 의미 고찰」, 『언어』 2, 충남대학교 어학연구소, 1981.

_____, 「인체어 '손'의 어원 연구」, 『어문연구』 20, 언어연구학회, 1990.

이경자·송민정, 「우리나라 전통 화장 문화에 대한 연구」, 『服飾』 17, 한국복식학회, 1991.

이광호, 「'낯'과 '얼굴'의 의미 고찰」, 『어문학』 93, 한국어문학회, 2006.

_____, 「15, 6세기어 「양자」, 「즛」, 「얼굴」의 유의구조 분석」, 『어문학』 51, 한국어문학회, 1990.

이민희·최상진, 「라깡적 관점에서 여성(남성)에 대한 이론적 고찰: 성과 남녀관계를 중심으로」, 『한국심리학회지: 여성』 10권 3호, 2005.

이병근, 「근대국어시기의 어휘정리와 사전적 전개」, 『동양학』 22, 단국대 부설 동양학연구소, 1992.

이숙인, 「'정음'과 '덕색'의 개념으로 본 유교의 성담론」, 『철학』 67, 한국철학회, 2001.

이승환, 「몸의 기호학적 고찰: 유가전통을 중심으로」, 『기호학연구』 3권 1호, 문학과 지성사, 1997.

이영아, 「1900~1920년대 여성의 '몸 가꾸기' 담론의 변천과정 연구」, 『한국문화』 44, 서울대학교 규장각 한국학연구원, 2008.

이인식, 「처녀막은 순결의 보증수표인가」, 『이코노믹리뷰』 4권 15호, ER미디어, 2003.

이정희, 「훈육되는 몸, 저항하는 몸」, 『페미니즘연구』 3, 동녘, 2003.

이창윤, 「무속신화에 나타난 여성신의 성적 결합과 출산」, 『실천민속학연구』 8, 실천민속학회, 2006.

이훈종, 「인체명칭고」, 『국어교육』 41, 한국국어교육연구회, 1983.

임인숙, 「한국사회의 몸 프로젝트: 미용성형산업의 팽창을 중심으로」, 『한국사회학』 36권 3호, 한국사회학회, 2002.

_____, 「유방암, 손상된 몸과 여성성의 위기감」, 『한국여성학』 22권 4호, 한국여성학회, 2006.

임팔용, 『한·일 신체어휘 관용구의 대조연구』, 제이앤씨, 2006.

장수정, 「여성의 몸과 주체를 둘러싼 정책적 담론의 형성」, 『아시아여성연구』 44권 2호, 숙명여자대학교 아시아여성연구소, 2005.

장은하, 「〈얼굴〉 명칭에 대한 고찰」, 『우리어문연구』 11권 1호, 우리어문학회, 1997.

______, 「현대국어의 〈신체〉명칭 분절구조에 대한 연구: 〈외부〉를 중심으로」, 고려대학교 박사
　　학위논문, 2004.

장필화, 「몸에 대한 여성학적 접근」, 『한국여성학』 8, 한국여성학회, 1992.

______, 「여성, 몸, 건강에 대한 여성학적 접근」, 『간호학탐구』 5권 1호, 연세대학교 간호대학
　　간호학연구소, 1996.

전보경, 「조선 여성의 '젖가슴 사진'을 둘러싼 기억의 정치」, 『페미니즘 연구』 8권 1호, 한국여성
　　연구소, 2008.

전완길, 『한국화장문화사』, 열화당, 1987.

전종휘, 「우리의 의학용어」, 『한글 새 소식』 140, 1984.

정복례, 「여성과 암」, 『한국여성학』 8, 한국여성학회, 1992.

정세진, 「한국 사회 몸 관리 산업의 확장과 젠더의 문화적 구성」, 『한국사회학회 논문집』,
　　한국사회학회, 2006.

정연보, 「출산문화 담론에 나타난 자연 개념과 젠더: 지금 여기, 여성문화 읽기」, 『여성과사회』
　　15, 2004.

정은영, 「자궁절제술을 받은 여성의 수술전후 성역할 정체감, 신체상 및 성만족 변화」, 고려대
　　학교 석사학위논문, 2006.

정정순, 「가부장제 담론과 성 정체성 형성에 관한 문학교육적 고찰」, 『여성문학연구』 1, 한국여
　　성문학학회, 1999.

정형남, 「첩의 얼굴」, 『문예운동』 39, 문예운동사, 1988.

정호완, 『(역주)언해태산집요』(허준), 세종대왕기념사업회, 2010.

정희자, 「관용어에 나타난 신체어의 의미 확장」, 『외대논총』 24, 부산외국어대학교, 2002.

조영미, 「한국의 출산의 의료화 과정」, 『여성건강: 다학제적 접근』 7권 1호, 대한여성건강학회,
　　2006.

조혜정, 「가부장제의 변형과 극복: 한국가족의 경우」, 『한국여성학』 2, 한국여성학회, 1986.

주경미, 「신소설에 나타난 신체어 관련 관용표현 연구―손, 눈, 입, 코, 귀를 중심으로」, 『한국
　　언어문학』 58집, 한국언어문학회, 2006.

차은진·박민여, 「전족의 상징적 의미」, 『한국의류학회지』 25권 8호, 한국의류학회, 2001.

천선영, 「몸의 현재적 의미에 대한 사회학적 고찰, 『사회과학연구』 11집, 서강대학교 사회과학
　　연구소, 2003.

최규일, 「인체어휘고」, 성균관대학교 석사학위논문, 1972.

최숙경·하현강, 『한국여성사 고대―조선시대』, 이대출판사, 2001

최정자, 「자궁절제술을 받은 여성의 삶의 질」, 경북대학교 석사학위논문, 2004.

한국여성연구소, 『여성의 몸: 시각, 쟁점, 역사』, 창비, 2005.

한방과 건강, 「맺힌 한 쌓여! 화병」, 『한방과 건강』 2009년 7호, 한방과 건강, 2007.

한방과 건강, 「홧병에 대한 한의학적 이해 홧병(화병=火病)」, 『한방과 건강』 2007년 09호, 한방과 건강, 2007.

허 준, 『동의보감 탕액편』, 해성사, 1994.

홍경자, 「몸 철학과 여성주의 철학 상담」, 『한국여성철학』 12, 한국여성철학회, 2009.

홍덕선 외, 『몸과 문화: 인간의 몸을 해석하는 다양한 문화 담론들』, 성균관대학교 출판부, 2009.

홍덕선·박규현, 『몸과 문화-인간의 몸을 해석하는 다양한 문화 담론들』, 2009.

홍사만, 「신체어의 다의구조 분석(Ⅳ)-'발(족)', '낯(얼굴, 안)'의 의미」, 『어문논총』 27권 1호, 경북어문학회, 1993.

홍사만, 『국어 어휘의미의 사적 변천: 유의어의 의미 기술』, 한국문화사, 2003.

황유지·이상훈, 「육체 관리 행위와 여성 정체성」, 『언론과학연구』 7권 3호, 지역언론학회연합회, 2007.

Bataille, Georges, 『에로티즘의 역사』, 조한경 역, 민음사, 1998.

Bordo, S., 『참을 수 없는 몸의 무거움』, 박오복 역, 또 하나의 문화, 2003.

Conboy, Katie·Medina, Nadia·Stanbury, Sarah, 『여성의 몸, 어떻게 읽을 것인가』, 고경하 역, 한울, 2001.

Duerr, Hans Peter, 『에로틱한 가슴: 문명을 초월한 에로틱의 절정, 여성 가슴의 문화사』, 한길사, 박계수 역, 2006.

Duerr, Hans Peter, 『은밀한 몸: 여성의 몸 수치의 역사』, 박계수 역, 한길사, 2003.

Gilman, Sander L., 『성형수술의 문화사』, 곽재은 역, 이소출판사, 2003.

Gray, Madeline, 『여성의 갱년기』, 김병우 역, 육문사, 1975.

Halprin, Sara, 『예쁜 얼굴 콤플렉스』, 최순희 역, 문학사상사, 1996.

Morris, Desmond, 『벌거벗은 여자』, 이경식·서지원 역, Human&books, 2004.

Nettleton, Sarah, 『건강과 질병의 사회학』, 조효제 역, 한울 아카데미, 1997.

Northrup, Christiane, 『여성의 몸 여성의 지혜』, 강현주 역, 한문화, 2002.

_______________, 『폐경기 여성의 몸 여성의 지혜』, 이상춘 역, 한문화멀티미디어, 2005.

Posch, Waltraud, 『몸의 숭배와 광기』, 조원규 역, 여성신문사, 2001.

Sontag, Susan, 『은유로서의 질병』, 이재원 역, 이후, 2002.

Steinem, Gloria, 『남자가 월경을 한다면』, 양이현정 역, 현실문화연구, 2002.

Thompson, 『자궁의 역사: 의학, 종교, 과학이 왜곡한 여자의 문화사』, 백영미 역, 아침이슬, 2001.

Ussher, Jane M., 「몸에 관해 멋지게 말하기와 비난하기」, 『여성 건강 심리학』, 장연집 역, 이화여자대학교 출판부, 2001.

Wolpe, AnnMarie·Kuhn, Annette, 『여성과 생산양식』, 강선미 역, 한겨레, 1986.

Yalom, Marilyn, 『유방의 역사: 여성의 가슴에 대한 소유와 인식의 9가지 고찰』, 윤길순 역, 자작나무, 1999.

작품 출전

【한문학】

김지용·김미란 역저, 『한국 여류한시의 세계』, 여강출판사, 2002.

김지용 역저, 『한국 역대 여류한시문선 (상)』, 명문당, 2005.

김지용 역저, 『한국 역대 여류한시문선 (하)』, 명문당, 2005.

이능화 저, 김상억 역, 『조선여속고』, 동문선. 1990

이능화 저, 이재곤 역, 『조선해어화사』, 동문선, 1992

오세창 저, 동양고전학회 역, 『국역 근역서화징』, 시공사, 1998.

이혜순·김경미, 『한국의 열녀전』, 월인, 2004.

이혜순·정하영 역편, 『한국 고전여성문학의 세계 한시편』, 이화여자대학교출판부, 1998.

이혜순·정하영 역편, 『한국 고전여성문학의 세계 산문편』, 이화여자대학교출판부, 2003.

장지연, 『大東詩選 상』, 아세아문화사, 1980.

장지연, 『大東詩選 하』, 아세아문화사, 1980.

허경진 옮김, 『매창 시집』, 평민사, 1986

허경진 옮김, 『삼의당 김씨 시선』, 평민사, 2008.

허경진 옮김, 『옥봉·죽서 시선』, 평민사, 1987.

허경진 옮김, 『운초·부용 시선』, 평민사, 1993.

허경진 옮김, 『최송설당·오효원 시선』, 평민사, 2008.

허경진 옮김, 『허난설헌 시집』, 평민사, 1986.

허미자 편, 『조선조여류시문전집 1』, 태학사, 1984.

허미자 편, 『조선조여류시문전집 2』, 태학사, 1984.

허미자 편, 『조선조여류시문전집 3』, 태학사, 1984

허미자 편, 『조선조여류시문전집 4』, 태학사, 1984.

【고전소설】

「구운몽」, 김병국 역주, 『구운몽』, 서울대학교출판부, 2007.

「만복사저포기」, 심경호 역주, 『금오신화』, 홍익출판사, 2005.

「명주보월빙」, 한국고대소설대계 1, 『명주보월빙』, 한국정신문화연구원. 1980.

「박씨전」, 김기현 역주, 『박씨전·임장군전·배시황전』, 고대 민족문화연구원, 1995.

「방한림전」, 장시광 역주, 『방한림전 : 조선시대 동성혼 이야기』, 한국학술정보, 2006.

「배비장전」, 신해진 역주, 『조선후기 세태소설선』, 월인, 1999.

「사씨남정기」, 신해진 선주, 『조선후기 가정소설선』, 월인, 2000.

「삼한습유」, 조혜란 역주, 『삼한습유』, 고대 민족문화연구원, 2005.

「소현성록」, 조혜란·정선희·허순우·최수현 역주, 『소현성록』 1~4권, 소명출판, 2010.

「숙영낭자전」, 황패강 역주, 『숙향전·숙영낭자전·옥단춘전』, 고대 민족문화연구원, 1993.

「숙향전」, 황패강 역주, 『숙향전·숙영낭자전·옥단춘전』, 고대 민족문화연구원, 1993.

「심생전」, 실시학사 고전문학연구회 역주, 『이옥전집』, 소명출판, 2001.

「심청전」, 정하영 역주, 『심청전』, 고대 민족문화연구원, 1995.

「열녀춘향수절가」, 송성욱 역주, 『춘향전』, 민음사, 2004.

「운영전」, 이상구 역주, 『17세기 애정전기소설』, 월인, 2003.

「위경천전」, 이상구 역주, 『17세기 애정전기소설』, 월인, 2003.

「옥단춘전」, 황패강 역주, 『숙향전·숙영낭자전·옥단춘전』, 고대 민족문화연구원, 1993.

「옥루몽」, 김풍기 역주, 『옥루몽』, 그린비, 2006.

「완월회맹연」, 김진세 편, 『완월회맹연』, 서울대학교출판부, 1987.

「유씨삼대록」, 한길연·김지영·정언학 역주, 『유씨삼대록』 1~4권, 소명출판, 2010.

「이생규장전」, 심경호 역주, 『금오신화』, 홍익출판사, 2005.

「이춘풍전」, 신해진 역주, 『조선후기 세태소설선』, 월인, 1999.

「임씨삼대록」, 김지영·최수현·한길연·서정민·조혜란·정언학 역주, 『임씨삼대록』 1~5권,
    소명출판, 2010.

「장화홍련전」, 신해진 역주, 『조선후기 가정소설선』, 월인, 2000.

「절화기담」, 김경미·조혜란 역주, 『절화기담·포의교집』, 여이연. 2003.

「조씨삼대록」, 김문희·조용호·정선희·전진아·허순우·장시광 역주, 『조씨삼대록』 1~5권,
    소명출판. 2010.

「주생전」, 이상구 역주, 『17세기 애정전기소설』, 월인, 2003.

「창란호연록」, 김기동 편, 『필사본고전소설전집』 9·10권, 아세아문화사, 1980.

「청백운」, 김기동 편, 『필사본고전소설전집』 24권, 아세아문화사, 1980.

「포의교집」, 김경미·조혜란 역주, 『절화기담·포의교집』, 여이연. 2003.

「창선감의록」, 이래종 역주, 『창선감의록』, 고대 민족문화연구원, 2003.

「하진양문록」, 이대형 교주, 『하진양문록』 1~3권, 이회문화사, 2004.

「현몽쌍룡기」, 김문희·장시광·조용호 역주, 『현몽쌍룡기』 1~3권, 소명출판, 2010.

「현씨양웅쌍린기」, 이윤석·이다원 교주, 『현씨양웅쌍린기』 1~2권, 경인문화사, 2006.

「홍계월전」, 김기동·전규태 편, 『토끼전, 장끼전, 김진옥전, 홍계월전』, 서문당, 1984.

【고전시가】

고전자료편찬실 편, 『규방가사 I』, 한국정신문화연구원, 1979.

권영철 편, 『규방가사 신변탄식류』, 효성여자대학교 출판부, 1985.

권영철 편, 『규방가사 I』, 가사문학관, 2002.
문화방송 라디오국, 『한국 민요대전』, 1992.
이대준 편저, 『낭송가사집』, 세종출판사, 1998.
이대 한국어문학연구회, 「내방가사자료」, 『한국문화연구원논총』 15집, 이화여대 한국문화연
　　구원, 1970.
임기중, 『역대가사문학전집』 1~50권, 아세아문화사, 1987-1998.
조애영, 『은촌내방가사집』, 금강출판사, 1971.
최송설당, 『송설당집』, 조선인쇄주식회사, 1922.
한국정신문화연구원, 『한국구비문학대계』 총 89권, 1980-1989.
홍재휴 주해, 『월촌가사』, 단양우씨 월촌판서공파 종중, 2001.
「화전가 1」(「화전가 5-3」), 고전자료편집실 편, 『규방가사 I』, 한국정신문화연구원, 1979.
「화전가 2」(「화전가 5-4」), 고전자료편집실 편, 『규방가사 I』, 한국정신문화연구원, 1979.
「화전가 3」(「화전가 5-9」), 고전자료편집실 편, 『규방가사 I』, 한국정신문화연구원, 1979.
「화전가 4」(「화전가 5-10」), 고전자료편집실 편, 『규방가사 I』, 한국정신문화연구원, 1979.
「화전가 5」(「화전가 5-16」), 고전자료편집실 편, 『규방가사 I』, 한국정신문화연구원, 1979.
「화전가 6」(「화전가 5-18」), 고전자료편집실 편, 『규방가사 I』, 한국정신문화연구원, 1979.
「화전가 7」(「화전가 5-20」), 고전자료편집실 편, 『규방가사 I』, 한국정신문화연구원, 1979.
「화전가 8」(「화전가(1)」), 한국어문학연구회 편, 「내방가사자료」, 이화여대 『한국문화연구원
　　논총』 15집, 1970.
「화전가 9」(「화전가(2)」), 한국어문학연구회 편, 「내방가사자료」, 이화여대 『한국문화연구원
　　논총』 15집, 1970.
「화전가라1」(「화전가라 5-2」), 고전자료편집실 편, 『규방가사 I』, 한국정신문화연구원, 1979.
「화전가라2」(「화전가라 5-5」), 고전자료편집실 편, 『규방가사 I』, 한국정신문화연구원, 1979.
「화전가라3」(「화전가라 5-11」), 고전자료편집실 편, 『규방가사 I』, 한국정신문화연구원, 1979.
「화전가라4」(「화전가라 5-12」), 고전자료편집실 편, 『규방가사 I』, 한국정신문화연구원, 1979.

【현대소설】

「가슴 커지는 여자 이야기」, 김이은, 『코끼리가 떴다』, 민음사, 2009.
「간야월(間夜月)」, 장덕조, 『여류단편걸작집』, 조광사, 1937.
「거울에 관한 이야기」, 김인숙, 『유리구두』, 창작과비평사, 1998.
「거울이 거울을 볼 때」, 전경린, 『환과 멸』, 생각의나무, 2001.
「검은 염소 세 마리」, 김숨, 『투견』, 문학동네, 2012.
「고요한 나날」, 권지예, 『꿈꾸는 마리오네뜨』, 창작과비평사, 2002.
「곡두」, 함정임, 『곡두』, 열림원, 2009.
「관계」, 오정희, 『불의 강』, 문학과지성사, 1995.

「광인수기」, 백신애, 『백신애 선집』, 현대문학, 2009.

「국자 이야기」, 조경란, 『국자 이야기』, 문학동네, 2004.

「국향(鞠香)」, 김재영, 『코끼리』, 실천문학사, 2005.

「그녀의 눈물 사용법」, 천운영, 『그녀의 눈물 사용법』, 창작과비평사, 2008.

「그린란드」, 강영숙, 『아령 하는 밤』, 창작과비평사, 2011.

「그린 핑거」, 김윤영, 『그린 핑거』, 창작과비평사, 2008.

「그림 앞의 장미와 꽃병」, 이명랑, 『입술』, 문학동네, 2007.

「그림자 상자」, 천운영, 『명랑』, 문학과지성사, 2004.

『길 위의 집』, 이혜경, 민음사, 1995.

「꿈」, 서하진, 『요트』, 문학동네, 2006.

「꿈꾸는 마리오네뜨」, 권지예, 『꿈꾸는 마리오네뜨』, 창작과비평사, 2002.

「꿈꾸는 인큐베이터」, 박완서, 『엄마의 말뚝』, 세계사, 2012.

『나는 이제 니가 지겨워』, 배수아, 이룸, 2000.

「나무 불꽃」, 한강, 『채식주의자』, 창작과비평사, 2007.

「나비, 봄을 만나다」, 차현숙, 『나비, 봄을 만나다』, 문학동네, 1997.

「나의 가장 나종 지니인 것」, 박완서, 『박완서 단편소설전집 5』, 문학동네, 2006.

『나의 아름다운 죄인들』, 김숨, 문학과지성사, 2009.

「날마다 축제」, 강영숙, 『날마다 축제』, 창작과비평사, 2004.

「낭만적 사랑과 사회」, 정이현, 『낭만적 사랑과 사회』, 문학과지성사, 2003.

「내가 데려다줄게」, 천운영, 『그녀의 눈물 사용법』, 창작과비평사, 2008.

「냉장고」, 김현영, 『냉장고』, 문학동네, 2000.

「너의 여름은 어떠니」, 김애란, 『비행운』, 문학과지성사, 2012.

『노러브 노섹스 1, 2』, 윤효, 이룸, 2004.

「노크하지 않는 집」, 김애란, 『달려라, 아비』, 창작과비평사, 2005.

「다른 모든 눈송이와 아주 비슷하게 생긴 단 하나의 눈송이」, 은희경, 『제55회 현대문학상수상
    작품집』, 현대문학, 2009.

「달콤한 눈물」, 함정임, 『곡두』, 열림원, 2009.

『달항아리 속 금동물고기』, 방현희, 열림원, 2002.

「당신의 바다」, 천운영, 『바늘』, 창작과비평사, 2001.

「더블베드」, 윤효, 『베이커리 남자』, 생각의나무, 2002.

「덩굴풀」, 양귀자, 『귀머거리새』, 민음사, 1980.

『도시의 흉년』, 박완서, 세계사, 2009.

「두 승객과 가방」, 박화성, 『박화성 문학전집 18』, 푸른사상사, 2004.

「두 횡사」, 김연경, 『내 아내의 모든 것』, 문학과지성사, 2005.

「등뼈」, 천운영, 『바늘』, 창작과비평사, 2001.

「딸기밭」, 신경숙, 『딸기밭』, 문학과지성사, 2000.

『라이팅 클럽』, 강영숙, 자음과모음, 2010.

『러브 차일드』, 김현영, 자음과모음, 2010.

『리진 1, 2』, 신경숙, 문학동네, 2007.

「마녀물고기」, 이평재, 『마녀물고기』, 문학동네, 2001.

「마당에 관한 짧은 얘기」, 신경숙, 『감자 먹는 사람들』, 창작과비평사, 2005.

「마지막 아이들의 도시」, 윤이형, 『작가세계』, 2007년 가을호.

『마지막 춤은 나와 함께』, 은희경, 문학동네, 2012.

「망명녀」, 김말봉, 『페미니즘 정전 읽기 : 근대소설편』, 푸른사상, 2002.

「맨홀」, 편혜영, 『아오이 가든』, 문학과지성사, 2005.

「먼지 속의 나비」, 은희경, 『타인에게 말걸기』, 문학동네, 1996.

「멀어지는 집」, 이혜경, 『꽃그늘 아래』, 창작과비평사, 2002.

「멍게 뒷맛」, 천운영, 『명랑』, 문학과지성사, 2004.

「명랑」, 천운영, 『명랑』, 문학과지성사, 2004.

「몸을 위하여」, 공선옥, 『내 생의 알리바이』, 창작과비평사, 1998.

「물밑에 숨은 새」, 김재영, 『코끼리』, 실천문학사, 2005.

「미니 초코파이」, 이명랑, 『입술』, 문학동네, 2007.

「바늘」, 천운영, 『바늘』, 창작과비평사, 2001.

「바람결에」, 정미경, 『내 아들의 연인』, 문학동네, 2008.

「바람아 너는 알고 있나」, 김서령, 『작은 토끼야 들어와 편히 쉬어라』, 실천문학사, 2007.

『바람이 분다, 가라』, 한강, 문학과지성사, 2010.

「밤이여, 나뉘어라」, 정미경, 『내 아들의 연인』, 문학동네, 2008.

「배꼽의 기원」, 한지수, 『자정의 결혼식』, 열림원, 2010.

「배드민턴 치는 여자」, 신경숙, 『풍금이 있던 자리』, 문학과지성사, 2003.

「번제(燔祭)」, 오정희, 『불의 강』, 문학과지성사, 1977.

「별빛 속의 계절」, 한말숙, 『여수』, 태창문화사, 1978.

「별사(別辭)」, 오정희, 『유년의 뜰』, 문학과지성사, 1998.

「병신 손가락」, 함정임, 『동행』, 강, 1998.

「봄밤」, 강영숙, 『날마다 축제』, 창작과비평사, 2004.

『봉지』, 김인숙, 문학사상사, 2006.

「부끄러움을 가르칩니다」, 박완서, 『박완서 단편소설 전집 1』, 문학동네, 2006.

「부엌」, 오수연, 강, 2006.

「부활」, 김숨, 『투견』, 문학동네, 2012.

「북촌」, 이혜경, 『너 없는 그 자리』, 문학동네, 2012.

「불꽃놀이」, 오정희, 『불꽃놀이』, 문학과지성사, 1995.

『붉은 손 클럽』, 배수아, 해냄출판사, 2000.

「비밀과외」, 정이현, 『오늘의 거짓말』, 문학과지성사, 2007.

「빗속에서」, 공선옥, 『명랑한 밤길』, 창작과비평사, 2007.

「빠리 거리의 점잖은 입맞춤」, 배수아, 『올빼미의 없음』, 창작과비평사, 2010.

「산수유열매」, 한정희, 『브리지 파트너』, 민음사, 2009.

『살아 있는 날의 시작』, 박완서, 전예원, 1980.

「상자 속의 푸른 칼」, 권지예, 『꿈꾸는 마리오네뜨』, 창작과비평사, 2002.

「서쪽 숲」, 편혜영, 『아오이가든』, 문학과지성사, 2005.

「섬」, 권지예, 『꿈꾸는 마리오네뜨』, 창작과비평사, 2002.

「성(聖) 브래지어, 1994년 7월 9일」, 김승희, 『산타페로 가는 사람』, 창작과비평사, 1997.

「세 번째 유방」, 천운영, 『명랑』, 문학과지성사, 2004.

「세상의 둥근 지붕」, 김형경 외, 『현장비평가가 뽑은 올해의 좋은 소설』, 현대문학, 1996.

「소금 한 줌」, 함정임, 『내 마음의 푸른 눈』, 문학동네, 2006.

「소풍」, 편혜영, 『사육장 쪽으로』, 문학동네, 2007.

「손은 몸으로 돌아가고 싶다」, 김형경, 『담배 피우는 여자』, 문학과지성사, 2005.

「순수」, 정이현, 『낭만적 사랑과 사회』, 문학과지성사, 2003.

「숨」, 천운영, 『바늘』, 창작과비평사, 2001.

『스타일』, 백영옥, 예담, 2008.

「슬픔이 자라면 무엇이 될까」, 서하진, 『착한 가족』, 문학과지성사, 2008.

「시그널 레드」, 정미경, 『내 아들의 연인』, 문학동네, 2008.

「시집사리」, 김말봉, 『동아일보』 1925. 4. 18~25.

「시체들」, 편혜영, 『아오이 가든』, 문학과지성사, 2005.

「신식키친」, 정이현, 『낭만적 사랑과 사회』, 문학과지성사, 2003.

「아가위나무의 우울」, 이평재, 『마녀물고기』, 문학동네, 2001.

「아나바스 스칸덴스」, 김승희, 『산타페로 가는 사람』, 창작과비평사, 1997.

「아무도 기다리지 않았다」, 공선옥, 『멋진 한세상』, 창작과비평사, 2002.

「아무도 모르는 가을」, 공선옥, 『명랑한 밤길』, 창작과비평사, 2007.

「아버지와 얘기를 나눌 만큼」, 공선옥, 『명랑한 밤길』, 창작과비평사, 2007.

「아빠의 사생활」, 서하진, 『착한 가족』, 문학과지성사, 2008.

「아오이 가든」, 편혜영, 『아오이 가든』, 문학과지성사, 2005.

「알 수 없는 날들」, 서하진, 『비밀』, 문학과지성사, 2004.

「알통공장 공장장」, 김문숙, 『나를 속이는 내 안의 사랑』, 북인, 2009.

「애천(愛泉)」, 김채원, 『초록빛 모자』, 나남, 1984.

「어느 날 그는」, 한강, 『내 여자의 열매』, 창작과비평사, 2000.

「어둠」, 강경애, 『강경애 전집』, 소명출판, 1999.

『어디선가 나를 찾는 전화벨이 울리고』, 신경숙, 문학동네, 2010.

「어떤 죽음」, 한말숙, 『별빛 속의 계절』, 휘문출판사, 1965.

「엄마들」, 김이설, 『아무도 말하지 않는 것들』, 문학과지성사, 2010.

『엄마를 부탁해』, 신경숙, 창작과비평사, 2008.

「엄마의 말뚝 2」, 박완서, 『엄마의 말뚝』, 맑은소리, 2010.

「엄마의 무릎」, 이명랑, 『삼오식당』, 뿔, 2009.

「여인 명령」, 이선희, 『이선희 소설 선집』, 현대문학, 2009.

『열정의 습관』, 전경린, 이룸, 2002.

「옛우물」, 오정희, 『불꽃놀이』, 문학과지성사, 1995.

「오아시스」, 강영숙, 『날마다 축제』, 창작과비평사, 2004.

「외계인, 달리다」, 김이은, 『코끼리가 떴다』, 민음사, 2009.

「우리 생애의 꽃」, 공선옥, 『우리 생애의 꽃 외』, 푸른사상, 2009.

「월경」, 천운영, 『바늘』, 창작과비평사, 2001.

「위험한 독신녀」, 정이현, 『오늘의 거짓말』, 문학과지성사, 2007.

「유년의 뜰」, 오정희, 『유년의 뜰』, 문학과지성사, 1998.

「유령의 집」, 천운영, 『바늘』, 창작과비평사, 2001.

「유리눈물을 흘리는 소녀」, 김숨, 『투견』, 문학동네, 2012.

「육(育)의 시간」, 김숨, 『간과 쓸개』, 문학과지성사, 2011.

「이슬과 같이」, 임옥인 외, 『해방기 여성 단편소설 2』, 역락, 2011.

「이십세기 모단걸-신 김연실전」, 정이현, 『낭만적 사랑과 사회』, 문학과지성사, 2003.

『일요일 스키야키 식당』, 배수아, 문학과지성사, 2003.

「작은 토끼야 들어와 편히 쉬어라」, 김서령, 『작은 토끼야 들어와 편히 쉬어라』, 실천문학사,
    2007.

『장밋빛 인생』, 정미경, 민음사, 2002.

「저기 소리 없이 한 점 꽃잎이 지고」, 최윤, 『저기 소리 없이 한 점 꽃잎이 지고』, 문학과지성사,
    2011.

「저수지」, 편혜영, 『아오이 가든』, 문학과지성사, 2005.

「적빈」, 백신애, 『백신애 선집』, 현대문학, 2009.

「중국인 거리」, 오정희, 『유년의 뜰』, 문학과지성사, 1998.

「지진의 시대」, 김이은, 『코끼리가 떴다』, 민음사, 2009.

「지하촌(地下村)」, 『강경애 전집』, 소명출판, 1999.

「질병통제」, 김숨, 『투견』, 문학동네, 2012.

「착한 가족」, 서하진, 『착한 가족』, 문학과지성사, 2008.

『채식주의자』, 한강, 창작과비평사, 2007.

「첫사랑」, 전경린, 『물의 정거장』, 문학동네, 2003.

「침이 고인다」, 김애란, 『침이 고인다』, 문학과지성사, 2007.

「카페, 천사」, 김숨, 『투견』, 문학동네, 2012.

「칼자국」, 김애란, 『침이 고인다』, 문학과지성사, 2007.

「크로이처 소나타」, 이평재, 『이브들의 아찔한 수다』, 문학사상, 2012.

「털」, 김지현, 『플라스틱 물고기』, 문학동네, 2007.
「통증」, 은미희, 『이브들의 아찔한 수다』, 문학사상, 2012.
「투견」, 김숨, 『투견』, 문학동네, 2012.
『트렁커』, 고은규, 뿔, 2010.
「트렁크」, 정이현, 『낭만적 사랑과 사회』, 문학과지성사, 2003.
「파로호」, 오정희, 『불꽃놀이』, 문학과지성사, 1995.
「팝콘보다 가벼운」, 김현영, 『냉장고』, 문학동네, 2000.
「퍼즐」, 서하진, 『요트』, 문학동네, 2006.
『페이스 쇼퍼』, 정수현, 자음과모음, 2010.
「포옹」, 천운영, 『바늘』, 창작과비평사, 2001.
『풀밭 위의 식사』, 전경린, 문학동네, 2010.
「풍금이 있던 자리」, 신경숙, 『풍금이 있던 자리』, 문학과지성사, 2003.
『피리새는 피리가 없다 1, 2』, 김형경, 한겨레신문사, 1998.
「행복고물상」, 천운영, 『바늘』, 창작과비평사, 2001.
「호랑이 젖꼭지」, 김승희, 『산타페로 가는 사람』, 창작과비평사, 1997.
「호퍼의 주유소」, 함정임, 『네 마음의 푸른 눈』, 문학동네, 2006.
「환각의 나비」, 박완서, 『박완서 단편소설전집 6권』, 문학동네, 2006.
「환상통」, 김이설, 『아무도 말하지 않는 것들』, 문학과지성사, 2010.
「409호의 유방」, 김숨, 『침대』, 문학과지성사, 2007.
「79년의 아이」, 공선옥, 『명랑한 밤길』, 창작과비평사, 2007.
「《 》」, 김나정, 『내 지하실의 애완동물』, 문학과지성사, 2009.

【현대시】

「가위놀이」, 이민하, 『음악처럼 스캔들처럼』, 문학과지성사, 2008.
「가족극장, 이리 와요 아버지」, 김언희, 『말라죽은 앵두나무 아래 잠자는 저 여자』, 민음사,
　　2000.
「간지럼」, 문정희, 『다산의 처녀』, 민음사, 2010.
「갠지즈 강가에서」, 나희덕, 『야생사과』, 창작과비평사, 2006.
「갱년기」, 이규리, 『뒷모습』, 랜덤하우스, 2006.
「검은 브래지어」, 김혜순, 『슬픔치약 거품크림』, 문학과지성사, 2011.
「그녀와 프로이트 요법」, 김상미, 『모자는 인간을 만든다』, 세계사, 1993.
「그녀의 동물은 질겨」, 김민정, 『그녀가 처음, 느끼기 시작했다』, 문학과지성사, 2009.
「긴 손가락의 詩」, 진은영, 『일곱 개의 단어로 된 사전』, 문학과지성사, 2003.
「깊은 냇가에서」, 이진명, 『집에 돌아갈 날짜를 세어보다』, 문학과지성사, 1994.
「꽃꽂이」, 김언희, 『트렁크』, 세계사, 1995.

「꽃집 여자」, 이기성, 『불쑥 내민 손』, 문학과지성사, 2004.

「나는야 폴짝」, 김민정, 『날으는 고슴도치 아가씨』, 열림원, 2005.

「나의 아름답고 순결한 분문」, 김이듬, 『현대시학』 2009년 2월호.

「나의 철학」, 김선우, 『나의 무한한 혁명에게』, 창작과비평사, 2012.

「나의 탄생」, 박연준, 『속눈썹이 지르는 비명』, 창작과비평사, 2007.

「낙화 2」, 김명원, 『달빛 손가락』, 시학, 2007.

「내력」, 김선우, 『내 혀가 입 속에 갇혀 있길 거부한다면』, 창작과비평사, 2000.

「내 몸을 빌려줄게」, 이영주, 『108번째 사내』, 민음사, 2005.

「너의 똥이 내 물고기다」, 김선우, 『도화 아래 잠들다』, 창작과비평사, 2003.

「네가 그 위에 앉아 있을 때」, 이선영, 『일찍 늙으매 꽃꿈』, 창작과비평사, 2003.

「노상에서의 휴일」, 양선희, 『노상에서의 휴일』, 세계사, 1991.

「눈물아」, 이선영, 『평범에 바치다』, 문학과지성사, 1999.

「눈물의 노래」, 김승희, 『세상에서 가장 무거운 싸움』, 세계사, 1995.

「눈물이라는 뼈」, 김소연, 『눈물이라는 뼈』, 문학과지성사, 2009.

「눈물 한 방울」, 김혜순, 『불쌍한 사랑기계』, 문학과지성사, 1997.

「늙은 여자」, 최정례, 『붉은 밭』, 창작과비평사, 2001.

「늙은 창녀의 노래 1」, 김언희, 『트렁크』, 세계사, 1995.

「다시 태어나기 위하여」, 최승자, 『이 시대의 사랑』, 문학과지성사, 1981.

「단성생식」, 김정란, 『사랑으로 나는』, 문학사상사, 1999.

「달거리가 끝난 봄에는」, 강기원, 『바다로 가득찬 책』, 민음사, 2006.

「당신의 손」, 조용미, 『기억의 행성』, 문학과지성사, 2011.

「대머리와의 사랑 2」, 성미정, 『대머리와의 사랑』, 세계사, 1997.

「대머리와의 사랑」, 성미정, 『대머리와의 사랑』, 세계사, 1997.

「덮어쓰기 할까요?」, 이규리, 『웹진 문장』 2010년 5월호.

「돼지머리들처럼」, 나희덕, 『야생사과』, 창작과비평사, 2009.

「뚱뚱한 모나리자」, 김승희, 『냄비는 둥둥』, 민음사, 2006.

「라, 라, 라푼젤」, 진은영, 『우리는 매일매일』, 문학과지성사, 2008.

「라푼젤」, 이영주, 『언니에게』, 민음사, 2010.

「만족한 얼굴로」, 김소연, 『눈물이라는 뼈』, 문학과지성사, 2009.

「말라죽은 앵두나무 아래 잠자는 저 여자」, 김언희, 『말라죽은 앵두나무 아래 잠자는 저 여자』,
  민음사, 2000.

「매화꽃 나무 아래 매화꽃」, 김종미, 웹진 『시인광장』 2008년 겨울호.

「맨발」, 유안진, 『기쁜 이별』, 오상, 1998.

「머리 감는 여자」, 문정희, 『오라, 거짓 사랑아』, 민음사, 2001.

「머리카락 이야기」, 이경림, 『상자들』, 랜덤하우스, 2005.

「머리카락의 자서전」, 박남희, 『고장난 아침』, 애지, 2009.

「머리카락이란 무엇인가」, 김행숙, 『타인의 의미』, 민음사, 2010.

「母女의 저녁식사」, 윤진화, 『2005 신춘문예당선시집』, 문학세계사, 2005.

「모순의 무릎」, 김승희, 『세상에서 가장 무거운 싸움』, 세계사, 1995.

「목의 위치」, 김행숙, 『타인의 의미』, 민음사, 2010.

「몸이 큰 여자」, 문정희, 『오라, 거짓 사랑아』, 민음사, 2001.

「못에게」, 김언희, 『트렁크』, 세계사, 1995.

「무작위」, 김혜순, 『우리들의 음화』, 문학과지성사, 1990.

「묶인 다리」, 강신애, 『불타는 기린』, 천년의시작, 2009.

「물로 빚어진 사람」, 김선우, 『도화 아래 잠들다』, 창작과비평사, 2003.

「물을 뜨는 손」, 정끝별, 『삼천갑자 복사빛』, 민음사, 2005.

「물을 만드는 여자」, 문정희, 『양귀비꽃 머리에 꽂고』, 민음사, 2004.

「미륵」, 김언희, 『트렁크』, 세계사, 1995.

「민둥산」, 김선우, 『도화 아래 잠들다』, 창작과비평사, 2003.

「민정엄마 학이엄마」, 김민정, 『그녀가 처음, 느끼기 시작했다』, 문학과지성사, 2009.

「바기날 플라워(Vaginal Flower)」, 진수미, 『달의 코르크마개가 열릴 때까지』, 문학동네,
　　2005.

「바로 몸」, 정끝별, 『와락』, 창작과비평사, 2008.

「발」, 김행숙, 『타인의 의미』, 민음사, 2010.

「발을 씻기다」, 이문숙, 『천둥을 쪼개고 씨앗을 심다』, 창작과비평사, 2005.

「방 한 칸」, 강기원, 『바다로 가득찬 책』, 민음사, 2006.

「배꼽-관계에 대한 고집」, 이민하, 『환상수족』, 열림원, 2005.

「배꼽의 위치」, 박서영, 『작가가 선정한 오늘의 시』, 작가, 2011.

「별의별」, 김민정, 『그녀가 처음, 느끼기 시작했다』, 문학과지성사, 2009.

「病」, 김혜순, 『달력공장 공장장님 보세요』, 문학과지성사, 2000.

「봄은 똥밭이네」, 김언희, 『말라죽은 앵두나무 아래 잠자는 저 여자』, 민음사, 2000.

「분홍신 신고」, 노혜경, 『뜯어먹기 좋은 빵』, 세계사, 1999.

「불멸의 털1」, 성미정, 『사랑은 야채 같은 것』, 민음사, 2003.

「불멸의 털2」, 성미정, 『사랑은 야채 같은 것』, 민음사, 2003.

「사랑」, 김남조, 『목숨』, 정양사, 1953.

「사랑 또는 두 발」, 이원, 『세상에서 가장 가벼운 오토바이』, 문학과지성사, 2007.

「사랑하는 손」, 최승자, 『이 시대의 사랑』, 문학과지성사, 1981.

「사산의 시대」, 김승희, 『세상에서 가장 무거운 싸움』, 세계사, 1995.

「삼십삼 년 동안 두 번째로」, 최승자, 『즐거운 일기』, 문학과지성사, 1984.

「상사」, 김남조, 『빛과 고요』, 서문당, 1982.

「상한 영혼을 위하여」, 고정희, 『이 시대의 아벨』, 문학과지성사, 1983.

「생리불순」, 박서원, 『난간 위의 고양이』, 세계사, 1995.

「생밤 까주는 사람」, 박라연, 『생밤 까주는 사람』, 문학과지성사, 1993.

「생일선물」, 김종미, 『새로운 취미』, 서정시학, 2006.

「서서 오줌 누고 싶다」, 이규리, 『뒷모습』, 랜덤하우스, 2006.

「성당」, 김언희, 『트렁크』, 세계사, 1995.

「손」, 신달자, 『열애』, 민음사, 2007.

「손거스러미의 시간」, 이진명, 『세워진 사람』, 창작과비평사, 2003.

「손의 마지막 기억」, 나희덕, 『그곳이 멀지 않다』, 민음사, 1997.

「시,시,비,비」, 김민정, 『그녀가 처음, 느끼기 시작했다』, 문학과지성사, 2009.

「시체는 슬픔 때무에 썩는다」, 김혜순, 『우리들의 음화』, 문학과지성사, 1990.

「심장딴곳증」, 김승희, 『냄비는 둥둥』, 창작과비평사, 2006.

「심장론」, 최승자, 『연인들』, 문학동네, 1999.

「아버지와 얘기를 나눌 만큼」, 허수경, 『슬픔만 한 거름이 어디 있으랴』, 실천문학사, 1988.

「아욱국」, 김선우, 『내 몸속에 잠든 이 누구신가』, 문학과지성사, 2007.

「아파트에서 2」, 이원, 『세상에서 가장 가벼운 오토바이』, 문학과지성사, 2007.

「아홉개의 손가락으로 쓰는 편지」, 김지녀, 『시소의 감정』, 민음사, 2010.

「악몽」, 박서원, 『난간 위의 고양이』, 세계사, 1995.

「양변기 위에서」, 김선우, 『내 혀가 입 속에 갇혀 있길 거부한다면』, 창작과비평사, 2000.

「어느 별의 지옥」, 김혜순, 『어느 별의 지옥』, 문학동네, 1988.

「얼굴」, 김수우, 『잿밥과 화분』, 신생, 2011.

「얼굴」, 김혜순, 『한 잔의 붉은 거울』, 문학과지성사, 2004.

「얼굴」, 노혜경, 『뜯어먹기 좋은 빵』, 세계사, 1999.

「얼굴」, 정한아, 『어른스런 입맞춤』, 문학동네, 2011.

「얼굴 뒤에」, 최승자, 『기억의 집』, 문학과지성사, 1989.

「얼굴의 법칙」, 조말선, 『둥근 발작』, 창작과비평사, 2006.

「얼굴의 탄생」, 김행숙, 『이별의 능력』, 문학과지성사, 2007.

「얼굴이 그립다」, 이원, 『세상에서 가장 가벼운 오토바이』, 문학과지성사, 2007.

「얼레지」, 김선우, 『내 혀가 입 속에 갇혀 있길 거부한다면』, 창작과비평사, 2000.

「엄마의 발」, 김승희, 『달걀 속의 생』, 문학사상사, 1989.

「에미왕릉」, 신현림, 『지루한 세상에 불타는 구두를 던져라』, 세계사, 1994.

「여성에 관하여」, 최승자, 『즐거운 일기』, 문학과지성사, 1984.

「여자」, 양애경, 『바닥이 나를 받아주네』, 창작과비평사, 1997.

「여자아이들은 지나가는 사람에게 집을 묻는다」, 허수경, 『내 영혼은 오래되었으나』, 창작과비
　　평사, 2001.

「연꽃의 바깥을 읽다」, 서안나, 『립스틱 발달사』, 천년의 시작, 2013.

「열이 활활 나는 삶의 손바닥으로」, 황인숙, 『나의 침울한, 소중한 이여』, 문학과지성사, 1998.

「오동나무 장롱 2」, 김수영, 『오랜 밤 이야기』, 창작과비평사, 2000.

「오동나무의 웃음소리」, 김선우, 『도화 아래 잠들다』, 창작과비평사, 2003.

「오매, 미친년 오네―프라하의 봄·8」, 고정희, 『눈물꽃』, 창작과비평사, 1986.

「와리바시라는 이름」, 이규리, 『뒷모습』, 랜덤하우스, 2006.

「완경」, 김선우, 『도화 아래 잠들다』, 창작과비평사, 2003.

「왜, 모조리」, 김언희, 『트렁크』, 세계사, 1995.

「요강」, 박서원, 『난간 위의 고양이』, 세계사, 1995.

「요리」, 문혜진, 『질 나쁜 연애』, 민음사, 2004.

「요실금」, 김선우, 『도화 아래 잠들다』, 창작과비평사, 2003.

「욕조에서 책 읽는 여자」, 김혜영, 『시작』 2009년 봄호.

「우리가 자궁 안에 두고 온 것들」, 김승희, 『냄비는 둥둥』, 창작과비평사, 2006.

「우울한 손」, 문정희, 『다산의 처녀』, 민음사, 2010.

「월경하는 여자」, 양선희, 『그 인연에 울다』, 문학동네, 2001.

「月出」, 김혜순, 『불쌍한 사랑기계』, 문학과지성사, 1997.

「유방」, 문정희, 『오라, 거짓 사랑아』, 민음사, 2001.

「陰毛라는 이름의 陰謀」, 김민정, 『그녀가 처음, 느끼기 시작했다』, 문학과지성사, 2009.

「일찍이 나는」, 최승자, 『이 시대의 사랑』, 문학과지성사, 1981.

「자궁의/에 대한 꿈」, 윤예영, 『해바라기 연대기』, 랜덤하우스, 2008.

「자기 젖꼭지」, 김승희, 『세상에서 가장 무거운 싸움』, 세계사, 1995.

「잠들어 거울 속에서 눈뜬 검은 나나」, 김민정, 『그녀가 처음, 느끼기 시작했다』, 문학과지성사, 2009.

「정육점 여주인」, 진은영, 『일곱 개의 단어로 된 사전』, 문학과지성사, 2003.

「젖무덤」, 문혜진, 『질 나쁜 연애』, 민음사, 2004.

「젖이라는 이름의 좆」, 김민정, 『그녀가 처음, 느끼기 시작했다』, 문학과지성사, 2009.

「좌욕」, 김지유, 『액션페인팅』, 천년의시작, 2010.

「중년의 기쁨」, 최영미, 『도착하지 않은 삶』, 문학동네, 2009.

「초경」, 이선영, 『포도알이 남기는 미래』, 창작과비평사, 2009.

「출가」, 김언희, 『말라죽은 앵두나무 아래 잠자는 저 여자』, 민음사, 2000.

「치마」, 문정희, 『양귀비꽃 머리에 꽂고』, 민음사, 2004.

「캣츠아이―미장원 처녀」, 노혜경, 『캣츠아이』, 천녀의 시작, 2005.

「페이스오프」, 조유리, 『시로 여는 세상』, 시로여는세상, 2011년 봄호.

「포구의 방」, 김선우, 『내 혀가 입 속에 갇혀 있길 거부한다면』, 창작과비평사, 2000.

「한국여자」, 이경림, 『토씨찾기』, 백성, 1992.

「해빙」, 나희덕, 『뿌리에게』, 창작과비평사, 1991.

「헤매는 발들을 위한 노래」, 강은교, 『빈자일기』, 문학동네, 1996.

「혹」, 문정희, 『오라, 거짓 사랑아』, 민음사, 2001.

「혼자 아이를 갖는 여자」, 이명희, 『아름다운 파편』, 내일을여는책, 2004.

「홀림」, 김행숙, 『사춘기』, 문학과지성사, 2003.
「환한 걸레」, 김혜순, 『불쌍한 사랑기계』, 문학과지성사, 1997.
「흔적」, 박연준, 『속눈썹이 지르는 비명』, 창작과비평사, 2007.
「bottle woman」, 신현림, 『지루한 세상에 불타는 구두를 던져라』, 세계사, 1994.
「S를 위하여」, 최승자, 『즐거운 일기』, 문학과지성사, 1984.
「SPACE OPERA」, 김혜순, 『달력공장 공장장님 보세요』, 문학과지성사, 2000.
「Y를 위하여」, 최승자, 『즐거운 일기』, 문학과지성사, 1984.

찾아보기

【작품 색인】

■ **저자 약력**

• **김미현** : 이화여자대학교 국어국문학과에서 현대소설을 전공했다. 논저로『한국여성소설과 페미니즘』,『판도라 상자 속의 문학』,『여성문학을 넘어서』,『젠더프리즘』등이 있다. 여성문학을 젠더적 시각이나 문화론적 시각, 타자적 시각에서 탈경계적으로 연구함으로써 여성문학의 외연과 깊이를 확장·심화시키는 데에 관심을 갖고 있다. 현재 이화여자대학교 국어국문학과 교수로 재직 중이다.

• **최재남** : 서울대학교 국어국문학과에서 고전시가를 전공했다. 논저로『사림의 향촌생활과 시가문학』,『서정시가의 인식과 미학』,『체험서정시의 내면화 양상 연구』,『장르교섭과 고전시가』(공저),『조선후기 시가와 여성』(공저),『서포연보』(공역),『역주 목은시고』1-12(공역) 등이 있다. 현재 이화여자대학교 국어국문학과 교수로 재직 중이다.

• **최형용** : 서울대학교 국어국문학에서 국어학을 전공했다. 논저로『국어 단어의 형태와 통사』,『열린 세상을 향한 발표와 토론』(공저),『주시경 국어문법의 교감과 현대화』(공저),『현대어로 풀어 쓴 주시경의 국어문법』(공저),「파생어 형성과 빈칸」,「합성어 형성과 어순」,「국어 동의 파생어 연구」,「유형론적 관점에서 본 한국어의 품사 분류 기준에 대하여」등이 있다. 문법의 경계 현상과 한국어 형태론의 유형론적 보편성과 특수성에 관심을 갖고 있다. 현재 이화여자대학교 국어국문학과 교수로 재직 중이다.

• **곽승미** : 이화여자대학교 국어국문학과에서 현대소설을 전공했다. 논저로『1930년대 후반 한국문학과 근대성』,『근대의 첫 경험』(공저),『일제 시기 근대적 일상과 식민지 문화』(공저),「『소년』 소재 기행문 연구 −글쓰기와 근대문명 수용 양상을 중심으로」,「근대 계몽기 서사의 이국취향을 통해 본 문화의 재배치 과정」,「〈순애보〉에 나타난 관계의 미학으로서의 통속성」 등이 있다. 근대 초기 다양한 서사와 통속성에 관심을 갖고 있다. 현재 이화여자대학교·연세대학교 강사로 재직 중이다.

• **김경숙** : 이화여자대학교와 서울대학교에서 한문학을 전공했다. 논저로『우리 한문학사의 여성 인식』(공저),『조선 후기 서얼문학 연구』,『조선후기 지식인, 일본과 만나다』,『일본으로 간 조선의 선비들』,「여성 漢詩文에 나타난 '딸'의 형상화 고찰」,「紫霞 申緯와 그 시대 여성들 또는 女性像」,「조선후기 漢詩에 나타난 創新風 연구」 등이 있다. 조선후기의 문학과 문화, 주로 서얼과 여성과 조선통신사에 대해 관심을 갖고 있다. 현재 한경대학교 강사로 재직 중이다.

• **박나리** : 이화여자대학교 국어국문학과에서 국어학을 전공했다. 논저로『초급 한국어 "듣기"(문화관광부)』(공저),「'−는 것이다' 구문 연구」,「'−다니'에 대한 한국어 교육문법적 기술방안 연구」,「음식조리법 텍스트의 장르기반적 구성담화 분석」,「장르기반 교수법에 근거한 학술 논문 쓰기 교육방안」 등이 있다. 국어의 문법화 표현, 다양한 텍스트 장르에 나타나는 텍스트 자질, 담화의 기능과 특징 등을 한국어 교육에 접목시키는 데에 관심을 갖고 있다. 현재 서울시립대학교 국제교육원 교수로 재직 중이다.

• **양현진** : 이화여자대학교 국어국문학과에서 현대소설을 전공했다. 논저로「손창섭 소설의 환상적 타자성 연구 −여성인물의 타자화 양상을 중심으로」,「현대소설에 나타난 여성 의복·장신구와 여성 의식 연구」,「한국현대소설에 나타나는 새의 이미지와 여성 의식 연구」,「김숨 소설에 나타나는 눈의 상상력 연구」 등이 있다. 현대소설의 장르적 실험 양상에 주목하고 있으며, 특히 여성적 시각과 의식의 독해에 관심을 갖고 있다. 현재 인천대학교 기초교육원 교수로 재직 중이다.

- **유정선** : 이화여자대학교 국어국문학과에서 고전시가를 전공했다. 논저로『18·19세기 기행가사 연구』,『한국시의 미학적 패러다임과 시학적 전통』(공저),『규방가사의 작품세계와 미학』(공저),「화전가에 나타난 여성의 놀이공간과 놀이적 성격-'음식'과 '술'의 의미를 중심으로-」등이 있다. 기행가사와 규방가사에 관해 관심을 갖고 있다. 현재 가천대학교 강사로 재직 중이다.

- **이은정** : 이화여자대학교 국어국문학과에서 현대시를 전공했다. 논저로『현대시학의 두 구도』,『김수영 혹은 시적 양심』,『공감-시로 읽는 삶의 풍경』(공저),『한국여성시학』(공저),「자궁의 시적 상상력과 여성주체의 전개 양상」,「여성 민중주의 시인의 애도 혹은 사자후-고정희론」등이 있다. 한국현대시의 젠더에 관한 주제, 현대시의 미학을 새로 밝혀나가는 방법론, 문학 텍스트를 삶 읽기와 글쓰기로 연동하는 문제 등에 관심을 갖고 있다. 현재 한신대학교 교양학부 교수로 재직 중이다.

- **임정연** : 이화여자대학교 국어국문학과에서 현대소설을 전공했다. 논저로「근대 젠더담론과 '아내'라는 표상」,「임노월 문학의 악마성과 탈근대성」,「여성 연애소설의 양가적 욕망과 딜레마」,「근대소설의 낭만적 감수성-나도향과 노자영의 소설을 중심으로-」,「여성문학과 술/담배의 기호론」등이 있다. 일제 강점기 지식 문화 담론의 근대성과 식민성, 한국문학의 감수성 형성 과정과 낭만주의 소설의 계보를 밝히는 데에 관심을 갖고 있다. 현재 이화여자대학교 국어국문학과 교수로 재직 중이다.

- **전진아** : 이화여자대학교 국어국문학과에서 고전소설을 전공했다. 논저로『청백운 연구』,『조씨삼대록』(공역),『금오신화 전등신화』(공역) 등이 있다. 국문 장편소설과 한문 장편소설의 관련 양상 및 고전 장편소설의 미학에 관심을 갖고 있다. 현재 이화여자대학교 강사로 재직 중이다.

- **정선희** : 이화여자대학교 국어국문학과에서 고전소설을 전공했다. 논저로『국문장편 고전소설의 인물론과 생활문화』,『고전소설의 인물과 비평』,『19세기 소설작가 목태림 문학 연구』,『소현성록』(공역),『조씨삼대록』(공역),「17세기 후반 국문장편소설의 딸 형상화와 의미」,「〈조씨삼대록〉의 악녀 형상의 특징과 서술 시각」등이 있다. 국문장편 고전소설의 인물 형상과 서술 시각, 소설에서 드러나는 여성들의 생활과 문화에 대해 관심을 갖고 있다. 현재 목원대학교 국어국문학과 교수로 재직 중이다.

- **조경하** : 이화여자대학교 국어국문학과에서 국어학을 전공했다. 논저로『국어의 후두음 연구』,『열린 세상을 향한 발표와 토론』(공저),「현대국어의 사잇소리 현상」,「국어의 후두 자질과 유기음화」,「'부엌' 계열 어휘의 변화에 관한 일 고찰」,「온라인 게임 금칙어의 조어 방식에 관한 연구」등이 있다. 현대국어의 공시적인 음운 현상, 언어의 변화, 언어에 반영된 사회문화적 요소에 관심을 갖고 있다. 현재 이화여자대학교 국어국문학과 교수로 재직 중이다.

- **조남민** : 이화여자대학교 국어국문학과에서 국어학을 전공했다. 논저로「여성 신체어의 출현과 의식의 변화」,「한국어 교육과정에 반영된 사회문화적 현상에 대한 연구」,「여성어의 변화에 관한 연구」,「여성 호칭어 '아주머니'계열 어휘의 의미변화에 대한 연구」,「문화 표제어 설정과 문화 통합 교육의 내용 구성에 대한 방안」등이 있다. 한국어 음성학과 음성, 어휘 측면의 사회언어학적 연구에 관심을 갖고 있다. 현재 한국기술교육대학교 교양학부 교수로 재직 중이다.

한국어문학 여성주제어 사전 2 - 몸

2013년 6월 10일 초판 1쇄 펴냄

저 자 김미현 최재남 최형용 곽승미 김경숙 박나리 양현진
       유정선 이은정 임정연 전진아 정선희 조경하 조남민
발행인 김흥국
발행처 도서출판 보고사

책임편집 이경민
표지디자인 오동준

등록 1990년 12월 13일 제6-0429호
주소 서울특별시 성북구 보문동7가 11번지 2층
전화 922-5120~1(편집), 922-2246(영업)
팩스 922-6990
메일 kanapub3@naver.com
http://www.bogosabooks.co.kr

ISBN 979-11-5516-010-7 94810
       979-11-5516-009-1 94810(세트)

정가 22,000원 (세트 150,000원)
사전 동의 없는 무단 전재 및 복제를 금합니다.
잘못 만들어진 책은 바꾸어 드립니다.

이 도서의 국립중앙도서관 출판시도서목록(CIP)은 서지정보유통지원시스템 홈페이지
(http://seoji.nl.go.kr)와 국가자료공동목록시스템(http://www.nl.go.kr/kolisnet)
에서 이용하실 수 있습니다. (CIP제어번호: CIP2013005859)

* 이 저서는 2008년 정부의 재원으로 한국연구재단의 지원을 받아 수행된 연구임.
(KRF-2008-322-A00076)